卓越学术文库

叶燮诗论与诗歌研究

YEXIE SHILUN YU SHIGE YANJIU

河南省高等学校哲学社会科学优秀著作资助项目

李铁青　著

郑州大学出版社

图书在版编目(CIP)数据

叶燮诗论与诗歌研究 / 李铁青著. -- 郑州：郑州大学出版社，2024. 8. --（卓越学术文库）. -- ISBN 978-7-5773-0549-3

Ⅰ. I207.22

中国国家版本馆 CIP 数据核字第 2024CQ4241 号

叶燮诗论与诗歌研究

YEXIE SHILUN YU SHIGE YANJIU

策划编辑	王卫疆	封面设计	苏永生
责任编辑	胡佩佩	版式设计	苏永生
责任校对	成振珂	责任监制	李瑞卿

出版发行	郑州大学出版社	地　　址	郑州市大学路 40 号(450052)
出 版 人	卢纪富	网　　址	http://www.zzup.cn
经　　销	全国新华书店	发行电话	0371-66966070
印　　刷	河南文华印务有限公司		
开　　本	710 mm×1 010 mm　1 / 16		
印　　张	22.25	字　　数	345 千字
版　　次	2024 年 8 月第 1 版	印　　次	2024 年 8 月第 1 次印刷

书　　号	ISBN 978-7-5773-0549-3	定　　价	98.00 元

前　言

从 2005 年确定以"叶燮的诗性智慧"作为硕士论文选题以来,我对叶燮的关注从未停歇。每每研读《原诗》《已畦文集》《已畦诗集》等,我总能感受到叶燮的"才、胆、识、力",而浸润其中的"理、事、情"也常常令我深思。

2016 年 9 月,我到河南大学攻读博士学位,我的博士生导师王宏林先生提示我,学界对于叶燮的研究尚有许多可拓展之处,比如叶燮对杜甫、韩愈、苏轼的诗歌史定位,叶燮诗歌研究等。在王老师的指引下,我的研究思路逐渐清晰,由对叶燮诗论的探究转向叶燮诗论与诗歌的交叉研究,因为如此可以更全面地把握叶燮及其诗文的价值。随着时间的推移和研究的深入,我慢慢理解了叶燮备受瞩目的原因所在:叶燮一生虽"忧患险阻,无境不历"(《已畦诗集》卷九《将远游奉别诸同人》序),但在面对变故、贫穷、困苦、坎坷时,却依然笔耕不辍,坚持著书立说,倾心授徒讲学,不气馁,不畏惧,在诗文中抒发苦闷、发挥想象、书写情感、编织理想。可以说,叶燮诗论的系统性、理论性、批判性与其诗歌创作的持久性、生活化、学理化是紧密相连的。值得一提的是,这些在我 2017 年偶然发现的上海图书馆馆藏的《已畦西南行草》《已畦诗近刻》《已畦诗旧存》等稀见文献中都有明确反映,从中可以看到有很多清初人对叶燮诗歌给予了高度评价。

博士毕业后,我在南京图书馆见到叶燮弟子杨承业辑录的《已畦诗选余旧存》,欣喜不已。随着时间的推移和研究的深入,我又相继见到了诸多叶燮集外佚诗佚文。在此基础上,我申报并成功获批河南省教育厅人文社科资助性计划项目——《叶燮诗歌校注》。在本书的写作过程中,我对叶燮诗文文献的整理与研究投入了很大的精力,并认为这是一项艰辛而又有价值

1

的工作。

本书便是在我上述长期关注、积累、整理和研究叶燮诗文的基础上,经过反复修改完成的。在此,我要特别感谢妻子张小培和儿子李潇骏陪我度过那段备受煎熬而又难忘的岁月,感谢王宏林先生给予我的珍贵指导,感谢学校领导一直以来的关心与支持。同时,我还要感谢河南省高等学校哲学社会科学优秀著作资助项目对本书的青睐,感谢郑州大学出版社成振珂副编审提出的很多有价值的建议。

李铁青

2023 年 12 月 10 日于三门峡

目　录

绪论 …………………………………………………………………… 001

第一章　叶燮的生平、交游与著述 ……………………………… 016

　　第一节　叶燮生平考 …………………………………………… 016

　　第二节　叶燮交游考 …………………………………………… 034

　　第三节　叶燮著述考 …………………………………………… 059

第二章　叶燮的诗歌本质论与理论支点 ………………………… 069

　　第一节　叶燮的诗歌本质论 …………………………………… 069

　　第二节　叶燮诗学的理论支点 ………………………………… 078

第三章　"唐宋元明均冶铸,更追八代挥斥剿"——叶燮的

　　　　　诗歌发展史观 ………………………………………… 095

　　第一节　叶燮的《诗经》观 …………………………………… 096

　　第二节　叶燮的汉魏六朝诗观 ………………………………… 104

　　第三节　叶燮的唐诗观 ………………………………………… 116

　　第四节　叶燮的宋元诗观 ……………………………………… 127

　　第五节　叶燮的明清诗观 ……………………………………… 138

第四章　杜韩眉山君所爱——叶燮对诗歌大家的定位 ………… 150

　　第一节　独冠今古之杜甫 ……………………………………… 151

　　第二节　力大思雄之韩愈 ……………………………………… 165

　　第三节　适如其意之苏轼 ……………………………………… 176

第五章　熔铸古昔成一家——叶燮的诗歌创作 ·················· 189

　　第一节　诗歌渊源 ······································ 189

　　第二节　诗歌主题 ······································ 210

　　第三节　诗歌艺术 ······································ 234

第六章　叶燮诗歌与诗论在清代的传播与影响 ·················· 246

　　第一节　清人对叶燮诗歌的选评及其诗学价值 ·············· 246

　　第二节　叶燮诗论在清代的传播与影响 ·················· 287

结语 ·· 297

参考文献 ·· 299

附录 ·· 310

　　附录一　叶燮文学交游对象简况表 ······················ 310

　　附录二　叶燮集外佚诗佚文辑录 ························ 325

绪　论

一、选题缘起与研究意义

中国古代诗论的形成和发展离不开对诗人、诗作的诗歌史定位,也离不开诗论者自身的创作实践。一方面,诗论家只有将历代诗人尤其是关键性诗人置于诗歌发展史的进程中,才能明晰其因与创、源与流,进而把握其思想、价值与影响,由此生成相关的诗学著述。另一方面,对于具有创作实绩的诗论家来说,他的诗学思想也会不同程度地在其创作实践中得到呈现。诚如罗宗强《隋唐五代文学思想史》中所说:“文学思想不仅仅反映在文学批评和文学理论著作里,它还大量反映在文学创作中。”[①]

对于叶燮而言,他有关诗歌本质、诗歌发展、诗歌创作的理解以及对待杜甫、韩愈、苏轼等经典诗人的态度,除了在《原诗》中有集中反映外,在其自身的诗歌创作中也有体现。换言之,叶燮所具备的诗才、诗识使其论诗更能唤起诗的活动,把握诗的妙处与真意,所以“我们不得不承认,叶燮给了我们非常有效的说明性的批评而无碍于美感经验呈示之完整,这正是由于他了解到诗的‘机心’”[②]。因此,研究叶燮若只谈其诗论而轻视乃至无视其诗歌创作实绩,对其诗论与诗歌简单地进行位次高下的评判,不仅失之偏颇,难以从整体上全面把握叶燮的生平交游与文学思想等,也有违叶氏初心,生硬地割裂了其诗论与诗歌之间的有机联系。以《原诗》为例,且不说他围绕“作

---

① 罗宗强:《隋唐五代文学思想史》,北京:中华书局,1999 年,第 2 页。
② 叶维廉:《中国诗学》,北京:生活·读书·新知三联书店,1992 年,第 8 页。

诗"所展开的详细论述,就拿"作诗者"一词的出现频率之高(共 12 次),就足以引起重视,如"作诗者知此数步为道途发始之所必经"①、"我谓作诗者,亦必先有诗之基焉"②等。假如他没有实际的创作体悟,所论是不会那么真切而令人信服的!更何况叶燮的诗歌中不乏佳作,如《山居杂诗》组诗、《纪事杂诗》组诗,以及《梅花开到九分》《夜发苕溪》《题希文莲子石榴册》《西山歌赠莱阳董樵谷》《早春》《观画歌》《抚琴歌》《赠程处士穆倩》《将去维扬别诸同志》等。如果一概斥之,既不合情也不合理。故而综合来看,本研究的意义主要有以下几点:

其一,深入揭示叶燮诗论的价值、内涵与意义。叶燮诗论以探源古今诗歌的因革流变为指归,因而其理论体系的构筑、诗学范畴的提出都紧随其诗歌发展史观这条主线的统领而逐步展开。正是在对历代诗歌的诗学定位中,叶燮对诗歌的源流本末、正变盛衰、有关诗歌创作的"才、胆、识、力"以及"理、事、情"等有了更深刻的动态把握,也对在古代诗歌发展过程中起着关键作用的杜甫、韩愈、苏轼等诗歌大家的诗史价值有了更全面的理解。由此可以看出叶燮对待传统的理念与策略,进而探究其何以熔铸古昔而又自成一家。

其二,有助于加强叶燮诗论与诗歌的融合研究。叶燮的很多诗论主张在其诗歌中都有明确体现,而其丰富的创作实践也为其诗学构建奠定了坚实基础。例如,叶燮诗论推重杜甫、韩愈、苏轼,表现在创作中就是大量次韵三家诗歌,在诗风与艺术精神上也有所因创。再如他在诗集中多次提及陶潜、谢朓等,故而《原诗》在论及六朝诗人时即云:"六朝诗家,惟陶潜、谢灵运、谢朓三人最杰出,可以鼎立。"③至于叶燮反对"执其源而遗其流"与"得其流而弃其源"④的诗学主张,依然在其诗歌中有所体现:"唐宋元明均冶铸,

---

① 叶燮著,蒋寅笺注:《原诗笺注》内篇上,上海:上海古籍出版社,2014 年,第 45 页。注:本书所引同一文献,首次出现时各项信息标注齐全、再次出现时只标明著者(编者)、书名(篇名)、卷数、册数、页码。

② 叶燮著,蒋寅笺注:《原诗笺注》内篇上,第 96 页。

③ 叶燮著,蒋寅笺注:《原诗笺注》外篇下,第 350 页。

④ 叶燮著,蒋寅笺注:《原诗笺注》内篇下,第 225 页。

更追八代挥斥劓。"①正如沈珩《原诗叙》所评:"星期先生其才挥斥八极,而又驰骋百家。读《已畦诗》,风格真大家宗传。其铦锋绝识,洞空达幽,足方驾少陵、昌黎、眉山三君子。乃复悯学者障锢于淫诐,怒焉忧之,发为《原诗》内外篇。"②既肯定叶燮诗歌创作所具有的大家风格,也指出《原诗》的产生有其现实成因。可以说,叶燮的诗学建构与创作实践之间存在着密切关联,反映出他作为一个诗人的理论自觉和同时作为一个诗论家的创作自觉。

其三,有利于把握叶燮思想转变的心路历程。研究古人就必须读其诗,研其志,知其人,进而"与古人交为知己"③,如此方能知人论世,洞悉其人格与风格,最大可能地实现与古人的对话。具体到叶燮来说,通过《原诗》,我们可以看到叶燮论诗的系统与博辨,却很难触及他的个人阅历、交游等,而这些在叶燮诗歌中却有反映。可以说,叶燮诗歌是理解其生平经历、思想的一把金钥匙,从中可以看到他对宇宙人生、生命价值的思索与寄托,可以看到他对社会现实的反映和对人民苦痛的呐喊,可以看到他对祖国大好河山的赞美与向往,可以看到他对诗歌精神、艺术理想的持守与革新……观其一生,从年少直至年老,他始终进行着诗歌创作。这已然成为叶燮不可或缺的一种生活方式,既抒怀寄情,反映生活,也借以宣泄苦闷,表达感慨。换言之,欲了解叶燮的思想、情感、性格等,必然要探究其诗歌。

其四,有益于深入了解叶燮交游,扩展清诗研究。叶燮有许多反映其交游的诗作,从中可以发现其所交既有王士禛、吴之振、曹溶、张玉书、曹寅、梁佩兰等颇负盛名之士,也有许多僧人和禅师,还有跟随其学习的受业弟子。就其内容来看,涵盖山居、酬唱、咏物、凭吊、怀古等;就其体裁形式而言,有古诗、绝句、律诗等,可谓既源自传统又有所发展。可以说,叶燮诗歌本身就是清诗的一个组成部分。钱仲联曾言:"清诗究竟有没有超越前代的成就?有没有值得后人借鉴的地方?更具体地说,清诗写了些什么内容?表达了什么思想?这些思想内容同产生清诗的时代、社会义有什么关系?对于诸

---

① 叶燮:《已畦诗集》卷二,《丛书集成续编》第124册集部,上海:上海书店出版社,1994年,第870页上。

② 叶燮著,蒋寅笺注:《原诗笺注》,第4页。

③ 叶燮著,蒋寅笺注:《原诗笺注》内篇下,第160页。

如此类的问题,只有清诗本身方是最好的回答。"①因此,研究叶燮诗歌或将有助于进一步了解清初的社会现实、诗人交往以及诗坛状况,理解他对社会、时代的认识,明晰其创作渊源、艺术特色乃至诗论来源。

其五,带动叶燮诗歌文献的整理。迄今为止,叶燮的著述中,只有《原诗》得到了全面整理,有丁福保辑录本(《清诗话》,上海古籍出版社 1963 年版)、霍松林校注本(人民文学出版社 1979 年版)、吕智敏评释本(《诗源·诗美·诗法探幽——〈原诗〉评释》,书目文献出版社 1990 年版)、孙之梅与周芳的批注本(凤凰出版社 2010 年版)、蒋寅笺注本(《原诗笺注》,上海古籍出版社 2014 年版,2023 年增订)。但与之相比,有关叶燮诗歌的文献整理就显得较为薄弱:《已畦诗集》与《已畦诗集残余》均未得到点校与注释,其集外的一些诗歌也亟待辑佚。这从一定程度上制约了叶燮诗歌的传播及其研究的深化。

二、研究现状

20 世纪以来,学界有关叶燮研究的成果众多,产生了一些文学批评史的专论、专著、单篇论文和硕博论文等,呈现出阶段性、丰富性、多元化的特征,同时在一些方面还有待拓展的空间。基于此,我们有必要加以分期考察,以明晰以往叶燮诗论与诗歌研究的主要内容、学术焦点、时代演进、个中得失等。

(一)20 世纪前半叶的叶燮诗论与诗歌研究

一般认为,20 世纪对叶燮《原诗》的研究起步较晚②,在 30 年代及以前仍处于被忽略状态③。其实不然,在 20 世纪前半叶,《原诗》便得到了众多学者的关注,一些有分量的研究成果相继面世。

第一,叶燮的诗论内容、价值与文学史观研究。这方面较具代表性的学

① 钱仲联著,周秦整理:《钱仲联学述》,杭州:浙江人民出版社,1999 年,第 89 页。
② 魏中林、王晓顺:《20 世纪叶燮诗歌理论研究》,《内蒙古社会科学》(汉文版),2001 年,第 68 页。
③ 南华:《叶燮〈原诗〉诗学思想研究述评》,《西北大学学报》(哲学社会科学版),2002 年第 4 期,第 126 页。

者有杨鸿烈、朱东润、郭绍虞。他们着重从文学批评史的角度阐发《原诗》，对后来的叶燮诗论研究奠定了坚实基础。杨鸿烈《中国诗学大纲》(商务印书馆 1928 年版)在论述中国诗的组合元素、作法、演进时重点提及《原诗》，一再强调叶燮正确的历史观念在中国诗学发展史乃至整个思想史、文化史上都应占有重要位置。朱东润《中国文学批评史大纲》(开明书店 1944 年版)共 76 篇，第 61 篇专论叶燮，指出《原诗》不蹈袭前人，认为叶燮论诗明晰流变之说，称赞其对言复古而不知变古者的痛斥具有深刻性。郭绍虞《中国文学批评史》下卷(商务印书馆 1947 年版)对叶燮的论述更为全面，不仅列专节从"诗的演变""不变之质""所谓本""论诗境""论诗质"五个方面加以探究，还特别指出叶燮论诗之所以能自成一家即在于用文学史家的眼光与方法以批评文学，立论有据，分析环环相扣。

第二，《原诗》的理论缺失、主要范畴及相关评价研究。胡云翼的《唐诗研究》(商务印书馆 1930 年版)与《宋诗研究》(商务印书馆 1930 年版)多次引述《原诗》，尤其是《宋诗研究》第一章还指出叶燮的诗学批评存在笼统武断的不足：虽列举许多作家与作品痛驳杨慎，但只是消极地纠正了杨慎的错误，却没有对唐宋诗提出第二种批评来代替杨氏之说。邓胥功《教育学大纲》上卷(上海华通书局 1931 年版)指出《原诗》所言含有文化进步论的意味。张振镛《国学常识答问续编》(商务印书馆 1936 年版)认为《原诗》中多精到之论。许义雨《文论讲疏》(正中书局 1937 年版)的导言中也指出叶燮论诗有显豁之见地、昭晰之论断，认为其较为符合西方文学原理。朱自清《诗言志辨》(开明书店 1947 年版)充分肯定叶燮的正变说，强调诗体正变说经叶氏阐发而大明，褒扬其第一次给"新变"以系统的理论的基础。此外，陈去病《诗学纲要》(上海国光书局 1927 年版)、许文玉《唐诗综论》(国立北京大学出版部 1929 年版)、王泽浦《诗学研究》(震东印书馆 1932 年版)、龙沐勋《中国韵文史》(商务印书馆 1934 年版)、赵景深《修辞讲话》(北新书局 1934 年版)、洪为法《律诗论》(商务印书馆 1935 年版)、朱光潜《诗论》(国民图书出版社 1943 年版)等均论及《原诗》。

第三，学界对于叶燮诗歌的选评。凌善清《评注清诗读本》(大东书局 1924 年版)选评叶燮的七绝《夜发苕溪》，并加有注释。吴遁生《清诗选》(商务印书馆 1936 年版)选有五律《寻山》、七绝《客发苕溪》。冯振《七言绝句作法举隅》(世界书局 1936 年版)选有《杨花》。

第四,叶燮诗论与诗歌交叉研究。钱锺书《谈艺录》(上海开明书店 1948 年版)不仅对叶燮的诗学主张加以评述和辨析,还论及叶燮诗歌,认为其诗风尖刻瘦仄,趋于宋格,指出叶燮虽有和杜、韩、苏之诗,却纤密无气韵。后来周振甫、冀勤编著的《钱锺书〈谈艺录〉读本》(中央编译出版社 2013 年版)专门列出《论叶燮诗》一节,文后附有解读。尽管钱氏对叶燮诗歌评价不高,但结合叶燮诗论与创作进行探究的视角值得重视。

第五,对《原诗》的辑录。林纾主编的《文学讲义》(中华编译社印行)杂志在第三期(1916 年 7 月印行,1918 年 11 月重订)正编部分《诗法精义》和第四期(1916 年 7 月印行,1919 年 1 月重订)附录部分《诗法精义》中均以较大篇幅辑录了叶燮《原诗》的部分内容。

由上而论,这一时期是叶燮诗论研究的发轫期。虽在一些方面还谈得较为简略,但对《原诗》理论内容、诗学宗旨、范畴等的把握具有一定的深刻性,尤其是郭绍虞对叶燮文学史观的阐释、钱锺书对叶燮诗论与诗歌的观照都极富启发意义。至于叶燮诗歌,虽然所选数量较少,但也表明其诗集中不乏佳作。

(二)20 世纪后半叶的叶燮诗论与诗歌研究

随着时代的发展和研究的深化,这一时期学界对于叶燮诗论的认识更趋深入,评价丰富多样,其中既有诗论史、美学史、文学理论史著作的宏观把握,也有专著的系统观照、单篇论文的细致分析等。具体来说,可分为以下几个方面。

第一,就叶燮文艺思想、诗论价值的评价而言,见解多样。一是充分肯定。金克木《谈清诗》(《读书》1984 年第 9 期)认为叶燮的《原诗》独具特色,不但全面、系统、深刻,而且将文学观和宇宙观合一。叶朗《中国美学史大纲》(上海人民出版社 1985 年版)高度评价叶燮为中国美学史所做出的卓越贡献,对其以"理、事、情""才、胆、识、力"为中心的美学体系给予肯定,并加以深入分析。刘若愚《中国的文学理论》(赵帆声等翻译,中州古籍出版社 1986 年版)指出,在众多清代文论家中只有叶燮与众不同:他是一个集表现观、实用观和玄学观之大成者。二是有所质疑乃至否定。成复旺《对叶燮诗歌创作论的思考》(《文学遗产》1986 年第 5 期)认为叶燮诗论虽具有唯物主义认识论的倾向,但并不符合诗歌创作的实际,指出对叶燮诗歌创作论的思考也是对我们自己文学观念的思考;并在其执笔的《中国文学理论史(四)》(北京出版社 1987 年版)中批评叶燮的文学发展论存在严重的不彻底性,缺乏起码的历史唯物主义观点,指出叶燮的辩证法在历史的转折时期实际上是比片面性更有害的东西等。三是持折中的观点。张少康《叶燮文艺思想的评价问题》(《苏州大学学报》1983 年第 4 期)强调要从历史发展中考察叶燮的文艺思想:实事求是地分析其继承前人的部分和他自己独创的部分,全面辩证地分析其积极方面与消极方面。蒋凡《关于叶燮的学术思想》(《学术月刊》1984 年第 1 期)有感于学界对叶燮美学价值的过高评价,指出叶燮的世界观相当复杂,既有唯物的一面,又有唯心的一面,不能机械地一分为二,要具体分析才能真正揭示叶燮美学思想的光辉。除上述外,青木正儿《清代文学评论史》(日本岩波书店 1950 年出版,中译本有 1988 年中国社会科学出版社版等)、宇文所安《中国文论读本》(1992 年问世,中译本名为《中国文论:英译与评论》,2003 年由上海社会科学院出版社出版)对叶燮诗论都有较为精到的评述。

第二,就叶燮理论体系、诗学范畴的研究而言,成果丰硕。除了叶朗的《中国美学史大纲》,敏泽《中国文学理论批评史》(人民文学出版社 1982 年版)与《中国美学思想史》(齐鲁书社 1989 年版)着眼于叶燮的美学体系、诗学体系,一定程度上推动了学界对《原诗》的深入研究。尤其是他们对"体系"的标举,也使其学术研究呈现出鲜明的时代特征。蒋凡《叶燮和原诗》(上海古籍出版社 1985 年版)对于叶燮的研究更为全面,所论涉及叶燮的生平、思想、学术渊源、诗文创作实践、理论特色、本原论、正变论、创作论、批评论、地位局限及影响。袁行霈等《中国诗学通论》(安徽教育出版社 1994 年版)在标举叶燮诗学体系的同时,亦指出叶燮的诗论与创作基本倾向存在一致性。邬国平、王镇远《清代文学批评史》(上海古籍出版社 1995 年版)在第五章第二节主要从以"源流正变"为核心的诗歌发展论、主客观结合的诗歌创作论两个方面探讨了叶燮的文学思想,并指出《原诗》的价值在于力图建立起一个诗歌批评的体系。张健《清代诗学研究》(北京大学出版社 1999 年版)专辟"变而不失其正:叶燮对钱谦益一派诗学的继续展开"一章,强调"变"是叶燮诗学的核心及最高范畴,并主要围绕此分析了叶燮的诗学立场、理论内容及目的等。对于叶燮的艺术本原论、创作论,学界也投入了很大关注,先后出现了李欣复《叶燮的文艺本原论》(《河南大学学报》1984 年第 5 期)、阳晓儒《试论叶燮的创作论》(《广西民族学院学报》1988 年第 1 期)、王新民《叶燮艺术本源论新探》(《求索》1988 年第 6 期)、林衡勋《人文与天文合一——叶燮的审美创作基本原理初探》(《古代文学理论研究丛刊》第十八辑,上海古籍出版社 1997 年)等成果。卜松山《论叶燮的〈原诗〉及其诗歌理论》(王文兵翻译,《河北师院学报》1997 年第 4 期)运用比较研究的方法,简要探究了叶燮的诗论体系、批评用语渊源以及在明末清初诗界的地位。贺圣�《论叶燮诗学思想中本原论与创作论的悖违》(《上海大学学报》1998 年第 5 期)指出叶燮诗学本原论与创作论存在着两相悖违,认为叶燮的文学发展观有落后与保守的一面。

第三,出现了一些有关叶燮与中外诗论家的比较研究。蓝华增《"言志"派和"缘情"派的理论基础——〈原诗〉、〈沧浪诗话〉的比较研究》(《说意境》,云南人民出版社 1984 年版)从传统诗论中的"言志"与"缘情"两大派别说起,分别论述了《原诗》与《沧浪诗话》在诗的基本审美范畴与从属审美范畴之间的关系、诗歌创作的基础等方面存在的共同性,以及在论诗宗旨、对诗体的审美趣味等方面存在的差异,强调对二者的比较研究有助于考察时代和风气对二者诗论的影响等。朱桦《叶燮、歌德创作主体思想论》(《古代文学理论研究》第十五辑,上海古籍出版社 1991 年)通过比较叶燮与歌德关于艺术主客体关系、创作主体条件等的论述,认为二人观点存在共通之处。

第四,也是值得注意的,一些学者在论述叶燮的诗论时,对其诗歌创作也有所观照。丁履譔《叶燮的人格与风格》(台湾成文出版社 1978 年版)立足于人格与风格的密切关系,应用传统诗学与西方文艺理论,分"叶燮的人格与风格""叶燮的诗观""叶燮的影响""结论"四章探究了叶燮及其诗文的内涵、特征、思想、主张与影响。虽然所论重点在于叶燮的诗论,但也注意到其诗歌的价值:论述"叶燮的时代与生平家世"时,征引《已畦诗集》卷九《将远游奉别诸同人》组诗加以说明;论及"叶燮的学术主张及其性情风格",举出叶燮的七首山居杂诗,并认为这些诗可真正代表叶燮的心声;还特意在书后附录《已畦诗选录》,首先陈述"选录说明",指出《已畦诗集》卷四中的 167 首诗有助于更具体地了解叶燮的人格与风格,随后选录其中的 28 首诗。沈祖棻《唐人七绝诗浅释》(上海古籍出版社 1981 年版)提及叶燮的《客发苕溪》,并对此诗进行了精到解析。吕智敏《诗源·诗美·诗法探幽——〈原诗〉评释》(书目文献出版社 1990 年版)在评释叶燮的诗歌理论时,也注意到其诗歌创作,着重分析了叶燮的唱和诗、山居诗、游览诗,并指出叶燮诗歌在清初诗坛颇有名气、影响颇深。钱仲联《顺康雍诗坛点将录》(《苏州大学学报》1991 年第 1 期)以"地魁星神机军师朱武"拟叶燮,称许《原诗》的理论体系完善、卓立,认为叶燮兼通神韵、格调两派,但也指出叶燮诗歌与《原诗》不相符合。霍有明《论叶燮的诗歌理论及创作实践》(《唐都学刊》1992 年第 2 期)将叶燮的诗论与创作实践进行统一考察,认为叶燮的诗歌较自觉地实践了其针砭诗坛时弊的主张,指出叶燮的五古、七古、五律、七律、七绝可圈可点,尤对《度大庾岭》《客发苕溪》等诗有精妙阐发,强调叶燮在清代诗歌发展史上所处的重要地位和所发挥的重要作用值得充分估计。此外,一些专门以清人诗歌、诗集为研究对象的文献著作对叶燮其人、其诗也有评述和选录。邓之诚《清诗纪事初编》(上海古籍出版社 1965 年版)卷三精要评述了叶燮的生平、交游与诗文,并选录《已畦诗集残余》中具有纪事价值的《御马来》《军邮速》《荷锸夫》。钱仲联《清诗纪事》(江苏古籍出版社 1987 年版)"康熙朝卷"提及叶燮,依次节录邓汉仪、沈德潜、袁景辂、阮元、张维屏、谭献、杨钟羲等语,为今人了解清人对叶燮诗歌的评价提供了重要的文献资料;所选叶燮整首诗歌有《题项东井画黄叶村庄图》《河漕堤》《御马来》《军邮速》《荷锸夫》《吴汉槎北归赋赠次昌黎忆昨行韵》。袁行云《清人诗集叙录》(文化艺术出版社 1994 年版)卷八"已畦诗集十卷残余一卷"条,简明扼要地介绍了叶燮的生平、交游、诗论宗旨、诗风与后世影响。

综上所述,相较于 20 世纪前半叶,这一时期的叶燮诗论与诗歌研究均有较大的发展。以叶燮诗论研究来看,学界的关注点主要集中于其诗论体系、美学体系、诗学范畴等,评价也更趋丰富多元。一些学者在考察《原诗》的同时,对叶燮诗歌创作的价值也予以考察,反映出相关研究的不断深化。

(三)21 世纪以来的叶燮诗论与诗歌研究

进入 21 世纪以来,在承续以往研究成果的基础上,叶燮诗论与诗歌研究迎来了繁荣期,主要涉及叶燮的生平与交游、对叶燮诗学的理论反思、对叶燮诗论与创作实践的交叉研究等。

关于叶燮的生平、交游,蒋寅、廖肇亨等的研究较具代表性。蒋寅《叶燮行年考略》(原载于袁行霈主编《国学研究》第十卷,北京大学出版社 2002年;后收入蒋寅《清代文学论稿》,凤凰出版社 2009 年版)以编年的形式加以考述,对于了解叶燮生平事迹具有重要的史料价值,不足之处在于其中有些许舛误和遗漏。廖肇亨《叶燮与佛教》(见于李德强编《清代诗学文献整理与研究》,上海大学出版社 2016 年版)则主要侧重于考察叶燮的释门交游与佛教观。与之相关的,还有张沛然《清初苏州诗学大家叶燮考》(见于苏州市传统文化研究会编《传统文化研究》第二十一辑,群言出版社 2014 年版)。

在对叶燮诗学及其价值的理论反思、辨析与批评方面,一些学者的研究值得关注。蒋寅《叶燮的文学史观》(《文学遗产》2001 年第 6 期)首先指出叶燮的诗学创见并不在学界乐道的诗歌本体论、创作主体论之中,而是在其诗史观念中,接着重点从《原诗》的理论品格、文学史发展观、文学史动力论三个方面论述了叶燮诗学的理论价值所在;其《清代诗学史(第一卷)》(中国社会科学出版社 2012 年版)则在此基础上有所深化和发展,专门列"叶燮诗学的理论品位及诗史观"一节,分别从五个方面加以探讨;并在《原诗笺注》(上海古籍出版社 2014 年版)"前言"中明确指出叶燮有着与当代艺术史观念相通的诗歌史观,强调这是叶燮论诗能有独特见解的决定因素。严迪昌《清诗史》(浙江古籍出版社 2002 年版)下册专门列"叶燮《原诗》与沈德潜'格调说'异同辨"一节,着重从诗的发展与变化、抒情主体和表现对象两个方面辨析了叶、沈二人诗学观的异同。李建中等《中国古代文论诗性特征研究》(武汉大学出版社 2007 年版)称赞叶燮的《原诗》情理兼达,但指出其诗作只能算是二流。龚鹏程《中国诗歌史论》(北京大学出版社 2008 年版)认为《原诗》能得到推崇与学界重视"系统"有关,指出叶燮诗歌不佳且很多诗"皆可笑",批评叶燮论诗文舌纠缭。但在反驳叶燮一概抹杀前人言论的同时,自身持论亦不免偏激。田义勇《叶燮〈原诗〉的理论失败及教训》(《云南大学学报》2009 年第 3 期)则指出《原诗》存在核心范畴迷误、主客二分乖舛的缺陷,认为叶燮的理论尝试基本是失败的,批评叶燮根本不具备理论家与哲学家的基本素养,是一个理论探索上的悲剧人物。杜书瀛《从"诗文评"到"文艺学":中国三千年诗学文论发展历程的别样解读》(中国社会科学出版社 2013 年版)第二编第六章第二节对《原诗》的"集大成"价值给予充分肯定。魏耕原《叶燮〈原诗〉的偏激与失误》(《古代文学理论研究》第三十九辑,华东师范大学出版社 2014 年)认为叶燮持论偏激,指出其诗歌发展论、创作论、批评论均存在诸多偏颇与失控,批评《原诗》理论体系自相矛盾。王德兵、佴荣本《叶燮原诗之诗学本体对比研究》(《求索》2013 年第 5 期)主要从问题切入、研究思路、理论视点、范畴阐释四个方面比较了霍松林与卜松山《原诗》诗学本体研究存在的差异。杨家海《〈原诗〉本体缺失与本土文论建设》(《长江大学学报》2015 年第 3 期)结合学界有关《原诗》本体研究的成果,对《原诗》本体缺失的表现进行了简要评述,并由此反思如何建设本土文论。

关于叶燮对杜甫的诗学定位,陈水云、邓昭祺、曾贤兆先后予以论述。陈水云、王苗《叶燮论杜诗》(《杜甫研究学刊》2004 年第 4 期;后收入陈水云《中国古典诗学的还原与阐释》,中国社会科学出版社 2013 年版)选取《原诗》对杜甫诗歌的分析,指出叶燮对杜甫心胸、杜诗艺术及文学史地位的把握具有深刻性。邓昭祺《叶燮论杜甫——〈原诗〉理论缺失初探》(《文艺理论研究》2007 年第 4 期)着眼于叶燮的诗歌正变发展论、创作论、批评论,以叶燮论杜诗为中心,分别对《原诗》的理论缺失加以考察。曾贤兆《论叶燮的杜诗学——以〈原诗〉为对象的考察》(《北京社会科学》2016 年第 4 期)着眼于《原诗》对杜诗学的贡献,分别从六个方面论述了叶燮对杜诗的精微阐释。

此外,一些学者针对叶燮诗学的范畴、理论特色进行了更为深入的探讨。杨晖《古代诗"路"之辨:〈原诗〉和正变研究》(广西师范大学出版社 2008 年版)以"正变"为中心,重点解读了叶燮正变思想的成因与理论内涵。杨晖、罗兴萍《叶燮诗学思想研究》(凤凰出版社 2022 年版)还着重对叶燮诗学中的"活法""死法""陈熟""生新"等给予系统探讨。孙兴义《叶燮以"温柔敦厚"为诗本体的思想分析》(《古代文学理论研究》第三十七辑,华东师范大学出版社 2013 年)围绕《原诗》中提及的"温柔敦厚",对叶燮的诗教思想进行了深入探究。李立、李建中《叶燮的比喻性诗学》(《苏州大学学报》2017 年第 4 期)认为叶燮诗学的独特性在于善用比喻,并对叶燮比喻性诗学的具体呈现、成因、理论效果加以阐述。

　　这一时期学界还出现了一大批围绕叶燮诗论、诗歌创作进行研究的硕博论文,有力地推动了叶燮诗论与诗歌的交叉研究。蔡静平《明清之际汾湖叶氏文学世家研究》(复旦大学 2003 年博士论文,2008 年由岳麓书社出版)第四章分"生平、思想及著述""门风家学与叶燮文论及其影响""诗文创作及成就"三节,不仅重点分析了叶燮诗论的成就与价值,也对叶燮诗歌的特征、表现内容、风格有简要评述。陈雪《叶燮诗文研究》(西北师范大学 2006年硕士学位论文)对叶燮的生平、交游、著述、文论、诗文均有论及,注意到叶燮诗歌的思想内容与艺术特色。董就雄《叶燮与岭南三家诗论比较研究》(香港大学 2008 年博士论文,2010 年由中华书局出版)主要从诗学渊源、本体观、发展观、创作观、鉴赏观等方面论述了叶燮与岭南三家诗论的异同,指出屈大均、陈恭尹、梁佩兰三人诗论对叶燮的重要影响,研究的侧重点虽在于叶燮诗论,但对叶氏诗歌也有观照。如第四章第二节主要以钱仲联所辑部分清人评语为依据,简要评述了叶燮诗风;第五章第一节在考察叶燮与梁佩兰的交游时,引述叶燮诗歌,剖析诗意,推断二人交往始末。周雪根《清代吴江诗歌研究》(苏州大学 2010 年博士论文)第七章第二节从现实关怀、林下风味、酬唱赠答、山水纪游四个方面简要考察了叶燮的诗歌创作,但关注点主要在于题材内容,所论诗歌也十分有限。

　　除上述外,还有一些成果对叶燮诗论、诗歌也进行了探讨。朱萸《明清文学群落:吴江叶氏午梦堂》(上海人民出版社 2008 年版)在解读叶燮及其交游时,对叶燮诗歌多有关注。凌郁之《苏州文化世家与清代文学》(齐鲁书社 2008 年版)第三章第三节分别从叶燮及其文学思想、叶门弟子、沈德潜与叶燮之关系三个方面加以探讨。李朝军《叶燮的学古诗论与其诗歌创作》(《内蒙古大学学报》2010 年第 3 期)主要集中于叶燮的 29 首《山居杂诗》,

论述了叶燮诗论与创作之间的密切关联,认为二者的交叉研究有利于发挥两方面研究的相互促进作用。李朝军的另一篇论文《叶燮思想论略》(《中华文化论坛》2010 年第 3 期)考察了叶燮的政治观、妇女观、人生观、文学观,认为叶燮思想的历史进步性与局限性并存。美国学者梅维恒主编的《哥伦比亚中国文学史》(新星出版社 2016 年版)下卷第四十五章高度肯定《原诗》的理论价值,认为叶燮基本上是诗歌表现派理论的支持者,并对其理论观点进行了简要评述。时志明《盛世华音:清代顺康雍乾诗人山水诗论》(凤凰出版社 2017 年版)第七章第一节先论述叶燮的生平与诗学思想,继而对其山水诗加以考察。

综合上述三个时期的叶燮诗论研究,学界的关注点主要集中于叶燮的理论体系、诗学范畴、文艺思想、价值与地位、后世影响、理论缺失等,研究者遍及各地。其中虽硕果累累,但也存在不少亟待研究的学术生长点,如全面系统地探究叶燮的诗歌发展史观、叶燮对韩愈、苏轼的诗学定位、叶燮思想形成与发展的动因、叶燮诗学中的创作论与其创作实践的关系等。此外,要将叶燮诗学研究推向深入,我们还应加强《原诗》及其注文文本(即霍松林校注本、吕智敏评释本、蒋寅笺注本等)的结合研究。就叶燮诗歌研究而言,大多为概要式的评述和具体诗歌的解析,对叶燮诗歌渊源、主题与艺术特色的把握尚存较大的拓展空间。值得注意的是,学界对叶燮诗歌的认识呈现出两极分化的现象,有的学者认为不乏佳作,而有的学者则指出不值一提。对此矛盾现象的解答唯有回溯到具体的诗歌作品才能有的放矢。可以说,这种矛盾性本身就说明了研究对象所具有的潜在价值与重要意义,有必要挖掘以揭示其真貌。并且,学界对叶燮诗论与诗歌在清代的传播与影响虽有一定梳理与评述,但尚未从整体上给予全面观照。

三、研究方法、思路及创新点

(一)研究方法

本书以叶燮诗论与诗歌为研究对象,在文本解读、文献考证的基础上,具体采用了以下几种研究方法进行论述。

第一,在广泛联系与动态理念观照下的综合研究法。在论述过程中,本书将联系叶燮早年经历、短暂仕宦、罢官前后、授徒讲学以及各个阶段的诗歌作品,注重从分期的视角分阶段探究其思想形成、变化与风格特征;结合时代背景、交游、他人评价等,力求动态把握叶燮的创作实践与理论建构;虽以叶燮的《原诗》与《已畦诗集》《已畦诗集残余》为研究重点,但也结合其《已畦文集》《已畦琐语》等加以考察,如《已畦文集》卷八、卷九中的观点就与《原诗》在诸多方面有一致之处。

第二,理论与创作结合研究法。本书运用文本细读法、定量分析法考察叶燮的诗歌创作,并结合叶燮的诗歌发展史观、对诗歌大家的诗学定位等加以论证。探源叶燮诗论而不忽略其创作,注重向内寻求其理论来源和依据,指出他人对叶燮的影响只能是外在因素,而不可能起到决定性的作用。

第三,多角度比较研究法。叶燮的《原诗》亦如其题名所言,在于探源古今诗歌发展,故而其对很多著名诗人、诗作、诗论都有关注。因此,以比较法加以观照,可知叶燮诗论的继承、传承与发展。同样,叶燮在诗歌创作中也多言及历代诗人与诗歌,或化用诗句,或次韵诗歌,以比较法加以考察,既可探得叶燮诗歌的渊源,也可见前人诗歌在叶燮创作中的接受与发展。

(二)研究思路

本书的研究思路与结构布局主要如下:绪论分述选题缘起、研究意义、研究现状、研究方法,以彰显本书的价值性、可行性;在此基础上,第一章依次对叶燮的生平、交游、著述进行评述,以便从整体上对叶燮其人以及诗歌创作实绩有一个提纲挈领式的把握,为接下来详加分析其诗论与诗歌打下基础;第二章重点考察叶燮的诗歌本质论,并以《原诗》为中心,阐述叶燮诗学的理论支点及其思想渊源与价值;第三章论述叶燮对历代诗歌的整体把握,探究其诗歌发展史观;第四章逐一论述叶燮对杜甫、韩愈、苏轼的独特定位,展开诗论与创作的融合研究,说明其自觉诗学建构意识的成因;第五章分别从诗歌渊源、诗歌主题、诗歌艺术三个大的方面分析其诗歌创作,寻绎背后隐含的创作理念与现实选择,揭示其宗法渊源、新变价值与艺术特色,结合诗论与创作,可谓水到渠成,合乎逻辑。第六章梳理与论述叶燮诗歌、诗论在清代的传播和影响。结语对本书进行全面总结,实事求是,鉴往知来,指明此研究的价值及今后的努力方向。

(三)创新点

本书在参考学界研究成果的同时,通过叶燮诗论与诗歌的文本阐释与考述,力求在以下四个方面进行一些创新性的探索:①基于叶燮对历代诗歌的诗学定位,全面把握其诗歌发展史观以及对杜甫、韩愈、苏轼的独特定位;②通过叶燮诗论与诗歌的交叉研究,揭示二者存在的密切关联,把握叶燮诗歌创作的渊源、主题与艺术特色,得出创作实践是其诗论的重要来源这一结论;③依托《已畦西南行草》《已畦诗近刻》《已畦诗旧存》《国朝四家诗集》《已畦诗选余旧存》等目前学界鲜少提及的文献资料,深入理解叶燮诗歌的价值、传播与影响;④较为全面地展示自清初 300 多年来叶燮诗论与诗歌的接受与研究状况。

最后,说明一下本书所使用的叶燮诗文版本。就《原诗》而言,采用代表学界最新研究成果的《原诗笺注》(蒋寅笺注,上海古籍出版社 2014 年版,2023 年增订)。就叶燮诗文集来看,虽然康熙二弃草堂刻本(影印收入《四库全书存目丛书》集部第 244 册,齐鲁书社 1997 年版)刊刻时间早,但与梦篆楼重刊本(影印收入《丛书集成续编》第 124 册集部,上海书店出版社 1994 年版)相比,却存在多处缺字、蠹蚀等问题,如《已畦诗集》卷七《张超然送泥美人侑之以诗次韵答之》一组诗文字脱漏极多。因此,经过审慎比较,本书所引叶燮诗文主要采用经由叶德炯、叶启勋等校定的梦篆楼重刊本,同时参考康熙二弃草堂本。而对于两个版本的异同与差异,将在第一章第三节"叶燮著述考"详加说明,此处不再赘述。

第一章
叶燮的生平、交游与著述

读古人书,与古人对话,自当知人论世,重返文本,探寻其中精义,以示今人于良训。对叶燮而言,相关的生平、交游、著述研究,学界虽有不少成果,但仍有深入挖掘、补充丰富之余地与必要。

第一节　叶燮生平考

关于叶燮的籍贯,清代典籍中主要有三种说法:江南吴江人、浙江嘉兴人、浙江嘉善人。《清诗别裁集》叶燮小传云:"字星期,江南吴江人。"[①]《清史列传》曰:"叶燮,字星期,浙江嘉兴人。"[②]《晚晴簃诗汇》云:"叶燮,字星期,号横山,嘉善人。"[③]当今学界则依据上述说法各有表述,或言"浙江嘉兴人"[④],或谓"因历史上汾湖曾隶属嘉兴,故曰嘉兴叶燮"[⑤]等。不难看出,后

---

① 沈德潜等编:《清诗别裁集》卷十,上海:上海古籍出版社,1984 年,上册,第385 页。

② 王钟翰点校:《清史列传》卷七十,北京:中华书局,1987 年,第 18 册,第5732 页。

③ 徐世昌编,闻石点校:《晚晴簃诗汇》卷三十六,北京:中华书局,1990 年,第 2 册,第 1340 页。

④ 叶朗:《中国美学史大纲》,上海:上海人民出版社,1985 年,第490 页。

⑤ 时志明:《盛世华音:清代顺康雍乾诗人山水诗论》,南京:凤凰出版社,2017 年,中册,第732 页。

人的认知或时有讹误,或语焉不详,亟待给予说明。

实际上,造成这种混乱的原因在于古代有籍与贯之分,贯指祖籍,籍则因具体情况而有别。徐珂《清稗类钞·考试类》"考试之籍贯"条言道:"考试士子之籍贯,有民籍、商籍、灶籍、旗籍,均沿明之旧也。吾国国籍法,至光绪末叶,始经政府制定颁行,其前则惟考试者始有籍贯也。父兄本已著籍甲县,其后,乙县之应试者较少,为之子若弟者,改就乙县,于是父子兄弟之县籍遂不同矣。"①清人籍贯之复杂,由此可见一斑。若以祖籍来看,叶燮这一派属吴江"同里分派汾湖支",故应为江苏吴江人无疑。叶燮所撰《纂修吴江县志定本序》有"邑人叶燮"②"燮生长此土"③之言,可为证。但若按应试籍贯来说,叶燮曾"贯浙之嘉善籍,补弟子员",以浙江嘉善称之籍也不为过。袁景辂《国朝松陵诗征》叶燮小传"康熙庚戌进士"下自注云:"嘉善籍。"④当然,最有说服力的证据还是叶燮本人所言。他在康熙甲戌(1694)年所作的《听松堂姓字记》中写道:"予,吴人也,为籍于浙之嘉郡。"⑤对其祖籍和应试之籍有明确说明。由此推定叶燮是以嘉善籍应乡试、会试、殿试,中进士,继而为官扬州宝应的,此后并未改籍。

至于叶燮为何以浙籍应试? 一方面,这与叶家在嘉善有亲戚息息相关。叶燮《从侄以申五十初度序》就提及其叶氏"支流派衍,散居大江以南,各为宗支",其中有一派就分布在浙江嘉兴⑥。另一方面,或与叶燮改名避祸有关。人所共知,叶燮谱名世倌,在其父叶绍袁的各类著述中均以此名称之;而在现存叶燮的著述中绝字不提其谱名,可见最多的是"横山叶燮",也有"嘉善叶燮星期"与"吴江叶燮星期"之称。但依据康熙二弃草堂刻本《原诗》与上海图书馆藏《已畦西南行草》《已畦诗近刻》(两卷木)版心均下题"二弃艸堂"(其余叶燮著述版心下题"二弃草堂"),可知"嘉善叶燮星期"的

---

① 徐珂:《清稗类钞》,北京:中华书局,2010年,第2册,第726页。
② 叶燮:《已畦文集》卷九,《丛书集成续编》第124册集部,上海:上海书店出版社,1994年,第733页下。
③ 叶燮:《已畦文集》卷九,《丛书集成续编》第124册集部,第734页上。
④ 袁景辂:《国朝松陵诗征》卷五,清乾隆三十二年(1767)刻本,上海图书馆藏。
⑤ 叶燮:《已畦文集》卷五,《丛书集成续编》第124册集部,第692页下。
⑥ 叶燮:《已畦文集》卷十,《丛书集成续编》第124册集部,第748页下。

称谓必定早于"吴江叶燮星期"之称。因此,他的改名既不是为了避讳或避耻,更谈不上皇帝赐名,当与避祸有极大关联。并且,对于改名如此重大的事情,叶燮没有给予任何说明,这本身就值得推究。究竟何时改名? 大致可推定在1661年左右,即他结束长达十年之久的坐馆,意欲仕进之际。如清顺治十七年(1660)刊刻的《倚声初集》卷四依然以谱名称之:"叶世倌,星期,吴江人。"由上可知,"叶燮,江苏吴江人,浙江嘉善考籍"的表述是符合实际的,而"浙江嘉兴人"与"浙江嘉善人"的说法则过于笼统,均不准确。总之,吴江、嘉善于叶燮意义重大,其平生交游多与之相关,具体可参看本书附录"叶燮文学交游对象简况表"。

由对叶燮籍贯的论述,可以看出要考察叶燮生平可依托以下几方面内容:其门生沈德潜的相关著述;清代的官书野史,如《清史稿》《清稗类钞》;叶燮本人的诗文著述;以及叶绍袁的《叶天寥自撰年谱》《年谱续纂》《甲行日注》等。在结合这些文献的基础上,还应从时间和空间两个方向入手。从时间来看,能够较为清晰地看出其一生的活动轨迹,弄清楚前后事件之间存在的关联。而从空间来看,则有助于把握地域文化、重大人生节点等对叶燮的深刻影响,理解嘉善、宝应、吴江、横山等于叶燮的重要意义。因此,本节在考述叶燮生平时,将不拘泥于传统的以时间为主线的研究思路,而采取纵横结合的方式展开。

一、早岁多故,家室播迁(1627—1661)

明天启七年(1627)九月二十九日,叶燮出生于南京。当时明朝已摇摇欲坠,各种矛盾风起云涌,国衰将变,身处其中的家族、个人命运自然受到重要影响。是年,伴随着其父叶绍袁"不得他委"的官职调动,由四月改除南京武学教授至十一月又任北京国子监助教,叶氏一家老小不得不疲于迁居。也是在这一年,叶家还经历了丧失亲人的变故,叶绍袁于此在《叶天寥自撰年谱》中悲痛地记述道:"白下一往返,余丧嗣兄,妇丧表妹,俱有关心之痛。"①人生往往有富于戏剧性的一面。叶绍袁所遭遇的官场失意、家室屡

---

① 叶绍袁编,冀勤辑校:《午梦堂集》,北京:中华书局,2015年,下册,第1016页。

迁、亲人相继离世,似乎为叶燮的苦难人生埋下了"伏笔"。从明崇祯五年(1632)到清顺治元年(1644),叶燮不到二十岁,就先后经历三姐、大姐、二哥、祖母、八弟、母亲等至亲的去世以及甲申明亡,家国巨变叠加,可以想见他当时的心境是何等悲切。

顺治二年(1645,南明弘光元年),叶燮应嘉善"芄支之试",名列第一,得到时贤称赞。叶绍袁《年谱续纂》云:"学使闽中李介止名于坚,夙著才名。甚赏偁文,评云:'辞锋郁壮,妙辩纵横,至慧心灵悟,雷霆发声,万国春晓,岂小乘家可望。'钱阁学塞庵先生更为击节,有'以南华之汪洋,阐楞严之了义'之语,比之吴因之焉。"①从参加童子试以及李于坚、钱塞庵二人的评语来看,叶燮此时的思想已表现出儒释道合流的倾向。应试是为此后的科举奠定基础,学而优则仕的儒家思想十分明显;"以南华之汪洋"则是对庄子纵横妙辩的继承;"慧心灵悟,雷霆发声,万国春晓,岂小乘家可望"与"阐楞严之了义"无疑濡染佛禅。是年八月,为躲避清兵追杀,叶燮随父辗转寄居于僧庵之中。因不愿献媚清兵,感念"臣子分固当死,世受国家恩当死,读圣贤书又当死"②,叶绍袁于八月二十四日"决计游方外以遁";二十五日,叶绍袁又携众子往圆通庵,将"三幼孙藏之他所,冀存一线";二十七日,叶绍袁冒雨赶往栖真寺,是夜"可生上人为祝发焉",削发为僧。无疑,这些都使叶燮对亡国之痛有了切身体验,尤其是叶绍袁的出家对叶燮进一步亲近佛家提供了机缘。此后,叶燮常常随父往返丁寺庙庵舍,结识了很多僧人禅师,如"月明庵慧持邀斋,与侗、偘赴之"③,"与偘、倕早往奉慈庵"④,"余与偘、倕返茗香庵"⑤等。这些庵舍既是叶燮等食居会友之地,也是潜心研学的好场所,更是丰富的藏书之处,加之他又有"通《楞严》《楞伽》,老尊宿儒莫能难"的佛学功底与灵悟,故而其时研读佛典、接受佛学思想自在情理之中。这些都为叶燮日后著书立说提供了充足养料。

---

①　叶绍袁编,冀勤辑校:《午梦堂集》,下册,第 1050 页。

②　叶绍袁:《甲行日注》卷一,叶绍袁编,冀勤辑校:《午梦堂集》,下册,第 1098 页。

③　叶绍袁:《甲行日注》卷一,叶绍袁编,冀勤辑校:《午梦堂集》,下册,第 1106 页。

④　叶绍袁:《甲行日注》卷三,叶绍袁编,冀勤辑校:《午梦堂集》,下册,第 1138 页。

⑤　叶绍袁:《甲行日注》卷五,叶绍袁编,冀勤辑校:《午梦堂集》,下册,第 1167 页。

顺治三年（1646）三月十八日，叶燮与嘉善王子亮之女在仓促中成婚。之所以如此，一是遵照父命践行婚约。叶绍袁此前对叶燮的婚事极为焦灼："两幼主室家之好未完，佺、倕未婚。岂不痛心。然留之事虏，必不可，我亦无可奈何耳。"①二是负责采选淑女的太监已横行浙中，逼近嘉善，及早完婚迫在眉睫。新婚燕尔，理应享受甜蜜，但时局动荡、居无定所已迫使叶燮此时心生凄凉。他在这一年十一月二十四日所作的诗中写道："湖光烟树共凄迷，隐似龙丘暂托栖。一载征凫新岁月，两山飘叶自东西。重将笠影双窥镜，去年在皋亭。历话萍踪又听鼙。围坐瓷瓶倾共醉，篱边村酒待频提。"②由物的凄迷飘零写到人的萍踪不定，无奈只好共醉消愁，伤感不已。十二月二十日又有诗云："回首行踪话旧庐，黄公垆畔数残墟。愁心细冷攒梅萼，奋思难飞引蝶裾。午夜几樽消暗烬，十年一日送穷书。嶙峋惟有岩头石，玉露兼葭溯不虚。"③在怀念旧庐、为造次颠沛而愁心重重、奋思难飞之际，又有几分嶙峋傲骨，其诗才已崭露锋芒。

关于叶氏父子的贫居之况，下面的描述更令人心酸。顺治四年（1647）四月初九，"佺、倕归，亟往就迁计。佺、倕督舟，余与佺、侗步行二十里抵旧园"④；十五日，"迁茅坞徐墓秀蓉堂"⑤。一月之内，如此频繁迁居，其中苦楚可想而知。屋漏偏逢连夜雨，随着家境的日益恶化，他们不得不四处奔走借钱。在叶绍袁的著述中，时常可见"佺往承天寺称贷，空手徒返"⑥、"侗、佺往吕山告贷归晚"⑦等记载。尽管如此，他们并未因贫而丧失道义，而是持守志向，扶危济困。《叶天寥自撰年谱》亦云："二月，北上，余借贷稍能治装，而从弟来甫，迫于婚期，贫无以为资也。余濒行，解装中金赠之，得完室家之事。"⑧自家尚需借贷而行，但为了帮助他人，叶绍袁毅然慷慨解囊，表现出高

　　① 叶绍袁：《甲行日注》卷一，叶绍袁编，冀勤辑校：《午梦堂集》，下册，第1099页。
　　② 叶绍袁：《甲行日注》卷三，叶绍袁编，冀勤辑校：《午梦堂集》，下册，第1145页。
　　③ 叶绍袁：《甲行日注》卷四，叶绍袁编，冀勤辑校：《午梦堂集》，下册，第1151页。
　　④ 叶绍袁：《甲行日注》卷五，叶绍袁编，冀勤辑校：《午梦堂集》，下册，第1169页。
　　⑤ 叶绍袁：《甲行日注》卷五，叶绍袁编，冀勤辑校：《午梦堂集》，下册，第1170页。
　　⑥ 叶绍袁：《甲行日注》卷三，叶绍袁编，冀勤辑校：《午梦堂集》，下册，第1141页。
　　⑦ 叶绍袁：《甲行日注》卷五，叶绍袁编，冀勤辑校：《午梦堂集》，下册，第1168页。
　　⑧ 叶绍袁：《叶天寥自撰年谱》，叶绍袁编，冀勤辑校：《午梦堂集》，下册，第1016页。

尚的品格。他们其时的困境亦可从接受亲朋的馈赠看出一二,兹举几例:"某贷于冯纪纲,茂远知之,惠二十金,即为卒岁之资"①;"茂远又惠十金,余告匮也"②;"茂远又馈二十金,米六石,为献春之需"③。此外,诸多变故致使叶家窘迫至极,也使得叶燮在学业上有所耽搁。叶燮《已畦文集自序》云:"予年始冠,遭世多故,家室播迁,累岁无宁所,遂致失学。"④其《答沈昭子翰林书》亦云:"燮幼遭世故,未尝知学。"⑤好在叶燮并未放松读书,而是"发愤下帷,读书圆通庵中"⑥,以弥补因乱变而影响的学业,为日后的科举登第打下了坚实基础。

顺治五年(1648)九月,叶绍袁去世。此后,叶燮便携众家人迁居平湖冯茂远家,开始了长达十年之久(1651—1661)的坐馆生涯。其《平湖孙郭过赵传》曰:"余于顺治辛卯,假馆于平湖冯氏,因携家往。辛丑,复归分湖旧居,居平湖十年。"⑦这一时期虽有冯茂远一如既往的帮助,但叶燮一家的生活还是较为艰难,变故频仍,四哥叶世侗、七弟叶世㑴、二姐叶小纨接连辞世。

由上不难看出叶氏一家的贫居与困窘,但也从中可见家国多变、家世渊源对叶燮的重要影响。就人生志趣而言,叶燮对叶绍袁有所承续,其《西华阡表》曾言:"府君每指堂额,以诏燮等曰:'我家自都谏公以来,五世食禄,所贻者止此二字,故我每一顾不敢忘。我虽贫,不为戚戚,固穷安命,可以自怡。汝辈若能兴起继志,吾愿毕矣。'小子燮谨泣而志之。"⑧时隔多年,叶燮仍记忆犹新,其 生安贫乐道当与家庭教育、濡染有所关联。还有叶绍袁的

① 叶绍袁:《甲行日注》卷六,叶绍袁编,冀勤辑校:《午梦堂集》,下册,第1185页。
② 叶绍袁:《甲行日注》卷六,叶绍袁编,冀勤辑校:《午梦堂集》,下册,第1188页。
③ 叶绍袁:《甲行日注》卷六,叶绍袁编,冀勤辑校:《午梦堂集》,下册,第1192页。
④ 叶燮:《已畦文集》,《丛书集成续编》第124册集部,第645页上。
⑤ 叶燮:《已畦文集》卷十三,《丛书集成续编》第124册集部,第768页上。
⑥ 叶绍袁:《年谱续纂》,叶绍袁编,冀勤辑校:《午梦堂集》,下册,第1044页。
⑦ 叶燮:《已畦文集》卷十八,《丛书集成续编》第124册集部,第806页上。
⑧ 叶燮:《已畦文集》卷十四,《丛书集成续编》第124册集部,第771页上。

慷慨助人、亲近佛禅、嗜书好酒、安于隐逸、仰慕陶渊明①，以及倾心杜甫、苏轼②等，都对叶燮日后为官从政、著书立说产生了不可忽视的影响。如叶燮论诗取源佛禅，以杜甫、韩愈、苏轼为宗便可从中寻得踪迹。若往前追溯叶燮诗论的家世渊源，我们亦可发现叶燮与袁黄的论诗主张有诸多内在相通之处。袁黄（1533—1606），字坤仪，号了凡，浙江嘉善人，著有《了凡四训》《祈嗣真诠》《游艺塾文规》等。袁黄与叶氏家族关系十分密切，不仅与叶燮祖父叶重第为挚友，而且对叶绍袁有养育之恩，其中"绍袁"之名便有绍续、感恩袁氏之意。且袁黄自幼深受佛学影响，成年后又遇云谷禅师指点授学，因而其思想对叶绍袁有重要影响。目前虽无明确资料可证叶燮直接受到袁黄的影响，但通过比较袁黄《骚坛漫语》③与叶燮《原诗》，可以从中发现二者之间的共通点。以对《诗经》的认识来看，袁黄在《骚坛漫语》中强调"诗之道决当以《三百篇》为宗"，叶燮《原诗》开篇亦指出"诗始于《三百篇》"。以对唐诗的看法而言，袁黄不主张论诗"类曰以唐为宗"，认为这是笼统之见，提出"当辨其体，而随时论之"；而叶燮论诗也反对独宗盛唐。袁黄论诗重视人品高迈、心胸开阔，反对剽窃字句，认为"虽能袭字句，具声响，亦如乞儿说饱，终非本色"；而叶燮论诗亦注重胸襟、心声、品量、诗如其人等，反对一味摹拟。袁黄推重风雅诗教，对"今之作者，专尚虚浮，绝不知性情礼义为何物，《三百篇》之意荡然尽矣"的做法给予批评；而叶燮亦感叹风雅道衰，对现实诗坛弊病大加抨击。当然，二人论诗也有不同之处，如袁黄认为"李于鳞之诗，构思颇远，造诣亦工，佳者固多，而疵句亦不少"，从诗歌鉴赏的角度对李攀龙既有肯定也有批评；而叶燮在《原诗》中则对李攀龙批驳其多。但总的来说这种比较研究是富有价值的，对于深入认识叶燮诗论的家世渊源有所裨益。

综上所论，叶燮少小聪颖过人，早年好学刻苦，无奈为生计而时常颠沛

① 参见孟羽中：《韶音永续—读叶绍袁〈一松主人传〉》，《古典文学知识》，2015 年第 1 期。

② 参见蔡静平：《明清之际汾湖叶氏文学世家研究》，长沙：岳麓书社，2008 年，第 110—111 页。

③ 袁黄撰，黄强、徐姗姗校订：《〈游艺塾文规〉正续编》附录，武汉：武汉大学出版社，2009 年，第 484—493 页。

流离,居无定所,并深受家世、家学影响。家国多变所造成的苦难生活,不仅锻造了他日后坚韧的性格以及身处陋室仍发愤读书的品格,也使其养成了喜交贤者雅士、遍游名山大川的豁达胸襟,可谓失中有得。

二、壮岁出仕,勤政清廉(1661—1676)

如果说叶燮早年的诸多变故大多是被动之变,承载着难以言说的苦痛,那么他选择应试出仕虽是一种主动之变,却依然充满艰辛。首先,历时时间长。从顺治十八年(1661)返归分湖到康熙十四年(1675)就任宝应知县,长达十五年之久。其次,为之做了大量准备工作。积极应试,于康熙五年(1666)参加浙江乡试,中举人,其主考官为张玉书、刘广国①;康熙九年(1670)参加会试、殿试,中二甲第二十一名进士②。择贤而师,出时任庆元知县程雪坛门下,得大儒真传,且受程氏影响颇深:"观先生之为宗法如是,而益知先生之持己居官无一不本于学,所以绍正叔先生之传者至矣。燮不敏,幸在先生之门,傥窃得附正叔先生私淑之末,抑又有厚幸焉,而非所敢望也已。"③极为称赞程雪坛持己居官、接物律人之风范。再者,有不得已的苦衷。关于为何出仕,叶燮在《百愁集序》中陈述了作为士子的隐痛:

> 民之业有四,曰士、农、工、商。农、工、商各守其业,虽有逢年之丰音与夫奇赢操作之不同,然守其业皆可泽其家,糊其口,大约不甚相远也。若夫士则不然,有遇与不遇、得志与不得志之殊:其遇而得志,则万钟之富、公卿之贵,韩子所谓丈夫得志于时者之所为;否则有藜藿不饱、鹑衣不完,甚有一饱之无时,坎壈困苦,无所不至。④

与从事农工商者相比,士人之间的差别甚远:遇而得志,则荣华不尽;不

---

① 黄安绥:《国朝两浙科名录》,杭州:浙江古籍出版社,2012年,第40页。
② 朱保炯、谢沛霖:《明清进士题名碑录索引》下册,上海:上海古籍出版社,1979年,第2655页。
③ 叶燮:《己畦文集》卷九,《丛书集成续编》第124册集部,第742页上。
④ 叶燮:《己畦文集》卷八,《丛书集成续编》第124册集部,第732页下。

遇而不得志,则鹑衣蔽体,困苦坎坷。即便如此,叶燮参加科考确有通过仕进来改变现状的期望。叶燮《宿弋阳署中赠谭左禹明府》曰:"昔予少辞垅上耕,十年九染京洛尘。"①明言自己早年为追求功名而奔波。他在《二弃草堂记》中也对"客"所说的"既循例而营升斗之禄,又求入世矣,迨入世而后见弃"②表示认可,指出"予之事科、举窃升斗,固尝求入于世矣"③。另据王嗣槐《叶星期文序》云:"余方自笑其迂,而星期已脱颖去。因叹士子迫于贫窘,急急迎合以取世资。"④再次表明,叶燮选择出仕既有实现志向抱负的考虑,也实与需维持生计、养家糊口有关,这既是符合传统与谋求自我发展之举,也是迫于贫窘的不得已之举。诚如他初到宝应时所作《次韵训学亭二兄见贻之作却寄》其二道:"三径自抛松菊旧,一枝即托牧刍安。"⑤明言"自抛"过往,以举第登科来缓解困厄。

　　虽然困苦如此,但难能可贵的是,叶燮在就任宝应县令期间,并没有以此作为鱼肉百姓的平台,而是秉公办事,颇有惠政。徐珂在《清稗类钞·师友类》"汪钝翁叶星期各有门徒"条中加以称道:"星期前宰宝应,值三藩倡乱,驿道云扰,黄、淮交涨,堤岸屡决,毁家纾难,民赖父安,固非仅以文学表见者也。"⑥这概括来说,就是勤政爱民、敬德清廉。初任宝应,叶燮便遭遇万难极穷的困境,水患灾害、财政紧张等重担压身:"夫以一千七百两之地丁,按月立时提解,无可挪移,书生初任为县令,安得家有余赀以应在官之急?"⑦"安得"是无奈,也是抗议。为解决这些棘手的问题,叶燮只能千方百计称贷以应。如前所述,叶燮早年向人告贷是为家用,而此时为政官府仍要举债济困,以致后来被罢官后仍有债主向他追呼征索,但见其四壁萧然遂作罢,其中滋味令人心酸。按照当时的情况,"凡是经手钱粮的官吏,其陋规弊端最

①　叶燮:《已畦诗集》卷四,《丛书集成续编》第 124 册集部,第 891 页下。
②　叶燮:《已畦文集》卷六,《丛书集成续编》第 124 册集部,第 695 页下。
③　叶燮:《已畦文集》卷六,《丛书集成续编》第 124 册集部,第 696 页上。
④　王嗣槐:《桂山堂文选》卷一,《清代诗文集汇编》第 73 册,上海:上海古籍出版社,2010 年,第 37 页。
⑤　叶燮:《已畦诗集残余》,《丛书集成续编》第 124 册集部,第 960 页下。
⑥　徐珂:《清稗类钞》,北京:中华书局,2010 年,第 8 册,第 3583 页。
⑦　叶燮:《已畦文集》卷十三,《丛书集成续编》第 124 册集部,第 765 页下。

多。如户部(即财政部)奏效有'部费',一个书吏库丁,都可腰缠累累"①。
更何况一个堂堂县令,掌握着现征支应、藩司拨补、驿站急需、贷款等钱粮大
事,即便财政不充裕,满足"为令者事上官出其中,交游出其中"的费用并非
难事,前县令孙蕙即是如此。叶燮深知此中陋规弊端,他不愿同流合污,正
如他所说的"安能餍大吏之欲,结交游之欢乎?"初读《与吴汉槎书》中叶燮对
为官宝应前后官府钱粮数目的叙述,会觉得烦琐无比,但细想之后就不难体
会其为政的苦心与为民的真心。

为政者敬德就是以德政治理天下,最大限度地发挥德的至善效能,仰不
愧于天,俯不怍于人,这样才能获得人民的尊敬。叶燮确实做到了这一点。
针对一些为官者的腐败言行,叶燮认为取之钱粮已有失公廉,而取之词讼则
更是以丧尽天良、黑白颠倒、敲骨吸髓来满足私欲,理应坚决痛斥。他深知
"世固有行之而辙效者矣",也明了"善之可慕,恶之当戒"②,但一人之力又
怎能改变现实呢? 唯独能做的就是不断审视自己的为政所为,使自己不敢
懒政、不敢不作为、乱作为;时时以天地良心为鉴,以人民疾苦为鉴,以德施
政;时常扪心自问,还发出倘有"丝毫昧心"则"天殛其躯,俾无遗种"③的毒
誓。表明其对为政清廉有深刻认知,并躬身践履。尤其在面对康熙十五年
(1676)黄淮交溢的重大自然灾害时,根据当地人民的各自实情征派工役,并
"督夫救护,寝食于堤"④长达三月之久,使河堤终获安全,其勤政保民的官德
值得肯定。

康熙十五年(1676)十一月,叶燮因故被黜。对于其中缘由,主要有三
点:一是性格伉直,不愿谄事大官;二是大官吹毛求疵,想方设法罢其官;三
是因为诽谤,"一谤者曰浚民及卖菜佣""谤者又曰贩盐鱼以市利"⑤。若进
一步考究,除此三点,其内在原因当与叶燮固守其志有关。叶燮在《与吴汉
槎书》中言道:"仁兄从容询及弟废弃之由,盖弟获戾以来,绝不欲白于人久

① 萧一山:《清史大纲》,上海:上海古籍出版社,2014 年,第 65 页。
② 叶燮:《已畦文集》卷十三,《丛书集成续编》第 124 册集部,第 766 页上。
③ 叶燮:《已畦文集》卷十三,《丛书集成续编》第 124 册集部,第 766 页上。
④ 叶燮:《已畦文集》卷十三,《丛书集成续编》第 124 册集部,第 767 页上。
⑤ 叶燮:《已畦文集》卷十三,《丛书集成续编》第 124 册集部,第 766—767 页。

矣,且用世之念已绝,使置辩,人必曰其殆希复进乎？非我志也。"①他所言的
"志"就是光明正大,持守有道,契合身心内外。所以,叶燮反复强调"士贵有
志"。《蓼斋诗草序》云:"夫士贵有志,苟无志,则无适而不自安于卑下,何郁
勃不平之有？"②《孝廉徐俟斋先生墓志铭》云:"夫士贵有志,志卑则降,志降
则身必辱,身辱矣,有不辱其亲者乎？"③有"志"故而不愿卑下受辱,受到报复
打击、诽谤丛生以致被罢官也就在所难免了。换言之,为官时不愿满足大吏
私欲来换得交游之欢,鄙弃卑躬屈膝,是其志节所在;罢官后绝意复进亦是
在持守其志。因此,叶燮被黜实是内在与外在多重原因、矛盾集合所致,这
在其诗歌中也有鲜明反映。为官宝应之初,直言"随方好觅安心法,拙宦才
谙行路难"④,对自己不合时宜与为官之难已有担忧,试图寻找安心之法。被
黜之前,亦言"悔别青山废读书""怕说升沉逐境迁""官厨炊冷敢言清""莫
怪生涯如许拙""敢持半偈质明星"⑤,悔意频生、怕言升沉,心境愈加复杂,徘
徊于进退之间,似有归隐之意。

　　在短短一年半的宝应从政生涯中,叶燮虽然经历了从希望到失望乃至
愤慨的过程,但同时也收获了与当地人民结下的深厚情谊。离别宝应时,父
老乡亲"悯我前涂穷,十步九逡遭。醵钱赠行装,俾获买舟扁"(《赠行
碑》)⑥;重至宝应时,"斗酒双鱼喧客厨,故人饷我且为娱。难忘凤习冲晨鼓,
唤起离愁入夜乌"(《重至宝邑杂诗》其二)⑦,热情欢迎、招待叶燮。另就其
诗集来看,《已畦诗集》卷六整卷"俱为白田倡和",也可证明他与宝应(古称
"白田")的感情非同一般。据该卷《再叠侍读前韵八首答无功孝廉》其一自
注云:"余凡三至白田。"说明他罢官后仍心系宝应,重访故友,且这三次的具
体时间都可考证:第一次为康熙十六年丁巳(1677),《叠韵答刘禹美都谏四
首》其四自注"丁巳,禹美公车余,无以为赠,解身上一袍赠之"可为证;第二

---

①　叶燮:《已畦文集》卷十三,《丛书集成续编》第124册集部,第765页上。
②　叶燮:《已畦文集》卷八,《丛书集成续编》第124册集部,第725页上。
③　叶燮:《已畦文集》卷十六,《丛书集成续编》第124册集部,第787页下。
④　叶燮:《已畦诗集残余》,《丛书集成续编》第124册集部,第960页下。
⑤　叶燮:《已畦诗集残余》,《丛书集成续编》第124册集部,第963页。
⑥　叶燮:《已畦诗集残余》,《丛书集成续编》第124册集部,第963页上。
⑦　叶燮:《已畦诗集残余》,《丛书集成续编》第124册集部,第965页上。

次为康熙二十二年癸亥(1683),《叠韵答刘禹美都谏四首》其四自注"癸亥,予过白田,与赠公唱和诗在《征雅初编》"可为证;第三次为康熙二十八年己巳(1689),有《己巳夏五访故人于白田诸同好存慰有加赋长句奉贻拈十三覃韵四首》与《余癸亥冬过白田临行朱勖孺孝廉赋二律送别忽忽六载尚未赋答兹复至白田漫赋奉投兼报癸亥之作仍限覃韵四首》诸诗可为证。

总之,为官宝应于叶燮一生都具有重要意义。这里是梦圆之地,多年的从政夙愿得以实现;也是伤心之地,被迫罢官,对官场众相有了更深的体察,思想就此发生重大转变;还是钟情之地,赢得了当地人民的爱戴。当然,为官宝应给予叶燮的还不止这些,所作《已畦琐语》就是这一段难忘经历的理论结晶,实可为官箴。兹举其首段:"治民有一定之法程,则人知所遵,而奸吏猾胥不敢上下其手。同一事也,赏则均赏,罚则均罚,故赏一人而天下劝,罚一人而天下惩也。乃有赏不足劝,罚不足惩者,可不深思其故乎?"①能有此深见,当与他在宝应从政时身体力行是密不可分的。而其中对"法"的重视以及基于现实弊病而发的写作理念与《原诗》一脉相承。正如沈椘德《已畦琐语跋》所言:"星期先生所著《已畦琐语》,大半为居官者而发,或直捷以规之,或婉转以讽之,亦无一语不深切明著,而于吴下气习,复言之洞悉如此。人人当书一通,以置座右。"②

三、黜后游居,矢志著述(1676—1703)

进则仕,退而隐,这是古代士人通常的抉择,但要真正做到隐居独善绝非易事。正如叶燮在《从祀说》中征引孔孟之言所说:"昔孔子曰:'隐居以求其志,行义以达其道。'孟子曰:'穷则独善其身,达则兼善天下。'然则一千四百年道统之绝者,特隐居独善者绝耳。"③叶燮出仕行道,而一旦被黜,退隐明志也就自在情理之中。通过《已畦诗集》卷二《石门访隐者不遇四首》《坐顷隐者归叠韵四首》等诗,我们可以看出叶燮对"隐"实有一种向往。因此,正是因于罢官,叶燮有了对过往种种的回顾审视与对此后生活的筹划,有了游

---

① 叶燮:《已畦琐语》,《丛书集成续编》第 42 册史部,第 649 页。
② 叶燮:《已畦琐语》,《丛书集成续编》第 42 册史部,第 654 页。
③ 叶燮:《已畦文集》卷三,《丛书集成续编》第 124 册集部,第 673 页下。

历四方、遍访各界人士而寓目写心的自由骋怀,有了久在樊笼而复返山居的适意自得,有了充足的时间来潜心研读,探求诗文之道,著书立说,讲学授徒。下面就从这四方面展开论述。

康熙十五年(1676)除夕,叶燮作《被黜后叠前韵六首》,对其罢官后的生活和复杂心绪有所说明。其一云:"自分清狂干太和,冥鸿到处弋偏多。那能麇性驯金勒,长谢鹓行听玉珂。入世惯从危处熟,半生错向醒中过。依然初服荒三径,一任风前发浩歌。"①其三云:"自揣输人百不如,白头旅馆岁逢除。当年谩说随车鹿,此夜真伤衔索鱼。只有关情千里句,从今阁笔数行书。诸君莫问休官话,愧杀江乡笠泽渔。"②归隐之意浓烈。还有"昨宵一枕家山梦,别有伤心那得亡"(其二)③的怅惘伤心,"不为衰颜甘弃置,十年前已让时名"(其五)④的甘于被弃。回忆、坦然、伤心、孤独、展望等汇集一身,反映出叶燮对过去、当下与未来的思索。

康熙十六年(1677)到康熙四十一年(1702),叶燮交替于"游"与"居",乐此不疲。他"生平好名山水,如同饥渴"⑤,但这一夙愿在罢官前并未得到很好的实现,仅曾于康熙十一年(1672)初夏畅游黄山。罢官之后,既无案牍之劳形,也不用追前筹后,身心俱获自由,故而游历四方。四处游历使叶燮饱览各地自然人文,认识了更多具有不同思想经历与知识层次的人,心胸开阔了,眼界扩大了,见识也得到极大增长,随之转化、结晶为文学作品。他的诗集中有大量纪行诗便是明证,如《岭南杂诗》《始入庐山过万杉寺晤可绍上人》《追记黄山庐山两游》《将远游奉别诸同人》等。同时,为了增强理论的说服力和语言的形象性,他在进行诗学阐述时常借游历中所观之景来加以说明:

> 试以一端论:泰山之云,起于肤寸,不崇朝而遍天下。云之态以万

---

① 叶燮:《已畦诗集残余》,《丛书集成续编》第 124 册集部,第 963 页下。
② 叶燮:《已畦诗集残余》,《丛书集成续编》第 124 册集部,第 963 页下。
③ 叶燮:《已畦诗集残余》,《丛书集成续编》第 124 册集部,第 963 页下。
④ 叶燮:《已畦诗集残余》,《丛书集成续编》第 124 册集部,第 963 页下。
⑤ 叶燮:《已畦诗集》卷九,《丛书集成续编》第 124 册集部,第 947 页下。

计，无一同也。以至云之色相、云之性情，无一同也。云或有时归，或有时竟一去不归；或有时全归，或有时半归，无一同也。此天地自然之文，至工也。若以法绳天地之文，则泰山之将出云也，必先聚云族而谋之，曰："吾将出云而为天地之文矣。先之以某云，继之以某云；以某云为起，以某云为伏；以某云为照应，为波澜，以某云为逆入，以某云为空翻，以某云为开，以某云为阖，以某云为掉尾。"如是以出之，如是以归之，一一使无爽，而天地之文成焉。无乃天地之劳于有泰山，泰山且劳于有是云，而出云且无日矣！①

　　叶燮认为，风云雨雷都是天地之大文，遵循自然之"理、事、情"，并通过泰山之云的千姿百态、无一相同来说明诗文创作亦不可泥于死法而不知变通。如果他没有在泰山居住半年的实历，所论是不会如此痛快淋漓，所述也不会这样形象生动，令人信服。不仅如此，叶燮嗜"游"如命，年已七十高龄仍然以未登华山、峨眉山为憾，决定出游以完成心愿，并对众人说道："人之寿夭，固不可以年豫计，且余此行原不决望生还。"②显然，游历已成为其生命不可缺少的组成部分。

　　游历也能体察山水之妙，达意抒怀，使生命得以升华。例如在康熙二十四年（1685）冬的庐山之游中，他前后居住十三天，庐山的幽邃淡远、恍惚变迁得以入眼入心，故而"得诗四十余首"③。除了游历中的短暂山居，叶燮还钟情于罢官后的山居生活，在孤独清贫中享受这份宁静所带来的适意自得。在他看来，"大凡居山贵得其意，不在铺叙其事而劳其心与身。今观其一日之中，自卯至酉，笔墨、饮食、行住、坐卧一一绳以定课，曾无片晷之宁，与在荘朝市闻执手版、持筹算者何异？"（《题山居图后》）④与在朝做官劳心劳力、无片刻宁静不同，山居贵在自得其意，自由无拘。

　　作于康熙十七年（1678）冬的《二弃草堂记》则直言："予居横山之阳。横

①　叶燮著，蒋寅笺注：《原诗笺注》内篇上，第138—139 页。
②　叶燮：《已畦诗集》卷九，《丛书集成续编》第124 册集部，第947 页下。
③　叶燮：《已畦文集》卷六，《丛书集成续编》第124 册集部，第698 页下。
④　叶燮：《已畦文集》卷二十二，《丛书集成续编》第124 册集部，第834 页下。

山,吴诸山之所弃也,童然顽然块礧耳,曾未闻有游屐至者。"①在此记中,他还通过与"客"的问答,对以往科举、做官与黜居横山之间的有机联系进行了系统阐述,指出既然"世"与"予"之间从心迹、事理方面都存在无法调和的矛盾,那么"两相弃"也就成为必然。并认为自己罢官之后的居处、饮食、耳目皆为世所弃,但却因弃而有得。可见此时已超越了刚罢官时复杂矛盾的心境,而忘情于世事。如其《已畦记》所云:"余山居以来,既无所短长于世,凡世间万事万物皆付之可以已矣。"②另外,《已畦诗集》卷一开卷即录《山居杂诗》,也可说明横山山居于叶燮的重要意义。这些诗歌集中描述了他自食其力又丰富多彩的山居生活:或"忘我并忘山"③,感受清风的沐浴;或熟悉山情,与山灵对话,思悟山景"不动艮止义,变易胡顷刻"④的灵动;或躬身田埂,体味"甜酸恣口腹,一味思友生"⑤;或"饭罢僧叩门,偕我闲寻步"⑥,与友人山间畅游,等等。不过,叶燮的山居生活并不都是恬淡安逸,还有孤独寂寞,其《女姜圹铭》曰:"居士自放弃山中,生平知交落落不复见,素心人可与晨夕者绝无有。山中岑寂,终岁觅一语笑不可得。姜时时在侧,能为谐谑语以解居士忧,居士时为破颜一笑,居士偶出门,必牵衣以送入门,必远呼阿父,以迎而诵其所亲读书。居士怜之,竟死。"⑦

"横山"于叶燮的重要性,还可从其"号"中看出。对于叶燮的号,通常有"横山""已畦"两种说法,另有以"独岩"称之,但较为少见。如沈德潜《叶先生传》曰:"先生姓叶,讳燮,字星期,号已畦,寓居横山,学者称横山先生。"⑧袁景辂《国朝松陵诗征》曰:"字星期,一字已畦,号横山。"⑨《吴中叶氏族谱》卷三十四《世系表·同里分派汾湖支》"叶燮"条曰:"原名世佔,字星期,号

① 叶燮:《已畦文集》卷六,《丛书集成续编》第124册集部,第696页上。
② 叶燮:《已畦文集》卷六,《丛书集成续编》第124册集部,第698页上。
③ 叶燮:《已畦诗集》卷一,《丛书集成续编》第124册集部,第858页上。
④ 叶燮:《已畦诗集》卷一,《丛书集成续编》第124册集部,第858页下。
⑤ 叶燮:《已畦诗集》卷一,《丛书集成续编》第124册集部,第858页下。
⑥ 叶燮:《已畦诗集》卷一,《丛书集成续编》第124册集部,第859页上。
⑦ 叶燮:《已畦文集》卷十七,《丛书集成续编》第124册集部,第800页下。
⑧ 沈德潜著,潘务正、李言校点:《归愚文钞》卷十六,《沈德潜诗文集》,北京:人民文学出版社,2011年,第3册,第1398页。
⑨ 袁景辂:《国朝松陵诗征》卷五,清乾隆三十二年(1767)刻本,上海图书馆藏。

独岩,一号已畦。晚年纂修族谱,未竟而卒,迁居苏州东跨塘横山,世称横山先生。"①综合来看,以"横山"称之,是言其常居之处;以"已畦"称之,是言其山居所做之事,或畦间种植,勤勤恳恳,或进行文学创作,如其诗文集以"已畦"命名,可算是甘于山居的真实写照;以"独岩"称之,是言其与佛门的关系。此外,从叶燮的自题也可知"横山"在叶燮心目中的地位:其一,"横山叶燮"。如《带存堂记》末题"康熙壬戌春王二月横山叶燮记"②,《已畦文集自序》末云"横山叶燮自题时康熙甲子春王上元前一日"③,《宝应重修六事亭碑记》末谓"康熙己巳八月望日横山叶燮撰"④,《乐志堂记》末谓"康熙庚午秋七月横山叶燮记"⑤,《积善菴改建律院碑记》末题"康熙辛未秋七月横山叶燮记"⑥,《永定寺大悲殿记》末题"康熙癸酉春王上元前一日横山叶燮拜撰"⑦,等等。其二,"横山已畦居士叶燮"。如《百愁集序》末题"横山已畦居士叶燮"⑧。其三,"横山山人叶燮"。如《菁湖水月庵碑记》末谓"横山山人叶燮"⑨。从为友人撰文到自序,明确标举"横山",常常自比"山人""居士",这些都说明横山在叶燮心目中的地位举足轻重。因为这里是他罢官后的安身立命之处,也是对外交游的身份昭示。

黜后游居使他体验到前所未有的自由,也为其著书立说提供了契机,《原诗》《已畦诗集》等多于这一时期创作完成,受到时人和后世推重。叶燮曾言:"放废十载,屏除俗虑,尽发箧衍所藏唐宋元明人诗,探索其源流,考镜其正变。盖诗为心声,不胶一辙,揆其旨趣,约以三语蔽之,曰情曰事曰理。"⑩如果不是长达十年的"放废",是难以探得上述"工诗之旨"的。推而

---

① 叶德辉等纂修:《关中叶氏族谱》卷三十四,辛亥年增修本,上海图书馆藏。
② 叶燮:《已畦文集》卷五,《丛书集成续编》第124册集部,第686页上。
③ 叶燮:《已畦文集》,《丛书集成续编》第124册集部,第646页。
④ 叶燮:《已畦文集》卷七,《丛书集成续编》第124册集部,第708页上。
⑤ 叶燮:《已畦文集》卷五,《丛书集成续编》第124册集部,第688页上。
⑥ 叶燮:《已畦文集》卷七,《丛书集成续编》第124册集部,第709页上。
⑦ 叶燮:《已畦文集》卷七,《丛书集成续编》第124册集部,第710页下。
⑧ 叶燮:《已畦文集》卷八,《丛书集成续编》第124册集部,第732页下。
⑨ 叶燮:《已畦文集》卷七,《丛书集成续编》第124册集部,第711页下。
⑩ 参见张玉书:《已畦西南行草序》,叶燮:《已畦西南行草》,清刻本,上海图书馆藏。

广之,叶燮对文章之道的思考与探寻更是如此,其《已畦文集自序》曰:

> 家贫,力不能买书,及居荒山,又无处可借书。即欲读书无由,益甘心为不读书不识字之人已矣!已伏而思曰:古今之书无穷,善读书究亦未能卒读。就目前之书,苟能随在而读之,揆其趣而究其归,则天地之道未尝不备,圣贤之理未尝不出,古今之治乱兴亡之迹未尝不胪然具列而可知其故。今乃晓然于凡文章之道,当内求之察识之心,而专征之自然之理,于是而为言,庶几无负读书以识字乎!且文之为道,当争是非,不当争工拙。①

这一段话实在重要,逻辑严密,层层推进,可视作叶燮诗文之道的总纲领:随在自得、追源溯流、内外兼求是其读书作文之道,囊括天地、圣贤、古今则是其文章指归。天、地、人是古代文化思维最基本的范畴与结构,也是叶燮始终关切的基点与要旨,由此生发出他对古今诗文的宏观观照与精微剖析,进而著述颇丰,卓然自成一家。再者,他虽遁迹荒山,与世无争,但论及读书之道、诗文之道却主张"当争是非",表现出独出己见、不随人是非的学术品格。

诗文如其人,无论是早年的清贫颠沛、壮年的薄禄坎坷,还是后来游居山水、著书立说,叶燮都不忘持守其"士贵有志"的初心,晚年更是如此。正如袁景辂《国朝松陵诗征》所评:"晚年寓萧寺,有富豪家招之饮。曰:'吾忍饥诵经,岂不知屠沽儿有酒食耶?'其性刚直,至老如此。"②贫贱不移,持守其志,一生久历艰危却不改其刚介本性,算得上真正的大丈夫。另据此段文字中提及的"萧寺",也可探得叶燮的思想、居住与婚姻状况。"萧寺"一指浙江禾城(嘉兴)萧寺,为佛教寺院,叶燮《湖上吟序》有"余遇之禾城萧寺,读其《湖上吟》诸作"③之语,又有《禾城萧寺遇董介休即坐口占》一诗;二指佛寺,由《已畦诗集》中"侧身萧寺影飒衰""萧寺亦闻歌""萧寺鼓钟埋剑气"等诗

---

① 叶燮:《已畦文集》,《丛书集成续编》第 124 册集部,第 645—646 页。
② 袁景辂:《国朝松陵诗征》卷五,清乾隆三十二年(1767)刻本,上海图书馆藏。
③ 叶燮:《已畦文集》卷八,《丛书集成续编》第 124 册集部,第 728 页上。

句可知,其对佛家十分亲近。至于叶燮为何常居佛寺,除了与其佛学倾向、常年游居有关外,还不能不考虑他的婚姻。

　　根据现存所见文献,叶燮先后娶过两房妻室,一是前述的王子亮之女,二是朱氏。叶燮《女姜圹铭》有言:"女姜,已畦居士幼女,侧室朱氏出。"①叶燮的夫妻关系如何? 可以从其诗文中得到解答。在叶燮看来,人之性情始发于夫妇:"六经之言皆备五伦,而《诗》独首言夫妇。然则夫妇者,性情发见之始事也。"②所以他对《诗经》所言的"妻子好合,如鼓琴瑟"极为赞同,期望夫妇和顺。但事实上,叶燮的夫妻关系却较为紧张,其从侄叶舒颖《又感事三绝句》其三自注言及自康熙戊申(1668)以后"叔闺房时有反目,后乃至于分居"③。另在叶燮的诗歌中,有关"妻"的诗句也不少,"予持手版恶风堕,妻孥窃讪终无成""入门微禄羞妻子,不敢临江赋采兰"等,薄宦无成,妻子频生埋怨。加之自己"年华屡换偏添拙""梦醒知身拙""拙哉稻粱谋""年来生计拙"等,宦拙、身拙、计拙致使光景清贫,因而其夫妻不和很大程度上与生计维艰有关。另通过"上惭何与周,妻肉均两欲""遐然思物化,内愧妻与肉"等诗句,也可看出他因此对妻子深深的愧疚。就其初心来说,叶燮多么希望通过读书来成就大业、光耀家室,如其《巢松乐府序》所云:"士束发读书,其性情志虑必有所期。上之期立三不朽业,比迹皋夔;次则显荣名享厚禄以耀妻子乡党,为人所羡慕;又次之则才效一官,智效一得,以稍自愉快。"④但时代、现实、个人境遇使得这种期许变得十分渺茫。还有叶燮在《张超然送泥美人侑之以诗次韵答之》十首组诗中极尽对"妻"的想象与言说。尽管叶燮也有"老妻稚子惊"之句,但综合来看,叶燮笔下的"老妻"与之总有一种疏离感、隔膜感,远不如他所推崇的杜甫笔下的"老妻"那样温馨可敬、一往情深。当然,这还与叶燮的性格耿介、为人兀傲有所关联。因此,经由上述所考,叶燮的常年游居、时常与友人酬酢、晚景凄凉也就可得而知了。

　　康熙四十二年(1703),叶燮以七十七岁高龄离世。回顾其一生,叶燮不

①　叶燮:《已畦文集》卷十七,《丛书集成续编》第124册集部,第800页下。

②　叶燮:《已畦文集》卷九,《丛书集成续编》第124册集部,第738页下。

③　叶舒颖:《叶学山先生诗稿》卷十,《丛书集成续编》第127册集部,第254页上。

④　叶燮:《已畦文集》卷九,《丛书集成续编》第124册集部,第742页下。

仅常常与贫苦、忧患相伴,而且也衰病侵身。在《将远游奉别诸同人》诗前序言中,叶燮曾说:"余回想七十年来,忧患险阻,无境不历,每诵孟夫子'生忧死乐'之言,信其理之必然。"①忧患险阻更加深了他对于人生的认识。《再叠侍读前韵八首答无功孝廉》其五则云:"近郊精舍绕枫楠,多病维摩卧蔚蓝。余适病肺甚。"②《偶作叠韵》亦曰:"四大交征并作痰,衰年肺病苦难堪。"③也正是在这种贫病交加的境遇中,他养成了对于人生的豁达与洒脱,并矢志著述,寄意于诗文。或许这也是他高寿的重要原因。

总而言之,叶燮一生困窘,时运不济,但他持守人格,刚正不阿,于读书、学问潜心钻研,富有批判精神。无论是对人生历变、四方游历,还是山居生活、诗文创作,都十分注重观察、反思和总结,力求上升到理论的高度加以认知,自成一家之言,从而启迪后学,影响深远。

第二节　叶燮交游④考

叶燮一生经历丰富,交游甚广。从其《已畦文集》的文体分类来看,除前四卷的论、说、辨外,其余十八卷中的记、序、书、墓志铭、传、祭文、题辞等大多与其交游有关。其中,单是为友人诗文集所写的序就有数十篇之多;就其诗集而言,有关赠答唱和的诗作不胜枚举,如卷一《奉和秋岳先生惠示次韵》《叠韵重答孟举》《叠韵三答友鲲》等;至于明言"交游"的诗句亦为数不少,如"交游渐减勿为烦""始信交游凭皓首""失路交游老自深""交游只在读书签""随世交游怀桂树"等。据笔者统计,叶燮诗文集中所涉人物多达数百

---

①　叶燮:《已畦诗集》卷九,《丛书集成续编》第124册集部,第947页下。
②　叶燮:《已畦诗集》卷六,《丛书集成续编》第124册集部,第919页上。
③　叶燮:《已畦诗集》卷六,《丛书集成续编》第124册集部,第921页上。
④　关于叶燮交游,可参见本书第六章第一节"清人对叶燮诗歌的选评及其诗学价值"。

人①,若再加上时人有关其交游的记述以及叶燮门生,其朋友圈之广大令人惊叹。这些人中既有故交、新识,也有文学诤友;有座主、同年,也有晚辈学生;有遗民、布衣,也有高官、禅僧等,可谓遍及各个阶层。

叶燮在《听松堂姓字记》中曾坦言其交友之道:"予尝谓交友之道为类,不一类之中而聚散、合离、久暂、疏密俱不可以意计。计年四十以前,此地之交滥而不择。又十年来,仆仆风尘交益不可问。予因念数十年来交游之感,黯然不可胜述,存殁、离合、聚散邈如梦中,如隔世,如飘风骤雨一过无迹。"②从中可以看出叶燮对以往交游的反思、深情与重视。显然,无论是志趣相投的同"类"之交,还是貌合神离的"不一类"之交,都曾经在叶燮的人生历程中留下难以磨灭的印记,对其思想形成、诗文创作、理论建构等都具有或大或小的影响。因此,考观叶燮的交游,不仅有助于更为深入地还原与呈现立体的叶燮,知悉其诗学倾向与渊源,也有利于了解当时社会的士人交往、文坛风尚与思想风潮。在这方面,学界已有一些探索。如邓之诚《清诗纪事初编》所言:"与曹溶酬唱甚多,两人皆尊杜者。吴之振纯乎宋派,亦共吟坛,则不解所由矣。"③已注意到从叶燮与曹溶、吴之振的交游来推定其诗学崇尚,尤其是邓氏所说的"不解所由"更值得详加考究。董就雄《叶燮与岭南三家诗论比较研究》专列"叶燮与梁佩兰交游考"一节,由此入手展开比较研究,进而确立屈大均、陈恭尹、梁佩兰诗论对叶燮有重要影响的论断。总的来说,二人立论虽有待商榷,但着眼于叶燮交游的研究思路对后人还是颇有启发意义的。

基于叶燮对交游有"类"的认知,故而拟从以下几个方面加以考述:凡叶燮明确提及"道义之交"或与之相近的归入一类,在主要诗义宗旨上与叶燮存在争鸣或别趣的归入"诤友之交",与叶燮诗学思想存在一定关联或相互影响的归入"诗友之交",把叶燮与受业弟子之间的交游归入"忘年之交",将叶燮与佛道人士的交游归入"方外之交",至于与官宦人员的交游则归入"仕

---

①　本节所涉人物不再一一叙述其字、号、籍贯等,具体参见本书附录一《叶燮文学交游对象简况表》。

②　叶燮:《已畦文集》卷五,《丛书集成续编》第124册集部,第692页下。

③　邓之诚:《清诗纪事初编》卷三,上海:上海古籍出版社,1965年,第380页。

宦之交"。需要说明的是,这六种分类并非泾渭分明,而有着一定的重合与交叉。若考虑到它们皆以叶燮诗文为依托,则完全可以统归为文学或诗友之交,这里为了更条分缕析地观照叶燮交游,明晰其心路历程以及诗学思想的成因、影响等,故分述如下:

一、道义之交

自古以来,肩负道义与妙手著文相辅相成,如此其人其作方能流传于世而为人称道,因而古人极其看重富有道德、正义的道义之交。叶燮一生虽贫困潦倒,仕途受挫,但在不同时期结下的道义之交,无论是对其人生抉择、情感慰藉、道义声援,还是对其诗文创作都起到了不可忽视的作用。

首先来看叶燮与吴兆骞(1631—1684)的交游。根据叶燮《与吴汉槎书》中所载"弟自黜废山野,于今七年矣""仁兄为三十年道义之交",可知其与吴兆骞始交应在顺治十年(1653)左右。也正是通过这封书信,叶燮将罢官前后的事情原委、心志一一呈现,可谓其内心世界的真实记录。但其中值得注意的是,叶燮为何致书吴兆骞? 邓之诚指出:"燮尝致书吴兆骞,述己罢官由李振裕之谗。兆骞方为大学士明珠子揆叙授读,盖欲使主人翁知之耳何其不达。"①似言之成理,但所说与叶燮信中所言自相矛盾。一则吴兆骞明确问及被黜缘由。与此前知交故人的"从无有闻问齿及"相比,吴兆骞的"不以弟贫贱废弃而勤勤恳恳""从容询及"使叶燮倍感欣慰,知音交心,故而愿意坦言相告。亦如叶燮所说:"仁兄能知我者也,何不可言耶?"二则吴兆骞的坎坷苦痛使叶燮与之产生共鸣。吴兆骞因受顺治十四年(1657)南闱科场案的牵累而流徙宁古塔多年,可谓九死一生,同样叶燮也是遭谤罢官,历经磨难,有相似经历,自然能惺惺相惜。三则叶燮此时已绝意仕进。被黜之际,"或劝弟通声气以求齿牙之援,弟固力不能,且不欲,宁事败而终不悔",如此不合时宜,那么历经七年的沉潜,"用世之念已绝",就更不可能经由致信吴兆骞来攀附上官,使明珠知悉。这既不符合叶燮所自言的愚戆刚介,也不合情理。至于"毫不置辩""向不置辩"而为何对吴兆骞长篇述说呢? 旨在使多年

---

① 邓之诚:《清诗纪事初编》卷三,第379页。

未见的好友知其心迹，不为其时流播的铄金销骨之论所惑："谤器诟厉，欲杀欲割，从未闻知交中有一言剖白者，此子长所以欷歔而亟著《货殖传》也。"又云："然其中二事传闻异词，因事失实，有须剖明者。"因此，"剖白""剖明"事实，如司马迁那样立言明志，是叶燮写作此信的主要目的。由上观之，叶燮极为看重与吴兆骞的深情厚谊，所以陈情抒怀，备述始末。

而吴兆骞对叶燮诗论与诗歌亦有高度评价："予与星期别廿七年，顷北归，相晤里中，握手寒凉欷歔外，星期即慨然论诗。自汉、魏至元、明，批郤导窾，溯源析流，所言皆有根柢，而意颇少所可。其论少陵诗尤详切，如《哀王孙》《丹青引》诸篇，人皆能诵其辞、叹其妙，星期别有抉髓入神之论，皆昔人所未发者，盖苦心于此久矣。读其投赠诸歌行，予为之反覆三叹，乃知皮掇貌似少陵者无论，不足与语少陵诗，并且不足与语星期之诗也矣。"①从中能够看出二人交情不浅。

关于二人交游，叶燮在其诗歌中也有诸多反映。《已畦诗集》中有九首赠答、悼念吴兆骞的诗歌，其中《吴汉槎北归赋赠次昌黎忆昨行韵》有诗句云："人生生死并离合，升沉荣辱阖与开。今君历尽钢百炼，从此学道何有哉。终天之恨雁行戚，此日酬尽无馀灾。"②听闻好友绝塞返归，不禁百感交集，赠诗抒怀，欣喜、伤感、回忆、祝福、夸赞融汇一处，极尽人生感悟与寄寓。另长诗《汉槎携令子南荣枉顾草堂兼以入都言别留信宿赋长歌以送其行》由景及人，情景交融："前涂尽是鹣鸾侣，为念穷交到草堂"，感念吴兆骞不忘穷交；"千秋知己儿蛾眉，泪珠一握酬无价"，抒发知己难遇，友谊无价；"昔人片语立通侯，拾紫何须长袖舞"，肯定友人才力，饱含忠告；"信宿深留终古心，江南蓟北同芳草"，虽将远隔一方，但友谊长久。还有《闻吴汉槎卒于京邸哭之》组诗，对良友才力的叹赏、时运不济的叹息溢于言表，读之令人落泪。如此来看，叶燮与吴兆骞虽不常谋面，但在道义上是心灵相通的，这在叶燮的交游中自有其典型性，而于明清之际士人间的交游中又有普遍性，是当时的时代环境所造成的长久伤痛。

与吴兆骞的多年未见而道义相勖相比，叶燮与沈菜（1626—1672）亦属

① 叶燮：《已畦诗近刻》卷一，1920 年抄本，上海图书馆藏。
② 叶燮：《已畦诗集》卷二，《丛书集成续编》第 124 册集部，第 875 页下。

道义之交,其《怀轩说》说道:"苍舒令兄子佩,与余为束发道义交。"①二人相交甚密、感情深厚由此可见一斑。又《赠沈苍舒》曰:"忆昔论交日,鸰原四十年。(令兄藕庵)雨风深研席,花月半婵娟。汝颍逢荀爽,池塘有惠连。不禁华屋泪,巢燕旧堂前。"②长达四十年的"鸰原"之谊,除了说明叶燮有情有义外,也可见其所交也是品德高尚之人,如《两浙輶轩录》沈棻小传曰:"沈棻,字子佩,号藕庵,平湖人。沈季友《行述》略曰:'府君性英爽,喜交游。遇友人患难贫乏,倾身济之。'"③沈季友为沈棻之子,与叶燮亦为好友。叶燮《题沈客子紫茜村庄图》其一云:"二十年前憩此中,曾将雌霓讯吾翁。于今生死伤心处,说与堂前半槁桐。尊人藕庵。"④重返故地,触景生情,句句饱含思怀。另由叶燮与沈氏一家三人皆有交游,亦可见时人对叶燮人品与诗才的肯定。当然这并非个案,经由本书附录一《叶燮文学交游对象简况表》,可知叶燮还与朱克简、朱经父子,计东、计默父子,陈绍文、陈锐父子,蒋伊、蒋陈锡父子,魏允柟、魏儒勋父子,陶季、陶蔚父子等都有交游,其中胡直方、胡宗濂父子以及魏儒勋、陶蔚皆为其受业弟子,足见其声誉之佳。

　　叶燮与曹度、过铭簠亦相交至深,志义相投。其《带存堂记》云:"余三十年前,馆于石门钟氏之居,得交曹君叔则……余每造其庐而有质焉……余闻其言而志之,别去且三十年。"⑤又《平湖过叔寅处士墓志铭》云:"先是顺治辛卯,予迁家平湖,依我祖舅氏冯以居,因得交其里之老成贤者过先生。相过从月,日无间。越十年,辛丑予携室返,乃别先生。犹间岁至湖,至必造先生庐。"⑥闻言而志,亲密无间的切磋交流,长达数十年的友谊,无疑这些人的文章、品德、气节都对叶燮的思想形成与发展产生过一定影响。

　　由上来看,叶燮的道义之交也是肺腑之交、患难之交、君子之交与诗友之交,在叶燮的人生历程中发挥着重要作用。

---

①　叶燮:《已畦文集》卷二十一,《丛书集成续编》第124册集部,第827页下。
②　叶燮:《已畦诗集》卷九,《丛书集成续编》第124册集部,第944页下。
③　阮元、杨秉初辑,夏勇整理:《两浙輶轩录》卷一,杭州:浙江古籍出版社,2012年,第1册,第21页。
④　叶燮:《已畦诗集》卷五,《丛书集成续编》第124册集部,第909页上。
⑤　叶燮:《已畦文集》卷五,《丛书集成续编》第124册集部,第685页下。
⑥　叶燮:《已畦文集》卷十五,《丛书集成续编》第124册集部,第781页下。

二、诤友之交

文人相轻乃至论争,自古而然,这在清初文坛也十分常见,如王士禛与赵执信的论辩,汪琬与归庄、阎若璩等的交恶。从一定程度上说,正是通过这些论争,后世对其为人、为诗、为文、为学有了更动态鲜活的把握。而叶燮与汪琬、王士禛的交游,也具有这样的文史意义与价值,从中可以看出叶燮是如何看待诤友之交的。《清史稿·文苑一》曰:"当是时,海内以诗名者推士禛,以文名者推汪琬。而嘉兴叶燮,字星期,其论文亦与琬不合,往复论难,互讥嘲焉。"①敢于与诗、文领域负有盛名的王士禛、汪琬相论争,由此可见叶燮的才力与胆识。

关于叶、汪之争,王镇远《〈原诗〉写作缘起考》通过对二人诗文主张的比较研究,认为《原诗》的写作与叶燮、汪琬的批评意见相左有关,并指出《原诗》的写作动机与叶燮所撰《汪文摘谬》是一致的②。据叶燮《十叠前韵三和九来》云:"共访尧峰汪太史,钝翁。客展双曳余尾衔。"③可知叶燮与汪琬曾经交好。但二人后来因何相争? 他们之间的论争又具有怎样的意义与价值? 这是探讨二人诤友之交的重点所在。据蔡澄《鸡窗丛话》所载:

> 吴江叶横山先生,名与钝翁相垺且相好。康熙己未,诏开博学鸿儒科。横山谓钝翁曰:"我二人在所必举,将应举乎? 抑不应举乎?'钝翁曰:'宜不应,则名更高也。"横山信以为然。后钝翁竟应举入翰林,而名益显。横山艳之,知为钝翁所卖,遂大恚。因将钝翁所刊《类稿》大加指摘,作《汪文刺谬》二卷,将刊行之。钝翁惧,介横山密友复修旧好。④

这段文字至少透露出以下信息:叶、汪早年声名不相上下,且交情不薄;

---

① 赵尔巽等撰:《清史稿》卷四百八十四,北京:中华书局,1977 年,第 44 册,第 13364 页。

② 王镇远:《〈原诗〉写作缘起考》,《苏州大学学报》(哲学社会科学版),1991 年第 2 期。

③ 叶燮:《己畦诗近刻》卷二,1920 年抄本,上海图书馆藏。

④ 蔡澄:《鸡窗丛话》,《丛书集成续编》第 90 册子部,第 1003 页上。

二人身历明清两朝,从表面上都对新朝科举有所抵触,但在内心与行动上却大相径庭,如此看来,至少在当时,二人政治操守、人品的高下显而易见。难怪后世凡及二人,大多讥讽汪琬卖友。如柴小梵《梵天庐丛录》卷十"钝翁卖友"条自注评曰:"是书虽作以互讦,然名言隽论自不少,予意宜刊于《钝翁类稿》之首,以为千古卖友者戒,并知钝翁文之不足重也。"①痛斥汪琬,言辞激烈,但认为汪文不足为重,则又偏执一端而离叶燮本意甚远。

当然,也不乏一些新见而自有轩轾。萧穆《记汪文摘谬》评道:"叶、汪二公之名,久著于世,余未见叶氏之书,不能定其高下。今观此书,则叶氏学问精博,深于古文,才识实高出钝翁之上。钝翁晚年删订《类稿》,成《尧峰文钞》五十卷,于旧作亦颇有追改。"②显然对叶燮多有褒扬。后来顾颉刚在《萧穆著作及叶燮文集》一文中于此有所发挥,认为叶、汪二人因争名相互排诋甚为可哂,指出《已畦集》充满陈言套语而实无一读之价值,并对叶燮大加贬抑:

> 这便是利禄熏心之故。利禄熏心,不能不去做举业,做了举业,不能不去说假话,做无情的文字。利禄熏心,不能不去讲交游,讲了交游,不能不去敷衍人家,趋附势利,树立党援。作出文字来,也无非应酬之作:什么颂圣、祝寿、谀墓、酬倡、送行、赠诗,做许多谄媚联结功夫。这等说假话、拍马屁,哪里能有好文字! 偏偏势位高的,交游广的,文集最容易流传,所以触目都是恶浊的东西了。朱彝尊尚是有实质的,能自立的;像叶燮一类人和文,真是废物了。③

顾氏指出叶燮的仕进、交游、为文、作诗因于利欲熏心,并以"废物"评之,只能算作是一家之言了!

---

① 柴小梵著,栾保群校点:《梵天庐丛录》卷十,北京:故宫出版社,2013 年,上册,第294 页。

② 萧穆撰,项纯文点校:《敬孚类稿》卷九,合肥:黄山书社,1992 年,第 255 页。

③ 顾颉刚著,印永清辑,魏得良校:《顾颉刚书话》,杭州:浙江人民出版社,1998 年,第 208—209 页。

通过上述文献,再返归叶燮所言,可知选择汪琬作为批驳对象,既渊源有自,也立论明确,直指靶心。当听闻汪琬逝世的消息,叶燮伤心地说道:"吾向不满汪氏文,亦为其名太高,意气太盛,故麻列其失,俾平心静气,以归于中正之道,非为汪氏学竟谬戾圣人也! 且汪没,谁讥弹吾文者? 吾失一诤友矣!"(沈德潜《叶先生传》)① 并把往日所摘汪文短处悉数焚烧。由此表明叶燮确实是把汪琬作为诤友看待的,其摘谬的目的在于使汪氏"归于中正之道"。而叶燮在批判汪琬的过程中也实践了其诗学主张。因为从《汪文摘谬》中可以看出,叶燮对于汪琬的批判并不是泛泛的零碎点评,而是有目的、有选择、有诚意、成系统的理论批评,指出汪文"行文无才,持论无胆,见理不明,读书无识"②,无疑与叶燮注重"才、胆、识、力"的诗论主张是一致的。况且,叶燮的批评对症下药,直指汪琬学古俗习:"并非好为排击,蹈轻薄习气,其谬戾之处,真款实证,为天下有目者共之,亦可以知其概矣。"③ 又曰:"若以余摘为非,祈当世高明君子更赐摘余之所摘,此又予之乐得而受教者也。"以"摘"为乐,可算是因见解不同的文学争鸣。可以说,文学史上一些文人之间的论战不乏其中一方待另一方逝去后而落井下石、大加攻击的事件,但叶燮没有这样做,反而疾呼"吾失一诤友",焚烧文稿,可谓坦荡磊落。究其实质,叶、汪之争是相攻与相敬兼之,正如易宗夔《新世说》卷四规箴第十条目"叶燮与汪琬相攻相敬"④,道出了二人论争具有相攻与相敬的两面性。这一切,不单说明叶燮文艺思想的形成与其文学诤友有莫大的关联,也彰显出叶燮富有真情、令人仰慕的高尚人格和他对学术的满腔热爱。

叶燮与王士禛(1634—1711)的交游亦属诤友之交。如果说叶燮与汪琬的论争是显性的,那么他与王士禛之间的关系则是隐性的。一般而言,学界

---

① 沈德潜著,潘务正、李言校点:《归愚文钞》卷十六,《沈德潜诗文集》,第 3 册,第 1399 页。

② 叶燮:《汪文摘谬引》,叶燮著,蒋寅笺注:《原诗笺注》附录二,第 474 页。

③ 叶燮:《汪文摘谬引》,叶燮著,蒋寅笺注:《原诗笺注》附录二,第 475 页。

④ 易宗夔著,张国宁点校:《新世说》卷四,太原:山西古籍出版社,1997 年,第 193 页。

多引用王士禛《大司寇王公书》对叶燮"诗笔皆凿凿有特见,熔铸古昔而自成一家之言"①的高度评价,而对二人的交游及诗学异趣较少论及。关于二人交游,叶燮《已畦西南行草》卷上《送王阮亭宫詹祭海还朝》有所记述。该组诗共六首②,比康熙二弃草堂本《已畦诗集》卷四所载多两首。前三首主要侧重于叙事、写景,言辞中富含规谕与寄寓,后三首则主要侧重于抒怀、写情,回忆、感怀、悲怆交织。如其一描述了王士禛一行祭海的过程与场景,其中"挹泉酬主眷,探袖出民艰"两句颇有讽喻之意。沈德潜《清诗别裁集》便评曰:"'探袖出民艰',不以颂而以规。"③另其六曰:"犹惜家咸慧,师门父子情。亡侄元礼执赘宫詹。一官同露泫,断坂已霜平。痴叔勤终亩,遗孤望再生。云泥稀后会,抚臆送行旌。"送别之际,想起亡侄叶舒崇曾执赘于王士禛,不由倍加追忆,悲从中来,而"云泥稀后会"一句似也暗示出叶燮此时内心深处已与王士禛有云泥之隔。值得注意的是,这与王士禛《大司寇王公书》所言可为互证:"忆与先生岭南一别,弹指已十九年,燕吴修阻,鳞鸿阔疏。前奉瑶华,旷如复面,即欲数行答谢而苦乏便邮,耿耿于怀已经岁矣。"④指出二人此后十九年都未曾谋面。固然,王、叶二人虽"燕吴修阻",却也不至于长达十九年"鳞鸿阔疏",连书信联系也很少。因此,叶燮以人生暮年、病躯之身将诸作邮寄给王士禛,其目的更多是推重弟子,以获得王士禛对他们的提携。后来沈德潜一再指出王士禛所言"能定先生诗文"⑤"应非漫许"⑥,个中深意也就不言自明了。

除了交游外,叶燮在论诗宗旨上也与王士禛多有异趣。叶燮论诗以杜甫为宗,推美老杜独冠今古,并对孟浩然有所批评;与之相比,王士禛虽对杜甫多有评述,但在诗学宗尚上却更趋向于王维、孟浩然等。以二人对待严羽

---

① 叶燮:《已畦诗集》,《四库全书存目丛书》集部第 244 册,济南:齐鲁书社,1997年,第 250 页下。

② 叶燮:《已畦西南行草》,清刻本,上海图书馆藏。

③ 沈德潜等编:《清诗别裁集》卷十,上册,第 386 页。

④ 叶燮:《已畦诗集》,《四库全书存目丛书》集部第 244 册,第 250 页下。

⑤ 沈德潜著,潘务正、李言校点:《归愚文钞》卷十六,《沈德潜诗文集》,第 3 册,第1399 页。

⑥ 沈德潜等编:《清诗别裁集》卷十,上册,第 385 页。

的态度而言,王士禛论诗源出严羽,力倡神韵;而叶燮虽认同"羽言学诗须识是矣",却也认为"羽之言何其谬戾而意且矛盾也"①,对严羽多有批评。对此,后人亦有评述。叶德炯《重刊〈已畦集〉书后》曰:"公论诗主生、新、深,平居以杜、韩、苏三集教授其门人,殆以渔洋神韵之说不免失之虚空,故托辞救范、陆之失,隐砭渔洋未可知也。"②指出叶燮论诗具有强烈的正弊意识,其矛头或指向王士禛。另据缪荃孙《艺风堂杂钞》所录叶德辉评叶燮语:"平生交游间,多有违言,与汪尧峰论文不合,因有《汪文摘谬》之书;与王渔洋论诗异同,因有《原诗》之作。"③则明确指出叶燮因与王士禛"论诗异同",故而写作《原诗》。需要补充的是,由于叶燮与王士禛曾有师生之谊,所以二人的诗论在异趣之外,也或者存在着千丝万缕的联系。如清代张培仁《静娱亭笔记》卷十一"随园琐记"条曰:"新城王尚书与沈确士、袁才翁并有神契,渊源盛矣,沈则手书奖之。盖沈为叶横山学士弟子,横山为新城高足,沈则新城小门生也。"④明确指出叶燮是王士禛的高足。另外,钱仲联也认为叶燮传续王士禛衣钵⑤。还有朱则杰强调叶燮的论诗精神与王士禛息息相通⑥。

通过这一部分的考察,可知《原诗》的写作缘起既与汪琬有关,也与王士禛有关。这些都表明叶燮论诗具有很强的现实针对性。

三、诗友之交

在诗学理论形成的过程中,叶燮自身的才识、体悟与创作无疑发挥了决定性的作用,但也不能忽视与之交游密切的诗友对其思想的影响。归纳来说,主要有孙之琼、赵沺、曹溶、顾有孝、吴之振、席启寓等。

以叶燮早年的诗友圈来看,孙之琼、郭襄图、过涔高、赵沺四人不容忽

---

① 叶燮著,蒋寅笺注:《原诗笺注》外篇上,第321—322页。

② 叶燮:《已畦诗集》,《丛书集成续编》第124册集部,第956页下。

③ 缪荃孙辑,杨璐整理:《艺风堂杂钞》卷五,北京:中华书局,2010年,第217页。

④ 张培仁:《静娱亭笔记》卷十一,《续修四库全书》子部第1182册,上海:上海古籍出版社,2002年,第133页下。

⑤ 钱仲联:《清代诗词二十名家评述》,《苏州大学学报》(哲学社会科学版),2004年第1期,第65页。

⑥ 朱则杰:《清诗史》,南京:江苏古籍出版社,2000年,第217页。

视。叶燮在作于康熙壬申(1692)年的《平湖孙郭过赵传》中满含深情地回忆道:"居平湖十年,所与交者,年或长幼于余不等,皆读书大雅之士。"①居于平湖坐馆的十年(1651—1661)间,叶燮得以结交四位雅士贤人。虽然叶燮与他们年龄不等,但他们皆为饱学之士,都是重情重义、磊落慷慨的人,使得叶燮时隔多年仍对他们难以忘怀,称赞他们有古人之风。在此传中,叶燮还称赞孙之琮"读书无一日撤谈古今事,皆有原委,作诗不唐不宋,适意而已",指出"四十年前,诗家尚盛唐,元襄独好陆放翁诗;此时诗家风气尚未宗剑南,元襄自出真好,非今日之随声附和比也"②,推美赵沺"其为诗于六朝、唐、宋,无所不贯,能折衷而取裁之,一句一字苦吟以求其是"③。若再结合郭襄图对叶燮诗歌的评价:"已畦诗气度若山岳,才思如江河,纵横变化而法在其中。安得执唐、执宋区区之见而议其后耶!"④则不仅可见他们的人品气节对叶燮有一定影响,而且其诗歌宗尚也与叶燮有诸多相通之处。

曹溶(1613—1685),历经明、清两朝,屡踬屡起,兼擅经济、诗词,家富藏书,且善于奖掖人才。叶燮与曹溶时常酬唱往还,切磋诗艺,二人诗集中均载有相互间的赠答宴集之作,《已畦诗集》还附录多首曹诗。在这些诗歌中,叶燮以"先生"敬称曹溶,如"先生告余慎涉世""先生妙句参神工""先生慰予病得瘥",还以"侍郎捈天擎巨笔"赞赏曹溶笔力超群,骨清标峻,胸怀襟期。另据王尔纲《天下名家诗永》所载叶燮诗歌,由诗题《雨中过业师曹秋岳先生采山亭各赋五言长句五十韵限东字》与《秋岳师卧疾贻长律即次韵呈》中的"业师""师"⑤,亦可知二人相交甚密。同样,曹溶也以诚相待,对叶燮多有褒扬,所作《堕驴行简叶星期》⑥由叶燮出行无车、满腹经纶写到其仕途受挫,为官宝应,兢兢业业,却因"无钱竟触长官怒,一朝谤箧遭驱除";感叹"多才自昔召倾覆,更乃傲骨高难锄",为叶燮打抱不平,肯定其多才傲骨;指

---

① 叶燮:《已畦文集》卷十八,《丛书集成续编》第124册集部,第806页上。
② 叶燮:《已畦文集》卷十八,《丛书集成续编》第124册集部,第806页上。
③ 叶燮:《已畦文集》卷十八,《丛书集成续编》第124册集部,第806页下。
④ 叶燮:《已畦诗近刻》卷二,1920年抄本,上海图书馆藏。
⑤ 王尔纲:《天下名家诗永》卷八,1936年至德周氏影印清康熙砌玉轩刻本,国家图书馆藏。
⑥ 叶燮:《已畦诗集》卷三附录,《丛书集成续编》第124册集部,第884页上。

出"山人熟识倚伏理,细事那足烦嗟歔",叹赏叶燮胸襟。语简意深,句句肯綮,可谓"调笑长官,不顾面赤而食不下也"(《清诗别裁集》评曹溶语)①。另据诗中所言"山人昨年宰邗邑",提及叶燮出任宝应及罢官,可知二人交往不晚于康熙十五年(1676)。

曹溶与叶燮的密友知言、惺惺相惜,还可从其所撰《已畦诗集序》看出。此序对叶燮诗歌进行了整体评价:

> 善诗者可以教天下,不善诗者不可以治一身。叶子星期刻《已畦诗》数卷,受而读之,乃大异乎世之作者。非异也。其屏挡俗习涵蓄者,素自小学以至莅官。复自被逸,以至归隐,终始一志。不戚戚以伤和,亦不翘翘以希富。中吴一壑,土室萧然,道古之风,去营饰以为至足,故发之于诗者,刚不可掩也。苏子以亢直屡摧挫熙宁,时其持论,谓人患不能刚,不患刚不合道。太刚则折真,小人语耳。使苏子在今日,未必遂免摧挫,而其论决不改于初。然则刚之为道,于诗尤无害。星期知之矣,暇日尝与余论器,慨天下围于器中,虽有至人,举莫能外,恒有遗弃群物、葆真静治之思。余曰:"不然。器无心而适用,不用则窳,历世千百而不穷者,人运之也。复何病于器乎?"才如星期见于世者,惟诗用之已隘,又不以鸣国家之盛,而使含光铲彩、摇曳山泽之间。诗教之兴也何时欤? 夫星期则未得辞其责尔。②

此序是赞誉与批评兼之,在表赞叶燮诗如其人、诗风刚健、才识过人的同时,还明确指出其诗为何未能盛行于世:追求"遗弃群物、葆真静治"而"置身世外",使自己满腹才华摇曳于山林游历之中,客观上制约了其诗的表现力与多样性,所谓"诗用之已隘";更重要的是,"不以鸣国家之盛",与现实政治疏离,于昌兴诗教难辞其咎,算不上真正的"善诗者"。换言之,曹溶从时代现实、诗人、诗歌之间复杂的消长关系解读了叶燮诗,所言虽根植于自己的诗学立场,却也做到了片面的深刻,客观上为我们呈现了叶燮诗歌在清初

---

① 沈德潜等编:《清诗别裁集》卷二,第41页。
② 叶燮:《已畦诗集》,《丛书集成续编》第124册集部,第840页上。

诗坛的处境。

　　顾有孝(1619—1689),字茂伦,长于选诗,辑《唐诗英华》《骊珠集》等,与叶燮不仅相知,而且在诗学思想上亦多有吻合之处。在《钓雪行为顾茂伦赋》一诗中,叶燮极为推重顾有孝的品格,赞其"叉手不揖千乘贵,满头风雪惯作缘""万顷湖银千嶂玉,一钓钓出竿头悬"①。基于对顾氏其人其诗的深刻理解,叶燮此诗得到了好友魏允札的称赞:"海内赠作如林,而此歌为深得茂伦诗隐之旨,沉郁悲壮,言尽而意无穷,读之使人怃然,深身世之感。"②不仅如此,顾茂伦在《已畦诗近刻》中对叶燮诗歌亦有评述,推美叶燮所作诗歌章法秩然而苍老新丽。此外,顾氏《骊珠集》卷七还选有叶燮四首诗。由上足证叶燮与顾有孝相交之深。

　　叶燮与吴之振(1640—1717)交游亦密,其诗集中有多首与之唱和的诗篇,如《闻吴孟举连日闭关谢客诗以讯之仍次前韵》《孟举诗来云抱疾开户用楼子句相勘复叠韵往讯竟体作禅语当文殊问疾说不二法门也》等。叶燮在为吴之振诗集所作的《黄叶村庄诗集序》中称许其诗:"孟举于古人之诗,无所不窥,而时之论孟举之诗者,必曰学宋。予谓古人之诗可似而不可学,何也? 学则为步趋,似则为吻合。世之尊汉魏及唐者,必以予言为抑孟举,世之尚宋者,必以予言为扬孟举。悠悠之论,非但不知孟举,实不知诗。"③不满时人对吴之振"学宋"的误解,独出机杼,指出吴之振之诗得宋诗要义,因时善变,可谓吴氏知音。由此也可见出叶燮反对机械模仿、主张调和唐宋、博采众家的诗学宗尚。另据张玉书《已畦西南行草序》所记,叶燮欲与吴之振同选唐、宋、元诗歌而未成行,亦可知其时宗唐与宗宋风尚的消长。吴之振善于选辑诗歌,除了与吕留良、吴自牧合辑《宋诗钞》,还亲编《八家诗选》,其《八家诗选序》说道:"近诗之敝也,患在苟同而不求自得。"④其救弊诗坛的宗旨与叶燮相通。

---

　　①　叶燮:《已畦诗集》卷二,《丛书集成续编》第124册集部,第879页上。
　　②　叶燮:《已畦诗近刻》卷二,1920年抄本,上海图书馆藏。
　　③　叶燮:《已畦文集》卷八,《丛书集成续编》第124册集部,第721页。
　　④　吴之振:《八家诗选》,《四库禁毁书丛刊补编》第57册,北京:北京出版社,2005年,第537页上。

关于叶燮与吴之振的交游唱和,时人魏允枏评曰:"观二子之贾勇,微独陵轹时贤,且坐笠泽于门外,彼江西、渭南之徒未许望其后尘也。"①魏允枏对叶、吴二人的才力给予充分肯定,认为他们之间的诗歌超越时贤。确如元白唱和、皮陆唱和那样结集传世一样,叶燮与诸多友人的唱和亦刊抄流播,有《禾中倡和》《语溪倡和》《白田倡和》等,一时颇有影响。后来乔崇烈《叶已畦前辈白田倡和集》追忆道:"开卷几人在,十年一石火。隐几春云生,今者吾亡我。"②因此,考察叶燮的交游对于了解他在当时诗坛的活跃程度、影响以及清初诗坛的唱和之风都有帮助。

席启寓(1650—1702),清初著名藏书家、刻书家,辑有《唐诗百名家全集》,集前有叶燮所撰《百家唐诗序》。关于二人订交的确切时间,目前尚未可知,但据席氏《唐诗百名家全集自序》所言"凡阅三十余年,而《百家》之刻始成"、序末所署"康熙壬午秋九月朔"以及叶燮《百家唐诗序》对其生平经历、辑刻目的、版本依据的熟稔,大致可以推断二人相交较早。另由此集所选皆为中晚唐诗人,亦与叶燮《原诗》反对"谓唐无古诗,并谓唐中、晚且无诗也"③的诗论思想是一致的。《唐诗百名家全集》本着"博采所传,务求其备"的原则较为完整地呈现了中晚唐诗的本来面目,从选家的角度标举这一时期诗人的价值,或许正是叶燮为之撰序的缘由所在。

除上述外,叶燮与杜濬、林云铭等也有诗文上的切磋、赠答。就杜濬而言,《已畦诗集》卷三附录其和作,还有《已畦诗集残余》中《黄叩诗和杜于皇韵三首》与《训于皇次韵二首》,表明二人唱和颇多,在论诗主张上也有一定关联。杜濬《与范仲闇》曰:"世所谓真诗,不过篇无格套,语切人情耳。弟以为此佳诗,尚非真诗也。何也?人与诗,犹为二物故也。人即是诗,诗即是人,古今真诗,一人而已,可多得乎?闻公方读陶诗,试以此意相印。"④与叶燮力倡"人与诗文如出乎一"的观点十分相近。杜濬还对叶燮诗歌有所评

---

① 叶燮、吴之振等:《语溪倡和》,1920 年抄本,上海图书馆藏。

② 乔崇烈:《枣花庄录稿》,《清代诗文集汇编》第 208 册,上海:上海古籍出版社,2010 年,第 727 页。

③ 叶燮著,蒋寅笺注:《原诗笺注》内篇上,第 17 页。

④ 周亮工辑,米田点校:《尺牍新钞》卷二,长沙:岳麓书社,2016 年,第 50 页。

述："吾友叶星期，别余七年，至是晤于金陵，示余近诗。读其五七古风，正复才情横溢、词采璀璨，而其中有一种廉悍之气，意果而手辣，足以斩刈四方之蓬蒿。"①至于林云铭，叶燮不仅请其为《原诗》作序，还与之有诗歌赠答，《已畦诗集》卷五《答林西仲》首两句即言"著作穷愁寄此生，风波悟得死生情"，说明二人交情不薄。林云铭著有《庄子因》，其《挹奎楼选稿》卷四《叶星期诗原序》②盛赞《原诗》，认为叶燮诗论有庄学风采；其《挹奎楼选稿》卷六还载有一篇《二弃草堂记》③，可与叶燮所作《二弃草堂记》相阐发。

由上不难看出，叶燮所交诗友大都在精神、思想、经历上能够产生共鸣，因而在论诗志趣上也有颇多相通之处。

四、忘年之交

叶燮在《原诗》中盛赞杜甫、韩愈、欧阳修、苏轼乐善爱才，而他本人在这方面也堪称典范，奖掖门下弟子，躬身践行其论诗宗旨；而返视门下弟子，他们经久不忘师恩，承继光大师门，流播业师著述。充分说明他们之间的忘年之交，对双方都有重要意义。

就叶燮而言，他在授徒讲学、叹赏推美、示学诗者以正则等方面用力甚多。从早年坐馆开始，他就开始授业讲习，与钟定等从游者交情深厚。而自筑室横山后，除了游居著述外，叶燮对授徒讲学用力更多，远近从学者众。叶燮一生性格刚介，不愿攀附上官，但于推美弟子却不遗余力，去世前"以所制诗古文并及门数人诗致书于王渔洋司寇"④。显然，此时致书渔洋，用意主要在于推荐沈德潜、张锡祚等弟子。潘坤元《劲秋草叙》曰："余与谨庵皆横山先生及门士也。先生晚年风骨峻厉，寡断许可，然爱才如命，惟恐或失，苟有遇，必罗而致之。门下其间，扬风挈雅，为骚坛健将者，概不乏人，常有五

①　叶燮：《已畦诗近刻》卷三，1920 年抄本，上海图书馆藏。
②　林云铭：《挹奎楼选稿》，《清代诗文集汇编》第 106 册，上海：上海古籍出版社，2010 年，第 460 页。
③　林云铭：《挹奎楼选稿》，《清代诗文集汇编》第 106 册，第 497 页。
④　沈德潜著，潘务正、李言校点：《沈归愚自订年谱》，《沈德潜诗文集》，北京：人民文学出版社，2011 年，第 4 册，第 2101 页。

虎八骠骑之目。"①叶燮风骨峻厉的形象、爱才如命的性格、师生间品评诗文的良好氛围等,跃然纸上。叶德炯《重刊〈已畦集〉书后》云:"吾族汾湖派二十五世祖横山公,当康熙中叶主持东南坛坫逾三十年。公当时与汪尧峰、王渔洋二公旗鼓中原,势成鼎足。汪、王颇以声气震动一世,公独夷然肆志讲学里中。名其室曰:'独立苍茫。'是可见公之志矣。"②可见叶燮肆志讲学之积极影响。

鉴于当时诗坛的弊病,叶燮在授徒之际,始终不忘明示受业者以正确的学诗方法。以《原诗》为例,对"学诗者"的学诗而不得要义的担忧,是叶燮论诗的重要关注点之一。据笔者统计,"学诗者"这一关键词在《原诗》中共出现八次,如"吾愿学诗者,必从先型以察其源流,识其升降"③、"吾故告善学诗者,必先从事于格物,而以识充其才"④、"学诗者,不可忽略古人,亦不可附会古人"⑤等。不难看出,这些言语不仅与叶燮的诗论主张高度契合,也是他在授徒讲学过程中的心得体悟。换言之,叶燮诗论的来源与其指授门下弟子学诗密不可分。试将《原诗》与《蓼斋诗草序》加以对比考察。《原诗》云:"或问于余曰:'诗可学而能乎?'曰:'可。'曰:'多读古人之诗而求工于诗而传焉,可乎?'曰:'否。'"⑥古人诗歌,浩如烟海,人的天资才力有别,要能够探得工诗之旨,必然要以经典为指归。所以,叶燮接下来以盖楼必有地基为喻,提出胸襟对于作诗的重要性,继而指出杜甫诗歌之所以千古称道,正是因为他胸襟阔大,融对话、比喻、例证于一体,将理论阐述和循循善诱的讲授很好地结合在一起,令学诗者耳目一新,易于接受。这些在叶燮的《蓼斋诗草序》中也有体现:

方鸿书之将从事于诗也。请于余曰:"汪不知诗,窃见当世之诗人诵所为诗而心窃好之,不识诗可学而能耶?将学于古以何为归耶?余

---

① 叶士鉴:《劲秋集》,清稿本,南京图书馆藏。
② 叶燮:《已畦诗集》,《丛书集成续编》第124册集部,第956页。
③ 叶燮著,蒋寅笺注:《原诗笺注》内篇下,第224—225页。
④ 叶燮著,蒋寅笺注:《原诗笺注》外篇上,第262页。
⑤ 叶燮著,蒋寅笺注:《原诗笺注》外篇下,第463页。
⑥ 叶燮著,蒋寅笺注:《原诗笺注》内篇上,第93页。

曰："子亦知古之人有诗之圣者杜少陵乎?"曰："汪不敏,窃尝闻之矣。"
余即取杜集授之,曰："子归而请焉,若知其美而好之,则思过半矣。"①

　　鸿书是叶燮女婿汪承汪的字,他不仅参与了叶燮诗集的校订,且得到叶
燮指授学诗,为其受业弟子。不难看出,叶燮此序与其《原诗》所言高度契
合:采用对话问答的方式展开论述,亦强调学诗要以杜甫为宗。《国朝松陵
诗征》汪承汪小传论及:"汪承汪,字鸿书,有《蓼斋诗钞》。鸿书得横山先生
指授,诗必可观。"②此外,沈德潜《分干诗钞序》亦言"予少从横山叶先生学
诗,先生以杜、韩、苏三家指授"③。由此可见,叶燮诗论的形成、发展及传播
与他和门下弟子的交游息息相关。

　　除了《蓼斋诗草序》,据郋园梦篆楼重刊本《已畦文集》卷八目录所列
"原缺"的叶燮著述存目(共11篇),其中大多都是叶燮为其门下弟子的诗集
所撰写的序言。其中,《留饭草序》与《一一斋集序》是为沈德潜所写,《锻亭
集序》是为张景崧所写,《墙西集序》是为李其韩所写,《锄茅集序》是为张锡
祚所写,《采江集序》是为穆士熹所写,等等。通过这些序言,叶燮在表彰门
下弟子的同时,也推行着自己的诗学主张。以沈德潜为例,叶燮《一一斋诗
序》曰:"人但知作诗本性情,不知作诗全在眼界。确士向刻《留饭草》,此确
士于今人中辟门仞处,今刻《一一斋诗》,此确士于古人中辟门仞处。"④叶燮
在序中称赞沈德潜作诗有识,在极度推美的同时也寄寓着作为老师的期许
与鼓励。亦如张景崧《一一斋诗序》曰:"确士长于古歌诗,每一篇就,呈横山
先生,先生辄曰:'工夫到,才力大。'"⑤两篇序中分别提及的"眼界""才力"
都与叶燮的论诗主张相一致,从中足可看出叶燮对沈德潜的奖掖有加。

　　在叶燮的日常生活和诗歌创作中,也时常有门下弟子的身影,如《晤谈
子景邺周子雷门潘子含章夜话有感》中的"交因契阔贫逾热,境到荒凉雨亦

　　①　叶燮:《已畦文集》卷八,《丛书集成续编》第124册集部,第725页上。
　　②　参见蒋寅:《叶燮行年考略》,《清代文学论稿》,南京:凤凰出版社,2009年,第
237页。
　　③　叶舒璐:《分干诗钞》,《丛书集成续编》第127册集部,第105页上。
　　④　沈德潜著,潘务正、李言校点:《一一斋诗》,《沈德潜诗文集》,第2册,第645页。
　　⑤　沈德潜著,潘务正、李言校点:《一一斋诗》,《沈德潜诗文集》,第2册,第645页。

佳""诸君合作金门伴,一尺枯桐百尺阶"。有了谈、周、潘三人的陪伴,即便
处于荒凉之境,叶燮也备感暖心。叶燮《陈留署中作》诗题自注曰:"陈留令
君,石门钟静远,余三十年前从游士也,远札相招过署,惠诗和答。"钟定,字
静远,为叶燮早年石门坐馆时的从游者。《已畦诗集》中有赠答静远的诗歌
七题十八首。由诗题来看,这些诗或为送行,或应钟定相邀,对其惠诗和答,
似并无特别之处。但若细细研味诗中内容,便会发现这位老相识兼弟子在
叶燮心中的地位之高:既有"往事重论二十年,西窗夜雨忽依然"(《石门钟静
远赴江山广文通山中言则赋二绝送其行》其一)的往昔回忆,也有"任伊绣出
鸳鸯好,自有金针度与尖"(《陈留署中作》其一)的勉励,也有"难推物理升
沉界,缺陷乾坤得失兼"(《陈留署中作》其六)的哲思,还有"跃马惭非用世
才,前尘事事付寒灰"(《由陈留陆行至仪封集静远摄署》其一)的嗟叹,更有
"地多梨枣伤娇女,晚节人琴忆故侪"(《庚午除夕和静远韵》其二)的悲伤。
酬赠钟定,叶燮总愿诉说衷肠,不加掩饰,无疑这与钟定始终不忘师恩是分
不开的。《和静远上元前一日招集同人作》其二自注云:"静远制衣相赠。"仅
由此细节就可知叶燮与门下弟子相交至深。

　　就其门下弟子来看,他们不忘师恩,参与校订叶燮诗集,承继光大叶燮
诗论。从《已畦诗集》前所附"参校姓氏"可以看出,叶燮招收学生不拘一格,
门下弟子来源十分广泛,聚集了许多有识之士。其中既有胡直方、谈汝龙、
钟定等声名不彰者,也有沈德潜、薛雪等颇负盛名者,但皆与叶燮结下了深
情厚谊。以后者而言,沈德潜跟随叶燮受业仅五年,却得其真髓,所写《叶先
生传》《过二弃草堂悼横山先生》《补刻已畦先生诗序》等,饱含深情,追怀往
事,感念师恩;所著《说诗晬语》与叶燮《原诗》多有契合。薛雪所著《一瓢诗
话》承继《原诗》,对叶燮诗论有所发展;所撰诗歌对叶燮多有缅怀,如《挽横
山已畦叶夫子》其四曰:"白发诗人思不穷,飘蓬垂老句尤工。半生事业遗荒
墅,一片铭旌对晓风。烟雨枫人招不得,薜萝山鬼语难通。先生死后斯文
绝,泣望秋云荐晚菘。"[1]赞赏、同情、怀念、悲伤交织一体,足可见二者之间深
厚的师生情谊。乾隆十二年(1747),时隔叶燮辞世四十五年,叶长扬、顾嘉

---

① 薛雪:《一瓢斋诗存》,《续修四库全书》集部第1423册,上海:上海古籍出版社,
2002年,第290页上。

誉、沈德潜等九人齐集二弃草堂，缅怀叶燮："而今兹九人，皆向时请业于二弃草堂者。讨术业之渊源，合通门之情好，横山一脉，犹在人间，此又太傅、郑公所未闻。而今兹所独有者也。归于不忘师门为主。"（《二弃草堂宴集序》）①可以说，正是叶燮推美后学不遗余力的品量，让他们久久难以忘怀。由其中所说的"合通门之情好"也可见门下弟子与叶燮后人关系甚密。沈德潜《分干诗钞序》曾言："予属通门世好，投分极深，故因序其稿而牵连及之。长洲同学小弟沈德潜拜撰。"②又《午梦堂集八种序》亦言："余属通门世好，投分极深，不特幸遗集之足征，更为南阳继述之为人庆也。"③表明沈氏与叶家关系非常密切。

综而论之，叶燮在清代诗坛能有一定地位和影响，除了具有卓识才力外，还与其学生对其诗集的校订刊刻以及诗论的阐发承继息息相关。叶燮乐善爱才，门下弟子不忘师恩，共同成就了文学史上的一段佳话。

五、方外之交

所谓方外之交，主要指与佛教、道教人士的交游。关于叶燮与方外人士的交游，廖肇亨《叶燮与佛教》④一文已有所发微，其中"叶燮的释门交游"主要引述了心壁上人、轮庵硕揆、原志硕揆三人生平经历，并重点论述了叶燮与西怀了德的密切交往，阐发他与佛教的因缘。但文中说叶燮没有出家，似有不妥。关于这一点，以往的研究确实有所忽略。据《香严禅师语录序》文后有"康熙辛酉（1681）季夏法弟独岩叶燮拜手题"⑤，可知叶燮除了有"横山""已畦"之号外，还以"独岩"称之。将此序与二弃草堂本所刊《普明寺香严桂禅师语录序》对比，可知二者正文内容相同，最大的不同就是缺少这一

---

① 沈德潜著，潘务正、李言校点：《归愚文钞》卷十四，《沈德潜诗文集》，第 3 册，第 1364 页。

② 叶舒璐：《分干诗钞》，《丛书集成续编》第 127 册集部，第 105 页上。

③ 叶绍袁编，冀勤辑校：《午梦堂集》，北京：中华书局，2015 年，下册，第 1279 页。

④ 廖肇亨：《叶燮与佛教》，李德强编：《清代诗学文献整理与研究》，上海：上海大学出版社，2016 年，第 93—100 页。

⑤ 《明版嘉兴大藏经》（径山藏版），第 38 册，第 424 号，台北：新文丰出版公司，1987 年，第 603 页。

句题语,表明叶燮也曾通入空门,与香严禅师①属同一法门系统,法号独岩。至于为何删去这一题语? 如果不是刊刻审定者的有意而为,那么与叶燮在对待儒、佛的问题上存在矛盾不无关系。虽然他也曾宣称儒家与佛家在人生关怀上并无二致:"然在儒者则谓之仁,在菩萨则谓之悲。儒者以仁应天下之欲,极形容之,则曰其仁如天;菩萨以悲应有生之欲,无象可形容,而极其量,则曰大。"(《永定寺大悲殿碑记》)②但在现实行动上,叶燮显然有所区分,既与众多僧人禅师交往,但也曾积极仕进。加之清初官方推重理学,他本人或其后人碍于时代环境、思潮影响,故不愿多提。

除了上述方外之人,叶燮还与绍宗开士、石涟上人、真际开士、无叶上人、曰九上人、耕云开士、湘邻上人、济苍上人等交游酬唱,亲近佛禅。其中,石涟上人即释大汕,字石濂,又字石莲、石涟,号厂翁,觉浪道盛法嗣,俗姓徐,曾主持广州长寿寺,工诗善画,著有《离六堂集》《海外纪事》等。叶燮《已畦诗集》卷四有《赠石涟上人》(共四首),皆以禅入诗,参悟佛理。释大汕亦有酬赠,其《送叶星期进士归吴江》云:"不合时宜客,梅花岭外行。鹧鸪啼粤树,秋月转吴城。牧犊浮云白,横塘夕照明。知君怀宝剑,风雨听长鸣。"③提及叶燮的性格与志向,可以想见二人相交甚欢。

另据二弃草堂本"《已畦诗集》参校姓氏",叶燮尚有方外受业弟子,具体有南巽在昔、方让月樵、德远静山、然修桐皋、海印昙瑞、际辉朗涵、澄恬炎言、忎巨乎洞、通微慎言、行枢天安、智开睿访、令望克明,共十二人。其中,南巽在昔即叶燮《已畦诗集》反复提及的在昔开士,如卷九《题在昔云抱堂》《训在昔开士次韵》(共四首)等。又《祭在昔开士文》曰:"子之从予游,且十年矣。子之学诗,发愤直欲凌古人。与予或月一见,子诗必一小进;或经年

---

① 香严(1631—1708),清初临济宗僧人,俗姓陈,浙江嘉兴人,早岁出家,习瑜伽教,二十六岁受具足戒,三十岁参密云圆悟之家风,四十一岁遇费隐通容之法嗣石关陵而契机,翌年得法。据任继愈主编:《佛教大辞典》中,南京:凤凰出版社,2002年,第926页。

② 叶燮:《已畦文集》卷七,《丛书集成续编》第124册集部,第709页下。

③ 释大汕:《离六堂集》卷七,《清代诗文集汇编》第130册,上海:上海古籍出版社,2010年,第109页下。

一见,子诗必一大进。吾尝谓子使天假以年,竟可独立为古今方外诗人之冠。"①对在昔给予厚望,师生间的感情非同一般。

在与这些方外人士的交游中,叶燮"静阅浮生理,拈来总是讹。尘缘争半偈,妙法印双蛾"(《夏日为游漏泽招提游次韵》其四),感悟佛法的博大精深。"招提翻遇酒杯深,衲袖儒冠各寸心。云物当前忘岁月,风流回首几人琴"(《训在昔开士次韵》其一),游于儒佛之间;"一唱余音宛转深,铁须作骨石为心。直追支遁神行骏,不鼓嵇康绝后琴"(《训在昔开士次韵》其四),表明心迹,与古代名僧神交。

六、仕宦之交

仕宦之交,即与为官者的交游。叶燮《和静远上元前一日招集同人作》其一云:"青云结绶应多侣,白发垂竿迥自尊。"②指出入仕为官"应多侣"。根据诗文资料,与叶燮交往密切的官员主要有宋琬、张玉书、曹寅、郭琇等。

宋琬(1614—1674)与叶燮交游渊源有自,不仅其父宋应亨与叶绍袁为同科进士,且早年为避兵乱曾寓居叶家③,交情自然不浅。当然,二人关系非同寻常还有更深层的因素。第一,宋琬为政清廉、体恤百姓,与叶燮颇有相通之处。第二,宋琬一生坎坷,曾两入大狱,家人又先后经历清兵屠戮、吴三桂叛乱,因而从思想情感上能够与同样经历明清鼎革、家世多故的叶燮产生共鸣。严迪昌《清诗史》就以"悲怆沉慨"概括宋琬诗风,并指出:"往昔论者谓其师法明代前后七子,'高古'、'整齐雅炼'云云,都不足以说明其风格,是脱离诗人实际身世和凄苦心态的泛泛之谈。"④可谓知人论世,深中肯綮。这些亦与叶燮反映悲惨身世与凄苦心境的诗歌精神相通。第三,由二人诗文记述可见彼此感情深厚。宋琬有《叶星期话旧》⑤一诗,单由诗题即知二人为多年老友,尤其是首四句"南冠泣罢渺天涯,燕邸逢君感岁华。羁客余生悲楚狱,故人高义颂彭衙",写出了相见后的喜悦与回忆往事的悲痛,悲喜交

---

① 叶燮:《己畦文集》卷二十,《丛书集成续编》第 124 册集部,第 821 页下。

② 叶燮:《己畦诗集》卷八,《丛书集成续编》第 124 册集部,第 934 页上。

③ 蒋寅:《叶燮行年考略》,《清代文学论稿》,南京:凤凰出版社,2009 年,第 215 页。

④ 严迪昌:《清诗史》上册,杭州:浙江古籍出版社,2002 年,第 525 页。

⑤ 宋琬著,马祖熙标校:《安雅堂全集》,上海:上海古籍出版社,2007 年,第 241 页。

加,非好友不会如此;其文《题叶元礼诗刻后》①亦念及叶燮,指出"星期亦糊其口于四方",称赞叶舒崇工诗,与叶燮叔侄均关系密切。而叶燮诗文中亦有体现,如《已畦诗集残余》所载《陪宋荔裳大参游会稽寓山园简祈奕庆兄弟》、顾有孝《骊珠集》卷七所录叶燮集外佚诗《和宋荔裳先生登华岳之作》,在共游、唱和中抒怀寄情。而《叶星期与宋荔裳书》②一文更是写出了叶燮对宋琬的拳拳之心与殷殷之情,开头便写道:"某以驽下凡材,幸荷阁下一顾之知,苟陈世好四十余年,阁下谊勿改于穷通,恩并隆于教育。追陪函丈,忽历春秋。今者阁下有事北辕,顿将言别,某黯然之怀不复可已,诚欲一展其区区,自顾诎如,莫可效力,惟不知忌讳,辄有刍荛之献,以比古人之赠言。"接着列举宋琬亲戚王芝兰的十大罪,说明自己的三条"不可解",最后指出王芝兰之为人"居乡则为阁下敛怨于桑梓,在官则为阁下贻祸于他方",其真诚之情感与直言之勇气令人起敬。

由《已畦诗集》卷三《过京口呈太座主张湘晓先生》以及卷五《送座主京江先生晋大司寇还朝》,可知张玉书(1642—1711)为叶燮座主,二人关系非同一般。如《送座主京江先生晋大司寇还朝》其四即言"菰芦翘望处,白发老门生",但学界多误称张玉书为叶燮学生。张玉书还为《已畦西南行草》作序,对叶燮其人其诗有所评述:

> 星期与余别十二年矣,性不耐为吏,经岁而拂衣。俯仰侘傺,无以申写其孤愤郁邑之气,而一寓之于诗。顷归自岭南,顾余于垩庐,留连信宿,出示《西南行草》。展齿所历,既极登临览观之胜,其所与酬唱往还又多海内偶傥磊落不羁之士,而诗之奇皆足以发之。余闻之抚几而叹旨哉!斯言足以砭俗学之膏肓、破拘挛之痼疾矣,遂与促席品次古人之诗。星期持论卓荦,多否而少可,谓千余年间惟少陵、昌黎、眉山三家高山乔岳、拔地耸峰,所谓豪杰特立之士,余子不足拟也。余因三复星期诸作,而求其囊括众有者,则铺陈排比、顿挫激昂类少陵,诘屈离奇、

---

① 宋琬著,马祖熙标校:《安雅堂全集》,第517—518页。
② 叶燮:《叶星期与宋荔裳书》,缪荃孙辑,杨璐整理:《艺风堂杂钞》卷五,第212—217页。

陈言刊落类昌黎,吐纳动荡、浑涵光芒类眉山,缘情绘事,妙入至理而自娴古法。其才气之纵轶,宁或涉于颓放险怪,为世所诇姗,而必不肯为局缩依傍之态甚矣。星期之学,能不愧于其言,而卓然自成为一家之诗者也……①

张玉书与叶燮是座主兼密友,对其诗也十分熟悉,故而所评切中肯綮:一是认为叶燮诗歌具有"奇"的特点,指出这与其性格、志向、游历、酬唱等有关;二是强调叶燮工于诗的秘诀在于专心研精,力求诗歌创作与诗学建构的统一,且善于向传统经典诗人学习,诗风具有多样化,积淀与创新相结合,自成一家。可以说,其中固然不无溢美,但结合张、叶二人当时的社会地位,作为康熙朝重臣的张玉书能有如此评价,实基于叶燮的诗才卓识,因而也由此可见叶燮在当时的诗坛影响。

曹寅(1658—1712)与叶燮从侄叶藩(字桐初)友善,曾起用桐初为幕宾,其诗集中载有多首与之有关的作品,仅从诗题即可见二人交情深厚。如《楝亭诗钞》卷一《喜叶桐初至》《送桐初》,《楝亭诗别集》卷一《和桐初谷山署中寄怀原韵》《送桐初南归三首》、卷二《期叶桐初不至》等。叶燮《庚午春王桐初侄远来访我草堂贻五言二章次少陵西枝村韵别去至秋复来始得次韵答之》其二亦言:"子有贤主人,谓曹荔轩。歌啸可不屏。"②由"子有贤主人"一句及自注"谓曹荔轩"即知叶藩此时正入幕曹府。叶、曹交游除了有叶藩这层关系外③,还与相互欣赏对方人品、才识密不可分,这在二人诗歌中均有反映。曹寅《过叶星期二弃草堂留饮,即和见赠原韵》组诗共三首④,由其二"遥呼如答啸,雄辩久腾骁"以及其三"相思无远近,来往即山林"等可见二人相交甚密。而叶燮对曹寅的礼贤下士也心存感激,《曹荔轩内部过访有赠即和

①　叶燮:《已畦西南行草》,清刻本,上海图书馆藏。

②　叶燮:《已畦诗集》卷七,《丛书集成续编》第124册集部,第930页下。

③　藏寿源:《曹寅与叶藩、叶燮的诗文情谊》,苏州市传统文化研究会编:《传统文化研究》第二十二辑,北京:群言出版社,2015年,第424页。

④　曹寅著,胡绍棠笺注:《楝亭诗钞》卷二,《楝亭集笺注》,北京:国家图书馆出版社,2007年,第85页。

韵答》其一曰："道合双忘分,时平百不忧。尽挥千骑拥,端为野人留。"①志同道合以至"忘分",尤其是曹寅的轻车简从、平易近人给叶燮留下了深刻印象。叶燮还作《楝亭记》,在称赞中寄寓自己对物事、人生的理解。这些都说明他们之间的交往并非攀附权贵,更多的是诗文切磋与情感交流。

郭琇(1638—1715)任吴江知县长达八年,不畏强权,颇有政声。叶燮《将往岭南留别同年郭华野》②即称赞"公之治绩古所无",对其"为民周切为身疏"的官德给予肯定,再结合诗中"昔公马踏曲江日,肩比余惭款段质""鹤影蹁跹茂苑东,与君重话燕山夜""别君满酌南山觞,他时北望相思处"等,可见二人在为政、为人上志趣相投,彼此欣赏,因而相知深厚,如郭琇就曾力邀叶燮参与纂修《吴江县志》。又《丁卯春日郭华野中丞京邸惠笺远讯荒畦答谢》组诗其一③由卧拙衡门、书信杳无写到"天边有故人,厚禄情还热",感念郭琇虽身处高位仍心系老友,继而回忆往昔交游,称许郭琇政绩,言语真诚;其二亦曰:"展读肺肝迫,岩花舞檐前,寸心待谁说。耿耿知已邈,书此心益结。"进一步表明二人知己相惜,是已超越地位、境遇的君子之交。

七、行迹与心迹考述

叶燮的诗集虽无明确编年,但其行走的地域却于诗中清晰可见。《已畦诗集》卷一《山居杂诗》二十四曰:"齐鲁燕豫间,疲蹇栖晨缰。江淮撼惊涛,天吴九首昂。"④清楚地记录了其行迹所到。此外,《已畦诗集》卷四卷首自注"此卷西南行作"⑤。《已畦诗集》卷六卷首自注"此卷俱白田倡和"⑥。《已畦诗集》卷八则对其中州之行有所记述,如《由陈留陆行至仪封集静远摄署》《过鄢陵赠梁曰缉侍御》《久客仪封偕仁可宛来同行访伯章于大河之干柏子庵信宿作》等诗。他每到一处,游居山水,造访当地贤士。从早年频繁行走于江浙一带,为生计前途奔波,造访僧舍,到石门、平湖等地坐馆讲习,到为

---

① 叶燮:《已畦诗集》卷七,《丛书集成续编》第124册集部,第930页上。
② 叶燮:《已畦诗集》卷三,《丛书集成续编》第124册集部,第888页上。
③ 叶燮:《已畦诗集》卷五,《丛书集成续编》第124册集部,第909页上。
④ 叶燮:《已畦诗集》卷一,《四库全书存目丛书》集部第244册,第268页下。
⑤ 叶燮:《已畦诗集》卷四,《四库全书存目丛书》集部第244册,第304页上。
⑥ 叶燮:《已畦诗集》卷六,《四库全书存目丛书》集部第244册,第334页上。

官宝应,筑室横山,白田倡和、禾中倡和、语溪倡和,游历四方,遍访名山大川古寺,再到后来专心致力于著书立说、授徒讲学等,都留下了他交游的印迹。

正是在游历交游中,叶燮的社会活动不断扩大,思想和眼界也发生了一些转变。叶燮对现实、人、物的变化无常有了更深刻的感触,"寺有兴废,诗无兴废"(《松鹤堂记》),因而其矢志著述以求长存于天地之间的心迹不言自明;对人的存在意义与生命价值也有了更深入的思考,"文章涕泪仍声价,冰雪关河竟死生"(《与赵书年话旧追忆其尊人山子》)、"白日影过今古判,青编句在死生谙"(《叠韵答刘禹美都谏四首》其四)等。同时,与其父叶绍袁有感于子女先后离世而心绪凄苦、笃信生命轮回相比,叶燮对往昔的变故有自己独特的看法。他在赠答侄子叶舒崇的诗中即言"才阅风尘宜乐志,兴嗟存没愿修龄。诸公衮衮高槐棘,努力须从鬓未星"(《叠韵答元礼侄》其六),言辞中不难看出他其时复杂而又豁达的心绪;在给友人朱四辅的诗中亦言"谢却浮名真适意,不违物理即修龄"(《叠韵答朱监师》其六)。这在其《已畦琐语》中也有体现:"轮回之说或不足凭,而子孙之困乏转眼即得。"①又《好石说》曰:"天下事物决无有常合而不离者。"②叶燮对常与变有切身体悟,所以他深知天下万事不可能恒常而不变。推而广之,诗道亦如此,其诗论重"变"或也由此发端。

综上所述,叶燮交游十分广泛,地籍不限、年辈不拘、身份地位不同、人生阅历相异、思想兼及儒释道。他们或道义声援,论诗言志;或相争摘谬,铰量争鸣;或亦师亦友,探讨切磋;或出入佛禅,参理悟道;或不计地位高低,酬唱抒怀,共同谱写了清初士人交游的丰富画卷。这些都表明叶燮思想的形成与发展不是由故纸堆的静态考据而来,而是其读万卷书、行万里路的实历与交游所得。

---

① 叶燮:《已畦琐语》,《丛书集成续编》第 42 册史部,第 649 页下。
② 叶燮:《已畦文集》卷三,《丛书集成续编》第 124 册集部,第 678 页。

第三节　叶燮著述考

叶燮著述丰富,但从清代至今对其诗文数量、版本较少进行系统考察,以致出现一些模糊认识和舛误。沈德潜《叶先生传》云:"所著《已畦文集》二十卷,诗集十卷,《原诗》四卷,残余一卷。修吴江、宝应、陈留、仪丰等县志。"①《清史列传》卷七十云:"所著有《已畦文集》十卷、诗集十卷、《原诗》四卷、残余一卷。"可知在清代,学界对叶燮著述的把握即存分歧。后来虽经叶德辉、邓之诚、黄裳等人考索,但一些学者在谈及叶燮诗文著述时多有舛误。如徐州师范学院中文系编写的《简明中国古典文学辞典》(江西人民出版社1983年版)称叶燮"著有《已畦诗文集》二十卷,《原诗》四卷"②。任孚先、武鹰《中外文学评论家辞典》(吉林教育出版社1991年版)指出:"叶燮(1627—1697),清文学家、诗论家。著有《已畦文集》十卷、诗集十卷。"③

进入21世纪以来,学界在述及叶燮诗文著述时仍有一些错误。如任继愈主编《佛教大辞典》(江苏古籍出版社2002年版)"叶燮条"写道:"有《已畦诗文集》二十卷。"④梁文娟、史言喜、张香竹《中华经典名篇选编》(河南科学技术出版社2013年版)指出:"有《已畦文集》十卷、《已畦诗集》十卷、《原诗》四卷、《江南星野辨》一卷等。"⑤漆绪邦《中国散文通史》(首都师范大学

---

①　沈德潜著,潘务正、李言校点:《归愚文钞》卷十六,《沈德潜诗文集》,第3册,第1399页。

②　徐州师范学院中文系《简明中国古典文学辞典》编写组:《简明中国古典文学辞典》,南昌:江西人民出版社,1983年,第102页。

③　任孚先、武鹰主编:《中外文学评论家辞典》,长春:吉林教育出版社,1991年,第28页。

④　任继愈主编:《佛教大辞典》,南京:江苏古籍出版社,2002年,第392页。

⑤　梁文娟、史言喜、张香竹编:《中华经典名篇选编》,郑州:河南科学技术出版社,2013年,第60页。

出版社 2014 年版)亦指出:"著有《已畦文集》十卷,诗集十卷。"①另有一些叙述,则干脆不提具体卷数。如孙家富、张广明主编《文学词典》称之为《已畦文集、诗集》②,赵山林主编《大学生中国古典文学词典》一概称之为《已畦集》③,等等。因此,对叶燮所著、所辑并对其版本加以考察就显得尤为必要,无疑有助于全面了解叶燮的诗文创作实绩与版本流变。

依据当今学界所引叶燮诗文来看,版本主要有二,一是二弃草堂刻本,二是郋园(梦篆楼)重刊本。齐鲁书社、上海书店出版社和台湾新文丰出版公司分别以上述两个版本为底本影印出版,故而影响颇大,由此也可知两个版本都是将叶燮文集与诗集合刊。但经详加考索后,发现叶燮诗文版本原貌远非如此。为便于叙述,下面依次对叶燮诗文集的版本情况考述如下,以求教于学界同仁。

一、文集单刻本

叶燮文集有十四卷本与二十二卷本两个版本。一般认为前者为初刻,后者是再刻。邓之诚《清诗纪事初编》卷三云:"文初刻本十四卷,至庚申止(十九年),当为燮所自定。乾隆中,沈德潜覆刻全集,增文为二十二卷,似不若初刻精审。"④但黄裳却对此持异议,以其所得《已畦文集》二十二卷康熙刻本指出:"今此本为康熙二弃草堂原刻,非后来所增定。之诚老辈,能读书,然于板本颇疏。所撰《清诗纪事》,著书名而不著抄刻,颇不便于读者。"⑤然究竟其中原委何如,经笔者查访与梳理,主要有以下论断:

其一,《已畦文集》《已畦诗集》《原诗》起初并非合而刊刻。理由其一在于叶燮《已畦文集自序》《已畦诗集》卷前所附曹溶序、沈珩《原诗叙》三篇序文后分别署有"康熙甲子春王上元前一日""康熙甲子小春日""康熙丙寅冬

①　漆绪邦主编:《中国散文通史》(增订本)下,北京:首都师范大学出版社,2014年,第301页。

②　孙家富、张广明主编:《文学词典》,武汉:湖北人民出版社,1983年,第160页。

③　赵山林主编:《大学生中国古典文学词典》,广州:广东教育出版社,2003年,第129页。

④　邓之诚:《清诗纪事初编》卷三,上海:上海古籍出版社,1965年,第379—380页。

⑤　黄裳:《前尘梦影新录》,济南:齐鲁书社,1989年,第157页。

十月",说明其诗文并非刻于同一时间,当是叶燮分而刊刻,并一一请友人赠序。二则叶燮喜游历,罢官后更是云游四方,与众多诗人、文人、僧人禅师交往密切,触感而发,遂结集刊刻,如前述《己畦西南行草》就是其西南游历之作。

其二,按照版本刊刻时间及顺序来看,有康熙叶氏二弃草堂刻本、康熙金阊刘承芳二弃草堂刻本、乾隆二十八年(1763)补刻本、梦篆楼重刊本四种。叶燮寓居横山时曾筑"二弃草堂",故其著述版本当以二弃草堂本为底本。《己畦文集》十四卷本应是叶氏二弃草堂初刻本,经由叶燮本人审定;清初苏州金阊地区刻书业十分发达,叶燮又为诗坛名宿,门徒众多,无论是讲学需要还是交游切磋,在当时,将其著述进行再刻都是极有可能且必要的。

由上也就可知黄裳为何质疑邓之诚所论。关于叶燮文集的刊刻情况,叶德辉在《郋园读书志》卷十集部《己畦公文集二十二卷》中有较为详尽的记述:

> 吾家横山公《己畦集》有初刻、再刻二本。初刻止十四卷,再刻增至二十二卷。初刻较再刻少文三分之一,余初不知也。三弟容皆欲刻公集,因取藏本付之,刻方竣工,以丙辰之乱抢失五卷。信使至苏,从宗人印濂大令借录前五卷寄湘。此五卷前有总目,乃知其分二十二卷。按目检文,此十四卷本文多不载,于是再有信至,云止缺题辞一类,此类即二十二卷本之末卷,钞毕寄湘,得从子启藩兄弟书,始知所缺犹不止此,乃从大令家取全本寄之,得据以补刊,推改卷第,还再刻二十二卷足本之蕾。然两刻文句稍有异同,自六卷以下可取以互校。惟前五卷更无十四卷之本可见,则其异同不可知矣。此前五卷即以二十二卷之本补钞,末附二十二卷题辞一类亦然。今刻本已出,不暇全补,惟识其异同如此,以见公文一刻再刻,皆于吴中文献甚有关系云。至《四库》著录公书,存目惟文集二十一卷,《原诗》四卷,诗集则未载,殆当时采访遗漏欤?[1]

---

[1] 叶德辉著,杨洪升点校:《郋园读书志》卷十,上海:上海古籍出版社,2010年,第478—479页。

叶德辉所论正可解释《已畦集》为何有十四卷本与二十二卷本之疑，因其当时未见十四卷本，故云"其异同不可知"。笔者所见《已畦集》十四卷为天津图书馆所藏，乾隆二十八年补刻本，与《已畦诗集》合刊。藏有《已畦集》二十二卷的单位有国家图书馆、上海图书馆等。

另有《汪文摘谬》一卷，乃叶燮选取汪琬十篇文章逐一评注而成。笔者所见为天津图书馆所藏民国四年(1915)长沙叶氏刻本。此本半叶十一行二十二字；黑口，左右双边，上下单栏，双黑鱼尾。版心上镌"汪谬"二字，下记页码。句有圈点。封面中题大字"汪文摘谬"，左下有"粟菼题"三字，另有"乙卯中春月长沙叶氏刊"十字。正文前有《汪文摘谬目》以及叶燮所撰《汪文摘谬引》。卷后有叶振宗《汪文摘谬跋》和叶德辉所撰《汪文摘谬校记》。此本收入《丛书集成续编》第124册集部，1994年由上海书店出版社影印出版；余祖坤《历代文话续编》(凤凰出版社2013年版)、蒋寅《原诗笺注》(上海古籍出版社2014年版)都录有此书。另武海军《汪文摘谬考》(《文献》2015年第2期)主要从选文来源、成书年限、文献价值等方面进行了考述，可资借鉴。

再有《已畦琐语》一卷，收入张潮等所辑《昭代丛书》，笔者所见为沈楙德世楷堂刻印本。此本半叶九行二十字，白口，左右双边，上下单栏，单黑鱼尾。版心上镌书名"昭代丛书"，中题"戊集补已畦琐语卷第六"，下记页码，并镌"世楷堂藏板"字样。该本一收入《丛书集成续编》第42册，1994年由上海书店出版社影印出版；一收入《官箴书集成》第2册，1997年由黄山书社影印出版。

二、诗集单刻单抄本

《已畦诗集》并非一开始就是十卷，而是经由多次补刻集合而成。据李灵年、杨忠《清人别集总目》所载，叶燮诗集单刻本、单抄本甚多，有《已畦诗近刻》《已畦诗旧存》《已畦西南行草》等[①]，且多藏于上海图书馆。经查阅，其版本情况具体如下：

---

① 李灵年、杨忠：《清人别集总目》上卷，合肥：安徽教育出版社，2000年，第304—305页。

《已畦诗近刻》有两卷本与三卷本之别。两卷本为刻本，无目录，半叶十行十九字，白口，单黑鱼尾；版心上镌卷数，中记页码，下题"二弃艸堂"；每卷卷首镌"嘉善叶燮星期"。三卷本为抄本，有目录，卷前记有"芦墟陆庚南树堂家藏旧刊本已畦诗近刻三卷旧存二卷语溪倡和禾中倡和各一卷余从借抄""中华民国九年二月十六日柳弃疾记"，如此可知上图所藏抄本《已畦诗近刻》《已畦诗旧存》《语溪倡和》《禾中倡和》原藏于苏州市吴江区芦墟镇人陆树堂（1890—1932）家，民国九年（1920）由吴江区北厍镇人柳亚子（1887—1958）所抄。陆、柳皆为近代文化名人，与叶燮同乡，由此亦可知叶燮诗文的影响所及。另两卷本与三卷本《已畦诗近刻》，集中均附有曾灿、梁佩兰等人评语。

《已畦诗旧存》，抄本，两卷，卷上与卷下卷首有"嘉善叶燮星期"字样，有目录；集中附倪灿、宋曹等人评语，其中有二十四首叶燮诗歌为二弃草堂本与郎园梦篆楼重刊本所未收，且集中所录诗多与《已畦诗集残余》重合；卷后附《语溪倡和》与《禾中倡和》各一卷。《语溪倡和》是叶燮与吴之振、叶奕苞等人的唱和集，所见上图抄本中有叶燮二十二首诗，吴之振十首，叶奕苞二首，皆押中韵十二侵，其中有魏允札与魏允枏评语。上图藏《禾中倡和》中有叶燮诗六首，徐开任二首，叶奕苞六首，郭襄图四首，仍叠语溪倡和韵。

《已畦西南行草》，刻本，两卷，无目录，半叶十行十九字，白口，单黑鱼尾；版心上镌书名"西南行草"，中记卷数、页码，下题"二弃艸堂"；每卷卷首镌"嘉善叶燮星期"。此本卷前有张玉书、劳之辨、蒋伊所作诗序，文末所署时间分别为"康熙丙寅上巳后十日""乙丑端阳后四日""康熙二十四年岁次乙丑清和月年"，因而可知《已畦西南行草》最迟刻于康熙二十五年（1686）三月，进而亦可推知二弃草堂本与郎园梦篆楼重刊本所见曹溶诗序并非为十卷本《已畦诗集序》，而是《已畦西南行草序》，理由在于曹序末尾署日期为"康熙甲子小春日"，作序时间显然早于张、劳、蒋三人。该本卷前还有张英所撰诗跋，卷上末有张远、季煌、屈大均评语。就《已畦西南行草》集中内容而言，大多可见于二弃本与郎园重刊本《已畦诗集》卷四，但亦有不少集外佚诗，共计十九首。如《上两广制府吴大司马》组诗，《已畦西南行草》卷上共九首，从其一到其九，排列十分清晰；而二弃本与郎园重刊本皆仅为五首。具体参见本书附录。

《已畦诗选余旧存》，杨承业辑，清抄本，两卷，南京图书馆藏。其中所辑诗歌多为叶燮集外佚诗。卷末有杨承业所作五言长诗《己卯十月上旬读已翁夫子大集并录选余成为作韵三十韵志诸卷末》，不仅对叶燮其人其诗大加推许，也对叶燮的诗学宗尚、当时的诗坛现实以及选录叶燮诗歌的缘由等多有揭示。如此诗首四句所言："吾师居横山，立言诚不朽。为诗继风雅，压倒世人口。"足以说明叶燮的诗歌写作有着明确的创作动机和深刻的现实基础。杨承业，字起宗，为叶燮受业弟子，参与了叶燮诗集的校订。《已畦诗集》卷八《与杨子起宗》、卷九《口占赠杨子起宗》，所言均为杨承业，由此亦可知二人交游。

另有《已畦诗集》十卷与《已畦诗集残余》一卷，刻本，上海图书馆藏。该本封面上题"乾隆癸未孟冬重镌"，右题"受业沈归愚参定"，中题"已畦诗集"，左题"叶衙藏板"；半叶十行十九字（沈德潜《补刻已畦先生诗序》为半叶八行十四字或十五字，张玉书、曹溶分别所撰《原序》为半叶八行十六字），白口，四周双边，单黑鱼尾；版心上镌书名，中记卷次，下镌"二弃草堂"；正文前有"已畦诗集参校姓氏"与"已畦诗集重修参校姓氏"，并附有"已畦诗集目录"。

三、诗文合刊合刻本

由于叶燮文集有十四卷与二十二卷之分，故其诗文合集也有此分别。

其一，《已畦集二十二卷 原诗四卷 诗集十卷 诗集残余一卷》，康熙叶氏二弃草堂刻本，国家图书馆所藏，另南京图书馆、中国科学院等亦有馆藏。此本半叶十行十九字，白口，四周双边，单黑鱼尾。版心上镌书名，中记卷次、篇名、页码（只有诗集版心中题卷次、页码），下镌"二弃草堂"。文集与诗集正文前分别有"总目"，每卷前分别有目录。该本一收入《四库全书存目丛书》集部第244册，1997年由齐鲁书社影印出版；另收入《清代诗文集汇编》第104册，2010年由上海古籍出版社影印出版。

其二，《已畦诗集十卷 诗集残余一卷 已畦集十四卷》，乾隆二十八年补刻本，天津图书馆藏。此本半叶十行十九字，白口，四周双边，单黑鱼尾。版心上镌书名,中记卷次,下镌"二弃草堂"。卷首有沈德潜于"乾隆癸未冬长至日"所撰的《补刻已畦先生诗序》。

其三,《已畦文集二十二卷 诗集十卷 残余诗稿一卷 附原诗四卷》,郋园梦篆楼重刊本,国家图书馆藏。此本半叶十一行二十二字,大黑口,上下单边,左右双边,双黑鱼尾。版心中记书名卷次,下题页码。根据叶德炯《重刊已畦集书后》所言:"儿子启勋等请分任校勘,余乃以公集相付,自乙卯七月始事,至丁巳五月完工。去年刻未终。丁巳六月立秋,族裔孙茅园派三十八世德炯谨撰。"①再结合叶振宗《重刊已畦诗文集跋》文末所署"丁巳冬日"②,以及叶启勋《重刻已畦诗文集跋》文末所题时间为"太岁在著雍敦牂涂月"③。综合可知,叶德炯等人对叶燮诗文集的重刊工作起始于民国乙卯年(1915)七月,至民国戊午年(1918)十二月完成最后的校勘,其间颇费周折。除上述外,郋园梦篆楼重刊本还与康熙叶氏二弃草堂本有以下不同:将《已畦集》二十二卷改为《已畦文集》二十二卷,把《原诗》附于最后;文集与诗集前虽各有"总目",但只有文集每卷前有目录,诗集则没有;诗集正文前不仅增加了沈德潜所撰《补刻已畦先生诗序》,还增加了"已畦诗集重修参校姓氏"与"重刊已畦诗文集参校姓名"。该本一收入《丛书集成续编》第124册集部,1994年由上海书店出版社影印出版;另收入《丛书集成续编》第152册,1989年由台湾新文丰出版公司影印出版。

四、所辑《国朝四家诗集》与《午梦堂诗钞》

明清之际,缘于刻书业的繁荣发达、文人学者间交游的密切、学术交流的需要等,出当时人选录当时人作品并加以刊刻成为一种风气。清初的叶燮自然不能例外,他既兼擅诗文创作与评论,对诗文选录也有独特见解,其《选家说》指出:"窃怪近今之选家则不然,名为文选,而实则人选。文选一律也,人选则不一律也。或以趋附,或以希求,或以应酬交际。其选以人衡,何

---

① 叶燮:《已畦诗集》,《丛书集成续编》第124册集部,第956页下—957页上。
② 叶燮:《已畦诗集》,《丛书集成续编》第124册集部,第958页下。
③ 叶燮:《已畦文集》,《丛书集成续编》第124册集部,第839页。

暇以文衡乎?"①不仅如此,叶燮还积极实践,辑有《国朝四家诗集》与《午梦堂诗钞》。

对于《国朝四家诗集》,《清史稿·艺文四》有载录:"《〈国朝四家诗集〉四卷》,叶燮编。"②笔者所见为天津图书馆所藏清刻本,题名为"国朝四家诗集四种",二册,四卷,线装,半叶九行十九字,白口,左右双边,单鱼尾;每卷正文第一页第二行与第三行中间皆镌"叶横山先生论定",第三行亦均题"同学诸子参阅"(《劲秋集》为"同学诸子参订")。《采江集》,穆士熹著,卷前有叶燮《采江集序》以及穆士熹《自序》,正文第二行题"建业穆士熹履安甫著";《墙西集》,李其韩著,卷前有叶燮《墙西集序》,正文第二行题"陇西李其韩文仔著";《锄茅集》,张锡祚著,卷前有叶燮《锄茅集序》,正文第二行题"长洲张锡祚偕行著";《劲秋集》,叶士鉴著,正文第二行题"莫厘叶士鉴汉光著",此集所刻字体明显与其他三集不同,另根据《已畦文集》卷八佚文存目,可知缺少叶燮《劲秋集序》一文。三篇序文具体内容见本书附录。

但从学术研究的角度看,学界对此关注较少,即便提及也未详加说明,如蒋寅《叶燮行年考略》只是一笔带过。目前可见当代一些大型辞典叙述较详,如杨家骆《历代丛书大辞典》云:"《国朝四家诗集》,叶燮编刊本,《采江集》一卷(穆士熹),《墙西草》一卷(李其韩),《劲秋集》一卷(叶士鉴),《锄茅集》一卷(张锡祚)。"③孙文良、董守义《清史稿辞典》虽有载录,但将"收清初四家人之诗而成集"误作"收清末四家人之诗而成集"④。另外,依据前述"叶横山先生论定""同学诸子参阅"等,可知这四卷诗歌应为叶燮授徒讲学时所辑,可算是叶燮选诗思想的实践结晶,其中亦有次韵叶燮的诗歌,因而对此加以比较研究,或有助于进一步了解叶燮诗学及创作思想。

除了《国朝四家诗集》,叶燮还编有《午梦堂诗钞》。《清史稿·艺文四》曰:"《〈午梦堂诗钞〉四卷》,叶燮编。"⑤但据康熙二弃草堂刻本《已畦诗集残

---

① 叶燮:《已畦文集》卷三,《丛书集成续编》第124册集部,第669页下。
② 赵尔巽等撰:《清史稿》卷一百四十八,北京:中华书局,1977年,第15册,第4409页。
③ 杨家骆:《历代丛书大辞典》,北京:警官教育出版社,1994年,第1006页。
④ 孙文良、董守义:《清史稿辞典》下,济南:山东教育出版社,2008年,第1731页。
⑤ 赵尔巽等撰:《清史稿》卷一百四十八,第15册,第4413页。

余》后所附《午梦堂诗钞》只有三卷，分别是沈宜修的《鹂吹集》、叶纨纨的《愁言集》、叶小鸾的《返生香》，并撰有《午梦堂诗钞述略》。另据冀勤辑校《午梦堂集》（中华书局 2015 年版）所附叶燮《存余草述略》，可知其所编另一卷为叶小纨的《存余草》。

五、叶燮词作

叶燮以诗文著称，学界一般很少论及其词作。关于其早年作词以及后来弃置不作的缘由，《小丹丘词序》一文有所陈述："余十五年前，亦颇作词，尝积数百首。无已，则仍以须眉本色，如苏、如辛而为之，须眉之本色存，而词之本色亡矣。余故十五年来，绝不作此。其已作者，亦弃置不复存矣。"[①]这可能也是其著述未录词作的原因。

今见清词选本《倚声初集》《瑶华集》《绝妙好辞今辑》等选有叶燮词作，故分述如下。《倚声初集》（清顺治十七年刻本）由邹祗谟与王士禛共同选定，小令十卷、中调四卷、长调六卷，合计二十卷，其中选有叶燮两首词。卷三·小令三编有叶燮《秋林晚眺》："帘卷回廊挂玉弓，草根切切响吟虫，前林黄叶起西风。橘刺牵衣花架碍，菱丝织水画桥通，钓鱼船尾小灯红。"词后有王士禛评语："阮亭云：'七字画意。'"卷十二·中调二编有叶燮《遐方怨·闺情》："妆未了，日初生。菱花眉晕小，兰叶鬓云横。帘通烟篆晓痕平，宝钗斜坠腻无声。春渐老，带围轻。檐鹊频偷报，应知斗草赢。画长无事理银筝，困人疏雨在长亭。"词后亦有评语："诸叶昆从，能诗，复有孝标诸妹，竞誉天人三诗六笔，几令古人让席。"蒋景祁所辑《瑶华集》（清康熙二十五年刻本）卷六亦收录该词，其中"日初生"作"日高生"，词后无评语。另外，《秋林晚眺》一词也收入黄燮清所辑《国朝词综续编》（清同治十二年刻本）卷一，内容相同，不同是词题前加了词牌"浣溪沙"。还有陈去病的《笠泽词征》卷七亦辑录《浣溪沙·秋林晚眺》与《遐方怨·闺情》[②]，不过个别字词与《倚声初集》稍有出入。此外，《绝妙好辞今辑》辑有叶燮《多丽·赠欲上》一词。据

---

① 叶燮：《已畦文集》卷八，《丛书集成续编》第 124 册集部，第 725 页下。
② 陈去病：《陈去病全集》，上海：上海古籍出版社，2009 年，第 5 册，第 2293—2294 页。

张丽娟校点《绝妙好辞今辑》(辽宁教育出版社2001版),叶燮该词后有沈鼏(字止岳)所作《多丽·酬星期》,故知此当为二人唱和之作。

综上所述,叶燮兼擅诗、文、词,著述丰富,主要有《已畦文集》二十二卷、《已畦诗集》十卷、《已畦诗集残余》一卷、《原诗》四卷、《已畦琐语》一卷、《汪文摘谬》一卷、《已畦西南行草》二卷、《已畦诗近刻》三卷、《已畦诗旧存》二卷、《已畦诗选余旧存》二卷,选辑有《国朝四家诗集》《午梦堂诗钞》,并有少量词作行世,参与纂修《吴江县志》《陈留县志》《宝应县志》《仪封县志》。依据《吴中叶氏族谱》(叶德辉等纂修,辛亥年增修本)卷五十七《艺文甲·书目》"叶燮"条,叶燮还有《诗集选余》五卷、《词稿》一卷,今未见。此外,随着叶燮研究的深入,必须"见其大""见其全",这样就不能只局限于对《原诗》进行文献注释,而要整理叶燮所有著述,包括其佚诗、佚文以把握其整体创作实绩,为系统探究叶燮提供文献保障。本书附录"叶燮集外佚诗佚文辑录"便是基于这样的考虑而开展的。又据郋园梦篆楼重刊本《已畦文集》卷八、卷九、卷十八目录所列佚文存目,目前尚有《留饭草序》《劲秋集序》《语冰集序》《来竹居集序》《旧燕居草序》《带存堂全集序》《从侄文学韩弈传》有待学界发掘。就是从学术研究的角度来看,如此的文献整理也是大有裨益的。例如,由《已畦西南行草》所载屈大均评叶燮语,就可补"叶氏来粤时,屈、陈二人也在粤,而终无与叶结交,不免令人想到屈、陈二人是不屑或刻意不与叶氏相交"[1]之论断的不足。

总体来看,叶燮的生平经历、交游对其诗论建构和诗歌创作产生了不可或缺的影响。正是在家国多变、仕宦艰辛、黜后游居、潜心研读、授徒讲学等多重因素的综合作用下,叶燮不仅以系统之诗论享誉诗坛,还在诗歌创作上取得了显著实绩。

---

[1]　董就雄:《叶燮与岭南三家诗论比较研究》,北京:中华书局,2010年,第126页。

第二章
叶燮的诗歌本质论与理论支点

叶燮如何深入到诗歌史中来探源历代诗歌发展，并对杜甫、韩愈、苏轼等诗歌大家给予定位，实则都关涉他对诗歌本质的认识，也与其诗学的理论支点息息相关。为此，本章先考察叶燮的诗歌本质论，再结合其中所反映出的主客"相济"，在第二节以《原诗》为中心，阐述叶燮诗学的理论支点及其思想渊源、理论价值。

第一节　叶燮的诗歌本质论

诗歌的本质是什么？从传统的"诗言志""诗缘情"等来看，诗可以教化、讽谏，可以反映天地自然，也可以是自我情感、妙悟、性灵的表现等。每一种理论或学说的背后都有其言说的基本思路、成立依据和内容架构。具体到叶燮而言，对其诗歌本质论的论证思路、主要内容、论诗方法进行探讨，实际上关涉他是如何思考诗是什么、如何成为好的诗人以及如何深入诗歌发展史等一系列论题。因此，本节下面从叶燮探源诗歌所遵循的基本思路、叶燮诗歌本质论的主要内容以及论诗方法等方面加以论述。

一、注重原诗与原道、原人的结合

中国古代历来重视天人合一，重视探究万事万物之本原，认为自然、人类、文学之间存在相通之处,因而常常结合对天地、人的阐发再探求文学本质。刘勰《文心雕龙·原道》开篇就指出:"文之为德也大矣,与天地并生者何哉? 惟人参之,性灵所钟,是谓三才。"①将"文"之起源与天地之道联系起来观照,强调"人"在俯仰天地之文而心生人文的过程中所发挥的主体作用。就《原诗》而言,叶燮在推求诗歌本原时,既强调诗人主体对客观事物的把握,也主张物我相济,注重对天、地、人的阐发来为其诗歌本体论提供存在的普遍性与合理性。对此,沈珩《原诗叙》所评精到:"非以诗言诗也,凡天地间日月云物、山川类族之所以动荡,虬龙杳幻、鼪鼯悲啸之所以神奇,皇帝王霸、忠贤节侠之所以明其尚,神鬼感通、爱恶好毁之所以彰其机,莫不条引夫端倪,摹画夫毫芒,而以之权衡乎诗之正变与诸家持论之得失,语语如震霆之破睡,可谓精矣神矣。"②他认为叶燮并非以诗言诗,而是注重结合对天地自然、社会万象等的认识来探源诗歌。所以本节所讲的"原道"主要是指推求天地自然之道,"原人"是指重视对诗人的本原以及核心要素的探究。

以原诗与原道的结合来看,叶燮在《原诗》中一再通过揭示天地自然、社会的发展规律来展开对诗歌的认识。《原诗》内篇上曰:"盖自有天地以来,古今世运气数,递变迁以相禅。古云天道十年而一变,此理也,亦势也,无事无物不然,宁独诗之一道,胶固而不变乎?"③以问为答,由天地间无事无物不变的理与势推理出诗道不能胶固不变,进而展开论述历代诗歌的因革沿创。这也不难理解叶燮在阐发"温柔敦厚"时为何以"天地之阳春"与"一草一木"作比喻。草木经由阳春普照而生发出的亿万情状"无不盎然皆具阳春之意"④,以人所共知的自然事理来说明诗教的体与用之间存在的互动关系,使人易于接受。至于以泰山之云的万千变化来反驳机械定法的荒谬,以树木的生长开花来说明古今诗歌的相承相成等,都意在用自然之道与诗道之间存在的共通性来多层面深入对诗歌的认识。同样论及"陈熟"与"生新",叶

---

① 刘勰著,范文澜注:《文心雕龙注》卷一,北京:人民文学出版社,1958 年,第 1 页。
② 叶燮著,蒋寅笺注:《原诗笺注》,第 4 页。
③ 叶燮著,蒋寅笺注:《原诗笺注》内篇上,第 15—16 页。
④ 叶燮著,蒋寅笺注:《原诗笺注》内篇上,第 50 页。

燮更从哲学的高度指出"对待之义,自太极生两仪以后,无事无物不然"①,列举天地、人事间不可枚举的"两端",最后强调:"推之诗,独不然乎?"②叶燮这里说得何等明确,其所采取的论证思路不言而喻。不仅如此,叶燮还说道:"得此意而通之,宁独学诗,无适而不可矣。"③又曰:"其胸中之愉快自足,宁独在诗文一道已也。"④叶燮反复使用"宁独""无事无物不然"等,正可表明他不愿只是就诗论诗,而是"坚持认为诗歌的基本问题为人类和自然世界所共有"⑤,把探求诗歌本质与万事万物之存在发展紧密关联起来。

如果说叶燮注重"原道"旨在强调诗歌的普遍性与丰富性,那么他重视"原人"则在于彰显诗歌的特殊性与诗人的独特性。《原诗》云:"可言之理,人人能言之,又安在诗人之言之? 可征之事,人人能述之,又安在诗人之述之?"⑥在叶燮看来,"诗人"能言人所不可言之理、述人所不可述之事,拥有一般人所不具备的特殊素质。为了更清晰地剖明这一问题,叶燮随即以文本细读的方式逐一分析了杜甫诗句"碧瓦初寒外",并总结道:"天下惟理事之入神境者,固非庸凡人可摹拟而得也。"⑦"人人"与"诗人"、杜甫与"庸凡人",经由如此鲜明的对比,叶燮论诗坚持什么、反对什么也就非常明确了。正是基于对诗人特质、如何成为优秀诗人等问题的深刻思索,叶燮不仅推美杜甫、韩愈、苏轼等诗歌大家,在《原诗》中提出了一系列关系诗人本原的范畴,如"才""胆""识""力""志""面目""品量""神明"等,还对无识、无才、无胆、无力、志卑、庸腐、吞剥等诗人大忌进行了论述和批驳。亦如叶燮《涧庵诗草序》所言:"嗟乎! 如是而为诗人,诗人其易乎哉? 其难乎哉?"⑧对此,叶燮并没有简单给出难或易的回答,仍然围绕诗人的主体素养加以阐述:主张诗人要有淡泊素心,反对趋炎附势、剽窃、党援等弊习。可以说,叶燮对诗

---

① 叶燮著,蒋寅笺注:《原诗笺注》外篇上,第 245 页。
② 叶燮著,蒋寅笺注:《原诗笺注》外篇上,第 246 页。
③ 叶燮著,蒋寅笺注:《原诗笺注》内篇下,第 210 页。
④ 叶燮著,蒋寅笺注:《原诗笺注》内篇下,第 189 页。
⑤ 宇文所安著,王柏华、陶庆梅译:《中国文论:英译与评论》,上海:上海社会科学院出版社,2003 年,第 548 页。
⑥ 叶燮著,蒋寅笺注:《原诗笺注》内篇下,第 194 页。
⑦ 叶燮著,蒋寅笺注:《原诗笺注》内篇下,第 200 页。
⑧ 叶燮:《已畦文集》卷九,《丛书集成续编》第 124 册集部,第 739 页下。

人主体的全方位关注，不仅迥异于"俨然自居为诗人"（《涧庵诗草序》）的当世者，也与视诗歌的体制、声律等高于一切的格调论者截然不同。在叶燮看来，作为"诗之文"的体格、声调、苍老、波澜等固然重要，但必须有待于诗人的性情、才调、胸怀、识见作为"诗之质"①，如此方能探得诗家要言妙义。因为表现诗人的思想情感、精神才识不仅是诗歌本质的应有之义，也是诗之所以为诗的缘由所在。就是站在今人的文艺立场来看，叶燮所论也具有普适价值。据此，蒋寅认为叶燮论诗"回到表达什么、如何表达这一所有艺术问题的原点上来"②，诚为知言。由上论之，叶燮对于诗歌本质的探求并非就范畴而范畴，而是具有强烈的问题意识，在继承传统诗论言"志"重"情"等的基础上，从"识""胸襟"等多层面诠释了诗人应该具备的素养以及必须注意的事项。

综上所述，注重观照天地万物、强调诗人的独立性并发挥其主体作用，是叶燮探源诗歌所遵循的基本思路，也是构成其诗歌本质论的重要支撑。

二、强调主客互融相济

叶燮在注重原诗与原道、原人相结合的基础上，还将其具化为以"理、事、情"与"才、胆、识、力"为中心的主客体相济，这是叶燮诗歌本质论的主要内容。需要首先指出的是，这里所说的"相济"并非只包括主客互融，还包含主体要素之间的相济与客体要素之间的相济。

第一，理、事、情之间的相济。在《原诗》中，叶燮认为天地之大、古今之变、赋物象形、饮食男女、文章诗赋等皆不出乎理、事、情，指出三者缺一则不成物。这是就三者存在的普遍性、不可分割性加以总体概括，至于它们之间的具体关系、在诗歌中的反映以及如何深入诗歌本质，叶燮层层推进予以阐发。从理、事、情的运行动力来看，叶燮拈出传统哲学范畴中的"气"，强调三者借气而行，肯定符合自然之道的气在其中发挥的统领作用，并进而指出"气有时而或离，理事情无之而不在"③。气既然是本体，可总而持之、条而贯

---

① 叶燮著，蒋寅笺注：《原诗笺注》外篇上，第261—262页。
② 叶燮著，蒋寅笺注：《原诗笺注》，第253页。
③ 叶燮著，蒋寅笺注：《原诗笺注》内篇上，第137页。

之,又为何会"有时而或离"? 看似矛盾,实则蕴含着叶燮对理、事、情本原地位的加强肯定,正是从这个意义上讲,他随即反问道:"向枯木而言法,法于何施?"①因为枯木虽"气断",但事理尚在,亦有形状向背、高低上下之情状。从理、事、情与"法"的关系来说,叶燮认为理与事本身就是法,其《题雪窗纪梦后》云:"世间万法,不出事理二者,惟事与理各各对待而成。"②但就作诗之法而言,法又不同于理、事、情,因为法有活法与死法之别。活法遵循自然,与理、事、情相通,而死法拘泥定规,因而这就涉及诗人如何去把握的问题。一方面,作诗者实写理、事、情,以主观理解对其进行各种各样的分析与阐释,那么所作之诗就会沦为俗儒之作;另一方面,作诗者"幽渺以为理,想象以为事,惝恍以为情"③,如此方能理至、事至、情至,妙得好诗。但就叶燮对杜甫诗句"晨钟云外湿"的解读:"不知其于隔云见钟,声中闻湿,妙悟天开,从至理实事中领悟,乃得此境界也。"④指出此句的妙处恰恰在于妙悟"实事",这岂不与叶燮反对实写事理矛盾吗? 其实不然,叶燮这里分别从天地自然之道与诗歌表现规律两个方面来把握理、事、情,把客观事物的普遍性与诗歌创作的特殊性结合在一起。因此,事、理、情既指天地万物及其运行规律、表现情状,也指包含诗人艺术构思的"不可名言之理,不可施见之事,不可径达之情"⑤。简言之,叶燮是从主客相济的层面来看待"理、事、情"的。

第二,才、识、胆、力之间的相济。作为传统范畴,才、胆、识、力并非叶燮的独创,他之前的刘勰、刘知几、李贽都分别提及其中的一种或几种。即便是四者并举,早于叶燮的明代高出(1574—1655)在《赠耿参知朴公兄》"诗序"中就曾提及:"余十年来慕说,朴公兄自未识面。与既交臂后,则知公之清、之任、之才、胆、识、力皆于世未两见。"⑥但叶燮对中国古代诗论的贡献,在于他第一次系统、透彻地阐述了四者及其相互间的关系。一则从无才、无

---

① 叶燮著,蒋寅笺注:《原诗笺注》内篇上,第 137 页。
② 叶燮:《已畦文集》卷二十二,《丛书集成续编》第 124 册集部,第 832 页下。
③ 叶燮著,蒋寅笺注:《原诗笺注》内篇下,第 210 页。
④ 叶燮著,蒋寅笺注:《原诗笺注》内篇下,第 207 页。
⑤ 叶燮著,蒋寅笺注:《原诗笺注》内篇下,第 210 页。
⑥ 高出:《镜山庵集》卷二十五,《四库禁毁书丛刊》集部第 31 册,北京:北京出版社,1997 年,第 273 页上。

胆、无识、无力的层面加以论述。《原诗》云："大凡人无才则心思不出，无胆则笔墨畏缩，无识则不能取舍，无力则不能自成一家。"①无论是论诗，还是作诗，都要求主体拥有综合素质，如此方能才思泉涌、独创生新、识见高远、自成一家。二则分别指出才与识、才与胆、才与力之间的密切关系，认为"识为体而才为用"②"胆能生才"③"力大而才能坚"④。三则从整体上对四者关系予以总结："大约才、识、胆、力，四者交相为济。苟一有所歉，则不可登作者之坛。"⑤注重四者之间的相辅相成、不可偏废。在此基础上，叶燮认为"四者无缓急，而要在先之以识；使无识，则三者俱无所托"⑥，进一步阐述了"识"作为最具基础性和统领性要素的原因所在，一一指出无识而有胆、无识而有才、无识而有力所产生的弊端，分析缜密，极具说服力。

第三，主客体要素之间的相济。《原诗》云："曰理，曰事，曰情，此三言者足以穷尽万有之变态。曰才，曰胆，曰识，曰力，此四言者所以穷尽此心之神明。以在我之四，衡在物之三，合而为作者之文章。大之经纬天地，细而一动一植，咏叹讴吟，俱不能离是而为言者矣。"⑦

叶燮指出，"我之四"与"物之三"构成了两端，主客相济方能成就文章，作诗之要义即在于此。可以说，叶燮论诗强调主客互融相济，是其一贯的诗论宗旨。论及游览诗，叶燮便指出："作诗者以此二种心法，默契神会……且天地之生是山水也，共幽远奇险，天地亦不能一一自剖其妙，自有此人之耳目手足一历之，而山水之妙始泄。如此方无愧于游览，方无愧乎游览之诗。"⑧与明代王阳明《传习录》所说的"你未看此花时，此花与汝心同归于寂"⑨有异曲同工之妙，强调人对于天地之妙的发现和艺术加工。叶燮《黄山

---

① 叶燮著，蒋寅笺注：《原诗笺注》内篇上，第91页。
② 叶燮著，蒋寅笺注：《原诗笺注》内篇下，第153页。
③ 叶燮著，蒋寅笺注：《原诗笺注》内篇下，第168页。
④ 叶燮著，蒋寅笺注：《原诗笺注》内篇下，第172页。
⑤ 叶燮著，蒋寅笺注：《原诗笺注》内篇下，第189页。
⑥ 叶燮著，蒋寅笺注：《原诗笺注》内篇下，第189页。
⑦ 叶燮著，蒋寅笺注：《原诗笺注》内篇下，第150页。
⑧ 叶燮著，蒋寅笺注：《原诗笺注》外篇下，第408页。
⑨ 王守仁撰，吴光等编校：《王阳明全集》卷三，上海：上海古籍出版社，2015年，上册，第94页。

倡和诗序》亦曰："名山者,造物之文章也,造物之文章必藉乎人以为遇合,而人之与为遇合也,亦藉乎其人之文章而已矣。盖山与人交相遇合,称知己焉。"①这里所说的"山与人交相遇合"正是叶燮注重主客相济、以道观诗的生动写照。在《题沈次山四时村居诗后》中,叶燮说道:"彼诗人胸中有千古,目中有四时,万物能一一驱策之、使令之,以发我性情,资我咏歌,则直谓诗人之千古、四时、万物而已矣。不知者,以诗观诗;知者,以道观诗可也。"②在叶燮看来,作为客体的"千古""四时""万物"经由诗人的艺术构思融为一体,可"直谓诗人之千古、四时、万物"。由上足证叶燮论诗注重主客相济。

三、坚持诗文相通

在中国古代,尤其是宋代以来,诗文之辨总能引起很多诗家的关注,因为这不仅涉及对诗歌本质的认识,也与如何看待唐诗与宋诗有关。例如,《后山诗话》援引黄庭坚之语曰:"诗文各有体,韩以文为诗,杜以诗为文,故不工尔。"③从诗文辨体的角度加以评判,故而批评以文为诗。明人则在这一论题上,有过之而无不及,从明初的方孝孺、李东阳,此后的李梦阳、何景明、杨慎,以及晚明的胡应麟、江盈科、许学夷等,虽然他们各自的文学思想有所不同,但无一不主张诗文有别。以叶燮在《原诗》中明确提及的李梦阳、何景明来看,他们之所以坚持诗文之辨,除了明确诗与文有体制分殊,强调诗歌主于抒情的本质外,还与其宗法盛唐、反对宋诗紧密相连。如李梦阳《缶音序》④由开篇的"诗至唐,古调亡矣"急速转至"宋人主理不主调,于是唐调亦亡",批评宋诗的意图十分明显,并进而指出:"诗何尝无理,若专作理语,何不作文而诗为邪?"在李氏看来,作诗的本旨在于有"调",比兴、情思、声律等兼备,否则就会如宋人那样专作理语而使得"人不复知诗"。因此,李梦阳的诗文之辨直接指向的就是诗尊盛唐、伸唐斥宋。

---

① 叶燮:《已畦文集》卷八,《丛书集成续编》第 124 册集部,第 727 页下。

② 叶燮:《已畦文集》卷二十二,《丛书集成续编》第 124 册集部,第 834 页上。

③ 陈师道:《后山诗话》,何文焕辑:《历代诗话》,北京:中华书局,1981 年,第 303 页。

④ 李梦阳:《空同集》卷五十二,四库明人文集丛刊本,上海:上海古籍出版社,1991 年,第 477 页下—478 页上。

就辨体与破体①而言,相比上述诸人诗文有别的主张,叶燮则持破体立场,坚持诗文相通。在《原诗》中,叶燮常常诗文合称,"诗文""诗文一道""文章"等词高频出现。另外,叶燮还指出论诗与论文可以相互参发,如以泰山之云作喻探讨诗法时,引述苏轼《文说》之语,认为"亦可与此相发明也"②;论及"陈熟"与"生新",提出"论文亦有顺、逆二义,并可与此参观发明矣"③。可以看出叶燮并未对诗与文加以区分、轩轾。同样在《南游集序》④中,叶燮虽提出"诗以适性情,文以辞达意""诗言情而不诡于正""文折衷理道而议论有根柢",但他并未认为二者在本质上有所不同,反而在提及韩愈、欧阳修、苏轼等人时,强调他们"无不文如其诗,诗如其文,诗与文如其人",指出"诗文一道,根乎性而发为言,本诸内者表乎外,不可以矫饰,而工与拙亦因之见矣"。认为诗与文都根源于人的内心情感,以"人"为中心贯通诗文之别,注重人品与诗文之品的统一。而在这一点上,叶燮以"文如其诗,诗如其文"评价韩、苏,又不同于江盈科《雪涛诗评》以"专擅则独诣,双骛则两废"来评价韩愈文起八代而诗笔质木、苏轼七古不失唐格而七言律绝以文为诗(《诗文才别》第一则)⑤。这些都说明叶燮主张诗文相通,有着明确的理论针对性。还需注意的是,叶燮本人诗文兼擅,对诗文创作皆有切身体悟,所以主张诗文相通也自在情理之中。

由上而言,叶燮力倡诗文融合与唐宋相济,反对以唐诗主情、宋诗主理的观点来看待唐宋诗,以此来深化对诗歌本质的认识。

四、独特的论诗方法

叶燮之所以对诗歌本质有较为系统、通达的理解,离不开其独特的论诗方法。如《原诗》通过不胜枚举的比喻论诗,既形象生动,易于读者接受,又纵横博辨而不失深刻。现代诗人吴芳吉(1896—1932)在《白屋吴生诗稿自

---

① 吴承学:《辨体与破体》,《文学评论》,1991 年第 4 期。
② 叶燮著,蒋寅笺注:《原诗笺注》内篇上,第 139 页。
③ 叶燮著,蒋寅笺注:《原诗笺注》外篇上,第 246 页。
④ 叶燮:《已畦文集》卷八,《丛书集成续编》第 124 册集部,第 726 页下。
⑤ 江盈科著,黄仁生辑校:《江盈科集》,长沙:岳麓书社,1997 年,下册,第 804 页。

叙》中就称赞"昔叶燮《原诗》,取譬精妙"①。再如《原诗》中多次出现的"或曰""彼曰"与"余曰"的问答法以及众多以问代答式的反问,犹如我—你之间的对话,步步推进,增强了诗论的说服力。除了这些方法外,叶燮对于条分缕析法的运用也十分娴熟。所谓"条分缕析",就是论证条理清晰,分析细致周密。在《原诗》中,叶燮多次提及这一方法:

> ——剖析而缕分之,兼综而条贯之。(《原诗》内篇上)②
> 子无以余言为惝恍河汉,当细为子晰之。(《原诗》内篇上)③
> 今试举杜甫集中一二名句,为子晰而剖之,以见其概。(《原诗》内篇下)④
> 大抵近时诗人,其过有二:其一……其一……(《原诗》内篇下)⑤
> 试一一论之。(《原诗》外篇上)⑥

由上说明,叶燮具有明确的方法论意识,从而使其诗论富于条理性、逻辑性。

其次,叶燮经常使用"又""而""然""则"等能够衔接上下文的虚词,层层展开,使人读之脉络清晰。如论及"才""力"时,连续使用"又"字,遵循"吾尝观古之才人→吾又观古之才人→又观近代著作之家"⑦的思路,由古及今,文气顺畅。结合上述所论,叶燮探源诗歌善于使用比喻法、问答法、条分缕析法等传统论诗方法,既将理论的展开与方法的运用较好地融合在一起,又纲举目张,深得古文笔法。

总而言之,叶燮很少偏执于主体或客体的某一方面来探究诗歌本质,而是在继承传统的同时强调主客相济,坚持诗文相通,并通过独特的论诗方法

---

① 参见吴宓著,吴学昭整理:《吴宓诗话》,北京:商务印书馆,2005 年,第 163 页。
② 叶燮著,蒋寅笺注:《原诗笺注》内篇上,第 6 页。
③ 叶燮著,蒋寅笺注:《原诗笺注》内篇上,第 118 页。
④ 叶燮著,蒋寅笺注:《原诗笺注》内篇下,第 194 页。
⑤ 叶燮著,蒋寅笺注:《原诗笺注》内篇下,第 224 页。
⑥ 叶燮著,蒋寅笺注:《原诗笺注》外篇上,第 251 页。
⑦ 叶燮著,蒋寅笺注:《原诗笺注》内篇下,第 172—177 页。

逐步展开,赋予这些主客体要素以丰富的内涵,从而共同构成其深刻而全面的诗歌本质论。

第二节　叶燮诗学的理论支点

20 世纪以来,学界对叶燮的诗歌理论颇为关注。从现有的研究成果看,大多结合现代理论体系架构,围绕《原诗》的一些核心范畴展开研究,或主要分析其本原论、正变论、创作论、批评论[①],或针对以"理、事、情"与"才、胆、识、力"为中心的美学、诗学体系给予细致探究[②],或就某一个范畴和命题进行辨析,而对叶燮诗学思想中一以贯之的两端论与相济论却没有进行深入考察。由于叶燮诗学包含众多密切相连的范畴与命题,倘使割裂整体而将其划分为符合现代人认知的若干部分,难免有悖其诗学原貌和精神指归。诚如张健指出的:"变的理论被划归发展观,而主客体理论被划归创作论,这样变的理论与主客体理论就成为平行并列的理论。这样的诠释并不符合叶燮诗学的实际。如果把主客体关系的理论从他所要讨论的中心问题中抽离出来而孤立地加以讨论,就容易掩盖叶燮诗学的真正意旨和现实针对性。"[③]而以两端论与相济论来观照叶燮的诗学思想,既可以看出叶燮重视整体、强调众多范畴间有机关系的论诗意旨,理解其对传统文化、哲学的承续与发展,也可以弥补以往研究存在的不足,为深化叶燮研究提供新思路。为此,本节试以《原诗》为中心,并结合《已畦文集》《已畦诗集》等,对叶燮思想中蕴含的两端论与相济论加以展示和界定,进而揭示其理论渊源和重要价值。

---

① 蒋凡:《叶燮和原诗》,上海:上海古籍出版社,1985 年。
② 叶朗:《中国美学史大纲》,上海:上海人民出版社,1985 年。
③ 张健:《清代诗学研究》,北京:北京大学出版社,1999 年,第 342—343 页。

一、两端论与相济论的内涵及表现

《原诗》之所以富有系统性、体系性，与叶燮论诗注重"两端"与"相济"密切相关。所谓"两端"，是指主体在考察诗歌发展的过程中，注重以一分为二的辩证思维来探求诗歌的本质和规律；所谓"相济"，是指主体从整体上对诗歌发展中必然存在的偏畸、溺于一端等问题加以纠偏、调节与融合，使之合二而一、相辅相成，进而产生中和之美。作为两种理论学说和思维方式，两端论与相济论不仅在《原诗》中有明确表现，而且共同支撑起叶燮的诗学体系。

(一)无处不在的"两端"

叶燮在《原诗》中提出了一系列理论命题，主要涉及诗歌发展的基本规律、诗歌本质、诗歌创作、诗歌批评等。但值得注意的是，叶燮所提出的这些理论命题皆以"两端"的方式加以呈现和深化。首先，《原诗》内篇上一开始就提出了众多"两端"，如"诗之源流、本末、正变、衰盛"与"古今作者之心思才力深浅、高下、长短"①等。接着，他以古今诗歌的因与创说明"变"的合理性与合规律性，所谓"势不能不变"②，以古今在餐具、音乐、居处等方面的不同来表明"物"与"人"的"踵事增华"③，从而将诗歌发展的继承性、变化性、超越性有机统一起来。论及"温柔敦厚"，叶燮标举"体"与"用"、"意"与"辞"之两端来进行阐发④。为了说明诗歌发展的自律与他律的关系，他在论述"正变系乎时"与"正变系乎诗"、"诗之源"与"诗之流"存在密切联系的同时，也点明了得失、隆污、盛衰、新故、升降等互为两端的范畴，说明其"两端论"的意识十分明确。叶燮还指出正是由于"力大者大变"与"力小者小变"的共同作用才组成了一部无时不变的诗歌发展史，这不仅为此后进一步论析以杜甫、韩愈、苏轼为代表的"大变"打下了坚实基础，也为系统论述"大变"与"小变"都必然依靠的主客体要素(即"才、胆、识、力"和"理、事、情")

---

① 叶燮著，蒋寅笺注：《原诗笺注》内篇上，第5—6页。
② 叶燮著，蒋寅笺注：《原诗笺注》内篇上，第16页。
③ 叶燮著，蒋寅笺注：《原诗笺注》内篇上，第39页。
④ 叶燮著，蒋寅笺注：《原诗笺注》内篇上，第50页。

提供了依据。叶燮还通过"或曰"与"余曰"的对话说明了"有法"与"无法"、"虚名"与"定位"、"死法"与"活法"之间的联系,指出"虚名不可以为有,定位不可以为无"①。对此,宇文所安曾说:"像在《原诗》其他地方一样,叶燮摆出两种常见的对立立场(一方相信'法'具有决定性作用,另一方则反对'法'),并高居它们之上;他以此向世人表明,这样一些概念远比那些传统上的文学派别(无论是正方还是反方)所选择的粗糙立场复杂得多。"②

其次,《原诗》内篇下旗帜鲜明地指出"在物者"与"在我者"之两端。谈及"在我者"时,叶燮举出"天分"与"人力"、"识为体而才为用"③、"是"与"非"④、"取"与"舍"、"世人"与"古人"、"同"与"异"、"横"与"竖"、"左"与"右"⑤、"主乎内以言才"与"主乎外以言才"⑥、"力之大小远近"⑦,等等。论及"在物者"时,叶燮还以疑问的方式巧妙地提出了"可言之理"与"不可言之理"、"有是事"与"无是事"、"可征之事"与"不可述之事"⑧等不可分离的两端。

再次,叶燮在《原诗》外篇上和外篇下中进一步发展了其两端论思想。他说:

> 陈熟、生新,二者于义为对待。对待之义,自太极生两仪以后,无事无物不然:日月、寒暑、昼夜,以及人事之万有——生死、贵贱、贫富、高卑、上下、长短、远近、新旧、大小、香臭、深浅、明暗,种种两端,不可枚举。⑨

---

① 叶燮著,蒋寅笺注:《原诗笺注》内篇上,第 124 页。
② 宇文所安著,王柏华、陶庆梅译:《中国文论:英译与评论》,上海:上海社会科学院出版社,2003 年,第 550 页。
③ 叶燮著,蒋寅笺注:《原诗笺注》内篇下,第 153 页。
④ 叶燮著,蒋寅笺注:《原诗笺注》内篇下,第 154 页。
⑤ 叶燮著,蒋寅笺注:《原诗笺注》内篇下,第 160 页。
⑥ 叶燮著,蒋寅笺注:《原诗笺注》内篇下,第 169 页。
⑦ 叶燮著,蒋寅笺注:《原诗笺注》内篇下,第 176 页。
⑧ 叶燮著,蒋寅笺注:《原诗笺注》内篇下,第 194 页。
⑨ 叶燮著,蒋寅笺注:《原诗笺注》外篇上,第 245 页。

从自然、人事到诗歌，无事无物不存在"两端"，所谓"种种两端，不可枚举"。谈及诗歌创作，他仍然主张要把握好"绍前哲"与"垂后世"这两端，用一幅绢素的长短、阔狭、浓淡、远近等在各个时代的不同表现①，来说明自汉魏至宋以来的诗歌特点，随之又以"工"与"拙"两端为切入点对古今诗歌进行分析②。

除了《原诗》，叶燮对于"两端"的论述在其《已畦文集》中也有体现。他在所居之处筑堂、室，建亭、园，分别命名为"二弃草堂""二取亭""独立苍茫室"，并写有一组颇具诗意的园记：《二弃草堂记》《二取亭记》《已畦记》等。《二弃草堂记》曰：

> 弃之为义，以迹与事考之，未有不自世先者；以心与理推之，未有不自我先者。迫心迹交见、事理并陈，则成为两相弃已矣。夫予之事科举，窃升斗，固尝求入于世矣。然求之有道，必守之有方；守之有方，须合身心内外而早夜谋之，谋之益工，则弃端自绝，而予则何如者？世以巧，而予以拙；世以机，而予以直；世以迎，而予以距；世以谐，而予以戆。③

他以"我"与"世"、"心"与"迹"、"事"与"理"、"巧"与"拙"、"机"与"直"、"迎"与"距"的对立，来说明"我"与"世"相弃的由来。"二弃"是世既弃我，我亦弃世，也是古代诗人进退出入所必须面对的"两端"。但叶燮所讲的"弃"不是全然弃之与弃之不变，是"二弃"后的有所弃而有所不弃，是弃中有得。亦如其所言：

> 然予亦因弃而窃有得焉。弃荣名，亦弃忧患；弃宠利，亦弃污辱；弃安富尊显，亦弃履危乘殆。不劳心，不瘁形，不追前，不筹后，可以忘人我，泯得失，弃之中若别有乾坤、日月、岁时焉，则非客之所知也。庄生

---

① 叶燮著，蒋寅笺注：《原诗笺注》外篇下，第 343 页。
② 叶燮著，蒋寅笺注：《原诗笺注》外篇下，第 346 页。
③ 叶燮：《已畦文集》卷六，《丛书集成续编》第 124 册集部，第 696 页上。

曰:"此木以不才全天年。"若予者庶几以弃,而得全者乎! 则予之自幸,亦未尝不以弃也云尔。①

在《二取亭记》中,他对"弃"与"取"亦有新解:

　　确庵曰:"君之草堂名二弃,凡物之义不孤行,必有其偶为对待。弃者,取之对待也。一与一对待而成二,弃一则余一,弃二则二外皆余,使二之余亦弃,则弃不名二。二之余不弃,则余将安归? 则必归乎取。二与二对待而成四,分四各为二,以彼二属弃,则此二必属乎取矣。与子之意相左者,为弃;反其相左,而与子之意相合者,斯为取。弃得二,取亦得二。堂为弃而亭为取,妙义循环,道尽于此矣。盖名是亭为二取亭乎?"余曰:"有是哉! 夫道本无有可弃,本无有可取,道之常也。有弃有取,道之变也。有弃斯有取,有取斯有弃,道之变而常也。故物之弃有万,吾以二统之;物之取亦有万,吾以二摄之,无不尽于吾草堂及吾亭矣!"②

　　叶燮承接释确庵关于"对待"以及"二弃""二取"的阐发,主要进行了以下几方面的理解:一是指出"道之常"与"道之变"之别。以"常"而言,"弃"与"取"是普遍存在的;而以"变"而言,"弃"与"取"又是可以发生转化的。二是充分肯定"道之变而常",认为"有弃斯有取,有取斯有弃"。也就是说,两端的生成既源于客体对象的本然存在,也源于主体的选择与舍弃,即"二弃"与"二取"。三是主张以统摄的思想方法来把握"二"与"万"。他认为"二"揭示了不同事物之"弃""取"的普遍性,"万"代表着不同事物之"弃""取"的差异性。共性孕育个性,个性又存在于共性之中,故须以"二"来统"物之弃有万",以"二"来摄"物之取有万"。若将统与摄之两端加以综合,可以发现统摄也是叶燮观照万物、掌握世界的一种思想与方法。由于事物之"弃""取"千差万别,对之加以统摄,可以提纲挈领地把握整体,高度概括

---

①　叶燮:《已畦文集》卷六,《丛书集成续编》第 124 册集部,第 696 页。
②　叶燮:《已畦文集》卷六,《丛书集成续编》第 124 册集部,第 697 页下。

万事万物所具有的丰富性与复杂性,所谓"一多大小,统摄万有"①。

综上所述,叶燮对于两端论的把握是深刻而独到的。他不仅将"两端"的思想贯穿始终,有力地支撑了其诗学体系的建立,由此也取得了令人瞩目的诗学成就。

(二)不可一偏的"相济"

"两端"是普遍存在的,把握"两端"可以提纲挈领地认识与分析问题。但"两端"也是不断变化的,在变化的过程中必然会产生排斥与矛盾,偏于一端,或"过"或"不及",这就需要用"相济"的思想来解决问题。对此,叶燮亦有创见。

一方面,他反对溺于一端。《原诗》内篇上在标举正变、盛衰等两端的同时,批驳"溺于偏畸""出乎陈腐而入乎颇僻""胶固一偏",反对偏执一端学诗:"尊盛唐者,盛唐以后,俱不挂齿。近或有以钱、刘为标榜者,举世从风,以刘长卿为正派。究其实,不过以钱、刘浅利轻圆,易于摹仿,遂呵宋斥元。又,推崇宋诗者,窃陆游、范成大与元之元好问诸人婉秀便丽之句,以为秘本。"②对此,叶燮进一步指出:

> 乃后之人颂美训释《三百篇》者,每有附会,而于汉魏、初盛唐亦然,以为后人必不能及。乃其弊之流,且有逆而反之:推崇宋元者,菲薄唐人;节取中晚者,遗置汉魏。则执其源而遗其流者,固已非矣,得其流而弃其源者,又非之非者乎? 然则学诗者,使竟从事于宋元、近代,而置汉魏、唐人之诗而不问,不亦大乖于诗之旨哉!③

他认为"推崇宋元者,菲薄唐人"、割裂唐诗而"节取中晚""遗置汉魏"都不足取。因为这些机械地执于一端的论说都没有从整体上正确认识诗歌发展的规律,或"执其源而遗其流",或"得其流而弃其源",实在是"大乖于诗之旨"。由此可知叶燮论诗的宗旨在于扫除陈见,救弊求变,提倡唐宋兼

---

① 苏渊雷:《佛教与中国传统文化》,长沙:湖南教育出版社,1988 年,第 5 页。
② 叶燮著,蒋寅笺注:《原诗笺注》内篇上,第 82 页。
③ 叶燮著,蒋寅笺注:《原诗笺注》内篇下,第 225—226 页。

取与相济。如沈德潜《叶先生传》评叶燮:"论诗以少陵、昌黎、眉山为宗,成《原诗》内外篇,扫除陈见俗谛。"①徐珂《清稗类钞·文学类》"诗学名家之类聚"条亦云:"当康熙时,吴县有叶横山名燮者,病诗家之喜摹范、陆,作《原诗》内外篇,以杜为归,以情境理为宗旨。德潜少从受诗法,故其诗古体宗汉魏,近体宗盛唐,尤所服膺者为杜。"②可见,古人注重叶燮诗论扫空批俗的批判性、针对性、现实性,今人却强调其是宋诗派,其中差别不言而喻。

另一方面,他提倡要融合相济。论及"陈熟"与"生新",叶燮指出二者相济方能"全其美"而防止"俱有过":

> 陈熟、生新,不可一偏,必二者相济,于陈中见新,生中得熟,方全其美;若主于一而彼此交讥,则二俱有过。③

由上可以看出,叶燮分别从正反两个方面加以论述。在此基础上,叶燮进一步展开论述:

> 大约对待之两端,各有美有恶,非美恶有所偏于一者也。对待之美恶,果有常主乎? 生熟、新旧二义,以凡事物参之:器用以商、周为宝,是旧胜新;美人以新知为佳,是新胜旧;肉食以熟为美者也,果食以生为美者也,反是则两恶。推之诗,独不然乎? 舒写胸襟,发挥景物,境皆独得,意自天成,能令人永言三叹,寻味不穷,忘其为熟,转益见新,无适而不可也。若五内空如,毫无寄托,以剿袭浮辞为熟,搜寻险怪为生,均为风雅所摈。论文亦有顺、逆二义,并可与此参观发明矣。④

"对待之两端"既存在着美恶的对立、并行,也会在具体的情境中发生转

---

① 沈德潜著,潘务正、李言校点:《归愚文钞》卷十六,《沈德潜诗文集》,第3册,第1398页。

② 徐珂编撰:《清稗类钞》,北京:中华书局,2010年,第8册,第3900页。

③ 叶燮著,蒋寅笺注:《原诗笺注》外篇上,第242页。

④ 叶燮著,蒋寅笺注:《原诗笺注》外篇上,第245—246页。

变,不会"常主"一端。如果不懂相济与变化,势必会一无是处。推及诗歌,若诗人能够将主体胸襟与客观景物有机统一起来,其作品自然能使人咏叹寻味,转益出新;反之,若才志卑陋而过于承袭浮辞、搜险寻怪,其作品难免会毫无寄托、乏陈无味。因此,他通过评析杜甫诗句、批评"今人惑于盲瞽之说"①等,强调判定好诗应以才志高远、意味深长为准,而"不必斤斤争工拙于一字一句之间"②。对于如何学习杜诗,他认为立德与立言相济相成,学诗者既不能盲目崇拜杜诗,也不可"自视与杜截然为二"③而割裂杜诗,对其攻瑕索疵。指出"在杜则可,在他人则不可"之论的错误性就在于:偏执在可与不可之一端而没有进行相济。此外,他还十分重视"诗"与"人"的相济:

> 诗是心声,不可违心而出,亦不能违心而出。其心如日月,其诗如日月之光。随其光之所至,即日月见焉。故每诗以人见,人又以诗见。使其人其心不然,勉强造作,而为欺人欺世之语,能欺一人一时,决不能欺天下后世。④

诗是由人创作出来的,二者不相济就会出现"欺人欺世之语"。从"不可"到"不能",虽一字之差,却表明了叶燮对诗歌真谛的精准把握,即发自内心而作真语,力求做到诗与人如出乎一。但这何以做到呢? 叶燮所给予的解决方案,就是用相济的思想去平衡二者之间产生的张力,把人格融于诗歌之中,"其心"与"其诗"相济,人品与诗品统一,既"诗以人见",又"人以诗见"。"诗以人见"重视彰显诗人之面目与胸襟,"人以诗见"则指明诗人的人格和人品对于诗作会产生巨大的影响。因此,只有将"诗"与"人"二者相济并置于动态的过程中,才能实现"每诗以人见,人又以诗见"的艺术至境。例如,他对杜甫其人其诗的解读就富含着相济的思想:"杜甫之诗,包源流,

---

① 叶燮著,蒋寅笺注:《原诗笺注》外篇上,第266页。
② 叶燮著,蒋寅笺注:《原诗笺注》外篇上,第263页。
③ 叶燮著,蒋寅笺注:《原诗笺注》外篇上,第284页。
④ 叶燮著,蒋寅笺注:《原诗笺注》外篇上,第299页。

综正变"①、"变化而不失其正,千古诗人惟杜甫为能"②。

总而言之,两端论与相济论作为叶燮诗论的两个理论支点,一以贯之,一定程度上体现出一分为二与合二而一的和谐共生,使其诗学"理论命题的展开过程呈现为历史和逻辑的统一"③,二者密不可分,互融共存,充分展示出叶燮不仅是一个两端论者,也是一个相济论者。正所谓没有两端,何来相济? 若无相济,又怎能避免偏于一端的缺失? 叶燮在继承前人理论的基础上,将二者合理运用到诗学阐述上,对中国古代诗歌的发展进行了整体分析和总结,积淀中有所突破,建立起了一套颇具系统性、体系性的诗学理论。正如程千帆所言:"体系自有,而不用体系的架构来体现,系统性的意见潜在于个别论述之中,有待读者之发现与理解。"④以两端论与相济论来把握叶燮诗学,我们可以真切理解其何以自成一家之言。

二、叶燮两端论与相济论的思想渊源

(一) 两端论的思想渊源

叶燮的两端论并不是无源之水,无本之木,其思想渊源大致有以下几点。

其一,对儒家两端论思想的吸纳。叶燮在《原诗》中多次提到"夫子""吾夫子""先儒"等,对于儒家经典中有关两端论的论述应有所熟稔。如《论语》云:"子曰:'吾有知乎哉? 无知也。有鄙夫问于我,空空如也。我叩其两端而竭焉。'"《中庸》云:"子曰:'舜其大知也与! 舜好问而好察迩言,隐恶而扬善,执其两端,用其中于民,其斯以为舜乎!'"可以说,"孔子所发明的两端论,实质上是讲差异,讲对立,讲一分为二。所谓'叩',所谓'攻',所谓'执',就是主体用全力捉住客体的两端,从而精心地促进两端向有利于主

---

① 叶燮著,蒋寅笺注:《原诗笺注》内篇上,第68页。
② 叶燮著,蒋寅笺注:《原诗笺注》内篇上,第114页。
③ 蒋寅:《进入"过程"的文学史研究》,《王渔洋与康熙诗坛》,南京:凤凰出版社,2013年,第6页。
④ 程千帆:《程千帆日记》,徐有富:《程千帆沈祖棻年谱长编》,南京:南京大学出版社,2013年,第637页。

体的方向转化。"①

其二,对道家两端论思想的继承。叶燮频引庄子之言,以虚实、有无、言意等道家精义论诗。以《原诗》来说,全书分为内篇与外篇,就颇有效法《庄子》成书体例之意。若内篇与外篇缺一,叶燮的诗论体系也必然是不完整的。

其三,对佛教两端论思想的借鉴。叶燮具有很深的佛学修养,年少时便通晓佛法禅理。沈德潜《叶先生传》云:"稍长,通《楞严》《楞伽》,老尊宿莫能难。"②又叶燮《华山碓公青上人和予前韵为赠十叠韵报之》诗中自注曰:"辛卯年,余始交碓公,碓公赠余《松弦馆琴谱》。余少年时颇好此。"③碓公即前面提及的释碓庵。除此之外,叶燮与其他众多僧人禅师也都有交游④。另通过《已畦诗近刻》所录郑载飏之言,亦可见出叶燮对佛典研学颇深:"星期又与余言,年来究心内典,颇有窥拈花微笑之旨,今之含毫属韵皆是剩语赘辞。"⑤由究心佛禅论及诗歌。其《庐山大林寺心壁上人诗序》亦对诗歌与佛法之关系有所阐发:

> 世、出世法,本无二法,法法皆然,即诗文之道亦尔。然诗不能无大同而小异,世谛之诗不可有俗气、书生气;出世谛之诗不可有禅和气、山人气。论诗者于世、出世法似乎相反,然畅达胸臆,不袭陈言,要归于不染气习,无二谛也。⑥

叶燮认为诗道与佛法精神相通,指出诗分"世谛之诗"与"出世谛之诗",二者虽略有差别,但在"不染习气"上却是一致的。由此而言,叶燮所讲的两

---

① 栾勋:《现象环与中国古代美学思想》,《文学评论》,1988 年第 6 期。

② 沈德潜著,潘务正、李言校点:《归愚文钞》卷十六,《沈德潜诗文集》,第 3 册,第1398 页。

③ 叶燮:《已畦诗集》卷二,《丛书集成续编》第 124 册集部,上海:上海书店出版社,1994 年,第 872 页上。

④ 廖肇亨:《叶燮与佛教》,李德强编:《清代诗学文献整理与研究》,上海大学出版社,2016 年,第 93—100 页。

⑤ 叶燮:《已畦诗近刻》卷三,1920 年刻本,上海图书馆藏。

⑥ 叶燮:《已畦文集》卷八,《丛书集成续编》第 124 册集部,第 728 页下。

端论也与禅宗所强调的"对法"不谋而合,精神相通。如《坛经》所云的"天与地""日与月""明与暗""阴与阳""有与无"等三十六"对"①,无一不相因相生、互为对待。

(二)相济论的思想渊源

叶燮的相济论也深受儒释道思想的影响。一是对《易》学相济思想的会通。在《原诗》中,叶燮谈及"力"时曾言:"力之分量,即一句一言,如植之则不可仆,横之则不可断,行则不可遏,住则不可迁。《易》曰'独立不惧。'此言其人,而其人之文当亦如是也。"②"独立不惧"出自《易·大过》:"君子以独立不惧,遁世无闷。"③该卦强调刚柔相济方能进退自如,无所畏惧。在《滋园记》中,叶燮两次征引《易》并有所发挥:"《易·泰》之初九曰:'拔茅茹而汇,征吉。'夫贤人君子生于交泰之世,固天下之美也。《易》曰:'同心之言,其臭如兰。'谓君子能洁身以求其同类—君子升。"④强调事物间的交泰、相连。在诗歌创作中,叶燮也提及《易》,如"严遵世弃甘局蹐,读《易》始悟悔吝凶"(《寄同年常熟蒋莘田》)⑤、"早起门开扫落花,焚香读《易》擅生涯"(《赠张隐者》)⑥。这些都说明叶燮深得《易经》要义,因而也不难理解其论诗为何重视相济。

二是对道家思想的吸收。《老子》曰:"有无相生,难易相成,长短相形,高下相倾,音声相和,前后相随,恒也。"⑦叶燮对此有所发挥,十分重视"有无""难易""前后"等两端的相生相济。还有《原诗》中"举世非之,举世誉之""其成也毁,其毁也成",《二弃草堂记》中"此木以不才全天年"等,皆是化用庄子之语。而返之于《庄子》,就会发现其中端倪。《庄子·逍遥游》云:"且举世而誉之而不加劝,举世而非之而不加沮,定乎内外之分,辩乎荣辱之

---

①　惠能著,丁福保笺注,陈兵导读,哈磊整理:《坛经》付嘱第十,上海:上海古籍出版社,2011 年,第 172—173 页。

②　叶燮著,蒋寅笺注:《原诗笺注》内篇下,第 172 页。

③　高亨:《周易大传今注》,北京:清华大学出版社,2010 年,第 201 页。

④　叶燮:《已畦文集》卷六,《丛书集成续编》第 124 册集部,第 703 页下。

⑤　叶燮:《已畦诗集》卷三,《丛书集成续编》第 124 册集部,第 881 页上。

⑥　叶燮:《已畦诗近刻》卷一,1920 年抄本,上海图书馆藏。

⑦　饶尚宽译注:《老子》,北京:中华书局,2006 年,第 5 页。

境,斯已矣。"①《庄子·齐物论》曰:"其分也,成也;其成也,毁也。凡物无成与毁,复通为一。是以圣人和之以是非而休乎天钧,是之谓两行。"②《庄子·山木》云:"弟子问于庄子曰,'昨日山中之木,以不材得终其天年;今主人之雁,以不材死;先生将何处?'庄子笑曰:'周将处乎材与不材之间。材与不材之间,似之而非也,故未免乎累。若夫乘道德而浮游则不然。无誉无訾,一龙一蛇,与时俱化,而无肯专为;一上一下,以和为量,浮游乎万物之祖;物物而不物于物,则胡可得而累邪!'"③显而易见,这三处所讲的"内外之分""荣辱之境""复通为一""两行""与时俱化,而无肯专为"等都讲求两端之相济,注重从整体上把握事物。这在叶燮的《楝亭记》中同样有所体现:"其为物盖处乎才与不才之间,不与物竞,殆全其天而保其真者也。若能处乎才不才之间,然后为善用其才,而才始大。"④其《已畦诗集》卷三亦有《鹏息篇》,从中可见他对庄学的浸染与发挥。大概是心有灵犀,林云铭、沈珩在各自的《原诗叙》中也都提到了《南华》一书,夸赞叶燮论诗精到,有补于世道人心。如林云铭化用《庄子·齐物论》之语来评价《原诗》:"化声之相待,若其不相待,此作诗之原,亦即论诗者之原。千百年中,知其解者,旦暮遇之矣。"⑤声之相待与不相待需要相济调和,这不仅是作诗之原,也是论诗之原。可见林氏之解读切中肯綮,实乃卓识,反映出叶燮诗学与庄子思想必然有着千丝万缕的联系。

二是对佛禅思想的吸纳。叶燮曾云:"诵读古人诗书,一一以理事情格之,则前后、中边、左右、向背,形形色色,殊类万态,无不可得"⑥;在解读杜诗时又云:"特借'碧瓦'一实相发之,有中间,有边际,虚实相成,有无互立,取之当前而自得,其理昭然,其事的然也。"⑦"中边""实相""中间""边际"等

① 陈鼓应:《庄子今注今译》内篇,北京:商务印书馆,2007年,第20页。
② 陈鼓应:《庄子今注今译》内篇,第76页。
③ 陈鼓应:《庄子今注今译》外篇,第579页。
④ 叶燮:《已畦文集》卷五,《丛书集成续编》第124册集部,第690页下。
⑤ 叶燮著,蒋寅笺注:《原诗笺注》,上海:上海古籍出版社,2014年,第2页。
⑥ 叶燮著,蒋寅笺注:《原诗笺注》内篇下,上海:上海古籍出版社,2014年,第189页。
⑦ 叶燮著,蒋寅笺注:《原诗笺注》内篇下,第200页。

都为佛教术语,也都蕴含着相济的思想。诚如《坛经》所云:"先须举三科法门,动用三十六对,出没即离两边。此三十六对法,若解用,即道贯一切经法。出入即离两边。"①"离两边"即禅宗所讲的"不二",讲求破除两端分裂的边见,既兼顾两端又不落两边,悟中道,重相济。叶燮《石林复叠前韵八首贻我始——叠其来韵报之》其二云:"风幡总是由心动,冷暖全凭饮水谙。擒纵得时离迹象,升沉悟处绝言谈。吾生何物犹亏欠,吃饭穿衣老一龛。"②亦化用禅宗六祖精义,足以说明叶燮浸染佛禅甚深,还有叶燮诗集中多次提及"空王""禅""禅悦""风幡"等更是明证。此外,叶燮常引佛语以为作文论诗的论据,其《追记黄山庐山两游》一文在描述黄山的奇诞怪诡、不可端倪时说道:"如释氏所云:'言语道断,思维路绝。'其境界如此,为诗之所不能状,而文之所不能名也。"③《原诗》对此亦有征引:"所谓言语道断,思维路绝;然其中之理,至虚而实,至渺而近,灼然心目之间,殆如鸢飞鱼跃之昭著也。"④有力说明了诗歌构思的规律以及妙于事理对于经典塑成的意义。至于叶燮诗歌中所提及的"倚伏",如"妙理参倚伏"(《叠韵答九来》)、"倚伏互因缘"(《始入庐山过万杉寺晤可绍上人》),亦表明叶燮的相济思想博采佛、道。

由上可见,叶燮的两端论与相济论深深植根于传统文化思想之中,再加以叶燮的研精变通,可谓既取熔传统又自铸精义。

三、两端论与相济论的重要价值

两端论与相济论在叶燮诗学中一以贯之,有着丰富的内涵和深刻的思想渊源。以此来把握叶燮诗学,对于深入研究具有重要的认识价值、理论价值与实践价值。

第一,有益于正确认识叶燮诗学的诗学承续、思想渊源与独特创见,更好地理解其所富含的现代性价值。通过两端论与相济论,我们可以看到叶

---

① 惠能著,丁福保笺注,陈兵导读,哈磊整理:《坛经》付嘱第十,上海:上海古籍出版社,2011 年,第 172—173 页。

② 叶燮:《已畦诗集》卷六,《丛书集成续编》第 124 册集部,第 917 页上。

③ 叶燮:《已畦文集》卷六,《丛书集成续编》第 124 册集部,第 698 页下。

④ 叶燮著,蒋寅笺注:《原诗笺注》内篇下,第 209 页。

燮诗学的形成与发展包含着历史与现实、阐释者与被阐释者等诸多两端的
相济统一。他把传统思想中蕴含的两端论加以吸纳、融合、创造而作为其诗
论体系的支点，将诗歌与时代、诗品与人品、诗存与诗亡、作诗与论诗、源与
流、正与变等联系为一个整体，论点鲜明、论据充分、论证有力。同时，他还
以相济的思想来论析诗歌发展，结合传统儒释道对于相济的阐述，将相济论
所蕴含的辩证性、变化发展性、规律性等贯通起来，较好地克服了偏执一端
而产生的流弊，持论中和，因而其诗论颇有现代意味。金克木就指出："叶燮
不仅将宇宙观与艺术观合一，而且看出'正、变'与'陈、新'等的'对待'即辩
证关系，并组成了完整的思想体系。这种很有近代、现代意味的美学思想体
系出于清代不是偶然的。一是由于时代的发展，二是由于历代文学及哲学
的积累。"①的确，叶燮在注重继承与敢于突破的基础上，始终很重视事物间
的相互联系，也很善于处理它们之间存在的"关系"。比如他主张将在物者
之"理、事、情"与在我者之"才、胆、识、力"相合而成就诗文的洞见，就与现代
西方所讲的"间性"思维不谋而合："人决不首先在世界之此岸才是作为一个
'主体'的人，无论这个'主体'被看作'自我'，还是被看作'我们'。人也决
不首先只是主体，这个主体诚然始终同时也与客体相联系，以至于他的本质
就处于主体—客体关系之中。毋宁说，人倒是首先在其本质中绽出地生存
到存在之敞开状态之中，而这个敞开域（das Offene）才照明了那个'之间'
（Zwischen），在此'之间'中，主体对客体的'关系'才有可能'存在'。"②此
外，《原诗·内篇》多次出现的"或曰""余曰"的问答也与马丁·布伯所讲的
"我—你""我—它"之间的对话在内在精神上是相通的："精神不在'我'之
中，它伫立于'我'与'你'之间"，"人观照与他相遇者，相遇者向观照者敞亮
其存在"③。唯有此，我们也可更直观地理解叶燮对杜甫等人诗歌的解读何
以那样至情至性、会心激赏："我一读之，甫之面目跃然于前。读其诗一日，

---

①　金克木：《谈清诗》，《读书》，1984 年第 9 期。

②　海德格尔著，孙周兴译：《关于人道主义的书信》，《路标》，北京：商务印书馆，
2000 年，第 412—413 页。

③　布伯著，陈维纲译：《我与你》卷二，北京：生活·读书·新知三联书店，2002 年，
第 33—34 页。

一日与之对;读其书终身,日日与之对也。故可慕可乐而可敬也。"①他所讲的"面目""与之对""可慕可乐而可敬"无不与马丁·布伯所说的相遇、敞开相契合。

第二,有助于从全局把握叶燮诗学及其包含的理论命题,更加准确地理解叶燮作为出色文学史家的独特价值,防止拘泥于一端而有失公允。注重统筹整体是叶燮论诗的基本宗旨,他一再强调要"兼综而条贯之"②、"总而持之、条而贯之"③、"总持门"④、"总而论之"⑤、"总持三昧"⑥。例如,关于历代诗歌的发展,叶燮曾以"树"做比喻:

> 譬诸地之生木然:《三百篇》则其根,苏、李诗则其萌芽由蘖,建安诗则生长至于拱把,六朝诗则有枝叶,唐诗则枝叶垂荫,宋诗则能开花,而木之能事方毕。⑦

对此,学界亦有不同认识。张少康认为:"把宋诗看成是诗歌发展中的顶峰,艺术上最成熟的阶段,这是不符合实际的。"⑧蒋寅指出:"这明显是宋诗派的说法,主唐诗者必曰诗至唐而能事毕矣。"⑨事实上,若我们结合紧邻这个比喻前后的一些话,从整体上进行把握,就可知叶燮的真正用意:

> 夫惟前者启之,而后者承之而益之;前者创之,而后者因之而广大之。使前者未有是言,则后者亦能如前者之初有是言;前者已有是言,

---

① 叶燮著,蒋寅笺注:《原诗笺注》外篇上,第288页。
② 叶燮著,蒋寅笺注:《原诗笺注》内篇上,第6页。
③ 叶燮著,蒋寅笺注:《原诗笺注》内篇上,第135页。
④ 叶燮著,蒋寅笺注:《原诗笺注》外篇上,第250页。
⑤ 叶燮著,蒋寅笺注:《原诗笺注》外篇下,第370页。
⑥ 叶燮著,蒋寅笺注:《原诗笺注》外篇下,第452页。
⑦ 叶燮著,蒋寅笺注:《原诗笺注》内篇下,第218—219页。
⑧ 张少康:《中国文学理论批评史教程》,北京:北京大学出版社,1999年,第345页。
⑨ 叶燮著,蒋寅笺注:《原诗笺注》内篇下,第222页。

则后者乃能因前者之言而另为他言。①

故无根则由蘖何由生，无由蘖则拱把何由长，不由拱把则何自而有枝叶垂荫，而花开花谢乎？若曰审如是，则有其根斯足矣，凡根之所发不必问也；且有由蘖及拱把成其为木斯足矣，其枝叶与花不必问也。则根特蟠于地而具其体耳，由蘖萌芽仅见其形质耳，拱把仅生长而上达耳，而枝叶垂荫，花开花谢，可遂以已乎！故止知有根芽者，不知木之全用者也；止知有枝叶与花者，不知木之大本者也。由是言之，诗自《三百篇》以至于今，此中终始相承相成之故，乃豁然明矣，岂可以臆画而妄断者哉？②

由上不难发现，叶燮所言前者与后者的因革相济意在说明诗歌发展的"节节相生，如环之不断"，而"环"就是一个前后相济相生的整体。此比喻后依次提出的"则字句"以及"若曰审如是"的假设性回答也旨在表明木之根、由蘖、拱把、枝叶、花是同等的重要，其中任何一个环节都不可偏废。在此，叶燮不仅没有将宋诗看作顶峰或为宋诗派张目，还特别指出宋诗之后还有花开花谢、复开复谢，其意旨在于：既坚持唐宋兼取，也认为从《三百篇》到唐诗、宋诗"终始相承相成"。可以说，这里处处闪耀着两端论与相济论的光芒，以此来把握《原诗》乃至康熙中叶唐宋诗风消长之迹③，必然有助于理解叶燮论诗坚持唐宋兼取的缘由所在。恰如郭绍虞所道："木之全用与大本是一样的重要。因此崇源与崇流，皆不免错误。"④同样，我们也不能根据叶燮将唐贞元（785—804）、元和（806—820）时期定位为古今诗运与文运的"前后之关键"，就认为叶燮代表唐诗派。至于叶燮批评高棅、严羽"创为初、盛、中、晚之目"⑤，其用意也是针对他们一味偏于盛唐而忽视"百代之'中'"的诗史价值来说的。

---

① 叶燮著，蒋寅笺注：《原诗笺注》内篇下，第218页。
② 叶燮著，蒋寅笺注：《原诗笺注》内篇下，第219页。
③ 蒋寅：《古代文论研究的回顾与前瞻》，《文学遗产》，2008年第1期。此文指出："研究叶燮《原诗》，如果不熟悉康熙中叶唐宋诗风消长之迹，也很难把握其理论支点。"
④ 郭绍虞：《中国文学批评史》下卷，天津：百花文艺出版社，1999年，第497页。
⑤ 叶燮：《已畦文集》卷八，《丛书集成续编》第124册集部，第719页下。

总之,叶燮坚持继承传统与勇于突破相统一,以两端和相济的思想论诗,不仅显示出叶燮诗学的自具体系、承创合一,使其能自如应对和阐释有关诗歌发展的诸多问题,也反映出他作为伟大诗论家的远见卓识与独出机杼。

第三章

"唐宋元明均冶铸，更追八代挥斥劇"
——叶燮的诗歌发展史观

    叶燮的诗学理论之所以有别于一般的诗话，很重要的一点就是具有脉络鲜明、逻辑严密的诗歌发展史观。《原诗》开门见山写道："诗始于《三百篇》，而规模体具于汉。自是而魏，而六朝、三唐，历宋、元、明，以至昭代，上下三千余年间，诗之质文、体裁、格律、声调、辞句，递升降不同。而要之，诗有源必有流，有本必达末；又有因流而溯源，循末以返本。其学无穷，其理日出。乃知诗之为道，未有一日不相续相禅而或息者也。"①诗史观念十分鲜明，认为诗道自始至终"相续相禅"，注重从宏观上把握古代诗歌发展的整体格局。具体而言，叶燮以纵横观照的方式深入分析了不同时代诗歌发展的动态，对"源流""正变""理""事""情""才""胆""识""力""气""胸襟""品量"等理论范畴进行探究，从而使其诗学体系得到有力支撑，也将其文学观念、史家意识、哲学思想等紧密地联系在一起。正是在"唐宋元明均冶铸，更追八代挥斥劇"（《壬戌九月十六日吴孟举集同人鉴古堂限昌黎酬卢司门望秋作韵》）②整体诗歌发展史观的指导下，叶燮完成了对历代诗歌的阐释与批评。因此，通过对叶燮诗歌史观的通盘考察，可以厘清叶燮在清初唐诗宋诗之争的此消彼长中持何种态度、采取何种办法来解决二者存在的矛盾等一系列重要问题，同样对叶燮的诗学思想也会有更全面深刻的认识。

---

① 叶燮著，蒋寅笺注：《原诗笺注》内篇上，第1页。
② 叶燮：《已畦诗集》卷二，《丛书集成续编》第124册集部，第870页上。

第一节　叶燮的《诗经》观

《诗经》以其丰富性、经典性、无限可阐释性，不仅成为中国古代诗歌的发源，也"包含了人的心智赖以获得洞察力、理解力和智慧的最好材料"①，为后世诗人和论诗者所重视。但对此是偏重于经学的文字考证，还是注重从文学的角度发掘其艺术魅力？是执而泥之，还是变而通之？自然是衡量其论诗是否具有远见卓识的重要标准之一。在这些问题上，叶燮的选择富有启发性。在清初《诗经》研究集大成的背景下，他没有偏于考据一派的经学探究，而是更加注重从文学的角度，结合"时""诗""人"之间的互动生成，将《诗经》作为立论的重要依据，透彻论述了诗歌发展的自律与他律。仅《原诗》一书，就先后27次提到"三百篇"，主要涉及《诗经》的地位、思想内涵、艺术精神、如何学习《诗经》等。叶燮诗歌发展史观的第一环由此发端。

一、辩证肯定《诗经》的诗歌史地位

立论必先正名，《原诗》开宗明义指出诗歌肇始于《诗经》，表明叶燮对其诗史地位是首肯的。但在接下来的论述中，他并未像复古主义者那样以"《三百篇》尚矣"②，孤立地奉《诗经》为金科玉律而不知变通，而是将其置于诗歌发展的历史动态之中。具体表现就是，他虽然肯定《诗经》是中国古代诗歌的发源，却并不否认它之前的诗歌，指出"彼虞廷'喜''起'之歌，诗之土簋、击壤、穴居、俪皮耳。一增华于《三百篇》"③，明言"故不读'明''良'、《击壤》之歌，不知《三百篇》之工也"④，把产生于《诗经》前后的诗歌连接为

---

① 罗伯特·M.赫钦斯著，汪利兵译：《美国高等教育》，杭州：浙江教育出版社，2001年，第164页。
② 叶燮著，蒋寅笺注：《原诗笺注》内篇上，第5页。
③ 叶燮著，蒋寅笺注：《原诗笺注》内篇上，第44—45页。
④ 叶燮著，蒋寅笺注：《原诗笺注》内篇下，第218页。

一个"终始相承相成"的整体,肯定《诗经》承创结合的文学发展精神与创作原则。

叶燮对《诗经》地位的辩证认识,与他对传统诗学的吸纳与超越密不可分。关于《诗经》有无正变的认识,叶燮之前的学者存在分歧。孔颖达曰:"《诗》之《风》、《雅》,有正有变,故又言变之意。诗人见善则美,见恶则刺之,而变《风》、变《雅》作矣。"①进一步对《毛诗序》中提出的变风变雅之成因加以阐述。而《六经奥论》《考古编》等则质疑乃至否定正变之说②。在这一问题上,叶燮的认识富有辩证性:

> 且夫《风》、《雅》之有正有变,其正变系乎时,谓政治、风俗之由得而失、由隆而污,此以时言《诗》。时有变而诗因之,时变而失正,《诗》变而仍不失其正,故有盛无衰,诗之源也。吾言后代之诗,有正有变,其正变系乎诗,谓体格、声调、命意、措辞、新故升降之不同,此以诗言时。诗递变而时随之,故有汉、魏、六朝、唐、宋、元、明之互为盛衰,惟变以救正之衰,故递衰递盛,诗之流也。③

这一段论述在肯定正变之说的基础上,既肯定《诗》有正变,也指出《诗》之后的"后代之诗"同样有正有变,把"诗"之源流正变与"时"之政治风俗统一起来考察,着眼于整个古代诗歌发展,显然视界更为广阔。就此段后一部分来看,叶燮以大海为喻,指出无论是"从其源而论"的发源万千,还是"从其流而论"的播为九河,最终都将"朝宗于海",对《诗经》推崇备至。由此延伸,为了更生动形象地说明问题,叶燮还以树木为比喻,强调《诗经》为其根,指出无论后世诗歌如何发展变化而必不能不由此根柢以生发。又曰:"《三百篇》如三皇五帝,虽法制多有未备,然所以为君而治天下之道,无能外此者

---

① 毛亨传,郑玄笺,孔颖达疏,陆德明音释,朱杰人、李慧玲整理:《毛诗注疏》卷一,上海:上海古籍出版社,2013 年,上册,第 17 页。

② 参见冯浩菲:《历代诗经论说述评》,北京:中华书局,2003 年,第 114—116 页。

③ 叶燮著,蒋寅笺注:《原诗笺注》内篇上,第 58 页。

矣。"①对《诗经》的历史地位与重要价值给予肯定,若就言说方式来说,叶燮所言也都颇得比兴要义。

　　必须指出的是,叶燮原道、宗经的思想对其推尊《诗经》有巨大影响。他在《与友人论文书》中言道:"夫备物者莫大于天地,而天地备于六经。六经者,理、事、情之权舆也。"②认为理、事、情起始于六经,可以互相发明。随即分而言之,从源与流角度指出"《诗》似专言乎情""因《诗》之流而为言,则辞赋、诗歌等作是也"③,强调《诗经》作为诗词歌赋肇祖的正统地位。究其根源,清初官方对正统的维护,以及叶燮当时所处的时代环境、学术思潮都决定了他对《诗经》的认识不可能完全摆脱政治、经学的影响而趋向于单纯的文学探究,反映出其思想的矛盾性。这可从叶燮对《诗经》的不同称谓看出。《原诗》所言均以"《三百篇》"代之,但在此文中却以"经"称之,既要阐发自己的文学主张,又要顾及现实需要,维护正统。另《已畦文集》卷一开篇即列《正统论》,不难看出,这与叶燮在《原诗》开篇即言《诗经》一脉相通,反映出他对诗文正统的深刻理解。

二、理性认识《诗经》的思想性与艺术性

　　叶燮对《诗经》思想性的解读,首先基于它的现实性与人民性。关于《诗经》的创作主体,历来有宫廷作者、文人士大夫、民间作者等说。言说立场、所据材料、所持观念、阅读感受不同,结论自然不同。《原诗》云:

　　　　原夫创始作者之人,其兴会所至,每无意而出之,即为可法可则。如《三百篇》中,里巷歌谣、思妇劳人之吟咏居其半。彼其人非素所诵读讲肆推求而为此也,又非有所研精极思、腐毫辍翰而始得也。情偶至而感,有所感而鸣,斯以为风人之旨,遂适合于圣人之旨,而删之为经以垂教。非必谓后之君子,虽诵读讲习,研精极思,求一言之几于此而不能也。乃后之人颂美训释《三百篇》者,每有附会,而于汉魏、初盛唐亦然,

----

①　叶燮著,蒋寅笺注:《原诗笺注》外篇下,第341页。
②　叶燮:《已畦文集》卷十三,《丛书集成续编》第124册集部,第763页上。
③　叶燮:《已畦文集》卷十三,《丛书集成续编》第124册集部,第763页上。

以为后人必不能及。①

　　叶燮认为,《诗经》之所以能为后世垂范,"可发可则",就在于它是创作者兴会淋漓、真情实感、无意为之的结晶。叶燮鲜明指出《诗经》中反映下层民众吟咏情性的作品"居其半",表明他充分肯定《诗经》的人民性,标举人民在《诗经》创作中所发挥的重要作用。由此他进一步指出,这些诗作绝非间接的诵读讲学与有意的研精极思所能得,而是在活生生的现实生活中为情而作,有感而发,才符合"风人之旨"而影响深远。叶燮还认为一些人不明此理,要么一味诵读讲习,要么颂美训释,其做法都不得要领,弊病重生。

　　对此,叶燮在《审音说》中亦言:"《诗三百篇》,其间劳人、思妇、涂歌、里谣之作,彼亦何尝学问,何尝考究,不过写其自然之鸣。圣人以其性情之合乎正,故采之而为风,高下其节以被之管弦。彼作者初亦不知其然也。后人以声韵叶之,必曰某字叶某字,而以《三百篇》为证,则亦后人之臆说而已矣。"②《诗经》本是创作者情到所致、自然抒写之作,源头无可争议,但问题就出在后人的附会臆说上。叶燮对《诗经》的解读和对后人曲解的批评,都说明他深得作诗要义:要有胸襟,要有所触而发,心感于物而吟咏其事,取材也必以《诗经》为根本③。毋庸置疑,叶燮解《诗》能切中真意,除了论诗富有卓识、阅读多有深解之外,还与其生活经历息息相关。他在《西行杂诗序》中说道:"行役之有作也,自《三百篇》已然。"④并进一步指出有行役之悲,也有行役之乐。倘若他没有身之所历、心之所感的真实感受,所解自然不会如此深刻。

　　其次,除了上面提到的"兴会""风人之旨",叶燮还十分重视发扬风雅传统。所谓"风雅",就是雅正充实,关注社会现实民生,内涵丰富。历代凡是有诗歌责任感的诗人都强调风雅于诗道发展的重要作用,如唐代陈子昂忧叹"兴寄都绝""风雅不作"(《与东方左史虬修竹篇序》)⑤,李白疾呼"大雅

① 叶燮著,蒋寅笺注:《原诗笺注》内篇下,第 225 页。
② 叶燮:《已畦文集》卷三,《丛书集成续编》第 124 册集部,第 671 页下。
③ 叶燮著,蒋寅笺注:《原诗笺注》内篇上,第 104 页。
④ 叶燮:《已畦文集》卷九,《丛书集成续编》第 124 册集部,第 736 页下。
⑤ 郭绍虞:《中国历代文论选》第 2 册,上海:上海古籍出版社,2001 年,第 55 页。

久不作,吾衰竟谁陈"(《古风》其一)①,杜甫主张"别裁伪体亲风雅,转益多师是汝师"(《戏为六绝句》其六)②,白居易倡言"风雅比兴外,未尝著空文"(《读张籍古乐府》)③,等等。对此,叶燮深有体会,所以他在《原诗》中一再高呼,对偏离或丧失风雅的做法给予批评:"不能不三叹于风雅之日衰也"④、"岂惟风雅道衰,抑可窥其术智矣"⑤、"若在骚坛,均为风雅之罪人"⑥、"揆之风雅之义,风者真不可以风,雅者则已丧其雅,尚可言耶"⑦、"若五内空如,毫无寄托,以剿袭浮辞为熟,搜寻险怪为生,均为风雅所揆"⑧。可以说,叶燮对"风雅"的关注有着非常强烈的针对性与现实性,是对明末以来诗坛不得古人兴会神理而以依傍临摹为能事弊病的有感而发。基于此,他对继承风雅之人极为称赞,如《小丹丘词序》曰:"余卒读之而叹曰:其风雅,其寄托,真能上追三闾,而伯仲元亮、义山者也。"⑨又《桐初诗集序》云:"得交当世之贤者,风雅相师,此所谓豪杰之士不待人而能自兴者也。"⑩此外,与对"雅"的重视相比,他认为言诗当去"俗":"无一格而雅,亦无一格惟不可涉于俗。俗则与雅为对,其病沦于髓而不可救,去此病乃可以言诗。"(《汪秋原浪斋二集诗序》)⑪

除了高扬风雅传统,叶燮对风雅也有独到见解,其《南疑诗集序》言:"凡人无不称诗为风雅,不知诗也者,风雅之总名;风雅者,诗之实德也。世之言诗者,固不一家,多有少年高才之士,不知风雅之义为诗之实德,将永言、一唱三叹之旨略而不道,好为新奇瑰谲,索隐秘,趋僻径,取世人阐见所不至者,以骇世人之耳目,使见之者无弗眩,闻之者无弗惊。"⑫指出风雅为诗之实

① 郭绍虞:《中国历代文论选》第 2 册,第 58 页。

② 郭绍虞:《中国历代文论选》第 2 册,第 60 页。

③ 郭绍虞:《中国历代文论选》第 2 册,第 108 页。

④ 叶燮著,蒋寅笺注:《原诗笺注》内篇上,第 6 页。

⑤ 叶燮著,蒋寅笺注:《原诗笺注》内篇上,第 82 页。

⑥ 叶燮著,蒋寅笺注:《原诗笺注》内篇下,第 189 页。

⑦ 叶燮著,蒋寅笺注:《原诗笺注》内篇下,第 224 页。

⑧ 叶燮著,蒋寅笺注:《原诗笺注》外篇上,第 246 页。

⑨ 叶燮:《已畦文集》卷八,《丛书集成续编》第 124 册集部,第 725 页下。

⑩ 叶燮:《已畦文集》卷八,《丛书集成续编》第 124 册集部,第 731 页上。

⑪ 叶燮:《已畦文集》卷九,《丛书集成续编》第 124 册集部,第 740 页下。

⑫ 叶燮:《已畦文集》卷八,《丛书集成续编》第 124 册集部,第 723 页上。

德,肯定《诗经》永言、一唱三叹的艺术价值,反对一味新奇趋僻而背离风雅。

再次,《诗经》的思想性还体现在它是伦理道德的典范。叶燮对此深表赞同,其《芟楚集序》云:"《雅》《颂》而首之以风,风首之以二南,二南首之以《关雎》,皆言夫妇也。故曰《国风》好色而不淫。"①指出《诗经》对于夫妇之情的重视,肯定《国风》思想雅正,所论合情合理。

在多维解读《诗经》思想内涵的同时,叶燮还主张以发展的视角来看待《诗经》:"读《三百篇》而知其尽美矣,尽善矣,然非今之人所能为;即今之人能为之,而亦无为之之理,终亦不必为之矣。此古今之诗相承之极致,而学诗者循序反复之极致也。"②肯定《诗经》的艺术性,注重其思想上的"善"与艺术上的"美",也指出学诗不必拘泥于此,要明晰其源流升降。

三、对"孔子删诗说"的持守与阐析

叶燮对作诗之义有明确认识,同样对删诗之义也有新解。他对《诗经》的重视,从其对历史上"孔子删诗说"的肯定与发挥上也可见到端倪。《原诗》云:"今就《三百篇》言之,《风》有正风,有变风;《雅》有正雅,有变雅。《风》《雅》已不能不由正而变,吾夫子亦不能存正而删变也。则后此为《风》《雅》之流者,其不能伸正而诎变也,明矣。"③坚持孔子删诗,但又指出其"不能存正而删变"。关于"孔子删诗说"的可信性,历来争议纷纭,肯定者与质疑者各有所据。对此,叶燮持肯定态度。究其因,当与他对孔子的仰慕密不可分:"而集大成,圣而不可知之之谓神,惟夫子。"④又曰:"必欲求其瑕疵,则古今惟吾夫子可免。"⑤推崇至极,自然也深信孔子具备删诗的能力。

叶燮还对孔子删诗的材料来源、标准、方法、宗旨有所生发,其《选家说》论道:

---

① 叶燮:《巳畦文集》卷九,《丛书集成续编》第 124 册集部,第 738 页下。
② 叶燮著,蒋寅笺注:《原诗笺注》内篇下,第 225 页。
③ 叶燮著,蒋寅笺注:《原诗笺注》内篇上,第 16 页。
④ 叶燮著,蒋寅笺注:《原诗笺注》内篇上,第 114 页。
⑤ 叶燮著,蒋寅笺注:《原诗笺注》外篇上,第 263 页。

吾尝谓夫子删《诗》止三百,《国风》止十五,此就鲁国故府之所有者删之,所无者不外求也。周初千八百国,其后见于《春秋》经传者,犹一百二十四国。若删诗而求其风之备,则必遍访诸邦而后可。夫子不然,故邶、墉不见于《春秋》,即卫也,不妨列为三。有大小雅而仍录王风,不厌重也。陈、蔡比肩也,风有陈无蔡。杞、宋,二王后也,宋存颂而杞并无风。曹、滕皆文之昭也,有曹风,无滕风。虞、虢,周亲也,皆无风。夫子以寓诸目者删之,否者阙之,其寓诸目而不可入删者逸之,非有所详略也,总归于当而已矣。若今人为之选家,必讥其固陋弇鄙,充其意必尽千八百国,如庸、蜀、羌、髳、微、卢、彭、濮等国尽列于风。搜其单辞片句以为秘本,于发凡起例中鸣其苦心,矜其博览,而不知已见哂于识者矣。①

　　他认为孔子是就近取材而不外求,以鲁国故府所藏诗歌删之,简明扼要指出了《诗经》的材料来源。关于鲁地与《诗经》之来源,傅斯年《周颂说》一文有非常详尽缜密的论述,强调"南国而外,《诗》《书》从鲁国出来的必很多。鲁国和儒者的关系,儒者和六艺的关系,是不能再密切的了"②。就风、雅、颂的分类标准,叶燮指明孔子是遵循周代礼制实际而划分的,并进一步指出孔子以"删""阙""逸"三种方式对待《诗经》材料,即寓目所及者依据标准加以删定、否者阙疑、不可入删者归入逸诗,且其宗旨在于"总归于当"。删诗实乃选诗,由一"当"字提纲挈领地点出孔子选诗之高超,考证与推理结合,所说言之有理,言之有据。可以说,叶燮所论既是对以往肯定删诗之说者的补充与丰富,也是对以"趋时尚""骋博览"③解《诗》而不得法者的批评。即便与孔颖达、朱彝尊、崔述等否定删诗之说者相比,其见解也富有启发意义,足以在有清一代《诗经》研究史上占有一席之地。正如胡朴安《诗经学》所道:"诗义最难明,其所以难明者,有作诗之义,有采诗之义,有删诗之义。

---

① 叶燮:《已畦文集》卷三,《丛书集成续编》第 124 册集部,第 670 页上。
② 傅斯年撰,王志宏导读:《〈诗经〉讲义稿》,上海:上海古籍出版社,2011 年,第 38—39 页。
③ 叶燮:《已畦文集》卷三,《丛书集成续编》第 124 册集部,第 669 页下。

作诗、采诗、删诗各有义,学者不明三义之分,遂至聚讼纷纭,莫衷一是。"①

四、明辨学习《诗经》的方法

在深入阐发《诗经》地位、思想、艺术价值的同时,叶燮还对如何学习《诗经》有所论述。一是主张以变通的原则来学习《诗经》。"且温柔敦厚之旨,亦在作者神而明之;如必执而泥之,则《巷伯》'投畀'之章,亦难合于斯言矣。"②"投畀"之章出于《诗经·小雅·巷伯》:"彼谮人者,谁适与谋?取彼谮人,投畀豺虎。豺虎不食,投畀有北。有北不受,投畀有昊。"③《诗经》中虽不乏温柔敦厚的诗,但也有如《巷伯》篇这样直言呵斥、无所规避而离温厚相远的诗。叶燮此处引用,意在说明对温柔敦厚的诗教本体要学会变通把握,要认识到它必然随着时代发展而措之于用;反之,一味执泥学古,则连投畀何处都必将无人问津。二是反对以训诂考据的经学之法来学习《诗经》。"不可学者,即《三百篇》中极奥僻字,与《尚书》殷《盘》、周《诰》中字义,岂必尽可入后人之诗?古人或偶用一字,未必尽有精义,而呿声之徒遂有无穷训诂以附会之,反非古人之心矣。"④叶燮反对以文字训诂来偏执附会,指出学习《诗经》贵在得古人创作之本心。

总之,叶燮论诗注重探本溯源,以《诗经》作为立论的重要依据,阐发《诗经》的思想内涵,高扬《诗经》的艺术精神。通过积淀继承与多维阐释,既发挥了《诗经》作为中国诗歌发源的价值意义,也使得他的诗学构建呈现出方法论与价值论的统一,极具典范性。

---

① 胡朴安:《诗经学》,长沙:岳麓书社,2010年,第10页。
② 叶燮著,蒋寅笺注:《原诗笺注》内篇上,第50—51页。
③ 毛亨传,郑玄笺,孔颖达疏,陆德明音释,朱杰人、李慧玲整理:《毛诗注疏》卷十二,上海:上海古籍出版社,2013年,中册,第1103页。
④ 叶燮著,蒋寅笺注:《原诗笺注》外篇下,第463页。

第二节　叶燮的汉魏六朝诗观

汉魏六朝是文学发展的重要时代,诗歌创作与评论在继承传统的同时也有诸多创变与些许流弊,对后世诗歌发展产生了深刻影响。对于这些,叶燮都有论及,既充分认识到汉魏六朝诗在中国诗史上承前启后的突出地位,重点从诗体演进、诗人风格等方面加以考察,也指出六朝诗坛存在的弊病,见解富于辩证性,值得深入探究。

一、"因而实为创":对汉魏六朝诗歌精神的把握

在叶燮看来,汉魏六朝诗的精神实质是既有继承又有创变。《原诗》云:

> 汉苏、李始创为五言,其时又有亡名氏之《十九首》,皆因乎《三百篇》者也。然不可谓即无异于《三百篇》,而实苏、李创之也。建安、黄初之诗,因于苏、李与《十九首》者也。然《十九首》止自言其情,建安、黄初之诗,乃有献酬、纪行、颂德诸体,遂开后世种种应酬等类,则因而实为创,此变之始也。①

汉魏六朝诗虽"因"于《诗经》,但其"创"的特色十分鲜明,这突出体现在诗体的变化上。从形式而言,诗歌的"规模体具于汉",体式以五言为主,《古诗十九首》即是其中的杰出代表。从题材来看,后世的应酬诗肇始于此时。值得一提的是,叶燮关于"汉苏、李始创为五言"的定位,其重点在于突出苏武、李陵诗具有"创"的精神,而并非从考据的角度来认识二者。因为自六朝始,对于苏、李诗的真伪以及是否创制五言诗,学界众说纷纭,虽各有辨析,但都很难拿出确凿的证据。对此,刘永济《十四朝文学要略》列举各方观

---

① 叶燮著,蒋寅笺注:《原诗笺注》内篇上,第16页。

点并加以评介,认为之所以有如此多的纷纷之论,就在于"惜皆未从一代风会之大处着眼"①。刘氏所论确为高见。在清初考据辨伪之风初盛之际,叶燮对苏、李诗的认识正体现出从诗运发展、时运更替这个大处着眼的诗学见识,明确指出二人之诗既"因乎《三百篇》"又实"创之"。

叶燮还对七言诗的发展、创作等有深刻理解:

> 《燕歌行》学柏梁体,七言句句叶韵不转,此乐府体则可耳。后人作七古,亦间用此体,节促而意短,通篇竟似凑句,毫无意味,可勿效也。二句一转韵,亦觉局促。大约七古转韵,多寡长短,须行所不得不行,转所不得不转,方是匠心经营处。若曰柏梁体并非乐府,何不可效为之?柏梁体是众手攒为之耳,出于一手,岂亦如各人之自写一句乎?必以为古而效之,是以虞廷"喜""起"之歌律今日诗也。②

叶燮这里论及诗体与诗法,辨体的意识非常明确,并指明后人对柏梁体的"变"有本质区别。他首先着眼于"变",肯定出于曹丕一人之手的七言乐府《燕歌行》对柏梁体的学习,所谓"此乐府体则可耳";进而指出后人作七言古诗时运用柏梁体所产生的"节促而意短"之流弊,认为即便是隔句转韵也会感觉局促牵强;随之从诗法的角度指出七言古诗转韵的重点在于行转自如。其次,指出柏梁体本来就出于众人之手,君臣联句,远不如出于一人之手那样浑然一体,如若不加分别而一味效法,那就会犯以古律今的错误。显然,叶燮并不否定柏梁体,而是指出乐府诗与七言古诗在学习柏梁体上确有不同之处,必须详加分辨,在七言古诗的创作上也要善于"匠心经营"。结合诗歌史来看,柏梁体是汉代诗体发展的一大创举,而曹丕在此基础上对七言诗的贡献也不可小视,只是后人对他们的学习借鉴存在不少误区,致使流弊横生。诚如萧涤非所言:"《柏梁台诗》虽属通体七言,然系联句,不出一人之手,其真伪复成问题。是故传世七言、不用分字、且出于一人

① 刘永济:《十四朝文学要略》(上古至隋),哈尔滨:黑龙江人民出版社,1984年,第109页。

② 叶燮著,蒋寅笺注:《原诗笺注》外篇下,第436页。

手笔者,实以曹丕《燕歌行》二首为嚆矢!"①可以看出,叶燮对这些都有较为理性的认识。

　　叶燮指出汉魏六朝诗体的渐趋完备是在因承与发展中不断完成的,所谓"不读《三百篇》,不知汉魏诗之工也;不读汉魏诗,不知六朝诗之工也"②。而这一时期诗歌风貌的发展演变亦是如此:"《三百篇》一变而为苏、李,再变而为建安、黄初。建安、黄初之诗,大约敦厚而浑朴,中正而达情。此外繁辞缛节,随波日下,历梁、陈、隋以迄唐之垂拱,蹈其习而益甚,势不能不变。"③叶燮认为,汉魏六朝诗承袭《诗经》精神又有变化,其总的趋势是"势不能不变",实现了从浑朴古雅到藻丽淡远的诗风转变。

　　叶燮还以工拙为标准观照论汉魏六朝诗,指出从汉魏到六朝诗歌的承袭与嬗变。《原诗》曰:"又尝谓汉魏诗不可论工拙,其工处乃在拙,其拙处乃见工,当以观商周尊彝之法观之。六朝之诗,工居十六七,拙居十三四,工处见长,拙处见短。"④诗歌的工与拙是一个相对的范畴,工主要指诗歌在语言、字法、章法等外在形式的表现,拙主要指诗歌在内容、精神上所反映出的自然纯朴风格以及大巧若拙的艺术效果。叶燮这里认为汉魏诗工拙浑然一体,技巧与古朴合一,很难进行人为的区分,虽有些过分抬高汉魏诗,但总体认识还是符合实际的。对于六朝诗歌而言,叶燮以"工处见长,拙处见短"加以概括评价,既对其注重辞藻的修饰华丽有所肯定,也对其缺乏内涵的弊端有所揭示,立论较为通达。正是在这个意义上,叶燮指出学习汉魏六朝诗要察源流、识升降:"继之而读汉魏之诗,美矣,善矣,今之人庶能为之,而无不可为之;然不必为之,或偶一为之而不必似之。又继之而读六朝之诗,亦可谓美矣,亦可谓善矣,我可以择而间为之,亦可以恝而置之。"⑤从善与美的思想角度,解读汉魏六朝诗的艺术价值。叶燮又指出:"五古,汉魏无转韵者,

---

　　① 萧涤非:《汉魏六朝乐府文学史》,北京:人民文学出版社,1984 年,第 134—135 页。

　　② 叶燮著,蒋寅笺注:《原诗笺注》内篇下,第 218 页。

　　③ 叶燮著,蒋寅笺注:《原诗笺注》内篇上,第 16 页。

　　④ 叶燮著,蒋寅笺注:《原诗笺注》外篇下,第 346 页。

　　⑤ 叶燮著,蒋寅笺注:《原诗笺注》内篇下,第 225 页。

至晋以后渐多。"①看到了汉魏六朝诗的因与创,将之视作一个不断发展的渐进过程。总体而言,叶燮所论符合这一时期诗歌发展的实际。

二、"咸矫然自成一家":对六朝诗家的特别关注

汉魏六朝诗"因而实为创"的诗歌精神,不仅表现在体式、总体风貌上,也深刻地反映在具体的诗人身上,他们百花齐放,各开生面,共同组成了一幅绚丽多彩的诗歌画卷。若历数叶燮论及的汉魏六朝诗人,不难发现他的关注重点确实在六朝。以汉魏诗人而言,除了前述苏武、李陵、曹丕外,叶燮亦简略提及刘桢、阮籍。即便是肯定曹植的《美女篇》"可为汉魏压卷""固是空千古绝作",也是在与谢灵运的比较中完成的。与之相较,叶燮论及的六朝诗家多达十人以上,有陆机、左思、陶渊明、颜延之、谢灵运、鲍照、谢朓、江淹、庾信、何逊、阴铿以及沈约、潘岳,显然给予特别关注。《原诗》云:

> 一变而为晋,如陆机之缠绵铺丽,左思之卓荦磅礴,各不同也。其间屡变而为鲍照之逸俊,谢灵运之警秀,陶潜之澹远,又如颜延之之藻缋,谢朓之高华,江淹之韶妩,庾信之清新:此数子者,各不相师,咸矫然自成一家。不肯沿袭前人,以为依傍,盖自六朝而已然矣。其间健者,如何逊,如阴铿,如沈炯,如薛道衡,差能自立。②

叶燮认为,六朝诗人承续《诗经》,诗风百花齐放、千状万态的成因在于他们因时善变,争新竞异,致力于自成一家,这是他们诗歌的主色调。

先看"陆机之缠绵铺丽"。所谓"缠绵",就是情真意切,内容丰富,陆机有云"诔缠绵而凄怆"。所谓"铺丽",即语言形式铺张华丽。因此,"缠绵铺丽"实际上兼及了内容与形式的统一,与陆机提出的"诗缘情而绮靡"不谋而合。诗歌理论的构建必然要以具体的作品赏读为基础,叶燮在《原诗》中虽未提及《文赋》,但据所写《跋祝京兆行书陆士衡〈文赋〉后》③一文,可知他对

---

① 叶燮著,蒋寅笺注:《原诗笺注》外篇下,第426页。
② 叶燮著,蒋寅笺注:《原诗笺注》内篇上,第16页。
③ 叶燮:《己畦文集》卷二十二,《丛书集成续编》第124册集部,第835页下。

陆机诗风的评价既注意到其文论,也对其诗歌创作有所观照。陆机的《猛虎行》云:"渴不饮盗泉水,热不息恶木阴。恶木岂无枝?志士多苦心。整驾肃时命,杖策将远寻。饥食猛虎窟,寒栖野雀林。日归功未建,时往岁载阴。崇云临岸骇,鸣条随风吟。静言幽谷底,长啸高山岑。急弦无懦响,亮节难为音。人生诚未易,曷云开此衿?眷我耿介怀,俯仰愧古今。"①从思想内容上说,此诗倾怀抒志,情深意厚,富于寄托,完整呈现了志士的持守、苦心与矛盾;从形式手法上看,此诗依次铺开,"渴"对"热","骇"对"吟"等,可谓对偶工整,用语精凿,总体上具有"缠绵铺丽"的鲜明特征。

　　叶燮说陆机的诗"缠绵铺丽",左思的诗"卓荦磅礴",认为二人皆学习《诗经》,但诗风"各不同",在超越优劣区分的比较中指出各自的独特之处,看法很有见地。综观《原诗》,叶燮虽没有明确指出陆机诗歌创作过分注重铺丽所带来的弊病和消极影响,但在其后的论述中却更注重左思在诗歌史上的作用。"卓荦"即特立超群,是就其才力见识来说;"磅礴"即气势豪迈盛大,是就诗歌的气场与气脉而言。且看左思的《咏史八首》其一:"弱冠弄柔翰,卓荦观群书。著论准过秦,作赋拟子虚。边城苦鸣镝,羽檄飞京都。虽非甲胄士,畴昔览穰苴。长啸激清风,志若无东吴。铅刀贵一割,梦想骋良图。左眄澄江湘,右盼定羌胡。功成不受爵,长揖归田庐。"②开头两句即拔萃出类,待到后面的"长啸""左眄""右盼",更是气象恢宏、胸襟博大,全篇直追汉魏风力。在肯定左思诗风独特的基础上,叶燮进一步指出左思为豪杰之士,于转掖风会意义巨大,故而推崇有加:

　　　　从来豪杰之士,未尝不随风会而出,而其力则尝能转风会。人见其随乎风会也,则曰其所作者真古人也;见能转风会者,以其不袭古人也,则曰今人不及古人也。无论居古人千年之后,即如左思,去魏未远,其才岂不能为建安诗耶?观其纵横踸踔,睥睨千古,绝无丝毫曹、刘余习。鲍照之才,迥出侪偶,而杜甫称其俊逸。夫俊逸则非建安本色矣。千载

① 余冠英选注:《汉魏六朝诗选》,北京:人民文学出版社,1979 年,第 152 页。
② 余冠英选注:《汉魏六朝诗选》,第 155 页。

后无不击节此两人之诗者,正以其不袭建安也。奈何去古益远,翻以此绳人耶?①

"随风会"与"转风会"犹如问题的两端,不能单纯执泥任何一端。但相比之下,世人更易于接受前者,视为"真古人",而对开一代风气的转风会者却给予偏见。叶燮基于对创变的重视,所以在肯定伟大诗人"未尝不随风会而出"的同时,更注重其扭转风会的诗歌史价值。即如左思,以其才力卓绝完全可以随乎时尚而作建安诗,但他不蹈袭前人轨辙,勇转诗风,故而为后世击节叹赏。还有此处用"纵横踯踏,睥睨千古"来概括左思的笔力凌云以及雄视一切的豪迈气势,也较为形象恰当。

叶燮这里对鲍照也大加褒扬。自杜甫《春日忆李白》"俊逸鲍参军"之说以后,世人常以"俊逸"来概括鲍照诗风。就字义来看,无论是"俊"还是"逸",都有超群出众之意。叶燮以为鲍照才华绝伦,超越同辈,以"俊逸"称之实至名归;指出"俊逸则非建安本色",表明此处袭用杜甫的说法重在突出鲍照对建安诗风的发展与创变,强调其于刘宋一代及后世的风潮引领作用和巨大影响。然而叶燮对于鲍照的激赏,并不限于论诗,还延伸至生活志趣和精神思想。康熙十七年(1678)冬,二弃草堂落成,有客造访,当问及二弃之义的取源时,叶燮答曰:"有,鲍明远诗'君平独寂寞,身世两相弃',李太白诗'君平既弃世,世亦弃君平'。义有取乎尔,故名。"②"君平独寂寞,身世两相弃"出自鲍照的《咏史》,全篇铺丽渲染却气骨劲健,且精于对比,寄托深远,可谓上承左思之《咏史》,而下启李白之《古风》。质言之,叶燮对鲍照诗歌价值与精神的领悟已入骨入髓,故而能够站在诗歌发展史的高度给其应有的评价,指出左思与鲍照"各自开生面,余子不能望其肩项"③。

但叶燮论诗的局限性也是必须指出的,时而会发生前后评述不一致的情况。《原诗》云:

---

① 叶燮著,蒋寅笺注:《原诗笺注》内篇上,第 56 页。
② 叶燮:《已畦文集》卷六,《丛书集成续编》第 124 册集部,第 695 页下。
③ 叶燮著,蒋寅笺注:《原诗笺注》外篇下,第 350 页。

　　六朝诸名家,各有一长,俱非全璧。鲍照、庾信之诗,杜甫以"清新"
"俊逸"归之,似能出乎类者。究之拘方以内,画于习气,而不能变通。
然渐辟唐人之户牖,而启其手眼,不可谓庾不为之先也。①

　　叶燮认为,六朝诸名家各有所长,并非完璧无瑕,持论公允;又指出鲍照
出类拔萃、庾信开唐人先声,也合乎实际。但随之却批评二人"不能变通",
与此前对二人自成一家的肯定有所抵牾。

　　究其因,叶燮在评价鲍、庾时能够从其大端着眼,看到他们的历史作用,
同时对二人的缺点也有所认识;但基于理论建构的需要往往很难兼顾,所以
有时会给人以矛盾突兀之感,表现出一定的不彻底性。但这种不彻底性是
与叶燮论诗注重辩证性紧密相连的。如前引述,他能够看到左思、鲍照的风
力慷慨,也能肯定"颜延之藻缋""江淹之韶妩",认为颜延之、江淹的华丽
秀美"咸矫然自成一家";而在《原诗》中又对千篇一律的齐梁骈丽之习深恶
痛绝。看似前后矛盾,却从内在理路上反映出叶燮对六朝诗的多元认识。
事实上,叶燮"及乎壮年,随俗习为词章,好六朝骈丽,使事属辞,饾饤藻
缋"②,对六朝诗文颇为熟悉,后来随着阅读和创作志趣的转移逐渐抛却雕虫
饾饤之技,但无疑对六朝名家早已了然于胸,因而立论有据,高屋建瓴。

　　除了上述六朝名家,叶燮还对陶渊明、谢灵运、谢朓三人着墨颇多。《原
诗》云:"六朝诗家,惟陶潜、谢灵运、谢朓三人最杰出,可以鼎立。三家之诗
不相谋:陶澹远,灵运警秀,朓高华,各辟境界,开生面,其名句无人能道。"③
指出三人可以鼎力,且诗风独特,各开生面。论谢灵运曰:

　　谢灵运高自位置,而推曹植之才独得八斗,殊不可解。植诗独《美
女篇》可为汉魏压卷,《箜篌引》次之,余者语意俱平,无警绝处。《美女
篇》意致幽眇,含蓄隽永,音节韵度,皆有天然姿态,层层摇曳而出,使人
不可髣髴端倪,固是空千古绝作。后人惟杜甫《新婚别》可以伯仲,此外

---

① 叶燮著,蒋寅笺注:《原诗笺注》外篇下,第360页。
② 叶燮:《已畦文集》卷十三,《丛书集成续编》第124册集部,第768页上。
③ 叶燮著,蒋寅笺注:《原诗笺注》外篇下,第350页。

谁能学步?灵运以八斗归之,或在是欤?若灵运名篇,较植他作固已优矣,而自逊处一斗,何也?①

在文学史上,时常会有孰优孰劣的评判,这本无可厚非,因为阅读期待与文学观念不同,结论自然相异。叶燮这里开宗明义肯定谢灵运"高自位置",接着对谢灵运推高曹植的原因进行分析,肯定子建诗歌尤其是《美女篇》的历史价值与艺术魅力,指出灵运名篇较之曹植的其他诗歌优势明显。平心而论,叶燮所言正是对其"殊不可解"的展开,虽极推谢灵运,但也重曹植,且由"他作"可以看出,叶燮对二人名篇各有所重,并非强调谢灵运完全优于曹植。

对于陶渊明,《原诗》指出:"陶潜胸次浩然,吐弃人间一切,故其诗俱不从人间得。"②叶燮此处以胸次浩然、超凡脱俗高度评价陶潜,实是对其淡远诗风成因的回答。凡举《归园田居》《饮酒》《读山海经》等诗作,陶渊明的胸襟气度、旷达超然确实迥异于汉魏诗人对待人生的态度,而是更多表现出一种平淡致远,注重"从淡泊中寻真乐"③。也正基于此,叶燮强调"游方以内者,不可学,学之犹章甫而适越也"④,指出陶渊明对唐代储光羲、韦应物的影响,认为他们都没有陶氏的博大胸襟,故而虽学陶但终不能有所超越。

叶燮对陶渊明、谢灵运、谢朓三家的标举具有承前、新解与启后相结合的诗学意义。他对三人诗风的评价与传统认识基本一致,且认为谢灵运、谢朓与陶渊明"可以鼎力",对二谢评价极高。虽然有学者认为叶燮的这种评价"不够恰当"⑤,但这也正体现出叶燮的独特之处。因为叶燮这里着眼的是三人在诗歌发展史上的作用,而并未进行优劣之分,指出大、小谢不如陶潜。若从启后的意义上来说,叶燮对三人的定位直接影响了沈德潜《古诗源》对六朝诗歌发展风貌的构建。通过沈德潜的选诗数量及评语,可以看出他对

---

① 叶燮著,蒋寅笺注:《原诗笺注》外篇下,第 355 页。

② 叶燮著,蒋寅笺注:《原诗笺注》外篇下,第 358 页。

③ 胡怀琛:《中国八大诗人》,合肥:安徽人民出版社,2013 年,第 19 页。

④ 叶燮著,蒋寅笺注:《原诗笺注》外篇下,第 358 页。

⑤ 吕智敏:《诗源·诗美·诗法探幽——〈原诗〉评释》,北京:书目文献出版社,1990 年,第 178 页。

陶渊明于晋诗正变(陶诗入选六十三首)、谢灵运于刘宋之风(谢诗入选二十五首)、谢朓于齐梁近体之兴(谢诗入选三十九首)的诗歌史价值极为推重①，重视程度远高于六朝其他诗人。而这种推重与其师对三人的独特定位是分不开的。换言之，沈德潜从选本的角度进一步落实了叶燮对三人的诗学定位。

综合来看，叶燮对陆机、鲍照、陶渊明、谢朓等六朝诗家的关注与其力求自成一家之言的诗学宗旨是一致的。

三、"终非大家体段"：对六朝诗论的批评

六朝诗学是中国古代诗学的重要组成部分，产生了陆机、钟嵘、刘勰等成就斐然的文论家。叶燮在反思诗道不能长振的原因时，就对六朝诗论有所评述：

> 诗道之不能长振也，由于古今人之诗评杂而无章，纷而不一。六朝之诗，大约沿袭字句，无特立大家之才。其时评诗而著为文者，如钟嵘，如刘勰，其言不过吞吐抑扬，不能持论。然嵘之言曰："迩来作者，竞须新事，拘挛补衲，蠹文已甚。"斯言为能中当时后世好新之弊。勰之言曰："沉吟铺辞，莫先于骨。故辞之待骨，如体之树骸。"斯言为能探得本原。此二语外，两人亦无所能为论也。他如汤惠休"初日芙蓉"，沈约"弹丸脱手"之言，差可引伸，然俱属一斑之见，终非大家体段。其余皆影响附和，沉沦习气，不足道也。②

叶燮这里提及钟嵘、刘勰、汤惠休、沈约，认为他们所论虽有一定可取之处，但却杂乱无章，"终非大家体段"。下面分别加以考察。

就论钟嵘、刘勰而言，这是叶燮所有著述中唯一可见他对二人的明确评述，虽然简短但意蕴丰富。首先，叶燮指出包括钟、刘在内的古今人诗评具有纷杂的缺点，无益于诗道振兴，并认为二人"吞吐抑扬，不能持论"，这显然

---

① 王宏林：《沈德潜诗学思想研究》，北京：人民出版社，2010 年，第 26—33 页。

② 叶燮著，蒋寅笺注：《原诗笺注》外篇上，第 317—318 页。

与其对六朝文风的反感有关。其次，叶燮所引刘勰语出自《文心雕龙·风骨》，恰恰切中风骨论的核心，同样强调文学创作要重视"骨"这个思想内容，文字运用要有骨力，如此可谓"探得本原"。再者，他认为刘勰除此语外"无所能为论"。总的来看，叶燮虽注意到了刘勰理论的独特价值，但无疑批判与否定多于肯定，其矛盾的理论态度显而易见。那么，作为一个具有卓识的理论家，叶燮为何会有如此矛盾的认识呢？

其一，刘勰有关诗歌的论述不如《原诗》那样宗旨鲜明、纵横妙辩。《文心雕龙》除《明诗》与《乐府》明确专论诗歌外，其他则散见于《时序》《体性》《风骨》等篇，远不如《原诗》以内篇标明宗旨，以外篇宏肆博辨，给人以酣畅淋漓的理论说服力。

其二，这与叶燮对六朝诗文的认识有关。叶燮《已畦文集自序》云："彼以为异乎六朝四六之骈塞，而实则散体大家之骈塞也。"①对盛行于六朝时期的骈体文有所贬抑。《答沈昭子翰林书》云："及乎壮年，随俗习为词章，好六朝骈丽，使事属辞，饤饾藻绘，未尝从事于六经，而根原于古昔圣贤之旨。"②可见叶燮此时已不再"好六朝骈丽"，愈加厌倦雕虫饤饾之技而尽扫之。《原诗》亦云："齐梁骈丽之习，人人自矜其长。"③另从叶燮论诗文推崇韩愈、苏轼也可看出他对六朝诗文没有好感，因为韩、苏二人都是反对骈文、力倡古文的大家。由上不难看出，叶燮对整个六朝的骈丽文风是持批评态度的，因而对钟嵘、刘勰等六朝大家多有贬斥。

其三，钟嵘、刘勰文论的重要价值与自身诗学建构的需要。要实现兼总条贯、振兴诗道的诗学追求，叶燮唯有批判、否定前人才能彻底地完成卓然自成一家的诗学建构，在评价时产生了一些过激的认识。但《诗品》与《文心雕龙》的理论价值使得叶燮不得不给予正视，因而在写作《原诗》时虽对其持有成见，却并未全盘否定，而是充分肯定钟嵘对时弊的揭示以及刘勰对作品内容的重视，积极吸取其中有价值的成分来作为自己论诗的立论依据，显示出叶燮敢于批评、勇于借鉴吸收的见识与胸襟。由上而言，叶燮对二人的矛

---

① 叶燮:《已畦文集》，《丛书集成续编》第124册集部，第645页下。
② 叶燮:《已畦文集》卷十三，《丛书集成续编》第124册集部，第768页上。
③ 叶燮著，蒋寅笺注:《原诗笺注》外篇下，第350页。

盾认识既因于时代风潮、各自理论主张、观点的差异,也与他们的文学理论在内在精神上一脉相承密切相关,可谓异中有同,同中有异,在批评中有所继承。

与钟嵘、刘勰相比,叶燮对汤惠休、沈约除了些许肯定之外,批评更为严厉。评汤惠休曰:"夫自汤惠休以'初日芙蓉'拟谢诗,后世评诗者,祖其语意,动以某人之诗如某某:或人,或神仙,或事,或动植物,造为工丽之辞,而以某某人之诗一一分而如之。泛而不附,缛而不切,未尝会于心,格于物,徒取以为谈资,与某某之诗何与? 明人递习成风,其流愈盛。"①指出汤氏以比喻拟诗对后世所造成的不良影响,进而批驳六朝"造为工丽之辞"以及明代"递习成风"的诗学恶习。值得注意的是,叶燮论诗向来注重以比喻来说明问题,但在此处却反对评诗者以比喻来评诗,看似矛盾,实际上与他不满于由此造成的递习成风、弊病愈盛有关。评沈约道:

> 沈约云:"好诗圆转如弹丸。"斯言虽未尽然,然亦有所得处。约能言之,及观其诗,竟无一首能践斯言者。何也? 约诗惟"勿言一樽酒,明日难重持"二语稍佳,余俱无可取。又约《郊居赋》初无长处,而自矜其"雌霓连蜷"数语,谓王筠曰:"知音者稀,真赏殆绝,仆所相邀,在此数语。"数语有何意味,而自矜若此,约之才思,于此可推。乃为音韵之宗,以四声八病、叠韵双声等法,约束千秋风雅,亦何为也!②

在指出沈约"亦有所得处"的同时,叶燮认为沈约的人品低,有自炫其长的陋习。叶燮论诗虽重才,但他反对"自炫""自矜",认为这是心胸狭隘、心术不正的表现。在叶燮看来,诗如其人,如此方可垂于后世。因此,他对于沈约的品量低下十分反感:"昔人惟沈约闻人一善,如万箭攒心,而约之所就,亦何足云?"③又曰:"最下者潘安、沈约,几无一首一语可取,诗

---

① 叶燮著,蒋寅笺注:《原诗笺注》外篇上,第331页。
② 叶燮著,蒋寅笺注:《原诗笺注》外篇下,第362页。
③ 叶燮著,蒋寅笺注:《原诗笺注》外篇上,第304页。

如其人之品也。"①此外,叶燮还指出沈约存在着理论与创作不一致的问题,认为其过分讲究声律以致产生流弊锢习,影响恶劣。亦如叶燮《审音说》所说:

> 音之龃舌,固无害乎心之仁义忠信。然必并其声音,一一取则而为定衡,此皆耳食之徒也。沈约《诗韵》,吴兴土音也。自唐以后,诗家奉为金科玉律,不敢毫末出入其间。明太祖以时王之制,改为《正韵》,颁行天下,而有明诗人未尝遵而用之,而宗沈约如故。则以相沿之久,锢习使然。即知沈韵之非,然欲正其非者,又难乎其为是也。盖沈约之韵为方音,而正之者岂另有不易之音乎? 亦方音也。②

显然,叶燮并非反对声律叶韵,而是反对沈约过度强调音律,"一一取则而为定衡",从而束缚了诗歌的自由发展,并对后世造成了不可忽视的恶劣影响。由上可见叶燮论诗的着眼点。

除上述外,叶燮还通过形象的比喻来认识汉魏六朝诗。以物作譬来论诗,往往能将抽象的说理寓于直观形象之中,使人易于理解。叶燮对此了然于心,善用比喻来描绘历代诗歌的显著特征与发展风貌。可以说,这也是叶燮贯彻其系统诗学观的方法论基础之一。以绘画作譬:"汉魏之诗,如画家之落墨于太虚中,初见形象。一幅绢素,度其长短阔狭,先定规模,而远近浓淡、层次脱卸,俱未分明。六朝之诗,始知烘染设色,微分浓淡,而远近层次,尚在形似意想间,犹未显然分明也。"③又以房屋来作譬:"又汉魏诗如初架屋,栋梁柱础门户已具,而窗棂槛槛等项,犹未能一一全备,但树栋宇之形制而已。六朝诗始有窗棂槛槛,屏蔽开阖。"④通过反复的比喻,将汉魏六朝诗的形态特征一一呈现,令读者耳目一新。

由上而论,叶燮将汉魏六朝诗定位为古代诗歌发展的重要环节,上连

---

① 叶燮著,蒋寅笺注:《原诗笺注》外篇下,第350页。
② 叶燮:《已畦文集》卷三,《丛书集成续编》第124册集部,第671页下—672页上。
③ 叶燮著,蒋寅笺注:《原诗笺注》外篇下,第343页。
④ 叶燮著,蒋寅笺注:《原诗笺注》外篇下,第349页。

《诗经》而下接唐诗,进一步显示出其注重整体把握与分阶段考察相结合的诗歌发展史观。

第三节　叶燮的唐诗观

唐诗以其在中国诗歌发展史上的经典地位和巨大影响而备受诗界关注,由此形成了蔚为壮观、光耀古今的唐诗学。放眼历代唐诗学,清初的叶燮关于唐诗的认识较有深刻性、代表性。与前人"诗必盛唐""四唐分期"的唐诗观念不同,叶燮在批判继承前人的基础上,强调从整体上把握唐诗。既肯定初唐盛唐诗歌的价值,也拨正以往对中晚唐诗人的贬抑,推重韩愈、李商隐等大家,显示出其独特的唐诗观。这不仅对后世产生了一定影响,且在唐诗接受史上占有重要一席。

一、基于"时""诗""人"三重因素的辨析与会通

"时""诗""人"是叶燮考察诗歌所强调的三个重要因素。"时"指时代、时期,"人"指诗人,"诗"指诗歌。他在《原诗》中指出,诗歌正变与"时""诗"都有关联,既"系乎时"也"系乎诗"①。但时代盛衰与诗歌正变并不完全一致,不能说"正为源而长盛,变为流而始衰"。要想全面了解诗歌发展的风貌,不仅要"以时言诗",认识到时代变化对诗歌的影响,而且要"以诗言时",注重诗歌自身的发展规律,如在体格、声调等方面的演进变化。因而他一再阐明"不能存正而删变""不能伸正而诎变"②,强调正与变皆不可偏废,认为"执其源而遗其流"与"得其流而弃其源"③都不足取。叶燮还主张"诗以人见,人又以诗见"④,把诗品与人品统一起来。从一定程度上说,叶燮对历代

---

① 叶燮著,蒋寅笺注:《原诗笺注》内篇上,第58—62页。
② 叶燮著,蒋寅笺注:《原诗笺注》内篇上,第16页。
③ 叶燮著,蒋寅笺注:《原诗笺注》内篇下,第225页。
④ 叶燮著,蒋寅笺注:《原诗笺注》外篇上,第299页。

诗歌的考究正是建立在会通"时""诗""人"的基础上来完成的。

就唐诗而言,叶燮指出自宋以来的唐诗观念之所以会出现诸多弊端和争议,皆与没有充分考虑"时""诗""人"三者本然存在的联动关系密切相关。这突出地表现在他对"诗必盛唐"与"四唐分期"的批驳上。严羽《沧浪诗话·诗体》标举"以时而论"与"以人而论":"以时而论",将唐诗分为唐初体、盛唐体、大历体、元和体、晚唐体①;"以人而论",又分为沈宋体、陈拾遗体、王杨卢骆体、张曲江体、少陵体、太白体等②。虽注意到"时"与"人"的关系,但却难掩其宗法盛唐的偏畸。严羽强调"当以盛唐为法"(《沧浪诗话·诗辩》)③,认为"盛唐人诗,无不可观者"(《沧浪诗话·考证》)④,表明他是以时代世次来论诗人诗歌价值的。高棅虽在《唐诗品汇》总序中秉持"观诗以求其人,因人以知其时,因时以辩其文章之高下,词气之盛衰,本乎始以达其终,审其变而归于正"⑤的选诗宗旨,力求将诗人诗歌放到具体的时代中评定其高下,但在具体操作时却更加坐实了严羽以来"诗必盛唐"的观念。不仅明确以初、盛、中、晚论唐诗,而且把整个唐诗分为九品,仅盛唐就独占正宗、大家、名家、羽翼四品,在使其推尊盛唐的理念得以贯彻的同时也强行将时代先后与价值高下对等起来。因此,"从分期来看,高棅对中晚唐的分限与严羽所建立的传统不一致,且同一诗人在不同诗歌体裁中处于不同的时期似乎又显得自相矛盾;从创作实际来看,作为时代先后的'四唐'和作为价值高下的'四唐'并不完全吻合"⑥。

针对严羽一味宗法盛唐的观念,叶燮在肯定《沧浪诗话·诗辩》所言"学诗者以识为主"之见解的同时,明确指出严氏论诗存在的偏畸:"夫羽言学诗须识是矣,既有识,则当以汉魏、六朝、全唐及宋之诗悉陈于前,彼必自能知

---

① 严羽著,张健校笺:《沧浪诗话校笺》上册,上海:上海古籍出版社,2012年,第212—217页。

② 严羽著,张健校笺:《沧浪诗话校笺》上册,第222—236页。

③ 严羽著,张健校笺:《沧浪诗话校笺》上册,第185页。

④ 严羽著,张健校笺:《沧浪诗话校笺》下册,第744页。

⑤ 高棅:《唐诗品汇》,上海:上海古籍出版社,1988年,第10页。

⑥ 王宏林:《论"四唐分期"的演进及其双重内涵》,《文学遗产》,2013年第2期。

所决择,知所依归,所谓信手拈来,无不是道。"①叶燮认为,学诗要有见识,要全面探究唐诗风貌就应观照"全唐",而不可只以盛唐为法。亦如叶燮《集唐诗序》所言:"有唐三百年诗人之诗,其神明才慧或各得一体,或一篇,或一句,散之各为一人之诗,合之为全唐人之诗。"②其着眼点仍在于"全唐人之诗"。这些都表明叶燮反对以"时"之先后来评判"人"之高低和"诗"之优劣,从而比严羽、高棅等更胜一筹,能够认识到整个唐诗的价值。

在《汪文摘谬》中,叶燮同样批驳"四唐分期",不赞成汪琬《唐诗正序》"正变之云,以其时,非以其人也"的观点,指出:"有唐三百年诗,有初、盛、中、晚之分,论者以初、盛为诗之正,中、晚为诗之变,所谓'以时'云云也。其时李、杜、王、孟、高、岑诸人,生于开、宝之间,其诗将前半为正,后半为变耶?"③叶燮认为,"四唐分期"说的弊端之一就在于机械地以时代先后来伸正而绌变,不利于把握诗人的诗歌价值。扩展来说,这与钱谦益提出的"一人之身,更历二时,将诗以人次耶? 抑人以时降耶?"④的诘问一脉相承,因而反对"四唐分期"带来的弊病乃是清初诗坛共识。

综上所述,叶燮论诗富于现实性、批判性和针对性,通过对"诗必盛唐""四唐分期"的批驳,注重从整体上系统把握唐诗,会通时代先后与价值高下存在的矛盾,认为既要以时论诗、以人论诗,也要以诗见人、以诗见时。

二、对唐诗作家序列的整体勾勒

叶燮坚持"诗""时""人"会通,不仅对唐诗分期和价值有深刻的认识,还对唐代诗人群体有精炼的理论概括和具体评述,反映出其注重全局的唐诗观。《原诗》云:

小变于沈、宋云龙之间,而大变于开元、天宝高、岑、王、孟、李:此数人者,虽各有所因,而实一一能为创。而集大成如杜甫,杰出如韩愈,专

① 叶燮著,蒋寅笺注:《原诗笺注》外篇上,第321—322页。
② 叶燮:《已畦文集》卷九,《丛书集成续编》第124册集部,第737页上。
③ 叶燮:《汪文摘谬》,叶燮著,蒋寅笺注:《原诗笺注》附录二,第508页。
④ 钱谦益:《有学集》卷十五,《钱牧斋全集》,上海:上海古籍出版社,2003年,第5册,第707页。

家如柳宗元,如刘禹锡,如李贺,如李商隐,如杜牧,如陆龟蒙诸子,一一
皆特立兴起。其他弱者,则因循世运,随乎波流,不能振拔,所谓唐人本
色也。①

　　叶燮这里对唐诗大家的整体成就加以总评,明确提及沈佺期、高适、杜
甫等十五位诗人,分别对他们的诗歌成就进行了理论概括。他指出,无论是
沈佺期、宋之问等人的"小变",还是岑参、王维等人的"大变"以及杜甫的
"集大成"和韩愈的"杰出"等,"一一皆特立兴起",表现出力求创新的诗歌
追求。故而创造力是判断一个诗人强弱与否、能否成为大家的重要标准。
"其他弱者"之所以随波逐流就在于只知因袭而不能独创生新。因此,叶燮
所言"唐人本色"在指出唐诗发展具有"小变"与"大变"交织、因创结合、强
弱并立的一般特征的同时,更为强调能否创变。这些都说明,叶燮在推重沈
佺期、高适、李白、杜甫等初盛唐诗人的同时,对韩愈、柳宗元、李商隐等中晚
唐诗人也予以重视。

　　论及初盛唐诗歌,叶燮在指出沈佺期、高适等"实一一能为创"的基础
上,还对盛唐大家的诗歌风格、成就及影响有所评价。《原诗》云:

　　盛唐大家,称高、岑、王、孟。高、岑相似,而高为稍优,孟则大不如
王矣。高心古为胜,时见沉雄,时见冲澹,不一色;其沉雄直不减杜甫。
岑七古间有杰句,苦无全篇。且起结意调,往往相同,不见手笔。高、岑
五、七律相似,遂为后人应酬活套作俑。如高七律一首中,迭用"巫峡啼
猿""衡阳归雁""青枫江""白帝城";岑一首中迭用"云随马""雨洗兵"
"花迎盖""柳拂旌",四语一意。高、岑五律,如此尤多。后人行笈中携
《广舆记》一部,遂可吟咏遍九州,实高、岑启之也。总之以月白风清、鸟
啼花落等字,装上地头一名目,则一首诗成,可以活板印就也。王维五
律最出色,七古最无味。孟浩然诸体,似乎澹远,然无缥缈幽深思致,如
画家写意,墨气都无。苏轼谓"浩然韵高而才短,如造内法酒手,而无材

---

① 叶燮著,蒋寅笺注:《原诗笺注》内篇上,第16—17页。

料",诚为知言。后人胸无才思,易于冲口而出,孟开其端也。总而论之,高七古、王五律,可无遗议矣。①

　　在这一段话中,叶燮既对四位盛唐大家取得的诗歌成就给予肯定,也指出其存在的不足。论高适、岑参,认为高适稍优于岑氏,赞赏高适的七古"沉雄直不减杜甫"、岑参的七古"间有杰句",却也明确指出二人五律、七律中的弊病以及给后世造成的不良影响;论王维、孟浩然,认为孟浩然远逊于王维,既肯定王维的五律,也指出其七古的不足,并且对孟浩然大加批评。

　　对于李白、王昌龄,叶燮认为"七言绝句,古今推李白、王昌龄。李俊爽,王含蓄,两人辞、调、意俱不同,各有至处"②,对盛唐七绝的艺术给予充分肯定。毋庸置疑,叶燮的这些评价实基于对盛唐诗的谙熟于心以及深厚的诗歌鉴赏功力。若从叶燮立论的深意来看,这又离不开他试图通过对盛唐诗人的具体品评来反驳严羽、李攀龙等持论的偏畸。在叶燮看来,初盛唐诗歌并非完美无瑕,而是有得有失。关于这一点,从叶燮对"陋者"及李攀龙的批驳亦可看出:

　　　　唐初沿其卑靡浮艳之习,句栉字比,非古非律,诗之极衰也。而陋者必曰:"此诗之相沿至正也。"不知实正之积弊而衰也。迨开、宝诸诗人,始一大变,彼陋者亦曰:"此诗之至正也。"不知实因正之至衰,变而为至盛也。盛唐诸诗人,惟能不为建安之古诗,吾乃谓唐有古诗。若必摹汉魏之声调字句,此汉魏有诗,而唐无古诗矣。且彼所谓陈子昂以其古诗为古诗,正惟子昂能自为古诗,所以为子昂之诗耳。然吾犹谓子昂古诗,尚蹈袭汉魏蹊径,竟有全似阮籍《咏怀》之作者,失自家体段,犹訾子昂不能以其古诗为古诗,乃翻勿取其自为古诗,不亦异乎!③

　　叶燮这里不仅指出"陋者"对于唐初诗歌的错误认识,而且认为评判"唐

---

①　叶燮著,蒋寅笺注:《原诗笺注》外篇下,第370—371页。
②　叶燮著,蒋寅笺注:《原诗笺注》外篇下,第447—448页。
③　叶燮著,蒋寅笺注:《原诗笺注》内篇上,第62—63页。

有古诗"与否的标准在于能否创变,若一味蹈袭汉魏之声调字句则"唐无古诗"。与李攀龙"弗取"陈子昂诗的否定不同,叶燮不仅对"子昂能自为古诗"给予肯定,也指出其"尚蹈袭汉魏蹊径""失自家体段"。对此,葛晓音指出:"这一看法从强调'变'的基本立场否定了复古论者。"①正是以"变"的立场和观念出发,叶燮认识到复古论者的不足,强调不可专取盛唐,理应重视中晚唐诗的价值。

论及中唐诗歌,叶燮在《百家唐诗序》中有十分精到的论述。此序是为清初席启寓《唐诗百名家全集》所撰。与席氏此集注重中晚唐诗的诗学思想相通,叶燮尤为强调中唐对中国诗歌史、思想史的重要价值:

> 今天下于文之起衰,人人能知而言之,于诗之变盛,则未有能知而言之者。此其故,皆因后之称诗者,胸无成识,不能有所发明,遂各因其时以差别,号之曰中唐,又曰晚唐。今知此"中"也者,乃古今百代之"中",而非有唐之所独得而称"中"者也。"中"既不知,更何知诗乎?今观百家之诗,诸公无不自开生面,独出机杼,皆能前无古人,后开来学。诸公何尝不自以为初,不自以为盛,而肯居有唐之中之地乎?虞部于此,不列开、宝以前,独表元和以后,不加以中晚之称,统命之曰《唐人百家诗》,以发明诗运之中天,后此千百年,无不以是以为断,岂俗儒纷纷之说所得而规模测量者哉!②

叶燮对处于这一时期的韩愈、刘长卿、白居易、元稹等皆有称赞,认为贞元、元和时期群才竞起而变八代之盛,大加肯定唐人诗歌能别开生面、匠心独运、启迪后世,指出这一时期作为"百代之'中'"所具有的巨大思想价值与意义。对此,陈伯海指出:"自严羽、高棅到'明七子',都竭力推尊盛唐为诗艺之极诣,独有叶燮称许中唐为'诗运之中天',显示了他作为文学史家的深邃的洞察力。唐宋一源和注重中唐,构成了叶燮唐诗观的两大要义,也为清

---

① 葛晓音:《陈子昂与初唐五言诗古、律体调的界分——兼论明清诗论中的"唐无五古"说》,《文史哲》,2011 年第 3 期。

② 叶燮:《已畦文集》卷八,《丛书集成续编》第 124 册集部,第 719 页下。

代宗宋派乃至性灵派的唐诗学确立了理论支柱。"①所论甚确,道出了叶燮唐诗观的独特价值。

在表彰中唐诗歌价值的同时,叶燮对白居易、元稹、李贺等的认识也富有新见。众所周知,白居易诗有"俗"的特征,历来褒贬不一。如魏泰认为:"白居易亦善作长韵叙事诗,但格制不高,局于浅切,又不能更风操,虽百篇之意,只如一篇,故使人读而易厌也。"②张戒也指出白居易诗有"情意失于太详,景物失于太露,遂成浅近,略无余蕴"③的短处。而赞之者亦不少,如王若虚指出:"乐天之诗,情致曲尽,入人肝脾,随物赋形,所在充满,殆与元气相侔。而世或以浅易轻之,盖不足与言矣。"④俞弁认为:"白乐天诗,善用俚语,近乎人情物理。元微之虽同称,差不及也。"⑤对此,叶燮的看法可谓二者兼之,较为中肯:

> 白居易诗,传为老妪可晓。余谓此言亦未尽然。今观其集,矢口而出者固多,苏轼谓其"局于浅切,又不能变风操,故读之易厌"。夫白之易厌,更胜于李;然有作意处,寄托深远。如《重赋》《致仕》《伤友》《伤宅》等篇,言浅而深,意微而显,此风人之能事也。至五言排律,属对精紧,使事严切,章法变化中,条理井然,读之使人惟恐其竟,杜甫后不多得者。人每易视白,则失之矣。元稹作意胜于白,不及白春容暇豫。白俚俗处而雅亦在其中,终非庸近可拟。二人同时得盛名,必有其实,俱未可轻议也。⑥

叶燮没有停留在前人对白居易诗的一味贬抑或高赞上,而是在认真辨

① 陈伯海:《唐诗学引论》(增订本),上海:上海古籍出版社,2015年,第193页。

② 魏泰著,陈应鸾校注:《临汉隐居诗话校注》卷二,成都:巴蜀书社,2001年,第96页。

③ 张戒著,陈应鸾校笺:《岁寒堂诗话校笺》卷上,成都:巴蜀书社,2000年,第68页。

④ 王若虚:《滹南诗话》卷一,丁福保辑:《历代诗话续编》,北京:中华书局,1983年,第511—512页。

⑤ 俞弁:《逸老堂诗话》卷下,丁福保辑:《历代诗话续编》,第1319页。

⑥ 叶燮著,蒋寅笺注:《原诗笺注》外篇下,第377页。

析、文本阅读的基础上得出自己的独特认识:一方面,指出"此言亦未尽然",认为白集中有许多随意而出的诗作,令人生厌;另一方面,强调其中不乏寄意深远之作,所谓"言浅而深,意微而显",称赞其五言排律在句法、用事、结构等方面可圈可点,认为"白俚俗处而雅亦在其中"。此外,在对白居易与元稹的综合考察上,叶燮的见解也较通达。他这里强调二人之所以能同得盛名自有其事实依据,万不可失察轻议;又在论述古人诗文集务多的问题上,认为元、白的《长庆集》开了后人以多为贵的滥觞,指出"其中颓唐俚俗,十居六七。若去其六七,所存二三,皆卓然名作也"①,评价较为公允。这些都说明叶燮对白居易诗的认识富有辩证性。对于诗中鬼才李贺,叶燮虽称赞其特立兴起,认为"其造语入险,正如苍颉造字,可使鬼夜哭",但也指出其存在"奇过则凡"的问题,认为不可"以险怪相尚"②,见解不偏不倚,颇为精到。

值得注意的是,叶燮虽重视中唐诗歌,但对句剽字窃中唐诗人的不良习气也给予批评。《原诗》曰:"近或有以钱、刘为标榜者,举世从风,以刘长卿为正派。究其实,不过以钱、刘浅利轻圆,易于摹仿,遂呵宋斥元。"③又曰:"或闻诗家有宗刘长卿者矣,于是群然而称刘随州矣。"④反对不加辨识而盲目跟风、人云亦云。究其实质,叶燮的这些论点与其反对片面学习盛唐的诗学主张一脉相承。

对于晚唐诗的诗歌史价值,叶燮也给予了应有的重视:

> 论者谓"晚唐之诗,其音衰飒"。然衰飒之论,晚唐不辞;若以衰飒为贬,晚唐不受也。又盛唐之诗,春花也。桃李之秾华,牡丹、芍药之妍艳,共品华美贵重,略无寒瘦俭薄之态,固足美也。晚唐之诗,秋花也。江上之芙蓉、篱边之丛菊,极幽艳晚香之韵,可不为美乎? 夫一字之褒贬以定其评,固当详其本末,奈何不察而以辞加人,又从而为之贬乎?

---

① 叶燮著,蒋寅笺注:《原诗笺注》外篇下,第395页。
② 叶燮著,蒋寅笺注:《原诗笺注》外篇上,第241页。
③ 叶燮著,蒋寅笺注:《原诗笺注》内篇上,第82页。
④ 叶燮著,蒋寅笺注:《原诗笺注》内篇下,第154页。

则执"盛"与"晚"之见者,即其论以剖明之,当亦无烦辞说之纷纷也已。①

　　叶燮认为,如"春花"之盛唐诗与如"秋花"之晚唐诗都在变化之中而各具美感,不可以孰优孰劣来论之,可谓立论公允。正如蒋寅所评:"而叶燮则不同,他是平等地对待诗歌史上所有朝代的,承认盛唐、晚唐之诗各具异质的美感,其间并无高下之分。"②此外,叶燮也论及晚唐诗人,褒扬李商隐、杜牧、陆龟蒙能够"特立兴起",指出"李商隐七绝,寄托深而措辞婉,实可空百代无其匹也"③,评价极高,并指出宋人七绝对于李商隐的因承④。虽有意抬高李商隐的唐诗大家地位,所论却不失公道,说明他反对言诗必盛唐的复古观念。从一定程度上说,今人对李商隐诗的高度重视也正可见叶燮的独具只眼,如袁行霈《中国文学史》第二卷将李商隐单列一章,并评曰:"在体裁方面,他的七律、七绝,深婉精丽,充分发挥了这两种诗体在抒写情感、表现心理方面的潜能。李商隐确实是继李白、杜甫、韩愈之后,再次为诗国开疆辟土的大家。"⑤

　　进一步来说,叶燮所论与前人注重复古的唐诗观念形成了鲜明对比。明代胡应麟《诗薮》云:

　　四杰,梁、陈也;子昂,阮也;高、岑、沈、鲍也;曲江、鹿门、右丞、常尉、昌龄、光羲、宗元、应物,陶也。惟杜陵《出塞》乐府有汉、魏风,而唐人本色时露。太白讥薄建安,实步兵、记室、康乐、宣城及拾遗格调耳。李于鳞云:"唐无五言古诗,而有其古诗。"可谓具眼。⑥

　　胡应麟强调复古,且要以汉魏为宗;并一一指出"初唐四杰"以及陈子

---

① 叶燮著,蒋寅笺注:《原诗笺注》外篇下,第386页。
② 叶燮著,蒋寅笺注:《原诗笺注》外篇下,第389页。
③ 叶燮著,蒋寅笺注:《原诗笺注》外篇下,第448页。
④ 叶燮著,蒋寅笺注:《原诗笺注》外篇下,第450页。
⑤ 袁行霈:《中国文学史》第二卷,北京:高等教育出版社,2003年,第471—472页。
⑥ 胡应麟:《诗薮》内编卷二,上海:上海古籍出版社,1979年,第35页。

昂、高适、张九龄、李白等人的诗歌虽源出有本,但都没有宗法汉魏;认为即便惟杜甫《出塞》乐府有汉、魏风",却也不时呈现出唐人的面目。此外,胡应麟认同李攀龙"唐无五言古诗而有其古诗"的论断,认为唐人虽可创作出古诗,但这只能体现出唐人本色,而与彰显汉魏本色体格的古诗相去甚远。而叶燮与胡应麟在此问题上的认识有着明显不同。究其因,叶燮与胡应麟对李攀龙之说产生了相异的评判,这固然有时代、现实等因素的差异所致,但关键在于二者的诗学立场、思维方法是截然不同的。回归到"唐人本色"上来说亦是如此,胡氏固守复古,以此来强调汉魏本色;而叶燮则讲求正变相济、因时善变,以发展的眼光和相济的思想看待唐诗,显然比胡氏更具诗史眼界。

由上观之,叶燮以"变"的观念审视整个唐诗,注重初盛唐诗的价值,指出片面宗法盛唐的不足,也在标举中晚唐诗歌的同时,批评后人剽袭中晚唐诗而不得法的错误,将认识唐诗的价值与如何学习唐诗紧密结合起来。

三、对中晚唐诗文理论的借鉴与发挥

叶燮不仅对唐代诗歌、诗人有整体性的把握,也充分借鉴这一时期有价值的诗文理论,并予以发挥。《原诗》云:

> 唐宋以来诸评诗者,或概论风气,或指论一人一篇一语,单辞复句,不可殚数。其间有合有离,有得有失。如皎然曰:"作者须知复变,若惟复不变,则陷于相似,置古集中,视之眩目,何异宋人以燕石为璞。"刘禹锡曰:"工生于才,达生于识,二者相为用而诗道备。"李德裕曰:"譬如日月,终古常见,而光景常新。"皮日休曰:"才犹天地之气,分为四时,景色各异;人之才变,岂异于是?"以上数则语足以启蒙砭俗,异于诸家悠悠之论,而合于诗人之旨,为得之。其余非戾则腐,如聋如瞆不少。而最厌于听闻、锢蔽学者耳目心思者,则严羽、高棅、刘辰翁及李攀龙诸人是也。①

---

① 叶燮著,蒋寅笺注:《原诗笺注》外篇上,第321页。

　　由上可知，叶燮对于唐宋以来评诗者的认识富于辩证性，在肯定其"有得"的同时也指出其"有失"。一方面，叶燮重点引述皎然、刘禹锡、李德裕、皮日休的理论观点，认为它们足以启蒙砭俗，不仅异于悠悠之论也合乎诗人之旨，可谓"有得"；另一方面，叶燮对严羽、高棅等进行批评，强调他们的诗论见解锢蔽学者耳目心思，可谓"有失"。在"有得"与"有失"的两端对比中，叶燮坚持吸纳与批判相济，提倡"变""才""识"，反对因循守旧、亦步亦趋，从中可以看出他对于传统诗论的灵活运用。但发人深思的是，叶燮为何于众多唐人中提及皎然、刘禹锡、李德裕、皮日休？首先，这与叶燮重视中晚唐诗有关。皎然、刘禹锡处于中唐，李德裕、皮日休处于晚唐，他们都是中晚唐时期颇具影响力的诗人。以皮日休为例，叶燮除了此处对之大加赞赏外，还称许其拥有"甘作偏裨，自领一队"①的才力。其次，叶燮的论诗宗旨与四人的理论主张产生了共鸣。叶燮论诗重变，与皎然的"复变"论精神相通；叶燮论诗注重"才、胆、识、力"，同样与刘禹锡对"才"与"识"之有机联系的论述相契合；叶燮以树木、绘画、建房架屋作喻，始终将唐诗置于诗歌发展史的动态发展之中加以考察，亦与李德裕以日月作喻而兼重继承与创新的思路一脉相承；叶燮通过"夫天有四时，四时有春秋。气之候不同，非气有优劣也"②的论述，指出不可持"盛"与"晚"之偏见来认识唐诗，这与皮日休经由表彰四时之气的变化各异进而肯定人之"才气"的论诗思路相一致。

　　综上所述，叶燮不以时代先后来区分唐诗优劣，从整体上对唐诗作家序列进行了理论总结和具体评述；在推重杜甫、韩愈的同时也重视李白、高适、王维等，对中晚唐诗歌的思想价值与艺术成就也有较为独到的见解；充分肯定皎然、李德裕等中晚唐诗论者的理论观点，并加以借鉴、发挥。这些都反映出叶燮具有宏阔的唐诗观。就其后世影响来看，叶燮对唐诗的各种认识不仅对沈德潜、薛雪等门下弟子产生了一定影响，也在唐诗接受史上占有重要地位。

---

①　叶燮著，蒋寅笺注：《原诗笺注》内篇上，第79页。
②　叶燮著，蒋寅笺注：《原诗笺注》外篇下，第386页。

第四节 叶燮的宋元诗观

在叶燮的诗歌史观中,唐诗与宋诗都是不可或缺的环节,可谓尊唐与尊宋并举。但现当代学界对此认识却有所不同。邓之诚曾言:"《原诗》四卷,专为尊唐。力辟时人徒袭范陆皮毛之非,谓诗当以生新深为主。于举世尊宋之时,独持己见,发聋振聩,信豪杰之士。"① 王学泰指出:"燮论诗自成系统,以唐诗为宗,又能广泛吸收历代诗歌创作成就,并从文学史角度与运用归纳法,研究诗的源流正变,成一家之言,对于薛雪、沈德潜有很大影响。"② 而袁行霈等则认为:"在清初诗坛'唐、宋诗之争'的论争中,横山是一位坚定的宋诗派。"③ 魏耕原进一步指出,叶燮"因倡宋斥唐,专与明人过不去""抑唐为了伸宋""而递变式的进化论是为了让宋诗凌驾于唐诗之上为终极目的"④。面对同一研究对象,见解相异并不足怪,学术争鸣本应如此。但这也进一步引发我们对叶燮宋诗观的深入探索。因为经过上一节的考察,叶燮推崇唐诗已不言而喻,故而"专为尊唐"的说法不仅有些突兀,也与《原诗》探源古今诗歌源流的诗学宗旨不相合拍。但叶燮论诗是否旨在推宋,甚至说让宋诗凌驾于唐诗之上? 唯有回归叶燮诗论文本,方可释然。

对此,王炜《〈清诗别裁集〉研究》专辟"叶燮的宋诗观"⑤一节进行论述,指出叶燮不专主宋诗,既肯定宋诗的价值,又反对后人模拟宋诗。虽立论有据,但惜未详加展开。为了全面展示叶燮的宋元诗观,厘清其对于清初唐宋诗之争的态度与策略等,本节拟从以下几方面进行考察。

---

① 邓之诚:《清诗纪事初编》卷三,上海:上海古籍出版社,1965 年,第 380 页。
② 傅璇琮等主编:《中国诗学大辞典》,杭州:浙江教育出版社,1999 年,第 592 页。
③ 袁行霈、孟二冬、丁放:《中国诗学通论》,合肥:安徽教育出版社,1994 年,第 841—842 页。
④ 魏耕原:《叶燮〈原诗〉的偏激与失误》,《古代文学理论研究》第三十九辑——《中国文化的价值论与文体论》,上海:华东师范大学出版社,2014 年。
⑤ 王炜:《〈清诗别裁集〉研究》,上海:上海古籍出版社,2010 年,第 153—158 页。

一、"能事益精，诸法变化"：论宋诗的因革流变

虽然时分唐宋，诗分唐宋，但唐宋之间存在密切联系也是不争的事实。叶燮对此心领神会，在对宋诗的认识上坚持唐宋因革的主张。论宋初诗歌，叶燮指出："宋初诗，袭唐人之旧，如徐铉、王禹偁辈，纯是唐音。"①徐铉是宋初白体诗的代表诗人，在创作上因袭白居易及元白唱和的近体诗，内容上以抒发闲适为主，风格上呈现出浅俗的特点；王禹偁虽有较大开拓，可谓白体诗人中的佼佼者，但却均未脱离"唐人之旧"，因而叶燮对二人"纯是唐音"的总体评价是恰当的。同时，叶燮对宋初西昆体也有提及。此派诗人大多宗法李商隐，学其表却遗其实，虽盛极一时但以模仿为能事，并未摆脱唐音之窠臼。如果说对宋初白体、西昆体的关注，是看到了宋人对唐诗的"消极"因袭，那么叶燮"宋之苏、梅、欧、苏、王、黄，皆愈为之发其端，可谓极盛"②的论断，则意在指出宋人对唐诗的"积极"创变。从韩愈的"发其端"到苏舜钦、梅尧臣、欧阳修、苏轼、王安石、黄庭坚的"极盛"，古代诗歌确实完成了从唐音到宋调的真正转变。

为了更形象地说明宋诗的这个转变，叶燮以绘画作譬："宋诗则能事益精，诸法变化，非浓淡远近层次所得而该，刻画掉换，无所不极。"③其中提及的"能事益精，诸法变化"抓住了宋诗发展的内在精神：不断发展革新，后出专精，直至东坡极盛而百花齐放。事实上，叶燮正是始终以变的过程性与渐进性来描述宋诗的因革创变。《原诗》云："苏舜钦、梅尧臣出，始一大变，欧阳修亟称二人不置。自后诸大家迭兴，所造各有至极，今人一概称为宋诗者也。"④叶燮认为，在宋初"白体""昆体"诗人之后能够成为"大变"的是苏、梅，当然欧阳修也在其列。而这之后，大家迭兴，各有拓展，其中最值得一提的是苏轼，认为他不仅是宋诗之一大变，而且是韩愈后之一大变，由此宋诗进入空前繁盛的时期，以苏轼为中心形成了一个影响广泛、规模巨大的创作

① 叶燮著，蒋寅笺注：《原诗笺注》内篇上，第17页。
② 叶燮著，蒋寅笺注：《原诗笺注》内篇上，第69页。
③ 叶燮著，蒋寅笺注：《原诗笺注》外篇下，第343页。
④ 叶燮著，蒋寅笺注：《原诗笺注》内篇上，第17页。

群体。正如叶燮所言:"苏轼于黄庭坚、秦观、张耒等诸人,皆爱之如己,所以好之者无不至。"①显然,苏轼爱才如己的品量与他的创作功绩、后世影响是相辅相成的,叶燮所言恰如其分。在指出苏轼大变宋诗之后,叶燮并未止步,而是进一步提出:"自后或数十年而一变,或百余年而一变! 或一人独自为变,或数人而共为变,皆变之小者也。其间或有因变而得盛者,然亦不能无因变而益衰者。"②虽然变的时间长短不同,变的主体不同,变的力度小了,但无一例外的是一直在"变",并且有因变而得盛,也有因变而益衰。叶燮将宋诗之变与宋诗的盛衰联系起来审视的理论观点与视角,对于深入理解长达 320 年的宋诗发展史大有裨益。

二、"开宋诗一代之面目者":对梅尧臣、苏舜钦的诗史定位

叶燮对宋诗因革流变的宏观把握富于卓识,而这离不开他对梅尧臣、苏舜钦与苏轼的诗歌史定位。换言之,梅尧臣、苏舜钦之于仁宗朝的诗文革新运动,同样苏轼之于元祐诗坛乃至整个宋诗的极盛,都发挥着举足轻重的作用。可以说,叶燮论宋诗抓住了其中的关键点,其宋诗观之所以熠熠生辉而为后人称道,与他对上述三人独创生新特质的重视与阐发密不可分。关于苏轼,将在本书第四章第三节加以详述,本节主要集中论述梅尧臣与苏舜钦。《原诗》云:

> 开宋诗一代之面目者,始于梅尧臣、苏舜钦二人。自汉魏至晚唐,诗虽递变,皆递留不尽之意。即晚唐犹存余地,读罢掩卷,犹令人属思久之。自梅、苏变尽昆体,独创生新,必辞尽于言,言尽于意,发挥铺写,曲折层累以赴之,竭尽乃止。才人伎俩,腾踔六合之内,纵其所如,无不可者;然含蓄渟泓之意,亦少衰矣。欧阳修极伏膺二子之诗,然欧诗颇异于是。以二子视欧阳,其有狂与狷之分乎?③

---

① 叶燮著,蒋寅笺注:《原诗笺注》外篇上,第 304 页。
② 叶燮著,蒋寅笺注:《原诗笺注》内篇上,第 70 页。
③ 叶燮著,蒋寅笺注:《原诗笺注》外篇下,第 390 页。

这一段话意蕴十分丰富，具体可从以下几个方面加以考察。

首先，叶燮旗帜鲜明指出梅尧臣、苏舜钦开宋代诗歌之面目，将宋诗新变的起点确认于二人，反映出他对于宋诗由唐音到宋调的转变有着精深的把握。若将此与严羽的见解相较，即可看出其中的发展性。《沧浪诗话·诗辩》云："国初之诗，尚沿袭唐人。王黄州学白乐天，杨文公、刘中山学李商隐，盛文肃学韦苏州，欧阳公学韩退之古诗，梅圣俞学唐人平淡处。至东坡、山谷，始自出己意以为诗，唐人之风变矣。"[1]除了共同认为王禹偁沿袭唐人、欧阳修学韩愈[2]以及肯定苏、黄之变外，二人认识之不同是显而易见的：严羽以为梅尧臣的诗仍合于唐音，指出"唐人之风变"到了苏轼、黄庭坚那里才完成；叶燮则标举梅尧臣的创变，将其放置到唐宋诗风转变这个大的发展环境之中，在时间的前移中让宋诗多了"一大变"，显然更易于大家清晰把握宋诗的发展脉络与演变轨迹。

其次，叶燮阐述了梅、苏开创宋诗面目的背景与成因。在他看来，汉魏至晚唐的诗歌虽依时"递变"，但无一不"递留不尽之意"，连用两个"递"在注明诗歌之变的同时更突出了含蓄蕴藉这个诗歌传统的复杂性与顽固性，即无论如何变化皆难以挣脱而有新的发展。历史的重任压给了梅、苏，二人既变尽昆体，一扫旧风，革除诗坛弊病；又独创生新，开出新风："必辞尽于言，言尽于意，发挥铺写，曲折层累以赴之，竭尽乃止。"接连用三个"尽"，虽有些夸张的成分，但意在突出变革诗风之彻底，将梅、苏诗歌重视铺陈叙事、竭尽言意的特征呈露无遗。如梅尧臣的《大水后城中坏庐舍千余作诗自咎》直叙其事，无论是"但惭为政恶"的自责内疚，还是"湍回万瓦裂"的沉重灾情，在诗人追求言尽于意的表达下都一一得到呈现。其《田家语》更是极尽铺写，表意明确，直斥各级官府盘剥百姓，从诗序中"上下愁怨，天雨淫淫，岂助圣上抚育之意耶"的诘问，到首句"谁道田家乐？春税秋未足"自问自答式

---

① 严羽著，张健校笺：《沧浪诗话校笺》上册，第181页。

② 《原诗》云："当愈之时，举世未有深知而尚之者。二百余年后，欧阳修方大表章之，天下遂翕然宗韩愈之文，以至于今不衰。"叶燮著，蒋寅笺注：《原诗笺注》内篇下，第177页。

的控诉,再到对里胥咄咄相逼与人民悲苦惨象的叙述,以及尾句"却咏《归去来》,刈薪向深谷"的无奈自慰,足可谓曲折有致,层累分明。再看苏舜钦的《城南感怀呈永叔》,开篇四句写春天城南的一派春色,看似闲适怡人,但随即笔锋一转,"览物虽暂适,感怀翻然移",历述可骇可悲的所见所闻,从描述灾害频仍开始逐步升级,写到"老稚满田野,斫掘寻凫茈"的饥荒遍野,又写到"十有七八死,当路横其尸;犬豕咋其骨,乌鸢啄其皮"的人间惨状,不禁责问、感叹,转而写到庸吏的尸位素餐,"高位厌粱肉,坐论搀云霓",以诗人的伶俜自思与愁愤满胸结束,全诗交互使用记叙、议论、描写、抒情的表达方式,既竭尽其意又各尽其妙。此外,苏氏的《中秋夜吴江亭上对月怀前宰张子野及寄君谟蔡大》,寓写景抒怀、想象奇特与大发议论于一体,在望月这个"陈熟"的主题中得其"生新",从中可以看出其勇于开拓的见识与成就。正如程千帆评此诗道:"我们读过张九龄的《望月怀远》那种风格安详和雅的作品,再来念这篇主题相同的诗,就不难看出宋人在力求突破唐人成规,避俗就生,推陈出新等方面,所下的工夫,所取得的成就。"①所言甚确。

再次,对梅、苏诗歌给予辩证认识。在肯定二人具有创造性以及腾踔天下、无施不可之才力的基础上,叶燮还认为他们的诗缺乏"含蓄渟泓之意"。这不是前后矛盾吗?刚表彰梅、苏独创生新、言尽于意,这里又认为其不够含蓄深邃。实则不然,这正反映出叶燮对二人诗歌的解读较为全面。为此,可以欧阳修《六一诗话》中所载梅尧臣关于诗歌创作的见解为证:梅氏既有感于诗家"造语亦难",提倡"意新语工,得前人所未道者",力求言能尽意;却又认为"作者得于心,览者会以意,殆难指陈以言也",从作者与读者的双重角度指出言不能尽意,难以言说,所以只能"略道其仿佛",只好用严维、温庭筠、贾岛具体的诗句来加以指陈②。显然,梅尧臣在实践中对言与意之间存在的矛盾是甘苦自知的,其提出的"意新语工"是对杜甫注重炼意炼字的继承与发展。而叶燮所论表现出的"矛盾性",说明他认识到了这一点,主要从

① 程千帆、沈祖棻选注:《古诗今选》下册,上海:上海古籍出版社,1983年,第467—468页。

② 欧阳修:《六一诗话》,何文焕辑:《历代诗话》,北京:中华书局,1981年,第267页。

大处着眼来肯定梅尧臣的创作革新与诗歌史价值。若扩展来看,这与叶燮论诗注重言与意两端的相济有所关联。在《原诗》中,他一方面肯定诗之至处"妙在含蓄无垠""其寄托在可言不可言之间""言在此而意在彼",指出言不尽意对于诗歌表现的重要性;另一方面又指出"必有不可言之理,不可述之事,遇之于默会意象之表,而理与事无不灿然于前者也"①,注重理与事"灿然于前"的言以尽意所产生的艺术效果。所以叶燮随即对杜甫"碧瓦初塞外""月傍九霄多"的逐字分析,正是看到了这些字的意新语工,能够实现"其理昭然,其事的然";又极为叹赏由此产生的意味无穷与蕴藉丰富。

最后,对欧阳修以"狂与狷之分"定位梅、苏之诗的批判性接受。叶燮虽然指出欧阳修极为推重梅尧臣、苏舜钦之诗,但同时认为"欧诗颇异于是"。一般来说,三人诗风的主要特征确实存在着不同:梅诗古朴平淡,苏诗豪迈激烈,欧诗平易疏畅。但叶燮此处所言显然另有所指,他并不是很赞同欧阳修以"狂与狷之分"来定位梅、苏。在《水谷夜行寄了美圣俞》一诗中,欧阳修以"子美气尤雄""有时肆颠狂""举世徒惊骇"等描述苏舜钦的诗风与性格特征,可谓"狂"的注脚;而言及梅尧臣,指出"梅翁事清切""近诗尤古硬""古货今难卖",认为其有"狷"的特点。这种区分在后来的《六一诗话》中亦有体现:"圣俞、子美齐名于一时,而二家诗体特异。子美笔力豪隽,以超迈横绝为奇;圣俞覃思精微,以深远闲淡为意。"②而叶燮对此表示质疑,提出若以梅、苏的视角来看待欧诗,未必会有如此认识。究其因,叶燮虽肯定"欧阳修于诗,极推重梅尧臣、苏舜钦"的品量,认为永叔是"巨者""诗与文如其人"(《南游集序》)③,但并非一股脑因袭其言,而是在吸纳的同时有所批判与新解。这在《正统论》《考证说》中也有贯彻。兹举一例,《正统论·上》云:"夫秦之得为正统,欧阳之论得其当矣。"④《正统论·下》却云:"欧阳子之论,谓为统明则可,谓为正统明则不可。"⑤以欧氏之言作为立论依据,有

---

① 叶燮著,蒋寅笺注:《原诗笺注》内篇下,第 193—194 页。
② 欧阳修:《六一诗话》,何文焕辑:《历代诗话》,第 267 页。
③ 叶燮:《已畦文集》卷八,《丛书集成续编》第 124 册集部,第 726 页下。
④ 叶燮:《已畦文集》卷一,《丛书集成续编》第 124 册集部,第 651 页下。
⑤ 叶燮:《已畦文集》卷一,《丛书集成续编》第 124 册集部,第 653 页上。

"得其当""可"的评价,也有"不可"的辨明。

综上所述,叶燮以二人并称标举梅、苏开创宋诗面目的巨大功绩,指出宋诗以议论为诗、以文为诗的特征在他们那里已初见端倪,见解宏阔,富有辩证性,有助于理解宋诗在这一时期承前启后的发展风貌与诗史意义。

三、"不必泥前盛后衰为论":回应唐宋诗之争,肯定宋元诗价值

叶燮在《原诗》开篇即指出:"乃知诗之为道,未有一日不相续相禅而或息者也。非在前者之必居于盛,后者之必居于衰也。"[①]唐诗在前,宋诗居后,但在前的不可能长盛不衰,居后的也不会永远衰而不盛,这是诗歌发展的客观规律,也为公允之论。但事实并非如此简单,自南宋以来,关于唐诗与宋诗孰优孰劣的争论就成为诗家关注的焦点[②],各抒己见,莫衷一是,令人眼花缭乱。叶燮在《三径草序》中对此有所论述:

> "盖尝溯有明之季,凡称诗者咸尊盛唐。及国初而一变,诎唐而尊宋;旋又酌盛唐与宋之间而推晚唐,且又有推《中州》以逮元者;又有诎宋而复尊唐者,纷纭反复,入主出奴,五十年来各树一帜。"其是非、升降之故,蒋君盖闻之熟而历之深矣。故其为诗,能无所眩于古,能无所惑于今。举百喙争鸣之是非,蒋君视之如太仓之腐粟。人以为新奇,皆蒋君所视为陈陈相因者也。[③]

对于蒋泫所称述的明以来的唐宋诗之争以及由此造成的种种乱象,叶燮深表赞同,认为蒋氏之所以有此见识是因为他"闻之熟而历之深",指出其为诗能不眩惑于古今。换言之,叶燮如此夸赞蒋氏,表明他对诗歌尤其是唐宋诗的是非升降也有洞幽烛远之明。具体就是唐宋兼取,充分肯定宋元诗的重要价值,主张尊宋、似宋,但反对一味斥宋与机械学宋。

---

① 叶燮著,蒋寅笺注:《原诗笺注》内篇上,第1页。
② 齐治平:《唐宋诗之争概述》,长沙:岳麓书社,1984年。
③ 叶燮:《已畦文集》卷九,《丛书集成续编》第124册集部,第741页上。

面对唐宋诗之争,叶燮采取的策略之一是不遗余力推重宋元诗的创造性与独特性。一方面,给宋诗以应有的重视。以石中有宝而需要穿凿,说明宋人善于变创前人,钩深致远:"至于宋人之心手日益以启,纵横钩致,发挥无余蕴,非故好为穿凿也。譬之石中有宝,不穿之凿之,则宝不出。且未穿未凿以前,人人皆作模棱皮相之语,何如穿之凿之之实有得也。"①并且,叶燮将宋诗置于整个诗歌发展史之中来加以观照。以诗之工拙来看:"唐诗诸大家、名家,始可言工,若拙者则竟全拙,不堪寓目。宋诗在工拙之外,其工处固有意求工,拙处亦有意为拙。若以工拙上下之,宋人不受也。此古今诗工拙之分剂也。"②以字面来看,我们可以如《四库全书总目》编撰者那样批评叶燮此论有以偏概全之失③,但若能考虑到他这里意在指出宋诗为"古今诗工拙之分剂",就可知他重视宋诗应有地位与价值的意义所在。从诗歌的体制来看,叶燮指出宋人五古不转韵者多、七古不转韵者益多,认为"宋人七绝,种族各别,然出奇入幽,不可端倪处,竟有轶驾唐人者,若必曰唐、曰供奉、曰龙标以律之,则失之矣"④,强调宋诗在一些方面甚至超越唐人,不可一概以唐人律宋,掩盖宋诗应有的面目。此外,叶燮还以画家作画、建构房屋等作譬,指出宋诗"能事益精""制度益精""无所不蓄"。这些都很容易让人觉得是为了抬高宋诗而压制唐诗,但其实不然。对于唐宋诗,叶燮始终站在诗歌发展史的高度来加以观照。另一方面,叶燮虽注重宋诗,但并不是将之推为极盛,而是也肯定元代诗歌的价值。《原诗》云:"自是南宋、金、元,作者不一。大家如陆游、范成大、元好问为最,各能自见其才。"⑤指出元好问为"大家",称许其能自见其才。而针对不得要领的尊宋元之风,叶燮也直中其症结所在:"又,推崇宋诗者,窃陆游、范成大与元之元好问诸人婉秀便丽之句,以为秘本。今有用陆、范及元诗句,或颠倒一二字,或全窃其面目,以盛夸于世,俨主骚坛,傲睨今古。"⑥以剽窃婉秀便丽诗句为能事,夸夸其谈,只能算

---

① 叶燮著,蒋寅笺注:《原诗笺注》内篇上,第 69 页。
② 叶燮著,蒋寅笺注:《原诗笺注》外篇下,第 346 页。
③ 永瑢等撰:《四库全书总目》卷一九七,北京:中华书局,1965 年,第 1806 页。
④ 叶燮著,蒋寅笺注:《原诗笺注》外篇下,第 448 页。
⑤ 叶燮著,蒋寅笺注:《原诗笺注》内篇上,第 17 页。
⑥ 叶燮著,蒋寅笺注:《原诗笺注》内篇上,第 82 页。

是假尊宋元。虽然元代诗人只提及元好问,但还是将元诗作为古代诗史的重要一环来看待:"不读唐诗,不知宋与元诗之工也。"又曰:"自宋以后之诗,不过花开而谢,花谢而复开,其节次虽层层积累,变换而出,而必不能不从根柢而生者也。"①既肯定宋以后之诗皆能如宋诗那样花开花谢,层累变换,又强调它们必从前人那里吸取了经验,能够认识到宋以后的诗歌承继前人诗歌,相承亦相成。

面对唐宋诗之争,叶燮采取的策略之二是对偏畸的斥宋之论进行批驳、纠偏。对于斥宋者之偏失,叶燮首先强调:

> 自"不读唐以后书"之论出,于是称诗者必曰唐诗,苟称其人之诗为宋诗,无异于唾骂。②

针对持论者偏执于唐诗而无视宋诗价值的错误,叶燮进一步予以批驳,为后学指点迷津:

> 而斥宋者,至谓不仅不如唐;而元又不如宋。平心而论,斯人也实汉魏、唐人之优孟耳。窃以为相似而伪,无宁相异而真,故不必泥前盛后衰为论也。③

叶燮认为古代诗歌节节相生、赓续不断,汉魏、初盛唐诗可学,中晚唐诗可学,那么唐以后的诗也必然可学。简言之,就是"不必泥前盛后衰为论",以发展的眼光看待诗歌发展的因时递变,跳出仲唐绌宋的怪圈,认识到宋元诗的价值。所以,叶燮批评一概呵宋斥元,也反对得流弃源的机械学宋、学元:"然则学诗者,使竟从事于宋元、近代,而置汉魏、唐人之诗而不问,不亦大乖于诗之旨哉!"④确实做到了如其所说的平心而论。

---

① 叶燮著,蒋寅笺注:《原诗笺注》内篇下,第219页。
② 叶燮著,蒋寅笺注:《原诗笺注》内篇上,第17页。
③ 叶燮著,蒋寅笺注:《原诗笺注》内篇下,第214页。
④ 叶燮著,蒋寅笺注:《原诗笺注》内篇下,第226页。

对于由来已久的伸唐绌宋论,叶燮也指出其荒谬之处:

> 从来论诗者,大约伸唐而绌宋。何言之谬也! 彼先不知何者是议论,何者为非议论,而妄分时代耶? 为此言者,不但未见宋诗,并未见唐诗。村学究道听耳食,窃一言以诧新奇,此等之论是也。"①

在叶燮看来,无视宋诗与唐诗的密切关联而"妄分时代",就会既对宋诗缺乏正确的认识,也认识不到唐诗应有的价值与影响。因此,叶燮主张二者相济,如此方能既见宋诗又见唐诗。

面对唐宋诗之争,叶燮采取的策略之三是坚持唐宋兼取。在批评斥宋者之错误认识的同时,叶燮还对学宋、似宋加以辨析,主张因时善变、兼采唐宋。其《黄叶村庄诗序》云:

> 孟举于古人之诗,无所不窥,而时之论孟举之诗者,必曰学宋。予谓古人之诗可似而不可学,何也? 学则为步趋,似则为吻合。学古人之诗,彼自古人之诗,与我何涉? 似古人之诗,则古人之诗亦似我,我乃自得。故学西子之颦则丑,似西子之颦则美也。孟举诗之似宋也,非似其意与辞,盖能得其因而似其善变也。今人见诗之能变而新者,则举之而归之学宋,皆锢于相仍之恒,而不知因者也。②

叶燮这里区分了学宋与似宋之别,前者亦步亦趋,犹如东施效颦,缺乏独立见解;后者则吻合自得,突出"我"与古人之诗的对话、承创。认为吴之振的诗之所以似宋,在于并非单纯模拟宋人意辞,而是在学习宋诗的基础上能够"似其善变"。这里的"似"近于"尊",似宋即为尊宋,如《康熙字典》释"似"曰:"况也,奉也。"③而在《原诗》中,"似"更是一个高频字,通过由此组成的"竟有全似""声音虽似""貌似盛唐""蹈袭相似""陷于相似""髣髴皮

---

① 叶燮著,蒋寅笺注:《原诗笺注》外篇下,第416页。
② 叶燮:《已畦文集》卷八,《丛书集成续编》第124册集部,第721页。
③ 转引自方守狮:《汉字心解》,上海:上海大学出版社,2015年,第9页。

毛形似之间""竟似凑句"等，可以看出叶燮反对的是模拟剽窃之形似，认为"似"只要沾染上"窃"，那就一无是处，所谓"窃之而似，则优孟衣冠；窃之而不似，则画虎不成矣"①。这些都说明叶燮对"似"的理解具有辩证性。同时，通过叶燮《黄叶村庄诗序》对"今人见诗之能变而新者，则举之而归之学宋"的批驳，正可见其唐宋兼济的诗学思想。对此，叶燮友人魏允札指出：

> 今读其与吴舍人倡酬之什，唐乎？宋乎？吾不得而限之矣。闻当代作者各以所域起虞芮之争，二子非市南之宜僚乎？二子之诗，既尽奇极变，往往入禅语。夫能解如来禅者，未许会祖师禅。如日宋诗不可为也，余得而诃之曰："是小乘法可以入佛，而不可以入魔者也。"②

魏氏认为，不可对吴之振与叶燮的诗歌作分唐界宋的划分，认为二人诗歌尽奇极变，引禅入诗。

由《语溪倡和》所载叶燮之语，亦可看出他对于唐宋诗的见解：

> 非熟读《选》诗，不能作唐诗；非熟读唐诗，不能作宋诗。彼域唐以拒宋者，隘于识者也；域宋以陵唐者，昧于源者也。③

叶燮指出，既不可隘于见识域唐以拒宋，也不能昧于诗之源域宋以陵唐，持论甚平。显然与《原诗》《黄叶村庄诗序》对唐宋诗的认识一以贯之，也与叶燮在《张处士传》中称许张孝思"不似世之竞唐猎宋，种种畦轸、蹊径"④的观点是一致的。

最后需要指出的是，叶燮对宋诗的认识也有一定的局限性。《原诗》云："宋人富于诗者，莫过于杨万里、周必大。此两人作，几无一首一句可采。陆

---

① 叶燮著，蒋寅笺注：《原诗笺注》内篇上，第78—79页。
② 叶燮、吴之振等：《语溪倡和》，1920年抄本，上海图书馆藏。
③ 叶燮、吴之振等：《语溪倡和》，1920年抄本，上海图书馆藏。
④ 叶燮：《已畦文集》卷十八，《丛书集成续编》第124册集部，第805页。

游集佳处固多,而率意无味者更倍。由此以观,亦安用多也?"①叶燮认为,杨万里、周必大几乎没有一首一句可采,指出陆游多率意无味,批评确实过了头,难符三人实际;但又认为陆游集中不乏佳处,称道"大家如陆游"②。综合来看,他对宋诗的看法可谓通达与矛盾并存。这也说明叶燮对宋诗绝非全盘肯定或否定,更非借伸宋来压倒唐人。

由上可知,叶燮有感于唐宋诗之争的乱象与弊病,积极回应并给予富有见识的诗学定位,虽有意为宋诗张目,但并非宗宋而斥唐,更不是通过贬抑唐诗来推尊宋诗,而是放眼整个诗歌史,反对独尊一端,主张唐宋相济。

第五节　叶燮的明清诗观

叶燮肯定宋元诗的价值,指出诗歌至宋"而木之能事方毕"③,但并非对宋元以后的诗歌束之高阁。相反,对明代诗人、诗歌流派及其主张的定位与批判,成为其诗歌史观的重要基点之一。《原诗》云:"乃近代论诗者,则曰《三百篇》尚矣,五言必建安、黄初,其余诸体必唐之初、盛而后可,非是者必斥焉。如明李梦阳不读唐以后书,李攀龙谓唐无古诗,又谓陈子昂以其古诗为古诗,弗取也。自若辈之论出,天下从而和之,推为诗家正宗,家弦而户习。习之既久,乃有起而掊之,矫而反之者,诚是也。然又往往溺于偏畸之私说。其说胜,则出乎陈腐而入乎颇僻;不胜,则两敝,而诗道遂沦而不可救。"④在指出明清诗亦为诗歌发展不可分割之一环的同时,随即将矛头指向以李梦阳为代表的前七子、以李攀龙为代表的后七子以及起而矫之的公安派和竟陵派等,指出他们虽偶有"说胜"的可取之处,但"偏畸""陈腐""颇僻"的弊端则贻害后学、有损诗道。由于这些"近代论诗者"身兼诗人、批评

---

① 　叶燮著,蒋寅笺注:《原诗笺注》外篇下,第395页。
② 　叶燮著,蒋寅笺注:《原诗笺注》内篇上,第17页。
③ 　叶燮著,蒋寅笺注:《原诗笺注》内篇下,第219页。
④ 　叶燮著,蒋寅笺注:《原诗笺注》内篇上,第5页。

者等多重身份,所以叶燮的明诗观是在批评明诗尤其是明诗学的过程中形成的。对此,在上一节指出的叶燮对唐宋诗之争的回应中,已对明清人斥宋的论断有所揭橥,本节在此基础上"接着讲",以更清晰地展示叶燮对明人的评判与发展。

一、肯定兼备唐宋之长的高启

叶燮对明朝诗人,首先推重的是由高启、杨基、张羽、徐贲组成的"吴中四杰":

> 即如明三百年间,王世贞、李攀龙辈盛鸣于嘉、隆时,终不如明初之高、杨、张、徐,犹得无毁于今日人之口也。①

在对比中肯定四人才力,重视明初诗歌的价值。这在叶燮创作上也有体现,其《口占赠杨子起宗》即云:"明初诗人杨孟载,君今才调似前身。"认为友人才气可比杨基。

四人中,叶燮最为叹赏高启,曰:"有明之初,高启为冠,兼唐、宋、元人之长,初不于唐、宋、元人之诗有所为轩轾也。"②他认为高氏兼取唐宋,推重的同时实则暗含对王世贞、李攀龙等的批驳。在叶燮看来,高启不进行尊唐绌宋的优劣区分,远没有其后的明人越过宋诗而以唐诗嫡传自居那样令人生厌。叶燮虽未列举高启诗歌,但结合《棹歌行》《征妇怨》《秦筝曲》等,可见其诗确有唐宋人之风。高启《独庵集序》亦云:"夫自汉、魏、晋、唐而降,杜甫氏之外,诸作者各以所长名家,而不能相兼也。故必兼师众长,随事摹拟,待其时至心融,浑然自成,始可以名大方,而免夫偏执之弊矣。"③结合其诗其论,可见叶燮的评价较为合乎实际。但需要指出的是,叶燮看到了高启兼备古人的优点,对其"随事摹拟"的缺点却认识不足。个中缘由,仍与高氏虽工于模拟,拟唐则似唐,拟宋则似宋,但并未给后世造成诋毁丛生、是非竞起的

---

① 叶燮著,蒋寅笺注:《原诗笺注》内篇下,第 177 页。

② 叶燮著,蒋寅笺注:《原诗笺注》内篇上,第 17 页。

③ 郭绍虞:《中国历代文论选》第 3 册,上海:上海古籍出版社,2001 年,第 25 页。

恶劣影响有关,相比前后七子等的弊流四溢总体是可以接受的,由此也可见叶燮论诗的指向所在。

二、批判继承前七子与后七子

叶燮反对一味以时代先后来评判诗歌价值的高下,所以对李梦阳不读唐以后书、李攀龙谓唐无古诗等论调极为反感。若从取法高格、批评时弊的初衷来说,以二李为代表的复古派偏执盛唐而不及其余的唐诗观念本无不妥,但他们在具体执行的过程中却走向了偏执一端的误区,蕴含着持论者的主观价值判断,具有很大的随意性、盲从性,何况盛唐诗也并非一概成就斐然而值得宗法。由此叶燮站在诗歌发展史的高度,直言抨击李梦阳、何景明:

> 何景明与李梦阳书,纵论历代之诗而上下是非之。其规梦阳也,则曰:"近诗以盛唐为尚。宋人似苍老而实疏卤,元人似秀俊而实浅俗。今仆诗不免元习,而空同近作,间入于宋。"夫尊初、盛唐而严斥宋、元者,何、李之坛坫也,自当无一字一句入宋、元界分上;乃景明之言如此,岂阳斥之而阴窃之,阳尊之而阴离之邪?且李不读唐以后书,何得有宋诗入其目中而似之邪?将未尝寓目,自为遥契吻合,则此心此理之同,其又可尽非邪?既已似宋,则自知之明且不有,何妄进退前人耶?其故不可解也。窃以为李之斥唐以后之作者,非能深入其人之心,而洞伐其髓也;亦仅髣髴皮毛形似之间,但欲高自位置,以立门户,压倒唐以后作者,而不知已饮食之而役隶于其家矣。李与何彼唱予和,互相标榜,而其言如此,亦见诚之不可掩也。由是言之,则凡好为高论大言,故作欺人之语,而终不可以自欺也夫。①

叶燮这里专就何景明《与李空同论诗书》起论,认为尊盛唐而严斥宋元是二人的主流观点,而何氏却说自己浸染元习,并讥讽梦阳诗间入宋调,所

---

① 叶燮著,蒋寅笺注:《原诗笺注》外篇下,第412页。

言极其矛盾。接着进一步指出他们妄分时代以论唐宋诗,表面上呵斥宋元实则饮食已久,其主张并未深入人心而洞伐其髓,反对何景明那样"既已似宋,则自知之明且不有"的做法;看似尊尚盛唐却仅得其皮毛形似,所谓"阳尊之而阴离之"。最后批评二人好为大言,互相标榜,自欺欺人。言辞激烈,鞭辟入里,指出其伸唐绌宋的错误。对于叶燮所论,钱锺书《谈艺录》予以征引,并表示认同:"即谓诗分唐宋,亦本乎气质之殊,非仅出于时代之判,故旷世而可同调。"①诚然,时代相异但可同调,同一时代亦可异调并出,这是因为诗人的"气质之殊"在发挥着重要作用。究其实质,何、李所言"自以为得其正而实偏,得其中而实不及"②,复古却未解古人之真意。叶燮抓住何、李理论主张与创作实践不相一致并对后世造成诸多不良影响这一关键点进行批驳,可谓切中肯綮。

继前七子之后,盛行于明代嘉隆年间的后七子仍以规模汉魏、盛唐为能事,法度森严以致流弊难挽。在后七子中,叶燮批驳最严厉的是李攀龙。《原诗》多次对之批驳,除了指出李攀龙"唐无古诗"之论的错误外,还批评他句剽字窃,指出"昔李攀龙袭汉魏古诗乐府,易一二字便居为己作"③,进而上升到诗法与诗亡的高度加以认识:"若有法如教条政令,而遵之必如李攀龙之拟古乐府然后可,诗末技耳。"④坚决反对以效颦效步为能事。并且,叶燮还将李攀龙与严羽、高棅、刘辰翁并提,指出他们于诗道不振难辞其咎,锢蔽人之耳目心思等。究其原因,叶燮对李攀龙的论说及其造成的不良影响有着清醒而深刻的思考,所谓不破不立。此外,叶燮还对后七子予以整体评价:

> 五十年前,诗家群宗"嘉隆七子"之学。其学五古必汉魏,七古及诸体必盛唐。于是以体裁、声调、气象、格力诸法,著为定则,作诗者动以数者律之,勿许稍越乎此。又凡使事、用句、用字,亦皆有一成之规,不

---

① 钱锺书:《谈艺录》,北京:生活·读书·新知三联书店,2011年,第5页。
② 叶燮著,蒋寅笺注:《原诗笺注》外篇上,第327页。
③ 叶燮著,蒋寅笺注:《原诗笺注》内篇上,第82页。
④ 叶燮著,蒋寅笺注:《原诗笺注》内篇上,第144页。

可以或出入,其所以绳诗者,可谓严矣。夫其说亦未始非也,然以此有数之则,而欲以限天地景物无尽之藏,并限人耳目心思无穷之取,即优于篇章者,使之连咏三日,其言未有不穷,而不至于重见叠出者寡矣。①

　　叶燮首先指出后七子给诗坛所造成的恶劣影响,使得"其学五古必汉魏,七古及诸体必盛唐"成为定律,认为后七子不仅从体裁、声调等大的方面约束作诗,还在使事、用句、用字上律以成规,窒息了诗人的主动性与创造性,忽略了客观万物的丰富性,以有限之规则限制无限之天地景物。如此这般,即便是稍优的诗篇一经咀嚼玩味,终究重见迭出,缺少吟咏三叹之旨。这与叶燮一再强调的"诗家之体格、声调、苍老、波澜,为规则,为能事"但"必其人具有诗之性情、诗之才调、诗之胸怀、诗之见解以为其质"②在内在精神上是一致的。简言之,规则法度对诗歌创作不可缺少,倘若循规蹈矩,且专取汉魏盛唐之定则,势必难免皮相之讥,叶燮批驳后七子的重点即在于此。

　　与对前七子的猛烈抨击相比,叶燮还认识到后七子中有"其说亦未始非"的一面,从一定程度上给予肯定。这突出地表现在对王世贞的评价上。叶燮论道:

　　　　王世贞诗评甚多,虽祖述前人之口吻而掇拾其皮毛,然间有大合处。如云:"剽窃摹拟,诗之大病,割缀古语,痕迹宛然,斯丑已极。是病也,莫甚于李攀龙。"世贞生平推重服膺攀龙,可谓极至,而此语切中攀龙之隐,昌言不讳。③

　　指出王氏诗评间有大合之处,认同其对李攀龙剽窃摹拟之病的揭橥。在论李贺诗时,亦征引王世贞所论:

　　　　王世贞曰:"长吉师心,故尔作怪,有出人意表;然奇过则凡,老过则

────────────

① 叶燮著,蒋寅笺注:《原诗笺注》外篇上,第234页。
② 叶燮著,蒋寅笺注:《原诗笺注》外篇上,第261—262页。
③ 叶燮著,蒋寅笺注:《原诗笺注》外篇上,第327页。

稚,所谓不可无一,不可有二。"余尝谓世贞评诗,有极切当者,非同时诸家可比。"奇过则凡"一语,尤为学李贺者下一痛砭也。①

认为王氏评诗切当,超越当时诸家。

在论述古人诗集务多的问题上,对于杨万里、周必大、陆游等皆有批评,而能看到王世贞在此的佳处:

王世贞亦务多者,觅其佳处,昔人云"排沙简金,尚有宝可见"。至李维桢、文翔凤诸集,动百卷外,益"彼哉"不足言矣。②

又云:

王世贞曰:"七言绝句,盛唐主气,气完而意不尽;中、晚唐主意,意工而气不甚完,然各有至者。"斯言为能持平。然盛唐主气之说,谓李则可耳,他人不尽然也。③

既肯定王世贞持论甚平,又在此基础上有所发挥。这些都说明叶燮对后七子并不是一概否定,而是在批判基础上有所继承与借鉴。

总而观之,在明末清初反对泥古摹拟的时代背景下,叶燮对前后七子的认识是深刻而富有启迪意义的,"它抓住了诸子诗学中最为薄弱和最容易招致争议的环节作出相关的评判,攻其所失,揭其所短,从这一意义上来看,也说明叶燮在对待前后七子问题上所表现出的相对理性或平允的态度"④。质言之,面对李梦阳、李攀龙等一味宗法盛唐以及产生的剽窃之病,叶燮抓住症结所在进行猛烈批评;而对于王世贞等提出的持平之论,叶燮也能给予肯定,这些都表明叶燮对于前后七子是既有批评又有继承。

---

① 叶燮著,蒋寅笺注:《原诗笺注》外篇下,第382—383页。
② 叶燮著,蒋寅笺注:《原诗笺注》外篇下,第395页。
③ 叶燮著,蒋寅笺注:《原诗笺注》外篇下,第448页。
④ 郑利华:《前后七子研究》,上海:上海古籍出版社,2015年,第679页。

三、纠偏公安派与竟陵派

前七子与后七子陈陈相因,熟调肤辞,公安派与竟陵派虽相继给予了纠正,但矫枉过正,仍弊病四溢。叶燮评道:

> 于是楚风惩其弊,起而矫之,抹倒体裁、声调、气象、格力诸说,独辟蹊径,而栩栩然自是也。夫必主乎体裁诸说者,或失则固,尽抹倒之,而入于琐屑、滑稽、隐怪、荆棘之境,以矜其新异,其过殆又甚焉。故楚风倡于一时,究不能入人之深,旋趋而旋弃之者,以其说之益无本也。①

这里的"楚风"指公安派与竟陵派。叶燮认为,他们虽独辟蹊径,矫惩复古派之弊,但一概抹到,失于偏畸,又陷入险怪琐屑,其说更加缺乏根柢,终究不能惩弊救道,振兴诗坛。

相较于公安派,叶燮对竟陵派的批评更是猛烈。《原诗》云:"钟惺、谭元春之矫异于末季,又不如王、李之犹可及于再世之余也。是皆其力所至远近之分量也。"②明确指出钟惺、谭元春有"矫异"之病,认为他们才力不到故而未能有真正成效。此外,叶燮之所以对之大加抨击,还与竟陵派给清初吴中诗坛造成的不良影响有关,借用沈德潜《补刻已畦先生诗序》所言:"国朝初,吴中诗人沿钟、谭余习,竞为可解不可解之语以自欺欺人,病在荒幻。既又矢口南宋,家石湖,户剑南,有队仗而无气脉,病在纤佻。"③由此可见叶燮批驳竟陵派的原因所在。

四、救弊清初吴中诗坛

叶燮之所以对上述明代诸家进行猛烈批判与理论反思,实则与清初诗坛的种种弊病有关。《原诗》云:

---

① 叶燮著,蒋寅笺注:《原诗笺注》外篇上,第238页。
② 叶燮著,蒋寅笺注:《原诗笺注》内篇下,第177页。
③ 叶燮:《已畦诗集》,《丛书集成续编》第124册集部,第842页。

近今诗家,知惩七子之习弊,扫其陈熟余派,是矣。然其过,凡声调字句之近乎唐者,一切屏弃而不为;务趋于奥僻,以险怪相尚,目为生新,自负得宋人之髓,几于句似秦碑,字如汉赋,新而近于俚,生而入于涩,真足大败人意。①

批评他们尊宋却弃唐,自以为得宋人真髓,却务趋奥僻,以险怪相尚,相离甚远。

其《三径草序》亦曰:

吾吴自国初以来,称诗之家如林,若犹见前明末诸前辈称诗之盛,身与其敦盘者,五十余年间惟蒋君曙来尚在,指不能二三屈也。蒋君之称诗,犹及见虞山、云间、娄东诸先生。故凡诗之风气、升降、体裁、纯驳之论,皆其素所习闻,不能傲以其所不知,亦不能有以矫其所知。②

以蒋洘(字曙来)目之所见、身之所历明末至清初的吴中诗坛诸多流弊为引,指出亟待解决问题的必要性与紧迫性。

既然存在问题,就不得不进行批评与反思,对此隔靴搔痒与过犹不及都不行,唯有不偏不倚方可。为此,叶燮追根溯源,开出了疗救的良方,主张陈熟与生新相济:

夫厌陈熟者,必趋生新;而厌生新者,则又返趋陈熟。以愚论之,陈熟生新,不可一偏,必二者相济,于陈中见新,生中得熟,方全其美;若主于一而彼此交讥,则二俱有过。然则诗家工拙美恶之定评,不在乎此,亦在其人神而明之而已。③

叶燮主张以相济的思想来审视唐宋,正是基于对各持一偏之弊病的深

---

① 叶燮著,蒋寅笺注:《原诗笺注》外篇上,第241页。
② 叶燮:《已畦文集》卷九,《丛书集成续编》第124册集部,第741页上。
③ 叶燮著,蒋寅笺注:《原诗笺注》外篇上,第241—242页。

刻认识。通过对陈熟与生新之间辩证关系的分析,直指如何看待唐宋的问题:以宋为宗者视唐为陈熟,悉数扫却,自辟蹊径以为生新,却又转入奥僻一路;而以唐为宗者视宋为生新,不读唐以后书,返取汉魏,则又落入复古陈熟。

叶燮对于公安派、竟陵派以及明末清初诗坛的批判,在其创作上也有反映:

> 楚风不竟何人始,公安竟陵作俑耳。大雅沦为嚊杀鸣,胫走翼飞遍遐迩。国初巨子知拨正,方迫正始徒糠粃。近来作者侈口谈,钱刘陆范拾余滓。屈骚宋赋公家师,后有作者非公谁。力排僭闰窃貌似,要剖真伪澄妍媸。公今入对明光殿,右文异数承清燕。从容奏雅别紫朱,殿上传呼数称善。君不见洪涛怒鼓渔阳掺,系舟词组非詹詹。(《阻风江上值王吴庐宫詹维舟相次晤谈竟日》)①

前四句指出公安竟陵为始作俑者,有失风雅;五六句认为清初的诸家对之拨正,却仍然得以糠粃;七八句则针对当时诗坛学唐不得要领的弊病进行批评,认为他们拾掇前人余滓;尤其是"力排僭闰窃貌似,要剖真伪澄妍媸",明确表明对剽窃形似的批判,要求辨明真伪,隐含着叶燮的创作持守及对友人的期许。

对此,叶燮友人乔莱在《余既和已畦覃字韵诗八首因索拈余韵见答更赋二首促之》其一中亦说道:

> 小技纷纷矜翡翠,巨材落落寡梗楠。《原诗》著后明于火,伪体传来浊似泔。肯效李何摹汉魏,更嗤江汉祖钟谭。狂澜应借先生力,莫使堤然逐日坍。②

同样认为当时自矜之风盛行,致使诗道衰落;肯定叶燮力挽狂澜,认为

---

① 叶燮:《已畦诗集》卷四,《丛书集成续编》第 124 册集部,第 903 页下—904 页。
② 叶燮:《已畦诗集》卷六,《丛书集成续编》第 124 册集部,第 917 页上。

其对复古派、竟陵派的批评确实正确,以使诗坛大堤免于崩塌。事实证明,
叶燮的努力没有白费。《清诗别裁集》评曰:"先生著《原诗》内外篇四卷,力
破其非。吴人士始多訾謏之,先生没后,人转多从其言者。王新城司寇致
书,谓其'独立起衰',应非漫许。"①能够使吴中后人"转多从其言",可见其
诗论的实效性。

由上言之,叶燮认为自《诗经》而下的三千余年间,诗歌节节相生,因革
沿创,终始相承亦相成,未可妄分时代而顾此失彼。批驳前后七子、公安派、
竟陵派、清初诗坛是叶燮诗学构建的重要突破点,在此过程中,叶燮坚持不
破不立,逐步建立起观照古今的诗歌史观,为当时诗坛迎来一缕新风,足饟
后学。

通过上述五节的考察,可以发现叶燮论诗富于辩证性、整体性,也可以
非常清晰地看到叶燮诗歌史观的全貌:既从宏观上着眼于整个诗歌发展史,
统观全局,分别用地之生木需要根、萌芽、由櫱、拱把、枝叶、垂荫、开花的通
力配合,绘画必经远近浓淡俱未分明、犹未显然分明、能事大备、能事益精的
渐进过程,架构房屋必备栋梁柱础门户、窗棂楹槛、帐帏床榻器用、种种玩好
等比喻来说明其诗歌史观的不可分割性与针对性;也从微观上对各个历史
阶段一一给予观照,肯定《诗经》、汉魏六朝诗、唐诗、宋诗等都具有重要的诗
史价值与意义,明言诗歌当随时代不断变化发展,"不当以汉、魏、六朝为止
境,不当以唐、宋、元、明为绝限"②,显示出叶燮有着通达的历史眼光与开阔
的诗论视野。这些也充分说明,叶燮确实从诗歌史的高度来观照古今诗歌
的因革沿创、潮起潮落,认识到诗歌发展的相续相禅。在此基础上,叶燮还
对后人不得要领的胶固一偏、剿猎成说以及流弊给予明确批驳,这仍然可看
出其力求整体把握的诗歌史观:

　　　　即历代之诗陈于前,何所抉择?何所适从?人言是则是之,人言非
　　则非之。夫非必谓人言之不可凭也,而彼先不能得我心之是非而是非

① 沈德潜等编:《清诗别裁集》卷十,上册,第385页。
② 陈登原:《太白读书记》第五编"叶燮论诗"条,《陈登原全集》,杭州:浙江古籍出
版社,第5册,2014年,第211页。

之,又安能知人言之是非而是非之也。有人曰诗必学汉魏,学盛唐,彼亦曰学汉魏,学盛唐,从而然之,而学汉魏与盛唐所以然之故,彼不能知不能言也;即能效而言之,而终不能知也。又有人曰诗当学晚唐,学宋、学元,彼亦曰学晚唐,学宋、学元,又从而然之,而置汉魏与盛唐所以然之故,彼又终不能知也。或闻诗家有宗刘长卿者矣,于是群然而称刘随州矣。又或闻有崇尚陆游者矣,于是人人案头无不有《剑南集》,以为秘本,而遂不敢他及矣。如此等类,不可枚举。一概人云亦云,人否亦否,何为者耶?①

叶燮认为,如果学诗者无识,不论是学汉魏,学盛唐,学晚唐,学宋,学元,还是宗尚具体的某一家,如刘长卿、陆游,都必然人云亦云,无所适从。虽意在论"识",但却采取诗歌发展历史进程的视角来审视,可谓历时观照与共时批判于一体,很具说服力。

叶燮力求冶铸历代诗的诗歌史观在其创作实践中也有体现。关于这一点,本书第五章第一节将有详述,这里先引《已畦诗近刻》所载曾灿评语予以说明:

今观山居诸诗,至理名言,层见叠出。其悲愤似屈,其放诞似庄,其幽闲似陶,其神妙似杜,而其排奡奇峭则又似韩似孟。余固不敢以宋元之诗目已畦,而并不敢以汉魏六朝、唐之诗目已畦也。②

既无法以宋元之诗看待叶燮诗歌,也未可以汉魏六朝、唐之诗轻言判断。曾氏所言虽不无溢美,但对叶燮取法汉魏六朝、唐、宋、元的创作取向及特征的把握还是符合实际的,可视作叶燮一贯的创作路径与诗学宗旨。

总而言之,叶燮论诗站位极高,既对古代诗歌的发展流变有整体的理论概括,也深入到不同时代加以具体评析,从中反映出其具有鲜明的历史意识

---

① 叶燮著,蒋寅笺注:《原诗笺注》内篇下,第153—154页。
② 叶燮:《已畦诗近刻》卷一,1920年抄本,上海图书馆藏。

与创新观念。至于"源流""正变"等理论范畴的提出与阐发,以及《原诗》对一些关键性诗人的认识,也都随着叶燮诗歌发展史观的不断展开而得到深化与丰富,相互间交织融合并由此形成了一套完整的诗论体系。

第四章

杜韩眉山君所爱
——叶燮对诗歌大家的定位

　　如果说叶燮的诗歌发展史观是着眼于理论的普遍性与广泛性，那么他对杜甫、韩愈、苏轼的诗学定位则反映出其理论的重点性与规范性。在叶燮看来，振兴诗道需要二者的结合，既应进行探源溯流式的全面考察，也有必要对诗歌大家给予并举推美与深度诠释，以确立可供学习的典范。在众多诗人中，叶燮选取盛唐的杜甫、中唐的韩愈、代表宋诗成就的苏轼作为论诗推宗的对象，站位极高，意义非凡。借用美国学者爱德华·希尔斯的观点，叶燮推重杜、韩、苏正是看到了三家作为诗歌传统与经典的同一性、持续性、实质性、规范性，这不仅基于他们对待传统的态度以及对于诗歌的建树与影响都可为叶燮提供借鉴，而且"实质性传统是人类的主要思想范型之一，它意味着赞赏过去的成就和智慧以及深深渗透着传统的制度，并且希望把世传的范型看作是有效指导"①。在这种有效指导下，叶燮延续了杜、韩、苏所确立的规范，师古而不泥古，推重古人才力、胸襟、品量等，主张得其兴会神理，强调独具匠心，所谓"我未尝摹拟古人，而古人且为我役"②，反映出叶燮诗学具有联结传统与现实并在此基础上力求创新发展的理论诉求与鲜明特征。

---

　　①　爱德华·希尔斯著，傅铿、吕乐译：《论传统》，上海：上海人民出版社，2009 年，第 21—22 页。

　　②　叶燮著，蒋寅笺注：《原诗笺注》内篇上，第 107 页。

第一节　独冠今古之杜甫

杜甫忧国忧民,杜诗光耀古今。围绕杜甫其人其诗,唐宋以降产生了诸多评述,其中既有"集大成""诗圣"的美誉,也有"甫旷放不自检,好论天下大事,高而不切"①"子美于绝句无所解,不必法也"②的批评等。关于杜甫诗歌在清初诗坛的接受情况,叶燮《四叠韵别孟举》曾曰:"近讶蚍蜉滋种族,杜陵百世犹婴谗。"其后自注云:"闻有诋陵诗者。"③与当时的"诋陵诗者"相比,叶燮不仅在创作上取法杜诗,而且论诗也以杜为宗,注重从创变的角度探寻杜诗的主要价值,强调杜甫的"集大成"意义,并且对历史上的李杜优劣论加以调和与深解,充分彰显了杜甫独冠今古的诗歌史价值。由此也反映出叶燮的诗学卓识。本节即从以下几个方面考察叶燮对杜诗的独特定位。

一、变:杜诗的主要价值

叶燮之所以高度肯定"杜甫之诗,独冠今古"④的价值,首先基于他对杜诗之变有多维度的把握。就诗歌发展的规律与趋势而言,叶燮认为变是应有之义,"此理也,亦势也,无事无物不然。宁独诗之一道,胶固而不变乎?"⑤由此他历数《诗经》以来的诗歌发展,真正从价值层面肯定杜诗之变的必然性与合理性。就变的层次而言,叶燮指出有"大变"也有"小变",认为这与诗人的才力大小、见识高低密不可分,有力大者大变与力小者小变之分别,强调杜甫是"无有不可举,无有不能胜"⑥的才高力大者。就变的发展过程来

---

① 欧阳修、宋祁撰:《新唐书》卷二百零一,北京:中华书局,1975 年,第 18 册,第 5738 页。

② 胡应麟:《诗薮》内编卷六,上海:上海古籍出版社,1979 年,第 109 页。

③ 叶燮:《已畦诗集》卷二,《丛书集成续编》第 124 册集部,第 870 页下。

④ 叶燮著,蒋寅笺注:《原诗笺注》外篇上,第 291 页。

⑤ 叶燮著,蒋寅笺注:《原诗笺注》内篇上,第 16 页。

⑥ 叶燮著,蒋寅笺注:《原诗笺注》内篇下,第 172 页。

说,叶燮指出变不可能一步到位,要经历"一变""再变""屡变"等,认为杜甫是古代诗歌发展进程中的关键性人物。就变的功能而言,叶燮指出变可以"救正之衰"而使诗歌发生由衰到盛的转化,即在"正有渐衰"的情况下做到"变能启盛",强调"杜甫之诗,包源流,综正变"①,推美杜甫是救衰启盛的典范者。这些充分说明,经由对变的深入考察,叶燮大胆肯定杜甫诗歌在传统的衰落与新的诗歌主潮兴起的过程中所发挥的典范作用。换言之,叶燮关于诗变的透彻理解是与他对杜诗的推重相辅相成的,杜诗因时善变,既是力大者大变,也足以继往开来。

其次,因为杜甫在诗歌新变方面所取得的巨大成就。为了突出杜诗的新变价值,叶燮以构筑大厦作喻,一一指出夯基、选材、用材、设色等工序与要素的必要性,认为诗人在拥有胸襟、材料、匠心的基础上还要精于变化之道:

> 惟数者一一各得其所,而悉出于天然位置,终无相踳杳出之病,是之谓变化。变化而不失其正,千古诗人惟杜甫为能。高、岑、王、孟诸子,设色止矣,皆未可语以变化也。夫作诗者,至能成一家之言足矣。此犹清、任、和三子之圣,各极其至,而集大成、圣而不可知之之谓神,惟夫子。杜甫,诗之神者也。夫惟神,乃能变化。子言多读古人之诗而求工于诗者,乃囿于今之称诗者论也。②

叶燮认为,要使房屋布局臻于至境就须善于变化,作诗亦然,而在这方面连高适、王维等唐诗大家也只能成一家之言而未可称为"诗之神者",只有杜甫当之无愧。这里固然有神化杜甫的意味,但要明晰叶燮此举在确立标杆典范的同时,也是在回答多读古人之诗能否求工于诗而传的提问,就可知道叶氏的良苦用心:学习传统固不可少,但关键在于要像杜甫那样能够创新,而不是以剽窃、拟古、泥古为能事,如此光焰万丈、诗传千古就自不待言。可见叶燮在高赞杜甫承续传统"变化而不失其正"的同时,关注的重心仍在

---

① 叶燮著,蒋寅笺注:《原诗笺注》内篇上,第68页。
② 叶燮著,蒋寅笺注:《原诗笺注》内篇上,第113—114页。

于变。

再次，在对杜诗进行诗歌史的宏观考察和诗学定位的基础上，叶燮还切入对具体杜诗作品、体裁的论述上，发掘其诗变价值。一方面，立足于文本细读，推重杜诗具有超凡脱俗的艺术魅力。叶燮通过对"碧瓦初寒外""月傍九霄多""晨钟云外湿""高城秋自落"的解读，指出杜诗妙于事理，具有高超的艺术表现力。如对杜甫《春宿左省》"月傍九霄多"中"多"的分析，强调"惟此'多'字可以尽括此夜宫殿当前之景象。他人共见之，而不能知，不能言，惟甫见而知之，而能言之。其事如是，其理不能不如是也"①，既鞭辟入里又深得杜诗要义。具体来说，叶燮认为杜甫不仅精于炼字，以"多"字恰切表现了当时景象的丰富含蕴，而且超乎俗套，构思巧妙，于习以为常的事理中富有洞见地表达了常人难以发现的独特之处；指出杜诗之所以伟大就在于不落窠臼，善于变化，做到了"幽渺以为理，想象以为事，惝恍以为情"，与俗儒的墨守成法截然不同。所以叶燮进而说道："此岂俗儒耳目心思界分中所有哉？则余之为此三语者，非腐也，非僻也，非锢也。得此意而通之，宁独学诗，无适而不可矣。"②另一方面，叶燮着眼于诗歌体裁的历史发展，肯定杜诗五古、七古、七绝的独特价值。如前所引，叶燮明言唐有古诗，肯定盛唐诸诗人不蹈袭汉魏蹊径，而这其中，杜甫的五古无疑最具说服力："五古，汉魏无转韵者，至晋以后渐多。唐时五古长篇，大都转韵矣，惟杜甫五古，终集无转韵者。毕竟以不转韵者为得。韩愈亦然。如杜《北征》等篇，若一转韵，首尾便觉索然无味。且转韵便似另为一首，而气不属矣。宋人五古，不转韵者多，为得之。"③在对汉魏、晋、唐至宋五古转韵与否的诗歌史梳理中，指出杜甫五古不转韵的独特地位与艺术成因，强调其对韩愈五古乃至宋人五古不转韵的影响，所言符合实际。这也说明叶燮对杜诗十分谙熟，有大量的鉴赏实践乃至自身创作体验作为支撑，如此方能"为得之"。此外，叶燮还从以文为诗的角度指出"杜五言古，议论尤多"④，并列举《赴奉先县咏怀》《北征》

①　叶燮著，蒋寅笺注：《原诗笺注》内篇下，第205页。
②　叶燮著，蒋寅笺注：《原诗笺注》内篇下，第210页。
③　叶燮著，蒋寅笺注：《原诗笺注》外篇下，第426—427页。
④　叶燮著，蒋寅笺注：《原诗笺注》外篇下，第416页。

《八哀》《前出塞》《潼关吏》等，批驳论诗者妄分时代而褒唐贬宋的荒谬所在。论及杜甫七古，叶燮亦给予高赞："杜甫七言长篇，变化神妙，极惨淡经营之奇"，并详加分析了《赠曹将军丹青引》①，认为此篇得心应手，有化工而无人力。至于杜甫七绝，叶燮更是指出其具有奇矫凌厉的特征："杜七绝轮囷奇矫，不可名状。在杜集中，另是一格。宋人大概学之。"②可以说，叶燮能够认识到杜甫七绝的别具一格，亦然"比'创体''变调'等杜诗评论中的常用说法更为敏锐中肯"③，对杜诗在清初的接受与传播起到了积极的影响。

总而言之，叶燮指出杜甫重变，并给予宏观的诗史定位和具体的文本细读，可谓抓住了杜诗的核心价值，亦在清初杜诗学的发展历程中占有一席之地。

二、陶铸与启后：杜甫"集大成"的意义所在

在肯定杜甫诗变价值的同时，叶燮还对杜诗既兼取前人所长加以创新又对后世产生深远影响的"集大成"价值给予深度诠释。关于杜甫何以"集大成"，历代学者都各抒己见，不断加以丰富和完善。一般来说，对此问题的探究始于唐代的元稹，其《唐故工部员外郎杜君墓系铭并序》指出杜诗的伟大在于杜甫能够避免好古遗今、务华去实的偏执，得古今体势又兼众家所长④。由于此文是元氏应杜甫之孙杜嗣业所请而作，对老杜自然有所溢美，但在其时就能看到杜诗的继古开今，确实难能可贵，因而也为后世评杜者所重视。刘昫《旧唐书》评杜对此就有所因袭，指出"自后属文者，以稹论为是"⑤。后来，宋濂《答章秀才论诗书》、高棅《五言古诗叙目》等论杜也都全文征引。真理愈探愈明，基于元稹对杜诗总萃前人、包纳百代的推美，后人在此基础上有所发展，开始明确以"集大成"来称赞杜甫。《后山诗话》云：

---

① 叶燮著，蒋寅笺注：《原诗笺注》外篇下，第438—439页。

② 叶燮著，蒋寅笺注：《原诗笺注》外篇下，第450页。

③ 葛晓音：《杜甫七绝的"别趣"和"异径"》，《文学评论》，2017年第6期。

④ 元稹撰，冀勤点校：《元稹集》卷五十六，北京：中华书局，2015年，下册，第690—691页。

⑤ 刘昫等撰：《旧唐书》卷一百九十，北京：中华书局，1975年，第15册，第5057页。

"子瞻谓杜诗、韩文、颜书、左史,皆集大成者也。"①秦观《韩愈论》曰:"于是杜子美者,穷高妙之格,极豪逸之气,包冲淡之趣,兼峻洁之姿,备藻丽之态,而诸家之作所不及焉。然不集诸家之长,杜氏亦不能独至于斯也。"②严羽《沧浪诗话·诗评》云:"少陵诗宪章汉魏,而取材于六朝。至其自得之妙,则前辈所谓集大成者也。"③皆肯定杜甫集诗歌之大成。现代学者对此亦有阐发,程千帆、莫砺锋《杜诗集大成说》一文通过对杜诗时代精神及"集大成"成因等的论述而指出:"杜甫之'集大成'与孔子之'集大成'一样,最重要的意义不在于承前而在于启后。"④

但也不尽然,与元稹、苏轼、严羽等尊杜不同的是,后世也出现了贬杜的声音。如王世贞《艺苑卮言校注》就指出:"元微之独重子美,宋人以为谈柄。"⑤表明学界并非同声高赞杜甫。可以说,随着尊杜之风的日益高涨,宋、明、清三代均有学者对杜甫的为人、为文、为诗提出疑问和批评⑥。显而易见,历代学者对杜甫及其"集大成"的认识呈现出多元化的倾向,既推尊杜甫也对其有所贬抑。不过,即便是尊杜,他们眼中的"集大成",其关注点和侧重点仍在于推美杜甫承前基础上的新变,而对杜诗的后世影响却较少论及⑦。

以往丰富的评杜资源既可作为立论依据而供借鉴,也难免会成为束缚思想的桎梏,因而如何富有洞见而又不失偏颇地认识杜甫诗歌,就成为清初

---

① 语见《后山诗话》,何文焕辑:《历代诗话》,第 309 页。

② 秦观撰,徐培均笺注:《淮海集笺注》卷二十二,上海:上海古籍出版社,1994 年,中册,第 751 页。

③ 严羽著,张健校笺:《沧浪诗话校笺》下册,第 591 页。

④ 程千帆、莫砺锋:《杜诗集大成说》,《文学评论》,1986 年第 6 期。

⑤ 王世贞著,罗仲鼎校注:《艺苑卮言校注》卷四,济南:齐鲁书社,1992 年,第 165 页。

⑥ 参见蒋寅:《杜甫是伟大诗人吗? ——历代贬杜论的谱系》,《国学学刊》,2009 年第 3 期;吴中胜:《也谈历代对杜甫的负面性评价》,《中国古代文学理论学会第十七届年会暨国际学术研讨会论文集》,2011 年。

⑦ 方回《瀛奎律髓》卷二十六评陈与义《清明》:"古今诗人当以老杜、山谷、后山、简斋四家为一祖三宗,余可预配飨者有数焉",才基本言及杜甫对江西诗派的巨大影响(方回选评,李庆甲集评校点:《瀛奎律髓汇评》中册,上海:上海古籍出版社,1986 年,第 1149 页)。

学者必须面对的重要论题。对此,叶燮给予积极回应,在注意到评价杜甫之"集大成"承前意义的基础上,更强调其对后世的重大影响,颇具辩证性。《原诗》云:

> 自甫以前,如汉魏之浑朴古雅,六朝之藻丽秾纤、澹远韶秀,甫诗无一不备。然出于甫,皆甫之诗,无一字句为前人之诗也。自甫以后,在唐如韩愈、李贺之奇奡,刘禹锡、杜牧之雄杰,刘长卿之流利,温庭筠、李商隐之轻艳,以至宋、金、元、明之诗家,称巨擘者无虑数十百人,各自炫奇翻异,而甫无一不为之开先。此其巧无不到,力无不举,长盛于千古,不能衰,不可衰者也。今之人固群然宗杜矣,亦知杜之为杜,乃合汉魏、六朝并后代千百年之诗人而陶铸之者乎?①

叶燮不仅认为杜诗是承前启后的典范,而且指出杜甫对后世诗风的创辟之功,所谓"无一不为之开先"。由此可知,叶燮于唐代诗人中最推崇杜、韩,并不仅仅是因为他们是宋诗的源头②,也看到了他们对唐诗发展所具有的开先河意义。因而"集大成如杜甫"③主要包含以下内蕴:一是虽兼备汉魏、六朝诗风,却能够"无一字句为前人之诗",自铸伟辞;二是下开后世众多诗风;三是技法高超、才力超群,故而长盛千古,所谓"不能衰,不可衰";四是承前与启后相济相融,既兼取前人众长又沾沔后学。"承前—创新—启后"是一个连贯的整体,偏畸于任何一端都难免有失公允,杜甫之"集大成"的意义就在于三者会通,是"合"与"陶铸"。从某种程度上说,叶燮的这个见解在今人看来似乎并无多少新意,但若联系唐宋以来有关杜甫"集大成"的评述,还原历史情境,则不难看出其远见卓识。尤其是"自甫以前"与"自甫以后"的综合考察,实际上已把杜甫置于从汉魏六朝到盛唐诗歌发展的关键点上来认识杜诗的重要地位和新变价值,具有较强的时代意识。

---

① 叶燮著,蒋寅笺注:《原诗笺注》内篇上,第68—69页。
② 蒋寅指出:"他于唐代诗人最推崇杜甫、韩愈两家,也正因为他们是宋诗的源头。"(叶燮著,蒋寅笺注:《原诗笺注》,第375页。)
③ 叶燮著,蒋寅笺注:《原诗笺注》内篇上,第17页。

但叶燮并未止步于关注杜甫诗歌上的巨大成就,他还以建楼筑室作喻对杜甫之"集大成"进行了全面论析:

> 我谓作诗者,亦必先有诗之基焉。诗之基,其人之胸襟是也。有胸襟,然后能载其性情智慧、聪明才辨以出,随遇发生,随生即盛。千古诗人推杜甫,其诗随所遇之人之境之事之物,无处不发其思君王、忧祸乱、悲时日、念友朋、吊古人、怀远道,凡欢愉、幽愁、离合、今昔之感,一一触类而起,因遇得题,因题达情,因情敷句,皆因甫有其胸襟以为基。①

叶燮认为,如建造房屋需要择良地而夯实之一样,作诗也必先备胸襟以为根基。但何谓胸襟? 叶燮为何如此重视? 叶朗指出:"叶燮所以这样强调'胸襟',正是为了强调作品的人生感和历史感,即作品的深层意蕴。"②林继中认为:"这'胸襟'就是情感本体。这才是杜甫能'集大成'且'开世界'的奥秘所在。"③笔者以为都有一定道理,但尚有别解:胸襟亦指诗人的格局与眼界。"千古诗人推杜甫"就在于其作诗不是预设题材、情感、诗意,而是在亲身经历与际遇中"因遇得题,因题达情,因情敷句",而是将喜怒哀乐、生死离别这些人所共有的一般情感寄寓于爱国忧民、悲时伤乱等重大主题之中,所以格局与眼界正是保证其观察力、感受力、选择力与表现力得以良好运行的基台,这正是杜甫异乎常人之处。

为此,叶燮还列举《乐游园歌》来加以分析,高赞此诗"前半即景事,无多排场,忽转'年年人醉'一段,悲白发,荷皇天,而终之以'独立苍茫',此其胸襟之所寄托何如也"④,强调倘若"今人为此"必定大加歌功颂德、铺陈藻饰,而认为杜甫正当人生盛年、国家盛世之际却能由宴饮游赏、即景畅怀等寻常之事上升到对国家命运、天地人生的思虑,由一己身世之感的抒发转换到对世运盛衰的关注,赞赏杜甫的格局之大、眼界之宽。所谓有格局自然寄意深

---

① 叶燮著,蒋寅笺注:《原诗笺注》内篇上,第96—97页。
② 叶朗:《中国美学史大纲》,上海:上海人民出版社,1985年,第518页。
③ 林继中:《杜诗学论薮》,上海:上海古籍出版社,2015年,第9页。
④ 叶燮著,蒋寅笺注:《原诗笺注》内篇上,第97页。

远、胸怀博大而立意独到,有眼界方能视野宏阔、总萃古今而运用自如。这或许更契合叶燮所用"胸襟"的原意。此外,杜甫之"集大成"还与其"才、胆、识、力"息息相关。由于"大凡人无才,则心思不出;无胆,则笔墨畏缩;无识,则不能取舍;无力,则不能自成一家"①,故而叶氏对杜甫何以善变化而"集大成"的生成因素又予以阐明:于"力",指出"统百代而论,诗自《三百篇》而后,惟杜甫之诗,其力能与天地相终始,与《三百篇》等"②;合"才"与"力"而论之,认为杜甫"惟力大而才能坚,故至坚而不可摧也,历千百代而不朽者以此"③。

叶燮对杜甫之"集大成"启后意义的揭示还体现在他对如何学杜的思考,进而以纠正诗界宗杜之弊病,示后人学杜以正则。杜诗可学与否?怎样把握杜诗才能学得其精髓?历来评杜者无不对此百思而欲得其解。宋代苏轼《次韵孔毅甫集古人句见赠五首》其三云:"天下几人学杜甫,谁得其皮与其骨?"④在称赞孔氏善学杜诗的同时也道出了学杜有得其实质与得其皮毛的差异。以东坡门生黄庭坚来说,他不仅推尊杜甫,且在创作上全面借鉴杜诗而有创变,可谓学杜大家。但即便如此,后世评价也并非同声高赞,既有"从来学杜者无如山谷,山谷语必己出,不屑禅贩杜语"⑤的赞誉,也有"黄山谷学杜之皮毛耳,截句更粗"⑥("宋诗钞"条)的批评。许学夷更是认为"唐人诗惟杜诗最难学,而亦最难选"⑦,指出杜甫五律多晦僻语、七律多稚语与累语。这些都表明学界不论是尊杜还是贬杜,都对如何学杜是极为关注的。叶燮自不例外,对于如何学杜有新解,具体包括以下几点。

---

① 叶燮著,蒋寅笺注:《原诗笺注》内篇上,第119页。

② 叶燮著,蒋寅笺注:《原诗笺注》内篇下,第177页。

③ 叶燮著,蒋寅笺注:《原诗笺注》内篇下,第172页。

④ 苏轼著,王文诰辑注,孔凡礼点校:《苏轼诗集》卷二十二,北京:中华书局,1982年,第1157页。

⑤ 王士禛撰,湛之点校:《香祖笔记》卷二,上海:上海古籍出版社,1982年,第39页。

⑥ 张谦宜:《𬥻斋诗谈》卷五,郭绍虞编选,富寿荪校点:《清诗话续编》,上海:上海古籍出版社,1983年,第862页。

⑦ 许学夷著,杜维沫校点:《诗源辩体》卷十九,北京:人民文学出版社,1987年,第219页。

第一,强调把握杜诗的精神实质。叶燮认为,作诗既要具备胸襟也要懂得如何取材:"则夫作诗者,既有胸襟,必取材于古人,原本于《三百篇》、楚骚,浸淫于汉魏、六朝、唐、宋诸大家,皆能会其指归,得其神理。"①无疑杜诗正是可供借鉴的典范,但关键在于要把握其主旨与理路,如此才能学得杜诗精义。叶燮一再强调杜诗是在处常处变的"随遇""所遇""因遇"过程中触类而起、应感而发的杰作,绝非为情而造诗。"遇"就是真实经历、亲身体验。如杜甫《漫成一首》:"江月去人只数尺,风灯照夜欲三更。沙头宿鹭联拳静,船尾跳鱼拨剌鸣。"诗题虽说"漫成",但若没有月夜行船的实历就不可能缘情体物如此精深而有兴到传神之笔,于此只有设身处地的体悟才能理解杜诗何以感人肺腑、超群绝伦。正所谓"人之内发者曰情,外感触者曰感,应感而生,是曰兴会"②,而机械模仿就不是内发外感的真情流露,只能算是照葫芦画瓢。所以针对明末"诸称诗者专以依傍临摹为事,不能得古人之兴会神理"③的弊习,叶燮深恶痛绝,认为他们如婴儿学语般未得古人精义。其实何止明末,若结合叶燮在《原诗》中多次对李梦阳、何景明、李攀龙等复古文学观念的批驳,他对李、何等明代复古派的拟杜之风给予批评也是应有之义。对此,早于叶燮的钱谦益亦指出:"献吉以复古自命,曰古诗必汉魏、必三谢;今体必初盛唐、必杜;舍是无诗焉。牵率模拟剽窃于字句之间,如婴儿之学语,如桐子之洛诵,字则字,句则句,篇则篇,毫不能吐其心之所有,古之人固如是乎?"④可见钱氏对李梦阳学杜不得止法以致拟杜也甚为不满。另外,叶燮也给出了如何把握杜诗真谛的方法,即在阅读神会中"与之对",于其中见其面目,感受杜甫之可慕可乐而可敬⑤。这里所说的"对"就是相遇与敞开,就是把杜甫其人其诗统一起来加以解读,就是力求活在与杜甫的精神对话之中,如此便少些生吞活剥而认识到杜诗的当下价值。

第二,理性看待杜诗存在的缺陷。叶燮论诗以杜甫为宗,认可其经典地

---

① 叶燮著,蒋寅笺注:《原诗笺注》内篇上,第104页。
② 傅庚生:《中国文学欣赏举隅》,北京:北京出版社,2003年,第17页。
③ 叶燮著,蒋寅笺注:《原诗笺注》内篇上,第82页。
④ 钱谦益:《列朝诗集小传》,上海:上海古籍出版社,1983年,第331页。
⑤ 叶燮著,蒋寅笺注:《原诗笺注》外篇上,第288页。

位和典范意义,但并未因此而认为杜诗完美无缺:"诗圣推杜甫,若索其瑕疵而文致之,政自不少,终何损乎杜诗!"①随之他摘录杜甫诗句,以问答的方式代俗儒一一加以评驳,虽落脚点仍是推美杜甫,但不难看出他对杜诗瑕疵是有着充分认识的,并没有为了宗法杜甫而有意回避杜集中存在的诸多不足。并且要注意叶燮此处针对的是俗儒"不观其高者、大者、远者,动摘字句,刻画评驳"②的谬误,强调要贵得杜诗大意,把握其内在精神而不是抓住只言片字吹毛求疵。要言之,他所列举的杜甫诗句主要有出处不明、杜撰、凑句、牵合、重出、用字或用韵不当、俗、不可解等疵病。就以杜诗出处来说,他一再进行"何出""有出否""何据"的追问,虽是代人发问,但矛头却直指俗儒一味恪守杜诗"无一字无来处"(《答洪驹父书》)③的传统认识而不知变通,批评他们"惟谨守老生常谈为不刊之律,但求免于过斯足矣,使人展卷有何意味乎?"④见解颇为独到。再如对于杜甫《往在》"泾渭开愁容"一句,叶燮认为俗儒必定会说:"泾渭亦有'愁容'耶?"泾渭指叶蕃入侵中原的道路,仇兆鳌《杜诗详注》云:"故必吐蕃远去,而愁容始开。"⑤按照常理,泾渭怎会如人一样有愁容呢? 似不可解,但若联系此处所用是为了揭示战乱对人民造成的不良影响,寄寓诗人渴望国家振兴的爱国情怀,就可知俗儒们并没有把握杜诗深意以致提出如此幼稚的问题。

第三,注重杜诗"文"与"质"的相济。《原诗》云:"故体格、声调、苍老、波澜,不可谓为文也,有待于质焉,则不得不谓之文也;不可谓为皮之相也,有待于骨焉,则不得不谓之皮相也。"⑥在这方面,杜甫诗歌堪称典范,不仅形式多样,古诗、律诗、绝句等诗体并备,具有鲜明的艺术风格,而且有其性情面目、才胆识力以为内容和支撑,做到了"文"与"质"的统一。但学杜者却往往偏于一端,以片语只字、盲从之说割裂杜诗。由此叶燮重点从"志""性情

---

① 叶燮著,蒋寅笺注:《原诗笺注》外篇上,第263—264页。

② 叶燮著,蒋寅笺注:《原诗笺注》外篇上,第266页。

③ 黄庭坚著,刘琳、李勇先、王蓉贵校点:《黄庭坚全集》正集卷十八,成都:四川大学出版社,2001年,第2册,第475页。

④ 叶燮著,蒋寅笺注:《原诗笺注》外篇上,第266页。

⑤ 杜甫,仇兆鳌注:《杜诗详注》卷十六,北京:中华书局,1979年,第1434页。

⑥ 叶燮著,蒋寅笺注:《原诗笺注》外篇上,第262页。

面目""品量"等方面对杜诗之"质"予以探究。就"志"而言,叶燮认为要"观其高者、大者、远者",以此关注杜诗的主旨意向而不是泥于一字一句。即便是在酬寄友人的诗歌中,叶燮也不忘高扬杜甫"窃比稷与契"(《自京赴奉先县咏怀五百字》)的远大志向:"行藏各有寄,历境递悲乐。杜陵岂诗人,所志稷契学"(《已畦诗集》卷二《再次韵》)。叶燮还极为叹赏杜甫之"面目":"如杜甫之诗,随举其一篇,篇举其一句,无处不可见其忧国爱君,悯时伤乱,遭颠沛而不苟,处穷约而不滥,崎岖兵戈盗贼之地,而以山川景物、友朋杯酒,抒愤陶情:此杜甫之面目也。"①指出杜诗内容广阔、主题鲜明、感情真挚。就"诗为心声"而言,叶燮认为"杜甫兴'广厦万间'之愿"皆是应声而出,并非矫揉造作。就"品量"而言,指出杜甫对高适、岑参的推美称赞,显示出宽广阔大的胸怀。

上述所言都意在强调学杜贵在把握其大端、大意,而不是紧抓个别字句吹毛求疵、严加考证以逞博学。纵观历代诗歌,既无一个时代的所有诗人都成就非凡,也没有一个诗人的所有诗作都完美无缺。可以说,叶燮推重杜甫,除了肯定其"集大成"的成就,也意在提醒学诗者要注意杜甫对待传统的态度,即兼取众家所长而不是一股脑地全盘照抄。也正是从这个意义上说,叶燮还反对学诗者将杜诗奉为金科玉律而不加辨明:

> 杜句之无害者,俗儒反严以绳人,必且曰:"在杜则可,在他人则不可。"斯言也,固大戾乎诗人之旨者也。夫立德与立言,事异而理同。立德者曰:"舜何人也,予何人也,有为者亦若是。"乃以诗立言者,则自视与杜截然为二,何为者哉? 将以杜为不可学邪? 置其媺之可而不能学,因置其瑕之不可而不敢学,仅自居于调停之中道,其志已陋,其才已卑,为风雅中无是无非之乡愿,可哀也。将以杜为不足学邪? 则以可者仅许杜而不愿学,而以不可者听之于杜而如不屑学,为风雅中无知无识之冥顽,益可哀已! 然则"在杜则可,在他人则不可"之言,舍此两端,无有是处。是其人既不能反而得之于心,而妄以古人为可不可之论,不亦大

---

① 叶燮著,蒋寅笺注:《原诗笺注》外篇上,第287—288页。

过乎?①

叶燮这里针对俗儒盲目崇信杜诗并以此为标准严加约束他人的做法给予猛烈抨击。

三、对李杜优劣论的调和与深解

叶燮极其推尊杜甫,充分肯定杜诗的创变与集大成,但他并未因此偏执于扬杜抑李,而是加以调和,在吸纳传统认识的基础上作以深解。《原诗》云:

> 李白天才自然,出类拔萃,然千古与杜甫齐名,则犹有间。盖白之得此者,非以才得之,乃以气得之也。从来节义、勋业、文章,皆得于天而足于己,然其间亦岂能无分剂?虽所得或未至十分,苟有气以鼓之,如弓之括力至引满,自可无坚不摧,此在彀率之外者也。如白《清平调》三首,亦平平宫艳体耳。然贵妃捧砚,力士脱靴,无论懦夫于此,战栗趑趄万状;秦舞阳壮士,不能不色变于秦皇殿上,则气未有不先馁者,宁暇见其才乎?观白挥洒万乘之前,无异长安市上醉眠时,此何如气也!大之即舜、禹之巍巍不与,立勋业可以鹰扬牧野,尽节义能为逄、比碎首。立言而为文章,韩愈所言"光焰万丈",此正言文章之气也。气之所用不同,用于一事,则一事立极;推之万事,无不可以立极。故白得与甫齐名者,非才为之,而气为之也。历观千古诗人有大名者,舍白之外,孰能有是气者乎?②

之所以整段引出,是因为学界历来对此有断章取义的理解。如果仅仅抓住这句话中的"犹有间"而不联系叶燮前后所言,那么极有可能断定他是坚持抑李扬杜观点的,认为李白不如杜甫,存在差距。这里,把握问题的关键取决于对"间"的理解。到底它是有差距,还是有差别?对照叶燮所论,很

---

① 叶燮著,蒋寅笺注:《原诗笺注》外篇上,第283—284页。
② 叶燮著,蒋寅笺注:《原诗笺注》外篇下,第365页。

显然"间"是指差别,具体就是"才"与"气"之不同。这也是叶燮在此段开头提出"盖白之得此者,非以才得之,乃以气得之也"的论点,经由展开论述后,又在结尾重申"故白得与甫齐名者,非才为之,而气为之也"的缘由所在。

　　具体来说,叶燮采取的是层层推进的逻辑策略:首先肯定李白的"才",指出其天才卓异、出类拔萃;紧接着又指明李白能与杜甫千古齐名的原因就在于"以气得之"。此处的"气"就是才气胆识,就是独立之人格与自由之精神。叶燮以《清平调》三首为例,说明李白面对天子权贵能够淡定自若、挥洒自如,与其气盖天下密不可分,又指出"有是气"足以立勋业、尽节义、立言而不朽,并对韩愈所说的"光焰万丈"有所发挥,认为此语正点出了李杜的文章之气,可谓知言。关于杜甫诗歌之"气",叶燮在《蓼斋诗草序》中亦有所提及:"余览之而惊已,而喜曰:'子初学诗而即能诗,且能学杜而得其气体。'"①结合全序,叶燮所说杜之"气体"就是志怀阔大,囊括古今,既"不自安于卑下",也"必不与庸众人同",这不仅与他所言李白之"气"在根本宗旨上是相通的,也与《原诗》中对杜甫之"胸襟""集大成"的阐释是一致的,同样抓住了杜诗的精髓。后来,赵翼《瓯北诗话》卷二"杜少陵诗"条亦言:"此有宋子京《唐书·杜甫传赞》,谓其诗'浑涵汪茫,千汇万状,兼古人而有之',大概就其气体而言。"②可算是叶燮的隔代知音。

　　面对历史上由来已久的李杜优劣论,叶燮在扬杜的同时也能认识到李白的独特之处,且常常李杜并举。论"才""力",叶燮认为"如左丘明、司马迁、贾谊、李白、杜甫、韩愈、苏轼之徒"③皆力大而才坚。论"诗是心声",叶燮指出"李白有遗世之句,杜甫兴'广厦万间'之愿"④,强调他们都能应声而出、以诗见人。论诗品与人品的统一,叶燮在《南游集序》中说道:"即以诗论,观李青莲之诗,而其人之胸怀旷达、出尘之慨,不爽如是也;观杜少陵之诗,而其人之忠爱悲悯、一饭不忘,不爽如是也。"⑤认为李、杜都是"巨者",能

　　①　叶燮:《已畦文集》卷八,《丛书集成续编》第 124 册集部,第 725 页上。
　　②　赵翼著,霍松林、胡主佑校点:《瓯北诗话》卷二,北京:人民文学出版社,1963 年,第 15—16 页。
　　③　叶燮著,蒋寅笺注:《原诗笺注》内篇下,第 172 页。
　　④　叶燮著,蒋寅笺注:《原诗笺注》外篇上,第 299 页。
　　⑤　叶燮:《已畦文集》卷八,《丛书集成续编》第 124 册集部,第 726 页下。

够诗如其人。如果再联系到叶燮在横山所筑"二弃草堂"之名取自李白《古风》"君平既弃世,世亦弃君平",考虑到其所筑"独立苍茫室"之名取自杜甫《乐游园歌》"独立苍茫自咏诗",那么亦不难看出叶燮对李白、杜甫的推美与并举。此外,叶燮还引述王世贞之语,对李、杜作以深解:"王世贞曰:'十首以前,少陵较难入;百首以后,青莲较易厌。'斯言以蔽李、杜,而轩轾自见矣。以此推之,世有阅至终卷皆难入,才读一篇即厌者,其过惟均。究之难入者可加工,而即厌者终难药也。"①虽然其中有"轩轾自见"一语,但若从读者接受的角度来看待这个问题,就会发现叶燮的着力点并不在于李、杜孰优孰劣,而在于以接受者的阅读经验来指明李、杜诗歌给予读者的不同期待视野与感受。更重要的是,叶燮在王世贞所言的基础上,指出无论是"难入"还是"即厌"都存在不足,所谓"其过惟均"。至于"究之难入者可加工,而即厌者终难药"也仍然是就读者阅读过程中所遇到的实际问题而言,并非认为杜甫诗"可加工"、李白诗"终难药"而漫加优劣。若再结合《原诗》对李白"面目"以及七言绝句的称赞,足以说明叶燮对于杜甫、李白的认识是有深刻考量的,并非简单地加以褒贬。

叶燮的上述认识在其诗歌中也有一定体现。《送梁药亭归南海》云:"予夺千秋互袒左,予乙李白君力争。"②曾就李白的排名与友人进行过争论。《敬亭山》曰:"谢朓风流真好事,青莲诗句转多情。"③对李白多有称许。《壬戌九月十六日吴孟举集同人鉴古堂限昌黎酬卢司门望秋作叠韵》云:"李杜光焰厌机巧,文章根柢中心諴。"④《上两广制府吴大司马》其五曰:"绍衣李杜焰,余子徒累若。"⑤则化用韩愈诗句,共推李杜。这些都表明叶燮对李、杜的认识是从诗歌史的高度加以定位的。

由上可见,叶燮扬杜但并不贬李,不仅指出二者的为人与为诗都品正格高,而且指出他们都具有重要的诗史价值与勃勃的艺术生命力。显而易见,

① 叶燮著,蒋寅笺注:《原诗笺注》外篇下,第375—376页。
② 叶燮:《己畦诗集》卷三,《丛书集成续编》第124册集部,第880页上。
③ 叶燮:《己畦诗集》卷四,《丛书集成续编》第124册集部,第904页。
④ 叶燮:《己畦诗集》卷二,《丛书集成续编》第124册集部,第870页。
⑤ 叶燮:《己畦西南行草》卷上,清刻本,上海图书馆藏。

叶燮的这些认识与以往极度贬李或者偏畸扬杜的做法是大为不同的,彰显出其更为理性和辩证的态度。

　　总而论之,叶燮标举杜甫的诗变价值和集大成意义,能够注意到李白的诗歌史价值和显著特征,并注重在李、杜的比较与综合中得出他对于杜诗独冠今古的独特定位,显示出其论诗确能继承传统而又不落窠臼。

第二节　力大思雄之韩愈

　　韩愈诗文兼擅,作品独具风格、影响深远。与其文备受后世称赞相比,其诗却饱受争议。既有唐代"诗人已奉之如泰山北斗"[①]的赞誉,又有宋代欧阳修的师法、沈括等人的贬抑以及张戒的折中调和[②],也有明代王世贞的否定:"韩退之于诗本无所解,宋人呼为大家,直是势利他语"[③],等等。入清以后,韩愈诗歌仍是诗论家关注的焦点。清人对韩诗的评价出现许多新变,具有鲜明的时代特征和丰富内涵,叶燮则是其中的关键人物。正如蒋寅所言:"这引人注目的变化首先出现在叶燮的《原诗》中。"[④]对于这一论题,阎琦[⑤]也有一定研究,但他的关注点仍以《原诗》为主。其实不单在《原诗》中,在《已畦文集》《已畦诗集》中也有许多关于韩愈诗歌的创见。综合来看叶燮对韩愈诗歌的评述,涉及韩诗风格特征、艺术表现、思想内涵、后世影响等诸多方面。相对而言,叶燮指出韩愈"诗变八代之盛",属"志士之诗",并具有"奇"与"平"相统一的风格特点,这些看法比较独特,本节拟从这二方面考察

　　① 范献之:《蠡园诗话》,吴文治编:《韩愈资料汇编》第4册,北京:中华书局,1983年,第1643页。

　　② 杨国安:《宋代韩学研究》,北京:中国社会科学出版社,2006年,第306—323页。

　　③ 王世贞著,罗仲鼎校注:《艺苑卮言校注》卷四,济南:齐鲁书社,1992年,第187页。

　　④ 蒋寅:《百代之中:中唐的诗歌史意义》,北京:北京大学出版社,2013年,第166页。

　　⑤ 阎琦:《韩诗论稿》,西安:陕西人民出版社,1984年,第178—211页。

叶燮对韩诗的独特定位。

一、诗变八代之盛

谈及韩愈，人们通常会高扬其"文起八代之衰"，却很少注意到其诗歌的诗史价值与意义。对此，叶燮独出机杼，发前人所未发，《百家唐诗序》云：

> 吾尝上下百代，至唐贞元、元和之间，窃以为古今文运、诗运，至此时为一大关键也。是何也？三代以来，文运如百谷之川流，异趣争鸣，莫可纪极。迨贞元、元和之间，有韩愈氏出，一人独力而起八代之衰，自是而文之格之法之体之用，分条共贯，无不以是为前后之关键也。三代以来，诗运如登高之日，上莫可复逾，迨至贞元、元和之间，有韩愈、柳宗元、刘长卿、钱起、白居易、元稹辈出，群才竞起而变八代之盛，自是而诗之调之格之声之情，凿险出奇，无不以是为前后之关键矣。起衰者，一人之力专，独立砥柱，而文之统有所归；变盛者，群才之力肆，各途深造，而诗之尚极于化。[1]

叶燮认为唐贞元、元和时期是古今文运与诗运的关键时期，韩愈正是其中的关键人物。叶燮着眼于起衰与变盛的双重变奏，在认识到韩愈"文起八代之衰"的同时，创造性地提出了韩愈"诗变八代之盛"的命题。这个命题具有丰富的诗学意义：一方面，它指出了韩愈对于八代以来诗歌的创变，更新了以往对于贞元、元和时期以及这一时期内众多诗人的整体认识，即他们都处于古今百代之"中"；另一方面，"诗变八代之盛"不仅格外强调韩愈的作用与地位，也重视要以群才的"竞起""力肆"来实现"诗之尚极于化"的至高目标。此外，"诗变八代之盛"还反映出叶燮对韩愈"人与诗文如出乎一"的深度思考。

关于韩愈在诗之变盛的作用与地位，叶燮的见解颇为独到。叶燮在《原诗》中直接提出"杰出如韩愈"[2]，明确标举韩愈对诗歌发展的杰出作用。在

---

① 叶燮：《己畦文集》卷八，《丛书集成续编》第 124 册集部，第 719 页上。

② 叶燮著，蒋寅笺注：《原诗笺注》内篇上，第 17 页。

他看来,唐以前及唐代诗歌的发展都是在"因"与"创"的互动中完成的,能够真正架起唐诗与宋诗桥梁的诗人当属韩愈。叶燮鲜明指出:

> 　唐诗为八代以来一大变,韩愈为唐诗之一大变,其力大,其思雄,崛起特为鼻祖。宋之苏、梅、欧、苏、王、黄,皆愈为之发其端,可谓极盛。而俗儒且谓愈诗大变汉魏,大变盛唐,格格而不许,何异居蚯蚓之穴,习闻其长鸣,听洪钟之响而怪之,窃窃然议之也! 且愈岂不能拥其鼻,肖其吻,而效俗儒为建安、开宝之诗乎哉? 开宝之诗,一时非不盛,递至大历、贞元、元和之间,沿其影响字句者且百年。此百余年之诗,其传者已少殊尤出类之作,不传者更可知矣。必待有人焉起而拨正之,则不得不改弦而更张之。愈尝自谓"陈言之务去",想其时陈言之为祸,必有出于目不忍见、耳不堪闻者。使天下人之心思智慧,日腐烂埋没于陈言中,排之者比于救焚拯溺,可不力乎? 而俗儒且栩栩然俎豆愈所斥之陈言,以为秘异而相授受,可不哀耶![①]

　　叶燮认为,韩愈的"力大""思雄"使唐诗为之大变,也成就了韩愈诗歌成为宋诗鼻祖的地位,充分肯定韩愈对唐诗变革和宋诗发端的重要地位和作用。韩愈之所以没有仿效俗儒们"拥其鼻,肖其吻",是有着他不得已的为诗用心:一则"传者已少殊尤出类之作",二则"必待有人焉起而拨正之",三则"不得不改弦而更张之"。毋庸置疑,此"不得已"下的"必待"与"不得不"是主体基于现实激发而欲罢不能的必然选择。叶燮的高明之处即是发现了韩愈内心所蕴含的这种"不得已"以及在"不得已"的促动下所完成的诗歌发展的"拨正"与"更张"之功。再者,"想其时""可不力乎",是对如韩愈这样力大、杰出之人的呼唤和会心而鸣,而"可不哀耶"更是对俗儒坚持己见而不自知的警醒和呐喊。此番读解,非设身处地、惺惺相惜而不可得也。韩愈《送孟东野序》也提及:"大凡物不得其平则鸣:草木之无声,风挠之鸣。人之于

言也亦然,有不得已者而后言,其歌也有思,其哭也有怀。"①后世多关注其"不平则鸣",细读深究之,笔者认为此说倒不如"不得已则鸣"更为贴切、入心。叶燮以"杰出"和"鼻祖"来揭示韩愈对诗歌发展的作用和地位,立意深远,不仅表明了韩愈不得已的为诗用心,而且为阐发韩愈何以做到诗之变盛提供了强有力的支撑。

关于诗之变盛的另一种支撑,即群才的"竞起"与"力肆",叶燮也有独特见地。他认为"诗之尚极于化"的实现,既需要以"凿险出奇"著称的韩愈与工于五言诗的刘长卿、代表大历诗风的钱起、具有平易风格的白居易与元稹等群才的努力,也需要韩愈的友人后学等群才的接力。但他们的接力离不开韩愈的推重:"其诗百代者,品量亦百代。孟郊之才,不及韩愈远甚,而愈推高郊,至'低头拜东野',愿郊为龙身为云,'四方上下逐东野'。卢仝、贾岛、张籍等诸人,其人地与才,愈俱十百之,而愈一一为之叹赏推美。"②对照韩愈的《醉留东野》《寄卢仝》等诗歌,叶燮所说的"叹赏推美"实乃至论。韩愈对友人后学叹赏推美,友人后学受其诗歌、气量与人品的影响而"各途深造",不仅自觉形成了一支以韩愈为中心实力雄厚且对后世诗歌发展产生深远影响的诗人团队,而且为"诗之变盛"积蓄了无穷的力量。故谢无量指出:"退之于诗,兼推李、杜,其所自为,则别为一体,而又宏奖风气。于当世诗人,虽与己体格不类者,皆多方推挹之,如孟郊、贾岛之苦涩,李贺之瑰丽,卢仝之奇恣,并卓然自成一家。至于张籍之律格诗,又为晚唐、北宋诸家所宗,故韩门虽并言古文,亦开后世无数诗派也。"③

叶燮还一改以往诸家割裂韩愈诗与文有机联系的做法,主张"人与诗文如出乎一"。他在《南游集序》中写道:"如韩退之、欧阳永叔、苏子瞻诸人,无不文如其诗,诗如其文,诗与文如其人。诗文与人判然为二者,然亦仅见,非恒理耳。诗言情而不诡于正,可以怨者也;文折衷理道而议论有根柢,仁人之言也。人与诗文如出乎一。"④诗与文虽是两种不同的文学体裁,一主言

---

① 韩愈著,钱仲联、马茂元校点:《韩愈全集》,上海:上海古籍出版社,1997 年,第 201 页。

② 叶燮著,蒋寅笺注:《原诗笺注》外篇上,第 303—304 页。

③ 谢无量:《中国六大文豪》,北京:知识产权出版社,2012 年,第 371 页。

④ 叶燮:《已畦文集》卷八,《丛书集成续编》第 124 册集部,第 726 页下。

情,一主议论,但二者的本源是一致的,都植根于人的思想性情,都尽显人的心声与精神。叶燮以诗、文、人合一的视角来审视韩愈及其诗文,不仅给以往重韩文而轻韩诗的认识以拨正,充分肯定韩愈诗歌的价值和意义,而且给"伸唐而绌宋"者以有力一击:"从来论诗者,大约伸唐而绌宋。有谓:'唐人以诗为诗,主性情,于《三百篇》为近;宋人以文为诗,主议论,于《三百篇》为远。'何言之谬也!为此言者,不但未见宋诗,并未见唐诗。"①韩愈将古文技法引入诗歌创作,实开"宋人以文为诗,主议论"之先河,突破了"唐人以诗为诗,主性情"的诗歌传统,所谓"独运其天才,以文为诗,既有诗之优美,复具文之流畅,韵散同体,诗文合一,不仅空前,恐亦绝后"②。正是认识到了韩愈对于唐宋诗转型的巨大影响,叶燮才批驳伸唐绌宋者的谬误,指出他们"不但未见宋诗,并未见唐诗"。

综上所述,叶燮对韩愈"诗变八代之盛"的独特定位进一步彰显了韩愈的才高卓识以及韩愈诗歌的丰富价值,对于丰富中国诗学批评话语具有重要意义,足令众人瞩目。陈寅恪在《论韩愈》中曾感叹:"退之者,唐代文化学术史上承先启后转旧为新关捩点之人物也。其地位价值若是重要,而千年以来论退之者似尚未能窥其蕴奥。"③或许陈寅恪未曾注意到,叶燮对韩愈在唐代文化学术史上的承先启后作用早有创见发明。

二、志士之诗

古人在进行诗歌批评时,常以创作者的身份或才性来判定诗歌类型,习惯上把诗歌分为诗人之诗、文人之诗、学者之诗、才人之诗、学人之诗等。虽然韩愈集诗人、文人、学者等于一身,但鉴于韩愈"文起八代之衰"的共识,后人常把韩诗视为"文人之诗",如李复《与侯谟秀才》云:"退之好为文,诗似其文。退之诗,非诗人之诗,乃文人之诗也。"④"文人之诗"强调了韩愈的文

① 叶燮著,蒋寅笺注:《原诗笺注》外篇下,第416页。
② 陈寅恪:《金明馆丛稿初编》,上海:上海古籍出版社,1980年,第295页。
③ 陈寅恪:《金明馆丛稿初编》,第296页。
④ 李复:《潏水集》卷五,《钦定四库全书》集部第1121册,上海:上海古籍出版社,1987年,第51页上。

人身份,虽与"以文为诗"的含义相近,但其包含的诗史意义不容忽视①。与李复通过"诗人之诗"与"文人之诗"的比较来得出自己的认识相似,叶燮在"才人之诗"与"志士之诗"的对比中,首次以"志士之诗"来标举韩愈诗歌,其认识同样具有重大的诗史意义。他在《密游集序》中指出:

> 古今有才人之诗,有志士之诗。事雕绘,工缕刻,以驰骋乎风花月露之场,不必择人择境而能为之,随乎其人与境而无不可以为之,而极乎谐声状物之能事,此才人之诗也;处乎其常,而备天地四时之气,历乎其变,而深古今身世之怀,必其人而后能为之,必遭其境而后能出之,即其片言只字,能令人永怀三叹而不能置者,此志士之诗也。
>
> 才人之诗,古今不可指数;志士之诗,虽代不乏人,然推其至如晋之陶潜、唐之杜甫、韩愈、宋之苏轼,为能造极乎其诗,实能造极乎其志。盖其本乎性之高明以为其质,历乎事之常变以坚其学,遭乎境之坎壈郁怫以老其识,而后以无所不可之才出之。此固非号称才人之所可得而冀。如是乃为传诗即为传人矣。其诗也,皆其抚心感魄之见于言者也。予盖太息于其志,知其有所不得不作,而决其为可传矣。②

在叶燮看来,韩愈的诗与志是统一的,"能造极乎其志"故能"造极乎其诗";韩愈能够以本乎情性、经世历变、触境感怀后的"质、学、识、才"来进行诗歌创作,故其诗可以超越"才人之诗"而成为寄托高远、抚心感魄的"志士之诗"。叶燮所说的"传诗即为传人""决其为可传"本身就蕴含着诗歌传承与"诗言志"的诗史意味。实际上,"志士之诗"的提出,既与韩愈重"志"有关,更与叶燮一贯重视"志"的论诗主张相契合。这也反映出叶燮虽然走的是传统的"诗言志"道路,但却赋予了这个命题以新意。《原诗》云:"志高则其言洁,志大则其辞弘,志远则其旨永。如是者其诗必传,正不必斤斤争工

---

① 罗时进:《破立之际:韩愈"文人之诗"的诗史意义》,《文学评论》,2008 年第 4 期,第 56—60 页。

② 叶燮:《已畦文集》卷八,《丛书集成续编》第 124 册集部,第 720 页。

拙于一字一句之间。"①《百愁集序》云:"韩子所谓丈夫得志于时者之所为;即不得志之中,亦有甚与不甚之殊。"②《蓼斋诗草序》云:"惟有志者,其胸中之所寄托于身世阅历,凡得失、愉戚之境必不与庸众人同。"③研味叶燮对"志"的多次引述,结合他屡次对"立言""立德""传"的论述,可以看出叶燮以"志"来统领才胆识力进而实现传诗与传人合一的诗学追求。

叶燮把韩诗视为"志士之诗"对后世具有深远影响。张际亮(1799—1843)在《答潘彦辅书》中指出:"汉以下诗,可得而区别之者约有三焉:曰'志士之诗'也,'学人之诗'也,'才人之诗'也。模范山水,觞咏花月,刻画虫鸟,陶写丝竹;其辞文而其旨未必深也,其意豪而其心未必广也,其情往复而其性未必厚也,此所谓'才人之诗'也。盖惟其志不欲为诗人,故其诗独工,而其传也亦独盛,如曹子建、阮嗣宗、陶渊明、李太白、杜子美、韩退之、苏子瞻,其生平亦尝仕宦,而其不得志于世,固皆然也。此其诗皆志士之类也。令即不能为志士所为,固当为学人,次亦为才人。"④与叶燮相比较,张际亮也重视"志士之诗",并认为这类诗流传更加深远,而韩诗正是"志士之类"的典范。

结合韩诗的题材内容来看,叶燮"志士之诗"的定位是符合实际的。从诗学传承上看,叶燮之"志士之诗"与司马迁之"发愤著书"、韩愈之"不平则鸣"、欧阳修之"穷而后工"可谓一脉相通。就诗学意义和影响来看,"志士之诗"的提出,不仅拓宽了诗歌类型划分的范围,也更新了对韩愈诗歌的认识。

三、奇与平的有机统一

韩愈诗歌的风格是复杂而丰富的,历代对其多有论述。苏轼在评析韩愈与柳宗元的诗歌时指出:"柳子厚诗,在陶渊明下,韦苏州上。退之豪放奇

---

① 叶燮著,蒋寅笺注:《原诗笺注》外篇上,第263页。
② 叶燮:《已畦文集》卷八,《丛书集成续编》第124册,第732页。
③ 叶燮:《已畦文集》卷八,《丛书集成续编》第124册,第725页上。
④ 张际亮著,王飙标点:《思伯子堂诗文集》下,上海:上海古籍出版社,2007年,第1348—1349页。

险则过之,而温丽靖深不及也。所贵乎枯淡者,谓其外枯而中膏,似淡而实美。"①认为韩诗"奇险"有余而"平淡"不足。叶燮也承认韩诗是"奇"的典范,但同时认为韩诗做到了"奇"与"平"的有机统一。

在叶燮之前,有很多人就已注意到韩愈诗具有"奇"的特点。司空图《题柳柳州集后》云:"愚常览韩吏部歌诗数百首,其驱驾气势,若掀雷抉电,撑抉于天地之间,物状奇怪,不得不鼓舞而徇其呼吸也。"②欧阳修《六一诗话》云:"愈险愈奇,如《病中赠张十八》之类是也。"③张戒《岁寒堂诗话》曰:"退之喜崛奇之态"④,又云:"退之诗,大抵才气有余,故能擒能纵,颠倒奇崛,无施不可。"⑤李东阳《怀麓堂诗话》云:"杜子美《漫兴》诸绝句,有古《竹枝》意,跌宕奇古,超出诗人蹊径。韩退之亦有之。"⑥叶燮同样注意到韩愈诗歌有"奇"的特征。他在论诗时多次用到"奇",还提出"奇险""奇矫"等。具体到韩愈,叶燮明确指出:"在唐如韩愈、李贺之奇昇。"⑦又云:"其怪戾则自以为李贺,其浓抹则自以为李商隐,其涩险则自以为皮、陆,其拗拙则自以为韩、孟。"⑧叶燮在这里指出了韩愈诗歌呈现出"奇昇""拗拙"的特点,并把韩愈与李贺、孟郊等韩派诗人联系在一起看待。这样的安排既体现了韩愈与李贺、孟郊等在诗风方面存在的相互影响,也反映出崇尚"险""奇""怪"是韩愈当时及此后一段时期内较为普遍的诗歌追求。故而"奇昇"诗风的显现,是韩愈及韩派诗人应对陈言而进行诗歌革新的自觉选择。

不过,叶燮还指出韩诗做到了"奇"与"平"的有机统一。这涉及叶燮对韩愈诗风的另一种新颖理解,即叶燮是否会因大力肯定韩愈而全盘接受韩

---

① 苏轼撰,孔凡礼点校:《苏轼文集》卷六十七,北京:中华书局,1986 年,第 2109—2110 页。

② 司空图著,祖保泉、陶礼天笺校:《司空表圣诗文集笺校·文集笺校》卷二,合肥:安徽大学出版社,2002 年,第 196 页。

③ 欧阳修:《六一诗话》,何文焕辑:《历代诗话》,第 272 页。

④ 张戒著,陈应鸾校笺:《岁寒堂诗话校笺》卷上,成都:巴蜀书社,2000 年,第 18 页。

⑤ 张戒著,陈应鸾校笺:《岁寒堂诗话校笺》卷上,第 55 页。

⑥ 李东阳著,李庆立校释:《怀麓堂诗话校释》,北京:人民文学出版社,2009 年,第 114 页。

⑦ 叶燮著,蒋寅笺注:《原诗笺注》内篇上,第 68 页。

⑧ 叶燮著,蒋寅笺注:《原诗笺注》内篇下,第 224 页。

诗的"奇"呢?《原诗》云:"李贺鬼才,其造语入险,正如苍颉造字,可使鬼夜
哭。'奇过则凡'一语,尤为学李贺者下一痛砭也。"①告诫学诗者在学习具有
"奇崛"特点的李贺诗歌时,万不可过于追求"奇"。"奇过则凡"为学诗者之
箴言,实乃包含对"过"的两层把握:一为错误之"过",所谓过于求奇难免会
产生"务趋于奥僻,以险怪相尚"②的弊习;二为转变之"过",所谓真奇之诗
往往是平淡的,"奇过"则自然归于"平淡"一途。《南疑诗集序》对此有精到
论述:

　　语有之:绚烂之极,乃归平淡。予则以为:绚烂、平淡初非二事也。
真绚烂则必平淡,至平淡则必绚烂。天下事物皆然,而于诗之一道尤有
可得而言者。吾于沈子客子南疑之诗,叹其才高而善变,为不可及也。
客子历观古今诗家之变态,穷此中自得之性情,久之而为得心应手之
作,见者破骇其忽事于平淡。不知其平于辞不平于意,淡于句不淡于
才,平淡在貌而绚烂在骨。人谓客子善变,而实非变也。吾故于南疑之
诗,叹其才之高而能神明于才者也。③

　　叶燮以苏轼《与二郎侄》中对"绚烂"与"平淡"的论述为引④,提出了他
对这二者的独特认识。与苏轼强调绚烂之"极"方归平淡有所不同,叶燮则
指出绚烂与平淡"初非二事",更注重二者间的辩证关系,所谓"真绚烂则必
平淡,至平淡则必绚烂"。因而他这里虽没有明确指出韩愈诗歌也具有平淡
的特征,但结合前论韩愈"诗变八代之盛""志士之诗",以及对韩愈力大思
雄、因时善变的肯定来看,他对韩诗的绚烂与平淡是有一定认识的。韩诗主
奇崛,可谓"绚烂在骨";韩诗也兼有平淡的一面,可谓"平淡在貌"。可以说,
叶燮已认识到"平"与"奇"既是两种对立统一的表现技法,也是两种不同的

---

①　叶燮著,蒋寅笺注:《原诗笺注》外篇下,第382—383页。
②　叶燮著,蒋寅笺注:《原诗笺注》外篇上,第241页。
③　叶燮:《已畦文集》卷八,《丛书集成续编》第124册集部,第723页。
④　苏轼撰,孔凡礼点校:《苏轼文集》附录《苏轼佚文汇编》,北京:中华书局,1986
年,第2523页。

诗歌风格。一方面,他注重以"意胜"来把握"平"与"奇"。对于"平",他强调是辞平而意不平;对于"奇",他反对"本无奇意,而饰以奇字者"①的做法,认为"韩诗用旧事而间以己意易以新字者"②。后来其弟子沈德潜对此有所发挥:"以意胜而不以字胜,故能平字见奇,常字见险,陈字见新,朴字见色。"③另一方面,叶燮主张诗歌风格的多样化,提出"诗无一格",平与奇皆可为诗:"所以平奇、浓淡、巧拙、清浊,无不可为诗,而无不可以为雅。诗无一格,而雅无一格。"④(《汪秋原浪斋二集诗序》)对此,莫砺锋在《论韩愈诗的平易倾向》一文中不仅对"平淡"与"平易"进行了概念界定,主张"使用'平易'而不是'平淡'",但也承认"'平易'一词有时相当接近于'平淡'的意思"⑤,故其文对二者多有互用,且在结论中指出:"韩诗有奇险雄鸷与平易质朴两种倾向,这两者之间不是互相对立的关系,而是有所联系,有所统摄的。韩愈本人认为诗歌艺术应由险怪归于平淡,他的创作实际也大致体现出这种变化轨迹,但是尚未达到平淡的极境。"⑥但必须注意的是,莫先生的见解虽很独到,但似乎主要区分了"易"与"淡"之别,而没有像叶燮那样把重点放在"平"上,既看到韩愈诗歌"奇"之一端,又兼及"平"之一端,所谓"种种两端,不可枚举"⑦,"不可一偏,必二者相济,方全其美"⑧。这或许正源于叶燮既是一个"两端论"者,也是一个"相济论"者的缘故吧!

由上可见,叶燮对韩愈诗风的把握是合理、新颖的。这既归功于他对韩愈及韩派诗人间相互影响的熟稔,也归因于他强调要以"我"与"创"的有机结合来会心读解、阐发韩愈的诗歌风格及内在精神。例如,他主张"以我之神明役字句,以我所役之字句使事,知此方许读韩、苏之诗"⑨,倡导"昔人可

---

① 叶燮著,蒋寅笺注:《原诗笺注》内篇上,第110页。
② 叶燮著,蒋寅笺注:《原诗笺注》外篇上,第292页。
③ 沈德潜撰,王宏林笺注:《说诗晬语笺注》卷下,北京:人民文学出版社,2013年,第332—333页。
④ 叶燮:《已畦文集》卷九,《丛书集成续编》第124册集部,第740页下。
⑤ 莫砺锋:《唐宋诗歌论集》,南京:凤凰出版社,2007年,第146页。
⑥ 莫砺锋:《唐宋诗歌论集》,第160页。
⑦ 叶燮著,蒋寅笺注:《原诗笺注》外篇上,第245页。
⑧ 叶燮著,蒋寅笺注:《原诗笺注》外篇上,第242页。
⑨ 叶燮著,蒋寅笺注:《原诗笺注》外篇上,第292页。

创之于前，我独不可创于后乎？古之人有行之者，文则司马迁，诗则韩愈是也"①。正是在这种重真"我"、主独"创"的诗学精神指引下，叶燮超越常见，发现了韩愈诗歌具有奇与平统一的独特风格。

　　总之，叶燮以"诗变八代之盛""志士之诗"和"奇"与"平"的有机统一来认识韩诗，反映出他的诗学卓识，有助于深化对韩诗的认识。叶燮立足于诗坛现状，毅然扛起救弊和革新的大旗，从"理、事、情"与"才、胆、识、力"等一般观念和范畴出发，坚持两端论与相济论的统一，力起衰而重变盛，尽扫浅说，力去陈言。叶燮以韩愈为宗，力图还原韩愈当时的诗歌情境，读出了韩愈诗歌中的"不得已"，可谓"会其指归，得其神理"②。同时，叶燮坚持评、论、创三位一体，把评析韩愈诗歌与创作践行结合起来。《已畦诗集》中就有十七首用韩愈诗韵的诗歌（卷二 十三首，卷五 四首），不难看出叶燮对韩诗发自内心的推崇。如《壬戌九月十六日吴孟举集同人鉴古堂限昌黎〈酬卢司门望秋作〉韵》云："王风蔓草哀怨起，六义陈陈阁荒函""唐宋元明均冶铸，更追八代挥斤劚""莫言觞咏泥小道，俯仰宇宙通至诚"③，学韩的痕迹相当鲜明。此外，即便是论述为官之道，叶燮也常引韩诗来立论，其云："韩退之有诗云：'弩矢前驱烦县令，里门先下敬乡人'，是可为居乡者之法。"④不难发现，叶燮是把韩愈作为"英雄"来取法的。海德格尔在《什么叫思想》一文中曾指出："我们把自古以来、因而总是不断给予思想，并且先于一切地、因而永远给予思想的东西称为最可思虑的东西。"⑤对叶燮而言，韩诗正是"最可思虑的东西"。以韩诗为理论资源，叶燮望古制今，独创生新，也成就了他清初伟大诗论家的地位。

---

①　叶燮著，蒋寅笺注：《原诗笺注》外篇下，第464页。
②　叶燮著，蒋寅笺注：《原诗笺注》内篇上，第104页。
③　叶燮：《已畦诗集》卷二，《丛书集成续编》第124册集部，第870页上。
④　叶燮：《已畦琐语》，《丛书集成续编》第42册史部，第653页。
⑤　海德格尔著，孙周兴译：《演讲与论文集》，北京：生活·读书·新知三联书店，2005年，第137页。

第三节　适如其意之苏轼

自宋以来,苏轼诗歌就备受学界关注,与之相关的编刻、注释、选录、评点、补注、论述等层出不穷。尤其是到了清代,苏诗研究更是集以往成果之大成,空前繁盛,新解迭出。而这其中不能不提到清初的叶燮。他有关苏诗的评价不仅兼总条贯,承前启后,而且展示出他的诗学卓识,对于深入认识苏诗价值、丰富苏诗内涵、扩大苏诗影响等意义重大。

一、对苏诗特征的精深把握

苏诗具有哪些鲜明而丰富的特点? 这是摆在历代评苏者面前必须认真回答的问题。对此,宋代的张戒、严羽等从批评的角度给予了回应。张戒《岁寒堂诗话》明言:"子瞻以议论作诗,鲁直又专以补缀奇字,学者未得其所长,而先得其所短,诗人之意扫地矣。"[1] 严羽《沧浪诗话·诗辩》亦云:"近代诸公乃作奇特解会,遂以文字为诗,以才学为诗,以议论为诗。夫岂不公,终非古人之诗也。盖于一唱三叹之音,有所歉焉。"[2] 二者都认为苏诗多发议论、逞才使学,有失传统诗歌的本色。但事实上,这些批评恰恰被后人视为苏诗的特色和价值所在,表明他们当时对苏诗的认识并不深入。与张、严不同,叶燮不仅充分肯定苏诗,而且注重从苏轼其人与其诗的密切关系来全面总结苏诗特征,彰显出其评苏的系统性与理论性。《原诗》云:

> 如苏轼之诗,其境界皆开辟古今之所未有,天地万物,嬉笑怒骂,无不鼓舞于笔端,而适如其意之所欲出。此韩愈后之一大变也,而盛极矣。[3]

---

① 张戒著,陈应鸾校笺:《岁寒堂诗话校笺》卷上,第36页。
② 严羽著,张健笺:《沧浪诗话校笺》上册,第173页。
③ 叶燮著,蒋寅笺注:《原诗笺注》内篇上,第69—70页。

这段话言简义丰,分别从境界题材、创作的角度指出苏诗具有无事不入诗、表现力高超、适意自如、真性情的特征,认为它是创变与继承的典范。

(一)高度肯定苏诗在境界题材上的开拓创新

苏轼的伟大在于他既精于学习前人,更善于开拓创新,从而使宋诗无论在形式内容,还是表现手法上都得到了充足发展。就学习对象而言,他对陶渊明、杜甫、韩愈、白居易等均有承续;就诗体而言,他兼擅各体;就创作而言,他进一步发展了由韩愈所倡导的"以文为诗",不仅使诗歌表现技法、内容得到丰富和扩大,也开辟了宋诗发展的新境界,于宋诗的革新和地位提升居功甚伟。所以,叶燮不仅认为苏诗境界开古今所未有,而且指出是"韩愈后之一大变",点出了苏诗的创新精神是在继承中有所创造,评价十分到位。同时,叶燮"适如其意之所欲出"的评价也突出了苏轼是"自我作诗",而非一味适如前人或他人之意。继而他强调要"以我之神明役字句,以我所役之字句使事,知此,方许读韩、苏之诗"①。既指出苏诗的"承",更强调其"变",将苏诗继承杜诗、韩诗而发扬光大的发展脉络揭示出来,远比前人指出苏诗借鉴杜韩诗句②、变唐人之风③、衍绎诗格④等更为明确和宏大。可以说,叶燮此论正与苏轼注重创新的诗歌创作意旨一脉相承。例如,苏轼《次韵孔毅父集古人句见赠五首》其二云:"紫驼之峰人莫识,杂以鸡豚真可惜。今君坐致五侯鲭,尽是猩唇与熊白。路傍拾得半段枪,何必开炉铸矛戟。用之如何在我耳,入手当令君丧魄。"⑤"集古人句"自然要学习古人诗句,但作诗更重要的是适如己意而有创新,即"用之如何在我"。另外,叶燮之所以对苏诗的创新特征如此看重,与他求新求变的诗学主张有关。他不仅在《西华阡表》中

---

①　叶燮著,蒋寅笺注:《原诗笺注》外篇上,第 292 页。

②　葛立方:《韵语阳秋》卷一,上海:上海古籍出版社,1984 年,第 14 页。

③　严羽著,张健校笺:《沧浪诗话校笺》上册,第 181 页。

④　李东阳著,李庆立校释:《怀麓堂诗话校释》,北京:人民文学出版社,2009 年,第 205 页。

⑤　苏轼著,王文诰辑注,孔凡礼点校:《苏轼诗集》卷二十二,第 1156 页。

对其父叶绍袁"诗文取适意,不拘拘摹仿古人"①的诗文创作思想极为赞同,并在《原诗》中多次提出作诗要独创生新,反对摹仿、剽窃古人。如他说:"自我作诗,而非述诗也。必言前人所未言,发前人所未发,而后为我之诗。"②

(二)苏诗具有高超的表现力

所谓高超的表现力即能够把客观存在的"天地万物"和主体之"嬉笑怒骂"收纳于笔端。诚如叶燮所言,天地间的万事万物皆可为苏轼所用,即便是司空见惯之材料,一经东坡之手,往往就景象万千,给人以耳目一新之感。比如《欧阳少师令赋所蓄石屏》一诗,于平常的石屏纹路想到松迹,又联想到这描绘的是峨眉山西雪岭上万年不老的孤松,进而认为这是古代名画家的神机巧思"化为烟霏沦石中"③,可谓用笔超俗,想象新奇。如《汲江煎茶》,描写细致,于煎茶这样平凡的小事中生发出无限哲思。再如《于潜女》写出了普通乡间少女的简朴、纯真、自得,完美呈现出人物外在美与内在美的和谐统一,笔法自得出新。还有《赠王子直秀才》《纵笔》等用典切当,都显示出苏轼将天地万物鼓舞于笔端的超凡功力。

"嬉笑怒骂"是苏诗适如其意而出的重要表现之一,它不仅形象说明了东坡不拘成规、自然发挥的高超笔力,也将其充盈的真性情表现无遗,是其诗歌胆识的具体反映。历来对之既有肯定,亦有贬抑乃至否定。其中黄庭坚的认识较具代表性。一方面,黄庭坚《东坡先生真赞》其一云:"东坡之酒,赤壁之箫,嬉笑怒骂,皆成文章。"④对之加以肯定。另一方面,黄庭坚《答洪驹父书》亦告诫后进:"东坡文章妙天下,其短处在好骂,慎勿袭其轨也。"⑤直指东坡好骂的短处。又《书王知载朐山杂咏后》一文强调:"诗者,人之情性

---

① 叶燮:《已畦文集》卷十四,《丛书集成续编》第 124 册集部,上海:上海书店出版社,1994 年,第 770 页下—771 页上。

② 叶燮著,蒋寅笺注:《原诗笺注》内篇上,第 144 页。

③ 苏轼著,王文诰辑注,孔凡礼点校:《苏轼诗集》卷六,第 278 页。

④ 黄庭坚著,刘琳、李勇先、王蓉贵校点:《黄庭坚全集》正集卷二十二,成都:四川大学出版社,2001 年,第 2 册,第 557 页。

⑤ 黄庭坚著,刘琳、李勇先、王蓉贵校点:《黄庭坚全集》正集卷十八,第 2 册,第 474 页。

也,非强谏争于廷,怨忿诟于道,怒邻骂坐之为也。"①表现出其对苏轼"嬉笑怒骂"的矛盾认识。后来,严羽《沧浪诗话·诗辩》虽批评宋人"其末流甚者,叫噪怒张,殊乖忠厚之风,殆以骂詈为诗"②,但矛头却直指导引此风的苏轼。而元好问《论诗三十首》其二十三提出:"曲学虚荒小说欺,俳谐怒骂岂诗宜?"③认为虚荒小说、俳谐怒骂皆不宜入诗,亦剑指苏轼。或许正是有感于以往各家对苏诗的诘责与讥弹,叶燮不得不重申立场:"苏诗包罗万象,鄙谚小说,无不可用。譬之铜铁铅锡,一经其陶铸,皆成精金。庸夫俗子安能窥其涯涘! 并有未见苏诗一斑,公然肆其讥弹,亦可哀也。"④高度肯定苏诗的包罗万象、陶铸万物,反对未见其大端而妄加评判。如《洗儿诗》:"人皆养子望聪明,我被聪明误一生。惟愿孩儿愚且鲁,无灾无难到公卿。"⑤在讽刺谐谑中显露锋芒,寄意深刻。还有《被酒独行,遍至子云威徽先觉四黎之舍,三首》其一云:"半醒半醉问诸黎,竹刺藤梢步步迷。但寻牛矢觅归路,家在牛栏西复西。"⑥以牛粪入诗,不避俚俗却特见奇崛,饱含哲思。再如《闻子由瘦》中的"五日一见花猪肉,十日一遇黄鸡粥""从来此腹负将军,今者固宜安脱粟"等⑦,将寻常俗物、俗事一并写入,同样在嬉笑怒骂中将曾经的艰难困苦一一道出,读之风趣横生。联系上述各家的评价,尤其是对苏轼的大加讥弹,再结合前举苏诗,"应当承认,叶燮才是苏轼的知音,他的评价符合苏诗实际"⑧。

(三)苏诗具有适如其意与自然天成的特点

所谓"适",即自适、自然。苏轼精于诗、词、文、书、画,故而往往以诗论

---

①　黄庭坚著,刘琳、李勇先、王蓉贵校点:《黄庭坚全集》正集卷二十五,第 2 册,第 666 页。

②　严羽著,张健校笺:《沧浪诗话校笺》上册,第 173 页。

③　元好问著,郭绍虞笺释:《元好问论诗三十首小笺》,北京:人民文学出版社,1978 年,第 75 页。

④　叶燮著,蒋寅笺注:《原诗笺注》外篇上,第 292 页。

⑤　苏轼著,王文诰辑注,孔凡礼点校:《苏轼诗集》卷四十七,第 2535 页。

⑥　苏轼著,王文诰辑注,孔凡礼点校:《苏轼诗集》卷四十二,第 2322—2333 页。

⑦　苏轼著,王文诰辑注,孔凡礼点校:《苏轼诗集》卷四十一,第 2257—2258 页。

⑧　徐中玉:《论苏轼的创作经验》,上海:华东师范大学出版社,1981 年,第 34 页。

书、以诗论画、以文为诗。如《石苍舒醉墨堂》云："自言其中有至乐,适意无异逍遥游。"①虽以诗言书法,但也是他诗歌创作的意旨所在。对此,叶燮独具只眼,评苏时坚持诗文合论,认为"如韩退之、欧阳永叔、苏子瞻诸人,无不文如其诗,诗如其文,诗与文如其人"(《南游集序》)②。因此,他在《原诗》中虽未引苏轼诗歌,却常援引苏轼文论加以阐发:"若以法绳天地之文,则泰山之将出云也,必先聚云族而谋之曰:吾将出云而为天地之文矣。苏轼有言:'我文如万斛源泉,随地而出。'亦可与此相发明也。"③叶燮认为泰山之云的千变万化与泉源的随物赋形可"相发明"。他先以泰山之云为喻指出诗歌创作应符合自然之法而不可人为地安排诗之起伏照应,又以苏轼的以泉水喻文作为结语,都意在强调作诗与作文一样都要遵循"活法",通乎"理、事、情"。同时,这也说明叶燮对苏诗善用比喻有所认识。苏诗之所以能"无不鼓舞于笔端"与其善于设喻作譬息息相关,而这种高超手法的使用正是苏轼求新求变、适如其意进行诗歌创作的生动体现。如《百步洪》其一在连续以"兔走鹰隼落""骏马下注千丈坡""断弦离柱箭脱手"等④比喻水势急湍之后又生发哲思,可谓克肖自然,行止自如。若从写作思想的影响与传承来看,叶燮大量借用水、云、房屋、树木、花等作喻论诗,正暗合苏轼!

适如其意也揭示出苏诗重"意"的特征。宋诗尚意,今人已有论述,缪钺《论宋诗》指出"宋诗以意胜,故精能,而贵深折透辟"⑤。同样,作为宋诗高峰的苏诗亦尚意。叶燮评苏虽未明确提出苏轼诗歌重"意",但结合他对苏诗以及宋诗的肯定,并强调作诗要"舒写胸襟,发挥景物,境皆独得,意自天成,能令人永言三叹,寻味不穷,忘其为熟,转益见新,无适而不可也"⑥,因而认为苏诗寄意深远也是其应有之义。可以说,"意"既是苏轼的真情实感、创作理想在诗歌中的呈现,也是苏轼承古意、合己意、出新意、命意高、得意与失意兼之的集合。以"适如其意之所欲出"来评价苏诗,合理公允,显示出叶

---

① 苏轼著,王文诰辑注,孔凡礼点校:《苏轼诗集》卷六,第236页。
② 叶燮:《已畦文集》卷八,《丛书集成续编》第124册集部,第726页下。
③ 叶燮著,蒋寅笺注:《原诗笺注》内篇上,第139页。
④ 苏轼著,王文诰辑注,孔凡礼点校:《苏轼诗集》卷十七,第892页。
⑤ 缪钺:《诗词散论》,西安:陕西师范大学出版社,2008年,第31页。
⑥ 叶燮著,蒋寅笺注:《原诗笺注》外篇上,第246页。

燮的诗学创见,对后世评苏产生了一定影响。如其弟子沈德潜所言:"苏子瞻胸有洪炉,金银铅锡,皆归熔铸。其笔之超旷,等于天马脱缰,飞仙游戏,穷极变幻,而适如意中所欲出,韩文公后,又开辟一境界也。"①同样也标举苏轼的适意所欲出。

(四)通过"面目""心声"等理论命题的阐述指出苏诗具有真性情

叶燮评苏有一个鲜明的特色就是十分注重把苏轼其人其诗紧密结合起来。如前面提到的境界就不单指苏诗境界,也可指苏轼其人所具有的人生境界和人格境界。因而他不赞成唐诗主性情、宋诗主议论的传统认识,认为唐诗中有许多大发议论的诗篇,而宋诗也并非不表现诗人的性情。如《原诗》曰:"从来论诗者,大约伸唐而绌宋。有谓:'唐人以诗为诗,主性情,于《三百篇》为近;宋人以文为诗,主议论,于《三百篇》为远。'何言之谬也!"②需要指出的是,叶燮所言"性情"具有丰富的含义,实则包含情感、个性、道德品格等。

其一,"面目"与人体相关,可指人之面貌、面孔,也指人的面子、情面。也广泛应用于诗歌创作与诗学批评。由于"面目"有真假、美丑之分,诗家论诗常以此来评论诗品之高低。如杨维桢《赵氏诗录序》先言"评诗之品无异人品也。人有面目骨骼,有情性神气;诗之丑好高下亦然",后以面目的"不鄙"与"鄙"评价从《诗经》至宋以来的诗歌,进而指出"然而面目未识,而谓得其骨骼,妄矣"③。有别于杨氏以"面目"概论诗歌而未具言诗人,叶燮在《原诗》中就先后十八次使用"面目"(《原诗·内篇》六次,《原诗·外篇》十二次),既对此进行理论分析,主张要"见古人之真面目"④,也将其应用到杜甫、苏轼等诗人的品评上。如他说:

"作诗者在抒写性情。"此语夫人能知之,夫人能言之,而未尽夫人

---

① 沈德潜撰,王宏林笺注:《说诗晬语笺注》卷下,北京:人民文学出版社,2013年,第270页。
② 叶燮著,蒋寅笺注:《原诗笺注》外篇下,第416页。
③ 郭绍虞:《中国历代文论选》第2册,上海:上海古籍出版社,2001年,第475页。
④ 叶燮著,蒋寅笺注:《原诗笺注》内篇上,第91页。

能然之者矣。作诗,有性情必有面目。此不但未尽夫人能然之,并未尽夫人能知之而言之者也。举苏轼之一篇一句,无处不可见其凌空如天马,游戏如飞仙,风流儒雅,无入不得,好善而乐与,嬉笑怒骂,四时之气皆备,此苏轼之面目也。①

　　叶燮指出,作诗不仅要抒写性情,更要以真性情显出其真面目。一则面目反映出诗人的艺术个性与独特风格,虽人人可具但各不相同。二则作诗就要如苏轼那样自成面目,读者可于其诗中全见其面目,苏轼诗歌的气势自然、不拘一格正是苏轼性情气度、人格修养的鲜明体现,苏轼为诗做到了诗品与人品的有机统一。值得称道的是,叶燮对"苏轼之面目"并不是简单地一味推崇,而是主张在深得苏诗神理的基础上能够去其面目而匠心独运:"夫作诗者,要见古人之自命处、着眼处、作意处、命辞处、出手处,无一可苟,而痛去其自己本来面目。如医者之治结疾,先尽荡其宿垢,以理其清虚,而徐以古人之学识神理充之。久之而又能去古人之面目,然后匠心而出。我未尝摹拟古人,而古人且为我役。"②"作诗—见古人之真面目—痛去自己本来面目—又去古人之面目—匠心而出",他这里有关作诗、学古、面目与创新的逻辑分析,既可用来回答苏轼何以自成面目,也可为作诗者如何学苏、做到"古人且为我役"指点迷津。这对此后苏诗评价也有一定影响。沈德潜《说诗晬语》云:"性情面目,人人各具。其嬉笑怒骂,风流儒雅者,东坡之诗也。倘词可馈贫,工同肇觥,而性情面目,隐而不见,何以使尚友古人者,读其书,想见其为人乎?"③方东树《昭昧詹言》卷二十一不仅全录沈德潜此段文字④,并于卷二十云:"东坡只用长庆体,格不必高,而自以真骨面目与天下相见,随意吐属,自然高妙,奇气崒兀,情景涌见,如在目前。"⑤由此不难看出二者评苏与叶燮所论精神相通,都注重认为苏轼诗如其人,自成一家,可于诗

① 叶燮著,蒋寅笺注:《原诗笺注》外篇上,第287—288页。
② 叶燮著,蒋寅笺注:《原诗笺注》内篇上,第107页。
③ 沈德潜撰,王宏林笺注:《说诗晬语笺注》卷下,第429—430页。
④ 方东树著,汪绍楹校点:《昭昧詹言》卷二十一,北京:人民文学出版社,1961年,第535页。
⑤ 方东树著,汪绍楹校点:《昭昧詹言》卷二十,第444页。

中见其面目。

其二,作诗既要别具面目,显示其独特性与多样性,也要诗为心声,具有真实性。在标举"面目"的基础上,叶燮认为"苏轼师'四海弟昆'之言"①都应声而出,写出了苏轼的心声。这里所提"四海弟昆"出自苏轼《东坡八首》其七:"潘子久不调,沽酒江南村。郭生本将种,卖药西市垣。古生亦好事,恐是押牙孙。家有十亩竹,无时容叩门。我穷交旧绝,三子独见存。从我于东坡,劳饷同一飧。可怜杜拾遗,事与朱阮论。吾师卜子夏,四海皆弟昆。"②此诗写于苏轼贬谪黄州之时,表现了苏轼在官场失意、举家生活艰辛、旧交故友相隔甚远的困境下与黄州普通人民所结下的深情厚谊。苏轼《答秦太虚七首》曾言道:"初到黄,廪入既绝,人口不少,私甚忧之。"③就在"我穷交旧绝"的情况下,潘丙、古耕道、郭遘三人却"从我于东坡,劳饷同一飧",使其感受到"四海皆弟昆"的人间真情与温暖。除此诗外,苏轼的《正月二十日,往岐亭,郡人潘、古、郭三人送余于女王城东禅庄园》《正月二十日,与潘、郭二生出郊寻春,忽记去年是日同至女王城作诗,乃和前韵》也都由心而出,毫无造作,于平实自然中展露出与潘、古、郭三人的心照神交、畅意温馨。这些诗歌是苏轼心声的真切表达,即便今人读来也不免心有戚戚,难怪叶燮会如此激赏。为此,他分别从创作和接受的角度对苏诗进行了分析。以创作而言,叶燮认为苏轼诗歌是其真情实感的自然抒写,毫无矫揉造作,可谓"诗以人见,人又以诗见";就读者的接受来看,他指出不能"不取诸中心而浮慕著作",强调要考察诗人的道德品质与人格修养。所以,对于"诗如其人"这个一再受到质疑的传统诗学命题,叶燮给予了辩证分析:固然存在心声失真、欺人欺世之诗,但它们终会经受时间历史的评判,"能欺一人一时,决不能欺天下后世"。因此,从历史、现实和理想期望三个层面来看,遭受质疑正可说明它所具有的现实生命力与深远影响力。爱德华·希尔斯在《论传统》中

---

①　叶燮著,蒋寅笺注:《原诗笺注》外篇上,第 299 页。
②　苏轼著,王文诰辑注,孔凡礼点校:《苏轼诗集》卷二十一,第 1083—1084 页。
③　苏轼著,孔凡礼点校:《苏轼文集》卷五十二,第 1536 页。

说:"曾经发挥作用的信念并不会被人们轻易抛弃。"①叶燮坚定地持守"诗是
心声"这个传统信念,指出"诗文与人判然为二者,然亦仅见,非恒理耳"
(《南游集序》)②,正是"出于对文学的目的性的最高期望"③,颇具诗学卓识。

其三,关于苏轼之"品量",这确实是苏诗广受后世称道的另一个重要原
因。《原诗》云:

> 古人之诗,必有古人之品量。其诗百代者,品量亦百代。苏轼于黄
> 庭坚、秦观、张耒等诸人,皆爱之如己,所以好之者无不至。此其中怀阔
> 大,天下之才皆其才,而何媢疾忌忮之有。不然者,自炫一长,自矜一
> 得,而惟恐有一人之出其上,又惟恐人之议己,日以攻击诋毁其类为事。
> 此其中怀狭隘,即有著作,如其心术,尚堪垂后乎?④

苏轼爱才如己,善于奖掖、荐拔黄庭坚、秦观、张耒等,后有"苏门四学
士"之美称。这里叶燮立场十分鲜明,即提倡胸怀阔大,反对嫉妒狭隘,反映
出他对苏诗何以垂青后世的认真思考,以及如何传承诗歌、代有新人的上下
求索。

综上可知,叶燮指出苏诗的独创生新、适意自如、自成面目、诗为心声是
其成就斐然的必然结果,这些认识不仅丰富了苏诗作为经典的内涵与价值,
也寄寓着他期望与苏轼"交为知己"的诗学思想。

二、对苏诗类属的独到定位

叶燮在《密游集序》中指出,虽然"志士之诗"代不乏人,但最值得称道的
要数陶渊明、杜甫、韩愈、苏轼。从诗歌的传承与发展来看,叶燮将四人并举
既合乎实际,也反映出对苏轼其人其诗的极高评价。人所共知,苏轼一生虽

---

① 爱德华·希尔斯著,傅铿、吕乐译:《论传统》,上海:上海人民出版社,2009 年,第
217 页。

② 叶燮:《已畦文集》卷八,《丛书集成续编》第 124 册集部,上海:上海书店出版社,
1994 年,第 726 页下。

③ 蒋寅:《古代诗学的现代诠释》,北京:中华书局,2003 年,第 197 页。

④ 叶燮著,蒋寅笺注:《原诗笺注》外篇上,第 303—304 页。

处困厄、贬谪，但终能以胸襟阔大、境界高远超越自我；在创作上不仅喜和陶诗，对杜、韩也多有继承。叶燮这里首次以"志士之诗"来标举苏诗，在宋代不可胜数的诗人中独推苏轼"实能造极乎其志"，正是看到了苏轼对陶、杜、韩的承继与开拓，看到了苏轼诗歌能够做到"传诗即为传人"，诗与人合一。结合《原诗》对苏轼面目、品量、才力等的高度肯定，叶燮显然又对苏诗的思想深度进行了新的拓展，既把苏轼的"质、学、识、才"与其所处时代、所本性情、所历世变境遇紧密结合起来，也能对苏诗"所以不得不如是之苦心孤诣，表一种之同情"①。这些都说明叶燮对苏诗类属的定位深得要义，故而其评苏总能鞭辟入里。

就苏轼诗歌的题材而言，无论是为民请愿、讽刺黑暗，还是咏物写景、题画怀古、赠答友人，苏诗都体物精微、醇美质朴，反映出苏轼的言志高远。因此，叶燮以"志士之诗"来定位苏诗，符合苏轼创作实际。与之相较，张戒对于苏轼诗歌不知"言志为本"的批评就显得有些唐突："苏、黄用事押韵之工，至矣尽矣，然究其实，乃诗人中一害，使后生只知用事押韵之为诗，而不知咏物之为工，言志之为本也。风雅自此扫地矣。"②张戒矫枉过正，对苏诗有为而作、重思想内容的一面并未给予应有评价。

三、与杜、韩鼎立为三：对苏诗地位的公允评价

关于苏诗地位，历来评价不一。赞之者认为"其诗比杜子美、李太白为有余，遂与渊明比"③、"自古以来语文章之妙，广备众体，出奇无穷者，唯东坡一人"④、"苏公诗无一字不佳者。盖其才力既高，而学问识见，又迥出二公之

---

① 陈寅恪：《冯友兰中国哲学史上册审查报告》，《金明馆丛稿二编》，上海：上海古籍出版社，1980 年，第 247 页。
② 张戒著，陈应鸾校笺：《岁寒堂诗话校笺》卷上，第 16 页。
③ 苏辙著，陈宏天、高秀芳点校：《栾城后集》卷二十一，《苏辙集》，北京：中华书局，1990 年，第 3 册，第 1111 页。
④ 吕本中：《童蒙诗训》，郭绍虞辑：《宋诗话辑佚》下册，北京：中华书局，1980 年，第 604 页。

上,故宜卓绝千古"①。贬之者则指出"诗妙于子建,成于李杜,而坏于苏黄"②。与以往或褒或贬的认识相比,叶燮的评价更为公允。他言道:"此外上下千余年,作者代有,惟韩愈、苏轼,其才力能与甫抗衡,鼎立为三。"③

　　叶燮从才力的角度将杜、韩、苏并称,大加肯定苏诗在诗歌发展史上的地位,并接着从诗歌创作的角度阐述了才力的重要作用。就用事而言,"苏诗常一句中用两事三事者,非骋博也,力大故无所不举"④,标举苏轼的力大。就诗歌影响与价值来看,叶燮将苏轼与司马迁、李白、杜甫、韩愈等大才人并比,强调才与力必须相辅相成,认为苏轼之所以能诗传千年而不朽当与其力大才坚息息相关:"如是之才,必有其力以载之。惟力大而才能坚,故至坚而不可摧也,历千百代而不朽以此。"⑤有别于严羽批评苏轼"以才学为诗",叶燮站在诗歌发展史的高度推重苏轼才力,显然比严羽等的见解更上层楼。一方面,这是诗歌历史发展与现实环境的必然选择。在叶燮看来,晚唐诗的"日趋于尖新纤巧"与晚唐诗人的才短力小关系甚大,与之相比,宋人则"心手日益以启,纵横钩致,发挥无余蕴"⑥,如梅尧臣、苏舜钦就"变尽昆体,独创生新"⑦。苏轼则承之而益之,成为宋人中"力大者大变""因变而得盛"的杰出代表。以苏轼的"以文为诗"而言,无论是历史发展,还是现实需要都须以才力为支撑。所以,标举才力超群的苏轼具有重大意义:不仅可以从宋人变革晚唐、苏轼又使宋诗别开生面的经验中寻求对策,也符合叶燮力主新变、振兴诗道的诗学诉求。另一方面,这也是苏轼诗歌能够自成一家的根本所在。叶燮说:"大凡人无才则心思不出,无胆则笔墨畏缩,无识则不能取舍,无力则不能自成一家。"⑧又曰:"大约才、识、胆、力,四者交相为济。苟一有

---

① 袁宏道著,钱伯城笺校:《袁宏道集笺校》卷二十一,上海:上海古籍出版社,2008年,中册,第734页。

② 张戒著,陈应鸾校笺:《岁寒堂诗话校笺》卷上,第36页。

③ 叶燮著,蒋寅笺注:《原诗笺注》外篇上,第291—292页。

④ 叶燮著,蒋寅笺注:《原诗笺注》外篇上,第291页。

⑤ 叶燮著,蒋寅笺注:《原诗笺注》内篇下,第172页。

⑥ 叶燮著,蒋寅笺注:《原诗笺注》内篇上,第69页。

⑦ 叶燮著,蒋寅笺注:《原诗笺注》外篇下,第390页。

⑧ 叶燮著,蒋寅笺注:《原诗笺注》内篇上,第91页。

所歉,则不可登作者之坛。"①叶燮认为,苏轼是"才、胆、识、力"俱备的大诗人,苏诗才思泉涌,可以作为经典来学习借鉴。叶燮还通过引述苏轼对其他诗人的评价来暗合他对苏轼才力的推崇。如《原诗》云:"苏轼谓'浩然韵高而才短,如造内法酒手,而无材料',诚为知言。后人胸无才思,易于冲口而出,孟开其端也。"②视苏轼评孟之语"诚为知言",也认为孟浩然有"才短"的一面,实则推重苏轼的才高思深。由上可见,叶燮指明了苏轼才力在苏诗的地位确立中所发挥的重要作用,反映出他有感于当时诗坛弊病而对如苏轼这样才高力大者的深切呼唤,具有很强的理论性、针对性。

总而言之,叶燮通过"适如其意之所欲出""韩愈后之一大变""面目""品量""志士之诗"等理论命题明确了苏轼诗歌的特征、诗歌类属、地位与价值,立论有据,高屋建瓴,极富启发性。不仅如此,叶燮还步韵苏诗,力求创作实践与诗论主张的统一。《已畦诗集》中就有九首"用东坡韵"的诗歌(其中卷二 一首,卷五 三首,卷十 五首),至于吸纳苏诗精神而自有面目的诗歌更是不胜枚举。张玉书《已畦西南行草序》就曾称赞叶燮诗歌"吐纳动荡、浑涵光芒类眉山"③。曹溶读其诗而知人论世,并结合苏轼《刚说》,盛誉叶燮诗风刚毅,克肖苏轼:"苏子以亢直屡摧挫熙宁时,其持论谓:'人患不能刚,不患刚不合道。太刚则折,真小人语耳。'使苏子在今日,未必遂免摧挫,而其论决不改于初。然则刚之为道,于诗尤无害。"(曹溶《已畦诗集序》)④另外,叶燮还超越苏轼见解来论诗,如《南疑诗集序》云:"语有之:'绚烂之极,乃归平淡'。予则以为绚烂、平淡,初非二事也。真绚烂则必平淡,至平淡则必绚烂。"⑤表现出师古而不泥古、力求独立思考的诗学思想。此外,即便是写园记,叶燮也不忘引用苏轼诗歌:"由轩廊往西,得'绿净阁',阁横开纵短。退之诗'绿净不可唾',子瞻诗'朝雨洗绿净',两取义也。"(《海监张氏涉园记》)⑥说明他对苏诗极为谙熟。因此,这所有一切都表明叶燮对苏诗进行了

① 叶燮著,蒋寅笺注:《原诗笺注》内篇下,第 189 页。

② 叶燮著,蒋寅笺注:《原诗笺注》外篇下,第 370 页。

③ 叶燮:《已畦西南行草》,清刻本,上海图书馆藏。

④ 叶燮:《已畦诗集》,《丛书集成续编》第 124 册集部,第 840 页上。

⑤ 叶燮:《已畦文集》卷八,《丛书集成续编》第 124 册集部,第 723 页上。

⑥ 叶燮:《已畦文集》卷六,《丛书集成续编》第 124 册集部,第 702 页上。

周密考察,可谓"一一剖析而缕分之,兼综而条贯之"①,不仅彰显出苏诗的独特性,且在苏诗研究史上占有重要一席,值得大书特书。

综上所述,叶燮对杜甫、韩愈、苏轼的定位,既有传统渊源、诗学构建上的考虑,也有着深刻的现实考量,反映出他取熔传统、观照现实与独出机杼相结合的诗学思想。还值得注意的是,叶燮在人生境遇、生活经历上与杜、韩、苏亦有相通之处,故而感同身受,能够对他们其人其诗都有深邃的理解。这也表明叶燮推美三家并非单单激赏他们的诗歌,更是对其人格、思想、志趣的追随,由此获得思想慰藉、诗学卓见与创作触兴。

----

① 叶燮著,蒋寅笺注:《原诗笺注》内篇上,第6页。

第五章

熔铸古昔成一家——叶燮的诗歌创作

叶燮论诗注重探源历代诗歌的源流盛衰,主张师古与独创结合,表现出浓郁的历史意识与现实关怀;又推崇杜甫、韩愈、苏轼等诗歌大家,倾慕他们的诗歌、见识、胸襟与创作精神,将之视作启蒙后学、针砭诗坛弊病的典范与良方。而这些在其创作实践中得到了很好的贯彻,无论是诗歌渊源,取法诗家,还是题材内容,包罗万千,或是艺术特色,表现多元,都反映出他的转益多师与陶铸新变。从少年即富诗才,到暮年仍耕耘不已,诗歌创作不仅陪伴了叶燮一生,也是其不同时期、不同处境下心态、阅历、思想的结晶。

第一节 诗歌渊源

叶燮的《原诗》开宗明义就强调诗有源必有流,又有因流而溯源,其诗歌发展史观和对诗歌大家的定位都很好地贯彻了这一诗学宗旨,而这些在其诗歌创作上也有明确反映。具体就是继承发展《诗经》《楚辞》等作品的诗歌精神,取法谢朓、李白、杜甫、韩愈、苏轼等诗人,力求熔铸古昔而自成一家。

一、绍承风骚,兼采众体

《诗经》是我国现实主义文学的源头,泽被后世无数诗人。叶燮自不例外,不仅诗论对之推崇有加,常常引为立论依据,而且在创作上也承继风雅传统,关注民生,反映现实。这样的诗篇在叶燮诗集中举不胜举。《御马来》中"三空菽不饱,皮骨安能撑"①的控诉,《赠行碑》中"高激义心古""永怀瑶与琼"②的明志,《山居杂诗》其二十六中"劳生寄作息,一饭丛诸艰"③的疾呼,等等。从官场腐败到百姓疾苦,无一不以现实主义手法予以观照,表露心声,言志抒怀。尤其是《和于制府梦中作韵》其一:

　　圣主资天赉,元臣协梦新。抚辰千象辟,忧国一灯亲。
　　帝谓通衾影,民瘼洞里邻。召南风被远,宁复数邠秦。④

　　起句说圣主资赏,中间却道忧国,关心民瘼,直言召南之风荡然不复,切肤忧患溢于言表。尾句"召南风被远,宁复数邠秦",明言《国风》中的《召南》《豳风》《秦风》,卒章显志,深得《诗经》美刺精神。此外,叶燮绍续《诗经》的明证还体现在对《诗经》篇名和词语的引用上。《诗经·陈风》中有《衡门》篇,叶燮则有"客至喧衡门"(《药亭皋旭偕嘉兴朱子蓉同过草堂八叠韵》)、"卧拙衡门下"(《丁卯春日郭华野中丞京邸惠笺远讯荒畦答谢》)、"木拥衡门闻剥啄"(《中秋后二日锡山顾天石过予草堂和十三覃韵诗见贻次韵答之》其一)等诗句。其他诸如《褰裳》《蒹葭》《汾沮洳》等《诗经》篇名也常常出现在叶燮的诗句中。再如《诗经·邶风·击鼓》中有"契阔"一语,叶燮则有"契阔海惊原上草"(《嘉兴陈用亶招同秋岳先生暨诸同学集尚友堂限微字》其二)、"契阔死生伤宋远"(《六叠韵韵答何皇士》其二)、"交因契阔贫逾热"(《晤谈子景邺周子雷门潘子含章夜话有感》)等诗句。可以看出,叶燮在创作上十分重视对《诗经》的继承与发展。

　　除上述外,通过叶燮诗歌中时常提及的"风雅""大雅""雅颂",我们也可知他浸润《诗经》甚深。一方面,倡言风雅,赞赏雅颂之风:

----

① 叶燮:《已畦诗集残余》,《丛书集成续编》第 124 册集部,第 961 页上。
② 叶燮:《已畦诗集残余》,《丛书集成续编》第 124 册集部,第 963 页上。
③ 叶燮:《已畦诗集》卷一,《丛书集成续编》第 124 册集部,第 860 页下。
④ 叶燮:《已畦诗集》卷三,《丛书集成续编》第 124 册集部,第 885 页上。

风雅维吾道,波澜汲众材。(《胡存仁方伯顾余草堂感旧言怀》其四)①

铿锵嗤制氏,雅颂在囊中。(《呈劳岂庵宪副》其二)②

千金散后气愈鼓,侠肝倾出雅颂风。(《寄建德宋介祝兼为其尊慈寿》)③

另一方面,有感于诗坛风雅日衰的现状,在言怀、赠答、雅会中表达自己的忧患:

雕虫薄壮夫,大雅衰作述。(《山居杂诗》其二十二)④

王风蔓草哀怨起,六义陈陈阁荒函。(《壬戌九月十六日吴孟举集同人鉴古堂限昌黎酬卢司门望秋作韵》)⑤

铁洲先生没,大雅慨沦胥。(《答曹民表》)⑥

中郎没后典型微,风雅沦胥正始稀。(《中秋后同人集用宣尚友堂忆五年前秋岳先生有此集限微字韵兴怀怆然仍限前韵》其一)⑦

无论是高举风雅大旗,还是慨叹诗风沦丧,都与《原诗》中对时人有乖于风人之旨的批判一脉相承。

对丁《楚辞》,叶燮自小就深受其沾濡。沈德潜《叶先生传》云:"先生四岁,虞部公授以《楚辞》,即成诵。"⑧沈宜修《季女琼章传》曰:"九月十五日,

---

① 叶燮:《已畦诗集》卷七,《丛书集成续编》第124册集部,第926页上。
② 叶燮:《已畦诗集》卷四,《丛书集成续编》第124册集部,第896页下。
③ 叶燮:《已畦诗集残余》,《丛书集成续编》第124册集部,第968页下。
④ 叶燮:《已畦诗集》卷一,《丛书集成续编》第124册集部,第860页上。
⑤ 叶燮:《已畦诗集》卷二,《丛书集成续编》第124册集部,第870页上。
⑥ 叶燮:《已畦诗集》卷五,《丛书集成续编》第124册集部,第908页上。
⑦ 叶燮:《已畦诗集》卷五,《丛书集成续编》第124册集部,第911页上。
⑧ 沈德潜著,潘务正、李言校点:《归愚文钞》卷十六,《沈德潜诗文集》,第3册,第1398页。

粥后,犹教六弟世倌暨幼妹小繁读《楚辞》。"①家人的授读、自身的天资聪颖与努力研读,为叶燮以后在创作上接受楚骚打下了良好基础。通过《已畦文集》中的《审音说》《滋园记》《小丹丘词序》等,亦可看出叶燮对《楚辞》了然于胸。如此而言,叶燮在诗歌中屡言"灵均"也就顺理成章:

> 灵均遗则在,击鼓起潭龙。(《午日王大将军湖舫宴集同人分限二冬韵》其一)②
>
> 灵均杂佩芳洲满,贾谊怀沙暮雨含。(《乔石林先生和十三覃韵十首见贻韵无重押予报以十章仍限前韵愧不能一一步押也》)③
>
> 庄叟梦中仍是觉,灵均醒处却如酣。(《石林复叠前韵八首贻我始一一叠其来韵报之》其一)④
>
> 安得灵均重一盼,蓬蒿满把亦堪歌。(《撷芳轩》)⑤
>
> 怪底灵均赋独醒,庭前柏子仟青青(《赠仪封周伯章》)。⑥

屈原为人高洁正直,却遭受谗言猜忌而被流放;叶燮为官清廉,勤政为民,却因故被黜,二人的人生遭际相似,自然心志相通。正如叶燮《苌楚集序》云:"楚大夫之不得于君,不得乎志也,指美人以喻君子,要謇修以希感悟,而志卒不可得,作《离骚》以寄意。"⑦可谓屈原的异代知音。进一步说,屈原的艺术精神已深深感染了叶燮,使之在关注现实的同时具有一种激越奔放的浪漫主义情怀。因此,"楚畹""沅湘""宓妃""九畹""九天""问天""美人""迟暮""零落"等楚骚言语和意象在叶燮的诗歌中递加出现,整诗的表现力由此得到丰富。

---

① 沈宜修:《鹂吹》,见叶绍袁编,冀勤辑校的《午梦堂集》,北京:中华书局,2015年,上册,第248页。
② 叶燮:《已畦诗集》卷四,《丛书集成续编》第124册集部,第897页下。
③ 叶燮:《已畦诗集》卷六,《丛书集成续编》第124册集部,第916页上。
④ 叶燮:《已畦诗集》卷六,《丛书集成续编》第124册集部,第917页上。
⑤ 叶燮:《已畦诗集》卷七,《丛书集成续编》第124册集部,第929页上。
⑥ 叶燮:《已畦诗集》卷八,《丛书集成续编》第124册集部,第934页下。
⑦ 叶燮:《已畦文集》卷九,《丛书集成续编》第124册集部,第738页下。

在另外一些诗篇中,甚至还可见他对灵均问天的反其道而用之:

　　莫邀灵均去问天,苍翁终古茫茫然。(《放歌行同人再集魏里涉园赋》)①

　　谢朓惊人不足夸,灵均欲问将无语。(《登五老峰自一峰二峰登中峰最高处》)②

　　俯仰笑灵均,问天柱扪舌。(《冬日诸子枉过草堂次夏性天韵限雪字》)③

　　莫拟问天叉手去,试听掷地只辞深。(《闻吴孟举连日闭关谢客诗以讯之仍次前韵》其二)④

　　"莫邀""笑""莫拟"等并不是质疑否定,而是渗入自己的当下思考与想象,这从另一个侧面反映出他对屈骚精神的继承与超越。正如叶燮在《宿弋阳署中赠谭左禹明府》中所云:"不续《离骚》二十五,湘累溹涊何缤纷。"这里虽说"不续",但恰恰表明曾经对《离骚》之"续";所言"湘累""溹涊""缤纷"也皆与楚辞有关。而《叠韵答九来》中的"计拙甘楚曲"⑤,计拙之时,借以楚曲释怀。而叶燮一生又多磨难,故而易与屈原形成共鸣。

　　叶燮还常常屈宋并称,借以称赞友人。肯定"周秦规遂古,屈宋驾争雄"(《雨中过曹秋岳先生采山亭坐次各赋五言长句五十韵限东字》)⑥;将"衙官屈宋"的典故融入诗中,如"拟将屈宋压官衙"(《宿海盐曹希文廉让堂次项东井韵》)⑦、"屈宋衙官待尔陪"(《三叠韵再赠月潭》)⑧;直斥"词客无灵呵屈宋,书生妄想息陈甘"(《石林复叠前韵八首贻我始一一叠其来韵报之》其

①　叶燮:《已畦诗集》卷三,《丛书集成续编》第124册集部,第882页下。
②　叶燮:《已畦诗集》卷四,《丛书集成续编》第124册集部,第901页下。
③　叶燮:《已畦诗集》卷八,《丛书集成续编》第124册集部,第938页下。
④　叶燮:《已畦诗集》卷一,《丛书集成续编》第124册集部,第864页下。
⑤　叶燮:《已畦诗集》卷二,《丛书集成续编》第124册集部,第874页上。
⑥　叶燮:《已畦诗集》卷一,《丛书集成续编》第124册集部,第861页上。
⑦　叶燮:《已畦诗集》卷五,《丛书集成续编》第124册集部,第908页下。
⑧　叶燮:《已畦诗集》卷七,《丛书集成续编》第124册集部,第926页下。

四)①,都表明他对以屈宋为代表的楚辞倾心已久。

从竹枝体这种民歌诗体及其内容而言,叶燮对屈原也有所祖述。唐代刘禹锡《竹枝词序》云:"昔屈原居沅湘间,其民迎神,词多鄙陋,乃为作《九歌》,到于今荆楚鼓舞之。故余亦作《竹枝词》九篇,俾善歌者飏之,附于末。后之聆巴歈,知变风之自焉。"②屈原谪居沅湘,关注民风而作《九歌》,刘禹锡接续而作《竹枝词》,叶燮亦承而作《庚戌六月吴江一夕水发淹没民居戏作竹枝体》。此组诗共五首,兹举其四:

> 三里桥边粥厂新,拥挤老幼可怜生。为求一饱真难得,骄煞争名夺利人。③

三里桥边新建的粥厂中,老幼堪悯,他们为求得一饱而驱使拥挤,直击官府救济不力。语言近俚却颇得风骚之意,唯歌民病,在"戏作"中见得真情与批判。

除竹枝体以外,叶燮诗更常见的体裁有五七古、五七绝、五七律、乐府、歌行,可谓古体与近体兼备。正如叶燮友人宋曹所言:"诗人情动于中而形于言,志之所之也。若词意到至处,往往播之乐府、被之管弦,所以老而愈妙、穷而益工。读星期先生诸古体,则黄初、太康以降不足言矣!近体则开元、天宝以降不足言矣!"④虽不无溢美,却也道出了其诗具有穷而益工、兼采众体的特征。

二、谢朓:"赖有玄晖传好句,墨花烛影两霏微"

叶燮在《原诗》中对谢朓评价甚高,认为可与陶渊明、谢灵运相鼎力,指出其诗风高华,"开生面,其名句无人能道"⑤。在创作上,叶燮也深受谢朓影

---

① 叶燮:《已畦诗集》卷六,《丛书集成续编》第 124 册集部,第 917 页上。
② 郭绍虞主编:《中国历代文论选》第 2 册,上海:上海古籍出版社,2001 年,第 114 页。
③ 叶燮:《已畦诗集残余》,《丛书集成续编》第 124 册集部,第 970 页下。
④ 叶燮:《已畦诗旧存》卷上,1920 年抄本,上海图书馆藏。
⑤ 叶燮著,蒋寅笺注:《原诗笺注》外篇下,第 350 页。

响,具体表现在以下两方面。

一是钦佩谢诗语言优美,名句频出,在赠答中多次征引。《嘉兴陈用宣招同秋岳先生暨诸同学集尚友堂限微字》其二云:"赖有玄晖传好句,墨花烛影两霏微。"①由一"赖"字足见对小谢十分熟稔。《送陆鹤田先生北迁次韵》其二曰:"高扪日观与天齐,谢朓惊人句自携。"②夸赞友人如谢朓那样名句自携。《答沈客子》中"惊人谢朓落丸多"一句,则化用谢朓"好诗圆美流转如弹丸"③之言,叹赏其用语精妙。谢朓《晚登三山还望京邑》曰:"余霞散成绮,澄江静如练。"④对此,叶燮在诗歌中多次提及,反映出对谢诗名句的喜爱:

> 王恭新月春方濯,谢朓余霞绮自罩。(《叠韵答王子方若四首》其一)⑤
> 王恭春月谢朓霞,睹此无乃皆臣卤。(《苦雨篇赠钱塘翁康贻进士》)⑥
> 王恭新月当庭树,谢朓余霞封笔床。(《赠门人钟广汉》)⑦
> 王恭新月当庭树,谢朓余霞对笔床。(《赠金季星》)⑧
> 谢朓诗成江上句,王恭人在月中看。(《赠过锡璜梦文兄弟》)⑨
> 人比王恭月,诗成谢朓霞。(《王与襄》)⑩

在与友人的赠答中,叶燮借谢朓来寄寓他的褒奖,于创作中表现出他对

---

① 叶燮:《已畦诗集》卷三,《丛书集成续编》第124册集部,第882页下。
② 叶燮:《已畦诗集》卷三,《丛书集成续编》第124册集部,第885页上。
③ 李延寿:《南史》卷二十二,北京:中华书局,1975年,第609页。
④ 谢朓著,曹融南校注:《谢宣城集校注》卷三,上海:上海古籍出版社,1991年,第278页。
⑤ 叶燮:《已畦诗集》卷六,《丛书集成续编》第124册集部,第918页下。
⑥ 叶燮:《已畦诗集》卷七,《丛书集成续编》第124册集部,第929页下。
⑦ 叶燮著,杨承业辑:《已畦诗选余旧存》卷一,清抄本,南京图书馆藏。
⑧ 叶燮著,杨承业辑:《已畦诗选余旧存》卷二,清抄本,南京图书馆藏。
⑨ 叶燮著,杨承业辑:《已畦诗选余旧存》卷二,清抄本,南京图书馆藏。
⑩ 叶燮著,杨承业辑:《已畦诗选余旧存》卷二,清抄本,南京图书馆藏。

谢朓的喜爱,实现了与友人的诗歌互动,其诗学取向也随之得到彰显。

二是与谢朓在精神上产生共鸣。叶燮《七叠韵答丹阳贺拓庵》云:"十年前经谢朓宅,门巷柳锁秋云函。"见其宅想其人,引发无限感慨。《宿海盐曹希文廉让堂次项东井韵》其一曰:"为感玄晖零落后,待携君手访长林。"又《冬日诸子枉过草堂次夏性天韵限雪字》云:"玄晖零落后,真赏意好绝。"感怀玄晖零落,在富有历史感的同时也寄寓着他的当世情怀。他在为弟子张锡祚的《锄茅集》作序时指出:"吾与子比邻有年,尚不知子,又何敢论当世士哉? 沈约语王筠曰:'自谢朓诸人零落,平生意好多尽,不意迟暮复逢于君。'"① 述及当下,念及谢朓,慨叹不已。《送福清同宗世文泗元游海外》亦曰:"才名小谢并难兄,草满池塘花满城。我是未归摇落客,望洋独立黯心惊。"将友人以谢朓相比,写景抒怀,尾句却言及诗人自己,四处飘落,黯然神伤。每及谢朓零落,想到自己天涯冷落,真可谓一片"风雨西陵小谢心"(《叠韵再答友鲲》)。由论诗推重玄晖,到诗中频频提及,足以知其然又知其所以然。

三、李白:"谢朓风流真好事,青莲诗句转多情"

李白飘逸自然,出类拔萃,对叶燮诗歌创作有诸多影响。《山居杂诗》其十九云:

> 弃世世亦弃,彼我成两捐(自注:余草堂颜二弃,取青莲句)。无两不成中,草堂得其全。成、三不立(自注:内典三点成、,音伊),无待二谁传。看云复对山,身世两相妍。孰弃孰取弃,青莲亦茫然。②

不仅所筑二弃草堂之义取自李白《古风五十九首》其十三中的"君平既弃世,世亦弃君平",而且有所发挥,引入内典,富有禅味,尾句彰显诗人的超达与自得。可以说,类似的继承与化用,比比皆是。

李白《独坐敬亭山》云:

---

① 叶燮辑:《国朝四家诗集》,清刻本,天津图书馆藏。
② 叶燮:《已畦诗集》卷一,《丛书集成续编》第124册集部,第859页下。

众鸟高飞尽,孤云独去闲。相看两不厌,只有敬亭山。

叶燮《敬亭山》曰:

谢朓风流真好事,青莲诗句转多情。才人零落名山老,莫怪啼鹃夜夜声。①

所言都是敬亭山,一深得"独坐"之神,情景交融;一在怀古中直言赞赏,表达对玄晖、太白零落的叹惜,包纳古今情怀。

李白《望庐山瀑布》其二云:

日照香炉生紫烟,遥看瀑布挂前川。飞流直下三千尺,疑是银河落九天。

叶燮《逢庐山僧言栖贤瀑布之胜惜未能游漫赋》其三曰:

瀑布飞流第几重,三千丈挂玉虬龙。灵源自接银河水,定有乘槎客路逢。②

同样想象奇特,流畅自然,从中不难看出叶燮对李诗的因革发展。

李白善用乐府古体作诗,风格豪放雄奇,从心化出,而叶燮也善于学习古乐府,所作歌行体诗同样具有此等气势。《放歌行同人再集魏里涉园赋》云:

去年系艇青苹渡,华堂银烛摇香雾。一卷诗伤句句心,幅笺犹沁花间露(自注:去岁有涉园倡和,多丽词)。今年新月挂城楼,片帆斜渡逢

---

① 叶燮:《已畦诗集》卷四,《丛书集成续编》第124册集部,第904页。
② 叶燮:《已畦诗集》卷四,《丛书集成续编》第124册集部,第893页上。

清秋。主人颜色好如昨,芒屩重来坐上头。坐中酒,且莫倾,听我放歌
激楚声。昨闻长安唱薤露,此调不管公与卿。我今与君一年一逢觅一
醉,但愿加餐百岁如钱彭。劝君不必据地歌,劝君莫须拔剑舞。高论何
妨天地宽,闲评宁怕蛟龙怒。莫邀灵均去问天,苍翁终古茫茫然。自来
花月山水无日不具在,何我与君终岁回避却走如无缘?如今一年一会
亟叫快,如何抛却三百五十九日。缩脚孤灯眠,我今特地与君约。自今
每遇好花好月好山水,且携银筝翠管急呼唐生前。(自注:唐生青帆善
度曲,在坐)唐生为我拨四弦,请将闲愁消付清冷之深渊,清渊不肯受,
却回重上坐客之眉端。君不见冬冬鼓罢漏将绝,城乌犹叫吴宫月。①

借酒浇愁,却又豁达乐观,充满豪情。在"去年"与"今年"的新旧对比
中,斗酒放歌,高呼"坐中酒,且莫倾",但愿加餐长寿至百岁,更敢于"高论何
妨天地宽,闲评宁怕蛟龙怒",特邀友人拨弦以消愁,无奈才下心头却上眉
端,从中可见叶燮对李白《将进酒》的绍承与创变。此外,《放歌行为雷阮徒
赋》一诗也颇得太白之奔放洒脱。

在叶燮诗集中,还有许多具体提及李白的诗句:

朱丝栏里逞青莲,凤跌龙拏满禁传。(《题平湖沈客子燕京春咏后》
其七)②
济宁酒楼吊太白,梁王吹台偕枚生。(《宿弋阳署中赠谭左禹
明府》)③
愁绝青莲销歇后,何人捧出与摩挲。(《岭南杂诗》其六)④
莫是青莲今再世,故教腕底落优昙。(《海盐李澶钥明府以十三覃
韵四首见贻即次答之》)⑤

① 叶燮:《己畦诗集》卷三,《丛书集成续编》第124册集部,第882页下—883页上。
② 叶燮:《己畦诗集》卷二,《丛书集成续编》第124册集部,第876页上。
③ 叶燮:《己畦诗集》卷四,《丛书集成续编》第124册集部,第891页下。
④ 叶燮:《己畦诗集》卷四,《丛书集成续编》第124册集部,第895页上。
⑤ 叶燮:《己畦诗集》卷八,《丛书集成续编》第124册集部,第936页下。

诗为心声,叶燮在诗论中指出李白遗世独立,胸怀旷达,在创作上既继承太白又加以点化发展,可谓"青莲今再世"。

四、杜甫:"杜陵岂诗人,所志稷契学"

杜甫的伟大是全方位的,诗歌上转益多师、兼备众体,开后世无数法门,"诗圣"影响深远;思想上忧国忧民,虽怀才不遇、人生坎坷却心怀天下,所写诗篇大多为社会实录,"诗史"光照千秋。作为杜甫的隔代知音,叶燮对杜甫其人其诗其志心领神会,在理论和创作上都有践行。

杜甫《自京赴奉先县咏怀五百字》云:"许身一何愚,窃比稷与契。"①《客居》又曰:"稷契易为力,犬戎何足吞?"②致君尧舜,以稷契自许确是杜甫的心迹所在。叶燮对此深信不疑,其《再次韵》说道:"行藏各有寄,历境递悲乐。杜陵岂诗人,所志稷契学。"③指出杜甫并不仅仅是一位诗人,其志向在于稷契之学,匡济黎民,抓住了杜诗的精神实质。正如浦起龙《读杜心解》评《自京赴奉先县咏怀五百字》曰:"其'稷契'之心,'忧端'之切,在于国奢民困。而民惟邦本,尤其所深危而极虑者。"④借用浦氏所评,杜甫之忧亦是叶燮所极虑之事。与杜甫具有"安得广厦千万间,大庇天下寒士俱欢颜"(《茅屋为秋风所破歌》)⑤的期盼一样,叶燮也"但愿黄金等山岳,普天寒士同来劙"(《同人集桐乡六叠韵》)⑥,所想皆非一己之私。因而对于下悯民疮、抨击不公,叶燮与杜甫高度契合。

叶燮创作的反映宝应为官经历与见闻的十二首纪事杂诗,就是这方面的代表,于官场倾轧、草菅人命等刻画得淋漓尽致,是叶燮从政环境之恶劣与底层人民苦难生活的真实写照。单看诗中"皆宝邑实事""皆前孙令实事""此系当首监司实事""此亦前孙令实事"这些自注就可知悉叶燮对现实的关

① 杜甫著,萧涤非主编:《杜甫全集校注》卷三,北京:人民文学出版社,2014 年,第 2 册,第 668 页。
② 杜甫著,萧涤非主编:《杜甫全集校注》卷十二,第 6 册,第 3505 页。
③ 叶燮:《已畦诗集》卷二,《丛书集成续编》第 124 册集部,第 877 页上。
④ 浦起龙:《读杜心解》卷一,北京:中华书局,1961 年,第 1 册,第 23 页。
⑤ 杜甫著,萧涤非主编:《杜甫全集校注》卷八,第 4 册,第 2346 页。
⑥ 叶燮:《已畦诗集》卷二,《丛书集成续编》第 124 册集部,第 871 页。

注与批判。《御马来》在极尽揭露、控诉之后,将落脚点置于百姓之疲与残:"疲氓难旦暮,痌瘝切私情。终宵马嘶震,炊绝无人声。"①《军邮速》中"县官闻马来,酒浆筐筥迎。吏役闻马来,面色苍皇青。百姓闻马来,负担望尘停"②的描写,由县官、吏役、百姓"闻马来"后的不同反应,折射出战争给百姓造成的沉重负担。还有《河漕堤》与《湖天霜》直陈前任县令的种种恶行,义愤填膺,令人钦佩。《清诗别裁集》不惜重墨评道:"杀四十人以全一人官爵,古酷吏中有此毒鸷乎? 天道好还,必不使之保首领留种类也。读至后半,炎月中恐亦肌肤起粟。"③还有《采柳谣》《帑金递》《涸田勘》《西江水》《令史怒》《衙前钟》《赠行碑》也都直击现实黑暗,为民疾呼。总体看来,这些诗都远绍《诗经》,近取杜甫。正如倪灿所评:"余读已畦《纪事杂咏十二章》,缠绵悱恻,顿挫凄婉,与少陵之《新安》《石壕》诸诗何异? 彼元、白新乐府之《杜陵叟》《卖炭翁》《母别子》诸篇不能及也。斯数章不过其任之作,然一篇之中忧天悯人之意备焉!"④其中虽有过誉之辞,但指出叶燮所作纪事杂诗有杜甫沉郁顿挫之特色,可与《新安吏》《石壕吏》相比,并对此中成因进行叙述,看到了叶燮对杜甫的继承与发展。宋曹还以"诗史"高度评价叶燮:"至《河堤》《军邮》《荷锸夫》《采柳谣》诸诗,则又关心民瘼,酸凄动人,虽安上之图无以过之。少陵《新安吏》《石壕吏》《垂老别》《无家别》诸篇,昔人谓之'诗史',予于先生亦云。"⑤认为叶燮诸诗关心民瘼,酸凄动人,深得少陵神理。

除了上述纪事诗,叶燮还次韵杜诗,用其韵以表己意。如《拟少陵春陵行次韵赠丹徒何相如》:"维皇布霜露,荣被瘁亦婴。縻爵无崇污,所期志获行。哲人秉夙尚,独立安无倾。聊赓道州咏,往有轺轩听。"⑥虽为寄赠友人,却蕴含诗人自己的忧患与深思,堪比杜甫之《同元使君春陵行》。根据笔者统计,叶燮步韵的杜诗还有《西枝村寻置草堂地夜宿赞公土室二首》《大云寺

---

① 叶燮:《已畦诗集残余》,《丛书集成续编》第 124 册集部,第 961 页上。
② 叶燮:《已畦诗集残余》,《丛书集成续编》第 124 册集部,第 961 页上。
③ 沈德潜等编:《清诗别裁集》卷十,上册,第 386 页。
④ 叶燮:《已畦诗旧存》卷上,1920 年抄本,上海图书馆藏。
⑤ 叶燮:《已畦诗旧存》卷上,1920 年抄本,上海图书馆藏。
⑥ 叶燮:《已畦诗集》卷二,《丛书集成续编》第 124 册集部,第 876 页下。

赞公房四首》《陪郑广文游何将军山林十首》，无论从数量还是诗意上来说，都足以表明他对杜甫的喜爱，也可知杜诗在叶燮日常生活与诗歌创作中所占的分量。兹举杜甫《大云寺赞公房四首》其三：

> 灯影照无睡，心清闻妙香。夜深殿突兀，风动金琅珰。
> 天黑闭春院，地清栖暗芳。玉绳回断绝，铁凤森翱翔。
> 梵放时出寺，钟残仍殷床。明朝在沃野，苦见尘沙黄。①

叶燮《宿积善律院次少陵赞公房韵四首》其三云：

> 万籁满寂界，群动妙定香。鼓声随月沉，微飔应琅珰。
> 八地悟不动，尘土亦卜芳。谙天盛衣祴，十住同时翔。
> 我本丘壑子，未掀黄檗床。四更披衣坐，扰扰玄与黄。②

　　比较来看，两首诗的风格差不多，都表现出一种灵妙空寂，富有禅意；节奏也以2—1—2为主，间以2—2—1。但在一些地方也确有不同。如杜诗首句言动，第二句言静；而叶诗恰恰相反，首句所言的万籁之静与第二句的群物之动形成对比；后边则一改杜诗见景不见人的写法，而直接点出"我本丘壑子"，由景及人，由禅境转入现实，似更加平实。由此可见，叶燮次韵杜诗并非一味凑韵牵合，而是有所发挥。这也说明叶燮之所以宗杜而又能得其真蕴，实与其自身才力卓绝有关。正如屈大均对叶燮诗才的评价：

> 星期先生以卓绝之才，深入堂奥，直与浣花翁"沉郁顿挫"争胜于毫厘之间，可谓雄伟不群矣。③

　　诚然，叶燮的"卓绝之才"为其能够深入杜诗堂奥提供了重要支撑。

---

① 杜甫著，萧涤非主编：《杜甫全集校注》卷三，第2册，第801页。
② 叶燮：《已畦诗集》卷九，《丛书集成续编》第124册集部，第942页下。
③ 叶燮：《已畦西南行草》卷上，清刻本，上海图书馆藏。

叶燮在《原诗》中曾提及杜甫的前后《出塞》，认为其中有"似文之句"①，而观其集外佚诗《拟杜出塞》，亦化用杜诗意蕴：

> 出门复入门，去路想还路。挥泪辞双亲，双亲年已暮。
> 不知归来时，可仍倚闾顾。行行雁门关，去去黄河渡。
> 目饱风中沙，足砺碛底步。云黄天茫茫，犹如望洋赴。
> 此身亦何有，万死不知怖。昨夜贺兰山，报贼骑无数。
> 居延急添兵，受降早益戍。奋灭此朝食，早使旗常树。②

由不舍离家、挥泪辞亲写到行旅的艰辛，积压胸中的情绪步步高涨；从云天茫茫的感叹转而提升至对生命价值的思索，"此身亦何有，万死不知怖"，随即又展开对战况的描述，最后用"灭此朝食"之典故形容斗志昂扬，又以"早使旗常树"表明力求建功立业之决心，将个人与国家紧密联系起来，由此全诗的思想得到升华。

此外，由诗中多处自注提及杜诗也可看出叶燮对老杜的因承。如《石林复叠前韵八首贻我始——叠其来韵报之》其一中的"杜诗'荆玉簪头冷'"③，《次韵答李鹤君》其三中的"杜诗'有文令人伤'"④，《将远游奉别诸同人》其三中的"杜诗'魂来枫林青'"⑤，从中不难看出叶燮对杜诗的喜爱与接受。

总而言之，杜诗对叶燮的影响是全方位的。在横山筑独立苍茫室，取杜甫《乐游园歌》"独立苍茫自咏诗"之义。在讲学时，常以杜集指授弟子，教授爱女更是如此。其《女姜圹铭》云："姜生而慧，五岁授杜诗《秋兴八首》，过口便成诵，声朗然入听。"⑥在《原诗》中，叶燮更是推崇至极，征引杜诗立论，除了对《乐游园歌》以及"碧瓦初塞外""月傍九霄多"等四句杜诗细读品评

---

① 叶燮著，蒋寅笺注：《原诗笺注》外篇下，第416页。

② 吴定璋：《七十二峰足征集》卷七十九，《四库全书存目丛书补编》第44册，第182页下。

③ 叶燮：《已畦诗集》卷六，《丛书集成续编》第124册集部，第917页上。

④ 叶燮：《已畦诗集》卷八，《丛书集成续编》第124册集部，第936页下。

⑤ 叶燮：《已畦诗集》卷九，《丛书集成续编》第124册集部，第947页下。

⑥ 叶燮：《已畦文集》卷十七，《丛书集成续编》第124册集部，第800页下。

外,还选录四十四首杜诗中的"瑕疵"一一进行评驳①,以此批评俗儒们的偏畸。至于具体提及杜甫的诗句也不胜枚举,如"少陵穷老泊风潭,如许乾坤句里函""嗟哉一饭杜陵老,牛脯饱死饥伤馋""扬马文章埋骨处,伤心争似杜陵多"等。这些都说明叶燮诗歌渊源有自,承创结合,深得杜诗要义。

五、韩愈:"东向潮阳南望海,云横何处觅昌黎"

对韩愈,叶燮也是不遗余力地加以学习借鉴,不仅在诗论中对韩诗的诗歌史价值、思想内容、艺术风格给予高度肯定和独特定位,而且在创作上也拳拳服膺。对此,杨国安《叶燮的韩诗接受及其影响》一文有所阐发,强调叶燮力推韩愈缘于韩诗在思维及语言方面的创新符合其审美趣味,认为《从万杉寺循麓迤逦而东过开先寺始见瀑布注为龙潭入山第一大观也》《登五老峰自一峰二峰登中峰最高处》等诗颇得韩愈山水之作的雄伟奇崛,指出其喜用昌黎诗韵②。诚为知言,但尚需一些拓展。

叶燮对韩愈的承继首先是思想上的寻觅与追随。《送侯官蓝公漪归闽》其二曰:"七星岩不负留题,片石韩陵袖欲携。东向潮阳南望海,云横何处觅昌黎。"③前两句述及与蓝公漪同游广东肇庆七星岩之事,夸赞其诗才斐然;三四句笔锋陡然一转,转至韩愈曾任职的潮阳,虽言云海茫茫而不知何处找寻,实则寄托着诗人不屈"云横"而追慕昌黎的决心。大有韩愈《左迁至蓝关示侄孙湘》"云横秦岭家何在"之气势。在叶燮的心目中,韩愈就是扫除陈言宿弊的榜样,可高举其旗帜古为今用。同样是送别友人,叶燮在《送蒋莘田宪副督学中州》中亦表露心迹:"昌黎当我世,穷者孟郊偏。"

其次,由叶燮次韵韩诗可以看出他对韩愈诗歌的多重把握。依据《已畦诗集》,叶燮前后有十七首次韵韩愈的诗歌,分别是卷二《壬戌九月十六日吴孟举集同人鉴古堂限昌黎酬卢司门望秋作韵》,共十二首;卷三《吴汉槎北归赋赠次昌黎忆昨行韵》一首;卷五《丙寅重阳前一日诸同人枉集草堂用昌黎

① 叶燮著,蒋寅笺注:《原诗笺注》外篇上,第264—266页。

② 杨国安:《叶燮的韩诗接受及其影响》,张清华、胡阿祥、王景福编:《韩愈研究》第九辑,上海:文汇出版社,2016年,第500—501页。

③ 叶燮:《已畦诗集》卷四,《丛书集成续编》第124册集部,第898页上。

醉赠张秘书韵同赋》二首;卷五《九日顾迁客雷阮徒集同人登楞伽山泛舟石湖用昌黎人日城南登高韵》二首。具体来说,主要包含以下三点。一是注重奇与平的结合。以《壬戌九月十六日吴孟举集同人鉴古堂限昌黎酬卢司门望秋作韵》①为例,仅从所用的"函""巉""衫""衔""缄""劙""攕"等韵就可看出叶燮选择此诗,正是看到了韩诗的奇崛;如其诗中所说的"秋瞳双炯众盲退,意匠独削嵌空岩",追求匠心独运,勇往而无不敢,颇有韩愈所说的"若使乘酣骋雄怪,造化何以当镌劙"之风。而《九日顾迁客雷阮徒集同人登楞伽山泛舟石湖用昌黎人日城南登高韵》二首②则相对平易一些,诗中虽也有"柔毫三寸赢,能驱万象用。始知乾坤隘,吴楚一睫送"(其二)的笔力气魄,但更多是由登高怀古所生发出的言志畅怀,如其一中的"邈然怀古徒,千载悲秋共。登临极欢娱,相与将归送"、其二中的"斜月逝川催,断嶂飞乌纵。无端触绪来,应接翻倥偬",且尾句皆以珍惜良辰和友情落脚,与韩愈《人日城南登高》的觞咏感怀、自然清新一脉相承。二是注重在诗中提出自己的诗论主张。韩愈《醉赠张秘书》"通过评论友人诗作,表达了自己的创作主张,而本篇又正是其主张的具体实践"③,其中的"险语破鬼胆,高词媲皇坟"正是其主张的高度浓缩。而叶燮在次韵韩愈的诗歌中,也提出了诸如"唐宋元明均冶铸,更追八代挥斤劙""李杜光焰厌机巧,文章根柢中心諴"等颇有代表性的诗论主张。三是注重结合人生遭际与现实。如前所述,叶燮以"志士之诗"定位韩诗,正是看到了韩愈诗风的形成与其处常历变、坎壈郁怫密不可分。而叶燮在次韵韩愈的诗歌中也有这种体现。《已畦诗集》卷二《三叠韵》曰:"嗟子摧颓穷壑老,君平陈迹仰取鉴。"《七叠韵答丹阳贺拓庵》云:"古人坎壈岂无遇,一誉何以当千谗。"又《九叠韵再答九来》曰:"生活冷淡剧好事,拙手巧运虚空劙。"还有《丙寅重阳前一日诸同人枉集草堂用昌黎醉赠张秘书韵同赋》其一④,起句便道"我本灌园叟,蠖伏无令闻",接着叙说自己安贫乐道于"素心乐与偕,高人亦成军",由此与俗人"蛙鸣只一云"的随声附和形

---

①　叶燮:《已畦诗集》卷二,《丛书集成续编》第124册集部,第870页上。

②　叶燮:《已畦诗集》卷五,《丛书集成续编》第124册集部,第905页下。

③　孙昌武注评:《韩愈诗文选评》,西安:三秦出版社,2004年,第20—21页。

④　叶燮:《已畦诗集》卷五,《丛书集成续编》第124册集部,第905页。

成鲜明对比,与韩愈诗中对"长安众富儿"的嗤之以鼻在精神意旨上亦有相通之处。

再次,叶燮敢于绍续韩愈,同样与其自身才力超凡密不可分。陈言务去是韩愈的文学主张,《原诗》对之甚为推赏。但在具体的操作中,要能做到陈言刊落却需要过人的才力。叶燮曾言:"故晚唐诗人,亦以陈言为病,但无愈之才力,故日趋于尖新纤巧,俗儒即以此为晚唐诟厉。呜呼,亦可谓愚矣。"①确切地说,能够如昌黎那样力挽诗坛的陈言弊病必然要力大思雄,而以韩为宗加以学习借鉴则亦需拥有"愈之才力"。叶燮次韵韩诗,同题同韵的诗篇能写到十二首之多,且内容丰富,足以说明他对韩愈的仰慕。正如倪灿所评:"已畦才大如海,一韵而叠至数十首。昌黎云:'险语破鬼胆,高词媲皇坟。'又云:'垠崖划崩豁,乾坤摆雷硠。'已畦正有远过前贤处。莫谓古今人不相及也。"②"远过"似言过其实,但指出叶燮才大力大、直追昌黎,正是看到了叶燮对韩愈的继承与发展,可谓知言。季煌亦评曰:"叶星期先生诗如河朔大侠,奇气逼人,一扫诗人恶习,所谓'惟陈言之务去者也'。"③

至于叶燮次韵李商隐的《韩碑》,作《上抚军大中丞次李义山〈韩碑〉韵》二首,如义山那样肯定《平淮西碑》。正如清代宋宗元《网师园唐诗笺》卷六"七言古诗之三"评《韩碑》道:"昌黎出人头地,正在句奇语重。咏韩诗便似韩笔,才人能事,无所不可。"④叶燮以其才高力大,步《韩碑》韵而追步韩笔,亦可算是对韩愈的追慕。

最后,由叶燮次韵韩诗也可看出清初诗坛对韩愈的接受情况。袁景辂《国朝松陵诗征》评叶燮曰:"先生风流宏奖,所交皆当世人宗。丙寅九日大会于二弃草堂,冠带之集几遍江浙。同用昌黎《赠张秘书》与《人日城南登高》韵赋诗纪事。所刻《用九集》,见者以不得与会为恨。"⑤吴之振、顾嗣协

---

①　叶燮著,蒋寅笺注:《原诗笺注》内篇上,第69页。

②　叶燮:《已畦诗近刻》卷三,1920年抄本,上海图书馆藏。

③　叶燮:《已畦西南行草》卷上,清刻本,上海图书馆藏。

④　宋宗元选笺:《网师园唐诗笺》卷六,清乾隆三十二年(1767)刻本,上海图书馆藏。

⑤　袁景辂:《国朝松陵诗征》卷五,清乾隆三十二年(1767)刻本,上海图书馆藏。又见蒋寅:《叶燮行年考略》,《清代文学论稿》,第237—238页。

等都有次韩韵诗。为何他们在重要的雅集时次韵韩诗？一则韩愈的这些诗歌表现出一种喜悦的心情，适合好友宴会使用，吐露心声；二则自然与当时诗坛对韩愈精神与风度的追怀有关。叶燮适时推韩，正可见出其诗论与创作的现实针对性。

六、苏轼："眉山遗迹近，转益后先师"

叶燮转益多师，于苏轼其人其诗其赋更是高山仰止、熟读玩味。其《呈劳岂庵宪副》云："眉山遗迹近（自注：在韶州），转益后先师。"东坡遗迹已成过往，睹物思人，重在承继苏轼的精神思想，像他那样承前启后，博采众长。这可算作叶燮的诗论主张，也说明眉山在叶燮诗歌创作中是不可缺位的。

苏轼《前赤壁赋》，千古为人称颂。叶燮爱不释手，取其中之义命名横山所筑茅亭为"二取亭"，并撰《二取亭记》，作《二取亭》诗，仰慕东坡。尤其是《予二弃草堂南筑一茅亭碓公赠名二取取东坡江上清风山间明月义叠前韵为赠予十一叠韵以答》一诗中所言"取之须藏什袭固""藏名无尽且无始""亭与风月并我四"等①，颇有几分苏轼的旷达超凡。《九叠韵再答九来》中"江风岭月尽君买，一钱不费笼㩮㩮"亦出自此赋。

苏轼喜鹤，写《放鹤亭记》以表其出世隐居之心迹，作《鹤叹》《竹鹤》等以鹤自比。而叶燮亦重鹤，"鹤"的意象在其诗中出现多次，作《题十鹤图》，其七言提及东坡："沉沉月浸一舟轻，捩翅横流唳转清。鹤梦东坡坡梦鹤，鹤醒坡起底分明。（自注：赤壁横江）"②用诗的方式描写苏轼《后赤壁赋》中的丰富意蕴，前两句写景，后两句则指出东坡与鹤的物我合一，以及梦境与现实的关系，隐约中有庄周梦蝶的意味。

叶燮不仅仰慕苏轼赋，诗中常用其义，而且对苏诗也极为熟稔，常常加以点化。苏轼《题西林壁》云：

横看成岭侧成峰，远近高低总不同。不识庐山真面目，只缘身在此

---

① 叶燮：《已畦诗集》卷二，《丛书集成续编》第124册集部，第872页下。
② 叶燮：《已畦诗集》卷五，《丛书集成续编》第124册集部，第910页下。

山中。①

叶燮则化用其意,赋予禅机,《逢庐山僧言栖贤瀑布之胜惜未能游漫赋》其一曰:

梦里庐山踏破鞋,此行定许宿心谐。谁知面目真难识,错却机缘等活埋。②

苏轼有《食荔枝》一诗,叶燮《忆杨梅》则曰:

霜橙甘橘犹充案,忽忆杨梅五月天。脱体温柔怜紫玉,堆盘色相压红莲。

才令入口脂堪注,试取沾唇晕可怜。若使东坡知此味,荔枝三百定无缘。③

由霜橙甘橘"忽忆"五月时的杨梅,从视觉上和口感上依次展开,描写细腻,色彩丰富,尤其是尾句富有生活情趣,别有一番滋味,与苏诗常表现出的谐谑、豁达十分相似。

苏轼一生被贬数地,漂泊流寓是生活的常态,因而"鸿"意象在其诗作中时常出现。而叶燮经历坎坷,仕途不顺,为生计、志向四处奔波,寄居他所,相似的人生遭际和感受使他在创作上对苏诗所描述的"鸿爪"有很深的认同:

长天鸿爪何方住,独夜龙泉半壁函。(《叠韵答陶子文虎二首》其二)④

---

① 苏轼著,王文诰辑注,孔凡礼点校:《苏轼诗集》卷二十三,第1219页。
② 叶燮:《已畦诗集》卷四,《丛书集成续编》第124册集部,第893页上。
③ 叶燮:《已畦诗集》卷五,《丛书集成续编》第124册集部,第913页上。
④ 叶燮:《已畦诗集》卷六,《丛书集成续编》第124册集部,第920页上。

鸿爪原无迹,他乡此故乡。(《丁丑除夕寓大乘招提作》其二)①

难迟天际孤鸿爪,留得阶前半树苔。(《和海印弘公除夕韵》其二)②

东西鸿爪皆空点,今古蛾眉不易防。(《叠韵答学山》其二)③

无一不流露出对往事的回忆与深思,可谓深受苏诗影响,而叶燮的心态也由此可见一斑。

再有《过圆证寺登岫云开士山楼》其三,则在心领神会苏轼《和子由渑池怀旧》的基础上有所发挥:

月浮湖影元无相,谷转寒吹莫是声。堪笑东坡老居士,只将鸿爪便题名。④

反其意而用之,结合尾句下的自注"有东坡遗迹",可以看出叶燮每睹苏轼遗迹,便生发无限追思,赋诗言志。

至于《同韩蓬庐羽南闻山游弁山夜宿资福禅寺》其一,更可见叶燮对苏诗的喜爱:

梦里坡公句,弁山特地亲。百盘云护寺,万顷竹无人。
宿习尊前话,余灰劫外尘。月明梵宇静,转悔倦游身。⑤

连梦里都吟咏东坡诗句,顿觉弁山如此亲近。三四句对仗工整,五六句超凡脱俗,七八句则澄明心境。全诗意境恣逸,具有东坡本色。

还有《答严修人》其二,亦得苏轼真蕴:

① 叶燮:《已畦诗集》卷十,《丛书集成续编》第124册集部,第953页上。
② 叶燮:《已畦诗集》卷十,《丛书集成续编》第124册集部,第955页上。
③ 叶燮:《已畦诗集残余》,《丛书集成续编》第124册集部,第964页上。
④ 叶燮:《已畦诗集》卷七,《丛书集成续编》第124册集部,第924页上。
⑤ 叶燮:《已畦诗集》卷七,《丛书集成续编》第124册集部,第923页下。

高卧人寰里,风尘不上颜。长吟坡老句,留语右军山。

花月疑无主,松筠喜得班。五言丸脱手,琴酒永萧闲。①

　　人所共知,东坡晚年喜和陶,叶燮此诗前两句正得此意,第三句则直言时常吟诵苏诗,后几句怀古用典,境界高远。

　　叶燮的苏诗接受,从其诗歌自注亦可看出。除了前述"在韶州""赤壁横江""有东坡遗迹"外,还有《陈留署中作》其四"坡诗咏蟹有'尖团'"②、《题查夏重芦塘放鸭图》其一"坡诗'绕村捉鹅鸭'"③。其中"尖团"语出苏轼《丁公默送蝤蛑》尾句"一诗换得两尖团";"绕村捉鹅鸭"出自《岐亭五首》之一。从新架的团庵到曾经嘴馋而食霜蟹,再到绕村捉鸭,叶燮通过简明的自注使读者知其来源,同时也继承了苏诗富有生活情趣的一面。

　　在叶燮诗集中,还有多首次韵苏诗的诗篇。其中《已畦诗集》卷二步苏轼《王晋卿示诗欲夺海石复次前韵》韵的诗歌有八首,卷五次苏轼《与秦太虚参寥会于松江而关彦长徐安中适至分韵得风字》韵的诗歌有三首,卷十次韵苏轼《岐亭》的诗歌有五首。奉答、雅集皆用其韵,动辄数首,充分表明叶燮对苏诗的广泛接受以及思想精神上的承继。可以说,叶燮对苏轼其人其诗的仰慕与理解已到了无以复加的程度。《乔石林先生和十三覃韵十首见贻韵无重押予报以十章仍限前韵愧不能一一步押也》其十曰:"千古现身谁是主,瓣香坡老在琼儋。"海南儋州是苏轼贬谪生涯的最后一站,也是其终成千古大家的磨难之地。面对不宜居住的蛮荒困境,苏轼也曾发出何日得出此岛的凄伤之问,但他并未因此自暴自弃,而以其一贯的乐观与超人的坚韧尽快融入当地的生活,讲学明道,写诗抒怀,最终无往而不胜。显然,叶燮这里言及瓣香琼儋,实则抓住了苏轼人生哲学的关键所在。《将远游奉别诸同人》其六曰:"汲公戆直能容少,坡老时宜不合多。"写此诗时,叶燮已七十岁高龄,回首一生忧患险阻,所以对东坡的一肚子不合时宜深有感触。《赋得名士悦倾城》则叹赏苏轼兼擅文史,世所罕有:"希世有坡公,开辟擅文史。"

①　叶燮:《已畦诗集》卷五,《丛书集成续编》第124册集部,第907页上。
②　叶燮:《已畦诗集》卷八,《丛书集成续编》第124册集部,第933页上。
③　叶燮:《已畦诗集》卷九,《丛书集成续编》第124册集部,第941页上。

满含敬意,表彰东坡的开辟之功。还有《文孙惠酒米诗以谢之》"倾壶无白传,大饱计坡公",语出苏轼《问大冶长老乞桃花茶栽东坡》"饥寒未知免,已作太(亦作'大')饱计"①。连即事赋诗也吟出"风流苏学士,幸不叹长贫"(《乔石林侍读来过草堂即事八首之七》其二),谙熟苏诗。

林语堂在《苏东坡传》一书的自序中曾写道:"书架上有这样一位魅力无边、创意无限、廉政不阿、百无禁忌且卓尔不群的人所写的作品,会让人觉得有无比丰富的精神食粮。"②结合以上所述,与论诗注重对苏轼艺术精神的继承与发展一样,叶燮在创作上正是把苏诗作为精神食粮来转益取法的。

除了上述各家,叶燮对阮籍、陶潜、谢灵运等也有承继。如"结庐不必去人寰,车马喧中自性闲"(《口号赠真际开士》其一)、"结庐宛尔在人间,松桂森严未易攀"(《答张龄度次韵》)等皆化用渊明《饮酒》其五诗意。若一一寻绎,将不胜枚举。总而言之,叶燮诗歌渊源有自,取法众家众体,博其所长,并结合自身创作的需要加以贯彻应用,从表现内容、诗歌精神、诗体选择等方面均呈现出熔铸古昔又力求自成一家的鲜明特色。也正因于此,其诗歌主题与艺术所包蕴的内容十分丰富,值得进一步探究。

第二节　诗歌主题

诗歌所反映的题材内容决定了一个诗人的宽度与深度,也是其精神境界的重要反映。叶燮曾言:"我诗于酬答往还,或小小赋物,了无异人;若登临凭吊,包纳古今,遭谗遇变,哀怨幽噎,一吐其胸中所欲言,与众人所不能言、不敢言,虽前贤在侧,未敢多让。"(沈德潜《叶先生传》)③不仅道出了其诗歌的分类,也对其富有包纳古今、敢于直言的创作精神有所揭橥。具体来

---

① 苏轼著,王文诰辑注,孔凡礼点校:《苏轼诗集》卷二十一,第 1119 页。
② 林语堂著,宋碧云译:《苏东坡传》,南京:江苏人民出版社,2015 年,第 1 页。
③ 沈德潜著,潘务正、李言校点:《归愚文钞》卷十六,《沈德潜诗文集》,第 3 册,第 1398—1399 页。

说,主要包括以下四个方面。

一、咏史怀古

　　古往今来,怀古与咏史便是诗歌创作的重要主题。就表现内容而言,二者并无本质区别。如方回《瀛奎律髓》卷三专编"怀古类",却未列"咏史类",实因它们皆以寄托诗人观古思今的情怀为目的:"怀古者,见古迹,思古人,其事无他,兴亡贤愚而已。有仁心者必为世道计,故不能自默于斯焉。"[①]诚然,通过对古人的咏怀、古事的评述、古迹的凭吊,文学与历史相融共生,作者得以言志抒怀,也使得作品富有历史感、厚重感和现实感。叶燮喜爱研读历史,品评古人,认为"就目前之书,苟能随在而读之,揆其趣而究其归"则"古今治乱兴亡之迹未尝不胪然具列而可知其故"(《已畦文集自序》)[②],并写有大量别具新意的史论性文章,如《留侯论》《诸葛孔明论》等。在《原诗》中,叶燮亦秉承"古人补我之所未足,而后我与古人交为知己"[③]的理念,援古证今。加之他成长于明末清初,四处游历登临,久经风霜,所以怀古咏史诗在其诗集中占有很大分量,是其思想主题、精神心态的生动反映。

　　在对历史英雄人物的评述中咏怀。叶燮具有较为宏阔的历史观念,对以往历史的关键人物多有品评,《原诗》自不待言,其《已畦文集》卷一至卷二便纵论张良、范增、诸葛亮、狄仁杰等。同样,叶燮在诗歌创作中也贯彻了这种历史意识。《过濑水吊伍大夫》[④]缅怀春秋时的伍子胥,由眼前的水波潆洄、胜迹依旧想到曾经在濑水边发生过的故事,使他感慨万千,生发议论:"成败论人夸胜迹,去留当日总危涂",历史总是以成败论人,无论子胥当日去留与否都潜藏危机,其最终遭谗而自刎即是明证;而遭谗遇变正是叶燮凭吊之作所着重表达的内容。五六句写景,如今这里澄湖秋练,云开路芜,七八句用典,"依约蒹葭留宿意",曾经的"吹箫乞食"尽付笑谈中。《过曲江吊

　　① 方回选评,李庆甲集评校点:《瀛奎律髓汇评》卷三,上海:上海古籍出版社,1986年,上册,第 78 页。
　　② 叶燮:《已畦文集》,《丛书集成续编》第 124 册集部,第 645 页上。
　　③ 叶燮著,蒋寅笺注:《原诗笺注》内篇下,第 160 页。
　　④ 叶燮:《已畦诗集》卷三,《丛书集成续编》第 124 册集部,第 883 页上。

张文献公》①由途经韶关曲江而凭吊出于此地的唐代名相张九龄。据《新唐书·张九龄传》②记载,九龄少年聪慧,十三岁就得到广州刺史王方庆"是必致远"的赞赏,后来政绩卓著,虽向来体弱却颇具风姿,享有"九龄风度"之美誉。叶燮善于读史,所以首两句明言"南纪峥嵘出,霜姿矫绝伦",夸赞张九龄卓异不凡。三四句铺叙中展开议论,"哲人留一话,天子竟西巡",其中"留"与"竟"形成鲜明对比:玄宗不听九龄"禄山狼子野心,有逆相,宜即事诛之,以绝后患"的忠言,以致放虎归山,安史之乱爆发,不得已西巡避难,所谓"帝后在蜀,思其忠,为泣下"。五六句景中含情,遗庙与朱鸟相映生辉,繁香飘逸,白苹依依。七八句敬仰之情油然而生,"书生多感激,抚事益伤神",抚事怀人,不禁黯然伤神。《淮阴吊古》云:"漫说淮阴三杰功,空余祠下水溶溶。严陵终古垂纶客,不道人间有蒯通。"③由诗题当知凭吊历史人物之功绩,但起句却以"漫说"与"空余"对应,给出莫提"三杰功"的缘由。三四句更进一步,用"严陵钓"之典,以东汉严光垂纶不仕、远离计谋而全身,反衬韩信以谋略功盖天下却亦以未用蒯通之计而致死。倾慕隐居之情溢于言表,怀古抒怀中表露出叶燮当时的处世心境。《咏史》④一诗重点评述孙策与李渊,指出二人"两君盖世杰,非有甲乙殊",兼涉曹操、周瑜、李世民,强调不可"论世迹成败",可见叶燮的史识;但就诗歌艺术而言,此诗大多是历史人物事件的铺叙,限制了艺术手法的使用,咏怀却乏寄托。

在登高临远中咏怀。《清诗别裁集》评叶燮早年所作诗歌《同徐方虎张步青赵湛卿登永嘉江心寺浮图》曰:"登高睇远时,每多身世之感,无情人不知也。"⑤的确,叶燮的此类诗常常于登高临远中抒发情怀。《登五老峰自一峰二峰登中峰最高处》⑥从"长江万里岷蜀来,彭蠡派汇天南回"起句,接着在"左揽江流,蜿蜒如鞶带。右衔湖影,滟潋如螺杯"的比兴中描写庐山的雄伟

①　叶燮:《已畦诗集》卷四,《丛书集成续编》第 124 册集部,第 893 页下。

②　欧阳修、宋祁撰:《新唐书》卷一百二十六,北京:中华书局,1975 年,第 14 册,第 4424—4430 页。

③　叶燮:《已畦诗集》卷五,《丛书集成续编》第 124 册集部,第 909 页下。

④　叶燮:《已畦诗集》卷十,《丛书集成续编》第 124 册集部,第 949 页上。

⑤　沈德潜等编:《清诗别裁集》卷十,上册,第 390 页。

⑥　叶燮:《已畦诗集》卷四,《丛书集成续编》第 124 册集部,第 901 页。

奇美,随即迸发"揽带衔杯昂巨首,俯视古今王侯将相,无异蜉蝣与尘埃"的慨叹,"昔年我登日观峰,秦皇汉武如梦中"与"我今直上,睥睨目欲无全天"的今昔对比,将怀古思人的情怀在登高望远中一一得到释放,后以"纵饶笔底庐山句,不是当前面目诗"结束全篇,道出了庐山的变幻莫测、瑰奇丰富,诗笔奇崛,诗之面目犹如庐山之面目。《庐山绝顶为汉阳峰五老仅及其腰领而游屐罕有问者余登五老距汉阳尚五十里疲于登陟亦于是止焉遥望作此》①由对汉阳峰"峻出绝其群"的描写,结句咏叹"君不见广武终成竖子名,嗣宗一恸非无情",用《晋书·阮籍传》"尝登广武,观楚汉战处,叹曰:'时无英雄,使竖子成名'"之典,寄托自己的哀怨幽噫,由于被黜而无用武之地。叶燮还登临滕王阁,今日的满目荒凉与昔日"朱甍照城郭"的繁华形成对比,感慨"不知才子千秋恨,转逐征人一夕生"(《滕王阁》)②。在《赣州》其一③中,叶燮既为赣州的形胜人文所折服,也敬佩王阳明的文治武功,指出"事去江山旧,时平楼橹闲。文成勋业地,樽俎尚堪攀"。至于叶燮的《京口作》其一④亦可圈可点。京口即镇江,自古为军事要地,故而多怀古之作,较为著名的有辛弃疾《永遇乐·京口北固亭怀古》,诗歌有戴叔伦《京口怀古》,范仲淹《京口即事》等。虽然如此,叶燮此诗亦不落窠臼,在"朔风动地大江鸣,犹说南徐北府兵"的写景与叙事中展开。第三句"铁锁几人筹异代",用东吴孙皓铁锁拦截却难以阻挡西晋王浚横江火烧之典,意指历史大势不可挡,感叹英雄过往;第四句"布衣终古悔成名",由自注"用刘毅句"可知用典出处,杜甫《今夕行》有"刘毅从来布衣愿"之句,意谓刘毅成名前只愿做布衣百姓,而叶燮这里反其意而用之,直指刘毅英名盖世亦最终兵败自杀,悔恨不已。英雄尚且如此,所以五六句以"江山无限渔樵计,木叶频惊关塞情"自慰思乡。无奈情不自禁,"试上高楼凭四望,不禁泪下愧平生",凭栏远望而愈发感慨平生无成。全诗写景、抒情、议论结合,起句笔势雄劲,一气呵成,可谓"七言律

①　叶燮:《已畦诗集》卷四,《丛书集成续编》第124册集部,第901页下。
②　叶燮:《已畦诗集》卷四,《丛书集成续编》第124册集部,第892页下。
③　叶燮:《已畦诗集》卷四,《丛书集成续编》第124册集部,第893页上。
④　叶燮:《已畦诗集》卷九,《丛书集成续编》第124册集部,第946页下。

入手难得龙跳虎卧之笔,得此以下便如破竹。"①

　　在对名士与女性关系的思考中咏怀。叶燮兼擅诗文,志高行洁,所以对名士有一种天然的仰慕,诗中多次言及。但值得注意的是,叶燮在提及名士时,又往往与女性并称。如"奇石慨名士,晚香叹红裙"(《丙寅重阳前一日诸同人枉集草堂用昌黎醉赠张秘书韵同赋》其二)、"主人开宴当红妆,名士倾城两不妨"(《绿荫堂看牡丹》其二)。而这种关注与抒怀,在《赋得名士悦倾城》一诗中得到了最为集中的体现:

　　　昔有卓文君,倾城悦名士。七音妙指生,一寸柔心死。
　　　君行上高山,妾意枯海水。揽镜吟白头,茂陵秋风起。
　　　彼美契才人,妙合有如此。名士悦倾城,古不数数尔。
　　　百斛珠光碧,坠楼碎绿绮。曾赋明妃怨,那得青冢比。
　　　才名杜司勋,高至藐余子。十里扬州帘,徒使春风耻。
　　　回首水嬉游,彩霞沉浪底。泪迸子满枝,紫云聊粲齿。
　　　八斗富陈王,感甄梦空拟。朝光旭日升,渌水芙蕖似。
　　　蒲生怨秋塘,渺渺凌波趾。梦得善多情,婵娟落吴市。
　　　凄咽泰娘行,声泪颊交沘。希世有坡公,开辟擅文史。
　　　枝上柳绵词,何人双泪缩。活计舞裙抛,悟得六如旨。
　　　海角埋朝云,荒草非耶是。历数倾城姿,命薄皆如纸。
　　　几人璧月联,双美并夸侈。玉碎珠复槌,孰是欢终始。
　　　狼藉颠童顽,摧残伧父委。血染碧罗裙,啼鹃痛蒿里。
　　　四座且勿喧,听我歌未已。名士孰可堪,倾城果谁以。惟彼琴心
　匹,千古独绝耳。②

　　此诗总体可分为三部分:前十句为一部分,写卓文君才貌双全,妙指柔心,作《白头吟》《诀别书》使司马相如回心转意,中心意旨在于说明"倾城悦名士";中间一部分从"名士悦倾城,古不数数尔"开始,提及杜牧、曹植、刘禹

_____

① 　沈德潜等编:《清诗别裁集》卷十,上册,第387页。
② 　叶燮:《已畦诗集》卷十,《丛书集成续编》第124册集部,第949页上。

锡、苏轼，又言及紫云、甄皇后、泰娘、朝云等女性，以"历数倾城姿，命薄皆如纸"作结；最后一部分抒怀议论，高歌不已，由"四座且勿喧"可知此诗当是雅集之作，随之指出"名士孰可堪，倾城果谁以"，疑问中不无控诉哀叹，尾句又一转，用《史记·司马相如列传》"琴心"之典，照应开头且点题，肯定名士与倾城心意相匹而千古独绝，结意不尽，深得一唱三叹之旨。另外，该诗用典极多却无堆砌，先后提及杜牧《赠别》《叹花》《怅诗》、曹植《洛神赋》、刘禹锡《泰娘歌》、苏轼《蝶恋花》《朝云诗》等，点化其中诗句，可以反映出叶燮用语炼意的才力，也可见得其对古代女性命运的思索，访古证今，或寄托着他的当世情怀。

由上论之，叶燮的怀古咏史诗内容较为充实丰富，注重用典，借题发挥，寄寓着对现实人生的参悟与思考。既是其"念冷百端无集处，心同千古许谁参"（《叠韵答刘禹美都谏四首》其三）①的真实反映，也是他"觉古人无日不与我投契相对"（《沈静诣传》）②的思想主张在诗歌创作上的实践结晶。

二、交游纪行

关于叶燮的交游，本书已在第一章第二节进行了分类说明，可整体把握叶燮交游的对象类别，知悉交游对其诗歌理论、精神情感的重要影响。由于"社会身份、社会关系、社会场合等社会学元素，可说是对酬唱诗歌进行解读、阐释、评判必须关注的三个元素"③，因而这里则主要着眼于叶燮交游诗的思想内容，结合诗集中大量以赠、答、送、别、酬、和、寄等为题的诗歌加以考察，探讨其诗论与诗歌创作之间存在的联系。

其一，应酬中保持自我真性。叶燮在《原诗》中指出，应酬诗有时虽不得不作，但必须保持自家体段，有性有情，"须知题是应酬，诗自我作，思过半矣"④。这是他的诗论主张，在其创作上也有体现。《石门吴友鲲投诗次南湖

---

① 叶燮：《已畦诗集》卷六，《丛书集成续编》第 124 册集部，第 919 页下。
② 叶燮：《已畦文集》卷十八，《丛书集成续编》第 124 册集部，第 809 页下。
③ 吕肖奂、张剑：《酬唱诗学的三重维度建构》，《北京大学学报》（哲学社会科学版），2012 年第 2 期。
④ 叶燮著，蒋寅笺注：《原诗笺注》外篇下，第 403 页。

倡和韵即叠韵答之》其二云："画馆清泠四壁音,鸣禽池畔足闲寻。明明句掇
三秋月,一一花同九畹心。消息倚楼鸿影过,韶华卷幔蠹痕深。还须简点文
园渴(自注:来诗云在病中),笔札迟君给上林。"①一般而言,和韵回赠受原唱
用韵用字的限制,很难富有新意。但此诗从写景起端,娓娓道来,三四句对
仗工整,五六句感慨时光易逝,后又用"文园渴"之典表达对友人病情的关
切,亦不落俗套。叶燮还有《叠韵再答友鲲》二首、《叠韵三答友鲲》二首也都
具有这样的特点,同韵三答,叠韵数首,可知叶燮作诗绝非被动应酬。除了
吴友鲲,叶燮与吴之振唱和更多。吴之振《叠韵送星期岁暮归山》其一云:

> 空山鸾啸激清音,壑断云连咫尺寻。老去贫交难聚首,眼前生客怕
> 输心。
> 长镵劚处霜苗短,柔橹声中落叶深。万顷菰芦堆碧海,星星渔火入
> 香林。②

叶燮《孟举以诗送别兼赠度岁之资叠韵谢之》曰:

> 街鼓冲残暮柝音,客扉叩处雨灯寻。卷收剩句秋余响,打叠将离岁
> 逼心。
> 冷熨情钟襄幔浅,冬烘计就拄门深。山空雪暗人归晚,路没前村尚
> 隔林。③

两诗皆诗笔有力,寓情于景,意象丰富,虽为叠韵酬答之作但满含深情。
其二,复杂情感的宣泄与寄托。叶燮诗中多抒发怀旧之感,仅由诗题便
可看出,如《予自癸丑春过明圣湖辛酉冬重至湖上访昔年同学故人大半为异
物孤山六桥一带亦苍凉非昔日毛稚黄王仲昭访予客舍为谈往事慨然赋长歌
贻二子》《集吴天章传清堂感旧限红字》《感旧怀山阴吴伯憩》《胡存仁方伯

---

① 叶燮:《已畦诗集》卷一,《丛书集成续编》第 124 册集部,第 864 页。
② 叶燮:《已畦诗集》卷一附录,《丛书集成续编》第 124 册集部,第 865 页下。
③ 叶燮:《已畦诗集》卷一,《丛书集成续编》第 124 册集部,第 865 页下。

顾余草堂感旧言怀》等。无论是友人来访还是雅集宴会，回首往昔、感念旧
事是不变的主题，正如《清诗别裁集》评叶燮《中秋后同人集用寘尚友堂忆五
年前秋岳先生有此集限微字韵兴怀怆然仍限前韵》其二曰："追旧集，感暮
年，借倦萤衰柳以写苍凉之况，为之黯然。"①就具体诗句而言，"旧梦"在叶燮
诗中频繁出现，如"酒人回旧梦"（《同人集次漫赋次韵》其二）、"闲评旧梦吾
先泪"（《答曹叔则》）、"偶谈旧梦醉忘年"（《和同年陆义山阁学偕诸同人集
陆颒人南田草堂》）、"旧梦未能忘"（《再叠前韵》其一）等，酬唱对叶燮情感
抒发的重要性由此可见一斑。此外，"故乡""故园""故人"也是叶燮诗中时
常出现的关键词，尤以对故亲的思念最见其感旧情怀。《将远游奉别诸同
人》其五云："我生兄弟八人行，肠断鹡鸰尽北邙。剩有颓翎飞不去，只寻绝
壑礼空王。"在奉别友人时表露感怀，读之令人神伤。再结合诗尾自注"予同
胞兄弟八人，七人俱早世，极寿者止四十五岁，剩余孑然伤哉"②，叶燮之所以
膜拜空王也就不难想知。

　　其三，寄身于出世与入世之间。叶燮积极仕进，被黜后隐居山林，参礼
禅师，赠答友朋，从中可见其出世思想。《赠石涟上人》其二曰："六月肤焦那
是热，三冬指落亦非寒。曹溪一滴从君酌，冷暖还须嚼后看。"③由天气季节
之热寒谈及禅学要义。其三亦曰："支公好鹤何多癖，觉范吟诗莫道酸。遮
莫夜来烧却好，赵州泉苦不愁寒。"④提及支遁、慧洪觉范两位高僧，诗中富有
禅意。还有《壁上人与余谈咏竟夕上人以诗送别即次韵答》一诗，从诗题及
"壁公有访余草堂之约"⑤的自注即可知叶燮与壁公交往之密切。《赠金亦
陶》其一则于赠答中表露出隐居自适的情怀："栗里无宾主，相逢意自忘。长
镵坚骨力，短褐足飞扬。瓦覆青溪屋，林环阮绪床。神仙亦何有，局蹐白云
乡。"⑥仰慕陶渊明居住栗里与友朋无分主客的惬意，希望像他那样躬身农
耕，短褐振奋，瓦覆溪屋，如此胜似局蹐仙乡的神仙。但叶燮并未就此与世

---

①　沈德潜等编：《清诗别裁集》卷十，上册，第388页。
②　叶燮：《已畦诗集》卷九，《丛书集成续编》第124册集部，第948页上。
③　叶燮：《已畦诗集》卷四，《丛书集成续编》第124册集部，第898页下。
④　叶燮：《已畦诗集》卷四，《丛书集成续编》第124册集部，第898页下。
⑤　叶燮：《已畦诗集》卷四，《丛书集成续编》第124册集部，第903页上。
⑥　叶燮：《已畦诗集》卷八，《丛书集成续编》第124册集部，第939页上。

隔绝,从其诗集中为数不多的干谒诗也可看出其入世心境。此举虽不为高官厚禄,但与官宦人士交往以推动诗文传播的意向显而易见。《上两广制府吴大司马》组诗共九首,在用典中褒美吴兴祚功勋卓著。如其一以"绛灌无文,随陆无武"之典赞其文武双全、经纬两济,其三的尾句用羊祜"缓带轻裘"之典赞其风度儒雅,寄寓着叶燮发愿振兴诗道的决心,而其九则在褒扬中明确道出个人心声:

> 驽骀伏盐车,孙阳曾一顾。以兹瓴甋陋,被照隋珠路。
>
> 拙步无娉婷,贫遭官长怒。放逐免投荒,明圣衔皇度。
>
> 垂老偃穷蹊,九食犹艰遇。生平已已心,千载勉勉赴。幸获御李君,未敢伤迟暮。①

连续用典,以廉泉伯夷之典表露心志,以孙阳一顾之典希望得到赏识,历述所遭不平与悲辛,尾句又用"御李"典故,表示有幸得到吴兴祚的接见,虽垂老而必将力行不倦,不因迟暮而神伤。由此不难看出叶燮借以登龙门而传道的心迹。还有《上制府于大司马》组诗共四首,由其中"闽天蜃静秋销甲""帝念东南金革后"等可知当写于三藩平定后,同样表现出叶燮主动入世的态度。

其四,与门下受业弟子论诗谈艺。叶燮交游广泛,所交对象有官员、布衣、禅师、隐士、弟子等。酬唱赠答,以诗会友,因而无论是应酬还是感旧、干谒等,都含有商榷诗艺的意味,自然也隐含着他的诗学观念。《与千子文虎彝上诸子论诗竟日仍叠韵二首》其一云:

> 郊原避暑憩精蓝,诗友论心得失谙。界扩岩疆雄百二,眼高俯视大千三。
>
> 曹郐赋陋谁江右(自注:江西派也),俎豆桃先首剑南。怪底冬烘夸晓事,也将兔册腐毫含。②

---

① 叶燮:《已畦西南行草》卷上,清刻本,上海图书馆藏。
② 叶燮:《已畦诗集》卷六,《丛书集成续编》第124册集部,第920页下。

诗题中明确提及三人,其中千子、文虎、彝上分别是郑乾清、陶蔚、刘家珍的字,三人都是叶燮的受业弟子。师生间"诗友论心得失谙",将矛头指向当时诗坛"俎豆桃先首剑南"的误区,与《原诗》中批判时人学宋却模拟剽窃陆游、范成大之字句的诗论主张一脉相承,由此可见叶燮诗论形成与其授徒讲学、创作之间的关系。

其二曰:

> 遗山诗论抉源探,八代三唐总一函。劲比松枝苍自韵,味同蔗境老方甘。
> 莫将牙慧随人后,原许毫锋纵我贪。一自王风零蔓草,几人能拂倚天镡。①

肯定元好问诗论探源溯流,指出"八代三唐总一函"的整体诗歌史观,强调不要拾人牙慧,同样与《原诗》中注重风人之旨、振兴诗道的诗论主张是一致的。

其五,对"素心"的重视与向往。在与友人的交往宴集中,叶燮极为重视素心之人。《同南海梁药亭过平湖郭皋旭吴趋寓斋适海宁查韬荒至三叠韵》云:"叩门素心人,才高樊川牧。"叩门多素心人,且才高杜牧,这是叶燮的夸赞,也是其交游的取向。《次韵答魏里蒋声中三叠韵》则言:"地鲜素心人,主形宾对影。"表露出喜交素心之人的心愿。还有"素心乐与偕,高人亦成军"(《丙寅重阳前一日诸同人杜集皋堂用昌黎醉赠张秘书韵同赋》)、"胜地重经回首忆,澹交常好素心谙"(《海盐李澶钥明府以十三覃韵四首见贻即次答之》其三)、"列席开真率,传觞较素心"(《重九前过梁溪宿胡存仁方伯斋》其二)、"千载素心人,我怀庐社白"(《戊寅仲夏同人集虚已斋纵谈竟日旁及内典步东坡岐亭韵》其五),都表现出叶燮对"素心"以及"素心人"的重视与钦慕。

---

① 叶燮:《己畦诗集》卷六,《丛书集成续编》第124册集部,第920页下。

　　除了交游诗,有关纪行游览一类的诗歌在叶燮诗集中也有许多,尤其是《已畦诗集》卷四整卷皆为"西南行作",如《度大庾岭》《游七星岩》《发南昌入彭蠡湖遥望庐山》《由栖贤涧北上岭见五老峰下瀑布》等。首先来看叶燮诗文中对游览、行役之苦辛的描述。《赣州》曰:"倦游人欲住,行役路方艰。"《重至宝邑杂诗》其六云:"每赋销魂送别离,往来行役怅靡靡。"《西行杂诗序》一文对行役则有更为透彻的论述:"大约行役有行役之悲,行役有行役之乐,何也? 舍父母妻子昆弟室家之乐,而为千里数千里之行,则其思悲悲发乎有所离,则不能不作诗;历千里数千里之行,而时或逢故人,或遇新知,随在而有投分倾盖之雅,则其志乐乐出于有所合,则又不能不作诗。"①一再提及"不能不作诗",诗歌足以言志,行役之苦正是对其心志的磨炼与考验,由此联想到叶燮推崇"志士之诗"也就可得而知了。

　　走在括苍古道上,叶燮看到两边高耸入云的重岩峭壁,不禁满目萧然,感极而悲:"游子伤心悲九折,美人遥睇隔千盘。啼鹃花信他乡到,瘦马衫痕落照寒。"(《括苍道中》)"游子"对"美人","九折"对"千盘",写出了道路的险阻和对亲友的思念,独在他乡远行,夕照余晖下更显苍凉:"三四经险地、怀良友也。瘦马衫痕一语,写尽孤客远行之况。"②在西南之行中,叶燮夜泊钱塘江,触景生情,由物及己,发出"太息万里行,书卷栖孤篷。拙哉稻粱谋,岂能衡化工"③的感叹;在常山道上,虽精疲力尽、饥肠辘辘,却道"行迈已川疲,仆夫趣登陆""我行饥为驱,揽胜饱亦足"④,游兴十足;晚至玉山,眼前颓败的景象,使他不禁"就问此为何,彼语声先塞",进而控诉战乱给人民造成的巨大伤害,转而"闻言心怦怦,中宵转反侧"⑤,忧思不能自已。在中原之行中,他先后到过颍上、陈留、仪封、鄢陵、通许等地,访故友,宿僧舍,赋诗赠答。

　　叶燮四处游历,体味了其中的艰辛与悲苦,同时也对游览之神妙有了切

----

① 叶燮:《已畦文集》卷九,《丛书集成续编》第124册集部,第736页下。
② 沈德潜等编:《清诗别裁集》卷十,上册,第388页。
③ 叶燮:《已畦诗集》卷四,《丛书集成续编》第124册集部,第891页上。
④ 叶燮:《已畦诗集》卷四,《丛书集成续编》第124册集部,第891页下。
⑤ 叶燮:《已畦诗集》卷四,《丛书集成续编》第124册集部,第891页下。

身感受,并将之上升到诗歌理论的高度。《原诗》云:

　　　游览诗切不可作应酬山水语。如一幅画图,名手各各自有笔法,不
可错杂;又名山五岳,亦各各自有性情气象,不可移换。作诗者以此二
种心法,默契神会,又须步步不可忘我是游山人,然后山水之性情气象,
种种状貌,变态影响,皆从我目所见、耳所听、足所履而出,是之
谓游览。①

　　叶燮指出,作游览诗不可"应酬",要各有笔法和性情气象,要与山水相
知,在游览中赏其美、剖其妙。其《南疑诗集序》亦曰:"夫人阅历名山大川之
奇,无险不涉,无仄不登,久之而后乃知柳塘春水、花岛夕阳之妙,为山川化
境,有非可以言语形容者,与天之青、雪之白一义而已矣。"②强调名山大川之
奇妙,必经亲身游览方能体悟。

　　在诗歌创作上,叶燮游庐山前后得诗 40 余首,其《余于吴城买舟往庐山
归装寄逆旅旬日而返去之夕馆人不戒于火装委于烬过半旁人颇归咎山游若
有司之者当不至是余乃作诗以自解》云:"开辟有庐山,游者当不一。游山非
知山,相见不相识。人生知己难,山亦知己急。余胸有庐山,山灵知其实。
山灵爱我游,我亦知其必。两知相视间,所得双莫逆。余囊无长物,岭梅知
消息。花神权其衡,请易均得失。祝融奋然兴,急将公案毕。庐山发大笑,
君无更唧唧。"③将庐山视为相知,默契神会,既写出了庐山的灵妙绝构,也将
诗人自己的性情兴会道出。游黄山,叶燮则有《游黄山四绝》《怀黄山》(共
三首)④等诗,写出了黄山"有水尽从云际落,无话不向绝岩开"(《游黄山四
绝》其三)的奇伟,抒发了自己"何年别却尘寰去,骑鹤峰头任所之"(《游黄
山四绝》其二)的愿望,表达了自己"忽忆天都六六峰,梦魂长逐绛霄风"
(《怀黄山》其一)的怀念,也反映出其"若教不到莲花项,漫说人间别有天"

　　①　叶燮著,蒋寅笺注:《原诗笺注》外篇下,第 408 页。
　　②　叶燮:《已畦文集》卷八,《丛书集成续编》第 124 册集部,第 723 页下。
　　③　叶燮:《已畦诗集》卷四,《丛书集成续编》第 124 册集部,第 903 页上。
　　④　叶燮著,杨承业辑:《已畦诗选余旧存》卷二,清抄本,南京图书馆藏。

（《游黄山四绝》其四）的真切体悟。毋庸置疑，这些丰富的创作实践为叶燮在诗论中对游览诗生发卓见打下了坚实的基础。

综上所言，交游酬唱与纪行游览是叶燮生命历程不可或缺的组成部分，是其诗歌创作的重要主题，也在其诗学思想的形成中发挥了不可忽略的影响。

三、题诗咏物

古人嗜爱题诗，于题诗中可见其才力与交游。如杜甫《丹青引赠曹将军霸》卓绝精妙，写出了杜甫与曹霸的交游；白居易"每到驿亭先下马，循墙绕柱觅君诗"（《蓝桥驿见元九诗》）[①]，亦道出了他与元稹之间的深情厚谊。叶燮游历四方，所交多文雅之士，因而诗集中不乏题友人诗卷、园、堂、楼的诗歌，如《题平湖沈客子燕京春咏后》（共八首）、《题蒋虎臣先生山行红叶诗卷后》、《题乔石林纵棹园八首之六》、《题西来庵》、《题唤负庵》、《题在昔云抱堂》、《题友人延翠楼》（共三首）、《题涌月泉》（共二首）等。除了这些内容的题诗外，叶燮对题画诗更是爱不释手，不仅数量可观，而且叙事、议论、用典融入其中，显示出他兼采众艺的才识，如《题画荷花》《题梅花松枝图》《题溪山烟雨图》《题北平金正夏看剑引杯图》《题双燕图》《题友人草堂图》《题徐道冲观泉图》等。就思想内容而言，叶燮的题画诗主要包含以下几个方面。

一是对画中寓意进行阐释。"几折湘纹比雪纨，一枝苍翠写生难。凭君弃置秋风后，常在筩中耐岁寒。"（《题沈云步扇头画松》）[②]前两句评析画面，直言一枝苍翠难以写生，三四句陡然一转，用班婕妤《怨歌行》"弃捐箧笥中"之意，在赞美松树耐寒品格的同时也寄寓着诗人的哀怨与高洁，是其生平经历的艺术浓缩。《题希文莲子石榴册》[③]由题即知主要画的是石榴和莲子，但叶燮这里不言绘画如何逼真、高超，而是从"人言榴子甜，更说莲心苦"说起，由榴之甜与莲之苦的对比表达出"甜苦各自知，相逢两相许"的见解，由物性

---

① 白居易著，丁如明、聂世美校点：《白居易全集》卷十五，上海：上海古籍出版社，1999年，第211页。

② 叶燮：《已畦诗集》卷七，《丛书集成续编》第124册集部，第925页下。

③ 叶燮：《已畦诗集》卷九，《丛书集成续编》第124册集部，第944页下。

联想到人生的甜苦交织,小巧玲珑,饱含哲思。《题芦雁扇》其一①首两句描述芦雁万里飘飞历经苍凉、挈伴携群又复高翔,三四句发出"怪尔谋生浑不定,隔江飞去又他乡"的议论,整诗虽未言人,实则以芦雁之举家漂泊不定象征人的饱经风雨、萍踪浪迹。《题秋兰》②起首以篱菊才谢、阁梅尚赊衬托秋兰的独特不群,三四句对其"幽香只在罗含宅,不向东皇斗丽华"的高洁与不慕奢华给予肯定,或隐含着诗人对画主德行的赞赏,颇有几分《楚辞》遗韵。

　　二是在题诗中抒发今昔之感。《题沈客子紫茜村庄图》其一③从对二十年前曾经憩身此地的回忆写起,观画怀人,想到当时曾向沈季友之父沈菜请教声韵之学;而今却"生死伤心处,说与堂前半槁桐",物是人非,伤感不已。全诗虽对画面内容着墨甚少,但正在以少胜多中突显出诗人的真情所在。而《题扇头黄山图次韵》④则由今及昔,看到眼前画面的"了了万芙蓉",直言"从今无复青鞋兴,只在毫端认旧峰",于赞画中回首往昔。这从诗尾自注所说的"余游黄山已十年矣"亦可看出。《题芦雁扇》其二⑤首两句以"归去"对应"来时",前后景象的变化使诗人感叹"人间不少伤心事,劳汝千行写断肠",题扇寄意,以物自比。

　　三是对画作作者的击节叹赏。《题沈客子紫茜村庄图》其二⑥赞赏沈季友声满京华,能够"尺幅携归万树花",第三句更以"摩诘后身图里见"赞其画艺高超,以为王维转世,后以"冈前月色识君家"作结,自然而无矫揉之感。《题曹希文廉让拥书图》二首⑦皆褒扬曹三才,其一以"谁人识得送鸿心,泉响风鸣一往深"赞其志向远大;其二首两句"萧森阅历主耶宾,忙煞摊书觅古人",以"主耶宾"映衬曹氏藏书之富,使得观画而分不清或主或宾,三四句以"水树竞夸廉与让,目成只许篆烟亲"赞其品行与画艺,既将曹氏之号"廉让"

①　叶燮:《已畦诗集》卷八,《丛书集成续编》第 124 册集部,第 935 页下。
②　叶燮:《已畦诗集》卷八,《丛书集成续编》第 124 册集部,第 940 页下。
③　叶燮:《已畦诗集》卷五,《丛书集成续编》第 124 册集部,第 909 页上。
④　叶燮:《已畦诗集》卷七,《丛书集成续编》第 124 册集部,第 925 页上。
⑤　叶燮:《已畦诗集》卷八,《丛书集成续编》第 124 册集部,第 935 页下。
⑥　叶燮:《已畦诗集》卷五,《丛书集成续编》第 124 册集部,第 909 页上。
⑦　叶燮:《已畦诗集》卷三,《丛书集成续编》第 124 册集部,第 889 页下。

融入句中,切合诗题,也点出了曹画的篆烟宜人。《题晴江春晓图为何雍南寿》①前四句先从江流万古、春晓无限写起,转而推重何氏画艺高超,可收万物于笔端;中间四句赞其学道渐入佳境,可谓"十信十住节节许",并化用《景德传灯录·居士庞蕴》"一口吸尽西江水"而言"直到西江吸尽时,此中方识甘与苦",以佛语加以赞勉,十分切合"雍南长斋学佛"(诗题自注)的信仰;最后四句既赞画主有"试上金焦巅"的气魄和"方瞳两粟如箕大"的长寿之相,又赞画描绘了晴江的万千变态。何絜,字雍南,江苏镇江人,著《晴江阁集》三十卷,颇贵其文,喜搜沧桑间事,"郑成功陷镇江。事后兴大狱。世多不详其事",而"赖絜所撰《烈妇传》,微露其端"②,敢于实录的勇气值得肯定。叶燮与何絜交往较多,诗集中还有几处提及,由此也可见其交游取向。

　　四是对友人加以劝勉告诫。《归安潘霞山自吴归苕友人有以葡萄图赠其行予题二绝以送之》其一云:"一树葡萄晓露凝,美人赠比玉壶冰。劝君莫挂高斋上,赢得空山有葛藤。"③友人以"玉壶冰"比赠,叶燮却明言莫要将此图挂在高斋上,因为一树葡萄纵使现在鲜艳欲滴但终究会枯萎失色。其伉直如此。其二④则进一步发挥,"颗颗明珠落笔端,水晶宫里鸟街残",画笔下犹如明珠的颗颗葡萄最终会落得被鸟啄而残留的结局;因而奉劝友人,以免"回头休忆天南梦,剩有鲛人泪满盘",言辞恳切。其中"鲛人泪满盘"语出张华《博物志》的"南海外有鲛人,水居如鱼,不废织绩,其眼能泣珠"⑤。

　　五是在题诗中注重描绘生活情趣。《题查夏重芦塘放鸭图》共三首,其二曰:"渡头挝鼓簇征旗,闲煞君家放鸭时。聊向群凫称队长,一行行列各呈奇。"⑥图为"芦塘放鸭",诗歌紧扣主题,对场景的形象描绘富有趣味。其余两首也都具有这种特点,写出了放鸭的欢快与鸭的可爱,既是诗人对画面的生动概括,或也与其亲历放鸭有关。《题沈客子林屋山居图》亦三首,其三

---

① 叶燮:《已畦诗集》卷九,《丛书集成续编》第 124 册集部,第 943 页上。

② 邓之诚:《清诗纪事初编》卷四,上海:上海古籍出版社,1965 年,第 487 页。

③ 叶燮:《已畦诗集》卷一,《丛书集成续编》第 124 册集部,第 867 页上。

④ 叶燮:《已畦诗集》卷一,《丛书集成续编》第 124 册集部,第 867 页上。

⑤ 张华著,祝鸿杰译注:《博物志全译》卷二,贵阳:贵州人民出版社,1992 年,第 50 页。

⑥ 叶燮:《已畦诗集》卷九,《丛书集成续编》第 124 册集部,第 941 页上。

云:"我逐云鸿如不系,君招猿鹤细商量。杨梅烂紫朱樱赤,断送黄金白玉堂。"①叶燮逐云鸿之志,沈氏有隐逸之心,可谓志同道合,再同看杨梅烂紫、樱桃赤红,山居逍遥如此。

与上述以题松梅花鸟、草堂村庄等为主的诗歌有所不同,叶燮题画诗中还有一些以描绘人物为中心的题像诗,反映出他对传统题画诗题材的开拓。五言长篇《九临以像索题赋二十韵为赠》②前六句赞誉张氏,接着则在叶、张二人的综合描述中展开:"吾道竟茫茫,先生刖两脚"的出世、"白首携同心,晚步过略彴"的志同道合、"吾尝与公言,人生等秋箨"的感慨、"弹指一瓣香,解脱千秋缚"的禅语、"宾主两颓然,四壁空杯酌"的自适、"有怀终不陈,知我猿与鹤"的抒怀——得到呈现,是对九临的褒美,也可谓叶燮的"自画像",寄寓着叶燮的心志与思想。《题石门沈孟泽像次孟举韵》③共三首,其一赞其"不因认死双眸炯";其二赞其"挟策闲庭不牧羊";其三前两句一问一答,"问君何喜意融怡,流水声中特地奇",三四句描写画面,赞其"此心争识可人儿"。《题山阴董克灌曳杖独行图》其一首两句写道:"昨日见君神似画,今朝画里恰逢君。"④既赞画主也对其画艺给予肯定。《题归安韩蘧庐抱膝图》⑤对韩纯玉形象、品行的赞美层层递进,最后发出"吁嗟乎! 彼何人兮! 吾将偕之乘云气而追列缺"的极赞。其他还有《题静远道装像》《题美人图》等也在赞美画像、画主的同时饱含叶燮的寄托之情。

由上不难看出叶燮题画诗的体式多以短小精悍、较为适合画面布局的绝句为主,间有律诗、杂言长篇。这里还须注意的是,叶燮喜作题画诗的动因是什么? 这亦有助于理解叶燮创作与理论之间存在的联系。

首先,所交多精通绘事之人。除了前述所题诗的画家外,叶燮还与张炼师、陶慎先、项奎、王武、金侃、翁嵩年等交往密切,不仅在赠答中切磋交流,而且在很多诗歌的自注中明言友人精于绘画,如"工诗善画"(《赠张炼师》其二)、"陶精绘事"(《赠山阴陶慎先》其一)、"东井绘事精绝"(《赠秀水项

---

① 叶燮:《已畦诗集》卷九,《丛书集成续编》第 124 册集部,第 947 页上。
② 叶燮:《已畦诗集》卷二,《丛书集成续编》第 124 册集部,第 878 页下—879 页上。
③ 叶燮:《已畦诗集》卷三,《丛书集成续编》第 124 册集部,第 889 页。
④ 叶燮:《已畦诗集》卷四,《丛书集成续编》第 124 册集部,第 899 页上。
⑤ 叶燮:《已畦诗集》卷七,《丛书集成续编》第 124 册集部,第 923 页下。

东井次韵》)、"勤中精画绝世"(《长洲王勤中招同药亭皋旭韬荒雨中集芳草堂四叠韵》)、"亦陶画空山独立图相赠"(《答金亦陶》)、"康贻诗画两绝"(《苦雨篇赠钱塘翁康贻进士》)、"千子工画"(《叠韵答郑子千子二首》其二)等。此外,《林屋劳山人传》说道:"时于诗画寓其游观之概,杜甫有云'元气淋漓绢犹湿'也。吾尝读其诗,观其画,而见其为人,不必有茹芝采药之迹而意思深远矣。"①劳澄,字在兹,晚号林屋山人,精通医道,也是当时颇有盛名的画家。《赠金亦陶》其二亦曰:"江天无限意,兴到画兼诗。脱手争先后,调心惬索期。琴樽筹遇合,云物快师资。光景真堪惜,华阳得后知。"②娓娓道来,写出了"兴到画兼诗"的兴致与惬意。

其次,对诗与画以及二者之间的关系有较为深刻的理论认识。叶燮《赤霞楼诗集序》③对此有精辟阐发:在众多艺术门类中,能穷尽天地万事万物之情状者莫如画与诗;画能使城郭宫室、老少妍媸甚至状貌之忧离欢乐等"有形者所不能遁",诗可使山水云霞、忧离欢乐之类而外的雷鸣风动、鸟啼虫吟、歌哭言笑等"有情者所不能遁";对苏轼评王维诗画有所发挥,认为"摩诘之诗即画,摩诘之画即诗",不必论其中之有无,并由此提出"画者,天地无声之诗;诗者,天地无色之画"的观点;还强调"乃知画者,形也,形依情则深;诗者,情也,情附形则显",指出二者之间存在密切关联。在《假山说》④一文中,针对客者"先生之为此山,徒任其意而为无师之智,不能无讥于大匠也"的责问,叶燮深入论述了自然之真与摹画之假的辩证关系,批判"今之垒石为山者,不求之天地之真,而求之画家之假",强调"自然之理,不论工拙,随在而有",可谓"游于象之外者"。在《原诗》中,叶燮也常引绘画来论诗,如"夫诗,纯淡则无味,纯朴则近俚,势不能如画家之有不设色"⑤、"犹素之受绘,有

① 叶燮:《已畦文集》卷十八,《丛书集成续编》第 124 册集部,第 810 页下—811 页上。
② 叶燮:《已畦诗集》卷八,《丛书集成续编》第 124 册集部,第 939 页上。
③ 叶燮:《已畦文集》卷八,《丛书集成续编》第 124 册集部,第 722 页。
④ 叶燮:《已畦文集》卷三,《丛书集成续编》第 124 册集部,第 676 页下—677 页上。
⑤ 叶燮著,蒋寅笺注:《原诗笺注》内篇上,第 110 页。

所受之地,而后可一一增加焉"①、"如一幅画图,名手各各自有笔法,不可错杂"②,还有将汉魏至宋代的诗歌发展比作一幅画的诸法变化,这些都说明叶燮深识画理并对诗与画的关联有精深理解。

再次,有丰富的批评实践作为基础。叶燮在剖析杜甫《冬日洛城北谒玄元皇帝庙》中"碧瓦初寒外"时指出:"昔人云王维诗中有画,凡诗可入画者,为诗家能事。如风云雨雪,景象之至虚者,画家无不可绘之于笔;若初寒内外之景色,即董、巨复生,恐亦束手搁笔矣。"③这里引入绘画来论,认为即便是名画家也束手无策,不仅点出诗与画的不同特质,而且更突出了杜诗的神妙。评价孟浩然诗歌,叶燮亦言道:"孟浩然诸体,似乎澹远,然无缥缈幽深思致,如画家写意,墨气都无。"④以画论诗,变抽象为具象,使之通晓易懂。至于对杜甫《丹青引赠曹将军霸》全诗的解读,更是酣畅淋漓:"起手'将军魏武之子孙'四句,如天半奇峰,拔地陡起……接'凌烟''下笔'二句,盖将军、丹青是主,先以学书作宾;转韵画马是主,又先以画功臣作宾。……盖此处不当更以宾作排场;重复掩主,便失体段。然后永叹将军善画,包罗收拾,以感慨系之篇终焉。"⑤杜甫熟谙画理,熔诗情画意于一炉,得心应手且变化神妙;而叶燮的解读同样精妙入神,这与他谙熟诗画三昧密不可分,如此"才能将杜甫'以画法为诗法'的题诗特征充分表现出来"⑥。另由叶燮的《观画歌》一诗,还可看出他有着非常丰富的观画实践:"生平吾好山水游,目营五岳企丹丘。欲往从之路阻修,有客携来毫素头。携来毫素君知否,前代名贤靡不有。惨淡经营忆往时,手挥目送从分剖。吾闻画家自有神,虎头摩诘杳难臻。妙笔千载自不乏,往往巧夺天公真。近时石田诸高士,百年寥寥无其伦。我今快睹销积忧,恍然朝夕寰中游。犹恐神物终飞浮,君不见少文四壁堪卧赏,抚琴一室山皆响。"⑦

① 叶燮著,蒋寅笺注:《原诗笺注》外篇上,第 262 页。
② 叶燮著,蒋寅笺注:《原诗笺注》外篇下,第 408 页。
③ 叶燮著,蒋寅笺注:《原诗笺注》内篇下,第 200 页。
④ 叶燮著,蒋寅笺注:《原诗笺注》外篇下,第 370 页。
⑤ 叶燮著,蒋寅笺注:《原诗笺注》外篇下,第 438—439 页。
⑥ 吴企明:《开一代风气的杜甫题画诗》,《古典文学知识》,2018 年第 1 期。
⑦ 叶燮著,杨承业辑:《已畦诗选余旧存》卷一,清抄本,南京图书馆藏。

　　综合来看叶燮的题写类诗歌,尤其是题画诗,不仅内容丰富,体式多样,而且具有一定的艺术特色,对于深入理解其交游、志趣都有所裨益。同时,叶燮重视题画诗的创作也与他在理论上对诗与画有独特理解密不可分,反映出创作实践与诗歌理论相结合的特征。

　　与上述题写之诗咏物、咏人且需要结合诗卷、墙壁、画面等载体稍有不同的是,叶燮还有许多主要围绕某些事物加以吟咏的咏物诗。这类诗同样集用典、议论、联想、比兴等于一体,寄托抒发诗人的思想情感。叶燮倾慕梅的品格,故而诗集中提及梅的诗句不计其数,且观察入微,对不同阶段以及长于不同地方的梅均有咏颂,如"挂檐梅蕊罨的烁""忆昨草堂梅蕊发""梅花信早腊争香""花信到檐梅""已嘱草堂梅""岭梅知消息""檐压梅梢恰耐寒""昨夜梅梢雪压尖""行到溪头梅绽处"等。若以诗题来看也有不少,如《红梅》三首、《玉叠梅》、《和陆义山看梅次韵》四首等。《梅花开到九分》三首是其中的代表作,写出了叶燮与梅的不解之缘。其三曰:"亚枝低拂碧窗纱,镂月烘霞日日加。祝汝·分留作伴,可怜处士已无家。"①首两句写梅的亚枝低拂与"日日加"的生长态势,后两句则寄寓深意,想到了"处士无家"而希望留一分作伴,读之令人怆然。正如傅庚生评析此诗曰:"此由梅花联想到林处士和靖,由处士之以梅为妻联想到己之无家漂泊,因以自况。其尤为深入者,则由梅花之尚余一分未开,联想到可以解我无家之苦者,盛开之花庸能及此,惟冀未放之花,其孤寂可与为伴也;从九争一,弥觉可痛,坎坷怆神之笔墨,乃亦借联想工夫以增助其哀远也。"②甚得此诗真意,也道出了叶燮当时的处境与心声。前人多咏梅花盛开,而叶燮却从九分着意,构思独特,其《药亭皋旭偕嘉兴朱子蓉同过草堂八叠韵》亦言:"幸值梅花开,未到十分足。"③

　　除了以梅自比,叶燮还常以此赞颂友人,《项东井七十初度》最后十句云:"檐前横斜老梅古,现身变相千玉妃。穷神夺魄二十四,一一绝代寨素帏。惊心炫目已叫绝,指端又堕金粉霏。声声河满肠欲断,一唱一叠重重

---

①　叶燮:《已畦诗集》卷七,《丛书集成续编》第124册集部,第925页下。
②　傅庚生:《中国文学欣赏举隅》,北京:北京出版社,2003年,第65—66页。
③　叶燮:《已畦诗集》卷二,《丛书集成续编》第124册集部,第875页上。

靐。请将梅作君子寿,叠作二百四十君无违。"①写出了檐前老梅的风姿与魅力,以梅为项氏做寿,咏梅兼赞人,恰如其分,堪称精妙。

咏梅之外,叶燮对牡丹也有一定的关注。《竹民开士山房牡丹》②同韵六首,借牡丹抒怀,在富含禅意的吟咏中表达对牡丹的赞美,如"法王宫里见花王""转作禅关薝卜香"(其一)、"平章国色付空王""柱对临风骨体香"(其二)、"谁顾花王似象王""参得色销空假后"(其三)。或借此壮怀,寄托豪情:"芙蓉初日未堪方,群玉山头不让王。要夺缠头三百万,任伊抹煞杜兰香。"(其六)也在颂咏中表露回忆,由物及己:"却忆朱栏宛一方,殿春偏汝压春王。怜余老向欢娱地,怕挹风前满袖香。"(其五)牡丹的盛开与凋败犹如人世,因而观花而寓意,《绿荫堂看牡丹》其一亦言:"满浮琥珀问花神,知是前身与后身。记得去年曾别汝,重看羞杀白头人。"③看牡丹而引发前身与后身的询答,今昔对比,抒发感怀。此外,《杨花》、《虎丘杂咏》(共八首)、《钓台》《秋柳》《新绿》等也都在咏物中缘情、体物、立意,表现出叶燮对自然万物的钟情与寄托,是其"文章者,所以表天地万物之情状"④理论主张的生动体现。

总而言之,题诗咏物是叶燮诗歌的重要主题之一,其中包蕴着他的思想情感、交游取向与人生寄托,反映出他的"才、胆、识、力",也是其对在物者之"理、事、情"以诗的形式进行艺术表现的结晶。叶燮这里物我结合,托物言志,由此"大之经纬天地,细而一动一植,咏叹讴吟,俱不能离是而为言者矣"⑤。

四、山居田园

与前述三大类诗歌主题大多含有"游"的成分相比,山居田园则主要在"居"中完成。关于"游"与"居",叶燮《湖上吟序》中的论述十分精辟:

① 叶燮:《已畦诗集》卷八,《丛书集成续编》第 124 册集部,第 938 页下。
② 叶燮:《已畦诗集》卷七,《丛书集成续编》第 124 册集部,第 925 页下—926 页上。
③ 叶燮:《已畦诗集》卷九,《丛书集成续编》第 124 册集部,第 948 页上。
④ 叶燮著,蒋寅笺注:《原诗笺注》内篇上,第 135 页。
⑤ 叶燮著,蒋寅笺注:《原诗笺注》内篇下,第 150 页。

士不得志于时，穷居杜门，卒岁可无求于人，甚适也。乃有不获已，杜门不可得，于是去其所，甚适。快然为出门之游，则其事有孔亟，而情有可哀者矣。然出门之游东西南北、百里、千里、数千里，恫然而行，率然而止其间，阻于时会，阻于物情俱不可知。久之，游不得志，萧然逆旅风雨之中，而后乃思穷居杜门之乐为不可得也。游之穷，殆不如居之穷。然游又有胜于居者，何也？游即不遇于人，而无不遇于山川、云物、泉谷、烟霞；即不遇于今之人，而无不得遇于古人。盖尝于荒榛蔓草、故宫旧苑、名贤凭寄之墟，摩断碣，访野老，百千年之陈迹，恍然如或见之，几不知身之客于斯而不与同时也。非游，何以得此？①

叶燮认为，无论游历还是山居都"甚适"，强调要适意；游之穷不如居之穷，但游又有胜于居，因为可于游中尽品山川烟霞之奇妙，可于游中拜访四方友人、野老，更可于此中怀古咏怀，得遇于古人。结合前面所论，与"游"有关的怀古、交游、纪行、题咏等题材内容在叶燮诗歌中占有极大分量也就一目了然。质言之，"游"与"居"交替于叶燮罢官后的生活，常常是游后有居，居后有游。承接前面对"游"的探讨，接下来对其山居田园诗进行考察。其中的代表作主要有《山居杂诗》（共二十九首）、《山居杂兴和永定弘公韵》等。

第一，对山居生活的依赖与自适。《山居杂诗》其一②从"兀坐阅终古"写起，逐步感受"山"与"我"的密切关联："惟此山与我，坐卧饮食俱"，为自己提供了赖以生存的基础；"忘我并忘山，谓山特我趋"，在这里物我相合，并且"呆日烛我暗，清风凉我襦。万有适五官，恬然享其输"，精神得到陶冶，扰攘得以避免；由此诗人最后感慨"犹复矜予智，夔益笑蚿愚"，其中"夔""蚿"语出《庄子·秋水》"夔怜蚿"，借以表达对内心自然平静的追求与向往。其二十九③起首便直言"我本山中人，只说山中事"，三四句则道出缘由："勋业镜不看"，反用杜甫《江上》"勋业频看镜"，绝意仕进之心迹由此可见；"远道

---

① 叶燮：《已畦文集》卷八，《丛书集成续编》第 124 册集部，第 728 页上。
② 叶燮：《已畦诗集》卷一，《丛书集成续编》第 124 册集部，第 858 页上。
③ 叶燮：《已畦诗集》卷一，《丛书集成续编》第 124 册集部，第 860 页下。

书绝致",化用杜甫《登舟将适汉阳》"远道素书稀"。后十句则历述山中之事:在"三株两株梅,半池半屋地"中感悟自然,在"饥来遣无方,客到谈自恣"中享受自由,所喜好的是顽石与酒甉,所自足的是"一乐在饱醉",平生遂愿便是"绕檐花满枝"。还有《庚午春王桐初偕远来访我草堂贻五言二章次少陵西枝村韵别去至秋复来始得次韵答之》其一亦曰:"即境得地偏,因人乃心素。灌园何足矜,好石因成趣。"虽然地处偏僻,但在山居中身心得到放松,精神得以在山间万物的寄托中得到逍遥与超越。正如其《好石说》所言:"予与石交相忘于存亡、去来之间,不亦脱然大快矣哉! 广古之至人'物物而不为物所物',吾将偕此石以翱翔乎寥廓之域、宵邈之乡,以视一切之纷纷纭纭、俄顷万变、咫尺天壤、好恶、得失之相,乘汩汩终身之忧患,可不审哉? 可不惧哉!"①同时,也不难看出叶燮山居中对庄子思想的接受与研精。

第二,对山情物性的咏叹与思悟。《山居杂诗》其二②指出,山的秩序井然、四季的迭迁有别并非它们有什么特殊之处,而是"行生竞缁涅",借物喻人,说明其身处浊世而不污的品格;进而叶燮以春色秀美与冬景萧飒的对比体悟到"妍华与摧颓,造物无两橛",自然万物是两端与相济的统一,不可截分两橛来加以考察;最后仍以"巉巉挺石骨"的坚毅表明心迹。其六③叙述、写景、议论相融,由"山居周六年,山情无不悉"写到对雪后云雾、落日、晚霞等山景的描写,感悟大自然的"不动艮止义,变易胡顷刻",进而以"我"与"山灵"的梦境对话得出"至静贞我常,一常任变历"的观点,最后以"晓来推窗望,寂然见山质"作结。既有不同景物变化的空间转换,也有从前一天傍晚直到第二天清晨的时间跨度,于"不动"与"变易"、"常"与"变"的对比中寄寓着诗人对山居的哲思。其二十④也从云影自舒自卷、水流花开自在、空山无人物自转中静悟山情物性,进而联系自身而"静晤契无生,触绪抽独茧。我我所未忘,见见处难遣",由物及人,反映出叶燮山居中力求超越的向往与苦闷。此外,赞美瓦鳞的"块尔质刚方"(其二),感受竹韵松涛的"入耳警幽

---

① 叶燮:《已畦文集》卷三,《丛书集成续编》第 124 册集部,第 678 页上。
② 叶燮:《已畦诗集》卷一,《丛书集成续编》第 124 册集部,第 858 页上。
③ 叶燮:《已畦诗集》卷一,《丛书集成续编》第 124 册集部,第 858 页下。
④ 叶燮:《已畦诗集》卷一,《丛书集成续编》第 124 册集部,第 859 页下。

凄，递听引深肃"（其八），褒扬畦间青菜的"生意掬盎然"而"狂飙不能折"（其十四），慨叹鸣蝉的"戢翼蜕其躯，辛苦谁为使"（其十五），都借以咏物来寄寓自己的情感理想。可以说，叶燮以山情物性为主要描写对象的这类诗，既是其爱山乐山的真情流露，也是其"有所触而兴起"①的自然抒写，颇得山居妙趣。叶奕苞曾评道："吾兄已畦《山居杂诗》能于一室中罗天地古今万物尽置目前，触手皆成妙旨深趣，无一意一句一字蹈袭前人馀渖，气醇而辞苍，义坚而格逸，读之能令人霍然神解。"②除去"无一意一句一字蹈袭前人馀渖"的过誉之辞，所言指出了叶燮山居诗的意蕴与风格。

第三，对往昔岁月的追忆与寄怀。《山居杂诗》其十八③首先回忆"少年事交游，吴越敦盘会"，接着叙述为官后的位卑禄微，虽有"悠悠金石心，梦梦杵臼意"，但理想与现实矛盾交织，加上"易胶鲜终贞，艰合尟轻离"的无奈，使得诗人不禁发出"适市竞刀锥，扪肝将焉寄"的慨叹。其二十二④回首过往书籍散失、买书无钱、借书无力的窘境而"对几长太息"，只好从残余的故笈中探求古人的志趣面目，欣喜"昔人已千年，面目须眉悉"，忧心"雕虫薄壮夫，大雅衰作述"，不觉"泪落杜陵诗，节击子长笔"。其二十三⑤由"向读《乐志论》，窃嘻仲长子"的读史而咏怀，质问"良田暨广宅，营营何时已"，进而连续反问，指出"得少消嫉怀，恋多攻暮齿"，认为"昔人唱高言，无乃封殖矣"，在对仲长统的批判性反思中感悟宇宙人生。其二十四⑥回忆"壮岁汗风尘，俯首挨景光"的游历交游，感慨"绵绵幸余息，晚好缔冰霜"。其二十五⑦则对自己参悟佛禅的历程进行回忆，"忆诗十五六，庄诵《首楞严》"的佛学启蒙、"浮沉四十载，七处纷纠缠"的感受、"近知黜耳目，八识根现前"的彻悟在诗人的叙述下一一得到呈现。

---

① 叶燮著，蒋寅笺注：《原诗笺注》内篇上，第39页。
② 叶燮：《已畦诗近刻》卷一，民国九年抄本，上海图书馆藏。
③ 叶燮：《已畦诗集》卷一，《丛书集成续编》第124册集部，第859页下。
④ 叶燮：《已畦诗集》卷一，《丛书集成续编》第124册集部，第860页上。
⑤ 叶燮：《已畦诗集》卷一，《丛书集成续编》第124册集部，第860页上。
⑥ 叶燮：《已畦诗集》卷一，《丛书集成续编》第124册集部，第860页上。
⑦ 叶燮：《已畦诗集》卷一，《丛书集成续编》第124册集部，第860页上。

第四,对现实所见所闻的关注与批判。《山居杂诗》其十二①前八句描写所见:横山下丘坟惨淡,"哀蕹沸修垄,短箫咽前冈。素车挽长绋,百身痛莫偿",一派悲凉景象,令人神伤;后十八句叙述所闻:"昨闻猗顿翁,满城甲厚藏",将富翁死前"治丧勿循礼,桐棺勿求良"的嘱咐与其儿子"令嗣曳白毫,擅技六博场"的挥霍形成鲜明对比,尾句以"乃翁宿草墓,十载无勺浆"作结,将人生的无奈与凄凉表现得淋漓尽致,极具现实批判性,"同时这也从反面印证了诗人安贫乐道的信念"②。其二十六③层层递进,由"春雨七十日,百卉惨无颜"的灾情描述转入由此给老农造成的饥荒与悲辛,进而写到春耕的紧迫以及播种的遥遥无期,接着又想到即便丰收后的"谷贱延岁月,谷贵悲痌瘝",不禁心生恻隐,喟然泪下,究问"谁志老农语,持以达天关",可见其对百姓疾苦的关切。

第五,对农事、披卷交替的描写与感怀。《山居杂诗》其十七④前八句对清早振衣梳洗后从事锄畦、补篱、培青、芟黄等农事活动进行了描述,忙完之后又与呼门而来的邻居一同商议农桑,这时"鱼鸟应酬毕,粥饭次相将",于平凡中见真情;接下来便"时晏方危坐,披卷溯虞唐",不觉中"浩然动予怀,顾景已颓阳。急思继日晷,贫艰膏脂光",感叹时光易逝而回念一生,所以最后四句言"此日倏忽过,屈指俱闲忙。回首念一生,似此尤可伤"。集描写、感怀于一体,语言平实,情感真挚。

通过对上述五个方面的分析,不难看出叶燮的山居田园诗内容较为丰富,是其现实生活的艺术结晶,寄寓着其情感志趣。同时,在"与我周旋久,吾生赖此山"(《山居杂兴和永定弘公韵》其三)⑤的物我结合中,叶燮关注现实民生,潜心研读,对释、道愈加亲近,思想逐渐呈现出儒释道相融的特征,因而对其后来的诗论建构也产生了重大影响。

---

① 叶燮:《已畦诗集》卷一,《丛书集成续编》第124册集部,第859页上。
② 李朝军:《叶燮的学古诗论与其诗歌创作》,《内蒙古大学学报》(哲学社会科学版),2010年第3期,第132页。
③ 叶燮:《已畦诗集》卷一,《丛书集成续编》第124册集部,第860页上。
④ 叶燮:《已畦诗集》卷一,《丛书集成续编》第124册集部,第859页下。
⑤ 叶燮:《已畦诗集》卷八,《丛书集成续编》第124册集部,第939页下。

第三节　诗歌艺术

叶燮注重诗歌艺术的锤炼，不仅在与友人的赠答中表达对"好诗"的欣赏，如"好诗首首双鬟诵"（《答吴孟举》）、"好诗心动望江南"（《叠韵投乔云渐四首》其一）、"好诗脱颖得真参"（《叠韵答刘子彝上四首》其三）；更是多次强调作诗要健笔生辉，如"诗句近传经百炼，惊人健笔不须焚"（《答陶季深并令子文虎》其二）、"何当健笔诗联就，若见澄江思转幽"（《五叠韵答章圣可夏用修》其一）等。关于叶燮的诗歌艺术，接下来主要从用典、字法、意象、用韵等方面加以考察。

一、惯于用典

用典之法在于熔铸古人之事、古人之语而为己用，借以反映诗人的文采笔力与思想意蕴。对此，《原诗》曾言："故以我之神明役字句，以我所役之字句使事，知此方许读韩、苏之诗。不然，直使古人之事，虽形体眉目悉具，直如刍狗，略无生气，何足取也？"[1]用典不可生硬地直接套用古人之事，而要切合主体的艺术构思和情感表达，用古语而自出己意。这是叶燮从读解韩、苏之诗的实践中得出的理论认识，而同样在他个人的诗歌创作中也有反映。

同一首诗中连续用典。"郊居佳处句堪寻，霄汉清忠宅相深。白稳北窗元亮卧，尝扪东海鲁连心。谢阶陆屋多名士，宗壁嵇琴足赏音。共指庭前嘉树在，贞松劲柏映堂阴。"（《殷又斐初度》）[2]第一句夸赞殷氏所居所作，第二句敬仰其外祖周顺昌的清正忠诚。中间四句接连用典，犹如信手拈来，既无饾饤堆砌之感，也十分切合初度这样的喜悦气氛。其中，"北窗元亮卧"出自陶渊明《与子俨等疏》"常言：五六月中，北窗下卧，遇凉风暂至，自谓是羲皇

---

[1]　叶燮著，蒋寅笺注：《原诗笺注》外篇上，第292页。

[2]　叶燮：《已畦诗集》卷九，《丛书集成续编》第124册集部，第946页下。

上人"①，用以表示一种平淡愉悦的心境以及超越现实羁绊的人生境界；"东海鲁连"用战国时齐国人鲁仲连为劝说赵魏两国联合抗秦而表示如果秦昭王肆然称帝，他将蹈东海而死的典故，借以表示宁死不屈的浩然气节；"谢阶"语出《世说新语·言语》中谢玄所言"譬如芝兰玉树，欲使其生于阶庭耳"②，多用来赞美人才辈出，希望子弟德才兼备；"嵇琴"则指嵇康抚琴，语出《世说新语·雅量》"嵇中散临刑东市，神气不变。索琴弹之，奏《广陵散》"③，反用以表示知音相赏。第七句亦用芝兰玉树之典，"共指"二字表明二人友谊之深与志趣之同；最后一句用松柏的贞劲比喻友人的坚贞高洁。全诗综合用典、比兴，熟典与僻典并用，这一方面反映出作者的才高力大，如《原诗》指出"苏诗常一句中用两事三事者，非骋博也，力大故无所不举"④，而其诗歌同样有此特征。另一方面，这也说明叶燮用典并非逞博炫耀，而是有着联系往事的切身体会，其《谢斋诸兄弟传序》即曰："燮同母兄弟八人，第八弟世儴早殇，共余七人。共居讲肆之所，名曰'谢斋'，取谢氏庭阶芝玉之义。"⑤如此看来，该诗两次提及谢玄之语也就不足为怪了。

同一典故反复使用。叶燮《原诗》曰："而羲之此序，寥寥数语，托意于仰观俯察宇宙万汇，系之感慨，而极于死生之痛，则羲之之胸襟，又何如也！"⑥他认为，王羲之拥有超人的胸襟与气度，故而其写序能够不落俗套、寄意深远。同样，《兰亭集序》对于俯仰、死生、今昔等的感叹与哲思也得到了叶燮的激赏，"永和""兰亭"时常出现在其诗歌中。如"兰亭　篇慨生死，回首永和瞬息中""佳辰长叹永和稀""流觞会值永和年""风流还认永和人""风物长追晋永和，每于俯仰寄情多""永和不记风流事""兰亭念死生，犹作儿女泣"等。不难看出，叶燮对于这一主题的思索在诗论与创作上得到了契合。

---

① 陶渊明著，逯钦立校注：《陶渊明集》，北京：中华书局，1979年，第188页。

② 刘义庆撰，刘孝标注，余嘉锡笺疏，周祖谟等整理：《世说新语笺疏》上册，北京：中华书局，2016年，第160页。

③ 刘义庆撰，刘孝标注，余嘉锡笺疏，周祖谟等整理：《世说新语笺疏》上册，第378页。

④ 叶燮著，蒋寅笺注：《原诗笺注》外篇上，第292页。

⑤ 叶德辉等纂修：《吴中叶氏族谱》卷五十二，辛亥年增修本，上海图书馆藏。

⑥ 叶燮著，蒋寅笺注：《原诗笺注》内篇上，第97页。

他反复使用有关兰亭集会的典故,亦与他平生喜爱交游雅集、寻遇知音密不可分。与此相关的,还有叶燮对"人琴"典故的频频使用。据《世说新语·伤逝》记载,王羲之之子王徽之与王献之病重,而献之先亡。后来徽之索车奔丧,到了便径直坐在灵床上,拿过献之的琴来弹,可琴弦怎么也调不好,于是掷地云:"子敬!子敬!人琴俱亡。"①此典用以悼念亲友。叶燮家世悲惨,生活坎坷,故而诗中多以"人琴"之典表达思怀:"终古人琴断坂霜"(自注"故人徐次琇")、"老眼人琴频岁换"(自注"石间长君新弃世")、"地多梨枣伤娇女,晚节人琴忆故侪"(自注"适殇女姜")、"人琴邈山河"、"风流回首几人琴",流露出伤痛与感慨。还有俞伯牙与钟子期"高山流水"的典故,叶燮也反复运用,如《九来用和汉槎北归韵相寄次韵奉答》其三、《以申俭新筑山斋叠前韵》、《将远游奉别诸同人》其三等诗中均有提及。另外,"鲁连蹈海"一典除了前述《殷又斐初度》使用外,《答曹石间仍叠韵》"鲁连蹈后余沧海"、《放歌行赠山阳潘子半庵》"东望大海水,慨然想鲁连"亦用此典。不难看出,这些典故是叶燮试图联系过往与现实的重要环节,使其诗歌"内容更加丰富,意义更为广阔"②,也成为其表现诗为心声创作意图的有机组成部分。

　　从诗歌自注看叶燮的用典艺术。关于诗歌的自注,古人向来对此并无好感。袁枚《与杨兰坡明府》一文就谈到了欧阳修对元稹自注的讥讽、毛奇龄对顾炎武自注的嘲笑,并称赞沈约用典能自出胸臆以及李商隐《锦瑟》不作注等,因而最后指出"明府来诗绝妙,小注太多,故代为删却"③。在《随园诗话》中亦直言:"吟诗自注出处,昔人所无。况诗有待于注,便非佳诗。"④所说虽有一定道理,但不足之处也显而易见,如杜甫、白居易、苏轼、陆游⑤等唐宋大家的诗中都不乏自注。因为适当的自注有利于记录诗人的所见所闻、

---

①　刘义庆撰,刘孝标注,余嘉锡笺疏,周祖谟等整理:《世说新语笺疏》中册,第712 页。

②　刘若愚著,赵帆声等译:《中国诗学》,郑州:河南人民出版社,1990 年,第 174 页。

③　袁枚著,王英志编纂校点:《小仓山房尺牍》卷五,《袁枚全集新编》,杭州:浙江古籍出版社,2015 年,第 15 册,第 112 页。

④　袁枚著,王英志编纂校点:《随园诗话》卷四,《袁枚全集新编》,第 8 册,第 129 页。

⑤　参见莫砺锋:《论陆游诗自注的价值》,《中华文史论丛》,2012 年第 4 期。

所思所想,对于查证其诗歌传承与用典渊源、保存有价值的史料都大有裨益,且通晓的自注也能加速诗歌的传播与接受。就叶燮而言,善用自注可谓其诗歌的一大特色,不仅使其诗在"生、新、深"(《清诗别裁集》卷十评叶燮语)的同时,诗意更加明晰,也使其诗风呈现出平易的特征。其《题十鹤图》极具代表性,组诗共十首,每一首诗尾皆有自注,如其二"林和靖子鹤"、其六"张山人招鹤放鹤"、其九"支公放鹤"等。其一云:"孤桐抚罢山皆响,圆吭鸣时水咽流。解道风流还好事,输他襮被一肩头。"①首句以"山皆响"衬托琴艺之高超,第二句以"圆吭""水咽流"说明鹤鸣的圆润宛转与动人心魄,属对工整;三四句称赞抚琴者的洒脱放逸,进而引发诗人的抒怀。但所指何人何事并未可知,但结合诗尾"赵清献携琴载鹤"的自注则使人一目了然,不由想起宋代赵抃"为成都转运史,出行部内唯携一琴、一鹤,坐则看鹤、鼓琴"②的清廉简易与风雅潇洒。正文与自注结合紧密,表情达意切合画面、诗题,也反映出叶燮对廉吏风度品格的仰慕。其五曰:"换角移商动地哀,此心通处岂须媒。钟期死后知音绝,特地含情舞一回。"③此诗自注云:"师旷援琴。"前两句典出《韩非子·十过》,指师旷不得已为晋平公演奏琴曲《清商》《清征》《清角》,引来玄鹤"延颈而鸣,舒翼而舞"以及最后导致大风大雨、破俎坠瓦等灾难④,在赞美师旷琴艺中也隐含着对统治者沉湎享乐的批评;三四句则用钟子期知音相赏之典,描述鹤舞"含情"。此诗典中有典却运用自如,足见叶燮的用典艺术。此外,叶燮虽说"鹤为富贵园亭中物",且劝友人"长鸣之鹤类朱户,雅中俗习君应芟"(《九叠韵再答九来》)⑤,而在《题十鹤图》组诗中却接连运用有关鹤的典故,固然有当时为友人题诗的需要,但也表明他在思想志趣上对鹤的精神认同与寄意深远,只不过从现实上对于养鹤自感"无力且非分也",由此亦可见其清贫。

① 叶燮:《已畦诗集》卷五,《丛书集成续编》第 124 册集部,第 910 页上。
② 沈括著,施适校点:《梦溪笔谈》卷九,上海:上海古籍出版社,2015 年,第 65 页。
③ 叶燮:《已畦诗集》卷五,《丛书集成续编》第 124 册集部,第 910 页下。
④ 韩非著,王先慎集解,钟哲点校:《韩非子集解》,北京:中华书局,1998 年,第62—66 页。
⑤ 叶燮:《已畦诗集》卷二,《丛书集成续编》第 124 册集部,第 872 页上。

二、字法讲究

关于用字，叶燮在《原诗》中反复论及，采用"逐字论之"①的细读方法来说明杜甫用字之妙，对"句剽字窃，依样葫芦"②、"本无奇意，而饰以奇字"③、"掇采字句，抄集韵脚"④等弊习给予猛烈批驳，主张"古人用字句，亦有不可学者，亦有不妨自我为之者"⑤。表明叶燮十分注重字法的运用。这种诗论主张在其创作实践中也有不同程度的反映，具体就是既注重炼字，也善用色彩字增加艺术效果，以俗语入诗，灵活使用叠字等。

（一）注重炼字

诗歌是语言艺术，其成败决定于字的推敲与运用。叶燮诗歌虽名气不甚高，但对于字的锤炼也颇得要义，能于自然中表情达意。《发南昌入彭蠡湖遥望庐山》"金碧晃层城，苍紫错岚嶂"中的"晃"与"错"，较为传神地写出了庐山的气势与风姿。《度大庾岭》⑥一诗首先描写大庾岭"千里连峰匝，纡回出万寻"的气势巍峨，这是直写；进而以"险分南服界，雄见越王心"来承接说明，其中的"分"与"见"即这两句的诗眼，试想如何分、如何见？正是因为不可能，所以在曲写含蓄中更突出了大庾岭的雄险，读之不禁有沉雄苍郁之感。面对久负盛名的大庾岭，叶燮没有步趋宋之问《度大庾岭》、苏轼《过大庾岭》等名篇，而是独创生新，善于炼字，很好地实践了其"以我之神明役字句"的诗论主张。还有"萝烟舒自合，竿影动如探"（《夏日为游漏泽招提游次韵》其二）、"群山分旭日，孤艇得遥天"（《江上晓发》）、"弥天浑碧中，翠微界朱甍"（《夜宿龟峰山寺》）、"城孤天自落，沙绕市能幽"（《小除章江道中》其二）、"乍惊孤馆寂，复乱晓榔鸣"（《闻雁》其一）、"寺鼓声含碧，炉香韵隐红"（《寒食后五日集秋岳先生采山亭限红字五首》其四）等在遣词炼字上也都可圈可点，增强了诗歌的艺术感染力。

---

① 叶燮著，蒋寅笺注：《原诗笺注》内篇下，第200页。
② 叶燮著，蒋寅笺注：《原诗笺注》内篇上，第82页。
③ 叶燮著，蒋寅笺注：《原诗笺注》内篇上，第110页。
④ 叶燮著，蒋寅笺注：《原诗笺注》内篇下，第224页。
⑤ 叶燮著，蒋寅笺注：《原诗笺注》外篇下，第463页。
⑥ 叶燮：《已畦诗集》卷四，《丛书集成续编》第124册集部，第893页上。

（二）注重颜色字的运用

由于"诗词中鲜明的色彩，能增强艺术作品的倩丽之美，可使诗情浓郁，画意盎然，表现力更强"[①]，所以古人作诗多用颜色字入诗，李白、杜甫、白居易、温庭筠、李商隐等的诗中都不乏这方面的范例，如杜甫《放船》中的"青惜峰峦过，黄知橘柚来"、《雨过苏端》中的"红绸屋角花，碧委墙隅草"等。叶燮广游山川，对自然万物之色彩感于目、会于心，又对绘画颇有见解，因而善于运用颜色字来增加诗歌的艺术感染力。《叠韵三答友鲲》其一云："青借遥峰当眼阔，红销旧雨寄眉深。"[②]其中"青"和"红"形成鲜明的色彩对比，"借"与"销"交织，并以"眼阔"对应"眉深"，既展现出诗人因雪霁天晴而生发的欣喜，也描绘出其难解的心事，颇有李清照《一剪梅》"才下眉头，却上心头"的意味，写景中寄情，且属对精紧，用字、用句皆值得称道。而《午日王大将军湖舫宴集同人分限二冬韵》其四中则连用四个颜色字："翠微舒远障，碧落俯崇墉。青吐蒲茸密，红摇胜彩重。"[③]皆写景物，前两句为远景，描绘了山之翠与天之碧；后两句为近景，一写湖中青蒲的生长繁盛、绒毛密集，一写船内彩胜摇曳的宴集场面，恰如一幅色彩鲜丽的湖舫图。除了这些句首用颜色字的诗句，还有句中、句末使用的，也都使整诗的表现力得到增强，反映出叶燮遣词用字的功力。

（三）善用俗语入诗

"桥边早有骑驴客"（《溪边残雪》）、"骑驴得得去还停"（《又》其 ）、"予也骑驴旅食人"（《寄建德宋介祝兼为其尊慈寿》），都以"骑驴"这样的寻常之事入诗，形象生动地刻画出叶燮的清贫与倔强。"驴"不仅与叶燮关系密切，也是其情感慰藉的重要载体之 ，因而诗中多有提及。"昔人称诗在驴背"（《钓雪行为顾茂伦赋》），说出了驴与古人的不解之缘，驴没有高大金贵的马那么贵重，但驴背又为无数境遇困窘的诗人吟咏推敲提供了平台，所谓驴背上出诗人。"世无物出余胯下，驴乎不幸丁遭逢"（《余自京口走钟山

---

①　于海洲、于雪棠：《诗赋词曲读写例话》上册，北京：中国文史出版社，2007 年，第316 页。

②　叶燮：《已畦诗集》卷一，《丛书集成续编》第 124 册集部，第 865 页。

③　叶燮：《已畦诗集》卷四，《丛书集成续编》第 124 册集部，第 897 页下—898 页上。

策蹇而堕病甚至白下客舍僵卧旬余适秋岳先生游此相值为余赋堕驴行余亦赋长句以答》），道出了叶燮堕驴所伤后的深刻思考，"驴乎不幸"又何尝不是人之不幸呢？"朱门欲入不入态，下驴尝遍冷炙辛"以"朱门"之富贵对应"下驴"之无助，于此可以想见其性格与境遇。而"局蹐丧家狗"（《宿积善律院次少陵赞公房韵四首》其四），则以丧家之狗这样的俗语入诗，是叶燮对自己往昔颠沛流离生活的高度概括，语俗却情真。另外，叶燮诗中还常常出现"姊""妹"，如"究竟适我总成累，风姨月姊还须剗""谁向广寒呼月姊""望石有灵呼作妹"等，想象中充满浪漫主义色彩。

（四）大量应用叠字

一是象声叠字，如"竹影萧萧常忆屋，酒瓢滴滴不须卮"（《次韵答徐鹿公》其二）、"沟渠声活活，庭户泥潦潦"（《山居杂诗》其二十六）等；二是名词性叠字，如"凫鸥日日迟归艇，菱茨家家隔曲防"（《丙辰初度次学山侄韵》其二）、"残照年年在，孤云处处浮"（《钓台》其三）等；三是形容词性叠字，如"柳合垂垂妥，花窥亚亚工"（《寒食后五日集秋岳先生采山亭限红字五首》其二）、"鹤群翩翩方同和，蚁阵纷纷似避戡"（《再叠侍读前韵八首答无功孝廉》其四）、"霜月娟娟清自写，晓风淡淡韵堪倾"（《玉叠梅》）等；四是数量词性叠字，如"疏密自成添个个，高低随处间三三"（《竹澲》）、"牛羊个个归残照，鸂鶒双双浴晚晴"（《重至宝邑杂诗》其四）等。还有词性不一致的叠字，如"遥青借月双双见，曼睩横波曲曲工"（《酌画眉泉》）、"明明句掇三秋月，一一花同九畹心"（《石门吴友鲲投诗次南湖倡和韵即叠韵答之》其二）等。不难看出，这些叠字的应用增强了诗歌的节奏感、表现力，也生动反映了诗人当时的心绪。

三、意象丰富

诗歌创作离不开意象及对意象的运用，尤其是其中出现频次极高的意象不仅是作者艺术转化能力的生动体现，也是其思想情感、人格心理的集中反映，对其诗歌风格的形成也有重要影响。叶燮在诗中反复使用"酒""月""云"以及带有"孤""独""残""衰""老"等带有孤冷苍凉意义的意象，可以看出其对自然景象、现实生活转化为艺术形象的运思，也使其诗歌具有丰富的意蕴。

（一）酒意象

酒能消愁解闷,疗救精神病苦,也能助兴壮志,情绪得到宣泄,故而深受古人喜爱。叶燮善酒工诗,有关"酒""酌"的诗句不胜枚举,单以"酒"来统计,就高达 145 次。其中带"酒"字的意象有朋酒、酒帘、酒浆、酒人、酒鳞、压酒、斗酒、诗酒、郁金酒、酒徒、新丰酒、酒阑、酒脯、酒狂、酒杯、酒场、絮酒、浊酒、美酒、酒户、酒垆、柏酒、酒醴等。以酒与诗的密切结合来看,则有"君苗笔砚不须焚,读书饮酒如常度"(《答郭皋旭》)、"消愁无酒因忘渴,煮字充饥著底憨"(《再叠侍读前韵八首答无功孝廉》其五)、"命妒文章伯,狂随诗酒缘"(《七夕京口程紫星招同陶颖儒何雍南孙前潭章圣可张壮舆处冲颙西郭别野分韵得莲字》其二)、"有酒当尊便可家,篇成掷地韵含花"(《寅春有中州之行及门赋宴别诗以送和韵答之》其四)、"有诗恒共吟,有酌不用请"(《次韵答魏里蒋声中》)、"美酒与好诗,逼我俭腹逞"(《次韵答魏里蒋声中》)等,不难看出酒对于叶燮灵感迸发和诗歌创作的重要影响。就叶燮诗中提及的与酒有关的典故而言,亦有"苏堤酒""陶公酒""酒兵"等。而"酒罢""酒空""酒醒""酒冷""殢酒"等则形象地描述了其喝酒前后的形态。另通过"酒极清冽美甚""此地淮水清而酒甚浊麟长饷我家酿一尊甚佳""地尚黄酒"等诗中自注,亦可见叶燮对酒的喜爱。以叶燮在诗中对喝酒状态的描写,则有独酌、共酌、遥酌等。"独酌白谣闻隔夕,两笺分咏见双心"(《叠韵三答友鲲》其二),写出了诗人的孤独及对友人的想念;"繁花明日难重好,细酌深深慰别情"(《再和次日饮花下作仍限韵》其一),于细酌中品味珍贵友情;"我家直北在尧峰,遥酌清溪奇便风"(《祝用亶六十初度》其二),遥酌祝福友人;"聊将倚舷酌,酹尔阁中才"(《南昌晚泊》其二),在舟行中酌酒抒怀;"我有一卮酒,共酌寒泉澈"(《冬日诸子枉过草堂次夏性天韵限雪字》),与诸友共酌畅谈。

（二）月意象

月亮明亮皎洁,但也有阴晴圆缺,其形态的不同变化也牵动着无数诗人,极易引人深思而联想到自身的境况。在叶燮诗中,"月"一字共出现 300 余次,其中有关于"月满"的描述,如"月满澄湖境可参""后夜相思月满堂"

"路转山城月满洲",在与友人的赠答中以满月饱含期待与相思。也有与独、残、寒、凉等形容词的结合,使其诗风呈现出沉郁深远的一面,如"孤月苍凉低向人""城霜皓孤月",月的独悬天空是自然规律,但由月及人,对于观月的人来说此种景象更加衬托出其孤独凄清;"柳边残月滞征心""半天残月伴空庭""茂苑人归残月下""缺月依人冷",则于月亮的残缺中寄寓着现实的不尽如人意;而通过"寒月森毛骨""寒月衔峰去"以及诗中多次出现的"凉月",也不难想见诗人当时的心境。此外,叶燮笔下也不乏对"新月"的描写,"旧馆转怜新月好""新月挂枯桐""今年新月挂城楼",在新与旧、今与昔的对比中不禁怀旧与放怀;而"板筑惊魂凄旧月"更是写出了诗人其时的惊魂不定。而《见月》《乙亥元宵独夜荒村阴不见月慨然有作》等诗,仅由诗题亦可看出叶燮对月的浓郁情怀。

(三)"衰柳""断鸿"等动植物意象

此类意象属时常出现,如"背郭辞衰柳,还山值断鸿"(《虞山别诸同人》)、"衰柳露寒初泣月,古塘蛩老竞吟秋"(《同友人步月明月寺》其一)、"年来生计拙,只与断鸿谋"(《小除章江道中》其一)等,以物喻人,在意象描写中运用比兴手法,表现出诗人的穷困失意与孤单凄冷。这一点在"劳生岁月官桥柳,终古人琴断坂霜"(《石门郁曾发游秦归赋赠兼示胡圆表徐导柏》其三)两句中也有体现,以官桥柳比况劳生岁月,以断坂霜比拟终古人琴,可谓"身世友朋之感,几于字字欲泪"①。而"雁影寒迟月,霜华悄逼年""梦堪托足峰前雁,寒寄孤飞水尽鸦"等,则在雁、月、霜等意象的集中描写中构成一幅寒意十足的画面。至于诗中多次使用"山鬼""鬼""蛟龙"等意象,亦可见其诗歌生新奇崛的一面。还有大量直接描述人的情绪状态、思想境界的意象也在诗中多次出现,如"泪""衰颜""穷愁""穷老""生死""死生""热客""同心""知音""芒屩""芒鞋"等,既是叶燮所感所思的生动反映,也有助于深入了解叶燮复杂的内心世界。

---

① 沈德潜等编:《清诗别裁集》卷十,上册,第389页。

四、用韵娴熟

近体诗用韵严格,依照宽窄的程度而论,诗韵大致可以分为宽韵、中韵、窄韵、险韵四类[①]。叶燮谙熟用韵,在创作中既多押宽韵、中韵,也喜押窄韵、险韵。

(一)宽韵与中韵

就宽韵而言,由于其中韵部的字数或常用字很多,故而选择的自由度较大,如叶燮《赠同年莆田林石来奉使琉球》[②]以"东""中""丛""风"为韵,皆押一东,属宽韵;《养鹤涧》[③]以"心""禽""音""今"为韵,皆押十二侵,属中韵。但叶燮还有一些限韵或限字的诗歌,虽多为雅集之作,但也从中可以看出其用韵的讲究及高超的笔力,如《雨中过曹秋岳先生采山亭坐次各赋五言长句五十韵限东字》《翌日雨中再过采山亭复各赋四十韵仍限东字》,"限东字"且多达四十韵(80句)、五十韵(100句),固然有逞才使学的成分,但也足以说明叶燮与曹溶的唱和之多、感情之深。此外,还有限"翁""红""人"字与得"乡""莲"字的诗,这一点仅由其诗题即可看出,如《集桐乡汪晋贤华及堂限翁字》《集吴天章传清堂感旧限红字》《同人夜坐康贻侄话雨斋限人字》《甲戌人日健庵尚书招同愚谷孚若诸公集遂园分韵得乡字》等。就中韵而言,也有限韵或限字、得字的,如《午日王大将军湖舫宴集同人分限二冬韵》《秋日邀泰州邓孝威江都宗鹤问归德崔兔床休宁程穆倩泛舟红桥限桥字》《殷子偶来招同半庵在昔便坐小饮拈得来字》《黄叶诗和黄冈杜于皇得金字》。

(二)险韵与窄韵

叶燮喜押险韵,诗中有多首用十三覃韵的诗歌,以《已畦诗集》卷六"白田倡和"居多,正如乔莱和诗中所说的"剩有吟情千百首,更拈险韵十三

---

①　王力:《汉语诗律学》上,《王力文集》第 15 卷,济南:山东教育出版社,1989 年,第 53 页。

②　叶燮:《已畦诗集》卷一,《丛书集成续编》第 124 册集部,第 866 页上。

③　叶燮:《已畦诗集》卷九,《丛书集成续编》第 124 册集部,第 945 页下。

覃"①。具体有《己巳夏五访故人于白田诸同好存慰有加赋长句奉贻拈十三覃韵四首》《乔石林先生和十三覃韵十首见贻韵无重押予报以十章仍限前韵愧不能一一步押也》以及卷八中的《海盐李澶钥明府以十三覃韵四首见贻即次答之》《中秋后二日锡山顾天石过予草堂和十三覃韵诗见贻次韵答之》等。用窄韵的则有《嘉兴陈用亶招同秋岳先生暨诸同学集尚友堂限微字》《中秋后同人集用亶尚友堂忆五年前秋岳先生有此集限微字韵兴怀怆然仍限前韵》等。其驾驭诗韵的能力非同一般。

　　宽窄相济。以《夏日为游漏泽招提游次韵》②为例,组诗共四首,其一以"眠""边""圆""禅"为韵,皆押一先;其二以"蓝""探""含""潭"为韵,皆押十三覃;其三以"孤""蒲""无""途"为韵,皆押七虞;其四以"讹""蛾""多""萝"为韵,皆押五歌。同一组诗中,有宽韵、中韵也有窄韵,一韵到底,无一出韵;在宽与窄的交替中,诗人浓浓的禅悟情怀也由此得到反映,其遣词用韵的艺术值得引起重视。

　　除了平声韵,叶燮还用仄声韵,如《冬日诸子柱过草堂次夏性天韵限雪字》③以"雪""沵""冽""舌""说""瞥""铁""屑""绝""结""哲""垤""巘""拙""澈""辍""洁"为韵,均押入声的九屑韵。还有入律古风,如《赠海盐曹飞雍》④,此诗四句一转韵,依次为二十三漾、四支、四纸、十二侵、十灰,仄声韵与平声韵交替使用,叶燮对古体与近体用韵的娴熟亦由此可见一斑。

　　由上论之,叶燮在用典、字法、意象运用、用韵等方面均表现出较高的艺术功力,是其所言"才、胆、识、力"在创作上的具体实践。但必须指出的是,叶燮诗歌在一些方面也没有践行其理论主张。如他在《原诗》中批评道:"又凡诗中活套,如剩有、无那、试看、莫教、空使、还令等救急字眼,不可屈指数,无处不可扯来,安头找脚。无怪乎七言律诗漫天遍地也。"⑤而检视其诗歌,"剩有"这个救急字眼在诗中共出现 10 次,其中有一些值得商榷。但瑕不掩瑜,与以往对叶燮诗歌艺术的忽视以及诗论研究与诗歌研究的极不相称相

---

① 叶燮:《已畦诗集》卷六附录,《丛书集成续编》第 124 册集部,第 917 页上。
② 叶燮:《已畦诗集》卷一,《丛书集成续编》第 124 册集部,第 862 页下—863 页上。
③ 叶燮:《已畦诗集》卷八,《丛书集成续编》第 124 册集部,第 938 页。
④ 叶燮:《已畦诗集》卷三,《丛书集成续编》第 124 册集部,第 881 页下。
⑤ 叶燮著,蒋寅笺注:《原诗笺注》外篇下,第 454 页。

比,对其进行多维度的探究势在必行。

德国学者约恩·吕森、弗里德利希·耶格尔在《德国历史中的回忆文化》中言:"历史意识通过对过去的体验的解说便具有了定向的功能,并且总是与未来联系在一起。它总是把人在现实世界定向的经历水平——在这里,过去以不同的方式展现在人的眼前——与一定的期待水平联结在一起——在这里,行为(和受难)表现出某种目的性。历史意识并非只瞄向过去;在历史意识中总有一些装载着规范的期待。"①由于叶燮对明清之际的历变有深切体验,所以易代之变、家庭之变、现实之变、诗歌之变都促使他对历史、现实与未来有深刻的反思,也使得他的诗歌创作时常反映出承载过去与期待的历史意识。这具体表现在他的诗歌渊源、主题与艺术中。

通过本章的考察,我们可以看到叶燮诗歌渊源众多,取法多家;可以看到其诗歌主题丰富多样,包含咏史、怀古、交游、纪行、题诗、咏物、山居等;可以看到其在用典、字法、意象、用韵、比兴、通感等诗歌艺术方面的功力,从中对其诗论与创作之间的契合也有了更深刻的理解。也可看到叶燮对以往诗歌的借鉴与批判、看到他与友人的倡和酬答、看到对后进的期待与示范,所以这使得叶燮诗歌具有关联过去与现实并指向未来的重要意义,由此其诗歌的价值也就显而易见。

---

① 约恩·吕森、弗里德利希·耶格尔:《德国历史中的回忆文化》,陈启能、倪为国主编:《书写历史》,上海:上海三联书店,2003 年,第 143—144 页。

第六章
叶燮诗歌与诗论在清代的传播与影响

诗论与诗歌的价值蕴藉离不开作者的生产、社会的传播与后人的接受。与 20 世纪以来学界对叶燮的逐渐关注相比,清人对叶燮诗歌与诗论的评价又是如何呢? 是二者并举,还是推重其诗论? 望古制今,通过全面考察其在清代的传播与影响,勾勒演进轨迹,接通叶燮研究的历史发展与现实深化,必将有助于更深入地理解叶燮其人、其诗、其论。

第一节　清人对叶燮诗歌的选评及其诗学价值

叶燮兼擅诗文,诗歌创作丰富,在当时就享有盛名。清初朱经《送叶已畦明府归吴门》云:"吴中谁道是诗星,端的横山最有名。"①称赞叶燮是吴中诗星。叶燮弟子杨承业《己卯十月上旬读已翁夫子大集并录选余成为作韵三十韵志诸卷末》亦言:"夫子振始音,无有出其右。大集复授梓,刊成垂裕后。海内起争诵,咸称杜陵叟。惜未荐廊庙,不能正蒙瞍。"②表彰叶燮诗歌,并对其"海内起争诵,咸称杜陵叟"的诗坛影响有所揭示。还有叶德炯《重刊〈已畦集〉书后》也说道:"吾族汾湖派二十五世祖横山公,当康熙中叶主持东

---

　　① 朱经:《燕堂诗钞》卷三,《四库全书存目丛书》集部第 258 册,济南:齐鲁书社,1997 年,第 353 页下。

　　② 叶燮著,杨承业辑:《已畦诗选余旧存》,清抄本,南京图书馆藏。

南坛坫逾三十年。若其诗之见于吴定璋《七十二峰足征集》、归愚《别裁集》、王豫《江苏诗征》者如凤毛麟角,不必以全体而见珍,何其盛也。公当时与汪尧峰、王渔洋二公旗鼓中原,势成鼎足。"①充分肯定叶燮在清初诗坛的重要地位及影响,指出其诗得到后人选辑等。为此,笔者在借鉴张寅彭《新订清人诗学书目》(上海古籍出版社 2003 年版)对清代诗学"五期"分法的基础上,结合清人选评叶燮诗歌,试以康熙时期、乾隆时期、嘉庆道光时期、咸丰至民国初期四期来整体考察叶燮的诗坛地位与影响。

一、康熙时期:诗友间的选评推美

诗坛地位的确立由多种因素交织而成,如统治者的推重、诗坛大家的推美、选家的评选、个人的创作实力、交游以及诗歌是否符合现实需要等。以清初的王士禛为例,康熙的奖掖、钱谦益的推美、个人的才识学力、诗界的选评等都为他执掌诗坛牛耳打下了坚实基础。而叶燮诗坛地位的确立又受到哪些因素影响呢? 要回答此问题,不能不考察当时人对其诗的评价。叶燮《与千子文虎彝上诸子论诗竟日仍叠韵二首》其一即云:"郊原避暑憩精蓝,诗友论心得失谙。"②道出了诗友间论诗、评诗的真谛:既有表赞溢美,也因关系密切、推心置腹而敢于直言。这同样适用于叶燮诗友对其诗的选评上。

除了前述曹溶、张玉书、王士禛、沈珩对叶燮诗歌的高度评价外,还有许多清初人对之也有评价,如劳之辨、曾灿、梁佩兰、杜濬、倪灿、魏允枘等,而学界对他们的评述却鲜少论及。为了更全面地把握叶燮诗歌在清初诗坛的传播、接受、影响以及叶燮交游,笔者根据上海图书馆所藏《己畦西南行草》《己畦诗近刻》《己畦诗旧存》《语溪倡和》,完整呈现这些稀见评述,并对之加以理论分析和阐述。

(一)《己畦西南行草》

此刻本卷前有张玉书、劳之辨、蒋伊所作诗序,以及张英所撰诗跋,卷上末有张远、季煌、屈大均评语。

① 叶燮:《己畦诗集》,《丛书集成续编》第 124 册集部,第 956 页。
② 叶燮:《己畦诗集》卷六,《丛书集成续编》第 124 册集部,第 920 页下。

1. 劳之辨《己畦西南行草序》

　　武水距语溪百余里,吾友叶子星期素以才名藉藉武水。丁酉、戊戌交,读书于吾邑钟子靖远斋,与朱子石年、乔三、徐子次璆诸君以文章声气相应求,一时推崇之。予甫事操觚,追随于陆子雯若、吕子用晦、郭子咸六及吾吴丈孟举诸君末,别为文酒约,亦复意兴豪上,大率少壮习气未尽除去。顾其时,予与星期始相知名也。甲辰,予与乔三隽南官,星期游京师,晤于乔三邸舍,得订交。接其议论,兼读其古文辞,学海才澜,随手涌出。予信其必以文章名世,然犹未见其诗也。迨卯辰,星期以名进士宰宝应。予伯氏华国侨寓此邦,与星期意气吻合,每述星期异政,渡河灭火,不让古人,乃卒以强项,故为世所不容。去官之后,垂橐萧然,买山无计,而仅以区区著述自表见,亦足悲已!

　　夫士君子行藏一致,进则黼黻升平、鼓吹大雅,退则著书立说、终老名山,虽时会不同,所以传之不朽一也。况星期以豪放不羁之才,兼牢落不平之气,而肆力于诗。将遇日益以穷,诗又日益以工乎?予不俟读其诗,而已知星期之工于诗矣。乙丑春,星期来粤,出其《己畦诗》见示,作吏之苦、行路之难约略具焉,且集中与孟举倡和者什居三四。彼此皆以高致轶才推倒一世,无惑乎?其相视莫逆也。予官观察,署冷于冰,星期每过,予辄作竟日谈,或剪烛至夜分,酒酣耳热,道及曩时读书吾邑彼此分曹争长事。弹指三十年,予与乔三、靖远今尚浮沉宦辙间,其余诸子隐见不同,率已销沉物化。而星期、孟举又以松菊傲人,将隐约终老矣。俯仰之余,感慨系之,因读星期《西南游草》,书此序之。归而语孟举,当不以予言为河汉也。乙丑端阳后四日,同里年家弟劳之辨题于佛山舟次。

　　劳之辨(1639—1714)[①],字书升,又字岂庵,号介岩,浙江石门人,康熙三年(1664)甲辰科进士,历任礼部郎中、左副都御史,著有《静观堂诗集》。叶燮与劳之辨不仅为早年故交,而且在游历广东时曾与之晤面,其《己畦西南

---

　　① 参看江庆柏编著:《清代人物生卒年表》,北京:人民文学出版社,2005年,第235页。后面所提及部分清代人物的生卒年主要参考此书,不再一一标明页码。

行草》中即有《呈劳岂庵宪副》组诗六首,对劳之辨的政绩、品格、宗尚等多有称赞。

在此序中,劳之辨历述与叶燮的订交、交往与相知,称许其人品、诗才、志趣。因此,叶燮西南之行并非毫无目的的漫游,当与拜访故友、切磋诗艺有关。

2. 蒋伊《己畦西南行草序》

予束发与星期游,又同举于乡,交相善也。迨予困春官,星期则扶摇直上。予窃幸其遇之速,而其才将大有为也。既而筮仕剧邑,未及政成,谢去。予又惜其才之不获大用,而悲其遇之穷也。星期既谢政居闲,益刻苦肆力为诗歌、古文,高出晋魏。海内操觚家得其片笺,珍为拱璧。予益叹其才之磊落坎壈,而信其诗文之必传也。

今年春,游屐踏梅铜岭。予置酒招之,欢然道故,耳热歌呼,须髯戟张,议论风发,谈吴越间近事甚晰,皆予所未闻、所欲闻而惟恐其不尽闻者也。予曰:"子固雄于诗,亦雄于辩耶!"君曰:"伸其舌,奋其笔,此固不得志于时者之所为也,然工于诗而穷于遇,则不如其勿工。"予笑应之曰:"子之遇未必尽穷,而子之诗则以穷而益工。使子得所愿,出为封疆大吏,入而回翔琐闼。虽有越人,然而无山川游览之胜以资其采取,无抑郁不平之鸣以抒其悲愤。其诗其文'必不能自力,以致必传于后,如今无疑也'。"君笑而唯唯,为引一大白,明日出其《西南行诗》索序。予因书是语于简端。康熙二十四年岁次乙丑清和月年,眷弟蒋伊题于羊城署中。

此序亦见于蒋伊《莘田文集》卷六,其标题为《叶星期西南行诗序》。两相对照,内容基本一致,唯有"必不能自力"一语不同:《叶星期西南行诗序》作"不必能自力"①,误。

蒋伊(1631—1687),字谓公,号莘田,江南常熟(今属江苏)人,康熙十二年(1673)癸丑科进士,曾任广东督粮道参议、河南提学副使等职,著有《莘田

---

① 蒋伊:《莘田文集》卷六,《清代诗文集汇编》第122册,上海:上海古籍出版社,2010年,第433页下。

文集》《蒋氏家训》等,辑《唐诗类苑纂五集》(蒋陈锡订补、蒋涟校正)、《万世
玉衡录》等。

　　叶燮与蒋伊关系甚密,其《己畦诗集》中有多首寄赠、感怀蒋氏的诗歌。
除了《寄同年常熟蒋莘田》《送蒋莘田宪副督学中州》等诗对二人交游多有记
述外,叶燮还在《宿蒋文孙斋阁有怀其尊人莘田》与《再赠文孙》中深情怀念
蒋伊,表彰其人品、政绩。而诗题中所提及的"蒋文孙""文孙",乃是指蒋伊
之长子蒋陈锡(字文孙,号雨亭,康熙二十四年乙丑科进士,著有《来青居诗
稿》),《己畦诗集》卷五另有《文孙惠酒米诗以谢之》一诗。并且,叶燮在《己
畦琐语》中两次论及蒋陈锡①,对其爱民清廉之官德予以褒扬。由上可以看
出,叶燮与蒋氏父子均交游不浅。

　　在此序中,蒋伊不仅言明二人有乡试同年之谊,而且道出叶燮在当时诗
坛有一定影响,所谓"海内操觚家得其片笺,珍为拱璧";并结合叶燮才力、经
历,称赞其诗穷而后工;最后还征引韩愈《柳子厚墓志铭》对叶燮其诗其文给
予高度评价。

3. 张英《己畦西南行草跋》

　　"诗不以格律体裁论,唯直吐胸臆、实叙景象为佳",此吴先辈杨君
谦之论诗也。然学薄者才易竭,力弱者气易衰。虽古人未经道语,竞列
目前。一入时手,如以屠夫举百钧鼎,有绝脰已耳。先生抱海涵地负之
奇,抒泉流风发之趣,矢口而出,自成名构,隤放有之,以视脂韦蹈袭者
流,固不啻河汉隔也。抑闻之韩陵阳诗成,"既以予人,久或累月,远或
千里,复追取更定,无毫发憾乃止"。今先生谓予:"言行归二弃草堂,捷
户十年为不朽计。"以学力如先生,犹抑抑善下如此,将来著述日富,卓
然成一家言,岂肯出《骚》、杜、韩、苏下耶?! 海昌同学弟张英拜书。

　　据上文中"此吴先辈"与"海昌同学弟张英拜书",可知此张英并非康熙
朝官至文华殿大学士兼礼部尚书的张英(1638—1708,字敦复,号乐圃,安徽
桐城人)。在江庆柏《清代人物生卒年表》"张英"条的指引下,笔者依照(民

---

①　叶燮:《己畦琐语》,《丛书集成续编》第42册史部,上海:上海书店出版社,1994
年,第649页上、第652页上。

国)《海宁州志稿》卷十一、卷十三、卷二十六、卷二十九中有关"张英"的记述,另结合清初钱廉(1640—1698)《寿张仲张五十》中所说的"心中所折无多人,海昌张君独自爱"①、郑梁(1637—1713)《张母沈太夫人七十寿序》中提及的"吾友张子仲张""海昌儒者陈乾初""石渠先生"②,以及法式善《陶庐杂录》中所言"海宁张英,字仲张"③等,故有如下断定:张英,字仲张,号沧岩;本浙江鄞县人,后入籍海昌(属浙江海宁);张嘉昺(字石渠,著有《陶庵集》)之子;康熙十二年(1673)癸丑科进士,由中书累擢至广东提学佥事;礼闱出桐城张英之门,一时有大小张英之号;著有《一经堂集》。此外,吴颢、吴振棫《国朝杭郡诗辑》卷四有张英小传,并选有其三首诗。

在此跋中,张英首先征引明代杨循吉之语,对"学薄"与"力弱"之弊加以阐述;接着称赞叶燮有海涵地负之奇才,志趣高雅,迥异于当时的阿谀蹈袭之人;并引述陆游《跋陵阳先生诗草》和叶燮之语,推许叶燮具有严谨的创作态度和坚定的立言决心;最后指出其学力深厚,对之寄予厚望。

4. 张远

（侯官张超然曰）诗至今而大敝,模拟唐人,剽窃汉魏,遂居然称诗人。聋瞽者起而宗之,陈言剩语,生吞活剥,诗人之奴隶也。矫其弊者,转而学宋,卑弱寡陋,愈趋而愈下。叶星期先生夙学鸿才,其诗奇峭博大,不屑屑于古而卓然自雄,真所谓豪杰之士矣。

张远(1648—1723),字超然,号无闷道人,福建侯官(今福州)人,康熙三十八年(1699)己卯科解元,曾官云南禄丰知县,著有《无闷堂集》。除《已畦西南行卓》外,叶燮在《已畦诗集》卷五、卷七中均有多首赠答张远的诗歌,可谓以知音相赏。张远认为,叶燮夙学鸿才,诗风奇峭博大,有别于时人陈言剩语、生吞活剥的俗习。尤其是其中对于当时诗坛学诗弊病的针砭,与叶燮

---

① 钱廉:《东庐遗稿》,《四库未收书辑刊》第八辑第 17 册,北京:北京出版社,2000 年,第 651 页下。
② 郑梁:《五丁集》卷二,《四库全书存目丛书》集部第 256 册,济南:齐鲁书社,1997 年,第 301 页。
③ 法式善撰,涂雨公点校:《陶庐杂录》卷二,北京:中华书局,1959 年,第 34 页。

《原诗》的诗论主张精神相通。

5. 季煌

（钱塘季伟公曰）叶星期先生诗如河朔大侠，奇气逼人，一扫诗人恶
习，所谓"惟陈言之务去"者也。

季煌，生卒年不详，字伟公，浙江钱塘（今杭州）人，著有《南屏草》。季煌
这里指出叶燮诗风新奇，并称引韩愈之言给予高度评价。另据《已畦西南行
草》卷上所载《见侯官张超然扇头钱塘季伟公赠五言一首风致遒然因次韵得
八首悯伟公久客不归存没潦倒高才抑郁情见乎辞末托于游仙亦可悲矣并示
超然》组诗，可知叶燮不仅与季煌有诗歌唱和，而且肯定季氏诗才，悲悯其坎
坷的境遇。另叶燮《已畦文集》卷十《赠季伟公序》对季煌多有推许。

6. 屈大均

（番禺屈翁山曰）诗至杜少陵一大开辟，手荡脚踏，有巨灵擘峰通洪
河之势。予二十年未能穷其所至。星期先生以卓绝之才，深入堂奥，直
与浣花翁"沉郁顿挫"争胜于毫厘之间，可谓雄伟不群者矣。

屈大均（1630—1696），字翁山，又字介子，号非池，又号华夫，广东番禺
人，著有《道援堂集》《翁山诗外》《翁山文外》等。屈大均这里首先称许杜诗
的诗歌史价值和才力，接着指出叶燮才力卓绝，表彰叶燮诗歌的雄伟不群。

（二）《已畦诗近刻》

《已畦诗近刻》有两卷本与三卷本之别。两卷本为刻本，无目录；三卷本
为抄本，有目录，其中载有曾灿、梁佩兰、杜濬等15人评语。

卷一

1. 曾灿

（宁都曾青藜曰）昔人谓诗不穷不工，余又谓人不穷不奇，非人必待
穷而乃奇，盖穷而其人之学问、人品乃著也。已畦生长贵介，掇巍科，出
宰繁区，所处似无弗得而抡落不偶，筑二弃草堂于姑苏台畔，种竹莳花，
日与农夫野老相娱悦，此岂甘于贫贱者哉？今观山居诸诗，至理名言，
层见叠山。其悲愤似屈，其放诞似庄，其幽闲似陶，其神妙似杜，而其排

矞奇峭则又似韩似孟。余固不敢以宋元之诗目已畦,而并不敢以汉魏、六朝、唐之诗目已畦也。诗之道,穷而后工。借使已畦遭时遇主,发为清庙明堂之音,登诸雅颂,安得有吐吞山水、俯仰古今之怀见之篇什者乎? 余流寓邓尉几及十年,经营往来,无一椽足栖,以视二弃草堂何如? 尝读杜少陵"万里桥西宅,百花潭北庄"之句,当干戈骚屑之际,不忘卜筑,足想见古人风概。今贫贱皆同,而其所以处乎贫贱者有异,以是知学问、人品愧已畦远甚,诗又不足言矣。

曾灿(1625—1688),字青藜,又字止山,自号六松老人,江西宁都人,著《六松堂集》,辑《过日集》,编《依园七子诗选》。其寓居邓尉(属江苏吴县)时,与叶燮曾一同参加雅集活动。叶燮《集桐乡汪晋贤华及堂限翁字》其二诗中自注曰:"宁都曾青藜寓居,与予草堂相近,时同集。"[1]又《上元后十八夜集草堂同人分咏》之《见月》诗题下自注云:"同曾青藜、文宾日、周明星。"[2]此外,曾灿所辑《过日集》中还载有叶燮《尚友堂雅集限微字》[3],诗题自注言:"选一。"此诗为叶燮集外佚诗。

曾灿在此文中高度评价叶燮的学问、人品,指出其《山居杂诗》风格多样、绍续前贤,进而强调不可简单用朝代之分来轻言判断叶燮诗歌。若结合叶燮在《原诗》中一再强调的诗歌发展史观,不难看出曾灿对叶燮取法汉魏、六朝、唐、宋、元的诗歌创作取向及特征的把握还是符合实际的,可视作叶燮一贯的创作路径与诗学宗旨。

2. 叶奕苞

(弟九来曰)吾读步兵《咏怀》、拾遗《感遇》、供奉《古风》诸作,见古人寄托深远,凡寓于目、感于心,不厌反复,永叹以舒其胸臆,盖各有得乎立言之旨也。后人拟为之,大约祖其意,窃其字句,自以为晋、魏、初、盛而已。吾兄已畦《山居杂诗》能于一室中罗天地古今万物尽置目前,触手皆成妙旨深趣,无一意一句一字蹈袭前人馀渖,气醇而辞苍,义坚

---

①　叶燮:《已畦诗集》卷一,《丛书集成续编》第 124 册集部,第 864 页上。

②　叶燮:《已畦诗集》卷五,《丛书集成续编》第 124 册集部,第 912 页上。

③　曾灿辑:《过日集》卷十五,清康熙曾氏六松草堂刻本,国家图书馆藏。

而格逸,读之能令人霍然神解。昔子长谓,"《国风》好色而不淫,《小雅》怨诽而不怒,《离骚》兼之"。今安得更有子长以论定此诗乎?

　　叶奕苞(1629—1687),字九来,号二泉,江苏昆山人,著有《经锄堂诗稿》《经锄堂文稿》《经锄堂乐府》《集唐人句》《金石录补》《金石后录》等。叶燮《已畦诗集》中有数首赠答叶奕苞的诗歌,如《九叠韵再答九来》《九来复叠韵简寄七叠韵寄答》《九来用和汉槎北归韵相寄次韵奉答》等。《语溪倡和》中载有叶奕苞《和星期六兄语溪同吴孟举倡和韵兼寄孟举》(共两首)。由上可知二人唱和颇多。另据郋园梦篆楼重刊本《已畦诗集》"参校姓氏",叶奕苞还参与了叶燮诗集的参校工作。

　　在《原诗》中,叶燮一再痛斥句剽字窃的摹拟之风,反对"五内空如,毫无寄托",对白居易《重赋》《致仕》等诗的寄托深远、李商隐七绝的寄托深而措辞婉都给予充分肯定。无独有偶,这与叶奕苞上述所言在内在精神上是相通的,因为他们都主张学习古人之诗应得其要义,而不是一味地剽窃摹拟,也都认为诗歌创作应该舒写胸襟,寄意深远。而结合叶燮的诗歌来说,《山居杂诗》组诗不仅是其真性情的自然流露和山居生活的具体反映,也表现出他对山情物性的寄怀与思悟,如赞美瓦鳞的"块尔质刚方"(其二),感受竹韵松涛的"入耳警幽凄,递听引深肃"(其八),褒扬畦间青菜的"生意掬盎然"而"狂飙不能折"(其十四),慨叹鸣蝉的"戢翼蜕其躯,辛苦谁为使"(其十五),都借以咏物来寄寓自己的情感理想。如此来看,除去"无一意一句一字蹈袭前人"的过誉之辞,叶奕苞之所以高度评价叶燮触兴而发、颇得妙趣的《山居杂诗》组诗,实则有着深刻的现实考量,且其所言也正指出了叶燮山居诗的意蕴和风格。

3. 毛先舒

　　(钱塘毛稚黄曰)五言排律浸淫于初唐,而极盛于少陵。初唐类多短章,章短则节促,而开阖变化之致未尽也。少陵多长篇,用意既深,取材极博,首尾回旋,纵横出入,于条理井然中见错综起伏、群峰互映之妙,如屈子之赋骚,真化工肖物,非可以意测也。学初唐者,非失之板即失之肤。学中晚以降,如长庆,如松陵,非不雕绘满前、穷妍尽态,非失之俳即失之凿矣。至七言长律,唐不多有,合作尤少。读秋岳先生与已畦倡和长律,各运巧力,自抒经纬,新而不尖,丽而不缛,体严格大,变化无方,非斤斤规摹少陵,而于少陵已无纤毫遗憾矣。秋岳先生,一代文献著作大手笔,其诗篇尤以起衰自任。已畦自拂袖归草堂楗户,终岁不出,惟间一至倦圃,与先生倡和一年之间,多至一二百首。顷从已畦得尽读之,此特梓其百之二三耳。昔少陵诸体诗,间有与高、岑诸公相酬答,惟长律皆单行,无酬和者。今读曹、叶之作,窃悲少陵之不偶,而长庆、松陵又何可同日语哉!

毛先舒(1620—1688),初名骙,字驰黄,又字稚黄,浙江钱塘(今杭州)人,著有《东苑诗钞》《思古堂集》《诗辨坻》《濮书》等。叶燮《予自癸丑春过明圣湖辛酉冬重至湖上访昔年同学故人大半为异物孤山六桥一带亦苍凉非昔日毛稚黄王仲昭访予客舍为谈往事慨然赋长歌贻二子》曾提及毛先舒:"独有婆娑老稚黄,短衣蹩躠吴山傍。"①一个泪眼婆娑而又短衣蹩躠的老者形象跃然纸上。由诗题亦可知毛先舒、王嗣槐曾于康熙二十年(辛酉,1681)冬拜访过叶燮。

毛先舒这里首先推重杜甫诗歌,进而指出后世学唐的种种弊病,接着认为曹溶与叶燮的唱和诗学习杜甫而又能自抒经纬,所谓"新而不尖,丽而不缛,体严格大,变化无方",评价甚高。关于曹、叶之间的唱和,二人诗集中都有载述,但据笔者阅读,远没有毛先舒所说的"多至一二百首",不过据此亦可知二人唱和之盛与过从之密。

4. 吴兆骞

(同里吴汉槎曰)七言歌行,古今惟少陵为不可及,为不能学,其神理变化直如化工肖物,无端倪迹象可寻。若徒以沉郁苍凉、抑扬悲壮称少陵,犹未深得少陵者也。予与星期别廿七年,顷北归,相晤里中,握手寒凉欷歔外,星期即慨然论诗。自汉、魏至元、明,批郤导窾,溯源析流,所言皆有根柢,而意颇少所可。其论少陵诗尤详切,如《哀王孙》《丹青

---

① 叶燮:《已畦诗集》卷一,《丛书集成续编》第 124 册集部,第 866 页下。

引》诸篇，人皆能诵其辞、叹其妙，星期别有抉髓入神之论，皆昔人所未
发者，盖苦心于此久矣。读其投赠诸歌行，予为之反覆三叹，乃知皮掇
貌似少陵者无论，不足与语少陵诗，并且不足与语星期之诗也矣。

吴兆骞(1631—1684)，字汉槎，号季子，江南吴江(今属江苏)人，著有
《秋茄集》，并参辑《唐诗英华》。根据叶燮《与吴汉槎书》中所载"弟自黜废
山野，于今七年矣""仁兄为三十年道义之交"，可知其与吴兆骞始交应在顺
治十年(1653)左右。也正是通过这封书信，叶燮将罢官前后的事情原委、心
志一一呈现，可谓其内心世界的真实记录。康熙二十二年(1683)，吴兆骞归
里省亲，叶燮作长诗《吴汉槎北归赋赠次昌黎忆昨行韵》赋赠，而其中所言
"恍惚二十七年别，旧游零落邹与枚"与"北堂慈母幸无恙，皓首重酌儿金罍"
等①，恰与吴兆骞这里所说的"予与星期别廿七年，顷北归，相晤里中"相吻
合，可知兆骞此文当写于他归里省亲期间。

叶燮论诗以杜甫为宗，在《原诗》中对杜诗评价甚高，尤对《丹青引赠曹
将军霸》一诗的文本分析堪称绝伦。吴兆骞此处所言正切中肯綮，不仅指明
叶燮论杜而有新解，又肯定叶燮善于学杜，认为其"投赠诸歌行"有一唱三叹
之美。

卷二

5. 梁佩兰

(南海梁药亭曰)已畦先生，今之守道君子也，抱用世之志而阻于
时，筑二弃草堂于横山之阳以家焉。与石门吴孟举相友善，所为诗率多
唱和，诗不奇不休，不惊人不道。尝谓古今诗人只有唐杜甫、韩愈、宋苏
轼三人而已。叠韵诸作，辚轹百家，罗笼万象，凿蚕丛使出险，驱金牛而
启路，真吐纳河海、鞭策风雷之才。

梁佩兰(1630—1705)，字芝五，号药亭，晚号郁州，广东南海(今佛山)
人，著有《六莹堂集》《六莹堂二集》。在《已畦诗集》中，叶燮曾多次提及梁

---

① 叶燮：《已畦诗集》卷二，《丛书集成续编》第124册集部，第875页。

佩兰,或赠答,或一同参加友人的雅集活动。其中《送梁药亭归南海》有诗句曰:"嶔崎忽漫眼前生,奇癖狂情真我友。爱君不隔一日心,称诗百战稀绥兵。予夺千秋互祖左,予乙李白君力争。"[1]表明二人不仅交情不浅,而且诗友论心,有论诗之谊。梁佩兰这里对叶燮的道德、才力都有称许,并指出其叠韵诗牢笼万象,有奇、险之风。

6. 郭襄图

(平湖郭皋旭曰)古人言诗本性情。性情者,伦常之道而已矣。已畦赠汉槎诗,备极今昔、存亡、忻戚之致,而返而归之事亲学道,此风人之旨而朋友之道也。有味哉,其言乎! 大抵已畦诗气度若山岳,才思如江河,纵横变化而法在其中。安得执唐、执宋区区之见而议其后耶!

郭襄图,生年不详,卒于康熙二十九年(1690)[2],字皋旭,号匡山,浙江平湖人,著有《更生集》,与沈季友合编《柘上遗诗》。叶燮《平湖孙郭过赵传》有其传,云二人相交始于顺治八年(1651),自此气谊相投,可谓"穷交四十年"。郭氏能文好交游,倜傥豪侠,一生坎坷,郁郁不得志,晚年侨居苏州时曾过访叶燮草堂。另据上海图书馆藏《禾中倡和》,其中载有叶燮六首诗、郭襄图四首诗,说明二人亦有诗歌唱和。

郭襄图此处认为叶燮赠吴兆骞之诗感情真挚,富有历史感与现实感,指出其既得风人之旨又饱含朋友之道,耐人咀嚼。值得注意的是,郭氏在推美叶燮气度、才思的同时,还指明其诗纵横变化而法在其中,强调不应以"执唐"或"执宋"之见来加以妄评。虽简短几句,但于我们理解当时诗坛对唐宋诗尤其是宋诗的认识,以及把握叶燮的论诗主张等,都大有助益。

7. 顾有孝

(同里顾茂伦曰)赠汉槎北归诗,倡自健庵,和者无虑数百人。已畦既独赠汉槎长歌,最后见其和韵作。盖已畦答九来兼和原倡,以补其所未尽也。观一首有一首章法,四首有四首章法,矩矱秩然而苍老新丽,

---

① 叶燮:《已畦诗集》卷三,《丛书集成续编》第124册集部,第880页上。

② 叶燮在《平湖孙郭过赵传》中指出:"至康熙庚午,哭皋旭之丧于苏郡城。"见叶燮:《已畦文集》卷十八,《丛书集成续编》第124册集部,第806页上。

实能兼之。闻九来叠韵至数十章,恨犹未见。方今风雅道衰,知音者
鲜。君家二难,吾不能测其所至矣。

顾有孝(1619—1689),字茂伦,号雪滩钓叟,江南吴江(今属江苏)人。
明末诸生,曾游陈子龙之门,子龙死后亦弃诸生,隐居著述,尤以选诗为能
事,辑有《乐府英华》《唐诗英华》《骊珠集》《丽则集》等。《骊珠集》卷七选有
叶燮四首诗,分别是《和宋荔裳先生登华岳之作》其一与其二、《寄学山侄》
《送计甫草公车北上》,皆属叶燮集外佚诗。吴兆骞北归后,友人多有赠诗,
首倡则自徐乾学始,而叶燮亦有赋赠。顾有孝在此推美叶燮所作诗歌章法
秩然而苍老新丽,对叶奕苞亦有称许。

在《钓雪行为顾茂伦赋》一诗中,叶燮极为推重顾氏的品格,赞其"叉手
不揖千乘贵,满头风雪惯作缘""万顷湖银千嶂玉,一钓钓出竿头悬"①。另叶
燮《九临以像索题赋二十韵为赠》亦提及顾有孝:"郭东有顾叟,茂伦。卒岁
不饱藿。"②顾、叶二人不仅相知,而且在诗学思想上亦多有吻合之处。叶燮
反对"诗必盛唐",在《原诗》中对杜甫、韩愈、李商隐等都给予了较为合理的
评价;顾有孝《唐诗英华》则专选唐人七律,其中初、盛唐各两卷,中唐六卷,
晚唐则多达十卷,所选数量居于前两位的依次为李商隐、杜甫,显然与叶燮
不以时代先后来论唐诗优劣的主张不谋而合。

8. 魏允札

(同里魏州来曰)茂伦以诗隐,持一竿钓笠泽四十余年,名益高,家
益贫,而隐益坚。海内赠作如林,而此歌为深得茂伦诗隐之旨,沉郁悲
壮,言尽而意无穷,读之使人怃然,深身世之感。

魏允札(1629—?),字州来,号东斋,浙江嘉善人,著有《东斋词略》(柯煜
辑)、《东斋诗删》。叶燮不仅与友人"同饮州来斋头"(《赠柯翰周》其一)③,

---

① 叶燮:《已畦诗集》卷二,《丛书集成续编》第124册集部,第879页上。
② 叶燮:《已畦诗集》卷二,《丛书集成续编》第124册集部,第878—879页。
③ 叶燮:《已畦诗集》卷三,《丛书集成续编》第124册集部,第889页下。

畅叙友情,还与魏允札有赠答酬唱。其《答魏交让州来云皋景书》①曰:"奋髯者州来,八代俱不屑。"对允札的激昂形象有所描述。其中又曰:"斐然赠我言,出口百炼铁。"明确指出魏氏等人的赠言斐然、精当。魏允札此处认为叶燮所作《钓雪行为顾茂伦赋》不仅深得顾有孝诗隐之旨,而且沉郁悲壮、意味无穷,能够使人产生共鸣之感。

9. 周篔

(嘉兴周青士曰)倦圃《花下再集同人》,皆斐然有作。秋岳先生八章,一时压倒元、白,予亦索散赋以从。深愧学步时,已畦先生归卧吴山,未与斯会胜流,颇以为歉。后读其遥和作,感今追昔,触事兴怀,其思深,其辞婉,悠然深远矣。

周篔(1623—1687),初名筼,字青士,又字笃谷,浙江嘉兴人,著有《采山堂诗》《采山堂遗文》(余霖辑)。关于二人交游,周篔《梧桐房与叶星期》有记述:"去年冰雪里,移楫未能过。今日梧桐下,相寻感慨多。素丝宁待染,老剑不期磨。斗酒还酤我,何曾废啸歌。"②故友相见,感慨良多,对酒啸歌。对于叶燮与曹溶的唱和之作,前述毛先舒已有称许,在此周篔亦大加推重,指出其思深辞婉、悠然深远,足见叶、曹二人唱和在当时诗坛确有一定影响。

卷三

10. 杜濬

(黄冈杜于皇曰)昔之为诗者患在好旧,今之为诗者患在好新。二患相权,好新尤酷也。盖好旧犹原本经史,根据骚赋,但数见不鲜,熟极生厌。譬如太仓之粟,红腐相因,然其初固嘉谷也。好新则猥杂无等,兼收滥用。齐谐之志怪犹恨其拘墟,扬雄之难字尚嫌其苟简,求当其意,必也王莽之奇文、武曌之新字乎? 此则譬如儿童斗草,但务困人,不择种类,在落纸入眼之时固已不风不雅,可骇可叹矣! 久之,自忘奇丑,不知逢作者当若何厌恶而扫除之也? 吾友叶星期,别余七年,至是晤于

①　叶燮:《已畦诗集》卷五,《丛书集成续编》第 124 册集部,第 905—906 页。
②　周篔:《采山堂诗》卷五,《清代诗文集汇编》第 84 册,上海:上海古籍出版社,2010 年,第 79 页下。

金陵,示余近诗。读其五七古风,正复才情横溢,词采璀璨,而其中有一种廉悍之气,意果而手辣,足以斩刈四方之蓬蒿。吾故以扫除之烈望之,星期不可以辞。

杜濬(1611—1687),字于皇,号茶村,初名诏先,一名茶星,湖北黄冈人,著有《变雅堂文集》《推枕吟》《杜陵七歌》等。关于二人交游,叶燮在其诗文中均有记述。其一,由《已畦诗集残余》中《黄叶诗和黄冈杜于皇得金字》(共三首)、《同于皇招汝受移寓天宁寺结邻度岁》(共两首)、《酬于皇次韵》(共两首)以及自注"时与于皇同寓维扬天宁寺""余座主合肥龚先生"等,可知二人早年即相交甚密,且曾一同寓居寺庙,人生经历上多有相似之处。并且,《已畦诗集》卷三《予为驴堕所苦卧病十日而起秋岳先生再作长歌以慰复赋呈》一诗后附录有杜濬和作。其二,叶燮《桐初诗集序》评杜濬曰:"盖茶村为诗家老将,力排卑靡,时习桐初得之于其切劘者深也。"①称赞杜濬为诗坛老将,诗歌寄托深远,能力扫卑靡之风。另由此序还可知叶燮之侄叶藩(字桐初)为杜濬女婿。

杜濬"生平论诗极严,于时人多所诋诃"②,而对叶燮却多有推赞。在此,杜濬首先指出古、今作诗者分别存在"好旧"与"好新"的弊病,接着重点就"好新"之习进行阐述和批判,强调应当加以扫除,随后指出叶燮五七古风词采璀璨、笔力精悍,对扫除当时诗坛弊患有所助益,因而最后"以扫除之烈望之",对叶燮寄予厚望。

11. 邓汉仪

(泰州邓孝威曰)往戊午秋,被征至京师,与秦中李子德日夕论诗。予向子德言:"禾中曹秋岳先生极赞尊作排律之妙,属予当多选以行世。"子德曰:"排律是诗家之一体,须当以古诗为上,今诗家但能律而不能古,仅称为半个诗人。"古诗之顿挫变化、铺陈结构,非深于古家者未易几也。今读已畦近作,诸体皆工,而于古诗,跌宕开阖,自出手眼,殆原本少陵而兼学韩、苏两家者乎!久别已畦,今一旦遇于秦淮,秋风秋

---

①　叶燮:《已畦文集》卷八,《丛书集成续编》第124册集部,第731页上。
②　王士禛辑:《感旧集》卷六,上海:上海古籍出版社,2014年,第476页。

雨备极萧骚,而把其佳篇一再吟诵,恍慈仁松下与子德樽酒夜话时也。
秋岳先生亦寓白门,其以予言为何若?

邓汉仪(1617—1689),字孝威,号旧山,别署旧山农、旧山梅农,晚号钵
叟,原籍江苏吴县,后迁居江苏泰州①,著有《官梅集》《青帘词》等,辑《诗观》
三集,编《慎墨堂名家诗品》。邓汉仪这里首先援引他与李因笃(字天生,又
字子德)论诗之语作为铺垫,接着称许叶燮诗歌工于古诗,在跌宕开阖的结
构中自出新意,并指出其宗法杜甫、韩愈、苏轼三家。结合叶燮诗论与诗歌,
不难看出邓氏之评可谓十分精当。

在《诗观二集》与《诗观三集》中,邓汉仪共选辑叶燮五首诗歌,且皆有评
述。其中,《诗观二集》卷六 二首,依次为《季春客邗上过文选楼访孝威同鹤
问穆倩诸子小集漫赋》其一与其二,并评曰:"二首极情思之温□。"②且这两
首诗皆为叶燮集外佚诗。《诗观三集》卷十二 三首,依次为《晚至玉山》《南
昌晚泊》《赣州》。评《晚至玉山》云:"余丙申至玉山,见满城皆荆棘,宾舍尽
被火烧,想闽乱之后益甚! 此诗形容哀惨,酸风射人。"评《南昌晚泊》曰:"华
□情苦。"③评《赣州》曰:"似孟襄阳。"除分别给予评述外,邓汉仪最后还加
以总评:"星期诗以险怪为工,余则录其条和中节者。"④与时人指出叶燮诗有
险怪之风不同,邓汉仪独具慧眼,专门选录其中反映现实、融情于景并合乎
中正之作,一定程度上深化了对叶燮诗风多样化的认识。

除了评选叶燮诗歌外,邓、叶二人亦有交游。叶燮《秋日邀泰州邓孝威
江都宗鹤问归德崔兔床休宁程穆倩泛舟红桥限桥字》便记述了他与邓汉仪、
宗观、崔丁城、程邃泛舟红桥之事,五人追忆往昔,"索笑同心"⑤。此外,《诗

---

① 参看邓汉仪撰,陆林、王卓华辑:《慎墨堂诗话》"前言",北京:中华书局,2017
年,第1页。

② 邓汉仪:《诗观二集》,《四库全书存目丛书补编》第40册,济南:齐鲁书社,2001
年,第25页上。

③ 邓汉仪:《诗观三集》,《四库全书存目丛书补编》第41册,第53页下。

④ 邓汉仪:《诗观三集》,《四库全书存目丛书补编》第41册,第54页上。

⑤ 叶燮:《已畦诗集残余》,《丛书集成续编》第124册集部,第965页下。

观二集》卷七载有高以位《文选楼访邓孝威同叶星期作》①一诗亦可为证。[按：高以位，江南江都（今属江苏）人，康熙九年（1670）与叶燮同科中进士。]

12. 倪灿

（上元倪闇公曰）诗至昌黎，戛戛排宕，可谓无奇不搜、无境不凿，然叠韵诗亦不多见。惟子瞻间有之，不过数首而止。已畦才大如海，一韵而叠至数十首。昌黎云："险语破鬼胆，高词媲皇坟。"又云："垠崖划崩豁，乾坤摆雷硠。"已畦正有远过前贤处。莫谓古今人不相及也。

倪灿（1626—1687），字暗公，号雁园，江南上元（今江苏江宁）人，撰有《补辽金元艺文志》《宋史艺文志补》《雁园词》等，编《十家宫词》。倪灿盛赞叶燮才高力大，并引述韩愈及其诗句，认为其堪比前贤。结合叶燮在《原诗》《百家唐诗序》《南游集序》等著述中高度评价韩愈其人其诗来说，倪灿此处的评述还颇合叶燮的诗论宗旨。

13. 顾彩

（无锡顾天石曰）余读已畦先生丙辰以后诸诗，而重有叹也。先生负盛名，为廉吏，使其受知上官，荐牍交及，自此宦日以达，则其忧天悯人、慷慨历落之怀将见之丹陛，敷陈明廷，任事，奚暇鸣呜伏吟二弃草堂中，与彭泽、杜陵同出处哉！今先生惮折腰，弃五斗米，归葺二弃草堂，浣花钓鱼，俨然陶与杜也！诗之高旷悲壮，亦如陶如杜，千载而下，得与二公分道扬镳，讵非罢官后所得哉?! 余晤先生白下，共晨夕颇久，见先生为人刚肠疾恶，笑貌不假，气谊如云笼罩万类，以入仕途则寸寸龃龉，无足怪者。宜其发为诗文，推倒一切，别开溪径。方今靡靡之响遍于寰宇，必得大作手起振刷之。非先生其谁乎？先生又自言明春将溯江入豫章，历十八滩，踰庾岭，登罗浮，吾知其必更有作也。昔坡公至海外，文章逾妙。今先生诗已臻逸品，其涉岭海，不知更何以益之，殆不可测，惜余不及追随也已！于临行，系之以诗：

---

① 邓汉仪：《诗观二集》，《四库全书存目丛书补编》第40册，第57页上。

我游天涯有年矣,未知服膺向谁是。杜韩之后少诗人,浩荡今看已
畦起。已畦昔作冲邑宰,不名一钱惟饮水。怪无火齐堆金盘,是以上官
心不喜。归来吴中葺草堂,堂名二弃足花卉。人将先生拟陶令,先生掉
头笑不已。六年不出诗最多,字字声发金石里。裂云崩崖势砰訇,大雨
骤下苍石洗。须臾霁敛见月星,清风潇潇露泥泥。先生之诗气象同,区
区鲍谢安足拟。今年触暑秣陵道,堕驴自笑筋力蕄。养疴僧舍不谒宾,
户外之屦昼济济。群公敦请撰地书,问谁晨夕余小子。例仿春秋无假
借,梦吐笔花照万里。为感重臣意专属,誓成完书报知己。韩碑遭磨段
碑在,自古高文天所忌。坐中阁笔让群儒,弃此一席如敝屣。嗟予又辞
先生归,黄云蒲野怅分袂。欲求变调唱骊歌,先生无言但唯唯。有似子
房别黄石,魂销济北心恋圮。明年君作罗浮游,归载高文直百排。余登
昭王台上望,天尽云穷是行邸。此中分手路八千,今夕何夕足犹抵。何
时相访二弃堂,话旧莫逆忘所以。

顾彩(1650—1718),字天石,又字湘槎,号补斋,江南无锡(今属江苏)
人。与孔尚任合撰《小忽雷传奇》与《大忽雷传奇》,著有《往深斋诗集》《草
堂嗣响》《容美纪游》等。从批评方式来看,顾彩这里不仅评价叶燮诗歌,还
作有一首论诗诗,确实有别于前述诸家的评价。就前者而言,顾彩首句即点
出叶燮"丙辰以后诸诗",看似简略一句,但前后衔接,为接下来的评述作以
铺垫。因为正是在康熙十五年丙辰(1676)十一月,叶燮因故被黜,开始了长
达数年的游居生涯,也由此有了久在樊笼而复返山居的适意自得,有了充足
的时间来潜心研读与著书立说,所以顾彩这里在赞赏叶燮有患政的同时也
提出了"讵非罢官后所得哉"的反问与感叹。在顾氏看来,叶燮的为人品格、
气谊虽对做官有所不利,但对为诗作文却大有助益,足以别开蹊径,扫俗起
振。最后,顾彩还指出叶燮的游历四方亦有益于其诗文创作。

在这首论诗诗中,顾彩不仅推赏叶燮富有诗才,指出罢官对其诗文创作
的重要意义,而且对二人的莫逆之交有所记述,言辞中充满真挚之情,尤其
是"字字声发金石里""裂云崩崖势砰訇"等句,则在酬答中直接论及叶燮诗
歌的风格。而由其中"户外之屦昼济济""群公敦请撰地书""为感重臣意专

属,誓成完书报知己"等,亦可大致知晓叶燮其时的诗坛影响与文学交游。若根据诗中所说的"六年不出诗最多""今年触暑秣陵道""明年君作罗浮游",以及叶燮《中秋后二日锡山顾天石过予草堂和十三覃韵诗见贻次韵答之》(共两首)①、顾彩《中秋后三日过叶已畦二弃草堂用十三覃韵》(共四首)②,则可知二人此次谋面的时间应在康熙二十二年(1683)农历八月十七日(或十八日)。

14. 朱雯

(石门朱裔三曰)忆三十年前,余与星期篝灯几砚,恒至丙夜不已。星期议论飙发,当其磅礴沉郁时,真有不可一世意。予以谓星期,他日展抱负,当是马周一类人。乃星期隽南宫,仅一试百里,以不合时宜拂袖,归投老荒山断崖间,筑二弃草堂,以咏歌著书为事。而予二十年来风尘南北,奔走俯仰,手版作生涯,以视星期则远矣。顷与星期相遇白下,见星期于一切世味能淡漠若无与者,此非有所得于中者耶!已酒酣耳熟后,星期三十年前意气时少露其磅礴沉郁之概,山中人岂尚有未忘者与?读其近诗数卷,可知其志所寄矣。五七言古,追杜匹韩,推到一世;七言律,则又缠绵深婉,意远而辞警,新不伤纤,生不入硬;艳体直排李轶温,而上之不意,山中人又能作如许绮语也?星期之才,予三十年来尚知之不尽,余能无返而滋愧也与!

关于"石门朱裔三",叶燮诗文集中并无记述,但据下述文献足可证其为朱雯:一是清代释德基《宝华山志》卷前《宝华山志序》序末题"赐进士第中宪大夫原授提督山西通省学政按察司副使前知松江府事内阁诰敕撰文中书令候补学政按察司副使法弟浙西朱雯裔三氏顿首拜撰"③;二是杜濬《变雅堂文集不分卷》中附录《朱先生跋语》,跋末题"浙西同学弟朱雯拜手言时丙寅

---

① 叶燮:《已畦诗集》卷八,《丛书集成续编》第 124 册集部,第 938 页上。
② 顾彩:《往深斋诗集》卷六,清康熙丁亥年(1707)辟疆园刻本,国家图书馆藏。
③ 释德基:《宝华山志》,《四库全书存目丛书·史部》第 236 册,济南:齐鲁书社,1996 年,第 374 页。

九月立冬日书于怀汲堂"①。由此可知:朱雯,生卒年不详,字裔三,浙江石门人,康熙三年(1664)甲辰科进士,历任松江府知事、中书令、候补学政按察司副使等职。朱雯与叶燮为早年故交,据前述劳之辨《巳畦西南行草序》所言,可知二人相交应不晚于顺治十四年(1657),其时叶燮正坐馆于石门钟定家。

朱雯此处从回忆三十年前与叶燮的交游写起,先后记述了叶燮早年的议论飙发、磅礴沉郁以及罢官后的淡于世味、著书立说,不仅指出其诗寄托深远,还分别指出其五七言古、七言律、艳体诗的风格特点。其中尤对叶燮七言律诗的评价具体而精到。对于七律,叶燮在《原诗》中就有深刻的理论认识:"七言律诗,是第一棘手难入法门。融各体之法、各种之意,括而包之于八句。"②因而综合来看,叶燮的诗歌能得到众人的推赞,离不开其清醒的理论自觉和不辍的创作实践。换言之,叶燮诗学理论的形成与发展和其诗歌创作密不可分。

15. 郑载飏

(缙云郑瑚山曰)忆余与伯氏缔交星期,盖自戊戌同游明圣湖头,维时连床风雨,数与晨夕。星期慷慨雄谈,卓荦自命,其才实有大过人者,每有著作,弘瞻瑰丽。余兄弟辄拜下风,谓星期抒所学,其裨世道未可量也。迨十年,而余与星期同举于乡。又三年,而星期偕予伯氏并捷南宫。视星期昔在湖上时,其志虑亦少颓矣。予以谓迟迟其遇,天且老其才以为大受。乃以鸾翮投枳棘中,弗能脂韦折腰,一年竟投劾去。筑舍于苏之横山,发愤读书,益肆力于古文词,绝迹人世。余与星期参辰间隔者,且一纪。癸亥秋,予来白下,得读其《巳畦》诸刻,雄深雅健,与少陵、昌黎相颉颃,次山不足道也。想见生平稽古之学,不以得丧撄心,不以菀枯易守,以视畴昔所获,当何如耶!星期又与余言,年来究心内典,颇有窥拈花微笑之旨,今之含毫属韵皆是剩语赘辞。是又予之所心折,为更不可及也夫!

---

① 杜濬:《变雅堂文集不分卷》,《四库禁毁书丛刊·集部》第72册,北京:北京出版社,1997年,第358页。

② 叶燮著,蒋寅笺注:《原诗笺注》外篇下,第452页。

郑载飏,生卒年不详,字元暗,号瑚山,浙江缙云人,康熙六年(1667)丁未科进士,历任内阁中书舍人、安徽宁国府同知等。其父郑赓唐,明天启七年(1627)孝廉,著述颇丰,有《读易搜》《空斋遗集》《春秋质疑》《唐宋节录》等。(光绪)缙云县志卷十一"书目"云郑载飏有《金华稿》《宛陵遗集》《儒禅一理论》,未见。其兄郑惟飙与叶燮同为康熙九年(1670)庚戌科进士。上文中所提及的"伯氏"即郑惟飙。

由"忆余与伯氏缔交星期,盖自戊戌同游明圣湖头"一句,可知叶燮与郑氏兄弟结交当在顺治十五年(1658)。综观郑载飏所言,他在推美叶燮诗才的同时,也指出其诗具有雄深雅健的特点,尤对叶燮治学的志向与品格评价甚高,认为其并没有因为一时的得失与荣辱而撄心、易守。结合叶燮生平事迹,应当说郑载飏所评十分中肯。并且,这也与叶燮在《原诗》中强调的"举世非之,举世誉之,而不为其所摇"①的诗论主张相符合。另外,郑载飏此处还明确提及叶燮"究心内典",指出他对佛典的研学与吸纳,则又可为叶燮的诗论与创作深受佛学思想影响的明证之一。

(三)《己畦诗旧存》

此抄本卷上分别载有倪灿、宋曹、宗观、刘文照、钱德震、董俞六人的评语,卷下无评语。

1. 倪灿

(上元倪闇公曰)余读己畦《纪事杂咏十二章》,缠绵悱恻,顿挫凄婉,与少陵之《新安》《石壕》诸诗何异?彼元、白新乐府之《杜陵叟》《卖炭翁》《母别子》诸篇不能及也。己畦以经世之才不偶于世,罢官而后,闭户读书,思益奇,语益峻,牢笼万象,囊括众有。斯数章不过其在任之作,然一篇之中忧天悯人之意备焉!夫学可勉而能,才不可强而至。有才者,青黄金碧入其垆鞴皆成神丹,么弦孤韵经其抒轴皆为绝调。读己畦诗者,亦可霍然而悟矣。

在指出叶燮的纪事诗具有缠绵悱恻、顿挫凄婉风格特点的同时,倪灿此

---

①　叶燮著,蒋寅笺注:《原诗笺注》内篇下,第189页。

处重点强调叶燮之"才",并对"学"与"才"之别进行区分,提出了"学可勉而能,才不可强而至"的重要论断。这与叶燮对"才"的极其重视实有相通之处。在《原诗》中,叶燮不仅推重杜甫、韩愈、苏轼等古之才人,主张"夫才者,诸法之蕴隆发现处也""惟我有才能言之""无才则心思不出"等,反对才短力弱,而且就"才"与"胆""识""力"的有机联系加以阐述。相比而言,叶燮却很少专门论述"学",虽在《原诗》开篇提及"其学无穷,共理日出",但其后则更多是对如何学诗的告诫以及对学诗者蹈袭摹拟的批判,由此不难看出其诗学旨趣。

2. 宋曹

（盐城宋射陵曰）诗人情动于中而形于言,志之所之也。若词意到至处,往往播之乐府、被之管弦,所以老而愈妙、穷而益工。读星期先生诸古体,则黄初、太康以降不足言矣！近体则开元、天宝以降不足言矣！至《河堤》《军邮》《荷锸夫》《采柳谣》诸诗,则又关心民瘼,酸凄动人,虽安上之图无以过之。少陵《新安吏》《石壕吏》《垂老别》《无家别》诸篇,昔人谓之"诗史",予于先生亦云。

宋曹（1620—1701）,字邠臣,号射陵,江南盐城（今属江苏）人,著有《会秋堂集》（赵嶰山辑）。宋曹这里虽不无溢美,却也道出了叶燮诗歌具有穷而益工、兼采众体的特征,还以"诗史"之誉给予高度评价,认为叶燮的纪事诗关心民瘼,酸凄动人,可谓深得少陵神理。

3. 宗观

（江都宗鹤问曰）昔少陵用古体叙近事,一时寓目指陈,个必身当其任也。次山《舂陵》当其任矣,顾篇章亦不数见。至西涯《今乐府》凡数十首,俯仰上下,寄托遥深,词家奉为典则,由其直抒胸臆,不蹈生吞硬塞之讥。今读已畦先生纪事诗,殆并次山之亲历,凛杜陵之忧危,以出入于西涯之堂奥,要皆有关斯世异致而同工者也。已畦负有为之略,未及树立,竟置之一丘一壑为旁观者之言。昔人所谓"诗穷益工",盖不得志于时之谓穷也。

别已畦五年,复读其诗,则混瀁恣肆,大异乎前规摹唐宋之作。海内称之,或以为远追少陵,或以高迈韩、苏。母亦偃蹇沉抑,而一发其才于行间字里乎! 嗟乎! 已畦先生之诗自传,可以不必曰若似杜、若似韩、苏也。夫唐且不必似,况宋乎哉!

宗观,生卒年不详,字民表,号鹤问,江南江都(今属江苏)人,有《时务金华集》,与翁天游合辑《振绮类纂》。关于二人交游,叶燮《已畦诗集残余》中有《秋日邀泰州邓孝威江都宗鹤问归德崔兔床休宁程穆倩泛舟红桥限桥字》一诗有所记述。

在简要评述杜甫、元结、李东阳诗歌创作特色的基础上,宗观对叶燮的纪事诗给予高度评价,认为其诗继承和熔铸了三人诗歌之精神,既"并次山之亲历,凛杜陵之忧危",又得"西涯之堂奥",关注现实,虽未大展才略,不得志于时,但却诗穷而后工。也正因于此,宗观进一步指出叶燮唐宋兼济、独出机杼,认为其前后诗风有所变化,强调评价其诗不应以似唐或似宋论之。

4. 刘文照

(宛平刘雪舫曰)读星期初度诸作及重至宝应诗,不禁三太息也。星期具公辅材,如晋登枢要,必能作为雅颂,歌咏功德,为廊庙光,乃令凤翼卑栖,牛刀小试,已足惜矣。而又俾徜徉林壑,偕野老与吟哦,果诗人少达而多穷耶? 其在宝应也,以不善事上官而去,而田夫野老之有口者皆能言之而思之。观其重过旧地,触目寄怀,情文凄恻,岂徒风随断柳、泪堕清笳已乎? 沉郁之思形于悲慨,固不能得以汉魏、三唐之蹊径律之,而自为一家言者矣。呜呼! 此星期所由称,而星期之诗所由著欤!

关于刘文照的生平事迹与著述,史料虽有记载,但大都十分简略,目前可见卓尔堪《遗民诗》卷六(其中载刘文照诗七首)、阮葵生《茶余客话》卷二十一(载其诗一首)、徐世昌《晚晴簃诗汇》卷十四(其中载其诗十首)、赵嶓山辑《会秋堂集》卷三"集中人名考"有较为具体的记述。据上可知:刘文照(1630—?),字雪舫,原籍江苏海州,后籍宛平,著有《揽蕙堂偶存》,是明代孝纯刘太后之侄、新乐侯刘文炳之弟。并且,刘文照与宋曹为儿女亲家。

在此文中,刘文照称赞叶燮富有才力,认为其诗穷而后工、触目寄怀,不袭"汉魏、三唐",可自成一家,并指出其诗风具有沉郁悲慨的特点。拓展来看,刘文照对叶燮诗歌的深刻认识,或因二人在经历、境遇上有相似之处,故而容易产生共鸣。

5. 钱德震

(华亭钱武子曰)鹤以孤洁而音清,钟以高严而听远,其所寄托即日在寻常游泳之间,自有迥绝尘华之外者。故田夫征妇之篇与于辎轩之采,而为庙堂登歌之所不废,此盖天地之元音也。自世人工于绮缛之辞,镂月雕云,其调愈浮,其旨愈寂,纤靡萧飒,一往而不复,还安从识《三百篇》之遗意哉?星期先生以空旷之怀,发铿铉之响,视世间一切纷荣毫无濡染。其不可一世之概,确有恬淡之风,泊然胸次而又郁抑,其音节有不得不出于悲愤者。此即湘兰沅芷之思,可以上接《风》《骚》,下提李、杜之嫡派也。下士大笑如苍蝇声,安得太华之峰而与之一伸呼吸也耶?

钱德震,生卒年不详,字武子,号虞邻,浙江海盐人,曾流寓江南华亭(今上海松江)。在钱德震看来,无论是反映寻常田夫征妇的篇什,还是乘坐辎轩采风所得的迥绝流俗之作,皆可为庙堂登歌所用,也皆是"天地之元音"。因此,钱氏对那些刻意追求华靡的创作风习表示不满,认为它们离《诗经》所表现出的一唱三叹之意相去甚远;并进而指出叶燮胸怀空旷,心志恬淡,诗发悲愤,品格高洁,既承续了风骚之精神,又发挥了李白、杜甫之遗韵。再结合上文中提及的"苍蝇声""太华之峰"等,不难看出钱德震所言在推许叶燮的同时也有着针砭时弊的用意。

6. 董俞

(华亭董苍水曰)今日之诗,大抵肤响粗备,精理不足,若围园故步,不敢失尺寸;大者江淮间勾践,小则夜郎王耳。安望其前无古人,后无作者乎?读星期先生大集,于见才处不离格律,于真境中时露神采。向珍片羽,今睹全豹,如执化人之祛而登其城,含龙女之珠而入其藏,眩目怵心,生平之观极矣。

董俞（1627—1688）①，字苍水，号樗亭，江南华亭（今上海松江）人，顺治十七年（1660）庚子科举人，著有《樗亭诗稿》《玉凫词》等，与田茂遇合辑《十五国风高言集》。董俞此处由对当时诗坛弊病的批评入手，指出叶燮诗歌富有才力而不离法度，表现真境而时露神采。

（四）《语溪倡和》

《语溪倡和》，抄本，一卷，与《已畦诗旧存》《禾中倡和》合抄。此为叶燮与吴之振、叶奕苞等人的唱和集，所见上图抄本中共收诗三十四首，其中叶燮二十二首，吴之振十首，叶奕苞二首，并载有魏允枬与魏允札的评语。

1. 魏允枬

（魏交让曰）有诗即有和，可考而信者肇乎虞周，沿乎汉魏以后，然四声未立，有联句、无限韵至长庆而松陵始极盛矣，顾未有一韵而篇什之富如叶、吴二子者。盖境穷则斗巧，巧尽而拙见，非长才勿胜也。观二子之贾勇，微独陵轹时贤，且坐笠泽于门外，彼江西、渭南之徒未许望其后尘也。

魏允枬（？—1691），字交让，浙江嘉善人。《嘉善县志》云其著有《维风集》《备忘小钞》《诗玉》等，未见。评杨旡咎所撰《杨仲子小宛集不分卷》。魏允枬为魏大中之孙、魏学洢之子，可谓忠节之后，所以叶燮《答魏交让州来云皋景书》②前六句即言："繄昔忠节公，击奸著大烈。散为云锦章，启佑钟文杰。诸孙珍羽毛，高树千丈皋。"表彰魏氏一门的气节和文才。其中又曰："帅此识字军，海内靡成列。蕴藉大雅宗，交让吾心折。"推重其诗才，说明允枬在当时诗坛确有一定影响。

在魏允枬看来，诗歌唱和古已有之，但如叶燮与吴之振唱和"一韵篇什之富"者较少，究其原因，离不开二者的"长才"和"贾勇"。换言之，叶、吴的才力超群为其唱和之盛、篇什之富奠定了基础。至于文末"彼江西、渭南之徒未许望其后尘也"一语，亦是魏允枬基于诗坛现实弊病的有感之言。而这

---

① 参看黄婷婷：《董俞<樗亭诗稿>研究》，集美大学 2019 年硕士论文，第 8 页。
② 叶燮：《已畦诗集》卷五，《丛书集成续编》第 124 册集部，第 905—906 页。

又与叶燮在《五叠韵答魏交让》中所说的"老友魏君忠孝士,衣食菜根百结衫""何妨向空发大叫,不与俗伧耳语诮""我钦其人同所嗜,话未出口防招谗"等在内在精神上是相通的。由此可见,叶燮与魏允枏的相互推赞,实与二人的诗歌志趣相投有密切关系。

2. 魏允札

(魏州来曰)善乎! 吾友已畦先生之言曰:"非熟读《选》诗,不能作唐诗;非熟读唐诗,不能作宋诗。彼域唐以拒宋者,隘于识者也;域宋以陵唐者,昧于源者也。"今读其与吴舍人倡酬之什,唐乎? 宋乎? 吾不得而限之矣。闻当代作者各以所域起虞芮之争,二子非市南之宜僚乎? 二子之诗,既尽奇极变,往往入禅语。夫能解如来禅者,未许会祖师禅。如曰宋诗不可为也,余得而诃之曰:"是小乘法可以入佛,而不可入魔者也。"

这里所引叶燮之语不仅道出了叶燮诗论的精髓,也指出了叶燮对于当时唐宋诗之争的态度:坚持唐宋兼取的诗歌发展史观,重视"识"与"源"。对此,叶燮曾向魏允札表明心迹,其《叠韵酬魏州来》其二曰:"日下争名非我事,林边觅伴见君心。"①再结合上文中所说的"闻当代作者各以所域起虞芮之争",充分说明二人对当时的诗坛纷争确有共识。魏允札还强调,不可对吴之振与叶燮之诗进行分唐界宋的机械划分,认为二人诗歌尽奇极变,引禅入诗。

除上述外,据谢正光、陈谦平、姜良芹合编的《清初诗选五十六种引得》②,可知尚有清诗选本《皇清诗选》《天下名家诗永》对叶燮诗歌有所选评。《皇清诗选》由孙鋐辑评、黄朱苇编校,其"七言律"卷二十三选有叶燮的《暮春杂感》,且评曰:"王粲《登楼》寄情不过尔尔。"③孙氏认为,叶燮此诗可

---

① 叶燮:《已畦诗集》卷二,《丛书集成续编》第 124 册集部,第 878 页下。
② 谢正光、陈谦平、姜良芹:《清初诗选五十六种引得》,北京:社会科学文献出版社,2013 年,第 372 页。
③ 孙鋐辑评、黄朱苇编校:《皇清诗选》,《四库全书存目丛书》集部第 398 册,济南:齐鲁书社,1997 年,第 612 页上。

与王粲《登楼赋》相媲美。就此诗的内容和艺术特色而言,不仅主题深刻,而且融情于景,妙用典故,可谓寄情深远。《天下名家诗永》由王尔纲编选,其卷八选有叶燮九首诗,其中五首诗附有评语:"有本领之言"(《山居杂诗》其二十二);"题妙诗妙,如结处映合尤妙"(《卖犬行》);"立著超超"(《钓雪行为顾茂伦赋》);"属对工切,下笔老练"(《雨中过业师曹秋岳先生采山亭各赋五言长句五十韵限东字》);"巧思叠出,条理井然"(《秋岳师卧疾贻长律即次韵呈》)。最后,王尔纲还予以总评:"才思高敏,牢笼百家,触手皆成妙趣。难弟九来谓其'气醇而词苍,义坚而格逸',信矣。"①

徐崧、汪森等辑的《诗风初集》选录叶燮诗歌两首,为《和宋荔裳先生登华岳之作》其一与其二②。

周廷谔、顾我钧《吴江诗粹》与叶舒颖《叶学山先生诗稿》中亦辑有叶燮诗歌,且皆为佚诗。《吴江诗粹》卷二十选有叶燮《吴慊庵招同诸子集传清堂感旧限红字》③,经与《已畦诗近刻》卷一所载《吴慊庵招同诸子集传清堂感旧限红字》其一与其二比照,可知此诗与《已畦诗集》卷一《集吴天章传清堂感旧限红字》为同题组诗。叶燮从侄叶舒颖《叶学山先生诗稿》卷四附有叶燮次韵和诗十首④。二人唱和颇多,叶舒颖有多首赠答叶燮的诗歌,如卷四《奉寿星期六叔父五十》《和六叔父被谴后除夕作即叠前韵》《喜得六叔父近信》等,卷十《哭星期六叔父》(共八首)、《又感事三绝句》。

至于时人酬赠、挽念叶燮的诗歌中,对其诗、诗才也多有评价。如严熊《严白云诗集》卷二十二《九日同叶星期登高用昌黎韵》、卷二十四《叶星期信宿山斋有作次韵二首》与《泥美人次星期韵四首》。尤珍《沧湄诗钞》卷六《挽叶横山进士》曰:"横山有遗老,朴学与人殊。卓识空千古,高谈屈众儒。

---

①　王尔纲:《天下名家诗永》卷八,1936 年至德周氏影印清康熙砌玉轩刻本,国家图书馆藏。

②　徐崧、汪森等辑:《诗风初集》,《四库禁毁书丛刊补编》第 57 册,北京:北京出版社,2005 年,第 213 页上。

③　李兴盛:《吴兆骞杨瑄研究资料汇编》,哈尔滨:黑龙江大学出版社,2014 年,第251—252 页。

④　叶舒颖:《叶学山先生诗稿》卷四,《丛书集成续编》第 127 册集部,上海:上海书店出版社,1994 年,第 194 页下—195 页上。

著书心自苦,设教道非孤。怅望少微賮,悲风起五湖。"①指出其富有卓识,著书传道,可谓叶燮知音。

综上可见,叶燮在清初诗坛确有重要地位,其诗得到诸多名家的重视与选评。究其原因,既与其人格高尚、交游广泛有关,也缘于他具有丰富的创作实践和卓越的诗学才识,做到了善于学习传统与自成一家的有机统一。而依据上述清初人对叶燮诗歌的评述,我们不仅能够更全面地把握叶燮诗歌的风格、成因、影响以及叶燮交游,而且可以更深刻地理解当时的诗坛风气与现实,因而具有多方面的价值。

其一,不可或缺的文献价值。一方面,有助于深入把握叶燮的交游圈。根据目前资料,由于叶燮在其诗文集中并未提及屈大均、倪灿、朱雯、郑载飏、刘文照、钱德震、董俞、宋曹,因而这些评述无疑成为考察叶燮与他们交往的重要文献佐证。另一方面,具有一定的补遗价值。关于邓汉仪的著述,陆林、王卓辑《慎墨堂诗话》(中华书局 2017 年版)与王卓华《邓汉仪集校笺》(人民文学出版社 2019 年版)已极尽搜罗,但前述《已畦诗近刻》卷三中所载邓汉仪之语却未列其中,因而其文献价值自不待言。至于前述宋曹评叶燮之语,亦未见于由赵巏山辑录的宋曹《会秋堂集》(王春瑜编《中国稀见史料》第 1 辑第 19 册,厦门大学出版社 2007 年版)之中,这足可为日后宋曹集的整理提供文献支持。此外,还值得注意的是,顾彩《往深斋诗集》(八卷,康熙刻本,辟疆园藏板,国家图书馆皮藏)有多首题赠叶燮的诗歌,其中卷四有《宿叶已畦二弃草堂》,卷六有《中秋后三日过叶已畦二弃草堂用十三覃韵四首》《再赠已畦用十五咸韵》,但唯独没有见到前面提到的那首评述叶燮的论诗诗,由此可见其补遗价值。

其二,极其重要的版本价值。如前所述,《已畦西南行草》《已畦诗近刻》《已畦诗旧存》《语溪倡和》中载录了大量清初人对叶燮及其诗歌的评述,并且这些评述鲜少见于其他典籍,因而也具有重要的版本价值。除此之外,它们中还载录了不少叶燮集外佚诗。虽然在二弃草堂刻本与郋园梦篆楼重刊本中,存有叶燮诗歌千余首,但或受遗失、删削、修改等所限,对其诗歌本来

---

① 尤珍:《沧湄诗钞》卷六,《四库未收书辑刊》集部捌辑第 23 册,北京:北京出版社,2000 年,第 562 页下。

面目有所隐匿,而《已畦西南行草》《已畦诗近刻》《已畦诗旧存》却基本保存了叶燮诗歌的原貌,可作为今后全面校注叶燮诗歌的底本。例如,据《已畦诗旧存》卷上,可知叶燮《重至宝应杂诗》组诗共十二首,而二弃草堂刻本与梦篆楼重刊本《已畦诗集残余》中却仅载六首。还有《上两广制府吴大司马》组诗、《送王阮亭宫詹祭海还朝》组诗等,也都可在《已畦西南行草》中得其全貌,因而其版本价值不容忽视。

其三,有待深入挖掘的文学价值。20世纪以来,学界大多将叶燮研究的重点放在《原诗》上,而对其诗歌不甚重视。对此,我们不妨还原当时的语境,把研读叶燮诗歌文本与考察上述清初人对叶燮诗歌的评述结合起来,以此分析叶燮诗歌的艺术价值,深入把握叶燮在清初诗坛的地位与影响,进而考察叶燮诗论与诗歌创作的有机联系。因此,这些评述所具有的文论价值自然不言而喻。

最后,若依据不同标准对上述清初人与叶燮的交游进行分类,我们仍可获知不少有价值的信息。就生年而言,叶燮所交者虽年龄不一,长者如杜濬、邓汉仪、顾有孝,基本相仿者如倪灿、曾灿,少者如劳之辨、张远、顾彩等。就政治倾向与境遇而言,这些人中有屈大均、曾灿、顾有孝、杜濬、钱德震、刘文照、宋曹等遗民诗人,有曹溶、蒋伊等入清后入仕为官的诗人,也有周篔等布衣诗人,还有因故流放边疆之人,如吴兆骞。对比叶燮的生平事迹,他身历明清鼎革,家国巨变叠加,入仕任宝应知县,却因故被黜,后游历四方,寓居横山,其阅历之广泛、经历之丰富恰与其交游之广、交游之富相契合。如此来看,随着时间推移,叶燮所面对的友朋交游之变故与人事之变迁,都使得他对于“变”有切身感悟,正如其在《听松堂姓字记》中所说:“予因念数十年来交游之感,黯然不可胜述,存殁、离合、聚散邈如梦中,如隔世,如飘风骤雨,一过无迹。”①推而广之,如果把叶燮所经历的时代之变、家国之变、交游之变与他的论诗主张结合起来考察,那么其论诗重“变”也自在情理之中:“盖自有天地以来,古今世运气数,递变迁以相禅。古云天道十年而一变,此理也,亦势也,无事无物不然,宁独诗之一道,胶固而不变乎?”②因此,考观清

---

① 叶燮:《已畦文集》卷五,《丛书集成续编》第124册集部,第692页下。
② 叶燮著,蒋寅笺注:《原诗笺注》内篇上,第15—16页。

初人对叶燮诗歌的选评,不仅有助于深入把握叶燮其人其诗,而且对理解叶燮诗论的形成、发展、传播与其交游之间的关联也有所助益。

二、乾隆时期:门生乡人的多元化选评

这一时期,对叶燮诗歌进行选评的主要有沈德潜(1673—1769)、吴定璋(1679-1750)、袁景辂(1724—1767)等。

先来看沈德潜等编选的《清诗别裁集》对叶燮诗歌的选评。其卷十开篇评叶燮曰:

> 字星期,江南吴江人。康熙庚戌进士,知宝应县。著有《已畦集》。先生论诗,一曰生,一曰新,一曰深,凡一切庸熟、陈旧、浮浅语须扫而空之。今观其集中诸作,意必钩元,语必独造,宁不谐俗,不肯随俗,戛戛于诸名家中,能拔戟自成一队者。先生初寓吴时,吴中称诗者多宗范、陆,究所猎者,范、陆之皮毛,几于千手雷同矣⋯⋯①

寥寥数语便道出叶燮力主意新语工而卓然自立的创作追求,扫空俗谛的诗学见识以及泽被后世的诗坛影响,并将此贯彻到诗歌选辑上。

虽然《清诗别裁集》由沈德潜、翁照、周准等共同编选,但若将该评语与沈德潜所写《叶先生传》与《补刻已畦先生诗序》中评价叶燮的文字加以对比,可以确定其作者当为沈德潜无疑。该集共选叶燮二十一首诗,其中十二首有评语。为便于比较《清诗别裁集》所辑与二弃草堂刻本所录之异同,特列表如下:

---

① 沈德潜等编:《清诗别裁集》卷十,上册,第385页。

表 6-1   重订本《清诗别裁集》与二弃草堂刻本所录叶燮诗歌之异同表

序号	诗名	二弃草堂本收录情况	与二弃草堂本的差异
1	《采柳谣》	《己畦诗集残余》	"境内柳已空""章""厥""茫洋""缅"在二弃草堂本中分别为"境内一望空""樟""班""扶桑""何"
2	《湖天霜》	《己畦诗集残余》	缺少"原初失咎由,一误成猝仓。救误成再误,两失并榆桑。我躬荣利关,遑恤彼刿肠"这三句;缺少原诗自注"此亦前孙令实事"七字
3	《度大庾岭》	《己畦诗集》卷四	原诗共两首,此选为其一
4	《送王阮亭宫詹祭海还朝》其一	《己畦诗集》卷四	未如二弃草堂本将"圣"字提行,凸出原板框一个字格;原诗共四首,此为其一
5	《送王阮亭宫詹祭海还朝》其二	《己畦诗集》卷四	原诗共四首,此为其二
6	《寻山》	《己畦诗集》卷十	诗名《寻山》在二弃草堂本中为《赋得花坞夕阳迟》;"溪"为"鸡"
7	《京口作》	《己畦诗集》卷九	缺少原诗自注"用刘毅句"四字;原诗共两首,此为其一
8	《嘉兴陈用亶招同秋岳先生暨诸同学集尚友堂限微字》	《己畦诗集》卷三	原诗共三首,此为其一
9	《中秋后同人集用亶尚友堂忆五年前秋岳先生有此集限微字韵兴怀枪然仍限前韵》	《己畦诗集》卷五	原诗共两首,此为其二
10	《括苍道中》	《己畦诗集残余》	
11	《集吴天章传清堂感旧限红字》	《己畦诗集》卷一	添加"自注"二字

续表 6-1

序号	诗名	二弃草堂本收录情况	与二弃草堂本的差异
12	《同人夜坐康贻侄斋限人字》	《已畦诗集》卷一	诗名缺少"话雨"二字;首句"意外相逢是古人"在二弃草堂本中为"梦老山头见故人",此后文字差异更大
13	《石门郁曾发游秦归赋赠兼示胡圆表徐导柏》其一	《已畦诗集》卷二	缺少原诗自注"曾发两游秦"五字;原诗共三首,此为其一
14	《石门郁曾发游秦归赋赠兼示胡圆表徐导柏》其二	《已畦诗集》卷二	添加两个"自注";原诗共三首,此为其三
15	《与赵书年话旧追忆其尊人山子》	《已畦诗集》卷二	添加两个"自注"
16	《叠韵答学山侄》	《已畦诗集残余》	"元亮"为"庾信","陇"为"垅";原诗共六首,此为其二
17	《同徐方虎张步青赵湛卿登永嘉江心寺浮图》	《已畦诗集残余》	诗名缺少"德清""钱塘""东阳"以及自注"是日上巳戊戌";首句中"突兀傍"为"兀突扪";原诗共两首,此为其一
18	《杨花》	《已畦诗集》卷九	
19	《题平湖沈客子燕京春咏后》	《已畦诗集》卷二	原诗共八首,此为其五
20	《梅花开到九分》	《已畦诗集》卷七	原诗共三首,此为其三
21	《客发苕溪》	《已畦诗集》卷四	诗名原为《夜发苕溪》,第三句"忽讶船窗送吴语"为"忽讶推蓬吴语是"

从上表可以看出,沈德潜并非机械按照叶燮诗集的卷次来编选,而是经由反复咀嚼、精选而成,尤其是同一卷诗歌所选次序也大多不相邻,反映出其鲜明的选诗倾向:其一,入选数量多,仅次于王士禛(四十七首)、钱谦益(三十二首)、施闰章(三十二首)、吴伟业(二十八首)、宋琬(二十六首)、潘耒(二十六首)、尤侗(二十五首)、张笃庆(二十四首)、龚鼎孳(二十四首)、沈用济(二十三首)、邵长蘅(二十二首)、李必恒(二十二首),且评价甚高。

其二,评语涉及诗歌内容、语言特色、创作手法等,尤为重视反映民众疾苦、体现儒家思想、生新含蓄的诗作,如《湖天霜》《同徐方虎张步青赵湛卿登永嘉江心寺浮图》等。其三,对叶燮诗歌多有改动,饱含选诗者的主观意图。沈德潜不仅直接参与了叶燮诗集的校订,且对叶燮推崇备至。据《补刻已畦先生诗序》文后所题"乾隆癸未冬长至日,长洲门人沈德潜谨撰,时年九十有一"①,说明其至老仍念念不忘师恩。

　　具体而言,这种师徒深情的体现便是对叶燮诗歌的评选和改易。如果说《采柳谣》《叠韵答学山侄》等诗只有少许文字与原诗不同,或是由于所据叶燮诗歌版本不同所致,那么《同人夜坐康贻侄斋限人字》大半文字与原诗存在差异,就极有可能是选诗人的有意修改所致。《清诗别裁集》所辑此诗为:

　　　　意外相逢是故人,衰颜烛影话重新。花残几易罗含宅,燕到重沾杜甫巾。
　　　　无处避愁应择地,有山送老不嫌贫。吾家二妙欣相慰,懒向沧江再问津。

《已畦诗集》卷一《同人夜坐康贻侄话雨斋限人字》其一云:

　　　　梦老山头见故人,衰颜烛影话重新。花残几易罗含宅,燕到重沾杜甫巾。
　　　　如昨荒城乌散后,怕闻暮柝雨中频。吾家二妙愁相慰,懒向沧江再问津。

　　另据《已畦诗近刻》中《同人夜坐康贻侄话雨斋同吴闻玮周勒山学山侄限人字》其一云:

---

　　①　叶燮:《已畦诗集》,《丛书集成续编》第124册集部,第842页。

梦老山头两故人，衰颜烛影话重新。花残几易罗含宅，勒山屡迁居。燕到重沾杜甫巾。

如昨荒城乌散后，怕闻暮柝雨中频。吾家二妙愁相慰，懒向沧江再问津。[①]

不难看出，《已畦诗近刻》卷一与二弃草堂本《已畦诗集》卷一所载首句除有"见"与"两"以及自注"勒山屡迁居"的细微差别外，其他均完全一致。而与《清诗别裁集》所载相比，差别非常明显：只有颔联完全相同，其余各联均有差异，其中尤以颈联差别最大。经过比对，《清诗别裁集》中"无处避愁应择地，有山送老不嫌贫"两句并不直接见于叶燮诗集，当是对《已畦诗集》卷一《同人夜坐康贻侄话雨斋限人字》其二中"无地避愁虚问渡，有山堪老怅归人"两句的修改，这或可理解为选诗人没有认真对照原本以致产生舛误。但事实果如此？若把此与首联、尾联的改动结合起来，再综合比较改动前后诗歌的艺术效果，显然《清诗别裁集》所辑比原作更佳：不仅"意外相逢是故人"比"梦老山头见故人"更自然贴切，且尾联"愁"改为"欣"，都有助于提升诗歌的表达效果。

但这种修改却并非皆是锦上添花，我们对此需要辩证看待。将原诗名《赋得花坞夕阳迟》改为《寻山》，既突出了"寻"的动态性，令读者欲知诗人究竟寻得什么，也开门点明主题，将诗人寻山过程中所发现的花发、峰回、云断、柳露、溪屋、路人等依次呈现出来，构成一幅绝妙的春山图，在给人生新之感的同时也觉得自然而然。而《客发苕溪》一诗，诗名就不如原诗名《夜发苕溪》直接突出归客是月"夜"行船；此外，"忽讶推蓬吴语是"也远比"忽讶船窗送吴语"更能表现游子急切希望见到故乡的复杂心情，"推蓬"是有意之举，但无意之中已听闻乡音，在这有意与无意的交织中诗人的思乡之情得到了合理释放；而"船窗送吴语"则稍显生硬，仿佛游子虽从船窗已知临近故乡却仍无动于衷，只待吴语传来方走出船舱那般！另外，叶燮除在此诗使用"推蓬"外，还有两处亦用到："推蓬眼倦开"（《早秋薄暮渡江望金山有作》其

---

① 　叶燮：《已畦诗近刻》卷一，1920 年抄本，上海图书馆所藏。

三)、"推篷瞥见湖心月"(《题沈客子林屋山居图》其一)。

如果结合沈德潜编选《清诗别裁集》时有改易原作、增删诗篇等情况①，我们或可理解他为何对叶燮诗歌进行部分改易。除了感念师恩，有意通过些许改动来提升诗歌的表现力与影响力之外，其中饱含着沈德潜对叶燮创作才识与实力的认同，其《补刻已畦先生诗序》即云：

> 国朝初，吴中诗人沿钟、谭余习，竞为可解不可解之语以自欺欺人，病在荒幻。既又矢口南宋，家石湖，户剑南，有队仗而无气脉，病在纤佻。于少陵之"鲸鱼碧海"、昌黎之"巨刃摩天"、东坡之"万斛源泉随地涌出"胥失之矣。我师已畦叶先生起而挽之，作《原诗》内外篇四卷，于源流升降之故，昌言剖析，一一警聋振聩，以觉众人。而先生所自为诗，务拔奇于寻常艺林之外，意必正也，辞必警也，气必盛也，径必深而韵必流、神必行也。而规格器局一归于正大高明，与"鲸鱼碧海""巨刃摩天""万斛源泉随地涌出"之旨遥相印合，斯为已畦先生之诗也。②

沈德潜认为，叶燮作诗求新脱俗，于立意、修辞、诗气、神韵、规格可圈可点，与杜甫、韩愈、苏轼的为诗之旨遥相呼应，很好地贯彻了其诗歌理论与创作实践相统一的理念。在延续此前《清诗别裁集》评叶之语的基础上，不仅定位更趋丰富、精准，也褒扬叶燮为纠正吴中诗坛弊病所作出的努力，充分说明叶燮诗歌在清初苏州诗坛占有重要地位。

吴定璋，字友篁，号半园，后改名庄，江苏吴县人，著有《七十二峰足征集》《半园诗文稿》等。与《清诗别裁集》的选辑与诗歌评析相结合有所不同，《七十二峰足征集》卷七十九对所选每首叶燮诗并无评语，只予以总评道：

> 燮，字星期，号已畦，代居吴江之分湖，贯浙之嘉兴籍。康熙丙午举

---

① 邬国平：《〈国朝诗别裁集〉修订与沈德潜诗学意识调整》，《文学遗产》，2014年第1期。

② 叶燮：《已畦诗集》，《丛书集成续编》第124册集部，第842页。

于乡,庚戌成进士,乙卯谒选,得扬州宝应县。县当南北要冲,时八闽未靖,军行纷沓,难于补苴。目击时艰,作诗纪事,不免悲愤。又以直道而行,不能曲意承顺大吏。不二岁,落职,闻信欣然曰:"吾与廉吏同列白简,荣于迁除矣。"时嘉定令陆稼书先生同被参劾,故云。既罢,久之,卜居吴县之横山下,颜其堂曰"二弃亭",曰"独立苍茫处"。上下古今,以诗文自豪,从游之士日众,学生称为横山先生。东洞庭叶士鉴,其族也,学诗于先生,因延先生修《南阳世谱》。主于士鉴者,且三年,门下名流晓相过从,唱和为乐,流风余韵,故老犹能道之。①

　　吴定璋激赏叶燮为官清廉的高尚人品与作诗纪事的现实主义精神,强调叶燮筑室讲学、从游日众的诗坛影响。总评之后,吴定璋依次选录叶燮十六首诗歌。其所选第一首为《拟杜出塞》②,为叶燮佚诗。此诗将远游前后诗人的所想、所感、所历、所见刻画得生动感人,虽是拟杜之作,但立意超绝,语言简洁而寓意丰富,颇有杜甫风范。其余十五首诗与二弃草堂本《已畦诗集》相较,大体上相同,但在个别字词上也存在不少的差异和舛误,如所选《咏史》见于《已畦诗集》卷十,其中"瞒"误作"满";所选《小春十一日泛东山同诸子步月度岭至高峰卧佛寺三鼓而归》其二见于《已畦诗集》卷九,缺少自注"寺名卧佛时已三更"等。除卷七十九外,《七十二峰足征集》其他卷中也多次提及叶燮。

　　袁景辂,字质中,号朴村,江苏吴江人,辑有《国朝松陵诗征》。《国朝松陵诗征》对叶燮诗歌也有评述与选录。此集卷五由袁景辂编次,金士松、周允中助辑,先列叶燮小传,接着引述曹溶、王士禛、沈德潜、袁益之评叶燮之语,最后列袁景辂评语;其选叶燮诗歌二十　首,其中十八首与《清诗别裁集》卷十所选相同。

　　由上观之,这一时期对叶燮诗歌的选辑规模均超过前人。究其因,一方面,与沈德潜的推崇有关联。沈德潜不仅选录叶燮诗歌,多有评语,且为袁

① 吴定璋:《七十二峰足征集》,《四库全书存目丛书补编》第44册,第182页。
② 吴定璋:《七十二峰足征集》,《四库全书存目丛书补编》第44册,第182页下。

景辂《国朝松陵诗征》撰有序言①，故而两人所选大多相同。另一方面，基于叶燮诗歌本身所具有的影响。将《清诗别裁集》与《七十二峰足征集》所选进行比较，便可知两集所选叶燮诗歌完全不同，说明吴定璋与沈德潜虽为友人，但在选评上却并未受其影响，而有着自己的选诗倾向，这也从一个侧面反映出叶燮诗歌的价值所在。

三、嘉庆道光时期：选评主体范围的扩大与承继

承续前人的选评，叶燮诗歌在这一时期仍有一定影响。根据目前掌握文献，选评者主要有吴翌凤（1742—1819）、朱彬（1753—1834）、阮元（1764—1849）、王豫（1768—1826）、张维屏（1780—1859）、张应昌（1790—1874）。

吴翌凤，字伊仲，号枚庵，又号漫士，江苏苏州人，著有《与稽斋丛稿》《吴梅村诗集笺注》《逊志堂杂钞》等，编选《唐诗选》《宋金元诗选》《国朝诗》《国朝文征》等。《国朝诗》，共十七卷（正编十卷、外编一卷、补六卷），新阳赵氏刻本。其正编卷五"叶燮"名后有小传，选叶燮十首诗，补编卷二选有叶燮四首诗。这十四首诗皆与《清诗别裁集》卷十所选相同。

朱彬，字武曹，号郁甫，江苏宝应人。所辑《白田风雅》卷二十四"官师、流寓、酬赠"选有叶燮十八首诗，入选数量在同卷中最多，远超宋琬（入选二首）、朱彝尊（四首）、施闰章（六首）、查慎行（十首）等清初名家，也多于与叶燮有嫌怨的孙蕙（入选六首）、李振裕（七首），足见叶燮在宝应的影响。另据叶燮小传后的总评："《游道堂诗话》：'横山为风雅中人。'沈归愚宗伯学诗师也。莅任吾邑，正值水灾，租税俱蠲，年余即以不职罢官。非其罪也，其被劾之故，具《与吴汉槎书》（《已畦集》）可覆按也。"②可知后人对叶燮诗歌的接受及政声的评价。具体选评情况如下：《湖天霜》诗后有"案三诗皆令宝应时作。此首为前令孙树百信奸吏董祥之言，杀射阳无辜四十六人作也"之评语；所选前七首诗均见于《已畦诗集残余》；第八首《柬朱澹子侍御》为叶燮集外佚诗，可见于《已畦诗旧存》中《重至宝应杂诗》其十一，其差异在于尾句中

---

① 沈德潜著，潘务正、李言校点：《归愚文钞余集》卷八，《沈德潜诗文集》，第 3 册，第 1719 页。

② 朱彬辑：《白田风雅》卷二十四，刻本，上海图书馆藏。

有"拉"与"欲"之别;后十首诗均见于《已畦诗集》卷六,其中《答朱恭亭仍限覃韵二首》后有"《游道堂诗话》:'二诗见《白田倡和集》,当是横山重至宝应时作'"①之评语。与《清诗别裁集》相较,《白田风雅》所选除《荷锸夫》《采柳谣》两首外,其余皆不相同。

阮元,字伯元,号云台。所辑《两浙輶轩录》卷五选有叶燮八首诗歌,先介绍其字号、籍贯、仕宦和著述,接着引述邓汉仪之语,又引钱仁荣评叶之语,随后评道:"星期知宝应,以不合上官而去,筑二弃草堂于横山之阳,与石门吴孟举相友善。所为诗不惊人不道,尝谓古今诗人只有唐杜甫、韩愈、宋苏轼三人而已。"②认为叶燮诗风求新,以杜、韩、苏为宗,并把这些认识贯彻到具体的诗歌选辑中。根据阮元征引邓汉仪《诗观三集》卷十二评叶之语,可知《两浙輶轩录》所辑前两首叶燮诗虽不见于二弃草堂刻本《已畦诗集》,但与《诗观二集》卷六所辑完全相同,故而其所辑是参照邓汉仪应无异议。其余六首诗均可于二弃草堂刻本所刊叶燮诗集中寻得,只是在个别字词上有所差异,具体情况如下:所选第三首《山居杂诗》可见于《已畦诗集》卷一,多处字词不同,原诗共二十九首,此为其一;所选第四首、第五首《季重用东坡平生锦绣肠蚤岁藜苋腹诗句次全韵见赠叠韵奉答》其一与其二以及第六首《钓雪行为顾茂伦赋》均见于《已畦诗集》卷二,其中个别字词不同,《钓雪行为顾茂伦赋》缺少"万顷湖银千嶂玉,一钓钓出竿头悬"两句;所选第七首《西江水》、第八首《令史怒》亦见于《已畦诗集残余》,个别字词有所不同。

王豫,字应和,号柳村,辑有《江苏诗征》一百八十三卷。其《江苏诗征》卷一百六十一在叶燮小传后分别选录王士禛、《清诗别裁集》《松陵诗征》《江苏诗事》对叶燮的评述,其后辑有叶燮二十一首诗歌③。其中,除《闻吴汉槎卒于京邸哭之》二首外,其余皆与《清诗别裁集》所选叶燮诗歌相同。

张维屏,字子树,号南山,著有《国朝诗人征略》《听松庐诗话》等。其《国朝诗人征略》卷八提及叶燮,先选录沈德潜《清诗别裁集》《归愚文钞》与袁景辂《国朝松陵诗征》对叶氏的评述,其后引用所著《听松庐诗话》评语:

---

① 朱彬辑:《白田风雅》卷二十四,刻本,上海图书馆藏。
② 阮元、杨秉初辑,夏勇整理:《两浙輶轩录》卷五,第2册,第344页。
③ 王豫辑:《江苏诗征》,清道光元年(1821)刻本,河南大学图书馆藏。

"叶横山有《梅花开到九分》绝句云：'祝汝一分留作伴，可怜处士已无家。'可谓深情苦语。"接着，以"标题"与"摘句"的形式摘录叶燮诗歌，且所摘四句诗皆与沈德潜所辑完全一致①。同样，张应昌所编《清诗铎》虽在卷十《刑狱》与卷十八《酷吏》都提及叶燮诗歌，但实际上只有一首诗，即《湖天霜》，并在诗后节录《清诗别裁集》对此诗的评语。

由上而论，除了阮元与沈德潜所选完全不同外，王豫、张维屏、张应昌在评选时均征引前人评语，所选诗歌也大多不出《清诗别裁集》范围。这一方面反映出不同选家的选诗眼光与标准，另一方面也可以从中看出《清诗别裁集》对叶燮诗歌传播所起到的作用。

四、咸丰至民国初期：余响与新论

由于这一时期的选评家横跨清末与民国，根据各选本的成书时间，故将时限扩至民国初年。主要有徐世昌（1855—1939）、杨钟羲（1865—1940）、周斌（1876—1933）、郭则沄（1881—1947）、柳亚子（1887—1958）等。

徐世昌，字菊人，一字卜五，号弢斋，又号东海、水竹村人，著有《退耕堂集》《弢斋述学》《晚晴簃诗汇》等。其《晚晴簃诗汇》卷三十六先简要介绍叶燮字号、籍贯、著述，后摘录沈德潜《清诗别裁集》评叶燮之语，接着评曰：

> 横山为吏强项，与陆清献同被劾，去官，遂居吴中。其诗不屑随俗作甜熟语，宁拙毋巧，渔洋、归愚皆盛推之。绝句尤多弦外之音，如咏梅花开至九分云："祝汝一分留作伴，可怜处士已无家。"又《题扇画松》云："凭君弃置秋风后，常在筒中耐岁寒。"兀傲自喜，孤怀如见。②

在认为其诗不落俗套、重言外之意的同时，也指出其"兀傲自喜，孤怀如见"，诗品与人品如一。其后共完整选辑十二首叶燮诗歌，加上此处所提到的《梅花开到九分》与《题沈云步扇头画松》（可见于《已畦诗集》卷七），《晚

① 张维屏编撰，陈永正点校，苏展鸿审定：《国朝诗人征略》卷八，广州：中山大学出版社，2004年，第141页。
② 徐世昌编，闻石点校：《晚晴簃诗汇》卷三十六，第2册，第1340页。

晴簃诗汇》共收录叶燮十四首诗歌。就选诗数量来看,这与钱谦益(卷十九选七十首)、王士禛(卷二十九选一百零五首)、施闰章(卷四十三选八十六首)的单独成卷以及朱彝尊(七十二首)、宋琬(六十首)、汪琬(四十首)等形成鲜明对比,表明其对叶燮诗虽有褒扬,但总体评价并不高。

若将《晚晴簃诗汇》所选叶燮诗歌与二弃草堂刻本叶燮诗集、《清诗别裁集》所辑加以比较,具体如下:所选前两首《题平湖沈客子燕京春咏后》其一、其二可见于《已畦诗集》卷二,其二与《清诗别裁集》所辑相同;所选第三、第四首《送王阮亭宫詹祭海还朝》其一、其二可见于《已畦诗集》卷四,与《清诗别裁集》所辑也基本相同,个别文字有差异;所选第五、第六首《从万杉寺循麓迤逦而东过开先寺始见瀑布注为龙潭入山第一大观也》《登五老峰自一峰二峰至中峰最高处》可见于《已畦诗集》卷四;所选第七首《答林西仲》可见于《已畦诗集》卷五;第八首、第九首《京口作》《杨花》可见于《已畦诗集》卷九,此两首均与《清诗别裁集》所辑相同;后三首《循北山历虎跑登南高峰》《春日泛湖登孤山》《同德清徐方虎钱塘张步青东阳赵湛卿登永嘉江心寺浮屠》均见于《已畦诗集残余》。由上可知,《晚晴簃诗汇》所辑叶燮诗歌依据的版本或可有二:一是《清诗别裁集》,因为二者所录诗歌不仅差异甚小,且遗漏的文字也基本相同。二是叶氏二弃草堂刻本。如《同德清徐方虎钱塘张步青东阳赵湛卿登永嘉江心寺浮屠》较之《清诗别裁集》,不仅在诗名上增加了"德清""钱塘""东阳"六字,且首句中"兀突扪"三字并非《清诗别裁集》所录的"突兀傍",这些都与叶氏二弃草堂刻本完全一致。再如《杨花》一诗的第三句,《晚晴簃诗汇》所辑为"莫便漫天飞不住",与叶氏二弃草堂本一致,而《清诗别裁集》所辑却为"莫使漫天飞不住",虽一字之差,亦可看出其中异同。

杨钟羲亦多次论及叶燮,其《雪桥诗话续集》卷三则明确提到叶燮诗歌:"又叶星期《括苍道中》云:'萧然倦策度重峦,绝壁摩天傍斗看。游子伤心悲九折,美人遥睇隔千盘。啼鸠花信他乡到,瘦马衫痕落照寒。不断乱云投北去,生憎回首望长干。三诗均可入画。'"[①]认为此诗与沈岸登的《江行》《晓

_____

① 杨钟羲撰集,刘承干参校:《雪桥诗话续集》卷三,北京:北京古籍出版社,1991年,第 143 页。

发唐山》皆可入画。

　　周斌《柳溪诗征》卷五选有叶燮五首诗歌，分别是《采柳谣》《湖天霜》《钓雪行为顾茂伦赋》《送王阮亭宫詹祭海还朝》《同人夜坐康贻侄斋限人字》，同样没有超出此前清人选本所辑范围①。

　　郭则沄（号龙顾山人）的《十朝诗乘》提及叶燮诗歌，如卷二云："叶横山《赠西仲》诗所谓'著作穷愁奇此生，风波悟得死生情'者也。"②卷三道："靳文襄束水注海之议，乔石林侍读充讲官，亦疏言其害，与李子静论同。叶横山赠石林句云'万言终纳孤臣贾'，即谓其事。"③虽是间或提及，但也注意到叶燮诗歌具有纪事的价值。

　　柳亚子《论松陵前辈》共八首，分别论及计东、吴兆骞、叶燮等八人，诗题下自注曰："读松陵诸前辈遗集，尚论其人，各系以诗。"④其八评叶燮道："僧衣初换宰官装，苦节终惭午梦堂。门下归愚原不弱，诗书发冢更堪伤。"⑤此外，柳亚子《分湖诗钞》选有叶燮三十五首诗歌⑥。

　　总而言之，通过考察清人对叶燮诗歌的选评，我们不难发现叶燮在清代诗坛的地位与影响。就选评人来说，既有叶燮的同辈诗友，也有其门生乡人，还有青睐其诗的诗界后进。这些说明交游、地域因素在诗歌传承过程中具有重要意义。通过他们的评价与辑录，可知叶燮诗歌能得到诸多选家重视，很大程度上取决于叶燮的诗才、卓识与人格。同时，就各个选本的异同及关系而言，当以沈德潜《清诗别裁集》所选诗歌流行最广，故而后世选本在辑录时大都对其有所借鉴。此外，这些选评以诗存人，选诗纪事，涉及叶燮诗歌中的山居、赠答、咏物等题材内容，还保存了一些集外佚诗，再加上精练的评语，为今人了解叶燮诗歌在清代的演进轨迹提供了重要文献依据和理论参考。

---

　　①　周斌：《柳溪诗征》卷五，上海：中华书局，1937 年，第 18 页。
　　②　龙顾山人纂，卞孝萱、姚松点校：《十朝诗乘》卷二，福州：福建人民出版社，2000年，第 61 页。
　　③　龙顾山人纂，卞孝萱、姚松点校：《十朝诗乘》卷三，第 108 页。
　　④　柳亚子：《柳亚子诗词选》，北京：人民文学出版社，1959 年，第 13 页。
　　⑤　柳亚子：《柳亚子诗词选》，第 14 页。
　　⑥　柳亚子：《分湖诗钞》，南京：江苏人民出版社，2009 年，第 122—127 页。

第二节　叶燮诗论在清代的传播与影响

为了较为全面地考察叶燮诗论在清代的传播与影响,笔者仍然依照时间顺序主要从叶燮个人的自觉传播、时人对其诗论的评价、后人的接受三个方面加以探讨。

一、叶燮的写作动机与自觉传播

叶燮之所以写作《原诗》,除了叶德辉指出的"与王渔洋论诗异同,因有《原诗》之作"①外,还主要基于以下几个方面的动机。一是有感于诗坛弊病的有为之作。叶燮在《原诗》中一再感叹诗坛风雅的沦丧、模拟剽窃之风的盛行、称诗之人的不知所衷与胶固一偏,这些现实弊病使得他必须进行理论上的建构方能正本清源、陈言刊落。其中一个最有力的例证是,叶燮多次将批判的矛头指向"俗儒"。据笔者统计,"俗儒"一词在《原诗》中共出现 17次,这说明叶燮的诗论建构有着强烈的救弊意识。二是力求振兴诗道的理论自觉与自信。在叶燮看来,诗道之所以沦落而不能长振,除了现实方面的阻碍,还与历来评诗者的杂而无章、纷而不一有关,因而他对刘勰、钟嵘、皎然、皮日休、严羽、李攀龙、王世贞等都有品评,其中既有批判继承也有大加推重,反映出其高度的理论自觉。为此,叶燮也提出自己明确的诗学建构,认为所言之"理、事、情"足以穷尽万有之变态,指出所言之"才、胆、识、力"所以穷尽此心之神明,并从客体与主体统一的立场出发来审视一切,表现出充足的理论自信。三是讲学授徒的需要。叶燮筑室横山后,逐步着手开馆授徒事宜,而《原诗》正是其指授弟子、讲学探讨、师生切磋的理论产物。这可以从叶燮在《原诗》中多次提及"作诗""学诗""或曰""先生言作诗""先生之论诗"等得到明证。四是取法历代诗家的诗学结晶。叶燮罢官后潜心

---

① 缪荃孙辑,杨璐整理:《艺风堂杂钞》卷五,第 217 页。

研读历代诗歌，探索其源流，考镜其正变，从而有破有立：对其中存在的谬误、偏执、流弊进行批评纠偏，这为叶燮的诗论建构提供了立论的必要性与紧迫性；而取源《诗经》、推重杜甫、韩愈、苏轼等，则为其立论提供了可供借鉴的典范与依据。由此在观照前人诗歌与诗论、力求振兴诗道而自成一家之言的理论自觉以及现实激发、授徒讲学等因素的综合作用下，《原诗》应运而生。

因于上述写作动机，《原诗》成书后，叶燮对之进行了自觉传播。释晓青《赠叶已畦兼谢寄惠〈诗源〉》云："远公辟莲社，乃在义熙年。已畦旷世资，夙昔事金仙。偶然堕尘网，深结文字缘。通籍二十载，海内称具瞻。牛刀试一割，户诵仍家弦。《诗源》两番寄，捧读两耸肩。微言阐幽奥，一洗云物牵。"①不仅对叶燮写作《原诗》的缘由有所揭示，也道出了叶燮自觉传播其诗论的事实。另据查慎行《过叶已畦二弃草堂出新刻见示》②、孔尚任《叶星期过访示已畦诸集》③等，我们亦可知叶燮对其诗论有着非常自觉的传播意识。除了自刻《原诗》，寄惠或见示友人，邀请友人为之作序外，叶燮还在为友人、弟子所撰写的序文中不遗余力地推广其诗歌理论。《已畦文集》中多篇序文蕴含的诗学思想实与《原诗》一脉相承，足可互相阐发，如《百家唐诗序》《密游集序》《黄叶村庄诗序》《赤霞楼诗集序》《南疑诗集序》《蓼斋诗草序》《集唐诗序》《汪秋原浪斋二集诗序》《题沈次山四时村居诗后》等。

二、时人的评价

时人对于《原诗》的评价，除了学界屡屡提及的林云铭、沈珩所分别撰写的《原诗叙》外，汪森、乔莱、姜宸英等则以诗歌的形式给予高度肯定。

汪森《读叶已畦原诗一编用昌黎醉赠张秘书韵有赠》④云："卓识恣评骘，

① 释晓青：《高云堂诗集》卷二，《四库未收书辑刊》集部捌辑第20册，北京：北京出版社，2000年，第267页。

② 查慎行：《敬业堂诗集》卷十六，《清代诗文集汇编》第178册，上海：上海古籍出版社，2010年，第243页上。

③ 孔尚任著，汪蔚林编：《孔尚任诗文集》卷二，北京：中华书局，1962年，第1册，第135—136页。

④ 汪森：《小方壶存稿》卷三，《清代诗文集汇编》第185册，第297页上。

一编惊众闻。《原诗》称百代,进退乃在君。"称赞《原诗》富有卓识,进退自如。又云:"汉魏既殊派,宋唐亦奚分? 要令意匠苦,自足张一军。"指出《原诗》唐宋兼取,意匠惨淡经营中,可自成一家。亦曰:"所以颇万卷,溯源及《三坟》。斟经而酌史,昕夕从耕耘。"则对《原诗》的成因及来源有所阐发。

乔莱《余既和已畦覃字韵诗八首因索拈余韵见答更赋二首促之》其一①云:"《原诗》著后明于火,伪体传来浊似汩。"其后自注云:"已畦著《原诗》,辨源流正变甚确。"称赞叶燮洞若观火,别裁伪体,对诗歌源流正变辨析精当。

姜宸英《宿叶星期二弃草堂四首》其三曰:"肯为五斗折腰吏,多胜百城南面人。《诗品》周裁归藻鉴,《文心》初辟见清真。著《诗源》二卷。"②后两句举出钟嵘《诗品》、刘勰《文心雕龙》加以说明,可见对叶燮《原诗》评价甚高。

三、后人的接受

叶燮亲属对其诗学的绍续。根据二弃草堂本《已畦诗集》参校姓氏,侄叶弘先、叶舒璐,侄孙叶长馥、叶芬、叶长颖、叶经邦、叶长扬、叶士鉴、叶士铨、叶际清、叶冲云皆为叶燮的受业弟子。他们不仅跟随叶燮学诗,而且深受其诗论濡染。对此,沈德潜《分干诗钞序》说道:"今读其诗钞,其规模宏阔、议论卓越者,发源于韩;嬉笑怒骂、无入不得者,发源于苏;而其间规格最高,几欲由韩、苏以上窥少陵堂庑。盖横山诗学迟三十余年而代兴者,不在弟子而仍在家庭授受间也。而先生子姓群从胥不坠家学,分干尤能杰起,以声诗发闻于世,视王融为并美矣。"③指出叶舒璐承继叶燮论诗宗旨,亦以杜、韩、苏三家为指归,认为叶燮诗学得到子姓群从的认同接受并得到代兴。叶昉升《文竹山人诗话》亦言:"家已畦先生于古今诗人独以老杜、韩、苏三家为宗,最是卓识。"④

---

① 叶燮:《已畦诗集》卷六附录,《丛书集成续编》第 124 册集部,第 917 页上。
② 姜宸英:《湛园诗稿》卷三,《姜先生全集》卷三十二,《清代诗文集汇编》第 107 册,第 491 页。
③ 叶舒璐:《分干诗钞》,《丛书集成续编》第 127 册集部,第 105 页上。
④ 苏鹏飞:《稀见清代稿本〈文竹山人诗话〉辑录》,《古代文学理论研究》2021 年第 1 期,第 630 页。

　　叶燮弟子对其诗学的改造。就沈德潜、薛雪等弟子而言,他们在承续叶燮诗学思想的同时,也进行了一些改造。叶燮有关诗教、胸襟、性情面目、艺术风格、诗人评价、诗歌史观等的论述对薛雪《一瓢诗话》与沈德潜《说诗晬语》都有很大的影响。如前面提及的叶燮对七律"救急字眼"的见解,便得到薛雪的直接因承:"又将现成救急字眼,凑上戏字,逐成一句;通首拖泥带水,黏成八句,帮之律韵。近来漫天塞地,皆是此辈。"另据王宏林《说诗晬语笺注》统计,沈德潜对叶燮诗学观点的承袭不下二十处。此外,在承继其师诗学思想的同时,薛、沈二人论诗也有与叶燮不尽相同的地方。如关于孟浩然、高适、岑参的评价,薛雪与叶燮的观点就有所不同,不同意对他们评价过低①。与叶燮对李攀龙的猛烈抨击相比,沈德潜既指出李攀龙的诗歌创作存在摹拟之弊,也指出其七言近体高华矜贵、脱去凡庸,强调"过于回护与过于掊击,皆偏私之见耳"②,见解较为公允。但其中对于"偏私之见"的批评又与叶燮《原诗》反对"溺于偏畸之私说"③的论诗主张一脉相承。因此,学界指出的沈德潜诗论与叶燮诗论相对立甚至背离的说法,似有不妥。若考虑到沈德潜一再提及的与叶家的"通门世好,投分极深",以及众弟子晚年仍感恩其师而"寻故简,阐先生《原诗》上下篇之议论"(沈德潜《二弃草堂宴集序》),沈德潜、薛雪等弟子显然是对叶燮诗论进行了选择性接受与改造。叶燮论诗重"才、胆、识、力",力主独出机杼,作为乾隆朝诗坛盟主的沈德潜,当然不会一味对其依傍,其学说在某些方面与老师不相一致实属情理之中,不仅符合师承而有创新的文艺发展规律,也契合叶燮授徒讲学的要义所在。换言之,叶燮诗论包含的内容十分丰富,其弟子择其需要而加以发挥,在内在精神与理路上与叶燮所力倡的自成一家之言的诗学宗旨是相融的。扩展来说,叶燮诗论在其身后能得到众弟子的接受,又与其具有的人格魅力、诗坛地位密不可分。沈德潜有诗句云:"忆昔康熙岁辛巳,横山先生执牛耳。"④

① 叶燮、薛雪、沈德潜著,霍松林、杜维沫校注:《原诗·一瓢诗话·说诗晬语》前言,北京:人民文学出版社,1979 年,第 16 页。
② 沈德潜撰,王宏林笺注:《说诗晬语笺注》卷下,第 322 页。
③ 叶燮著,蒋寅笺注:《原诗笺注》内篇上,第 5 页。
④ 沈德潜著,潘务正、李言校点:《归愚诗钞》卷十,《沈德潜诗文集》,第 1 册,第 192 页。

又云:"横山全盛日,请业遍门墙。"①叶德炯《重刊〈已畦集〉书后》亦道:"吾族汾湖派二十五世祖横山公,当康熙中叶主持东南坛坫逾三十年。"②可以说,叶燮诗论本身具有的价值、叶燮的诗坛影响以及师生间的深厚情谊共同促成了门下弟子对其诗学的继承与发展。

王尧衢对《原诗》的取法与借鉴。关于叶燮诗论对王尧衢的重要影响,詹福瑞《王尧衢〈古唐诗合解〉的宗唐倾向及选诗标准》通过《古唐诗合解凡例》《古唐诗合解序》与《原诗》的对比,指出王尧衢的诗学观对叶燮的源流正变思想、以树比诗的论诗方法、才胆识力观点都有所采纳,认为受叶燮的影响,王尧衢虽宗唐却跳出了复古的怪圈③。其实除了这些之外,王尧衢对《原诗》的因承还有多处,用语高度一致。如对汉魏、六朝诗风格特征的理解:

汉魏古诗浑朴古雅,以理胜,不屑于字句计工拙。或于拙处,反见其工。六朝藻丽秾纤,淡远韶秀,始有佳句可摘。(《古唐诗合解·凡例》)④

如汉魏之浑朴古雅,六朝之藻丽秾纤、澹远韶秀,甫诗无一不备。(《原诗》内篇上)⑤

又尝谓汉魏诗不可论工拙,其工处乃在拙,其拙处乃见工。(《原诗》外篇下)⑥

对谢灵运、谢朓诗风的把握:

---

① 沈德潜著,潘务正、李言校点:《归愚诗钞》卷十二,《沈德潜诗文集》,第 1 册,第 230 页。

② 叶燮:《已畦诗集》,《丛书集成续编》第 124 册集部,第 956 页上。

③ 詹福瑞:《王尧衢〈古唐诗合解〉的宗唐倾向及选诗标准》,《文学遗产》,2001 年第 1 期,第 94—95 页。

④ 王尧衢注,单小青、詹福瑞点校:《唐诗合解笺注》,保定:河北大学出版社,2010 年,第 10 页。

⑤ 叶燮著,蒋寅笺注:《原诗笺注》内篇上,第 68 页。

⑥ 叶燮著,蒋寅笺注:《原诗笺注》外篇下,第 346 页。

至如谢灵运之警策,谢朓诗之高华,各辟境界,不欲依傍前哲,已开唐诗之端。(《古唐诗合解·凡例》)①

三家之诗不相谋:陶澹远,灵运警秀,朓高华,各辟境界,开生面,其名句无人能道。(《原诗》外篇下)②

对苏舜钦、梅尧臣、苏轼的评价:

宋初作者俱拟唐音。其后如苏舜钦、梅尧臣等,俱系大家,各臻妙境。又如苏长公为诗,奔放豪宕,如天马行空,辟古今未开之境界,穷天地万物莫不鼓舞笔端。虽嬉笑怒骂,皆成文章。(《古唐诗合解·凡例》)③

宋初诗,袭唐人之旧,如徐铉、王禹偁辈,纯是唐音。苏舜钦、梅尧臣出,始一大变,欧阳修亟称二人不置。(《原诗》内篇上)④

如苏轼之诗,其境界皆开辟古今之所未有,天地万物,嬉笑怒骂,无不鼓舞于笔端,而适如其意之所欲出。(《原诗》内篇上)⑤

还有叶燮对杜甫胸襟的阐述则大多被王尧衢《古唐诗合解序》所吸收:

其气浩瀚,其象纵横,因遇得题,因题达情,如星宿之海,万斛涌泉,随地而出。又如春风及物,时雨沾濡,夭乔百物,随气而兴,莫不具足,要皆出于自然者。(《古唐诗合解序》)⑥

因遇得题,因题达情,因情敷句,皆因甫有其胸襟以为基。如星宿之海,万源从出;如钻燧之火,无处不发;如肥土沃壤,时雨一过,夭乔百

---

① 王尧衢注,单小青、詹福瑞点校:《唐诗合解笺注》,第10页。
② 叶燮著,蒋寅笺注:《原诗笺注》外篇下,第350页。
③ 王尧衢注,单小青、詹福瑞点校:《唐诗合解笺注》,第11页。
④ 叶燮著,蒋寅笺注:《原诗笺注》内篇上,第17页。
⑤ 叶燮著,蒋寅笺注:《原诗笺注》内篇上,第69—70页。
⑥ 王尧衢注,单小青、詹福瑞点校:《唐诗合解笺注》,第9页。

物,随类而兴,生意各别,而无不具足。(《原诗》内篇上)①

　　由上来看,王尧衢论诗取法《原诗》甚多,并在此基础上注选古诗与唐诗。在具体诗歌的细读上,王尧衢也对叶燮借鉴颇多,如对杜甫《丹青引赠曹将军霸》的总评②,就与叶燮从转韵、诗法与画法结合的角度去分析的思路十分契合。也可以说,王尧衢很大程度上从选本的角度实践了叶燮的诗学思想。

　　袁枚对叶燮诗论的引述与发挥。袁枚《随园诗话》卷三直接引述叶燮所言:"叶横山先生云:'好摹仿古人者,窃之似,则优孟衣冠;窃之不似,则画虎类狗。与其假人余焰,妄自称尊,孰若甘作偏裨,自领一队?'"③反对剽窃古人,主张自成一家之言。在对待"识"的问题上,袁枚也与叶燮一致:"作史三长:才、学、识,缺一不可。余谓诗亦如之,而识最为先。非识,则才与学俱误用矣。"④论学诗亦主张知其源流:"诗虽小技,然必童而习之。入手先从汉、魏、六朝,下至三唐、两宋,自然源流各得,脉络分明。"⑤还有袁枚对于"诗分唐宋"的批驳,同样与叶燮主张唐宋兼取精神相通。对于叶、袁二人之间的因承关系,朱东润明言"随园论诗亦言变,其说直承横山之遗蕴"⑥。郭绍虞则在此论的基础上进一步指出:"朱东润先生《袁枚文学批评论述评》谓'随园论诗亦言变,其说实承横山之遗蕴',实则,随园不仅接受横山之遗蕴,也且接受以前一切诗论之遗蕴。他接受以前一切诗论,同时又破除以前一切诗论。这是他性灵说所以能组成系统的主要原因。沈归愚自谓承横山遗教,实则所得至浅,横山《原诗》所论,也是多方面的,而归愚则仅得其一端而

---

　　①　叶燮著,蒋寅笺注:《原诗笺注》内篇上,第97页。
　　②　王尧衢注,单小青、詹福瑞点校:《唐诗合解笺注》卷三,第85页。
　　③　袁枚著,王英志编纂校点:《随园诗话》卷三,《袁枚全集新编》,杭州:浙江古籍出版社,2015年,第8册,第76页。
　　④　袁枚著,王英志编纂校点:《随园诗话》卷三,《袁枚全集新编》,第8册,第94页。
　　⑤　袁枚著,王英志编纂校点:《随园诗话》卷四,《袁枚全集新编》,第8册,第133页。
　　⑥　朱东润:《袁枚文学批评论述评》,《朱东润文存》上,上海:上海古籍出版社,2014年,第162页。

已。千秋论定,横山知己,乃在随园,是亦至堪惊异之事矣。"①俱为知言,道出了袁枚对于叶燮诗论的承继与发扬。曾贤兆《论叶燮对清代中期性灵诗说的启迪》②从以变为核心的文学发展观、反对优劣唐宋与门户之见、"性情"与"面目"的论述、从"匠心"到"灵机"、思想根基的正统性五个方面阐述了叶燮对清代中叶性灵说的启迪之功。蒋寅《王士禛、叶燮与乾隆诗学的逻辑起点》着眼于叶燮自成一家的思想、叶燮门人薛雪与袁枚的密切交往等,进一步明确指出叶燮对袁枚有工拙而无古今诗学观的形成乃至乾隆诗学都有重要影响③。

　　谭献、陈衍对叶燮诗论的批评与吸纳。谭献在《复堂日记》中三次提及《原诗》,所论随着时间推移而有不同读解。卷二评曰:"阅叶已畦《原诗》内、外篇。以杜为归,以情境理为宗旨,推本性情,语见实际,诋明中叶诸家则未离门户之见。横山主持诗坛,未昌其教,门下得沈文悫,负朝野重望。乃横山体素储洁,而归愚多渣滓,则过求平宽之流弊耳。"④在指出叶燮论诗宗旨的同时,也认为其有门户之见;明言叶燮体储清洁,强调门下沈德潜过求平宽而未能承继叶燮诗论精华。卷七评曰:"阅叶已畦《原诗》。此沈归愚尚书之师也。所论精实者十八、迂浅者十二。然一传而后,遂苦陈腐,或者滥觞于其师之主张理与事邪? 不必然矣。"⑤肯定《原诗》所论精实,也指出其有迂浅的缺点,认为叶燮诗论经沈德潜后逐渐陷于陈腐。补录卷二又评曰:"阅船山《诗绎》《夕堂永日绪论》。语语精绝,叶星期《原诗》等书可废矣。"⑥对《原诗》的态度明显发生变化,反映出谭氏诗学趣向的转移。通过这种前后变化,我们正可看出《原诗》对谭献的影响。除了谭献之外,陈衍对叶燮诗

---

　　① 郭绍虞:《照隅室古典文学论集》上编,上海:上海古籍出版社,1983 年,第 471—472 页。

　　② 曾贤兆:《论叶燮对清代中期性灵诗说的启迪》,《兰州大学学报》(社会科学版),2015 年第 5 期,第 149—154 页。

　　③ 蒋寅:《王士禛、叶燮与乾隆诗学的逻辑起点》,《中南大学学报》(社会科学版),2019 年第 3 期,第 4—6 页。

　　④ 谭献著,范旭仑、牟晓朋整理:《复堂日记》卷二,石家庄:河北教育出版社,2001 年,第 42 页。

　　⑤ 谭献著,范旭仑、牟晓朋整理:《复堂日记》卷七,第 165 页。

　　⑥ 谭献著,范旭仑、牟晓朋整理:《复堂日记》补录卷二,第 271 页。

论也有一定吸纳。对此,钱锺书《谈艺录》即指出叶燮"百代之中"之说对晚清同光诗派的影响:"不曰开元,而曰贞元、元和之际,又隐开同光诗派'三元'并推之说矣。"①朱自清亦有卓见,他在《什么是宋诗的精华——评石遗老人(陈衍)〈评点宋诗精华录〉》一文中征引《原诗》对杜甫与宋人七绝的评论,指出陈衍多选七绝其实远本叶燮:"看了这些话,老人的多选七绝也就不足怪了。"②

　　程梦星、沈梣德、丁福保等对《原诗》的辑录。程梦星《重订李义山诗集笺注》附录《诗话》"叶星期原诗"条云:"七言绝句,古今推李白、王昌龄。李俊爽,王含蓄,两人辞、调、意俱不同,各有至处。李商隐七绝,寄托深而措辞婉,可空百代,无其匹也。"③对比《原诗》,除"可空百代"前缺少"实"字外,其余皆同。与程梦星辑录《原诗》部分论述有所不同的是,道光朝吴江人沈梣德在《昭代丛书》己集广编补三卷中完整辑刻《原诗》,卷前录《钦定四库全书总目》评述《原诗》之语,卷后作《原诗跋》,指出清初诸老尚多沿袭,称赞"独横山起而力破之,作《原诗》内外篇,尽扫古今盛衰正变之肤说,而极论不可明言之理与不可明言之情与事,必欲自具胸襟,不徒求诸诗之中而止"④。丁福保《清诗话》亦完整收录《原诗》,文前有沈珩《原诗叙》,文后有沈梣德《原诗跋》。毋庸置疑,上述辑录对于叶燮诗论的推广起到了极大的积极作用。

　　另外,方于谷有诗句云:"叶令称诗吴下日,江河手为挽横流。"⑤再结合此诗诗题中所说的"据鄙意而表彰之,至人世之后,先品论之当否,皆所未审也",从中可以看出叶燮诗论对于方于谷的影响。阮元、杨秉初所辑《两浙輶

---

　　①　钱锺书:《谈艺录》,北京:生活·读书·新知三联书店,2011年,第369页。

　　②　朱自清:《朱自清说诗》,北京:东方出版社,2007年,第256页。

　　③　李商隐撰,朱鹤龄笺注,程梦星重订:《重订李义山诗集笺注》附录二《诗话》,清乾隆八年今有堂刻本,国家图书馆藏。

　　④　张潮、沈梣德等编纂:《昭代丛书》二,上海:上海古籍出版社,1990年,第1541页上。

　　⑤　方于谷:《稻花斋续钞》卷十一,《清代诗文集汇编》第451册,上海:上海古籍出版社,2010年,第174—175页。

轩录》补遗卷八"沈德毓"条曰:"论诗服膺叶横山,所作皆清新避俗。"①若联系到王元启《读韩记疑》中多引述沈德毓论韩愈之言,则亦见叶燮诗论在当时的影响。还有叶燮对李重华、曹雪芹的影响,以及《四库全书总目》编撰者对《原诗》的评介,都说明叶燮诗论在后世得到了较为广泛地传播。

由上而言,叶燮诗论的现实针对性、理论系统性、内容丰富性、诗歌史观的广阔性、语言平实性,使得其在当时和后世赢得诗家所关注,并在清代诗坛产生了一定影响。

通过本章的论述,可知叶燮诗歌与诗论在清代均有一定影响。就诗歌而言,叶燮的诗才、品量、交游、授徒、诗歌艺术等对其诗歌传播起到了重要作用。当然这也影响到其弟子、乡人以及诗坛后进对于其诗的选辑与评价。就诗论来看,叶燮探源溯流、针砭时弊、陈言务去的诗学建构为吴中诗坛带来了新风,尤其是着眼于历代诗歌发展变化的诗歌史观为后世论诗者以宏阔的视角来观照诗歌提供了借鉴与典范,受到众多诗家的称赞,也对其后的沈德潜、薛雪、王尧衢、袁枚、陈衍等产生了一定影响。并且,清人对于叶燮的诗歌风格、创作与理论之间的关联也有揭橥。由上论之,叶燮在清代足以称得上"一代独立之诗人"②。

---

① 阮元、杨秉初辑,夏勇整理:《两浙輶轩录》补遗卷八,杭州:浙江古籍出版社,2012 年,第 12 册,第 3546—3547 页。

② 叶燮:《已畦文集》卷二十二,《丛书集成续编》第 124 册集部,第 834 页上。

结　语

在清代诗歌理论批评史和诗歌发展史上,叶燮具有不可或缺的影响。20 世纪以来,学界对叶燮诗论的研究已取得了不少成绩,但相比而言对于叶燮诗歌创作的研究还显得较为薄弱。本书在梳理叶燮生平、交游、著述的基础上,立足于叶燮诗论与诗歌的交叉研究,进一步深入考察了叶燮诗论的理论价值与叶燮诗歌的艺术特色。

对于诗歌本质,叶燮很少偏执于主体或客体的某一方面来探究诗歌本质,而是在继承传统的同时强调主客相济,坚持诗文相通,并通过独特的论诗方法逐步展开,赋予"理、事、情"与"才、胆、识、力"等以丰富的内涵。这是叶燮能够深入诗歌史的核心探源古今诗歌发展的基础保障。

通过对《诗经》至清初诗歌与诗论的动态考察,叶燮既明晰了古今诗歌发展的规律与动力,也在具体的观照中对不同时期诗歌存在的弊病有了较为全面的把握,有破有立,并系统分析其源流、本末、正变、盛衰等,实现了理论建构与范畴阐释的结合,从而使其诗论具有宏阔的历史意识与强烈的现实关怀,通古今之变又自成一家之言。在整体诗歌发展史观的指引下,叶燮切合其时的诗坛风气,明确将杜、韩、苏并举,不仅在诗论中反复征引论述,也在授徒讲学中加以践行。

就叶燮诗论的成因而言,其诗歌创作实践至关重要。叶燮的交游对其诗文虽有一定影响,但并非其诗论的主要来源,诸如汪琬、王士禛、梁佩兰等对叶燮的影响都只能是外因。诗歌创作贯穿叶燮一生,对其诗论形成与建构具有重要意义。若再结合《原诗》中"作诗""作诗者""学诗""学诗者"等词语的高频出现,考察叶燮授徒讲学的宗旨和经历,联系他对诗坛弊病的批评,我们有理由相信,叶燮并不是单纯地"论诗"与"评诗"(这两个词语在《原诗》中也多次出现),而是对于作诗和学诗也给予重要观照,其以《原诗》为中心的诗学理论的形成、发展与他的自身创作实践和体悟息息相关。尤其是他对《诗经》、杜甫、韩愈、苏轼等的推重不仅在其诗歌中可以找到印证，而且在其诗歌发展史观中亦可寻得踪迹，其诗论与诗歌之间存在的互动生成关系值得不断开掘。此外，儒、道、释对于叶燮也有重要影响，但在不同时期表现不一。具体来说，早年以佛禅为主，壮年以儒家为主，罢官游居后表现出三教融合的特征，晚年则亦偏爱佛禅。叶燮论诗重视两端论与相济论的统一亦由此发源。

叶燮诗论与诗歌在清代的影响不容忽视。由清人对叶燮诗歌的选评可以看出其在不同时期的演进，由清人对叶燮诗论的称赞与批评则可了解后世对其的接受和发展。20 世纪以来的学界对于叶燮诗论与诗歌的不同评价，正是在清人选评基础上的丰富与深化。

总之，叶燮集诗人、诗论家于一身，在对以往诗歌、诗论进行把握的同时也着力于自身诗学理论的构建和创作上的实践，对后世产生了一定影响，显示出其思想的集大成性与创变性。通过本书研究，可以更为全面地把握叶燮的诗歌发展史观以及对杜甫、韩愈、苏轼的独特定位，对其诗论与创作之间的密切关联也会有较为明确的理解，也有助于清晰了解自清初 300 多年来叶燮诗论与诗歌的接受与研究状况。至于在研究过程中所发现的叶燮佚诗、佚文、佚文存目，亦将有助于未来叶燮全集的整理。

参考文献

一、著作

[1]叶燮.丛书集成续编 第 124 册集部[M].上海:上海书店出版社,1994.

[2]叶燮.丛书集成续编 第 42 册史部[M].上海:上海书店出版社,1994.

[3]叶燮.四库全书存目丛书 第 244 册集部[M].济南:齐鲁书社,1997.

[4]叶燮.原诗笺注[M].蒋寅,笺注.上海:上海古籍出版社,2014.

[5]叶燮,薛雪,沈德潜.原诗·一瓢诗话·说诗晬语[M].霍松林、杜维沫,校注.北京:人民文学出版社,1979.

[6]庄周.庄子[M].陈鼓应,今注今译.北京:商务印书馆,2007.

[7]韩非.韩非子集解[M].王先慎,集解,钟哲,点校.北京:中华书局,1998.

[8]陶渊明.陶渊明集[M].逯钦立,校注.北京:中华书局,1979.

[9]张华.博物志全译[M].祝鸿杰,译注.贵阳:贵州人民出版社,1992.

[10]刘义庆.世说新语笺疏[M].刘孝标,注,余嘉锡,笺疏,周祖谟,等,整理.北京:中华书局,2016.

[11]沈约.宋书[M].北京:中华书局,1974.

[12]刘勰.文心雕龙注[M].范文澜,注.人民文学出版社,1958.

[13]惠能.坛经[M].丁福保,笺注,陈兵,导读,哈磊,整理.上海:上海古籍出版社,2011.

[14]杜甫.杜诗详注[M].仇兆鳌,注.北京:中华书局,1979.

[15]杜甫.杜甫全集校注[M].萧涤非,主编.北京:人民文学出版社,2014.

[16]韩愈.韩愈全集[M].钱仲联,马茂元,校点,上海:上海古籍出版社,1997.

[17]元稹.元稹集[M].冀勤,点校.北京:中华书局,2015.

[18]司空图.司空表圣诗文集笺校[M].祖保泉,陶礼天,笺校.合肥:安徽大学出版社,2002.

[19]刘昫,等.旧唐书[M].北京:中华书局,1975.

[20]欧阳修,宋祁.新唐书[M].北京:中华书局,1975.

[21]苏轼.苏轼诗集[M].王文诰,辑注,孔凡礼,点校.北京:中华书局,1982.

[22]苏轼.苏轼文集[M].孔凡礼,点校.北京:中华书局,1986.

[23]苏辙.苏辙集[M].陈宏天,高秀芳,点校.北京:中华书局,1990.

[24]黄庭坚.黄庭坚全集[M].刘琳,李勇先,王蓉贵,校点.成都:四川大学出版社,2001.

[25]秦观.淮海集笺注[M].徐培均,笺注.上海:上海古籍出版社,1994.

[26]李复.钦定四库全书 集部第1121册[M].上海:上海古籍出版社,1987.

[27]张戒.岁寒堂诗话校笺[M].陈应鸾,校笺.成都:巴蜀书社,2000.

[28]葛立方.韵语阳秋[M].上海:上海古籍出版社,1984.

[29]严羽.沧浪诗话校笺[M].张健,校笺.上海:上海古籍出版社,2012.

[30]沈括.梦溪笔谈[M].施适,校点.上海:上海古籍出版社,2015.

[31]李东阳.怀麓堂诗话校释[M].李庆立,校释.北京:人民文学出版社,2009.

[32]王守仁.王阳明全集[M].吴光,等,编校.上海:上海古籍出版社,2015.

[33]李梦阳.空同集[M].上海:上海古籍出版社,1991.

[34]王世贞.艺苑卮言校注[M].罗仲鼎,校注.济南:齐鲁书社,1992.

[35]胡应麟.诗薮[M].上海:上海古籍出版社,197.

[36]江盈科.江盈科集[M].黄仁生,辑校.长沙:岳麓书社,1997.

[37]许学夷.诗源辩体[M].杜维沫,校点.北京:人民文学出版社,1987.

[38]袁宏道.袁宏道集笺校[M].钱伯城,笺校.上海:上海古籍出版社,2008.

[39]高出.四库禁毁书丛刊 第31册集部[M].北京:北京出版社,1997.

[40]叶绍袁.午梦堂集[M].冀勤辑,校.北京:中华书局,2015.

[41]钱谦益.列朝诗集小传[M].上海:上海古籍出版社,1983.

[42]宋琬.安雅堂全集[M].马祖熙,标校.上海:上海古籍出版社,2007.

[43]王夫之,等.清诗话[M].丁福保,汇辑.北京:中华书局,1978.

[44]王嗣槐.清代诗文集汇编 第73册[M].上海:上海古籍出版社,2010.

[45]林云铭.清代诗文集汇编 第106册[M].上海:上海古籍出版社,2010.

[46]释大汕.清代诗文集汇编 第130册[M].上海:上海古籍出版社,2010.

[47]王士禛.香祖笔记[M].湛之,点校.上海:上海古籍出版社,1982.

[48]赵执信.《谈龙录》注释[M].赵蔚芝,刘聿鑫,注释.济南:齐鲁书社,1987.

[49]曹寅.楝亭集笺注[M].胡绍棠,笺注.北京:国家图书馆出版社,2007.

[50]张潮,沈楙德,等.昭代丛书[M].上海:上海古籍出版社,1990.

[51]沈德潜.沈德潜诗文集[M].务正,李言,校点.北京:人民文学出版社,2011.

[52]沈德潜.清诗别裁集[M].上海:上海古籍出版社,1984.

[53]沈德潜.说诗晬语笺注[M].王宏林,笺注.北京:人民文学出版社,2013.

[54]浦起龙.读杜心解[M].北京:中华书局,1961.

[55]叶舒颖.丛书集成续编 第127册集部[M].上海:上海书店出版社,1994.

[56]叶舒璐.丛书集成续编 第127册集部[M].上海:上海书店出版社,1994.

[57]乔崇烈.清代诗文集汇编 第208册[M].上海:上海古籍出版社,2010.

[58]吴定璋.四库全书存目丛书补编 第44册[M].济南:齐鲁书社,2001.

[59]袁枚.袁枚全集新编 第8册[M].王英志,编纂,校点.杭州:浙江古籍出

版社,2015.

[60]袁枚.袁枚全集新编[M].王英志,编纂,校点.杭州:浙江古籍出版
　　社,2015.

[61]永瑢,等.四库全书总目[M].北京:中华书局,1965.

[62]赵翼.瓯北诗话[M].霍松林,胡主佑,校点.北京:人民文学出版
　　社,1963.

[63]何文焕.历代诗话[M].北京:中华书局,1981.

[64]阮元,杨秉.两浙輶轩录[M].夏勇,整理.杭州:浙江古籍出版社,2012.

[65]蔡澄.丛书集成续编 第90册子部[M].上海:上海书店出版社,1994.

[66]方东树.昭昧詹言[M].汪绍楹,校点.北京:人民文学出版社,1961 年。

[67]张应昌.清诗铎[M].北京:中华书局,1960.

[68]张际亮.思伯子堂诗文集[M].王飙,标点.上海:上海古籍出版
　　社,2007.

[69]谭献.复堂日记[M].范旭仑,牟晓朋,整理.石家庄:河北教育出版
　　社,2001.

[70]萧穆.敬孚类稿[M].项纯文,点校.合肥:黄山书社,1992.

[71]缪荃孙.艺风堂杂钞[M].杨璐,整理.北京:中华书局,2010.

[72]柴小梵.梵天庐丛录[M].栾保群,校点.北京:故宫出版社,2013.

[73]陈寅恪.金明馆丛稿初编[M].上海:上海古籍出版社,1980.

[74]陈登原.陈登原全集 第5册[M].杭州:浙江古籍出版社,2014.

[75]陈登原.陈登原全集 第9册[M].杭州:浙江古籍出版社,2014.

[76]程千帆,沈祖棻.古诗今选[M].上海:上海古籍出版社,1983.

[77]陈伯海.唐诗学引论(增订本)[M].上海:上海古籍出版社,2015.

[78]蔡静平.明清之际汾湖叶氏文学世家研究[M].长沙:岳麓书社,2008.

[79]邓之诚.清诗纪事初编[M].上海:上海古籍出版社,1965.

[80]丁履撰.叶燮的人格与风格[M].台北:成文出版社,1978.

[81]董就雄.叶燮与岭南三家诗论比较研究[M].北京:中华书局,2010.

[82]顾颉刚.顾颉刚书话[M].印永清,辑,魏得良,校.杭州:浙江人民出版社,1998.

[83]傅斯年.《诗经》讲义稿[M].王志宏,导读.上海:上海古籍出版社,2011.

[84]傅庚生.中国文学欣赏举隅[M].北京:北京出版社,2003.

[85]冯浩菲.历代诗经论说述评[M].北京:中华书局,2003.

[86]高亨.周易大传今注[M].北京:清华大学出版社,2010.

[87]郭绍虞.照隅室古典文学论集[M].上海:上海古籍出版社,1983.

[88]郭绍虞.中国文学批评史[M].天津:百花文艺出版社,1999.

[89]郭绍虞.清诗话续编[M].富寿荪,校点.上海:上海古籍出版社,1983.

[90]郭绍虞.中国历代文论选[M].上海:上海古籍出版社,2001.

[91]龚鹏程.中国诗歌史论[M].北京:北京大学出版社,2008.

[92]胡朴安.诗经学[M].长沙:岳麓书社,2010.

[93]黄裳.前尘梦影新录[M].济南:齐鲁书社,1989.

[94]蒋凡.叶燮和原诗[M].上海:上海古籍出版社,1985.

[95]蒋寅.古代诗学的现代诠释[M].北京:中华书局,2003.

[96]蒋寅.清诗话考[M].北京:中华书局,2005.

[97]蒋寅.清代文学论稿[M].南京:凤凰出版社,2009.

[98]蒋寅.清代诗学史.(第一卷[M].北京:中国社会科学出版社,2012.

[99]蒋寅.百代之中:中唐的诗歌史意义[M].北京:北京大学出版社,2013.

[100]蒋寅.王渔洋与康熙诗坛[M].南京:凤凰出版社,2013.

[101]林语堂.苏东坡传[M].宋碧云,译.南京:江苏人民出版社,2015.

[102]罗宗强.隋唐五代文学思想史[M].北京:中华书局,1999.

[103]蓝华增.说意境[M].昆明:云南人民出版社,1984.

[104]李建中,等.中国古代文论诗性特征研究[M].武汉:武汉大学出版

社,2007.

[105]林继中.杜诗学论薮[M].上海:上海古籍出版社,2015.

[106]吕智敏.诗源·诗美·诗法探幽:《原诗》评释[M].北京:书目文献出版社,1990.

[107]凌郁之.苏州文化世家与清代文学[M].济南:齐鲁书社,2008.

[108]缪钺.诗词散论[M].西安:陕西师范大学出版社,2008.

[109]莫砺锋.唐宋诗歌论集[M].南京:凤凰出版社,2007.

[110]齐治平.唐宋诗之争概述[M].长沙:岳麓书社,1984.

[111]钱锺书.谈艺录[M].北京:生活·读书·新知三联书店,2011.

[112]钱仲联.清诗纪事[M].南京:江苏古籍出版社,1987.

[113]钱仲联.中国文学家大辞典(清代卷)[M].北京:中华书局,1996.

[114]钱仲联.钱仲联学述[M].周秦,整理.杭州:浙江人民出版社,1999.

[115]沈祖棻.唐人七绝诗浅释[M].上海:上海古籍出版社,1981.

[116]时志明.盛世华音:清代顺康雍乾诗人山水诗论[M].南京:凤凰出版社,2017.

[117]苏渊雷.佛教与中国传统文化[M].长沙:湖南教育出版社,1988.

[118]王力.王力文集 第15卷[M].济南:山东教育出版社,1989.

[119]吴宏一.清代诗学初探[M].台北:台湾学生书局,1986.

[120]吴文治.韩愈资料汇编[M].北京:中华书局,1983.

[121]邬国平、王镇远.清代文学批评史[M].上海:上海古籍出版社,1995.

[122]徐珂.清稗类钞[M].北京:中华书局,2010.

[123]徐世昌.晚晴簃诗汇[M].闻石,点校.北京:中华书局,1990.

[124]谢无量.中国六大文豪[M].北京:知识产权出版社,2012.

[125]易宗夔.新世说[M].张国宁,点校.太原:山西古籍出版社,1997.

[126]萧一山.清史大纲[M].上海:上海古籍出版社,2014.

[127]余冠英.汉魏六朝诗选[M].北京:人民文学出版社,1979.

[128]谢正光,陈谦平,姜良芹.清初诗选五十六种引得[M].北京:社会科学文献出版社,2013.

[129]徐中玉.论苏轼的创作经验[M].上海:华东师范大学出版社,1981.

[130]严迪昌.清诗史[M].杭州:浙江古籍出版社,2002.

[131]叶朗.中国美学史大纲[M].上海:上海人民出版社,1985.

[132]叶维廉.中国诗学[M].北京:生活·读书·新知三联书店,1992.

[133]阎琦.韩诗论稿[M].西安:陕西人民出版社,1984.

[134]杨国安.宋代韩学研究[M].北京:中国社会科学出版社,2006.

[135]杨晖.古代诗"路"之辨:《原诗》和正变研究[M].桂林:广西师范大学出版社,2008.

[136]杨晖,罗兴萍.叶燮诗学思想研究[M].南京:凤凰出版社,2022.

[137]于海洲,于雪棠.诗赋词曲读写例话[M].北京:中国文史出版社,2007.

[138]袁行云.清人诗集叙录[M].北京:文化艺术出版社,1994.

[139]袁行霈,孟二冬,丁放.中国诗学通论[M].合肥:安徽教育出版社,1994.

[140]袁行霈.中国文学史[M].北京:高等教育出版社,2003.

[141]朱自清.朱自清说诗[M].北京:东方出版社,2007.

[142]张少康.中国文学理论批评史教程[M].北京:北京大学出版社,1999.

[143]张健.清代诗学研究[M].北京:北京大学出版社,1999.

[144]朱则杰.清诗史[M].南京:江苏古籍出版社,2000.

[145]朱萸.明清文学群落:吴江叶氏午梦堂[M].上海:上海人民出版社,2008.

[146]郑利华.前后七子研究[M].上海:上海古籍出版社,2015.

[147]赵泉澄.清代地理沿革表[M].北京:中华书局,1955.

[148]海德格尔.路标[M].孙周兴,译.北京:商务印书馆,2000.

[149]海德格尔.演讲与论文集[M].孙周兴,译.北京:生活·读书·新知三联书店,2005.

[150]布伯.我与你[M].陈维纲,译.北京:生活·读书·新知三联书店,2002.

[151]宇文所安.中国文论:英译与评论[M].王柏华,陶庆梅,译.上海:上海社会科学院出版社,2003.

[152]爱德华·希尔斯.论传统[M].傅铿,吕乐,译.上海:上海人民出版社,2009.

[153]罗伯特·M·赫钦斯.美国高等教育[M].汪利兵,译.杭州:浙江教育出版社,2001.

[154]刘若愚.中国的文学理论[M].赵帆声,等,译.郑州:中州古籍出版社,1986.

[155]刘若愚.中国诗学[M].赵帆声,等,译.郑州:河南人民出版社,1990.

[156]梅维恒.哥伦比亚中国文学史[M].马小悟,等,译.北京:新星出版社,2016.

[157]张清华,胡阿祥,王景福.韩愈研究 第九辑[M].上海:文汇出版社,2016.

[158]苏州市传统文化研究会.传统文化研究 第二十二辑[M].北京:群言出版社,2015.

[159]苏州市传统文化研究会.传统文化研究 第二十一辑[M].北京:群言出版社,2014.

[160]约恩·吕森、弗里德利希·耶格尔.德国历史中的回忆文化[M].陈启能,倪为国,主编.上海:上海三联书店,2003.

二、期刊

[1]成复旺.对叶燮诗歌创作论的思考[J].文学遗产,1986(5):86-94.

[2]金克木.谈清诗[J].读书,1984(9):90-97.

[3]栾勋.现象环与中国古代美学思想[J].文学评论,1988(6):97-111.

[4]钱仲联.清代诗词二十名家评述[J].苏州大学学报(哲学社会科学版),
2004(1):64-68.

[5]钱仲联.顺康雍诗坛点将录[J].苏州大学学报》(哲学社会科学版),
1991(1):10.

[6]王德兵,佴荣本.叶燮原诗之诗学本体对比研究[J].求索,2013(5)5:
131-133.

[7]王新民.叶燮艺术本源论新探[J].求索,1988(6):96-100.

[8]王镇远.《原诗》写作缘起考[J].苏州大学学报(哲学社会科学版),1991
(2):5.

[9]张少康.叶燮文艺思想的评价问题[J].苏州大学学报》(哲学社会科学
版),1983(4):38-44.

[10]曾贤兆.论叶燮的杜诗学:以〈原诗〉为对象的考察[J].北京社会科学,
2016(4):57-67.

[11]曾贤兆.论叶燮对清代中期性灵诗说的启迪[J].兰州大学学报(社会科
学版),2015(5):149-155.

[12]陈水云,王茁.叶燮论杜诗[J].杜甫研究学刊,2004(4):40-45.

[13]陈雪.叶燮诗文研究[D].兰州:西北师范大学硕士论文,2006.

[14]邓昭祺.叶燮论杜甫:《原诗》缺失初探[J].文艺理论研究,2007(4):
65-71.

[15]葛晓音.陈子昂与初唐五言诗古、律体调的界分:兼论明清诗论中的"唐
无五古"说[J].文史哲,2011(3):97-110.

[16]葛晓音.杜甫七绝的"别趣"和"异径"[J].文学评论,2017(6):16-26.

[17]霍有明.论叶燮的诗歌理论及创作实践[J].唐都学刊,1992(2):
66-71.

[18]蒋寅.叶燮的文学史观[J].文学遗产,2001(6):82-94+143-144.

[19]蒋寅.王士禛、叶燮与乾隆诗学的逻辑起点[J].中南大学学报》(社会科学版),2019(3):1-9.

[20]李朝军.叶燮的学古诗论与其诗歌创作[J].内蒙古大学学报》(哲学社会科学版),2010(3):129-134.

[21]李朝军.叶燮思想论略[J].中华文化论坛,2010(3):109-114.

[22]李立、李建中.叶燮的比喻性诗学[J].苏州大学学报(哲学社会科学版),2017(4):122-131+192.

[23]李晓峰.王夫之诗学与叶燮诗学比较研究[D].新疆:新疆大学硕士论文,2003.

[24]罗时进.破立之际:韩愈"文人之诗"的诗史意义[J].文学评论,2008(4):56-60.

[25]吕肖奂,张剑.酬唱诗学的三重维度建构[J].北京大学学报》(哲学社会科学版),2012(2):71-79.

[26]莫砺锋.论陆游诗自注的价值[J].中华文史论丛,2012(4):177-197+389.

[27]南华.叶燮《原诗》诗学思想研究述评[J].西北大学学报(哲学社会科学版),2002(4):126-130.

[28]田义勇.叶燮《原诗》的理论失败及教训[J].云南大学学报(社会科学版),2009(3):76-82+96.

[29]魏中林、王晓顺.20世纪叶燮诗歌理论研究[J].内蒙古社会科学(汉文版),2001(1):68-73.

[30]吴承学.辨体与破体[J].文学评论,1991(4):57-65.

[31]吴企明.开一代风气的杜甫题画诗[J].古典文学知识,2018(1):134-139.

[32]武海军.《汪文摘谬》考[J].文献,2015(2):152-157.

[33]邬国平.《国朝诗别裁集》修订与沈德潜诗学意识调整[J].文学遗产,

2014(1):116-128.

[34]杨家海.《原诗》本体缺失与本土文论建设[J].长江大学学报(社科版),2015(3):16-18.

[35]詹福瑞.王尧衢《古唐诗合解》的宗唐倾向及选诗标准[J].文学遗产,2001(1):94-97+144.

[36]周雪根.清代吴江诗歌研究[D].苏州:苏州大学博士论文,2010.

[37]卜松山.论叶燮的《原诗》及其诗歌理论[J].王文兵,译.河北师院学报(社会科学版),1997(4):11.

附　录

附录一　叶燮文学交游对象简况表

姓名	字	号	籍贯	科名	官职	著述	依据	备注
马上襄	宛来	西园	河南仪封(今兰考)	进士	知县	《为学从政录》《牧吟诗稿》	《已畦诗集》卷八	叶燮受业弟子
王抃	怿民、鹤尹	巢松	江南太仓(今属江苏)			《巢松集》	《已畦文集》卷九	
王士禛	子真、贻上	阮亭、渔洋山人	山东新城(今桓台)	进士	礼部主事、刑部尚书	《带经堂集》	《已畦诗集》卷四	
王永誉	孝扬				广州将军		《已畦诗集》卷四	
王式丹	方若	楼村	江南宝应(今属江苏)	状元	翰林院修撰	《楼村诗集》	《楼村诗集》卷五	叶燮受业弟子
王嗣槐	仲昭	桂山	浙江仁和(今杭州)	诸生	内阁中书	《桂山堂文选》《太极图说论》	《已畦诗集》卷一,《桂山堂文选》卷一	
毛先舒	稚黄		浙江钱塘(今杭州)			《东苑诗钞》《思古堂集》《诗辨坻》	《已畦诗集》卷一	
毛正学	羲上		浙江嘉善	诸生			《两浙輶轩续录》卷三	原名檞

姓名	字	号	籍贯	科名	官职	著述	依据	备注
毛奇龄	大可、齐于	初晴、西河	浙江萧山	博学鸿词	翰林院检讨	《西河集》	《西河集》卷一百七十六	
殳丹生	山夫	贯斋	浙江嘉善	（明）诸生		《贯斋集》	《已畦文集》卷五	
计　东	甫草	改亭	江南吴江（今属江苏）	举人		《改亭诗集》《改亭文集》	《已畦诗集》卷二，《改亭诗集》卷六	
计　默	希深		江南吴江（今属江苏）			《菉村诗文集》	《已畦诗集》卷二	计东子
孔尚任	聘之、季重	东堂、岸堂	山东曲阜		户部广东司员外郎	《湖海集》	《湖海集》卷六	
邓汉仪	孝威、旧山	钵叟	江南泰州（今属江苏）	博学鸿词	内阁中书	《淮阴集》，辑《诗观》三集	《已畦诗集残余》	
邓廷罗	叔奇	偶樵	江南濠梁（今安徽凤阳）			《兵镜三种》	《已畦诗选余旧存》卷二	
叶方恒	嵋初	学亭	江南昆山（今属江苏）	进士	莱芜知县、济宁河道	辑《山东全河备考》	《已畦诗集残余》	
叶弈苞	九来	二泉	江南昆山（今属江苏）			《经锄堂诗集》	《已畦诗集》卷二	
叶舒玥	康贻						《已畦诗集》卷一、卷八	
叶舒崇	元礼	宗山	江南吴江（今属江苏）	进士	中书舍人	《宗山集》	《已畦诗集残余》	
叶舒颖	学山		江南吴江（今属江苏）	副贡		《叶学山先生诗稿》	《已畦诗集残余》	

姓名	字	号	籍贯	科名	官职	著述	依据	备注
叶舒璐	景鸿		江南吴江(今属江苏)	贡生		《分干诗钞》	《已畦诗集》"参校姓氏"	叶燮受业侄
叶藩	桐初	南屏	江南太仓(今属江苏)			《惜树斋词》	《已畦诗集》卷七	
包咸	自根	南川	江南吴江(今属江苏)	进士	知县	与钱沾合纂《吴江县志续编》	《已畦诗集》卷五	
过泽高	吉云		浙江平湖				《已畦文集》卷十八	
过铭篹	叔寅	凝斋	浙江平湖			《蠹鱼稿》	《已畦文集》卷十五	
朱四辅	监师		江南宝应(今属江苏)	(明)诸生			《已畦诗集残余》	
朱克简	敬可	澹子	江南宝应(今属江苏)	进士	内阁中书、御史、福建巡按		《已畦诗旧存》卷上	
朱经	恭亭		江南宝应(今属江苏)			《燕堂诗钞》	《已畦诗集》卷六	朱克简子,乔莱婿
朱陵	望子	亦巢	江南吴县(今属江苏)				《已畦诗集》卷五	
刘文照	雪舫		河北任丘				《已畦诗旧存》卷上	
刘国黻	禹美	后斋	江南宝应(今属江苏)	进士	户科给事中、鸿胪寺卿	《碧梧翠竹山房诗钞》	《已畦诗集》卷六	叶燮受业弟子
刘献廷	君贤、继庄	广阳子	直隶大兴(今属北京)			《广阳诗集》《广阳杂记》	《广阳诗集》卷上	

姓名	字	号	籍贯	科名	官职	著述	依据	备注
孙之琼	元襄		浙江仁和(今杭州)	明经			《己畦文集》卷十八	
孙眉光	啸夫		浙江平湖	生员			《己畦诗集》卷五	叶燮受业弟子,孙之琼子
严允肇	修人	石樵	浙江归安(今湖州)	进士	知县	《石樵诗稿》《宜雅堂集》	《己畦诗集》卷五	
严熊	武伯		江南常熟(今属江苏)	(明)诸生		《严白云诗集》	《己畦诗集》卷五,《严白云诗集》卷二十二	
劳之辨	书升	岂庵、介岩	浙江石门(今桐乡)	进士	礼部郎中、左副都御史	《静观堂诗集》	《己畦西南行草》	
杜濬	于皇	茶村	湖北黄冈	(明)副贡生		《变雅堂遗集》	《己畦诗集》卷十	原名诏先
李果	硕夫	客山、在亭、梅庐	江南长洲(今江苏苏州)			《在亭丛稿》《咏归亭诗钞》	《己畦诗集》"参校姓氏"	叶燮受业弟子
李永祺	鹤君	河干	浙江嘉善	解元		《河干诗集》	《己畦文集》卷五	
杨承业	起宗						《己畦诗集》卷八	叶燮受业弟子
吴之纪	小修、天章	慊庵	江南吴县(今属江苏)	进士	工部主事	《适吟诗草》《好我斋集》	《己畦诗集》卷一	
吴之振	孟举	橙斋、黄叶村农	浙江石门(今桐乡)	贡生	中书	《黄叶村庄诗集》,与吕留良、吴自牧合辑《宋诗钞》	《己畦诗集》卷一、卷二	

姓名	字	号	籍贯	科名	官职	著述	依据	备注
吴兆宫	闻夏		江南吴江（今属江苏）			《椒亭诗稿》	《已畦诗集残余》	
吴兆宽	弘人		江南吴江（今属江苏）			《爱吾庐书稿》《古香堂文集》	《已畦诗集残余》	
吴兆骞	汉槎	季子	江南吴江（今属江苏）	举人		《秋茄集》，参辑《唐诗英华》	《已畦诗集》卷二、卷三	
吴兴祚	伯成	留村	浙江山阴（今绍兴）	贡生	知县、两广总督	著《留村诗钞》，编《宋元诗律选》	《已畦诗集》卷四	
吴良枝	廷发	汉有	浙江石门（今桐乡）	贡监	县丞		《已畦诗集》卷一	
吴树臣	大冯	鹤亭	江南吴江（今属江苏）	拔贡	知县、刑部郎中	《涉江草》	《已畦诗集》卷一	吴兆宽子
汪沈琇	西京	茶圃	江南常熟（今属江苏）	贡生	宣城教谕	《太古山房诗钞》	《太古山房诗钞》卷二	
汪琬	苕文	钝庵、尧峰	江南长洲（今江苏苏州）	进士	户部主事、编修	《钝翁类稿》《尧峰文钞》	《汪文摘谬》	
汪森	晋贤	玉峰、碧巢	江南休宁（今属安徽）	拔贡	知县、通判、户部江西司郎中	《小方壶存稿》《桐扣词》	《已畦诗集》卷一、卷二	
沈季友	客子	南疑、秋圃	浙江平湖	副贡	知县	《学古堂诗集》，编《檇李诗系》	《已畦诗集》卷二、卷五，《已畦文集》卷八	

姓名	字	号	籍贯	科名	官职	著述	依据	备注
沈受宏	台臣		江南太仓（今属江苏）	岁贡生		《白渌集》	《白渌集》卷六	
沈珩	昭子	耿岩、稼村	浙江海宁	进士	翰林院编修	《耿岩集》《消夏谈诗》	《已畦文集》卷十三、《原诗叙》	
沈德潜	确士	归愚	江南长洲（今江苏苏州）	进士	内阁学士兼礼部侍郎	《沈归愚诗文全集》，编《古诗源》《清诗别裁集》等	《归愚文钞》卷十六	叶燮受业弟子
沈攀	云步		江南吴江（今属江苏）	进士	知县	《密游集》	《已畦诗集》卷七、《已畦文集》卷八	
宋荦	牧仲	绵津、漫堂、西陂	河南商丘		江苏巡抚、吏部尚书	《西陂类稿》《漫堂说诗》，编《江左十五子诗选》	《已畦诗集》卷十	
宋琬	玉叔	荔裳	山东莱阳	进士	按察使	《安雅堂全集》	《已畦诗集残余》	
张钺	少弋、少华	鹤沙	江南华亭（今上海松江）			《鹤沙遗草》	《已畦诗集》"参校姓氏"	叶燮受业弟子
张镛	朝鼎	枫岩	江南华亭（今上海松江）	诸生		《枫岩遗草》	《已畦诗集》"参校姓氏"	叶燮受业弟子
张玉书	素存、京江	润甫	江南丹徒（今属江苏）	进士	文华殿大学士	《张文贞集》	《已畦诗集》卷五，《张文贞集》卷四	
张远	超然		福建侯官（今福州）	解元	知县	《无闷堂集》	《已畦诗集》卷四、卷五	
张坛	步青		浙江仁和（今杭州）	举人		《东郊草堂集》	《已畦诗集残余》	

姓名	字	号	籍贯	科名	官职	著述	依据	备注
张孝思	则之	懒逸	江南丹徒（今属江苏）	诸生			《已畦文集》卷十八	
张胤	小白	鹬亭	浙江海盐	举人		《赋闲楼诗集》	《已畦诗集》卷七、卷八	张惟赤子
张景崧	岳维		江南吴县（今属江苏）	进士	知县	《锻亭集》	《已畦诗集》"参校姓氏"	叶燮受业弟子
张锡祚	偕行、永夫		江南长洲（今江苏苏州）			《锄茅集》	《国朝四家诗集》	叶燮受业弟子
陈苌	玉文	雪川	江南吴江（今属江苏）	进士	知县	《雪川诗稿》	《已畦诗集》卷七、《雪川诗稿》卷二	叶燮受业弟子
陈忱	用宣		浙江嘉兴			《诚斋诗集》《不出户庭录》	《已畦诗集》卷一、卷三、卷五	
陈绍文	西美		江南吴江（今属江苏）	（明）举人		《后沙语录》，辑《宋元明诸儒心学指要》	《已畦诗集》卷五自注	
陈祚明	胤倩	稽留山人	浙江钱塘（今杭州）	（明）诸生		《稽留山人集》《采菽堂古诗选》	《稽留山人集》卷十三	
陈訏	言扬	宋斋	浙江海宁	贡生	教谕	《时用集》《读杜随笔》	《已畦诗集》卷七、卷八	
陈康世	殿升						《已畦诗集》卷二	叶燮受业弟子
陈锐	颖长		江南吴江（今属江苏）				《已畦诗集》卷五	陈绍文子
范国禄	汝受	十山	江南通州（今江苏南通）	（明）诸生		《十山楼稿》	《已畦诗集残余》	

姓名	字	号	籍贯	科名	官职	著述	依据	备注
林云铭	西仲	损斋	福建侯官（今福州）	进士	通判	《庄子因》《楚辞灯》《韩文起》《把奎楼选稿》	《已畦诗集》卷五	
林麟焻	石来	玉岩	福建莆田	进士	礼部郎中	《玉岩诗集》	《已畦诗集》卷一	
季煌	伟公		浙江钱塘（今杭州）			《南屏草》	《已畦文集》卷十、《已畦西南行草》	
金侃	亦陶		江南吴县（今属江苏）				《已畦诗集》卷五、卷八	金俊明子
金俊明	孝章	耿庵、不寐道人	江南吴县（今属江苏）	（明）诸生		《春草间堂集》《阐幽录》	《已畦文集》卷十四	
周龙藻	汉荀	恒轩	江南吴江（今属江苏）	贡生		《恒轩诗集》	《已畦诗集》卷五	
周辰声	雷门						《已畦诗集》卷十	叶燮受业弟子
周秉	伯章		河南仪封（今兰考）	举人		《四书集疏》《周伯章文集》	《已畦诗集》卷八	
周篔	青士	筜谷	浙江嘉兴	（明）诸生		《采山堂诗》	《采山堂诗》卷四	原名筼
郑谊	贾生						《已畦诗集》卷五	叶燮受业弟子
郑际泰	德道	珠江	广东顺德	举人、进士	太史	《理学真伪论》	《已畦西南行草》卷下	
郑乾清	千子	雪屋	江南宝应（今属江苏）	诸生		辑《白田郑氏一家言》	《已畦诗集》卷六	叶燮受业弟子

姓名	字	号	籍贯	科名	官职	著述	依据	备注
宗观	鹤问	名表	江南江都（今属江苏）		学官		《已畦诗旧存》卷上	
屈大均	翁山、介子、骚余	非池、莱圃	广东番禺	（明）诸生		《翁山诗外》《翁山文外》《道援堂集》《广东新语》	《已畦西南行草》卷上	法名一灵
项奎	天武、子聚	东井、墙东居士、水墨处士	浙江秀水（今嘉兴）	庠生		《晚盥堂集》	《已畦诗集》卷一、卷五	
赵沄	山子	玉沙	江南吴江（今属江苏）	举人	教谕	《雅言堂诗稿》，与顾有孝合辑《江左三家诗钞》	《已畦诗集》卷二自注	
赵洴	天来		浙江平湖	庠生		《禹贡新书》《读杜慎言》	《已畦文集》卷十八	
赵衍	湛卿、声远		浙江东阳	进士		编《新修东阳县志》	《已畦诗集残余》	
胡直方	圆表		浙江石门（今桐乡）	岁贡生	兰溪教谕		《已畦诗集》卷二	叶燮受业弟子
胡宗濂	羲臣		浙江石门（今桐乡）				《已畦诗集》卷三	叶燮受业弟子，胡直方子
柯煜	南陔	丹丘生	浙江嘉善	进士	知县、府学教授	《小丹丘词》	《已畦文集》卷八	
查容	韬荒	浙江	浙江海宁	诸生		《浙江诗钞》	《已畦诗集》卷二	查慎行兄
查慎行	悔余	他山、初白	浙江海宁	进士	翰林院编修	《敬业堂诗集》	《敬业堂诗集》卷十六	

姓名	字	号	籍贯	科名	官职	著述	依据	备注
钟机	石城			诸生			《已畦诗集》"参校姓氏"	叶燮受业弟子,郭襄图外孙
钟定	静远	冬里	浙江石门(今桐乡)		知县	纂修《陈留县志》	《已畦诗集》卷一	叶燮受业弟子,吕茂良长婿
俞兆曾	大文		浙江海盐	进士	知县	《皆春堂诗集》	《已畦诗集》卷五	
姜宸英	西溟	湛园、苇间	浙江慈溪	(明)诸生,进士	翰林院编修	《湛园诗稿》	《湛园诗稿》卷三	
贺宽	瞻度	拓庵	江南丹阳(今属江苏)	进士	大理寺评事	《离骚笺释》(又名《饮骚》)/《山响斋别集》)	《已畦诗集》卷二	
秦松龄	汉石、次椒	留仙、对岩	江南无锡(今属江苏)	进士	检讨	《毛诗日笺》《苍岘山人集》	《已畦诗集》卷八	
顾复	戒存						《已畦诗集》卷九	叶燮受业弟子
顾有孝	茂伦	雪滩钓叟		(明)诸生		《雪滩钓叟集》,辑《骊珠集》《唐诗英华》等	《已畦诗集》卷二	
顾彩	天石、湘槎	补斋、梦鹤	江南无锡(今属江苏)	举人	内阁中书	《往深斋诗集》《南桃花扇》	《已畦诗集》卷八	
顾嗣立	侠君	闾丘	江南长洲(今江苏苏州)	进士	知县	《秀野草堂诗集》	《秀野草堂诗集》卷三、卷四	
顾嗣协	迂客	依园	江南长洲(今江苏苏州)	岁贡生	知县	《楞伽山人集》	《已畦诗集》卷五、《依园诗集》卷一	

姓名	字	号	籍贯	科名	官职	著述	依据	备注
顾嘉誉	来章	涧西、号寓山	江南吴县（今属江苏）			撰《落花诗全韵》，编《横山志略》，辑《落花倡和诗集》	《已畦诗集》卷十	叶燮受业弟子
顾蔼吉	畹先	南原、天山	江南吴县（今属江苏）	岁贡生	仪征教谕	《隶辨》	《已畦诗集》"参校姓氏"	叶燮受业弟子
席启㝢	文夏	治斋	江南吴县（今属江苏）		工部虞衡司主事	辑《唐诗百名家全集》	《已畦文集》卷八	
钱觐	目天	波斋	浙江龙游				《已畦诗集》卷四	
钱德震	武子	虞邻	浙江海盐			《金粟集》	《已畦诗旧存》卷上	
倪灿	闇公	雁园	江南上元（今江苏江宁）	博学鸿词	翰林院检讨	《雁园集》	《已畦诗旧存》卷上	
徐开任	季重	愚谷	江南昆山（今属江苏）	（明）诸生		《愚谷诗稿》	《已畦诗集》卷二	
徐祚增	道冲		浙江秀水（今嘉兴）	贡士	知县	《壶亭诗集》	《已畦诗集》卷三	叶燮受业弟子，徐嘉炎子
徐倬	方虎	苹村	浙江德清	进士	礼部侍郎	《道贵堂类稿》《修吉堂文稿》，编《全唐诗录》	《已畦诗集残余》	张廷玉《苹村类稿序》
徐乾学	原一	健庵	江南昆山（今属江苏）	进士	刑部尚书	《憺园集》	《已畦诗集》卷八、卷九	
徐崧	松之	瞿庵居士	江南吴江（今属江苏）			《百城烟水》	叶昌炽《寒山寺志》卷二	

姓名	字	号	籍贯	科名	官职	著述	依据	备注
殷丽		斐仲	江南吴县(今属江苏)				《已畦文集》卷五	
殷重藩	偶来						《已畦诗集》卷九	叶燮受业弟子
郭琇	瑞甫	华野	山东即墨	进士	知县、湖广总督	《华野疏稿》《备员条略》	《已畦诗集》卷三、卷五	
郭襄图	皋旭	匡山	浙江平湖	举人		《更生集》	《已畦诗集》卷二	
唐孙华	实君	东江	江南太仓(今属江苏)	进士	知县、吏部主事	《东江诗钞》	《东江诗钞》卷四	
唐梦赉	济武、豹严	岚亭	山东淄川	进士	检讨、御史	《志壑堂诗集》	《志壑堂诗集》卷十二	
谈汝龙	景邺	半村	江南长洲(今江苏苏州)				《已畦诗集》卷六	叶燮受业弟子
陶蔚	文虎	卷翁	江南宝应(今属江苏)	诸生	县丞	《爨响》	《已畦诗集》卷三、卷六	叶燮受业弟子,陶季子
陶季	季深	括庵	江南宝应(今属江苏)	(明)诸生		《湖边草堂集》《舟车集》	《已畦诗集》卷五	
曹三才	希文	廉让	浙江海宁	举人	湖州教授	《廉让堂诗集》	《已畦诗集》卷三、卷五、卷七、卷九	
曹度	叔则、正则	越北退夫	浙江石门(今桐乡)	(明)诸生		《带存堂诗文集》	《已畦诗集》卷一、卷五、卷八	
曹寅	子清	荔轩、楝亭	奉天辽阳(今属辽宁)		江宁织造	《楝亭集》	《已畦文集》卷五	

姓名	字	号	籍贯	科名	官职	著述	依据	备注
曹溶	洁躬、鉴躬	秋岳、倦圃	浙江秀水(今嘉兴)	(明)进士	(明)御史	《静惕堂诗集》《静惕堂词》,辑《学海类编》	《已畦诗集》卷一	
曹燕怀	石间		浙江海盐	进士			《已畦诗集》卷七	
梁佩兰	芝五	药亭	广东南海(今佛山)	进士	翰林院庶吉士	《六莹堂集》	《已畦诗集》卷二、卷三	
梁熙	曰缉	皙次	河南鄢陵	举人、进士	知县、监察御史	《皙次斋稿》	《皙次斋稿》卷十	
董俞	苍水	樗亭	江南华亭(今上海松江)	举人		《浮湘》《度岭》《玉凫词》	《已畦诗旧存》卷上	
蒋伊	渭公	莘田	江南常熟(今属江苏)	进士	广东督粮道参议	《莘田文集》	《已畦诗集》卷三、卷四、卷五	
蒋陈锡	文孙	雨亭	江南常熟(今属江苏)	进士	云贵总督		《已畦诗集》卷五	蒋伊子
韩作栋	公吉				按察司金事、观察	《七星岩志》	《已畦诗集》卷四	
韩纯玉	子蓬	蓬庐		(明)诸生		《蓬庐诗集》	《已畦诗集》卷七	
程义	正路	耻夫、晶阳子、雪斋	江南休宁(今属安徽)		县丞	《墨史》	《已畦诗集》卷四	工诗善画,尤精于制墨
程邃	穆倩	垢区、朽民	江南休宁(今属安徽)				《已畦诗集残余》	精于书画、篆刻
曾灿	青藜、止山	六松老人	江西宁都			《六松草堂文集》《西崦草堂诗集》,辑《过日集》	《已畦诗近刻》	原名传灿,"易堂九子"之一

姓名	字	号	籍贯	科名	官职	著述	依据	备注
谢松洲	沧湄	林村	江南长洲（今江苏苏州）				《已畦诗集》"参校姓氏"	叶燮受业弟子
潘坤元	含章					《语冰草》	《已畦诗集》卷十	叶燮受业弟子
潘镠	双南		江南吴江（今属江苏）				《已畦诗集》卷五	
薛雪	生白	一瓢、槐云道人	江南吴县（今属江苏）			《一瓢诗话》《湿热条辨》	《一瓢诗话》	叶燮受业弟子
穆士熹	履安					《采江集》	《国朝四家诗集》	叶燮受业弟子
魏允札	州来、东老	东斋	浙江嘉善	诸生		《东斋词略》	《已畦诗集》卷二	又名少野
魏允枏	交让		浙江嘉善	（明）诸生		《维风集》	《已畦诗集》卷二、卷五	
魏儒勋	景书		浙江嘉善			《芦浦鲜民稿》	《已畦诗集》卷五	叶燮受业弟子，魏允枏子
释大汕	厂翁、石莲、石涟	石濂	江南吴县（今属江苏）			《离六堂集》《离六堂近稿》《海外纪事》	《已畦诗集》卷四	觉浪道盛法嗣，俗姓徐
释心壁	超渊		云南昆明			《漱玉亭诗集》	《已畦诗集》卷四	木陈道忞嗣法孙
释永彻	环照		浙江嘉兴				《已畦文集》卷十	俗姓吴，精通针灸

姓名	字	号	籍贯	科名	官职	著述	依据	备注
释晓青	鉴青	碻庵	江南吴县(今属江苏)			《高云堂诗文集》	《已畦诗集》卷二、卷九	俗姓朱，李洪储（字继起）传法弟子
释朗涵	借云		浙江平湖			《借云窝诗草》	《已畦文集》卷二十一《朗涵开士乞食引》	俗姓施，名澄显
释超揆/释同揆	轮庵		江南吴县(今属江苏)	(明)诸生		《寒溪诗》《洱海丛谈》	《已畦诗集》卷七、卷九	俗姓文，名果，号园公
释然修	桐皋		江南长洲(今江苏苏州)			《清诗别裁集》卷三十二载有其《金山》一诗	《已畦诗集》"参校姓氏"	

附录二　叶燮集外佚诗佚文辑录

一、佚诗

(一)《灵护集》附集挽什所载诗八首

哭亡兄威期

昔年共事谢斋前,今日分离叹弃捐。书帐无归尘积网,砚几寥落冷凄烟。

忽思欲信非真死,试想犹疑更可怜。此去休将有返望,只留燕子故梁边。

其二

兄弟相安一室贫,岂虞遭此痛难伸。花朝聚袂商今事,月夜同床吊古人。

语笑翻为流涕泪,清谈已作诉悲辛。追思莫挽徒嗟矣,沉日斜晖落水滨。

其三

除夕他乡隔阔嗟,斯时惟望好归家。病离去岁违相待,聚不三朝即惨加。

日落疏枕空设座,月明春树但栖鸦。未知泉下知之否,仰视高天泣暮霞。

其四

昔伤未久又今离,人世何其苦若兹。见室即追同学日,看花忽忆共游时。

伤心不忍翻遗卷,染泪无聊作悼诗。若报善人真不爽,吁嗟天道太堪疑。

其五

静以思之莫奋飞,架边还挂旧时衣。春风淑景愁皆是,明月空庭境不非。

千世于今难会聚,百花从此莫芳菲。回思昨夜残灯影,犹似床前掩病帏。

其六

几年既翕忽焉消,故室凄其付寂寥。空奠酒樽惟鬼飨,虚烧钱纸作魂招。

花将欲谢同谁看,鸟待重啼亦黯销。恍惚音容如在目,何时再与共良宵。

其七

烟草凄凄旷远天,满庭光景最萧然。生还哭死悲能诉,死去离生苦更煎。

同酌风前可再日,共谈月下永无年。我兄负志高于世,十载犹伤逊子渊。

其八

不知重见在谁秋,一去昭昭就冥幽。自昔同居何识苦,忽逢分别不胜愁。

萧萧细雨添人泣,瑟瑟悲风吹泪流。若讶若惊终未信,哭声有尽恨无休。

(叶绍袁编,冀勤辑校:《午梦堂集》中册,北京:中华书局,2015 年,第 580—582 页。)

(二)《甲行日注》载诗十首

晓山翠色对衡庐,一片村声旷谷墟。客舍云烟风里属,乡关樽酒雪中裾。

愁深玉塞方看佩,梦绕金华拟献书。满眼晴光可共祝,天涯此日莫令虚。

湖光烟树共凄迷,隐似龙丘暂托栖。一载征凫新岁月,两山飘叶自东西。

重将笠影双窥镜，_{去年在皋亭。}历话萍踪又听鼛。围坐瓷瓶倾共醉，篱边村酒待频提。

（叶绍袁:《甲行日注》卷三，叶绍袁编，冀勤辑校:《午梦堂集》下册，北京:中华书局，2015 年，第 1145 页。）

阵鸦点点绕空庐，四碧层山明月墟。辽海悲歌衣短鬌，吴宫蔓草见长裾。

笔花剩得江亭梦，藜火吹残汉阁书。_{乱后家无长物。}相聚共寻寒舍日，光阴莫令一番虚。

江海今朝事几迷，闲中物候向风栖。楼横缥缈峰回北，湖隔潇湘景泛西。

制就荔裳支瘦句，折成蒲简纪惊鼛。疏枝万树檐前老，笛里愁思莛荏提。

摘盈芳树缀寒庐，偕得风光感故墟。梦去天青归纸帐，飞来岫碧赠葱裾。

霜弧莫问穿雕技，墨斧难宽缉鹰书。漠漠上林传帛后，空馀望眼又成虚。

览尽中原赤雾迷，伯鸾风在庑堪栖。不须仙药曾传法，为证禅华许接西。

远黛可邀驰素管，_{告洞庭山。}寒流思枕洗腥鼛。登高是处羊公慨，赢得诗怀两袖提。

仲蔚生涯蒿满庐，逍遥谷口雾为墟。凄同夜鹤鸣堪和，寒逼孤松件有裾。

老去不妨陶令赋，人来如接巨源书。_{昔时交友音问多违。}春光次第惊园柳，门巷依稀雪卧虚。

冰花片片枝头迷，鸡犬声中遁迹栖。楚佩有人香欲暮，鲁戈无策日挥西。

风传晚吹悲灵瑟，曲度新铙伫凯鼛。却想红筵歌舞夜，枫江旧事笑重提。

回首行踪话旧庐，黄公炉畔数残墟。愁心细冷攒梅萼，奋思难飞引蝶裾。

午夜几樽消暗烬，十年一日送穷书。嶙峋惟有岩头石，玉露兼葭溯不虚。

明月中宵影暂迷，鸾皇若个棘林栖。露梲文在祠虚昔，告潭东土地吴汉。罗绮愁多馆吊西。

荒径无邻遥晚磬，旅眠犹稳隔晨鼟。还将无限冲冠恨，一向青螺髻里提。

（叶绍袁：《甲行日注》卷四，叶绍袁编，冀勤辑校：《午梦堂集》下册，北京：中华书局，2015 年，第 1151 页。）

（三）《诗观二集》载诗二首

季春客邗上过文选楼访孝威同鹤问穆倩诸子小集漫赋

帝子何年去，音容想象中。交游随世换，词赋有谁工。

绿柳平桥水，繁弦别馆风。烟花满眼地，愁见楚天鸿。

其二

万井喧淮市，高楼足放闲。白连隋苑雨，青老秣陵山。

惜别残春骑，销魂碧水湾。且同词赋客，把酒慰愁颜。

（邓汉仪：《诗观二集》卷六，《四库全书存目丛书补编》第 40 册，济南：齐鲁书社，2001 年，第 25 页上。）

（四）《骊珠集》载诗四首

和宋荔裳先生登华岳之作

揽辔何人忆禹功，遥瞻华岳俯长空。莲花直泛银河色，仙掌高悬白帝宫。

落雁秋风来绝塞，鸣鸡关树隐新丰。振衣更上苍崖顶，不尽川原夕照中。

其二

九霄笙鹤下清秋，遂欲凌空事远游。不断风来吹碧落，翛然云起满齐州。

何年祠庙苍松偃，终古关门紫气浮。愧我未随安石屐，吴山空筑望仙楼。

寄学山侄

吾家念尔不群才,五月江城听落梅。信是生涯留短褐,应知逸兴傍高堂。

美人彩笔时时健,孤客清歌夜夜哀。我已栖迟东海上,何时一棹剡溪来。

送计甫草公车北上

共识才名牛斗边,遥遥征辔揽华年。风生双剑芙蓉锷,花发千言鹦鹉篇。

华月夜邀燕市醉,玉绳春望汉宫悬。遥看宣室承恩近,上苑芳菲拂锦鞯。

(顾有孝:《骊珠集》卷七,国家图书馆藏。)

(五)《皇清诗选》载诗一首

暮春杂感

沧江千里泛晴澜,望里烟波道路难。倦客莺花朝日丽,故山麋鹿夕阳寒。

中郎去国风流尽,司马逢人涕泪看。一卧海滨深岁月,陌头杨柳任吹残。

(孙鋐辑评、黄朱苗编校:《皇清诗选》七言律卷二十三,《四库全书存目丛书》集部第398册,济南:齐鲁书社,1997年,第612页上。)

(六)《己哇西南行草》载诗二十首

上两广制府吴大司马

其二

在昔成周时,旦奭分陕略。李相西筹边,莱公北锁钥。

昔圣与昔贤,汗青赫炳若。从来将相猷,寄重若疆度。

万里鹏图南,朱垠穷渺邈。八柱总独擎,高掌远跖岳。

还嗤马伏波,区区思下泽。

其四

皇舆边徼远,乘障严炎方。七闽无诸俗,番禺尉陀疆。

戎首一称戈,箐峒乘鸥张。明公两秉钺,植铩仍垂裳。

遂令环蜃海，波靖天茫茫。航琛越裳贡，莘赆火山王。

长城逾朱儋，歌功在斋房。治安已征豫，厝火无烦防。

犹深危盛虑，中宵有篇章。

其七

昌黎述泷吏，子厚寄罗池。坡老海外归，文益纵横奇。

数子间世哲，竞写岭峤悲。惟公膺天宠，宣力此邦黎。

光风蔚一扇，炎厉转皇慈。昔贤九原睫，洗然无瑕疵。

文章道德键，千载相友师。敬怀瓣香忱，致颂比奚斯。

其八

义惠匪侠肠，仁溥殊倾胆。分宅脱骖股。此衷仍澹澹，禄入宁留余。赒罔遗黎㾕。珠玳满堂宾，谁不惬所揽。普天延胆南，广厦万间展。

上王大将军

南天一柱架鼋梁，麟阁勋名震越裳。授钺尽监诸校尉，执绥并控百蛮王。

投壶歌罢花翻砌，横槊诗成月满床。沧海波平瞻大树，直令耕凿过扶桑。

其二

二十登坛冠月卿，敦诗说礼继先声。河宗久赐元侯履，海徼兼提属国兵。

褥席家传重誓券，佩刀宠锡缵华缨。书生旧有怀沙赋，谩向旌门奏一鸣。

呈劳岂庵宪副（其二）

张相文章后，离辉又一明。笔擎海水立，旗卷岭云生。

碧屿千乌转，_{樯乌也。}春山万犊鸣。沧波澄镜里，对写渺然情。

送王阮亭宫詹祭海还朝

其二

驿路随鸿雁，禽言别鹧鸪。喟然张相宅，梦到惠州湖。_{惠州有西湖，仿杭州，为苏长公旧迹。}

海若喧新句，山经信画图。遥遥双阙夜，月转掖垣梧。

其四

儒雅吾师在,江山兴未遥。淡交红药把,陈迹绿樽消。

的的随人月,滔滔送客潮。陆生虚橐返,词客岂萧条。

送蒋莘田宪副督学中州(其四)

令子翩然起,承华踏跸新。家传毛是凤,世谱石为麟。

书卷能干象,天心自有真。文章增旧价,鸾掖拂馀尘。

送蒋莘田宪副督学中州(其五)

自昔欧苏迹,悠然颍上居。昨闻高致发,梦想洞庭庐。

脱屣成功后,抽簪报主馀。山灵期十载,绿野为公除。

(叶燮:《己畦西南行草》卷上,清刻本,上海图书馆藏。)

赠山阴吕清卿(其一)

屡梦西兴渡,疏槐宰相家。文安公。鹤栖嘉树稳,燕垒旧堂斜。

池草生青管,天章护绛纱。昔游群从好,燕越几年华。

赠郑珠江太史

我行万里途,踽踽传鳖蹩。鹿豕索其曹,却步金闺客。

舌尝藜苋久,其鸣似鹕鸩。朱门刺眼红,劫火炀不热。

彼美有大贤,天挺承华杰。稽首至尊前,臣有亲年耋。

爱日急桑榆,及此驹隙白。斓斑宫锦袍,拜母不肯裼。

筑室江山间,华月诗书驿。屹屹百尺楼,高卧簿箓哲。

浮梗到羊城,邂逅生感激。饮我酒论心,亹亹不可亵。

其仁盎在颜,其铁乃在骨。嗤彼营营儿,转丸何勃勃。

咫尺对古人,我欲负如蠒。此邦景高山,树立烜竹帛。

白沙关闽传,甘泉绍乃脉。文庄经国彦,忠介慑生魄。

此皆君尚友,羹墙俨几席。何哉数公后,流风邈然卒。

振维赖名世,手挥勇一掔。自顾匪钟期,公琴鼓无辍。

口号赠真际上人(其三)

闻有新诗堪着句,也知着句错成诗。

八方十界无言处,遮莫拈花笑为伊。上人有诗刻。

送韩公吉大参之浙江粮宪任次制府吴大司马韵

秉节平邦用,持筹异霸才。敷文从虎观,班序借鸾台。

双袖携风去,单车带雨来。孤山梅万树,含萼待公开。

其二

岩上题诗处,名山琬琰才。七星岩。惊雷犹护峡,戏马恰登台。行期适九

日后。

山驿悬旌转,村农抱饁来。几年经画地,辛苦笑颜开。公以肇高巡宪擢。

其三

前代三司使,常兼宰相才。推心仍粤地,拜手报燕台。

爽气携床近,奇文出岫来。公著作甚富,风雅犹擅长。高秋明镜彻,一洗宿

云开。

其四

云霄咨玉几,南服历长才。岁有欢豳俗,时清不鹿台。

装仍孤鹤往,人再大苏来。倦客追宾从,离颜逐路开。公挈余同行归浙。

宿藜头箭祇树园(其五)

空王寂寂冷茅檐,澹泊风云日日添。不用文章惊世眼,何老钟鼓向

人占。

出庐山(其二)

黯然一步一回头,难情山灵更挽留。好似美人牵袂别,翠蛾向我两

含愁。

(叶燮:《已畦西南行草》卷下,清刻本,上海图书馆藏。)

(七)《己畦诗近刻》载诗十三首

赠同年山阴赵伯升 时为平湖广文

钱塘怒潮挟溟渤,高秋寥沉凉飚发。与君披襟万古空,霜鹘擎拳恣

兀突。

君归应接山阴道,余亦冲风迹如扫。忽惊半刺鸳水湄,世态广文官

亦好。

饭予藜苋馨酒瓶,刺骨冷宦春风生。沉沉暝钟寂古寺,淅淅疏雨暗

短檠。

酒阑目送浮云处，明日孤帆从此去。君不见朱轮醉饮武安回，故人巷南无一杯。

吴慊庵招同诸子集传清堂感旧限红字（其二）

时序关心枫叶红，烟横雨断度征鸿。逢场眼底难追少，去声。回首肩随幸唤翁。伤吴弘人、闻夏、赵山子、计甫草，诸兄早逝。

梦转辽西真入塞，吴汉槎南归，闻到都门。赋夸江左遍遗宫。偶寄怀。君怀旧有湘江泪，慊庵昔宦楚中。久付檐花一笑中。

典裘歌和南海梁药亭为余中丞赋

君不见大江之南水耨地，频年旱潦穀踊贵。草青不闻五裤谣，野人露骭官千驷。帝咨虎臣亟匡胥，刚如獬豸仁驺虞。冰霜凛处民挟纩，珠玉宁易入声。寒者襦。耆老太息屈指数，几见斗米半百蚨。戌冬，米石钱五百。河清可俟值甲子，明岁甲子，为上元太平之纪。愿观成化留斯须。公复单车访疾苦，诹谘力役酌粟缕。何来击榜劳者歌，哀鸿嗷嗷起江渚。昨者八闽旋貙貀，青龙飞燕干霄斿。官家有程傄牵挽，糒粮计口于橐㦎。祁寒暑雨其咨作，非关有司谋不周。仁者一物恻怀抱，明镫清漏殿前筹。服官卅年一领裘，何难解下给所求。彼苍偶缺炼石补，功与大造均覆帱。当时七郡百州县，闻风汗下愧且劝。我公治理敷大经，小惠克勤非所先。去声。譬如春风鼓万汇，偶遇槎芽亦一扇。呜呼！安得公裘万丈长，遍庇海内无褐皆同裳。

赠张隐者 工君平之术

早起门开扫落花，焚香读《易》擅生涯。醉醒身世休重论，莫过湘潭屈子家。

十叠前韵三和九来

芙蓉左右佩霜锷，玳瑁作室鲛皮函。切泥切玉总一试，亦代长镵劚荒巉。

万事消除土埵卧，夙兴仍披渍雪衫。共访尧峰汪太史，钝翁。客屦双曳余尾衔。

维时雪消山径淖，青鞋黏地牢如缄。蹒跚蹙躠十余里，冷场如沸高怀芟。

叩关哑然竟题凤，云是前日离阿岩。无乃山楼味酸苦，暂入城市尝甜咸。

我童雨汗怅往返,窃议不急哆嘈喃。泉响佳音岚幻色,耳目交誉脚独谗。

无聊到此题片石,可惜一尺崖苔劖。岂少轩车载热客,野人跋雪情应鉴。

半日如过屠门嚼,满园春态恣饕餍。逸情胜赏亦多事,檐花静落悟妙诚。信宿鸡鸣问所往,挂帆南向指攕攕。同往禾中。

陈殿升过草堂有赠次韵答之(其二)

揭来阅世等前尘,信步青鞋即旧津。凭栏萧疏当独夜,空山寂历岂无春。

杖藜礼数吾侪少,襆被穷交问讯真。别后生涯君更拙,浮云何事盼燕秦。

上制府于大司马(其四)

梁园赋倦久侵寻,敢说江潭摇落深。异数感恩惭国士,片言增价永中心。

何妨按剑当时盼,自有援琴千载音。此日一觞镌万祝,愿侪击壤奏长吟。

上观察金长真先生

南纪先民矩,河宗砥独流。五兵敷礼乐,大树覆衾裯。

羽扇扶轮暇,青霜满库优。阳和举首在,盘涧也吟讴。

其二

平山山四望,千载几欧阳。先生向守扬州。异政风流得,鸿筹樽俎长。

月华流玉蕊,露泫烂金章。七十弦歌士,犹闻旧讲堂。

其三

六代盈陈迹,登车宛赋心。云浮终近日,花发伫遥簪。

擘画江山护,尤勤象纬深。词场名将相,风月总知音。

其四

颍水风微动,潺湲犹雅歌。先生曾守汝宁。爱才收冶弃,交泰有鸣和。

堂上幽兰在,毫端初日多。自为元礼御,不敢著渔蓑。

其五

牛马他时蹴,湘累赋转穷。盆间常有日,谷底亦回风。

语勒千秋泪,恩难百赎躬。余生同鹿豕,食息总苍穹。余遭邹阳之诬,受先生恩最深。

其六

白首门墙立,羊裘揽转凄。望山高自立,去国久成迷。

悟失当年马,虚闻后夜鸡。葵心老愈廑,弥望日挥西。

(叶燮:《已畦诗近刻》,1920 年抄本,上海图书馆藏。)

(八)《已畦诗旧存》载诗二十四首

重至宝应杂诗

其六

太行峰影送归鞍,匣剑囊琴夕照残。只为依刘生计拙,漫令入洛梦魂寒。

无媒赋笔终难卖,满把霜华黯自看。旧说晋阳天下险,因君壮句涕汍澜。陈冰壑游晋归,示我纪游新诗。

其七

马卿多病近何如,莫倚穷愁只著书。七碗未荒生事在,一关长掩故人疏。

兰香冉冉牙签绕,竹影萧萧画阁虚。惭我贫交何以赠,加餐两字慰离居。乔云渐卧病,诗以讯之。

其八

如君意气太阿知,趿履翩跹何所之。耳热陡从灯灺后,眼空长在酒阑时。

怕歌行路难千首,只唱公无渡一辞。须惜盛年殊不再,差池六翮莫教迟。李卧林刘山甫时过从寓斋。

其九

舍人亭馆惬登临,丛桂苍松护碧岑。三径那客尘十丈,一天独许竹千寻。

未斑骑省悲秋鬓,待听龙池掷地金。坐久数移槛外月,却忘野老混朝簪。酌乔石林山馆。

其十

枌榆旧好异乡亲,握手暄凉泪满巾。典尽春衣偿酒债,凭他翠袖消
官贫。

梦疑客里清淮月,风忆秋来故国莼。莫为颖田愁废箸,鉴湖归去可垂
纶。劳华国家本山阴,因官于扬,流寓宝邑,家焉连遭水荒,贫甚。余劝之归里。

其十一①

宦情冷淡伏蒲年,犹说霜清闽海边。人羡尚平婚嫁毕,天饶元亮菊
松缘。

贪寻一径樵风便,侈说长宵鹤梦偏。奇绝高人朱御史,绣衣早脱拉逃
禅。朱澹子先生坚卧东山,善谈内典。

送刘禹美公车 宝应

抱负吾徒事,英华及少年。才堪夺赵帜,品是琢蓝田。

翩迅先风去,文高俯象悬。菰芦消息远,盼尔领群贤。

其二

筐内天人策,生花寸管储。万钧争器重,百辈见才殊。

金美何妨冶,标清慎曳裾。看花帝里日,曾否念樵渔。

寄度愚上人

白社依依旧远公,禅关绀碧绿波中。毒龙敢制烟波里,驯象曾参簿
领空。

弹指定香消夏恣,扬眉著子笑冬烘。而今莫问威音事,总任长风送
断鸿。

同年陆揆哉别五年矣招饮剧谈怀旧赋赠

故里重来感百端,闲追王贡旧弹冠。高情似尔官仍冷,拙计如余隐
亦难。

放艇独迟游子病,启窗散尽故人寒。郊西萧寺秋如许,余所寓。衰柳婆娑
为我看。

---

① 据朱彬所辑《白田风雅》卷二十四,此诗诗题为《柬朱澹子侍御》。

揆哉次韵见赠再次韵答二首

世事如恭幻指端,相逢如旧切云冠。金门索米加餐易,蜀道无媒学步难。

凤沿风生知渐暖,绨袍情重已忘寒。春明兄弟如相讯,南向孤芦露下看。

其二

无生拟向白毫端,君自金鱼我鹔冠。洛下几人期共老,庐山他日会应难。

一尊渌酒非因热,九月斑衣已授寒。莫为林泉淹岁月,五云永夜举头看。

庭前小松歌

天目蟠松三尺高,森然隐含万斛涛。远移绝峤植轩槛,鳞鬣郁勃鸣萧骚。

苍颜偃蹇凌霄色,露华斑斑藓痕湿。霰雪侵凌只自禁,蜂蝶骄痴不相识。

秋空月落红泉冷,梧桐叶干摇金井。独鹤支离对孤影,任君百折严穴姿,孤怀劲骨犹耿耿。

送嘉兴沈子相之任新宁二首

江柳青无尽,依君独道行。邑疲应少赋,地险慎筹兵。

棹骇荆门峡,车停白帝城。火汤新衽席,辛苦问遗氓。

其二

数口仍家食,劳劳独远将。及时江鲤信,美政慰高堂。

挂版饶朝爽,携床久夕阳。到郫多买酒,知少簿书忙。

寿长洲文弓云

三槐庭院春风驻,为文肃公孙。柳家赐褥犹如故。纶扉藻黻在青冥,曲江竞说霜毛度。

满酌堂中双玉瓶,义熙甲子又逢春。借君此日如渑酒,遍醉吴宫旧苑人。

和友人城南送春之作(其四)

金谷名花似锦繁,月华痕满转栏杆。坐中莫惜春归去,秋水芙蓉晓日看。

和友纳妾

宝瑟新调五十弦,曾传法曲李龟年。临风不系留仙带,只是珊然立帐前。

其二

梨花院锁月溶溶,长得兰香带笑逢。帘外轻寒人去后,画栏花影压重重。

其三

春山遥写碧娟娟,蝶粉蜂黄妒翠钿。妾梦不随风里絮,君情莫似水中天。

其四

春风一夜送灵槎,认得城南是妾家。管领陌头杨柳色,不教大婿到天涯。

其五

小姑家住锦帆东,百丈香罗剪带红。宴罢错歌离凤曲,那知比翼宿花丛。

其六

倾城名士两相逢,梦落红潮巫雨中,银箭莫催今夜漏,画楼永断五更风。

庚戌六月吴江一夕水发淹没民居戏效竹枝体(其五)

江中荇菜采来空,剥尽榆皮一望中。闻道闾关游侠子,笙歌彻夜烛花红。

(叶燮:《已畦诗旧存》,1920 年抄本,上海图书馆藏。)

(九)《叶学山先生诗稿》载诗十首

其一

佳句惊传梦笔花,药铛茶碗隔轻纱。生徒前列雄心在,万卷书城放晚衙。

其二

四海无家年复年，_{学山丧妇后遂无家。}安仁伤逝苦为怜。垂帘竟簟无人处，挑尽春灯独惘然。

其三

城上乌啼晓漏催，长干旧曲写新哀。缤纷不作湘累赋，曾礼华严九会来。

其四

离家王粲倦登楼，那管浮云蔽日愁。若问同心惟杜若，石头城外满芳洲。

其五

知君独坐待黄昏，且把雄文仔细论。莫为鬓丝伤老大，一杯清酒奠夷门。

其六

奇温旧痛不装绵，_{学山最切风木之感。}颠倒披裘五月天。多少苦吟如练句，寄来雨桨上江船。

其七

一卷临池勒硬黄，无禾无稼也无妨。知君悟得维摩病，静掩寒关爇晚香。

其八

旧事惊心及早秋，芒鞋问渡有渔舟。种瓜吾已生涯稳，切莫樽前说故侯。

其九

初服犹存簪绂余，江湖到处是吾庐。安心莫问鲈鱼鲙，一瓣曹溪梵志书。

其十

豚儿执耒妇蚕筐，依旧门衰与祚凉。赢得去官无长物，笑他多事陆生装。

（叶学山：《叶学山先生诗稿》卷四，《丛书集成续编》第 127 册集部，上海：上海书店出版社，1994 年，第 194 页下—195 页上。）

（十）《七十二峰足征集》载诗一首

拟杜出塞

出门复入门，去路想还路。挥泪辞双亲，双亲年已暮。

不知归来时，可仍倚闾顾。行行雁门关，去去黄河渡。

目饱风中沙，足砺碛底步。云黄天茫茫，犹如望洋赴。

此身亦何有，万死不知怖。昨夜贺兰山，报贼骑无数。

居延急添兵，受降早益戍。奋灭此朝食，早使旗常树。

（吴定璋辑：《七十二峰足征集》卷七十九，《四库全书存目丛书补编》第44册，济南：齐鲁书社，2001年，第182页下。）

（十一）清嘉庆《黎里志》载诗五首

赠析尘师

几时却被马祖喝，直至如今唤不应。念彻弥陀休漱口，一双空手看伊能。

其二

老年本分数茎髭，拈起风光二六时。报道满园新竹拆，只敲清磬不题诗。

徐若木七十寄赠

少年击筑游燕市，晚岁吹箫混狗徒。曾到海门逢曼倩，沧波今已渐平芜。

赠荫繁上人参访归 荫繁，名果昌，玛瑙庵僧

一瓢曾访邗江月，不听吹箫礼法王。携得芜城烟水绿，归来苔迳补新装。

挽萧庵我九

驻锡人何处，重游感慨增。虚廊千步月，古殿一龛灯。

楸局谁为伴，山扉孰启应。临风长忆尔，雁足杳难凭。

（徐达源纂辑：《黎里志》卷十四，清嘉庆十年（1805）褉湖书院刻本，吴江图书馆藏。）

(十二)《过日集》载诗一首

尚友堂雅集限微字

良宵堪惜憺忘归,细雨何妨点鬓微。上客独存天宝旧,佳晨长叹永和稀。

青琴红豆论今昔,酒颂茶经有是非。莫谩惊人传好句,谁从帝座赏玄晖。

(曾灿辑:《过日集》卷十五,清康熙曾氏六松草堂刻本,国家图书馆藏。)

(十三)《吴江叶氏诗录》载诗九首

南屏山麓遂上岭望大江

竟日策弥厉,驾言循山阿。山阿半浮云,背江面层湖。

清晖映兰薄,余霞没远沱。躧步陟丹梯,振袂藉绿莎。

遂登兹岭首,益觉众峰罗。浩浩大江流,峩峩远山多。

缅彼任公钓,悠然孺子歌。岩穴纷可覩,金玉遝如何。

芳握企兰荪,雅尚景薛萝。常恐良时歇,胜游千载孤。

泛湖中步上孤山

驰车出城闉,弛辔驾方舟。舟行溯晨凫,结赏在中洲。

轻阴散浮屿,澄澜倒孤丘。抚造颓世虑,契冥倦前修。

搴衣度石濑,摄袂凭重楼。罙恩临回波,绮疏缘清流。

绪风摇丛绿,薄阳感鸣九。春塘蒲渐生,椒涂兰已稠。

携我同心侣,景昔抗志俦。薛荔有余风,徽音邈难求。

薄言整归榜,去矣情淹留。

赠桐城孙喈公卧公并呈尊人中丞鲁山年伯

寒风萧萧江上发,江干客子来吴越。袖子犹带霍山云,一杯衔望镜湖月。

镜湖窈窕饶烟雾,客里新诗落无数。旅馆乌啼蜡炬红,花溪雁过兰桡暮。

问君几时别庭闱,桐花初落未授衣。来时忘却毗陵道,醉里应思江上几。

君家皖口接东山,中丞风流谢傅间。窗前舞鹤日初午,几上丹书鬓未斑。

奕奕平舆二许君,相逢携手越王城。归时若致庭前语,为道沧江祢
正平。

陪宋荔裳先生游寓山祁中丞园亭

越江以东多崇山,寓山窈窕平畴间。逶迤镜湖一片白,参差枫树千
林斑。

越州使君天上客,睥睨千古雄才赫。喜向佳辰物外游,闲过羽骑城
南陌。

南陌风吹春草生,寓山池馆晓云平。乌衣花落中丞宅,无限兴亡异
代情。

邈然风流不再逢,举杯遥对秦望峰。浮云半岭度飞雁,寒潭落日惊
苍龙。

须臾月出明星灼,华堂夜暖开珠箔。雄谈更进酒如渑,妙舞旋看河
半落。

兴尽溪山归去来,疏帘青翰锦城隈。幸从谢傅东山宴,飘泊空惭邺
下才。

西山歌赠莱阳董樵谷

西山崒嵂临溟涨,翠壁丹崖写万状。坐对蓬莱云外浮,几见扶桑朝
日上。

结庐窈窕芙蓉城,玄猿白鹿当关鸣。月明洞口人高卧,春雨亭皋草
自生。

有时采药成独往,暂别西山事泱漭。白云一片度江湖,杖藜到处堪
寻赏。

南北迢迢越阡陌,十千斗酒他乡客。芳树前年建业春,轻帆一夜曹
江白。

越州使君宫锦袍,故人车骑照江皋。筵开但醉陈遵酒,坐上弥惊剧
孟豪。

董生意气填胸臆,一樽向我倾夙昔。少年书剑两无成,报仇不死心
逾剧。

挥手长耕陇上田,知心独指岩前石。酒酣据地思故山,故山三月溪潺湲。

杏花树树房栊晓,麦秀家家鸡犬还。余亦栖迟叹转蓬,移家拟向白云中。

夜阑更尽尊前酒,愿卧西山与子同。

将适东越留别家中

又束行装去,终朝奈尔何。白云随棹起,乡梦隔江多。

疏柳千条短,寒砧一雁过。莫登高阁望,风雨暗长河。

闻张步青获隽北闱却寄

知尔燕台隽,真成冀北名。遥闻沧海上,得慰故人情。

经术传匡鼎,年华及贾生。不须愁旅食,早晚听宫莺。

舍萧山祇园寺李兼汝毛大可过访

寒风动萧寺,有客问征车。藉甚高名久,相逢携手初。

碧岑当户见,流水赏心余。明日山阴道,相思更寄书。

为宋斋先生题《观舞图》

闻声见色原非我,色灭声销何有君。对我者谁君不识,笑伊见见更闻闻。

(叶振宗辑录:《吴江叶氏诗录》第一册卷二,抄本,苏州图书馆藏。)

(十四)《己畦诗选余旧存》①所载诗

客中岁暮 二首之二

此夜荒村里,萧然望远情。褰帷闻剪尺,扫屋走鼯鼪。

贫赋轻离别,行藏少弟兄。敝裘吾语女,且脱事躬耕。

寒食辞

嫩柳垂垂半覆黄,鸳鸯湖上燕飞忙。寒烟一望前溪晚,二月风和麦垄香。

长郊浅濑走花骢,郭外青山绕几重。无数繁花飞杜曲,一生歌吹过新丰。

---

① 《己畦诗选余旧存》中载有多首叶燮集外佚诗,这里节选部分诗歌。

东湖柳枝词呈令君朱鹤门

江南八月稻花香,蟋蟀朝吟又报章。一上高城秋望好,千家齐进使君觞。

芸芸陌陇遍青莎,雨露三秋奈乐何。共识双凫天上至,只今东海不扬波。

东湖树色起晴烟,画阁沧涟似辋川。记得使君初酌罢,直教湖水碧于天。

蓁蓁桃李映门前,江左风华六代年。玉殿正簪银管待,槛花飞入报晴筵。

秋闱榜发宴诸士罢口占 代

咫尺风云起,衣冠接上京。右文知圣主,报国属书生。

挟策缥堪弃,题桥赋好成。五云联璧宿,今夜倍偏明。

毛羽抢才地,骅骝得士年。蛾眉先画好,明月早投妍。

吾道期堪翼,而曹竞着鞭。曲江芳草路,柳杨正绵绵。

观画歌

生平吾好山水游,目营五岳企丹丘。欲往从之路阻修,有客携来毫素头。

携来毫素君知否,前代名贤靡不有。惨淡经营忆往时,手挥目送从分剖。

一一披我秋堂间,邈然流水与高山。辋川沧涟如有声,北风云汉移我情。

匡庐瀑布界匹练,四坐但觉生凄冷。更阅蚕丛蜀道险,恍睹青莲毫欲转。

忽然翻见汉宫春,渭水黄山俱在眼。吾闻画家自有神,虎头摩诘杳难臻。

妙笔千载自不乏,往往巧夺天公真。近时石田诸高士,百年寥寥无其伦。

我今快睹销积忧,恍然朝夕寰中游。犹恐神物终飞浮,君不见少文四壁堪卧赏,抚琴一室山皆响。

游黄山四绝

行尽苍山一万重,天都天上削芙蓉。朝来云海沉沉处,指点银河六六峰。

每到一峰开妙想,狂呼三十六回奇。何年别却尘寰去,骑鹤峰头任所之。

有水尽从云际落,无话不向绝岩开。谁令兴尽携筇去,却愧浮生莽自哀。

屈曲蟠松不记年,自来天畔饱云烟。若教不到莲花顶,漫说人间别有天。

送曹秋岳先生还赴阳和 时在都门

使节归方岳,轻车出帝城。别来请塞远,重到绿芜平。

父老迎华绶,山楼转翠胜。股肱须卧理,仍借寇公行。

封事朝来切,争传侍从班。只缘逢主圣,那惜话民艰。

天语闻临陛,骊歌唱度关。阳春应载道,知向日边远。

天险云中地,勾连代谷盘。三春长不暮,四月定犹寒。

风俗凭人胜,江山入赋宽。几回南雁去,清梦度桑干。

共指青青柳,锋车早晚来。正须前席问,宣室待公开。

绝塞希烽火,怀人自酒杯。独怜门下客,击筑更徘徊。

（叶燮著,杨承业辑:《已畦诗选余旧存》,抄本,南京图书馆藏。）

二、佚文

（一）采江集序

穆子履安产于白下,迁于吴门,时时往来于京口、广陵之间。其所居所历俱在大江之介,地既名胜,而自汉以后往往为帝王创业、建都、巡游、驻跸之所。履安耳目所见闻于古今治乱、盛衰、兴废、得失,与夫人才之消长、民俗之变迁,如浮云变态,莫可纪极,一一触于境,感于心而见之于言。生乎今之世,而时时有千古之怀,此《采江草》之所以作也。

夫大江自开辟以来,所以限南北上下,数千年间不知消沉几许? 贤豪代谢几许? 事业可歌可泣、可悲可喜,有心人于此,无一非我意中之事。然古诗有《涉江采芙蓉》之作，极热极闹之地，而以采芙蓉极澹泊、极无聊写之，此即灵均之"香草美人"。其所思也深，而其所寄也远矣。

今读履安之诗，绝无风云月露之习，其思之所寄，笔之所形，一一有关于理乱、兴衰、人才、民俗之原，皆有裨于世道人心者。昔杜陵于凡所身历目击，辄为诗以纪之，千古谓为"诗史"。今履安之作，其殆不愧于少陵之"诗史"者与！横山叶燮题。

（叶燮辑：《国朝四家诗集》，清刻本，天津图书馆藏。）

（二）墙西草序

李子文仔自其高曾以上，为秦陇西人。高祖少园公始迁于吴，为吴人。大父西美君，国初以武甲第二人官浙西总戎，早卒。李子幼即丧父，伶仃孤不可言。窃意产于秦陇西古之名族，然秦地钟刚健武毅之气，而大父又以武事起家，谓李子必有车辚铁驷之风，娴于橐鞬以趋时者。

乃李子弱不胜衣，苦心翰墨，年仅二十，于书无所不窥。其诗援笔辄就，诸前辈及其同侪无不惊叹；尤长五言乐府，掷地铮铮有声也。李子既高才博古，不屑为经生呫哔业。余每谓之曰："子年甚少，大父既以韬钤为名将，子独不可以柔翰为玉堂中人耶？"李子笑而不言，时时赋诗以见志，其意未可测也。今刻其近作，名曰《墙西草》。若曰："王君公避世墙东，我不避世，不妨居墙之西，古今人不必同也。"李子以弱冠之年，充其力与学，于古人可无所不至，诗特其一斑耳。

李子大母为余宗叔氏云林君女，故余与李子为再舅氏，而侄桐初之嫡表侄也。因其先系，故并著之。已畦居士叶燮题。

（叶燮辑：《国朝四家诗集》，清刻本，天津图书馆藏。）

（三）锄茅集序

余居横山二十馀年。远近英隽之士以称诗知名者，时时过予草堂相问讯，岁恒綦履错然也。横山之麓有与予草堂望衡相对而居者，为张子偕行。其年甚少，穷居约甚，闭户读书，无他嗜好，惟事吟咏。予闻其人而未之见也。知其性耿介，不事交游，予益叹慕之。

一日有叩门来访者，出一刺，则偕行也。相见次，文采斐然，已出其袖中诗相质。予开卷读未卒篇，为之惊喜曰："此真少陵所云'语不惊人死不休'

者也。"异乎哉！吾与子比邻有年,尚不知子,又何敢论当世士哉？

沈约语王筠曰:"自谢朓诸人零落,生平意好多尽,不意迟暮复逢于君。"偕行极贫,家无藏书,每借人书,数日辄还,已一一能卒读。故其所为诗,无所不有如武库,其才肆、其用博无一语经人道。自题诗卷曰《锄茅集》,不特锄溪间之茅,可以锄天下之茅塞矣！已畦居士叶燮题。

(叶燮辑:《国朝四家诗集》,清刻本,天津图书馆藏。)

(四)断鸿集序

今天下之称诗者众矣,数家之村必有裂笺分韵、唱和满堂、侈口而谈风谈雅者。其不能者无论,其稍能者,大抵以摹拟剽窃为事:掇他人之字句,以为饾饤;拾隐怪之事实,以为秘本。于是遂评唐论宋,判元排明。究其字句事实,考其本来,不出冬烘摭拾之本,徐以思之,味同嚼蜡。如是者,谓能趋时尚为工,而诗之为道,尚可言乎？

叶子淡夫,慨然于诗道之不振。其所为诗,哂以字剽句窃为工者,振笔长吟,从其意之所托,放乎其言之所如,其气浩浩,殆可吞云梦者八九,可以砭世之踽踽效人之步、满纸饾饤、剽猎如刍狗者,其过人也远矣。淡夫家新安,年甫十五,即奔走大江南北,负米以养其堂上人。今十年来,遇益落落,贫益甚,远离其父母、兄弟、妻子,羁旅穷途,或至不能糊口,而其志、其气卒未尝少衰也。夫鸿雁之嗷嗷中泽,犹有其群可相告语。鸿而断,真有无可告语者。淡夫托此以自悲,良可伤也。然淡夫之才,吾知其终不困于中泽者,淡夫其勉之。横山已畦居士叶燮题。

(叶其松:《断鸿集》,清刻本,上海图书馆藏。)

(五)锻享集序

苏文忠曰:"君子可寓意于物,而不可留意于物。"寓者,过而不留;留者,嗜而不易。夫嗜而不易,以我之性情契物之事理,若有所藉以寄其意,必其于身世之故,有未易以言者矣。

昔者魏晋诸人类高旷放达,其所造实非中行。然其放形骸于物表,似无一可当其意者,而嵇叔夜独以好锻著,则何也？夫五行之属,惟金之为物至刚而能柔,非加以锻炼之功,则不可以成务而善用。故金者,其质;而锻者,其用也。彼嵇生者,处晋魏非望之世,知任质之不可以容,非有所藉以善其用,则难以入世而谐俗。其好锻也,盖有所托焉以逃者也。

今张子岳维,乃命其所居之亭曰锻。夫岳维处今平康之世,非如叔夜之忧深而虑远:诚见夫嵇生之用锻,所以玩物;岳维之用锻,所以淑躬。岳维以为进德学道必如精金之百炼,而后可卓然以成天下之务,故才以锻而能大气,以锻而能充学,以锻而能成识,以锻而能远。然后以其馀发为文章,播之咏歌,无往而不宜。兹者岳维梓其诗以命世,特其一斑耳。即以诗论观,其鼓铸风雅、融冶唐宋,无一不尽锻之能事。然则以此亭为嵇生之柳阴,而寓意不同,可以观其所用矣。横山叶燮题。

（张景崧:《锻亭集》,清刻本,南京图书馆藏。）